U0781119

走进高等学府，聆听名流大师的声音，
邂逅精彩演讲，品悟哲人雅士的思想。

步入名校的殿堂，聆听大师的声音，领略睿智的思想

影响你一生的清华演讲

大全集

宋洪洁◎编著

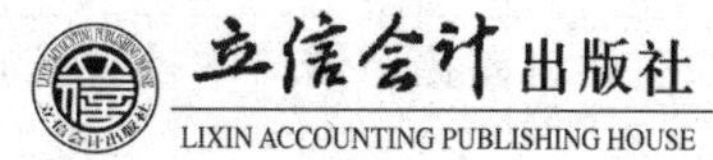
立信会计出版社
LIXIN ACCOUNTING PUBLISHING HOUSE

图书在版编目（CIP）数据

影响你一生的清华演讲大全集 / 宋洪洁编著.
—上海：立信会计出版社，2011.3

（超值金版）

ISBN 978-7-5429-2767-5

Ⅰ.①影…　Ⅱ.①宋…　Ⅲ.①演讲-世界-选集
Ⅳ.①I16

中国版本图书馆CIP数据核字（2011）第030966号

策划编辑　蔡伟莉
责任编辑　黄成艮
封面设计　久品轩

影响你一生的清华演讲大全集

出版发行　立信会计出版社
地　　址　上海市中山西路2230号　　邮政编码　200235
电　　话　（021）64411389　　传　　真　（021）64411325
网　　址　www.lixinaph.com　　E-mail　lxaph@sh163.net
网上书店　www.shlx.net　　Tel　（021）64411071
经　　销　各地新华书店

印　　刷　廊坊市华北石油华星印务有限公司
开　　本　787毫米×1092毫米　1/16
印　　张　23.5
字　　数　495千字
版　　次　2011年3月第1版
印　　次　2014年11月第6次
书　　号　ISBN 978-7-5429-2767-5/I
定　　价　29.00元

前　言

清华大学是中国杰出的大学，也是亚洲和世界最重要的大学之一。“自强不息，厚德载物”乃清华校训，它激励着一代又一代清华学子为中华民族的振兴和人类的进步奋斗不止。这里人才济济、师资雄厚、学习、文化氛围浓郁，是各种新思潮产生的地方之一。

演讲最早起源于古罗马共和国议会的辩论，是希腊民主政治的产物，演讲是历史的音符、时代的记录、艺术的绝唱、文化的结晶，在历史的进程中具有极其重要的作用。它悄悄凝聚着一种力量，酝酿着一种思想，爆发出一种声音，预示着一个未来，构思着一个神话，召唤着一个时代。

本书精心收录了部分国家政要、教授学者、商界精英、社会名人在清华的精彩演讲。这些演讲风格迥异，深入浅出。既有引人深思的深厚学理，又有催人奋进的人生智慧；既有语重心长的谆谆教诲，也有轻松诙谐的顿悟哲理；既有针砭时弊的政治言论，也有科学严谨的学术阐述；既有演讲者精心准备的美文大餐，也有演讲者激情澎湃的即兴发挥。政治家的热忱、科学家的缜密、外交家的睿智……无不显露出演讲者的智慧与才情。

本演讲集具有三个特点：第一，严谨性。编者查阅了大量的资料与文献，并经过了精心的筛选。第二，时代性。贴近现实，与时俱进，演讲的内容多是新时期的热点和焦点话题。第三，实用性。演讲的内容与我们的学习、工作、生活的方方面面息息相关。

在这个浮躁的时代，沉静与优雅在某种程序上甚至已经成为了一种稀缺品，现在让我们一起来聆听这些哲人雅士智慧的语言，深邃的思想吧！让智者的思想重塑我们的心灵，打开那久违的灿烂天空！

编　者
2011 年 2 月

名校点击

清华大学是中华人民共和国教育部直属高等学校，教育部直属重点大学，名列211工程、985工程，在中国历次重点大学建设中均被列入重中之重的建设序列，是中国最杰出的高等学府，也是亚洲和世界最重要的大学之一。依据2009年英国《泰晤士报高等教育增刊》的世界大学排名，清华大学总排名为世界第49名，位列中国大陆高校第一名。依据中国管理科学研究院《中国大学评价》的大学排名，清华大学连续13年位列中国大陆高校第一名。2009年中国首份官方权威大学排行、中央教育科学研究所高等研究中心评估，清华大学位居大陆高校第一名；同时，清华大学也是各类大学排行榜中获得第一最多的大陆高校。

清华大学的前身是清华学堂，始建于1911年，当时是由美国“退还”的部分“庚子赔款”建立的留美预备学校。1912年，清华学堂更名为清华学校。1925年设立大学部，开始招收四年制大学生，并开设国学研究院。1928年更名为“国立清华大学”，拥有文、法、理、工等院系，盛极一时。1929年，留美预备部结束，国学研究院停办，大学部第一届本科生毕业。1930年，设立中国第一个综合性研究院，全面招收各科研究生。1931年，梅贻琦任校长。1932年，增设工学院（由土木、机械、电机三系组成）、法律学系和农业研究所。1933年，设心理、社会、地理三个研究所。1934年，在江西南昌设立航空研究所，在湖南长沙成立无线电研究所。1935年，因不满日军于冀东成立伪政权，由清华学生为主要领导的“一二·九”爱国运动爆发。1937年，南迁长沙，与北京大学、南开大学联合组成长沙临时大学。1938年，长沙临时大学迁到昆明，更名西南联合大学，清华校长梅贻琦任联大主席。1946年，返回北京清华园复校，有文、法、理、工、农5个学院，26个系。1949年，梅贻琦校长出走美国，1955年，在台湾新竹复校，创建新竹清华大学。1952年，经院系调整，被迫调出文、法、理、农学院各系以及工学院航空、石油等系，仅保留原工学院建筑、土木、机械、电机四个系。1958 年，增设工程物理、工程力学系，恢复化学工程系。1966 年，“文化大革命”开始，学校失去正常教学及科研秩序。1977 年，“文化大革命”结束后，全国高等教育招生考试恢复。1984 年，建立中国国内第一个研究生院，建立经济管理学院，在已有理学科系基础上恢复理学院。1985 年，建立中国国内第一个继续教育学院。1988 年，在建筑系基础上建立建筑学院。1993 年，在已有人文社会科学类的系所基础上成立人文社会科学学院。1994 年，在已有信息学科系所基础上建立信息科学技术学院。1996 年，在已有机械类学科系所基础上建立机械工程学院。1999 年，恢复建立法学院，建立应用技术学院，原中央工艺美术学院并入，更名为清华大学美术学院。2000 年，在已有土木水利类学科基础上建立土木水利学院，在公共管理系的基础上建立公共管理学院。2001 年，建立医学院，工业工程专业从精密仪器系分离出来建立工业工程系。2002 年，在传播系基础上建立新闻与传播学院。2004 年，在工程力学系、宇航技术研究中心等基础上建立航天航空学院。2006 年，原中国协和医科大学更名为“北京协和医学院——清华大学医学部”。2008 年，恢复心理学系，成立马克思主义学院。2009 年，成立教育研究院，在生物科学技术系的基础上成立生命科学学院，成立地球系统科学研究中心和全球变化研究院，并在此基础上筹划恢复地学系和地球科学学院，成立出土文献研究与保护中心，复建清华国学研究院，在数理基础科学班（丘成桐任数学班首席教授）、姚期智计算机科学班、钱学森力学班等基础上实施“清华学堂拔尖创新人才培养计划”，并筹划增加生命科学班（施一公任首席教授）、化学班等进入该计划。

清华大学现有本科生 14 285 名，硕士生 14 090 名，博士生近 6 994 名。有来自 46 个国家和地区的在校留学生 1 753 名。国家重点一级学科 22 个、国家重点二级学科 15 个；本科专业 62 个，清华大学共有一级学科博士学位授权点 38 个，二级学科博士学位授权点 214 个；博士后科研流动站 34 个。自 2002—2009 年，全国先后三次完成了全部一级学科的评估工作（军事学科除外）。清华大学共有 56 次一级学科排名第一，其中 2007—2009 年第三次评估中，13 个一级学科排名第一，名列参评单位榜首。

作为中国大陆综合实力最强的大学，清华拥有诺贝尔奖得主名誉教授 18 人，诺贝尔奖获得者 1 人，图灵奖获得者 1 人，中国科学院院士 38 人，中国工程院院士 34 人，973 项目首席科学家 28 人，长江学者 152 人。以上数据均居全国高校之首。

对高中毕业生来说，清华是中国大陆竞争最激烈的大学，每年只有中国各省市高考成绩最优秀的高中毕业生才有机会被清华录取。清华大学的本科生毕业后有相当一部分到美国的院校攻读博士学位，据《高教年鉴》报道，2006 年清华位列获得美国院校博士学位最多的本科生生源院校榜首。

多年来，清华大学培养了无数国内外优秀学子，还接纳了来自世界各地的大批留学生和访问学者，成为名副其实的“世界”名校。

目录

PART 1 各国政要的清华情怀

PART 2 教授学者清华论道

PART 3 商界精英清华讲述事业点滴

目录

各国政要的清华情怀

中德两国在世界上的作用

约翰内斯·劳　2003 年 9 月 12 日

约翰内斯·劳于 1931 年 1 月 16 日出生在德国伍珀塔尔市郊的一个教会家庭。毕业于出版专科学校，曾任基督教青年出版社经理。他 1958 年步入政坛，历任北威州议会议员、伍珀塔尔市议会社民党党团主席、伍珀塔尔市市长、德国社民党北威州主席、德国社民党副主席等职。约翰内斯·劳 1978 年起任北威州州长长达 20 年，并先后两次出任德国联邦参议院议长。1999 年 7 月至 2004 年 6 月任德国联邦总统。

尊敬的校长，尊敬的教授们，特别是亲爱的同学们：

非常感谢你们给予我的热情接待。多年来，你们的学校清华大学，与德国的多所高校及科研机构有着良好和富有成果的合作，在我们两国的科学交流中，清华大学发挥着突出的作用。我非常高兴，今天能到你们大学来做客。

这是我第三次到贵国来访问。上一次是 1988 年。你们一定可以想象，我是带着怎样好奇与向往的心情期待这次访问的。15 年对很多民族发展史来说算不上一段长时间，对于拥有 5000 年历史的中国来说就更不足挂齿了。但是过去的 15 年却急剧改变了中国。我可以毫不夸张地说，这次我来到的是一个“新国家”。

在准备这次访问时，我读了一本报道中国的书。其中写到一段一个外国人同一个中国历史学家的对话，那个中国人说，以前，我们每年大概有两个大变化，三个小变化。1993 年或 1994 年以后，这轮子越转越快。现在，早上醒来，只要床还在卧室原来的地方就觉得松了一口气。

从我上次访问以来，中国确实发生了巨大的变化，这种变化常常来之不易。以目前我们在德国的经验来看，变化与结构转型是会带来痛苦的。我钦佩中国人民应对深入改革及承受改革所带来压力的态度与方式。过去两天中的所见所闻使我相信，中国正面临着众多独特的挑战：世界上人口最多的农业国要转变成为工业国家，工业的私有化，银行业的改革，建立有效的社会与医疗保障体系，还有完善法制，所有这些都是重大的任务。可你们已经取得了那么多成绩！你们根本不必惧怕批评性的论战，与中国所面临的挑战相比，我们在德国要解决的许多问题真可谓一览无余。

中国在经济和社会方面的变化也改变了中德关系。1972 年建立外交关系以来双边贸易增长了 50 倍。近年来又有令人瞩目的增加，今后继续增长的潜力很大。

如今中国是德国在亚洲最重要的贸易伙伴。德国则是中国产品在欧洲的最大市场。“中国制造”是许多德国人早已熟悉的商品标志。中餐馆是德国每一个城市餐饮业不言而喻的组成部分，中国菜在我们那儿有很多爱好者。

除了作为贸易伙伴以外，中国也已成为世界范围内有吸引力的投资地，德国所有大企业都在这里建立了自己的生产基地。

20 世纪 80 年代以来中国改革的影响远远超出了经济范畴，它全面影响着我们的关系。德国与中国发展起来的这种伙伴关系在其他领域也具有榜样作用。目前有一万三千多中国人在德国学习。在德国大学生的观念中，到北京、上海和南京去学习是个秘诀，是以后在工业界找个挣钱多的好工作时的附加资本。这些年轻人显示出了我们两国间相互的兴趣，同时他们也是我们两国今后相互理解和友好关系的保障。仅去年一年就有十多万中国旅游者来到了德国，去中国旅行也是德国旅游业的重要项目。两国之间由此获得了更大范围内的人员交往，这种形式是过去所缺少的，今后肯定会给两国关系带来变化。

中国的开放不仅反映在经济上而且反映在外交上。中国在世界上的作用发生了变化，其结果影响到整个国际关系。近年来，中国在东亚及东亚以外的地区承担起越来越多的责任。这一发展最明显的标志是中国加入世贸组织 WTO，这使得中国与其他世贸组织成员国之间的贸易关系拥有了坚实的法律基础。中国更积极地跻身于多边论坛，德国对中国的积极参与表示欢迎。

——由中国倡议建立的东盟国家自由贸易区为东南亚地区的贸易注入了新的动力，展示了长远前景。

——中国与东南亚国家对用和平方式解决领土争端的行为准则达成了共识。

——中国与俄罗斯和中亚国家在“上海合作组织”内就这一地区的问题交换意见。

这些地区性的合作协议增进了参与国之间的相互信任，促进了贸易与安全。

今年和以后的几年中，我们两国在安理会共同担负着责任。对于今年世界政治中重大的意见分歧两国都主张依靠联合国，依靠多边解决的方式。我们必须坚持这一原则，否则我们就无法解决这个世界上的大问题，无论它是安全方面的，经济或社会方面的，还是环保方面的。

朝鲜危机突出地显示出，要阻止冲突的进一步升级，中国的努力和斡旋是不可或缺的。作为邻国，中国对朝鲜半岛的和平发展有自身利益的高度需要。中国积极承担起与此相关的责任，其意义远远超出这一地区本身，关系到整个世界和平。德意志联邦共和国欢迎这种努力。

请允许我再提到另一个领域，我认为这一领域内的国际合作尤为重要：那就是环境保护。多年来我们一直面临经济行为破坏环境的问题，空气污染，森林减少，可能的气候变化。欧洲水灾之年过后接踵而来的是高温干旱的一年。我对中国签署了《京都议定书》感到高兴，非常欢迎中国愿意与我们和其他很多国家一起走上其规定的道路。这对今天的世界人民极其重要，对我们的子孙后代更为重要。德国非常愿意在这一领域与中国合作，让我感到高兴的是，已有了这方面的具体计划。

为国家和人民的幸福发展经济是中国目前面临的大挑战。几乎没有人怀疑，贵国具有这种发展的潜力。人们告诉我说，到了上海我将亲眼看到这一点。

要充分、最优地发挥出自身的潜力需要伙伴，德国和德国的经济界愿意成为这样的伙伴。尽管我们两国大小不同，但业已开始的合作对双方都大有好处。当然不是所有的美梦都能成真，不是所有预想的计划都能实现。但我欣慰地看到，德国经济界利用这个合作机遇的决心坚定不移，我鼓励双方继续这样做下去。因此，有一批来中国寻求合作的中型企业家随同我来访也就不是偶然的事了。

中国的开放和德国 1990 年的重新统一都发生在一个加强国际交流的时期，“全球化”成为这一时期世界范围内讨论最多的一个词。

全球化为我们带来了新的机遇和新的可能性。你们作为大学生和学者令人羡慕，可以在全世界的大学里挑选可能提供最佳学习和科研条件的地方。几秒钟之内就可获得来自世界各地的信息，这促进和加快了科学与技术的进步。作为依赖出口的国家，德国和中国都从世界自由贸易中获益。

某些国家和政府害怕他们的人民自由接触互联网所提供的、几乎是无限量的信息，他们试图筑起阻挡信息和新闻自由的大堤。在德国，我们认为在无数新技术的面前，这种尝试肯定是要失败的。我们坚信，一个社会是离不开依赖于信息自由的创造性潜力的。

国际关系的全球化常常令人感到不安。很多人觉得，它的发展不受人的控制。然而全球化并不是自然现象，而是人的行为。为了掌握它，为大家的利益利用好它，必须对全球化进行政治塑造，为此，我们需要全球性的、多方的行动。

统一的德国在全球化的世界上与其他欧洲国家一起在欧盟找到了自己的位置。这一联盟不仅仅是一个自由贸易区，它是一个以共同的价值观和信念为基础的长远共同体。它的成员国坚信，联合起来共同应对目前及未来的种种挑战比单干强，因此，它们愿意放弃一部分国家主权。

欧盟中联合了大小不同的国家。我们反对一国或几个国家主宰欧盟；同样，在国际关系的塑造中，我们也希望尽可能多的国家参与进来。

欧盟在安全政策方面进一步紧密联合。唯有如此，它才能够承担起更多的国际责任，为有效地保障和平作出贡献。例如，德国和荷兰在 2003 年上半年共同负责指挥驻扎在阿富汗的联合国维和部队。德国将继续积极支持阿富汗的和平进程和重建。我们感谢中国也对阿富汗承担了责任。

今后联合国及其组织机构应成为我们最重要的政治工具。要想超越地区、语言、宗教和文化界限，诚恳地以平等的伙伴方式寻求全球问题的解决办法，联合国是最好的工具。

中国作为安理会常任理事国和目前作为安理会成员国的德国对有效发挥联合国的作用负有责任。联合国的强大与否最终取决于它的成员国共同行动的意愿。如果成员国的政治目标一致，联合国就能够战胜前一段的挫折，成为多边政治的核心工具。德国支持联合国，因为我们坚信，国际社会只有统一行动才能解决当前的紧迫问题。

如今中国和德国以多种方式紧密地结合在一起，无论是政治、经济还是科技领域，我们都保持着良好的关系。在这个日益变小的世界上，我们面临着越来越多相同的、跨区域的问题，外交政策正在变成世界内政。因此，我们两国由此得出的结论是正确和重要的：我们要加强所有领域里的合作，一起为加强建立在联合国宪章基础上的国际关系中的共同行动而努力。

朝鲜半岛和平与韩中合作

金大中　2004年7月2日

金大中，生于1925年12月3日，韩国政治家、前总统。1943年中学毕业后，在一个日本人开的公司中做职员。1945年接管这一公司，成为富商。朝鲜战争期间被俘获并被判处枪决，后逃脱。1997年5月，新政治国民会议推选金大中为韩国第15任总统竞选候选人，12月18日，竞选获胜，1998年2月25日就任。并在2000年因促成朝韩两国首脑的首次会谈而获得当年度诺贝尔和平奖。2009年8月18日下午，韩国前总统金大中病逝。

尊敬的顾秉林校长及各位教授，各位亲爱的同学们！

今天有机会来到清华大学发表演讲，我感到无比的荣幸。清华大学不但有着灿烂的历史与优良的传统，更引领着今日中国发展的步伐。韩中两国有数千年的交流与合作的历史，特别是韩中两国建交以来的12年间，我们双方为韩半岛和东北亚的和平、韩中两国及东亚的发展共同作出了不懈的努力。

在实现南北韩的和解合作、和平解决北韩核问题的进程中，以胡锦涛主席和江泽民主席为首的中国领导人以及中国人民给予了积极支持。我从1998年开始任职5年韩国总统，作为前任韩国总统，借此机会向中国领导人和中国人民表示深深的谢意。

论及韩半岛和韩中关系，的确有许多问题值得探讨。但是今天因时间有限，我将就我们共同关心的韩半岛和平和韩中合作问题发表谈话。各位如果有其他问题需要提问，我将予以解答。

尊敬的各位！

今年6月15日，为纪念2000年6月15日南北首脑会谈召开4周年，韩国的延世大学金大中图书馆和北韩共同举办了国际研讨会。南北韩和中、美、日、俄、欧盟的韩半岛问题专家均参加了此研讨会，卢武铉总统也出席祝贺，活动取得了圆满成功。现在，南北韩关系正取得前所未有的发展。更值得瞩目的是，在韩国原先忧虑南北关系发展并持批评态度的人，也一同融入到庆祝6·15纪念日的氛围之中。所有政党和媒体的共同参与使我相信阳光政策正得到全国人民的支持。

6·15南北首脑会谈以后的4年间，南北关系发生了重大变化。

第一，韩半岛的紧张局势得到了极大缓和。现在南北两方的人民再也感受不到过去那种战争的威胁。为了和平和安全，战争不可避免的想法也在消失。

第二，南北韩间的人员往来取得了长足的进展。离散家属重逢、民间交往、金刚山旅游等活动已促成近百万人次的往来。这种趋势将来也会不断发展下去。

第三，增进南北韩人民之间的相互理解、萌发出同胞友爱之情。曾持续半个世纪的不信任和仇恨之气氛正大幅减弱，取而代之的是把对方视为和平共处、和平统一的同胞的风气。

第四，南北韩之间的经济合作正快速发展。贸易额从我在任期间的2亿美元增加到目前7亿美元，增长了3倍以上。南北韩还携手创建开城工业园区，并连接中断了半个多世纪的铁路和公路等，双方在经济领域的合作正得到落实。

第五，随着文化、体育和旅游等领域的广泛交流，加深了南北韩人民之间的相互理解。特别是在兴行亚运会和世界大学生运动会期间，北韩派出了人数众多的运动员和助威团，使其成为民族和解的盛大庆典。此外，南北韩双方还商定，继悉尼奥运会之后，在即将于今年8月召开的雅典奥运会上，双方的运动员将再次统一着装一道进入会场。

最后，双方召开了将军级会谈，为防止在西海岸和停战线发生武装冲突，以及杜绝相互诽谤采取了相应的措施。军事领域良好的合作开端将是韩半岛和平进程中最具意义的成就。

尊敬的各位！

在阳光政策的旗帜下，我们不懈地推动基于和平共处、和平交流、和平统一三项原则的统一政策。在如上所述的南北关系的发展进程中，我们得到了世界舆论特别是中国政府的积极合作与鼓励。我在任期间，经常与当时的江泽民主席、胡锦涛副主席和朱镕基总理会晤。每次，他们都非常支持并鼓励我所提倡的阳光政策，对韩半岛的和平和韩中关系的发展表现出极大的关心，并且不遗余力地给予一切合作。

在这一过程中，韩国国民对中国的友好感情与亲切感与日俱增。胡锦涛主席非常关心韩半岛的和平和南北双方的合作，因此我相信，韩中两国关系纵深发展和将取得进一步发展。以胡锦涛主席为核心的现任中国政府为解决北韩核问题，在六方会谈中发挥主导作用的同时全力以赴推动会谈进程。在我任职期间，中国领导人也多次明确表示反对北韩拥有核武器。

北韩必须放弃核开发计划，这是北韩不可回避的义务。不仅如此，如果北韩进行核武装，在东北亚地区很有可能出现核问题上的“多米诺骨牌效应”，其危险程度不言而喻。目前，韩国国民和我本人都支持六方会谈，并且期盼会谈取得成功。最终缩小北韩与美国之间的立场差异是取得六方会谈成功的紧要条件。北韩必须完全放弃核武器开发，接受彻底的核查。包括美国在内的六方会谈与会国应向北韩提供安全保障的同时也应保障北韩融入国际社会。由于相互存有强烈的不信任感，因此要采取同步或并行的办法。我认为北韩有弃核的意愿，美国和其他六方会谈与会国应劝导并帮助北韩弃核。正如美国的一位韩半岛问题专家所言，北韩核问题的解决越是推迟，北韩成为永久性核武器拥有国的可能性就会越大。

值得庆幸的是，在第三轮六方会谈中，北韩与美国都采取了进一步合作的态度，这使国际社会看到了新的希望。我想，作为东道国的中国功不可没。

六方会谈必须取得成功，而且将来即使北韩核问题得到解决，六方合作的机制也应继续发挥作用，为韩半岛和东北亚的和平作出共同的努力。

距今约 33 年前，也就是在 1971 年我竞选总统时，就已经主张应由中、美、日、苏四个大国共同保障韩半岛的和平。韩半岛在地缘政治上的位置向我们提示了和这些强国达成紧密的和平协议将是必不可缺的课题。19 世纪末和 20 世纪初，作为清朝政府、日本、俄国以及美国等列强势力纷争的牺牲品，我们民族失去国家，经历了苦难的时期。因此，六方合作机制对维护韩民族的稳定和生存以及实现东亚地区稳定和繁荣是非常必要的。

尊敬的各位！

自从公元 7 世纪韩半岛统一以来，韩中两国一直保持着和平共处的关系。不仅如此，在政治、经济、文化等方面也一直保持着密切的交流。我们从中国引进的儒教、佛教等精神财富丰富了我国国民的知识和信仰世界。在漫长的历史岁月中，我们的祖先彼此互利合作，更加巩固了友好关系，我们为此感到十分自豪。

现在我们继承这段引以为豪的历史，并推动更为紧密的、广泛的合作关系。我们不仅致力于韩中两国的和平与繁荣，也为整个东亚地区的安全与发展携手合作。

我虽然已经结束总统任期淡出政坛，但为了韩半岛的和平与统一，我愿意尽我所能贡献一份力量。而且，作为诺贝尔和平奖得主的一项使命，我愿意为东亚地区和世界的和平与繁荣以及实现正义尽我的微薄之力。我希望能得到我所尊敬的中国各位领导以及朋友们的大力支持。

亲爱的同学们！

1820 年，中国的 GDP 占全世界 GDP 的 27%，而英国当时却只占 5%。现在全世界的目光都注视着中国。美国和日本的许多经济学家预测，截至 21 世纪中期，中国将拥有世界最大规模的经济实力，这也是各位青年朋友们所要肩负的使命。

但是，请各位切记，21 世纪既不是工业社会的民族主义时代，也不是一个可以不由分说肆意发动侵略的帝国主义时代。21 世纪是世界进入一体化的地球村时代。交通、通讯尤其是信息媒体的飞速发展使世界成为一个大家庭。因此，在 21 世纪不论是发达国家还是发展中国家都应在均衡的全球化框架内共存共荣。如今只关注少数人利益的全球化，必然会受到多数贫穷人民的强烈抵制。在世界各地频发的恐怖活动，其根源在于不公正的贫富差距。

中国不久将进入经济强国的行列，在座的诸位作为中国未来的主人公肩负着历史的使命，即为了使全人类在全球共同繁荣的环境中带着希望幸福生活，青年人应发挥主导作用。

和中国相比，我们韩国在面积上是一个小国，同时还有南北分裂的问题，但是在经济方面，韩国绝不是一个小国，我们的国民生产总值位居世界第 12 位；并且就贸易总量而言，韩国是位于世界第 13 位的贸易大国。我们的年轻人以这种经济实力为基础，共同参与到建设共存共荣的地球村的努力中来。

今天，我站在这里发言，是希望韩中两国的年轻人能够世世代代地维护我们之间世代相传的睦邻友好关系；同时，为了韩半岛的和平与稳定，为了互利互助的东亚各国人民以及在全世界实现正义，让我们怀着美好的梦想携手走向未来。

我的演讲到此结束，谢谢大家！

韩国前总统在清华大学的演讲

卢武铉　2003 年 7 月 9 日

卢武铉，大韩民国的第 16 任总统。他在 2002 年的总统选举中代表新千年民主党击败韩国国家党的李会昌，并于 2003 年就任总统。2008 年卸任总统，2009 年 5 月 23 日跳崖自杀身亡。

尊敬的顾秉林校长，尊敬的吴启迪教育部副部长，各位老师和来宾，在座的亲爱的同学们，大家好，很高兴今天能和各位见面。

一路上我看到校园环境非常优美，清华大学作为中国名牌高等院校的代表当之无愧。

我听说最近中国青年人当中流行一句话，叫做“清华大学的学生值得交往”。对此，我想全世界的年轻人都有同感的。

今天，我想和大家交个朋友。因此，非常感谢有这样一次难得的机会同大家进行交流。

今天，令全世界所赞叹的中国的快速发展中包含着清华校友们的汗水和热情。尊敬的胡锦涛主席是各位值得骄傲的学长，这一点也足以突显清华人的自豪感。

“自强不息，厚德载物”的清华精神可谓是学习的基本态度。以这种姿态不断进取，清华大学必将能够实现建设“世界一流大学”的目标。

大学是为未来做准备的地方。此时此刻，我想说的也是关于我们未来的话题。

此次访问是我的首次中国之行。中国伟大的文化遗产、辉煌的经济发展、勤劳而充满活力的百姓们的生活，这一切令我惊讶和深受感动，这种感动我难以一一用语言表达。

在全国人民众志成城的努力下，中国政府终于战胜了非典型性肺炎（SARS），借此机会我对大家表示慰问，同时高度赞赏中国人民所取得的成果。

中国即将迎接 2008 年北京奥运会和 2010 年上海世界博览会，我想这又是一次实现中国社会全方位崭新飞跃和繁荣的重要契机。我和全体韩国国民也将为这些活动的圆满成功竭尽全力给予支持和帮助。

一直以来，我非常敬重中国前领导人邓小平先生、江泽民中央军委主席、朱镕基前总理以及胡锦涛主席运筹帷幄的领导能力。

我相信，在他们所设计和领导的改革开放政策的引领下，中国必将实现富足的中产阶级社会、小康社会的目标。

下个月，韩中两国将迎来建交11周年。

建交以来，我们两国在各个领域都发展了“全面的合作伙伴关系”。

每年，韩国人出访最多的国家就是中国。去年，两国互访人数达到了226万人次，比10年前增加了近7倍。

目前，在中国学习的韩国留学生有三万六千多人。也就是说，每10名外国留学生当中就有4名韩国学生。在清华大学，也有500多名韩国学生作为自豪的“清华校友”而学习和生活着。

在经贸领域，我们两国互为第三大贸易伙伴国。去年两国的贸易额超过了410亿美元。最近，中国已经成为韩国企业最热衷的第一大投资对象国。

在新技术领域两国的合作也非常活跃。下周，清华大学和韩国电子部件研究院共同开设的“韩中电子部件产业技术合作中心”将挂牌，在此，我表示衷心的祝贺。今后，两国间此类未来尖端领域的合作将更加活跃。

韩中两国关系所取得的这种快速发展，并不是一件意料之外的事情。

我们两国具有数千年的睦邻交流史，两国人民互有天然的亲近感，并极大地关注对方的生活和文化。最好的例子就是“汉风”和“韩流”的盛行。

最近，韩国兴起了学习中文和中国文化的热潮，到处都可以看到中国商品。乘坐汉城的地铁，你还可以听到中文报站广播。在年轻人当中，几乎无人不知晓像张艺谋导演，巩俐、黎明这样的中国艺人。

我听说在中国也掀起了一股“韩流”，很多人喜欢韩国的歌曲、电影和电视剧。最近，韩国的泡菜也很受欢迎，有机会的话，请大家也品尝一下泡菜的美味。

如此种种，韩中友好合作的土壤非常肥沃。

问题是在这样一片沃土上撒下什么样的种子，不同的种子将结出不同的果实，它将改变20年、30年以后的未来。

我有一颗保存已久的种子，它是21世纪东北亚的希望的种子，是对东北亚“和平与繁荣时代”的展望。

在过去的岁月中，东北亚地区重复着对立和矛盾的历史。东北亚因为对大陆和海洋的势力冲突、东西方矛盾、东西阵营的理念对立等原因，长期摆脱不了相互怀疑甚至反目的局面。

这些因素导致的戒备心像一处未愈的伤疤至今都留在这一地区人民的心中。

现在，需要改变这种东北亚地区的历史。我们不能重复侵略和统治所造成的痛苦的历史，我们应该治愈对立和冲突的伤痛，走向合作和大同的新秩序。

在我们相互戒备和怀疑的过程中，我们被落在了世界发展的后面。我们应该越过本国利益、小我的篱笆，谱写大同的崭新历史。

为此，首要的是我们应该拆除心灵之墙，取而代之要播下和解与合作的种子、和平与繁荣的种子。

在半个世纪前，欧洲各国已经为共同的未来树立目标并播种。今天，欧盟

(EU) 已经共享着令全世界羡慕的和平和繁荣，国与国的戒备、心中的壁垒也都拆除了。

我相信，我们东北亚地区也能够迎来和平与繁荣的未来。

在 80 年代初期，韩国和中国互相没有往来。甚至，谁见了对方的国家的人，都会受到惩罚。但在之后的十几年间，韩中关系取得了难以想象的发展。

今天我们所创造的一切是过去所无法想象的。我相信，我们同样有能力开创美好的明天。正因为如此，我们对东北亚的未来充满信心。

今年年初，韩中两国均选举产生了新一届领导集体。

我认为，两国人民选择本人和胡锦涛主席这样年轻的领导人绝不是偶然，这里包含着深刻的意义。我切实感受到，人民的期待和时代的要求都在不断变化。

东北亚时代即将到来，中国和韩国正处在这一中心。

为迎接这一时代的到来，我们有必要认真探讨。我们应携手共进，以实现东北亚地区的共同和平与繁荣这一远大目标。这正是今天我们所共同肩负的历史使命。

如今，东北亚地区正逐步成为全球经济的发动机。该地区的 GDP 占全球的 20%，再过 10 年或 15 年有望超过 30%。这里有着丰富的资源、热情的人民，还有灿烂的文化传统和巨大的发展潜力。

如果我们的共同愿望——和平与繁荣成为时代主题，东北亚的历史将焕然一新。在不久的将来，我们将会与欧洲和北美洲并肩成为世界经济的三大支柱，并将引领世界的和平与发展。

与此同时，东北亚将成为集生产与投资、金融与贸易、信息与技术一体的世界“繁荣中心”。到那时，北京的学生买张火车票就可以经平壤、汉城和釜山到东京旅行。这是一幅和平而富饶的“东北亚时代”蓝图。

“东北亚时代”将从经济发展开启，但只考虑经济因素是远远不够的。我们需要的是，能够把东北亚地区各国人民紧紧联系在一起的一种力量。

庆幸的是，以韩中两国为首的东北亚各国共同拥有传统的价值观和源自儒家传统的人本位思想、相生与“和为贵”的思想、大同思想，这些世界观都是东北亚人民所共有的珍贵的精神遗产。

我认为，除此之外我们还需要“面向未来的开放精神”和“着眼于合作的参与精神”。

如果我们继续为共同的未来而敞开胸怀、为谋求合作而积极参与，对立与矛盾将成为历史，我们迎来的将是合作与整合的新秩序。

这一切都不会一蹴而就的。首先需要不懈地进行对话和交流，从具体的合作事宜开始逐一实践，构筑相互信任的关系，进而扩大共同的利益。

通讯、能源、资源、环保等领域的地区合作及连接朝鲜半岛、中国和欧州大陆的“铁道丝绸之路”等事业都可成为很好的范例。

每年，借 10+3（东盟和韩中日）会议的机会召开的韩中日三国领导人会议，将成为共商未来的互利的对话场所。

当前，我们所面临的关键问题是实现朝鲜半岛和平。

如果没有朝鲜半岛和平这一前提，就谈不上东北亚的和平与繁荣。

怎样使朝鲜当局融入到和平与繁荣的大环境是韩中两国共同关心的问题。朝鲜通过改革实现经济稳定，并建设性地参与国际事务，将对韩中两国乃至东北亚地区的和平与繁荣作出很大的贡献。

在开启“东北亚时代”的过程中，我们不能忽略任何一个因素；同时，任何一个因素都不能威胁周边国家的安全和东北亚的稳定。

朝鲜应该放弃核武器开发计划，他们应该选择和平共处的道路。国际社会任何一员都不认为朝鲜的核开发计划能够保障朝鲜的未来。

我们衷心希望朝鲜加入到和平与繁荣的队伍中来。如果朝鲜放弃核武器开发计划，走向对话和开放之路，国际社会将不惜必要的援助和合作。

为了通过对话和平解决朝鲜核问题，韩国政府将同相关国家一道尽最大的努力。

特别是，中国政府始终为朝鲜核问题的解决和朝鲜半岛和平积极发挥着建设性的作用，对此我深表谢意。我希望这种努力能够结出果实，在朝鲜参与的情况下掀开“和平繁荣的东北亚时代”。

古语说，“大鹏逆风飞，生鱼逆水泳”。

我生长在贫苦的农村，因家境贫寒，未能进入大学。但是通过自学，我成为法官、律师并进入了政界。

我始终站在正义一边，努力为人民谋利。其间，我经历了风吹雨打和艰辛，也遭到了许多挫折，但是我并没有放弃原则和信念。

我的梦终于实现了。各位同学只要心里装着远大的抱负，坚持原则和信念，那么你的梦想也终将会得到实现的。

让我们大家一起撒下希望的种子吧。为了东北亚的未来，为了我们的未来，请大家一道献出自己的理想和智慧吧。

我希望有朝一日能和大家重逢，共享收获丰硕果实后的喜悦和成就感。

我相信，不久的将来我们会迎接这一天的。

谢谢大家。

应对气候变化

尼古拉·萨科奇　2007 年 11 月 27 日

尼古拉·萨科奇，1955 年 1 月 28 日出生，匈牙利裔法国政治家，他于 2007 年参与总统初选，先取得人民运动联盟参与法国总统大选的党内代表权，经过两轮投票，2007 年 5 月 7 日凌晨 2 时左右，法国总统大选结果公布，尼古拉·萨科奇以 53%的支持率赢得大选，当选为“法兰西第五共和国”的第六位总统。

尊敬的部长先生，尊敬的校长先生，各位嘉宾、女士们、先生们：

今天我很高兴能够对象征中国未来的各位发表讲话。你们能够求学于清华大学这所培育了许多伟大科学家和知名学者的高等学府，这真是莫大的幸运和荣誉，我意识到，这对大家来说是非常重要的事情。大家有这样的运气，能够克服那么多的困难，在激烈的竞争中脱颖而出是不容易的。我知道在中国，教育部负责学生的工作，在塑造中国的未来。我作为欧洲一个千年古国的领导人向大家发言，作为大家的朋友来向大家发言，作为尊重各自的差异和热衷于加强双方关系的朋友向大家讲话，我想谈及我们的地球现状，因为这是我们共同的现状；也要谈及中国人、法国人和全人类急需应对的气候变化的问题，我们要快马加鞭行事。

我要告诉大家，地球的承受力已经超出了极限。我了解各位和举国上下散发出的活力，我也知道你们应该为此而自豪。我了解这种想要有所作为的豪情壮志，中国的面貌的确因此而日新月异，这是全球瞩目的事情。今天通过对中国青年的讲话，我也想向其他所有做事果断、意志坚强和致力于造福下一代的人士说几句话。

有这么一天，下一代人将会替代你们。我要对你们说，为了控制气候变暖及其恶劣的影响，我们所面对的这个挑战涉及了全人类的未来。这不光是中国、欧洲、法国的问题，这是涉及到全人类的问题。我们应对气候变暖的做法，可以使得我们未来的世界变成富有机遇的世界。在经济生产发展的同时，应该注意环境的保护。我们现在不能够把发展和环保对立起来，为了使得未来的世界能够稳定和公正，我们应该分享一下我们应对的办法，以更好地面对规模极大的挑战。

中国和法国应该为此在全世界开辟道路，这也是我此行的意义所在。今天，我们所知道的情况是什么？政府间气候变化专门委员会汇集了 2 500 名世界上最优秀的科学家，他们来自全世界各国，他们的考察成果告诉我们什么？他们告诉我们，全球的安全严重地受到了气候变暖的威胁；他们告诉我们，温室气体的浓度将会导

致全球增温，而全球增温是全人类史无前例的。这些科学家已经证明，超过两度的增温，也就是气候变暖一旦超过两度的话，这个局面就难以挽回。对于人类或者其他生物来说，都是一个不可扭转的局势。

气候和环境的挑战要求我们必须采取行动，不光是要确保下一代的未来，同时也要确保你们这一代，你们自己的健康、你们国家的繁荣，全球的发展都依靠我们的行动。

我借此机会向气候变化专门委员会致意，他们一直默默无闻地工作，他们要面对那些怀疑的态度，但是今天没有人能够说，我们不知道这个情况。气候变化专门委员会和戈尔荣获了2007年诺贝尔和平奖，戈尔也对此作出了极大的贡献。他对此项重大问题的贡献超越了纯学术的局限性，也摆脱了意识形态的对峙。全球变暖不光是专家面对的问题，也是大家所面对的问题，大家在这方面的意见是协调一致的。

联合国秘书长曾经今年9月在纽约主持召开了联合国气候变化问题高级别会议，所有的国家，所有不同意识形态、不同宗教信仰的人士都同意，认为这是一个紧迫的问题。气候变化严重和长期威胁着所有国家的发展，类似中国的经济增长在中期、长期时间内也可能会受到严重的影响。这个行动不光是非常紧迫的，它也应该是集体的，而不是对峙的态度。

我们应该集体行动，而且是大规模地行动。因为这个威胁是前所未有的，国界起不了什么作用，因为任何国界都不能够终止气候变化。各国的舆论，其中包括中国的舆论都要求我们要协调一致地行事，以终止由污染引起的癌症，终止对健康的影响和对地球的摧毁。因此我们要确定一个行动框架，而合法的行动框架就是联合国的框架。因为气候变化是一个全球的问题，因此，我们的应对也应该是全球性的，这不应该是由欧洲，或者是亚洲，或者是北方国家，或者是南方国家来应对，这应该是全球性的应对，应该由联合国来应对这个问题。

巴厘岛即将召开联合国气候变化大会，我们将拟定一份宏伟的计划图，并在2009年制定全球行动计划。我们政策的核心环节就是大力削减温室气体的排放量，这一点也不需再加辩论，我强调一下，不采取行动就是一种罪恶的行为。我也意识到，就达到这个目标的手段等来说，大家也有不同的想法：有些人强调减排的义务，有人强调其成果，也有人关注其手段。不过我们必须有足够的能力来应对这个局面。根据科学家的意见，我们拥有40年的回旋余地，我们还能够采取行动。如果是集体行动的话，在2050年之前还是及时的。在40年的时间里，如果我们仅仅指望于中长期的技术突破，而把减排的努力推迟，那么由于前阶段所累计的损失日益庞大，到时候很可能要付出更为艰苦的努力。

因此我深信，而且我也想说服中国朋友，我们应该拟定一个集体的和量化的目标，把对气候变化的控制稳定下来，能够稳定在大家能够承受的水平。如果我们不拟定这样一个目标的话，那么肯定就不能够避免灾难性的局面。欧盟建议从现在到2050年前将全球温室气体的排放下降到1990年的50%。法国为自己提出了更高的要求，法国已经作出承诺，到2050年，将其温室气体的排放量下降到目前的1/4。所以，法国要努力采取行动，树立一个典范，使自己的温室气体的排放量大量下降。希望我们的行为能够在全球范围内得到重视；同时，让中国、尤其是中国的青年一代能够和我们一起来说服所有的政治家采取行动，以便避免这种恶劣现象的出现。

法国同意各国在气候变暖问题上责任有别的原则。我知道从人均对世界的污染来说，我的国家在历史上可以说超过了你们国家所造成的后果，所以我们对此应该承担更大的责任。这也是为什么我在当选总统之后立刻就组织国内的各方合作者，包括地方政府、企业界、工会和非政府组织，以便能够共同寻求到一种兼顾经济增长和环境保护的新的发展模式。动员民主是非常重要的，而中国的非政府组织也是这样，在这方面能发挥重大的作用。

各位朋友，我们大家都需要实现经济增长，你们需要实现经济增长，因为每年你们有上百万、上千万的人需要就业机会。因此，我们希望要对保护环境采取强有力的措施。我们现在所面对的巨大挑战就是如何既能够保持稳定的经济增长，同时又能够创造就业机会、社会财富和保护环境。

法国刚刚作出决定，要投入大量的努力，以便实现无碳型的经济增长，而中国将紧随其后，以自己的力量作出相应的努力。因为中国已经面临着危机、发展和人民健康的诸多问题。比如空气污染、水源污染，以及随之而来的沙漠化、水位增高等生态问题。中国在过去从来没有遇到过如此严重的问题。我知道，在中国的“十一五”计划中，中国已经立志采取措施，努力实现可持续发展，同时保护自然资源，而且决定到2010年将降低20%的能耗，其中特别是建筑能耗降低50%。

如果说世界上有一个国家在人和资源的关系方面看法和法国最为接近，那这个国家就是中国。中国一贯信守她的传统观念，崇尚天人合一，所以中国今天可以再一次证实她的活力，用她的实践经验和她成为表率的能力。

2010年，上海将举办世博会，而世博会的主题是“城市的可持续发展”，这将是贵国展现抱负的大好时机。法国届时会参加，我们是第一个宣布参加这次盛会的国家。我很高兴地看到，我们两国在应对气候变化的众多领域中，还会不断加强合作。比如说，我们的保罗部长已经向中国政府提出了具体的建议，建立一个中法特别工作小组，以便能够动员起我们所拥有的一切技术和力量，来保护世界的环境。而且，我们的努力已经取得了成果。

法国今天已经成为欧洲在二氧化碳排放方面比例最低的国家。在法国，大量的能源生产是采取了非碳化的生产，而且我们也大大低于经合组织各国温室气体排放的平均水平。我们现在已经拥有了很多节能技术，包括卫生、交通和汽车制造方面节能技术的计划。法国希望中国能够进行合作，以便使我们所面对的全球性的挑战能成为全球性合作的一个机遇。

我希望致力于应对气候变化的企业，如威立雅、苏黎士集团、法国电力、阿尔斯通等，能和法国的银行机构一起，和中国继续合作，建立合作伙伴关系。而且我知道，法国企业可以吸纳中国大量的杰出人才，贵校就是培养这些人才的杰出代表。我们应该加强合作伙伴关系，以便能够保持可持续发展。我们本着这一精神开展多种大型研发项目，比如碳捕获、碳结存和净碳计划，利用肥料生产能源、电镀机车等等，我们建立组织，汇集两国领导和专家工作组，确定最好的开发、普及清洁技术条件的方案。我希望这个工作组能够尽快地提出一些切实可行的建议，采取适当的融资模式。

既然我们大家都强调合作伙伴的重要关系，所以我在此也明确地支持欧洲在减少废气排放方面所要承担的责任。因为我知道，国际的市场只能够在公平的基础之上才能够得到正确的运行，如果仅仅是由欧洲、法国、欧盟单方面的采取限制废气排放的承诺，而使得它们的经济、企业受到影响，那是不公正的。所以我要说，我们应该采取联合行动，来控制温室气体的排放。可以说，这一点是非常重要的。在法国，它受到了重视，但是，在这里，可能会有困难。但是我在这里是以友好和良知的心愿提出这个要求，我希望中国能加入到世界的努力中。因为只有这样才能够延续中国的发展速度，而且我们不是为了抑制中国的发展，我们鼓励中国的发展。但是这种发展应该是环保的发展，是清洁的发展。

当然，我们应该进一步重视和帮助发展中国家，特别是要帮助它们来应对气候的变化。在世界上，那些印度洋的小岛屿国家，以及非洲不断加剧的沙漠化，所有这些都促使我们要进一步地意识到这个问题的重要性。法中两国应该共同思考援助非洲的方式，尤其是要将我们的行动与帮助非洲国家适应气候变化紧密联系起来，而反对、抵制对森林资源的乱砍乱伐也是非常重要的，应该从团结公众的角度看待这个问题，我们应该和这些国家并肩作战。因为森林面积的减少导致了 1/5 的温室气体的排放，那些抵制砍伐森林的国家是在为全人类作出贡献，我们在提供支持的时候，应该考虑到这一点，对他们作出的鼓励给予回报。

应该说，现在有两大森林资源，非洲刚果的一个河谷森林资源，它的面积在世界上占到第二大的位置，所以非洲国家抵制对森林资源的破坏，是在对世界作贡献，对人类作贡献。我们如何能够重新恢复刚果河谷的资源，这就需要世界上每一个居民都在每 25 年在每公顷土地上种一棵树，这样就能够恢复刚果河谷的森林资源。

所以我在此强调，由于气候变暖是全球性的问题，因此我们必须采取共同行动来应对，我们应该在 2050 年大力减少温室气体的排放。中国是一个发展中的国家，应该寻求可持续的发展。我们希望，中国能够加入到一个新的全球协议中去，加入到全球环境和经济的新的发展方案中去。而且根据自己的经济规模和力量，迅速地、彻底地、持久地改变其能耗和生产方式，中国完全有能力作出这样的战略决策。为什么？因为中国有着巨大的优势，比如她的教育优势，特别是科学教育的优势，她的计划能力，这种能力在世界上可以说是独一无二的，还有她的经济活力以及她在世界上的影响力和威信，中国一定能够作出这样的战略决策。我希望，中国能够无愧于她悠久的历史，能够作出她的选择，能够作出贡献。

中国是一个深受尊敬的泱泱大国，她一定能够为保护环境开辟出一条道路。谢谢！

美国前总统在清华大学的演讲

乔治·沃克·布什　2002 年 2 月 22 日

乔治·沃克·布什，中文也称其为小布什，2000 年 11 月当选美国第 43 届总统；2001 年至 2009 年任美国总统。

王大中：尊敬的布什总统、夫人，尊敬的胡锦涛副主席，尊敬的各位来宾，女士们、先生们，老师们，同学们，今天我们非常高兴布什总统和夫人一行访问清华园。请允许我代表清华大学全体师生向布什总统和夫人一行光临清华大学进行访问，表示热烈的欢迎。今天在主席台上就坐的还有我们的校友胡锦涛副主席，让我们对胡锦涛副主席的光临表示热烈的欢迎！在布什总统讲演以前，我们首先请胡锦涛副主席致辞！

胡锦涛：尊敬的布什总统和夫人，王大中校长，各位校友，女士们、先生们，朋友们，今天，我很高兴回到母校，和清华大学的师生们一起欢迎来自大洋彼岸的贵宾——布什总统和夫人。清华大学是一所历史悠久、享誉中外的高等学府，自强不息、厚德载物乃清华校训，激励着一代又一代清华学子为中华民族的振兴和人类的进步奋斗不止。总统先生，您的这次来访，恰逢尼克松访华和中美上海公报发表 30 周年。30 年在人类的历史上，只是短暂的一瞬，但它给中美关系带来的巨大变化将永远载入史册。

两国元首的成功会晤，相信对中美建设性合作关系的进一步发展产生深远影响。

女士们、先生们，朋友们，中美两国都是伟大的国家，中美两国人民都是伟大的人民。国际形势的发展一再表明，中美两国在维护亚太和世界的和平、稳定，促进地区经济和全球经济的增长和繁荣，打击恐怖主义和其他跨国犯罪，以及解决环境恶化等全球性问题上，都负有重要的责任，也都拥有广泛的共同利益。中美友好符合两国人民的心愿，顺应历史发展的潮流。我相信，只要双方相互尊重、平等相待、求同存异，中美关系就一定能够健康、顺利地向前发展。再次欢迎总统先生和夫人的到来，谢谢各位。

王大中 ：谢谢胡锦涛副主席的致辞，现在我们欢迎布什总统发表演讲。

布什：胡副主席，非常感谢您的欢迎致辞，非常感谢您在这里接待我和我的夫

人劳拉。我的助理赖斯女士，她曾经是斯德莫大学的校长，因此她回到校园是最适合不过的了。非常感谢各位对我的热情的接待，很荣幸能够来到中国，来到世界最伟大的一座学府之一，这所大学恰好是在美国的支持下成立的，目标是为了推动我们两国间的关系。我也知道清华这所大学对于副主席先生有着十分重要的意义，他不仅在这里获得了学位，而且是在这里与他优雅的夫人相识的。同时，也感谢在座的各位学生给我这个机会跟大家见面，谈一谈我自己的国家，并且回答大家的一些问题。

清华大学的治学标准和名声闻名于世，我也知道能考入这所大学本身就是一个很大的成就，祝贺你们。

我和我的太太有两个女儿，像你们一样正在上大学，有一个女儿上的是德州大学，一个女儿上的是耶鲁大学，她们是双胞胎。我们对她们倍感骄傲，我想你们的父母对你们也是同样的引以为荣的。我这次访华恰逢一个重要的周年纪念日，副主席刚才也谈到了，30 年前这一周，一位美国的总统来到了中国，他访华之旅的目的是为了结束长达数十年的隔阂，和长达数百年的相互猜疑，本着相互受益，本着相互尊重的精神站在一起。那天他们离开机场的时候，周恩来总理对尼克松总统说了这样一番话：他说："你与我的握手越过了世界上最为辽阔的海洋，这个海洋就是互不交往的 25 年。"从那时以后，美国和中国已经握过多次的友谊之手和商业之手。

随着我们两国间接触的日益频繁，我们两国的国民也逐渐地加深了对彼此的了解，这是非常非常重要的。曾经一度，美国人只知道中国是一个历史悠久的伟大的国家，有伟大的文明。今天，我们仍然看到中国奉行着重视家庭、学业和荣誉的优良的传统；同时，我们所看到的中国正日益成为世界上最富活力和最富创造力的社会之一，最佳的验证便是在座诸位所具备的知识和潜力。中国正走在一个发展的道路上，而美国欢迎一个强大、和平与繁荣的中国的出现。我同美国人在更进一步了解中国的同时，也担心中国人不一定总是能够很清楚地看到我的国家的真实面貌，这里面有多种原因，其中有一些是我们自己造成的。我们的电影，还有电视节目，往往并没有全面反映出美国。我们成功的企业显示了美国商业的力量，但是我们的精神、我们的社区精神，还有我们相互对彼此的贡献往往并不像我们金钱方面的成功那样的显而易见。

更为重要的是，我们许多公民主动捐出自己的金钱，自己的时间来帮助有需求的人士。美国的同情心，远远超越了我们自己的国界，在人道主义援助方面，我们居于世界首位，援助世界各地的人们。至于联邦调查局和执法界的工作人员，他们自己就是劳动人民的一员，他们献身于打击犯罪，打击腐败。

我们有一部宪法，已经有 200 年的历史，它限制并且平衡三个部门之间的权力，这三个部门就是司法、立法和行政机构。我是行政机构的一员，指导我们的很多价值观是在家庭中陶冶形成的，就像在中国一样，美国的妈妈们、爸爸们疼爱他们的孩子，为他们辛勤地劳动，作出牺牲，因为我们相信，下一代的生活总会更好，在我们的家庭中，我们可以找到关爱，可以学习如何负起责任，如何塑造人

格。很多美国人都抽出时间为其他人服务，成年中的一半人每周都拿出时间，使得他们的社区办得更好，他们辅导儿童，探访病人，照顾老人，并且帮助做许许多多数不胜数的事情。这就是我的国家的一大优点。我们主动承担起责任，帮助别人，他们的原动力就是善良的心，还有他们的信仰。

如果你去美国旅行的话，你会见到来自不同种族背景，有着不同信仰的人。我们是一个多元化、多姿多彩的国家，在那里有230万华人，他们在那里繁衍生息。在我们大公司的办公室里有华人工作，在美国政府中有华人工作，在奥林匹克比赛中代表美国参加滑冰比赛的也有华人。

诸位，重视个人和家庭责任的古老道德传统将使诸位受益匪浅。如今在中国经济成功的背后，有着充满活力的人才。在不久的将来，这些人无论是男是女，将在这个政府中发挥积极和全面的作用。清华大学不仅在培养专家，也是在培育公民。公民在他们国家的事务中不是袖手旁观者，而是建设未来的参与者。

所有的这些变化，将导致中国更加强大，更加有自信，这个中国将受到世界瞩目，也使世界更加丰富。这个中国就是诸位这一代人所帮助创立的中国，现在在中国的历史上是一个非常令人振奋的时刻，此时此刻，就连最宏伟的梦想也似乎唾手可得。

我的国度，对中国提出尊敬和友谊，再过6年，来自美国和世界的运动员将到贵国参加奥林匹克运动会，我坚信，他们能够见到的中国将是正在变成一个大国的中国，一个走在世界前沿的国家，一个与其人民无争，与世界和平相处的中国。谢谢诸位让我到此来演讲。

布什回答清华大学学生的提问

问：昨天您和江主席进行了谈话，并且举行联合发布会，您在这个会上没有清楚地回答一个问题，那就是战区导弹防御系统是否会包含台湾在内？另外，我还想问，谈到台湾问题的时候，您说和平解决，您对和平统一是怎样的看法？

答：非常好的问题，首先，我很赞赏你的英文，非常好！讲到台湾问题，很重要的一点就是美国的政府在讲到如何和平解决台湾问题的时候，总是说到和平、对话，我们强调和平这个词，我们指的是双方都要以和平的方式来解决，任何一方都不可以进行任何挑衅的行为。

我跟中国的领导人有过多次的谈话，每一次都强调我们支持中国的政策，而且这是长期一贯的政策，到目前为止没有改变。

至于有关导弹防御系统，我已经说得非常清楚，这是一个防御性的系统，是要帮助我们的盟友和其他一些国家来保护他们免受无赖国家的攻击，这些国家是希望发展大规模杀伤性武器的，我想这一点，对和平是非常重要的，我昨天也非常清楚地说明这个事实。我们目前正处在发展导弹防御系统的过程中，还不知道可行不可行，但是我觉得对全世界的和平会带来贡献。

还有一点，我觉得对中国人和美国人来说这一点必须要知道，美国政府希望能

够以和平的方式解决发生在全世界的许多问题，因为美国现在处理的问题非常多，如中东的问题。你们从新闻上看到以后知道了，这是一个非常危险的时代，我们正在努力地致力于和平，我们希望克什米尔的问题也能够和平解决，这对中国也非常重要的。我来中国以前，去了韩国，我也明确表示，希望以和平的方式解决朝鲜半岛的问题。

问：很遗憾，您刚才还是没有明确地回答，您总是说和平解决，而没有说和平统一。三天前您在日本访问时，在议会发表演讲说，美国将牢记对台湾的承诺，我想问总统先生这样一个问题，美国是否还牢记他对13亿中国人民的承诺呢？那就是遵守《中美三个联合公报》和“三不”政策。

答：感谢您，我想台湾问题是全世界都关心的问题。我想，就台湾的问题，我已经再明确不过了，就是我急切地，希望台湾的问题能够得到和解，这就是我为什么说到需要和平对话的原因，我也希望这件事情能够在我有生之年，或者你有生之年能够成就，这将是一个重要的里程碑。

问：总统先生，欢迎您这次来访，感谢您刚才精彩的演讲。我们可以预见到，中美两国的学术文化交流活动前景是非常广阔的，那么，刚才在您精彩的演讲当中，我也看得出来，您对我们清华大学给予了很高的评价。那么现在我的问题就是，如果将来您的两个宝贝女儿有机会继续深造的话，您愿意让您的女儿来我们清华大学吗？

答：但是她们已经不再听话了。我想，你知道我的意思吧，首先我希望她们能够来清华，因为这是一个非常奇妙的国家。我第一次来中国的时候，是1975年，跟现在相比，我实在很难用言语来形容中国发生的翻天覆地的变化。我当了总统以后第一次来中国是到上海。她们跟美国的很多学生一样，都希望到中国来看一看。所以我觉得我们两国之间，进行学术、或是学生交流是非常必要的。而且，我也觉得美国应该欢迎中国的学生到美国去学习，因为我觉得这样对中国的留学生来说是有好处的，对美国的学生本身也是非常有好处的。我想，很重要的一点就是我们必须了解，我们两国的人民必须了解我们都是人，我们都是有七情六欲的，都有烦恼和快乐的。连年纪比较大的公民，像我们的副总统也是一样的。因为我们如果一起交流，有时间相处的话，我们双方能够更加了解，这对我们是有利的。因为，在我们双边的关系中，的的确确有一些问题是不能够百分之百地达成一致的意见。但是，当你能够跟一个人相互更多的理解，更多的了解的话，您可能就这些分歧进行更好地讨论，毕竟我们是人，是有血有肉的人。

我觉得非常重要的有一点，我们毕竟是血肉之躯，毕竟是人，所以有一些事情，比如我提到了家人，我认为家庭在社会中是不可分割，也是一个非常重要的组成部分。中国在历史上、文化上，有敬老爱幼、尊重家人的传统，我希望美国也有这样的传统，这个概念不只是给某一个国家的，这是全球性的概念。当两国的学生聚在一起学习的时候，能够更加理解对方的价值观，我想这样就能更加有利于世界的和平。

问：去年圣诞节前，您的弟弟曾经访问过我们清华大学，他来的时候讲，在美

国有很多人，特别是政界，对中国有很多的误解，刚才副主席和您提到，两国都想促进双方之间的关系健康发展和人员之间的交流，我的问题是作为美国总统，您打算采取哪些具体的措施促进我们人员之间在各个层面的交流？

答：首先，我想来到中国访问，来到清华大学就是回答你的问题。因为美国人现在非常注意我访华的整个行程。那我想大家应该有兴趣知道，我上次先到上海，接着在冬天来到了北京，在很短的时间内两次访华，这一点可以向您说明，我如何看重我们的双边关系。很重要的就是让美国政界的领导人能够访问中国，很多已经来过了，还有许多人准备要来。能够来看一看，我们回去向他们形容中国的时候，会比较准确，我回到美国以后，我会告诉他们中国是一个伟大的国家，有非常悠久的历史，但是不止如此，还有非常美好的未来。

很多美国人对中国非常感兴趣，不只是来看非常漂亮的中国，而且对中国人，对中国文化有更进一步的了解，我想我们两个国家都必须继续鼓励双边的人民相互访问。我想可以在很大程度上改变全世界对中国印象的一个机会就是当你们举办奥林匹克运动会的时候，将是一个大好的机会。到时候全世界的人都要来到中国，不只是看奥运会，还可以看到中国现代化的发展，不只是来的人可以看到，全世界的人通过电视转播都可以看到，所以，奥委会让北京得到2008年奥运会的主办权是有道理的。

问：您1975年来过中国，到现在20多年过去了，您刚才也提到中国发生了很多变化，您有没有发现除了经济以外的中国社会的一些进步？

答：我想，我来中国发现最突出的一个现象，当然是跟经济有关的，但是总的来说就是整个人民的态度的改变。因为在1975年我来的时候，每个人的服装都是一样的，现在你们高兴穿什么就穿什么。你看你们第一排的，全都是不一样的服装，因为你觉得这是我喜欢的，我要这么穿。当你要套上漂亮的羊毛上衣的时候，你说这是我做的决定。当你主动地作出这样的决定的时候，别的人看了，他们也要作出自己的决定。因此，一个产品的需求就可以影响了整个的生产，而不是由生产来影响产品的需求。你能够感受市场上的每一个人的不同需要，这就是自由社会的一个现象之一，这就是我们解释自由的其中一个意义。

所以，我来到这里，我看见的不只是高楼大厦，我觉得最明显的就是每个人现在可以自由地作出自己的选择了。有了做个人选择的自由，你就可以有其他的自由，你可以自由地做其他的事情。所以，您就知道为什么1975年跟现在相比，我惊叹中国这么大的变化，但是我觉得还要加上一句，就是这个变化是朝更好的方向发展的。我只能再回答一个问题，然后跟你们的主席吃饭去了。

问：谢谢您给我提最后这个问题的机会。我以前有幸读过您的一本自传，您提到美国存在的一些社会问题：校园犯罪，青年暴力，贫困儿童问题。据我所知，我们清华一位校友去年在美国就学期间被枪杀了，这种问题现在还在愈演愈烈。作为美国的总统，您对解决目前美国的人权状况有何打算呢？

答：首先要告诉你们的是，现在暴力犯罪率在美国已经开始下降，但是只要有一起犯罪案就算太多了，只要一个人对他的邻居施行暴力，那就是不能接受的。在美国的确有很多人还处在贫困当中，美国政府花了很大笔金钱来帮助处于贫困中的人，希望他们以后能够自力更生。当我们竞选的时候，我们讨论或是辩论的最大的题目之一就是如何帮助别人自力更生。当然，对美国总统来说，在选举的时候，外交问题也是一个重要的课题，但是，美国的选民更注意的是国内政治局势，他们比较关注国内的问题。例如，当经济出现疲软的时候，就像美国目前的情形，他们就想要知道现在应该怎么样拯救经济；当经济情况好的话，他们根本不谈经济。我们常常在竞选的时候谈到两个关键问题：第一个是我们的社会保障制度的结构问题，就是如何来帮助美国的这些需要社会福利的人，帮助他们有一个条件，就是不能让他们过度地，或是长期地依赖政府；另外一个常常讨论的问题就是教育，这个问题在竞选的时候可能不是那么重要，但是你当选了以后就非常重要了。当我还是得克萨斯州州长的时候，我常常说一句话，如果你能够给一个儿童非常好的教育，你就能够避免他以后出去犯罪。

成为总统以后，我跟两党的议员们都希望制定一个计划，就是帮助学龄前的儿童能够有一个非常好的开始，还没有到学校，就可以开始学习。现在美国一个比较令人悲伤的事实，就是现在在美国有一些四年级的小学生，没有办法达到他们那个年级的阅读能力。

你想想如果四年级还不能阅读的话，那他到了初二的时候阅读能力将更为低下了，毕业了以后，根本无法继续上大学，所以，如果这种情形继续下去的话，对美国来说是一条死路。所以，在去年的时候，我就向国会呈上了一个议案，我们在国会中经过了多次讨论，今年，我也希望州一级和地方一级的立法机关，就这个问题，继续推动这些倡议，我想我们的重点是放在教导他们阅读方面。另外，我的夫人和我要继续推动一个计划，就是学龄前的儿童能够得到教育。教育就是反犯罪的一个最好的途径，执法也是很重要的，让人们因自己的行为而受到惩罚，或者负担起责任。但是坚持我们政策的一致，也是非常重要的，也就是说，你如果犯罪了，就必须受刑罚。

所以，最符合美国的利益的，最能够长期解决这个问题的，就是让每个人都有受教育的机会，我想这对我们的未来是非常有益的。谢谢大家。

王大中：布什总统和夫人，胡锦涛副主席，女士们、先生们，老师们，同学们，我们非常感谢总统先生刚才所做的精彩的演讲和对于清华大学的赞扬之词。30年前的这个星期，尼克松总统跨越世界上最广阔的海洋，实现了与毛泽东主席和周恩来总理历史性的握手。26年前同样的这个礼拜，尼克松的前总统夫妇访问了清华大学。当时文革尚没有结束，清华园里面百废待兴，曾几何时，清华大学和整个中国一样都是旧貌换新颜，我们清华人为此感到非常的自豪。长期以来，在美国的许多书店里面，销售着一本中国的古典著作，就是《易经》，易经里面有八个字：自强不息，厚德载物，后来它就成为清华大学的校训。现在，这八个字正好在刚才总统先生讲台的墙壁上。根据这样的校训，清华大学的学生正在和即将为母校的发展奋斗不止。总统先生，对于清华大学的学生来说，您不仅是作为美国的总统，也是作为我们的朋友来到清华园，相信对清华大学的学生来说是一次难忘的经历。总统

先生，正如您所讲的那样，中美之间存在着广泛的共同利益，当然也在一些问题上存在着差异，今天人类已经进入了21世纪，中美两国应该互相尊重，存同求异，加深合作，促使中美之间建设性的合作不断前进。当前清华大学作为中国的教育和科研中心，在国家的支持下，正在把学校建设成为综合型、研究型、开放型的世界一流大学。

我相信通过您对于清华大学的访问，必将进一步推动清华大学与美国大学、美国各界之间的交流与合作。女士们、先生们、老师们、同学们，最后让我们再一次以热烈的掌声感谢胡锦涛副主席，感谢布什总统的光临。

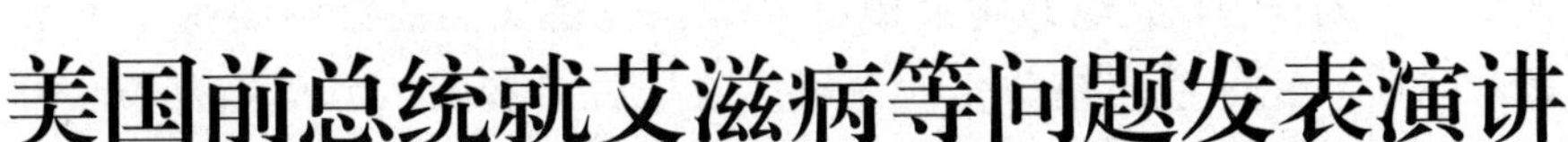

美国前总统就艾滋病等问题发表演讲

威廉·杰斐逊·克林顿　2003 年 11 月 10 日

威廉·杰斐逊·克林顿，1946 年 8 月 19 日生于美国阿肯色州霍普镇。1976 年，克林顿出任阿肯色州司法部长，1978 年至 1980 年任阿肯色州州长，1982 年至 1992 年又连续 5 次担任州长。1990 年，克林顿被选为民主党最高委员会主席。1992 年 11 月 3 日，克林顿当选美国总统，1996 年 11 月再次当选。2000 年 1 月卸任。

这个电脑怎么样啊？这就是科学家和政客之间的区别。（这是个玩笑）

各位早上好，我今天非常高兴能够参加此次国际研讨会，非常感谢清华大学的校长，以及各位负责此次会议的教授们。在此，我感谢清华大学在有关艾滋病防治方面的教育工作，而且我知道此次研讨会非常重要，这是一个标志，它标志对于中国的未来来说，抗击艾滋病毒非常重要。在此，我要感谢何大一，我的同事今天到此，并且致力于抗击艾滋病毒的工作。

在 1998 年，何大一教授和我都是马萨诸塞州技术方面的一个会议发言人，当时我是主席，他被《时代杂志》定为封面人物。在发言中，何教授提到要充分利用科学的先进发展，要充分利用政府、学术界，以及社会的力量来遏制艾滋病的蔓延，如果能够最终抗击艾滋病的话，何教授肯定是英雄之一。在此，我想祝贺戴蒙艾滋病研究中心的诸位同事，要感谢中国医学科学院、中国协和医科大学、清华大学、武汉大学的各位学术界专家，在这儿，我也要说，这些大学非常了不起，举办了此次的峰会，我也看到在座的有一些学生，我相信你们的未来会更多地受到我们今天所强调的内容的影响，就是要抗击艾滋病毒，艾滋病。

在 1998 年我以美国总统的身份来到了中国，我知道中美之间的关系在全球的外交方面是极其重要的，我们能够有 21 世纪的和平与繁荣，并且使得大家在和平的环境中生活是非常重要的。我认为，我在总统就任期间，中美之间的合作是非常好的，我们有很多的文化交流，民间也进行了很多合作，中国也加入了 WTO。就安全方面，我们就核不扩散，控制大规模杀伤性武器等方面达成了很多共识。但是我认为，这应该是我们合作的起点，接下来有更多的工作要做。我们的合作是非常重要的，我们现在怎么来描述一个非常大的社会呢？大部分的学生会说全球化，现在的时代是全球化的时代。他们说的是对的，可是我希望他们要看到另一点，就是相互依赖。全球的贸易系统，全球的财务市场，有超过 10 000 万亿的美元跨越边界，

流通全球，我们与全球的关系，不仅仅是在经济领域。互相依赖也指我们可以互相逃脱各自的命运，无论这个命运是好还是坏，E-mail 使我们保持联系，美国、中国的学生可以跨越太平洋、大西洋，这样的跨越几个小时就可以做到。

相互依赖，对于 21 世纪的两极作出界定，也是我们社会中的每个人都不能避免的难题和障碍。比如说当全球化使得很多人摆脱了贫困，但是仍有 100 万的人每天的生活水平低于 1 美元，我们的教育只有在摆脱贫困以后才能提高。全球有100 万人不能读懂本国的语言，有 1.2 亿的孩子不能上学。现在诊断技术得到了发展，在地球上，人们有时候会由于艾滋病、结核病、疟疾等等受感染，大多数人是儿童，他们根本得不到一杯清洁的水；在南非，一个 15 岁的儿童有 50%的机会感染艾滋病病毒。对于 21 世纪来说，一个伟大的使命就是充分利用相互依赖性，使它的危害性降到最低。我们从一个不稳定的、独立的社会朝向一个团结的社区发展，要求我们互相承担职责，并且我们也能得到不同的利益，还要分享相互的价值。任何的挑战，都不能限定我们的成功，甚至艾滋病也不能阻碍我们。这就要求我们承担职责，共同探索，要求我们从中得到共同的利益。之所以这么做，是要求我们分享相互之间的价值，我们要相信自己，而且要相信人本身是生活中最重要的。

在座的各位知道，现在全球 4 200 万人感染了艾滋病，每天有超过 200 人被感染，每分钟都有人死亡。照现在的传播速度，我们在 10 年后就会有 5000 万人已经死亡，每天都会有很多人死亡。艾滋病发展的速度要比 SARS 快得多，当然 SARS 也是一个非常严重的疾病，但是它已经不能占据报纸的头条了。我认为，如果是在一次报告当中死亡了 8 万人，可能会有头条，但是它不是每天都发生的。所以我们在艾滋病方面，应该更多地关注，我们不能让这种情况继续下去了。我非常感谢今天在座的记者们，尤其是那些跨越了全球，把这个问题带到这儿进行讨论，对它进行关怀的人们；另外我也非常感谢大家，对于孤儿、艾滋病毒感染者的报告涉及了中国的情况。我担任美国总统的时候，就知道这些情况，我知道在非洲蔓延传染病的情况非常严重，现在俄罗斯和独联体的其他国家也蔓延得非常迅速；另外，在加勒比海沿岸的蔓延情况也非常厉害。联合国艾滋病规划署预计到有很多人感染了艾滋病病毒，可能会出现 5 000 万病例，印度已经有四五百万，如果不解决的话，将来会达到四五千万。除非洲以外，很少有国家感染率会超过 1%，但是大家不能感到放心，我们在印度的朋友说如果感染率提高 0.5%的话，就会造成很多人死亡，中国在这方面采取了一些举措，过去几年里，艾滋病患者的平均增长率都有所下降。现在有 20 万人已经脱贫，而且中产阶级的人数在上升，你们是世界上第四大贸易国，也是第四大外国直接投资的接受国。现在很多的局面让我们看到未来是很光明的，我们是有希望的。但是，如果有 1 500 万—3 000 万人得了艾滋病的话，就会使你们的经济成果毁于一旦，所以我们要认识到正在上学，或者进入到劳动力大军的年轻人，他们的精力和才智是非常重要的。在亚洲，除了印度和中国以外，柬埔寨也是一个非常严重的感染国，除了境外吸毒者，还有其他的一些感染者，孟加拉有 1.3 亿人口，他们每年会有 4%的人受到感染。除了对人们的健康造成威胁以外，对经济和国家安全也会造成威胁。现在人们关注 SARS，SARS 引起了很多危机，很多人都会担心感染这种病，因为我们不了解这种病是怎么传播的，来自何处，我们如何预防？这并不仅仅是公共卫生危机，因为有很多的游客不来旅游了，在5月份，中国游客数下降了68%，旅游业会给中国带来每年200亿的收入，在国民经济中占有非常大的比重。到2010年，预计游客给GDP带来的收入会降到7%。考虑到艾滋病对经济的影响，如果说有这样一种大规模的人口感染的话，我们该采取什么样的措施。在经济领域中要考虑这样一个问题，在非洲有一些国家，他们现在面临着20%的GDP增长率的下降，在未来15年还有20%的下降。有些地区有很多的雇主不愿意雇佣新的员工，因为他们担心这些人会因为艾滋病死亡；还有很多农业庄稼没有人收割，有很多学校没有老师。去年有89万的孩子的老师由于感染艾滋病死亡。所以世界银行的一位科学家对于非洲的研究表明，事实上艾滋病在未来的3—5年中会造成非常大的影响，相应地就会增加童工的数量，使得这些国家进一步贫困。除了对经济的影响，我们也看到艾滋病会带来安全方面的危机，除了经济和人们的健康会下降之外，还会因为贫困产生暴力。4年前，当我的政府把艾滋病看作一个安全问题的时候，很多人士嘲笑我这么做，现在他们再也不笑了。我们有这样一个敌人，使得那么多人死亡，使那么多国家受影响，这就是一个安全危机。布什总统和国务卿鲍威尔也进一步强调了美国在这方面的立场，鲍威尔就说，在这个世界上没有哪一样东西的破坏力像艾滋病这么严重，艾滋病也会削弱整个社会防卫的能力。据刚果政府预测，刚果20%的军队的士兵都受到了影响，还有更多人受到了影响，他们没有办法加入到联合国的维和部队中，由于艾滋病，我们无法招收到更多的士兵。我们要对未来充满希望，在巴西，所有艾滋病病人都有一些在当地生产的药品，根据福特基金会报告，通过一些治疗和预防性治疗，巴西每年可以节省几十亿美元的资金。由于艾滋病住院的人在过去5年下降了75%，死亡率下降50%，在过去4年里，其他的31个发展中国家也借鉴了巴西的治疗做法，在乌干达等国家也取得了成功。

在20世纪80年代到90年代，美国人患有艾滋病的人数下降了，1995，1996年死亡率下降了7%。这种疾病是百分之百可以预防的，我们有一些药品可以防止患病，防止人们把疾病传染给自己的孩子；同时我们还有一些预防这种疾病的药物。现在我们面临的是人类历史上一个最大的疾病，我们需要采取各方面的措施，我们需要有很好的国家计划，有充足的资金，有强有力的领导，同时还需要全球的努力。我们基于人类共同的愿望来携手努力，同时有公共基础设施来支持这些项目和计划。可以分发一些药品，但是如果不教患者怎么样使用这些药物的话，就没有用，如果不监督使用药品的话也没有用。我们在中国还认识到，医生的培训还不够，我非常高兴地看到最近中国政府提出来对农村地区的患病人口要进行免费治疗，我们这方面人员的培训是非常重要的，最近的研究表明，在印度，由于进行合作，他们的感染率到2020年能下降到2%，如果不进行这些合作，预计可能是4%。在我离开白宫的时候，我决定要采取一些行动，对这个疾病作出努力。我在与曼德拉见面的时候，我们曾经讨论了这个问题，同时我们也见到了道格拉斯医生，我们共同商讨建立在加勒比海地区的机制，他们说是一个制度问题，我们要构建一种体系，使得我们获得一些药物和治疗。我们帮助卢旺达、莫桑比亚等建立这样的机制。有一些当时在白宫和我共同努力的人士，我们帮助非洲4个国家和加勒比海地区的国家构建了良好的机制，同时，我们能够很好地把药品分发给感染者，和一些传染病病人，进行病毒的控制也是非常关键的，我们认识到医学的问题是全球性的，现在有4 200万人感染了HIV病毒，很多人死亡了，但是只有30万富裕国家的人口才能得到药品，在巴西有人得到了治疗，但是是政府购买的，需要在当地生产。非洲只有5万人可以得到这种药品，但是当地有600万人受到了感染。现在药品的价格已经下降了，我们可以加速治疗。即使通用药物不是很贵的话，一年也需要350多美元，这个价格很高，有些国家人均产值还不到1美元。所以我们要努力降低抗击艾滋病病毒的药品价格，我们需要有一些制药公司来想方设法降低价格，提高药品质量。我们希望药品公司改变原来的策略，从多赚钱转变成大批量生产少赚钱，这样可以提高他们的生产力，有很多的志愿者和药品公司推出了这样的计划，对大家都有好处的。上个月，有一些治疗方法的价格1年不到140美元，相信我们还会把这个价格进一步降低。我们要把这些药品提供给4个非洲国家和加勒比海地区的国家，现在他们每天一个人只需要30美分就可以了，我们的目标是所有人都可以得到这些药品，包括怀孕妇女。我们正在谈判的一个合同条款就是希望使得我们和其他国家在购买药品的时候得到一些很好的条件，有些国家离我们的基金太远了，或者处于比较偏远的地方，无法得到我们的帮助，但是我们希望通过成本的下降，希望使得愿意买这些药品的人都可以买到，包括中国，不仅仅是降低成本，还要提高基金额度，一方面的是药物的基金，另外是医疗设施的构建，一些地方不仅缺乏医生，还缺乏基本的护理，有的地方做检测的人都没有。现在很多人说想建立一个公共卫生体系，疾病防治体系，但是不想提供药品，因为药品太贵了，现在不应该有这种借口，药品价格已经下降了，现在年轻人是无法得到检测的，他们就会把疾病传染给别人，因为他们不知道自己有这种病毒。如果经过检测以后，他们知道了，可以治疗的话，他们就会改变他们的行为，这种行为的改变，就会使艾滋病带来的破坏减小。2年前，富裕国家的人每年可以花250亿美元帮助全球的疟疾、结核病、霍乱，去年300万人死于结核病，100万人死于疟疾，其中很多人都是HIV阳性患者。美国批准用200亿的资金来支持伊拉克政府的重建，我也支持美国政府的这个决策，如果我们将200亿的资金花在构建更好的医疗基础的话，我们可以挽救更多人的生命，我们可以更好地促进国家长期的安全状况。

我们现在有一个预防结核病、霍乱的基金，在全球都开展了活动，还有盖茨基金业从事艾滋病的防治工作。美国国会决定拨出20亿美元的资金来抗击艾滋病，希望这个努力可以得到很好的结果，现在美英政府也决定在未来几年里出资几百万，甚至上亿的资金来构建莫桑比克的一些很好的基础设施，我们的基金，并不是自己拿在手里，而是希望这个钱是由捐助国来直接放到某一个所支持的国家里，帮助当地开展活动。我知道很多组织都在中国做了投资，我知道，何大一先生和他们的戴蒙艾滋病研究中心在中国进行疫苗的测试。我们希望通过疫苗能够找出一个很好的解决方法。我知道，美国国家研究中心也在中国开展了一些活动，但是我们还要做更多的工作，我们需要赶快地采取行动。中国有很好的规划，他们总是有长远的目光来制定长远的计划，你们现在要知道，中国现在这方面的素质正在逐步上升，你们可以想象用一种可以支付的价格来扭转局面，如果忽视了艾滋病的影响就非常可怕，不仅对中国非常可怕，而且对于中国的很多合作伙伴都是非常可怕的结局，所以我们需要强有力的领导和决心。我给大家举例来说，全球基金有一个时间表，最近在泰国，我们希望能够对那些吸毒者进行干预，60%的境外吸毒者都有HIV阳性，我们推出了一个计划，我们也在当地有了一些资金，如果政府能够让境外吸毒者纳入到整个的项目当中来，而且让这些境外吸毒者在项目当中成为领导角色的话，我们就有希望成功。过去20年有证据表明，仍然有很多人还是感到担心，或者有一些宗教上的禁戒，他们不愿意公开讨论这些问题，并且把这些当做一种借口。40%的国家仍然对艾滋病的病人有一种歧视性的立法。但是，光靠歧视是不能解决问题的，如果不解决艾滋病防治问题，歧视会更严重，因为这毕竟是一个敏感的情绪。

乌干达之所以是非洲第一个扭转艾滋病发展趋势的国家，是因为当时总统的夫人公开做了演讲，所有领导人都说这和吸毒、和性有关，不能公开讨论。总统夫人站出来，她说，你们不谈它，但是我更关心的是不能让我们的儿童继续死亡，你们想让儿童死亡是另外一回事，我不想让这些儿童死亡，我想救他们。总统夫人大声喊叫，呼吁这个问题，防止本国儿童死于艾滋病。在尼日利亚，它的总统也在这方面做了很多工作，我们国家也在电视台做了一些宣传。有一个男人阻止他的妻子吸毒，不想让他们的孩子得艾滋病，他的妻子怀孕了，他的女儿出生以后没有艾滋病病毒。所以在国家电视台，总统拥抱了这位妇女。就是这样一个画面，改变了人们的观点，说明我们可以采取行动，使得我们的战斗取得成功。这个小女孩的照片挂在我白宫的办公室里。没有哪一个父亲愿意失去工作，他们都很关心自己的孩子和妻子，我们要靠这种关心来引起我们的关注。我希望我能够对中国提供一些帮助，我希望把便宜的药品带到中国和整个亚洲来，我会尽全力来做这方面的工作。

你们有世界上最优秀的人才，何大一教授就站在你们这一边，我们还有更多的英雄，也希望更多的中国人加入到战斗的队伍中来，这是完全可以预防、治疗、控制的。但是它有可能是人类历史上最严重的传染病，在14世纪我们曾经爆发出的疾病使得欧洲1/4的人死亡，大家不知道爆发的原因是什么，是怎么扩散的，以及怎么治疗。现在我们没有这种借口了，我们不能说我们不知道，我们知道，中国已经认识到在将来将有上百万的人会受此影响，我们要继续努力，在未来希望我们能取得成功，我们一起来庆贺我们的成功。谢谢。

美国商务部长清华演讲

骆家辉　2010 年 5 月 21 日

骆家辉（1950 年 1 月 21 日至　），出生于华盛顿州西雅图市。他是美国民主党党员，在 1997 年至 2005 年间担任华盛顿州州长，是第一个担任美国州长的华裔美国人。1996 年 11 月 5 日，骆家辉以 58%的比数获选为华盛顿州第 21 任州长，他是美国历史上第一位的华裔州长，也是第一位能在美洲大陆主政的亚裔州长。

感谢大家邀请我今天来到美丽而充满历史氛围的清华校园。对于亲临现场和通过网络参与这场对话的各位师生，我深表感谢。清华大学是中国最富盛名的高等学府之一，为中国培养了一大批最具威望和影响力的学者。今天能够在这里与各位交流对话，我感到非常荣幸。作为出类拔萃的国家文化和学术中心，清华拥有悠久而厚重的历史底蕴，更有着对科学和数理发现孜孜不倦的追求。正因为如此，清华大学目前已成为中国清洁能源研究的重要智库，在清洁能源研发规划领域发挥着核心作用。清华大学低碳能源实验室对于中国制定清洁能源政策具有重要影响力；我很高兴地了解到，美中科研人员一直都在通力合作，共同开发新的能源技术。

在清华，学术合作的精神处处可见，这对于美中政商界领袖而言，无疑有着重要的启迪，因为他们试图解决的，或许是当今世界面临的最大难题：如何才能满足 21 世纪的能源需求？同时避免对环境造成灾难性破坏？已故的诺贝尔化学奖得主 Richard Smalley 几年前曾奔波于世界各地举办讲座，阐述未来 50 年人类面临的 10 大全球性问题。Richard Smalley 博士重点提出的问题包括：“获得饮用水、食品的权利和受教育权；贫困、人口过剩、恐怖主义和疾病问题；教育与民主问题，然而有一个问题，其重要性远远超出其他问题，这就是：能源。”

Smalley 博士曾说过：“想象一下，如果世界能源问题能够得到解决，那么清单上剩下的九个问题，至少有五个将迎刃而解。如果能源问题得不到解决，其余问题能否找到可行的解决方案，尚是一个未知数。”那么，我们所谓的“能源问题”具体是指什么呢？首先，我们需要更多的，比现在多得多的能源。到本世纪中期，全球的能源消费有望翻一番。为了说明问题的严峻性，我们不妨做这样的设想：为了满足未来的能源需求，本周我们必须要启动两座新的 1 000 兆瓦发电厂，然后在接下来将近 30 年的时间里，每周都要陆续建造两座新电厂。即使这样，现实情况仍然远比我所描述的更为复杂，这是因为，我们所寻找的并非是传统意义上的能源。

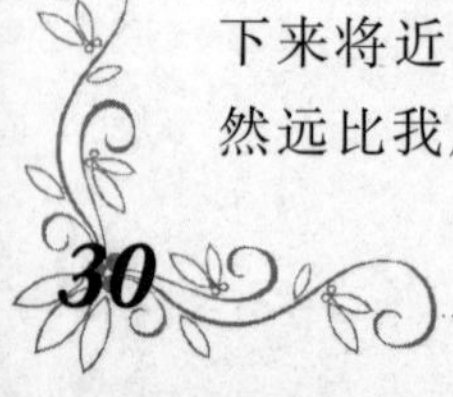

我们需要的是清洁的新能源，以避免发生灾难性的气候变化；同时，这种能源还必须价格低廉，以便保障我们的经济发展。

我坚信，美中两国必将在解决这一问题方面发挥带头作用。在导致气候变化的温室气体问题上，两国同为世界上最主要的排放国，仅仅出于这个原因，我们就对防止海平面上升、旱灾和气候突变加剧负有道义上的责任。如果不能减少石化燃料消耗，未来这些灾难无疑会成为现实。这就是摆在我们面前的能源和气候挑战极其真实、同时又极其可怕的一面。不过，机遇总是与挑战并存，能源问题也不例外。为了控制温室气体排放，我们需要开发清洁能源和能效技术，我相信，这将是21世纪最为重要的经济契机之一。全球能源市场价值60 000亿美元；而其中增长最快的当属清洁能源和绿色能源领域。正因为如此，我于本周访问中国，并带来了20多家美国企业，他们代表了美国在清洁能源、能效以及电力存储、输配电领域的最高水平。这些企业拥有的尖端技术能够帮助中国实现雄心勃勃的能效目标，同时为中美两国创造更多的就业机会；但我们也要记住，成功应对气候变化所需的很多技术目前还并不存在。这有可能是新一代生物燃料、模块化核反应堆、智能电网充电的电动汽车，或者足以改变全球能源利用方式的碳捕获和储存技术，也可能是上述所有这些技术，或者可能是我们目前无法想象的革新发明。这正是清华的学子和科研人员大有可为的领域。美国、中国和全世界都寄希望于像在座诸位这样充满智慧和激情的一批人，去发现这些新的能源技术。虽然能源问题令人生畏，但并非没有解决之道。

你们每天在这里所学习的数理知识和工程技术正是解决其中很多问题的工具。凭借你们的天赋、创造力和聪明才智，你们完全有能力改变这一切，我衷心希望各位能够把握机遇。大家可能还有很多问题，我非常乐意在此一并解答。

骆家辉回答清华大学学生的提问

主持人齐晔：非常感谢骆家辉先生非常精彩的讲话，现在欢迎学生提问，我们也有环球网等会提问。

清华学生：骆家辉先生，非常感谢你的讲话，我是清华大学物理工程系的学生，非常欢迎你来清华大学，第一个问题，你会如何实现美国出口量的增加，请举一些具体的例子。第二个问题清洁能源能不能解决我们面临的问题？

答：我非常荣幸能够回答你的问题，总统宣布了一个雄心勃勃的目标——未来5年让美国出口翻一番，创造200万新的就业机会，美国失业问题很严重，就像中国问题也很严重，但美国企业有非常好的产品和服务，他们在全球都有市场，在未来10年我们估计会新增10个亿，他们本来是贫困人口，他们会升级到中产阶级，会需要家电和汽车，交通工具以及更好的医疗服务，他们要旅游，等等。所以美国的企业在这方面可以发挥作用，满足全球各地的需求，改善他们的生活质量。在美国，我们生产的产品和提供的服务，在清洁能源、设计、工程和能效方面都有，还有电力、传输、风能、水能、潮汐能技术，这些都可以出口，所以我们相信有很多的商业机会，帮助中国的政府和民众，实现中国雄心勃勃的目标，这也会创造更多

的美国就业机会。

清华学生：我们知道你的讲演非常精彩，能不能分享你成功最重要的因素？

答：一个好的教育是成功的基础，我觉得教育是社会最大的平等话题，不管你的家庭收入、性别，你的种族或民族，如果我们都有一样的教育机会，都有一样的平台，才能实现我们的目标，要鼓励人们有很大的理想和梦想，同时让他们获得教育机会，使得这些梦想得以实现，所以我把我的成功归功于教育以及我的家庭，我的祖父是在中国出生的，他移民到美国，在华盛顿州工作，后来他回到中国成家生子，我爸爸是在广东省出生的，后来我的祖父和爸爸在1930年左右移民到美国，我爸爸在美国参军，在第二次世界大战期间服役，回到美国跟我妈妈结婚，后来在华盛顿州成家，我们家庭基本理念是教育，他们非常重视教育，所以我觉得这是我成功的一个重要原因，我认为你们在清华所获得的教育，也会为你们未来的成功铺路，你们在未来会做很多事情，所以你需要独立思考的能力以及广泛的知识，不管你选择什么样的职业都会发挥重要的作用。

主持人齐晔：你今天的讲座是你教育的一部分。

清华学生：骆家辉先生你好，我是清华大学建筑学院的学生，我想问美国对华的高科技出口控制问题，美国政府会不会出台更灵活的政策？

答：这是一个很好的问题，有些人不了解，其实对华出口产品大部分不会受到出口控制，少数受到控制的产品，大部分获批，只有很少的产品无法出口，这些极为少数的产品是涉及敏感的安全和军事技术，这些我们不得不保护，没有任何国家可以进口。但是总统下令让我们重新思考我们出口控制政策，要进行改革，要认定哪些产品对我们国家安全是最为重要的，保护那些极为少数的产品，其他都要放松我们的控制政策，让我们的产品可以出口到世界各地，我们正在向这个目标努力。

当然，针对不同的国家有不同的政策，如果有紧密的联盟关系，或安全方面有密切的合作，我们可以把这些敏感的产品出口到那里。

环球网网友：第一个来自网络的问题，美国有没有摆脱金融危机，您对中国在危机中的表现如何评价？

答：美国正努力解决造成这个危机的基本问题，美国国会马上要通过一项重要的立法，这仅仅是一部分，我们参议院和众议院要达成妥协。不管怎样，我们会通过立法防止这些不良的做法，过去几年不良的做法导致了金融危机，现在欧洲正在发生危机，有一些国家有主权国债的危机，所以我们要保证自己的经济是强劲的，可以为我们公民提供更充足的就业机会，所以胡锦涛等国家领导人号召我们重新组织全球体系。其他的国家包括中国在内，不要高度依赖出口，因为欧洲的危机可能会使中国的出口下降，虽然出口还是中国经济重要的组成部分，但是占的比例可能会有所减少，要发展国内的企业，要重视内需，年轻人当然有很多的东西需要消费，你们在成长的过程中的消费会有助于国内企业。

清华学生：我是清华大学的一个学生，我们个人能为促进清洁能源研究做些什么？

答：第一个是回收再利用，我们不要不断开采自然资源，回收再利用，可以节约很多资源，比如木材，这样就可以保护环境，不要老喝塑料瓶装的矿泉水，如果能喝自来水就很好，看你买的产品有没有太多塑料的包装，最好买那些可以持久一些的产品，要多走路，少打车，多乘坐公交车。我觉得最关键的是环保的意识，我们在日常生活中所做的都会影响我们的环境。

清华学生：早上好，我来自清华大学汽车工程学院，我想问的是，我们都知道混合动力车早晚都会取代传统的柴油或汽油为动力的汽车，各国政府都努力开发这方面的技术，我想问一下美国采取的措施，中美在这方面有什么样的合作？

答：这个合作非常重要，我们高度重视这个问题，奥巴马总统以及国会各个议员都要求减少化学燃料的消费，要转移到清洁能源，用混合动力车，或电力车，奥巴马要斥资800亿美元研发清洁能源，研发电池，以及给生产商提供补贴，或者经济刺激，所以我们大力支持混合动力和电力车的研发。

清华学生：部长先生你提到中美两国在应对气候变化和清洁能源起到带头作用，但是现在气候方案在美国国会暂时无法获得通过，你如何评价？

答：我们相信奥巴马总统会尽快通过这个立法，如果我们在国会无法通过这个法案，还有其他的法案来减排，我们联邦政府有一个环保总署，它可以坚持制订温室气体排放的目标，我们希望国会采取行动，但是如果它们不采取行动，我们还有其他的做法。

环球网：一位环球网友问，什么时候有华裔做美国总统？

答：现在关键有没有亚裔和华裔的人来参选总统，奥巴马有这个意愿和坚持，受到美国广泛的支持，所以奥巴马总统打破了玻璃天花板，消除了种族和民族的障碍，担任了我们国家最高的领导职位，有很多华裔做州长，国会议员，有名的科学家，还有能源部长朱棣文，他去年在清华大学发表过演讲，他也是我们部长，所以我们有这些优秀的人才关键他们要不要利用优势去担任职务。

主持人齐晔：希望有一天骆家辉部长去竞选总统。

清华学生：你提到清洁能源的未来在于学生，最近我们签署10年的关于清洁能源的合作框架文件，提到研究机构之间的合作关系，会有越来越多的中国学生有机会去美国留学，这个文件会不会派更多的美国学生来到清华这样的中国研究机构来留学？

答：这是一个很好的问题，说实话我并不太了解这个问题，并不是所有的事我都知道，我们当然希望有更多的学术交流，留学是很好的方式，我们要为世界各地的学生打开我们的大门，欢迎他们来我们大学留学，有新鲜的理念和新的角度交接，才能创造新的进步。我们都有不同的文化背景，所以通过交流可以让各方了解到他们所面临的挑战，不管是社区、城市、还是国家，了解这些挑战是全球更大挑战的一小部分。我知道有一些合作框架中，中美两国联合推出1 500亿美元的项目进一步地研发清洁能源，如果我们能够解决知识产权问题，不用担心专利侵犯等，我们要应对这个问题，要让这些科学家们一起合作，我们要从最开始达成共识，不能让科学家们之间有矛盾，要让他们合作。

主持人齐晔：你说1 500亿美元的资金，这个资金已经到位了吗？

答：我认为美国方面资金已经到位，来自能源部，不知道中方进展怎么样？

清华学生：骆家辉部长你好，我来自低碳实验室，你对墨西哥的气候大会有什

么样的期待？

骆家辉：说实话，我还没有仔细看它的议程，我们刚结束了哥本哈根气候大会，我认为哥本哈根算是成功的，因为所有国家都同意要减排，虽然没有签署一个具有法律约束力的文件，但大部分的国家包括中国和印度在内都同意这些目标，中国已经努力要执行这些目标，甚至有一些已经超过了这些目标，在减排方面，温室气体排放减少都作出了很多努力。

环球网：有一个云南的网民问，部长先生，美国出口的这些清洁能源，有没有在美国推广，而它的价格是否合理？

答：世界各地都在研发这些技术，美国、欧洲、亚洲国家包括中国在内，所有的国家都要采用最领先的技术，不管它来自什么地方，不管是中国人、日本人、法国人或美国人发明的，我们都要采用最有效的技术，气候变化的挑战非常严峻，所以没有任何人可以用低级的技术，我们需要采用最有效的措施，就像买家具一样，如果买一个便宜的，可能过几年要把它扔掉再买一个，所以长期来讲，最好就是投资那些质量比较好的产品，清洁能源也是这样的，不管是太阳能或者替代能源或能效技术，不要看前期的成本，要看持续多久，能效怎么样，可以创造多少千兆瓦，维修的成本怎样，我相信美国的技术在很多方面有优势，其他方面，其他的国家技术可能有优势，有不同国家的产品竞争，我们可以进一步的创新。如果美国的技术来到中国，中国的企业会研发更好的技术，如果有德国技术出口美国，会让美国公司进一步的创新，所以竞争可以让大家都获益。

清华学生：部长先生，我是工程学院的学生，我们知道中美经济合作的基础是中国便宜的劳动力，很多美国人认为中国是一个巨大的潜在市场，如果我们要保持我们的经济关系，可能要保持中国劳动力便宜的水平，你如何看待这个问题？

答：美国在中国的利益不在于便宜的劳动力，主要是我们在很多全球性的问题方面要加强合作，我们100多年来一直是朋友，中国人18世纪来美国修建铁路，有很多来自广东省的中国移民，他们到美国开发自然资源，修建铁路和城市，所以中国人一直为美国创造更多的繁荣。在第二次世界大战之前美国一直是中国的盟友，一起打败帝国主义，我们现在在反恐怖主义的合作方面也做了很多努力，在朝鲜半岛也有很多的合作关系，清华大学的成立也得益于美国的一些资助。所以，多年来我们有很多的合作领域，我们要看全球性的问题，劳动力的成本在中国已经开始上升，中国劳动力已经不算是特别便宜，你们进一步的创新，会从制造业转移到创新科技领域，全球的民众都可以从中获益，可以改善生活质量，都可以从这些新技术中得益。

清华学生：我来自汽车工程学院的学生，你带领25个美国企业，你有没有具体的措施能够让中国和美国成为技术方面的合作伙伴，不仅仅是经济方面的合作伙伴。

答：参加代表团的企业，在中国可能有经营基地，或者在中国研发，可以拿美国的技术为中国具体国情来具体设计，可能会把技术出口到中国，而原材料在中国组建，给中国带来更多的就业机会，这些美国企业会在中国组建产品，之后这些产品会出口到美国，很多企业是合资企业，共享研发资源，中国方面也可以从中获益。

清华学生：骆家辉先生，我来自清华大学国际关系学院，我想问，中国的收购在美国受到什么样的反馈？

答：美国是全球最开放的国家之一，我们欢迎外来投资，来自欧洲、中东、俄罗斯、日本甚至中国。有很多投资，只有很少的案例，我们不会让外资进入美国，这可能是涉及国家安全问题，大部分情况下需要批准，但一般情况下都会批准这些投资项目，只是很少的项目被拒绝了，不仅是中国，全世界各地的大部分投资项目都可以获批。

环球网：网上的另外一个问题，来自内蒙古的，作为一个中国人，我对美国的国债感到担忧，您能不能谈谈关于美国的国债？

答：我知道我们面临很大的债务，很多是过去 8 年里累计起来的，当克林顿总统离开职位的时候，我们财政是有盈余的，后来才有赤字，奥巴马总统上任以后接手的财政状况是不好的，但是现在在改善，现在对联邦机构其他的支撑已经冻结了，除了国防和社保等，然后还进行了医疗改革，随着时间的推移可以节省开支近 10 000 亿美元，我们知道需要改进财政政策，我们需要更多的储蓄，经济不能由贷款来驱动，我们要控制支出，才能控制财政的赤字。回到外资的话题，我们对于外资是非常开放的，这就是为什么坚持美国去所有国家投资，我们总是希望在其他的国家，美国的公司可以在公平的场所竞争，我们可以跟别的国家签订贸易协议，确保以公正的待遇对待美国的公司，不管是清洁能源还是其他的项目。

清华学生：骆家辉部长早上好，我是清华大学国际关系学院的研究生，您刚才提到一个事实，美国和中国可以说是温室气体最大的两个排放国，中国的人口比美国多 4 倍，那意味着美国人均排放水平是中国人均排放水平的 3 倍或 4 倍，作为美国的商务部长，您重点不是改变美国人民生活方式，您觉得用什么方式才可以改变美国公民的生活习惯？

答：我们美国人承认从人均单位水平来讲，我们排放的温室气体比任何国家都要高；我们知道，中国尽管人口比我们多 4 倍，但你们产生的温室气体比其他国家都要多，所以美国和中国要成为降低温室气体排放的火车头，消费者要改变消费能源的习惯，这也是奥巴马总统注重清洁能源的研发，要改变汽车能效的标准，对于消费电器的标准，所以我们正在大力推动降低温室气体排放的标准，用新的清洁能源替代。麦肯锡的报告说我们不需要建更多的电厂就可以实现对能源的需求，不管是天然气还是清洁煤或核电等，这些对于环境还是有影响的，比如要做风力涡轮，还是要用化石燃料，我们能源的需求当中很大一部分还是可以通过提高能效，比如电机、家庭供热或建筑材料等，通过增加能效还是可以减少很多能源的消耗，所以商务部在美国家庭、企业界都做到提高能效，我们完全认识到这一点，我们人均产生温室气体是世界第一位，所以奥巴马比美国任何一位总统都关注气候变化。

清华学生：谢谢，我是国际关系学院的学生，美国出口管制的法律是在 40 多年前，20 世纪 70 年代制订的，应该要更新了，新出口法的方向是怎样的？如何反映现在中美贸易的现实？

答：我们现在着手改变出口管制的体系，奥巴马总统已经做了这样的指示，要加强敏感技术的保护，这样不会落到恐怖分子的手中，这些人是想要伤害热爱和平的全球人士；而同时，我们对很多技术有不必要的限制，这些技术其他国家公司都可以购买销售的，所以这个审查正在进行当中，我们希望夏季可以推出新的政策。

环球网：网上有一个问题：美国什么时候消除对于中国高科技的出口的限制？

骆家辉：我刚刚已经回答了这个问题了。

主持人齐晔：有一个来自美国公民的问题：你好，我是建筑师，是美国人，我在这已经工作3年了，我有一些朋友是律师也在全世界各个地方工作，可能因为金融危机我们现在没办法回家，在美国有什么样的就业机会，我们想回家有没有就业机会呢？

骆家辉：我想你父母是欢迎你回家的，你提了一个很好的问题，失业率在美国很高的，大学毕业生找工作很难，美国很多人只是在兼职，因为公司裁员降低产量，有些人工作都还没有，所以这是美国总统工作最大的重点，要解决美国的就业，使每个想要工作的人都可以得到薪金丰厚的职业，当然清洁能源领域在未来会产生很多高薪酬的工作，这也是为什么去年美国致力于清洁能源的研发上面有800亿美元，还有税务等方面的激励，让私营部门研究，提出下一代汽车电池，有点混合车，电动汽车，甚至智能电网，如果有高效电动汽车，没有电网支撑是不行的，另外要鼓励节能，要让汽车储存多余的电力可以输回电网，所以需要的是智能的电网，所以价格在高峰时期和白天不一样，比如要用电子的烘干机，或家里用电脑设定在凌晨3点电价比较低，打开烘干机，电价在下午3点最高的，你烘干机就不要在下午3点用，也不要在这个时间用电炉或其他的电器，下午3点电价高，我就把电动汽车产生的电卖给电网，因为这时候电价最高，这就能很好利用智能电网。这需要设计人员，你的电脑可以跟洗碗机沟通交流，可以自动的设置，这样可以把电卖给电网，我们需要的清洁的能源和高能效的大楼，我们很多的能源消耗是来自大楼的建筑，以及大楼的维护和运营，能够有能效很高的大楼，如果设计不好，夏天热气进来需要空调，冬天热气会跑，你需要很多化石燃料加热大楼，这样能效是很低的，我们设计下一代的电动汽车，或下一代油电混合车，风仑和太阳能电池，以及潮汐发电和海洋能发电等，这些是很多的说不完的，所以奥巴马说如果我们在清洁能源发挥领头作用，那么我们在全球经济也是领先的，美国和中国可以通过合作研发，生产制造等方面共同合作，实现高能效，并且降低碳排放。

答：最后总结一下，我对自己是华裔的身份非常自豪，也很自豪过去几千年来中国对于人类文明的贡献，我们有四大发明，但是100年以后，如果中国和世界其他国家不严肃认真对待气候变化、清洁能源以及提高能效的问题，以后历史教科书会不会忽略中国悠久传统文明，以及对人类文明的贡献，而责怪和其他的国家把世界推向不可逆转的气候变化灾难性的影响，我希望100多年以后的教科书会说美国和中国共同领导世界挽救了地球，逆转了气候变化带来的影响，我们有很好的机会，现在要做的就是让这两个国家联手合作，我们要抓住这个机会，谢谢！

主持人齐晔：这次骆部长和大家的交流就到此结束了，感谢大家，再见。

前任联合国秘书长在清华大学的演讲

科菲·安南 2004 年 10 月 11 日

安南 1938 年 4 月 8 日出生于加纳库马西市，早年就读于加纳库马西理工大学，曾到美国和瑞士留学，先后获美国明尼苏达州麦卡莱斯特学院经济学学士学位和麻省理工学院管理学硕士学位。安南 1962 年进入联合国工作。1996 年 12 月 17 日，第 51 届联大任命安南为联合国第七任秘书长。1997 年 1 月 1 日，他正式就职，任期 5 年。2001 年 6 月，联大通过安理会提名安南连任秘书长，任期至 2006 年 12 月 31 日。

女士们、先生们：

清华大学是中国最具声望的学府之一，来到这里演讲使我感到十分荣幸。中国具有领先世界科技的历史传统，贵校正在努力恢复和保持这一传统，贵校的毕业生遍布全国各地的领导岗位。

和在中国其他许多地方一样，凡是来到清华大学参观的人，都不能不对伟大中国突飞猛进的发展，每天给人民带来的新的知识和机会而感到兴奋。各位，你们尽可对自己的国家和国家 25 年来的成就感到骄傲。

看着听众席上一张张年轻的面孔，我不得不对国际学生充满羡慕之情。我听说，来自 50 多个国家的 1 000 多名学生有幸与大家一起在贵校学习。

这使我想起了我自己的求学岁月，当时我的祖国加纳刚刚获得独立。我们突然感到，我们的国家正在走向世界，我们每天都有新的发现。

但是，我也记得迅速变化的年代带来的不仅是进步和兴奋，它同样能带来痛苦和困惑，甚至是破坏。

变化越是迅速、越是令人兴奋，就越需要谨慎把握，需要明智和以人为本的领导。

我们必须找出办法保护贫穷和弱势群体的利益不受侵犯，朝气蓬勃的年轻一代不被剥夺变化带来的各种机会。

我们必须维护秩序和稳定，但也不应扼杀探索、试验和表达意见的自由。作为年轻的学者，你们比任何人都更清楚地知道，在国家的发展中，知识和科学有着举足轻重的作用。应该把科技专门知识用于全社会的发展和保障，既要为少数人带来更大的财富，又要使全体公民感到更加安全，更加富裕。

中国是一个伟大的国家，中国的发展不可能在孤立中实现。中国的发展对全世界产生了影响，而发展又把中国带入了与世界其他地区建立的新型关系。

就商品和资金的进出口而言，中国经济对与其他国家交流的依赖程度越来越大。外国投资对于中国经济的增长发挥着根本的作用，而中国的外汇储备以及贵国对本国货币的管理，将在国际货币体系中发挥重要的作用。这就是说，全世界的发展与繁荣对中国利害攸关，中国的安全也离不开国际的和平与稳定。

中国政府通过在联合国以及其他场所发挥的作用表明，中国认识到了这一点。中国公民越来越多地被要求为全球安全的利益承担风险，作出牺牲。前几天我们看到，我们的报纸上刊登了中国警察头戴蓝盔，准备奔赴海地参加联合国特派团工作的照片，这给我们留下了深刻的印象。天灾人祸不断的岛国海地，的确与中国远隔重洋。

因此，今天我来到贵校也是为了表达全世界人民对中国的感激之情。中国人民显然理解，正如中国谚语所说，应该“同呼吸共命运”。我们还可以再加一句：在全球化的年代里，一个人的呼吸，足以使世界另一半球的人打喷嚏。人类的苦难没有国界，人类的团结也应同样不分国界。的确，4 年前世界各国领导人在联合国总部对团结的根本价值作出了庄严承诺，并发表了《千年宣言》。

他们宣布，“必须以公平承担有关代价和责任的方式处理各种全球挑战……遭受不利影响或得益最少的人有权得到得益最多者的帮助。”

他们承诺“竭尽全力”，使世界上为数十亿的男子、妇女和儿童摆脱赤贫，并使发展权成为所有人民的现实。

他们制订了精确的标准，用以衡量到 2015 年履行承诺的成就。

人们把这些标准称作千年发展目标。千年发展目标中的第一条，就是把世界上每天收入不足 1 美元的人口减少一半。其他目标还有：制止并开始扭转艾滋病的蔓延；把可持续发展原则纳入各国的政策和计划，以使我们的子孙后代不会面临居住的地球因遭到人类活动破坏而无法补救、或资源无法满足人类需要的威胁。

那么，到 2015 年全世界是否能够实现这些目标？这在很大程度上取决于中国。中国是一个人口众多、经济迅速发展的国家，中国对全球所有统计数字都有着巨大的影响。即使非洲许多国家的问题依然如旧，但在理论上只要中国基本消除了最贫困人口，到 2015 年我们就能实现把全世界这类人口减少一半的目标。

相反，到 2015 年也许许多国家可能在防治艾滋病、或在采取可持续发展模式方面取得了巨大的进展。但是，如果中国未能采取同样的行动，那么这仍将会给整个人类带来可怕的后果。

然而，中国和世界其他国家都可以不走这样的道路。为了中国的利益，也为了全世界的利益，你们应该承担起改善本国人民生活、保护本国自然环境的重大责任。但是，你们的责任并非仅此而已。

千年发展目标的第 8 项也是最后一项是全球合作促进发展。这就意味着不能抛开发展中国家不管，任其自己发展。发展中国家需要较为富裕、较为强大的国家给予帮助，这就需要消除不公平的贸易壁垒，消除补贴式竞争；需要免除债务，许多贫穷国家为了向债主偿还债务，经费开支远远超出了这些国家为满足本国人民的社会需求所作的开支；还需要更为慷慨的官方发展援助，许多富裕国家曾屡作承诺，提供这种援助。

具体说来，全球伙伴关系意味着每一个存在赤贫的国家都有权利期望获得帮助，以拟定并执行到2015年实现千年发展目标的国家战略。这一点对于大多数位处非洲的最贫穷的国家来说，具有至关重要的意义。如果没有这种帮助，这些国家就不能实现千年发展目标；如果能够得到这种帮助，这些国家就真正有机会实现这些目标。这就使富裕国家担负起一个重大责任，对此，中国也责无旁贷。我知道，你们习惯将自己的国家作为一个发展中国家来看待，中国也的确是一个发展中国家，也许是世界上前所未有的发展速度最快的国家。不过，中国发展越成功，人们也就越期待中国能够对那些仍然需要援助之手的小国、穷国表现出同舟共济的精神。

同样，随着中国在地缘政治方面地位不断提高，她在世界安全方面也应分担更大的责任。《千年宣言》体现了全球团结的精神，也表达了集体安全这一根植于《联合国宪章》的共同理想。

然而，过去两年来发生的各种事件使人们对这一共识产生了疑虑。

《宪章》第八十一条重申“联合国会员国受武力攻击时，在安全理事会采取必要办法，以维持国际和平及安全以前，行使自卫之自然权利”。而在当今时代，秘密的恐怖主义集团可能在没有任何警告的情况下发动武装攻击，这些集团也许持有大规模毁灭性武器，在这样一个时代，一些人对上述条款是否依然具有足够效力产生怀疑。

这些人辩解说，这些时候必须为了预防而使用武力，而在他们国家安全需要时，必须有权自由作出此种决定。还有些人则认为，这种理论本身就是对国际和平与安全的严重威胁，因为这就意味着任何国家，只要自己认为合适，都有权动武，而不必考虑其他国家所关切的问题。然而，创立联合国恰恰是为了使人类免于遭受这种局面。

的确，《宪章》第一条规定，联合国的首要宗旨是“采取有效集体办法，防止且消除对和平之威胁”。

我们必须表现出联合国有能力履行这一宗旨，以使各国不必感到必须或有权利自行执法。

正是出于这一原因，我于去年请一个名人小组就如何在21世纪解决对和平与安全的威胁和挑战提出建议。我感到欣慰的是，一位充满智慧的中国政治家钱其琛先生同意参加该小组，再过几个星期小组的报告就可以提交了。我希望小组的建议将有助于我们重新建立并改进我们的全球安全体系，这样，未来将没有任何一个国家会感到必须要单枪匹马地面对全球性威胁，而所有国家都会充满信心地认为其他国家将会遵守这些规则。

简言之，朋友们，要在这个新世纪里使世界变得安全，并赋予全世界所有居民以真正的机会，欣欣向荣、充实地生活尚有许多工作要做。需要作出许多具有胆识的决定，而且时不我待。

明年9月，世界领导人将再一次在联合国聚集一堂，审查《千年宣言》以来有

哪些进展，或缺乏进展，我希望，届时将会作出一些极为重要的决定，这将是世界在应对发展与安全这一双重全球性挑战方面实现突破的绝佳机遇。不过与五年前相比，任务将更加艰巨，这次领导人不是制订目标，而是为实现这些目标商定具体的决策。要使191个国家就共同的前进道路达成协议，还需要在未来的1年进行许多讨论，在一国之内和各国之间都要开展辩论。各国政府必须共同努力，并且还要达成妥协，有时甚至要对宝贵的国家目标或国家利益忍痛作出牺牲；但要做到这点，就必须使本国人民懂得利害相关所在，赢得他们的坚定支持。

中国在发展方面有出色经验，在安全方面也独具专长，因此，可以为这一至关重要的全球性突破作出主导性贡献。

因此，我今天来到北京非常高兴，不仅能够有机会同贵国政府交谈，而且来到中国著名的学府，这个发明与创新思想的摇篮，与在座各位交谈。我刚刚谈到了各种挑战，包括保卫世界和平与安全，在不同信仰或文化的人民之间发展友好关系，实现千年发展目标等等，为应对这些全球性挑战，为实现发展，你们这些有教育的青年可以大有作为。

在中国，你们在富裕和贫困地区之间已经建立了十分发达的互助网络，而且我知道你们许多人将在毕业之后去贫困地区服务。我希望你们中的一些人也会考虑到世界的其他地方去服务，在那里，也许更加迫切的需要你们的技艺。

我鼓励你们全体，全中国各地的你们这一代人，立志求索，为解决贫穷、疾病及环境退化等我们这个世纪所面临的各种巨大挑战，寻求途径。我曾对美国的学生，对其他许多国家的学生说过，现在也对你们说："走出去，把世界变得更美好！"

我说的时间已经够长了。现在该轮到你们了。如果你们有问题，我将尽力回答。不过我还希望你们作出评论，这样我可以向你们学习。

谢谢大家。

安南回答清华大学学生的提问（精彩摘录）

问：在和国际恐怖主义的斗争中，什么是最重要的？

答：我认为最重要的是世界各国的政府都能够为了打击恐怖主义而统一行动，充分交换信息，让恐怖分子没有立足之地，切断他们的财政支持。

问：您在任期届满之后有什么打算？

答：也许我想做个农民，我对那种田园诗般的悠闲生活非常向往。

问：今年诺贝尔和平奖颁给了肯尼亚环境保护活动家加里·马塔伊女士，有人担心这种做法有可能削弱诺贝尔和平奖的分量，因为从传统上讲，环境保护不是诺贝尔和平奖涉及的领域，您怎么看这个问题？

答：在当今世界，和平的概念已经被扩大了。冲突并不总是政治的。贫困、疾病和环境恶化等问题也可能成为影响世界和平的因素。诺贝尔奖委员会决定授予加里·马塔伊女士和平奖，表明她为保护环境作出杰出的贡献也为国家带去了和平。

问：现在一直在谈论联合国机构改革，是否会有更多的国家成为安理会常任理事国？

答：关于联合国改革大家已经争论很久了，我认为联合国必须进行改革，但是关键问题是如何改。联合国需要给各个洲机会。但是我不能给你一个谁会成为安理会常任理事国的名单，因为我们正在讨论这个问题，并且还没有定论。

PART2 教授学者清华论道

清华大学经济管理学院 2009年毕业典礼毕业演讲

钱颖一　2009年7月13日

钱颖一，1961年生于北京，祖籍浙江。著名经济学家，清华大学经济管理学院院长、教授、博士生导师；美国伯克利加州大学经济系教授。

亲爱的清华经管2009届毕业班的同学们：

今天，清华经管学院在这里举行2009年毕业典礼，为你们在清华经管学院完成学业、取得学位，向你们和你们的家人表示衷心的祝贺！

明天和后天，你们将参加清华大学的毕业典礼，将从校长的手中接过毕业证书和学位证书。从今年开始，经管学院将在大学举办的毕业典礼之前，为本院毕业生专门举办学院的毕业典礼。在这个毕业典礼上，我们经管的所有毕业生——本科生、双学位本科生、学术型硕士研究生、MBA学生、EMBA学生和博士研究生——欢聚一堂，共同庆贺你们从经管学院毕业的时刻。这将成为经管学院的又一传统。

毕业典礼是毕业班同学们回顾在校学习、生活的聚会，其中必不可少的环节是优秀毕业生代表的"毕业致辞"。刚才我们听到了三位分别代表本科毕业生、专业学位研究生毕业生和学术型研究生毕业生的致辞，他们是你们中的佼佼者。毕业致辞的英文是 valedictory address 或 valediction，这个词起源于拉丁文，意思是"说告别"。同学们在清华经管多年，情同手足，今天，"it' s time to say goodbye"，大家肯定是百感交集，余言未尽。能够代表毕业生作毕业致辞是一种很高的荣誉。40年前的1969年，Hillary Rodham，也就是现在的希拉里·克林顿，就是在 Wellesley College 代表毕业生作毕业致辞。在她的致辞后，全体学生起立，向她表示致意，这成为她学生时代的一个光辉时刻。

毕业典礼也为毕业班同学们提供思考未来人生的机会，其中的重头戏是"毕业演讲"，即"commencement speech"。"commencement"一词来源于法语，意思是"开始"，用"开始"一词来做"毕业典礼"用，确实很有意义，因为它向同学们传递的信息是生活的开始或再开始。毕业演讲人通常是请著名公众人物，他们的演讲大都充满人生哲理，鼓舞人心。我个人最为欣赏的毕业演讲是苹果公司的创建人、CEO乔布斯2005年6月12日在斯坦福大学毕业典礼上的演讲。他讲述了自己人生

经历中的成功、失败，以及面对死亡的故事，既感人肺腑，又发人深省，不愧为毕业演讲中的经典之作。Stay hungry，stay foolish，是他演讲的结束语。

今年的学院毕业典礼，我们原来邀请了我院客座教授、美国著名智库布鲁金斯学会主席、世界著名投资银行高盛前联席总裁桑顿先生来做首次的“毕业演讲”。桑顿先生最近获得中国政府授予的“友谊奖”，以表彰他对中国建设作出的突出贡献。遗憾的是，他因工作原因刚刚离开北京，无法来参加我们今天的典礼。他感到很遗憾，但认为受到我们的邀请是很高的荣誉。

所以今天，我就只好作为替代，充当“毕业演讲人”的角色，实在勉为其难，毕竟院长是学院的“内部人”，视角有局限。我还是围绕同学们熟悉的，即将告别的清华来说吧。再过不到 2 年，清华将迎来百年校庆。同学们也许觉得有些遗憾，没有等到那个百年一遇的有纪念意义的时刻。我想告诉同学们，今年 2009 年，也同样是有很多值得清华人纪念的年份。今天，我想讲三个故事，是三届清华学子的故事，他们入校的年份，恰好是 1909 年、1929 年和 1959 年。

第一个故事起始于整整 100 年前的 1909 年，那时还是清朝。大家都知道清华是 1911 年建校，经费来源于美国政府对清政府庚子赔款的“退还”。但大家可能不知道，是在 1909 年 6 月，清政府决定设立“游美学务处”；又在同年 9 月，清政府批准在清华园修建“游美肄业馆”，这就是我们校园的起源。1909 年，也正是美国退回庚款的第一年，是招收庚款留美学生的第一期。这一期全国共有 630 人报考，最终录取 47 名，他们是清华“史前期”的第一批学生。他们也是“洋务运动”后中国政府官派的第一批留学生。

就在这 47 名一百年前出国的留美学生中，有一位对清华日后的发展作出了历史性贡献的人，他就是梅贻琦。梅贻琦 1909 年到美国的 Worcester Polytechnic Institute 学习电机工程，1914 年获得学士学位，1915 年到清华任教。他自 1931 年起担任清华大学校长，直至 1948 年，共 17 年。他是清华历史上任期最长的校长。

梅贻琦对清华的历史功绩，可从当年的清华法学院院长、经济系系主任陈岱孙先生的一句话中领略。他说，“在梅先生在校期间，清华才从颇有名气但无学术地位的学校，在不及 10 年的时间跻身于国内名牌大学之列”。清华能有今天的地位，梅校长功不可没。当时的清华，首先得益于梅校长的“大师论”。在他就任校长的典礼上，他说，“所谓大学者，非谓有大楼之谓也，有大师之谓也”，这成了他的历史名句。当时的清华，还得益于梅校长的“通识教育”理念。1941 年，在清华建校 30 周年之际，梅贻琦发表《大学一解》，指出“大学之道，在明明德，在新民，在止于至善”。他说，大学教育“应在通而不在专”，应以“通识为本，而专识为末”，因为他认为通识是一般生活的准备，而专识是特种事业的准备；从社会需要来看，也是“通才为大，而专家次之”。那个时代是清华人才辈出的时代。

第二个故事起始于 80 年前的 1929 年，那是民国时期。这一年，清华招收了自 1925 年开办本科以来的第五级大学本科生，因此称“第五级”。这也是清华学校改名为“国立清华大学”之后招收的第一届大学生。他们在 1933 年毕业，共毕业学生 209 人。在这区区两百名毕业生中，走出了家喻户晓的文学家、科学家、革命家——万家宝，即曹禺，他1933年毕业后在图书馆里埋头写作，几个月内便完成了载入文学史册的话剧《雷雨》。他的同班同学钱钟书，在校期间就才华横溢，后来有感于不应总是做文学评论家，写出小说《围城》。那一级还造就了著名物理学家王竹溪，他在清华毕业后留学英国剑桥，获得博士后到西南联大任教，他在西南联大时最得意的学生是杨振宁，他是这位诺贝尔物理学奖获得者的硕士论文导师。同一级中还走出了后来的"两弹一星"功臣、我国人造卫星的主要倡导者和奠基人，气象学、地球物理和空间物理学家赵九章。他为我国第一颗人造卫星上天作出过巨大贡献。除了文学家、科学家，这一级的毕业生中也走出了著名的革命家、外交家乔冠华。中国在联合国的合法席位恢复后，他率中国代表团出席第26届联合国大会，轰动了整个世界。

第三个故事起始于50年前的1959年，那年是新中国成立10周年。当时清华实行6年学制，这一年入校的学生是1965年毕业。那时按毕业年次命名班级，所以这一级就被称为"五字班"（有趣的是，我们今年毕业的本科生也是"五字班"，不过现在是按入校年份2005年而得名)。1959年入校的"五字班"学生共2079人，人数已是1929年入校的"第五级"学生的10倍。

这一年的学生入校时，1957年的"反右"和1958年的"大跃进"已经过去，而他们毕业时，1966年的"文革"还未开始。这一届的清华大学生，基本上是按照蒋南翔的教育理念培养的：在那个年代，蒋南翔既狠抓业务学习，又注重政治思想工作。这一届毕业生中，走出了三位中国科学院院士和四位中国工程院院士。这一届学生中还产生了后来的三位政府部长。在这一届学生中，最引人注目的是走出了两位党和国家领导人：一位是胡锦涛，另一位是吴官正。

上面的三个故事发生的时代背景，一个在清朝，一个在民国，一个在新中国。在这三个年次中入学的清华学子，他们日后的成长道路迥然不同：有教育家，文学家，科学家，还有政治家。但是他们都是清华学子，都是优秀的清华学子，他们传承着共同的"清华精神"。这是什么精神呢？我个人以为，这是"追求卓越"的精神。

现在有许多描绘清华精神的词语，比如：严谨、勤奋、求实、创新、爱国奉献、行胜于言，等等。无疑，这些都在一定程度上构成清华精神的一部分。但是，这些词也同样可以用于描述其他学校，并非清华独有。清华之所以是清华，是它有着其他任何学校没有的气质。"追求卓越"正是这样的气质。

从上面的故事中我们知道，是清华学子，把一所没有学术地位、建校较晚、招收大学生更晚的学校，在10余年内便建成国内公认的"最高学府"；是清华学子，写出了划时代的文学作品；是清华学子，培育了未来的诺贝尔奖获得者；还是清华学子，正在领导13亿人口大国的伟大复兴。所有这些，都是清华独有的；所有这些，都只有用"追求卓越"，才能准确贯穿。所以我认为，"追求卓越"是清华有别于国内其他著名高校的精神，是真正的"清华精神"。

事实上，清华学子100年来时刻都在被"追求卓越"所激励。1914年，清华刚刚建校3年，还是留美预备学校。梁启超应邀来清华做了著名演讲"论君子"。其中所引《易经》中的“自强不息”、“厚德载物”，后来成为清华校训。在这篇演讲中，梁启超如此结尾：“清华学子，荟中西之鸿儒，集四方之俊秀，为师为友，相蹉相磨，他年遨游海外，吸收新文明，改良我社会，促进我政治，所谓君子人者，非清华学子，行将焉属？”“今日之清华学子，将来即为社会之表率，语默作止，皆为国民所仿效。”“深愿及此时机，崇德修学，勉为真君子，异日出膺大任，足以挽既倒之狂澜，作中流之砥柱，则民国幸甚矣。”对清华学子“追求卓越”之殷切希望，表现得淋漓尽致。

在清华准备由留美预备学校改为大学的关键时刻，“追求卓越”的精神被更明确地表达。1923 年，在清华筹办大学部时，张彭春出任清华第一任教务长。他明确地提出了创办清华大学的总纲领，就是希望清华能够成为“造就中国领袖人才之试验学校”。可见“追求卓越”是清华办大学之初衷。

到了蒋南翔时代，这一精神仍然一脉相承。1965 年，蒋南翔曾说，“我们不仅是培养红色工程师的，而且是培养党和人民各项事业接班人的，包括将来的党和国家领导人。”这是那个年代“追求卓越”的一种体现。

改革开放后，清华继续着这一精神。就在 2 年前，我们学院的老院长朱镕基在给学院学生的一封信中写道：“牢记百年校训：‘自强不息、厚德载物’，必有大用于民族、国家。”同样，他对同学们寄予的厚望，唯有“追求卓越”者才可达到。

亲爱的同学们：

30 年前的 1979 年，清华经济管理学院的前身，经济管理工程系成立，并招收了第一届学生，共 16 名硕士研究生。30 年后的今天，我们经管学院共有 952 名学生毕业。在你们的前面，涌现出了这么多优秀的清华学子，他们是你们的校友，更是你们的榜样。你们对将来的发展路径都有自己的选择，我对大家的毕业寄语是：无论做什么工作，走什么职业发展道路，都要心怀“追求卓越”的清华精神，这才不愧是清华的毕业生，这才不愧是清华经管的毕业生。

讲到这里，同学们也许会猜到，我的第四个故事，应该起始于 2009 年。这是一个从今天开始的故事，这是你们的故事，是清华经管 2009 届毕业生的故事。它要由你们来书写，由后人来讲述。我坚信，当今后的清华学子回顾清华的历史，回顾清华经管的历史时，你们的故事，一定会同我今天讲的三个故事一样激动人心。因为我知道，只要你们永远心怀“追求卓越”的清华精神，你们就一定会成功。

我期待着那一天。

谢谢大家。

坚定信念　持之以恒　团结协作

顾秉林　2010 年 1 月 25 日

顾秉林，内蒙古包头人，中国科学院院士，清华大学校长，物理学家和材料科学家。

同学们、老师们：

今天，我们在这里隆重举行 2010 年春季研究生毕业典礼暨学位授予仪式。首先，请允许我代表学校，向各位即将毕业的研究生同学，致以最热烈的祝贺！向悉心指导你们成长成才的全体导师，以及为研究生培养工作作出贡献的广大教职员工，表示衷心的感谢！向关注清华建设发展、全力支持你们学习的家长和亲属，表示亲切的问候！

同学们在清华园生活的这几年中，共同经历和参与了许多难忘的活动。从北京奥运，到 60 周年国庆；从课堂学习，到科研实践；从国际交流，到大师讲坛……几年来，大家既受到清华的教育和熏陶，也为清华跻身世界一流大学的事业贡献了自己的力量。

今天的毕业典礼之后，你们中的绝大多数将走上工作岗位。汉语中，“毕业”的意思是学业圆满结束；而在英语中，“毕业典礼”（Commencement）还包含“开始”的意思。可以说，毕业是终点，更是起点。如何迈出人生这新的一步，我想给大家讲一位我们身边的清华人的故事。

20 世纪 80 年代，世界上出现了循环流化床技术，这是一种煤的洁净燃烧技术。它首先在欧洲转化成了产品，并向我国出售。我国很想把相关技术也引进过来，但对方的回答是“我们只卖苹果不卖树”，这句话深深地刺痛了一位清华人。他从此开始潜心研究，经过 20 年的艰苦努力，终于提出了一套完全自主创新的循环流化床燃烧理论体系和设计体系，并付诸产业实践，被公认为世界领先科技，不仅在国内应用，而且出口到国际市场。这位清华人就是刚刚荣膺中国工程院院士的我校热能系岳光溪教授。

我想，岳老师的经历，能够给大家很多启发：

第一，坚定信念。为什么岳光溪教授能够 20 年如一日坚持奋斗在循环流化床燃烧技术研发的第一线？他的理由很简单：就是国家急需，而国外技术封锁，我们必须开发具有自主产权的先进技术。这就是信念！刚才董瀚校友也强调了自主创新

是时代赋予大家的历史使命。我想，勇担重任，致力创新，为建设创新型国家发挥中坚作用——这应当成为每一位清华毕业生的自觉信念。

第二，持之以恒。岳光溪教授的事例生动地告诉我们，没有师生几代人的不懈努力，没有无数个日夜的艰苦奋战，就不会有今天丰硕的成果。诚然，当前社会风气比较浮躁，但清华人要沉得住气。认定的事情，就要能够甘于寂寞，有“十年磨一剑”的精神和气度。不计较一时得失，而要“风物长宜放眼量”，坚持不懈，持之以恒，只有这样才能做成大事。

第三，团结协作。岳光溪教授在总结成功经验时，特别强调了与产业界的团队合作。在知识越来越丰富和复杂、社会分工越来越细化的今天，要有所成就就需要更多地交流合作。各位同学在今后工作中，应特别注意培养大局意识和协作精神。既谦虚审慎，又开放进取；既有独立担当，又能团结协作。在共同发展中脱颖而出，实现个人更大的进步。

再过一年多的时间，清华就将迎来百年华诞，衷心欢迎同学们届时重返母校。让我们共同回顾母校走过的百年历程，共同展望清华新的百年。也衷心期望大家在各自的道路上，志存高远，脚踏实地，做好今日平凡之事，成就未来栋梁之才！

同学们，虎年即将到来。我在这里给大家拜个早年！预祝大家新春愉快、阖家幸福、身体健康、事业有成，“气吞万里如虎”！

谢谢！

牢记责任　独立思考　诚信为人

顾秉林　2009 年 7 月 15 日

这是清华大学校长顾秉林在清华大学 2009 年本科生毕业典礼暨学位授予仪式上的讲话。通篇演讲，感情真挚，条理清晰，语言质朴。

同学们：

毕业的钟声已经响起，你们即将告别大学本科生活，走入新的学习或工作岗位。在此，我首先代表学校，对同学们顺利完成学业，表示热烈的祝贺！向多年来为同学们的成长付出辛勤劳动的教职员工，表示衷心的感谢！也向支持学校发展、关爱你们成长的家长们，表示亲切的问候！

4 年前的开学典礼上，我曾向大家提出“志存高远、学业精深、体魄强健”的三点希望。4 年来，我们共同见证了“嫦娥一号”奔月、“神六”“神七”升空、抗击汶川地震、成功举办奥运会等一系列重大历史事件，相信这些经历会进一步增强大家报效祖国，服务人民的事业心、责任心和使命感。4 年来，同学们也亲身见证和参与了清华跻身世界一流大学的进程，在学校深入开展因材施教、大力加强实践教育、培养拔尖创新人才的过程中，努力学习、全面发展，做到了收获知识、增强才干、健康成长。

两个多月前，温家宝总理来到清华园，与我校毕业生代表座谈，殷切希望清华学子“要把自己的命运和国家的命运连在一起”。清华今天的地位和影响，来自于近百年来一代代清华人为国家和民族发展作出的巨大贡献。而未来，更要靠包括各位在内的新一代清华人拼搏进取。在这个民族复兴、大浪淘沙的时代里，各位同学责无旁贷，也大有可为！

今天，在同学们即将本科毕业之际，我再送给同学们三句话，就是：牢记责任、独立思考、诚信为人。

第一，牢记责任。去年我们刚刚纪念了改革开放 30 周年，今年又值五四运动 90 周年和新中国成立 60 周年，中国在全球金融危机不断蔓延的形势下，正处于保持经济发展、构建和谐社会的重要时期。“青年者，国家之魂”，祖国的兴衰都寄托在一代代青年身上。中国传统文化要求“修身、齐家、治国、平天下”，同学们无论何时何地都不能忘记对自己、对家庭和对国家的责任。刚才徐航校友在发言中说道：“不要先问国家为你做了什么，而首先要问你为国家做了些什么。”这句话

看似简单，实际上蕴涵着深刻的含义。我们有些同学，毕业后好多年，自己感觉没有什么大的长进，说起来往往是“我们那里根本没有什么什么”等等抱怨。其实当你抱怨时，就是在自觉或不自觉地推卸自己的责任。所谓牢记责任，就是无论顺境逆境，都能够坚定地为着自己的使命而努力奋斗。希望同学们能够时刻告诫自己作为国家培养的高层次人才所应当担负的历史与时代重任，认真做好每一项工作，做出清华人应有的贡献。

第二，独立思考。著名国学大师陈寅恪为王国维纪念碑撰文说：“唯此独立之精神，自由之思想，历千万祀，与天壤而同久，共三光而永光”。只有勤于思考、善于思考、独立思考的人，才能从生活中获得智慧。面对复杂的社会需要独立思考，特别是在当前网络发达、信息爆炸的时代，只有深入和理性的思考，才能对事物作出正确的判断，才能坚持正确的价值取向；面对人生和发展需要独立思考，在世界上没有两片完全相同的叶子，也没有两条完全一样的道路，不能审慎思考，就会随波逐流，就会失去自己的方向和道路；面对未来的科研或其他工作也需要独立思考，独立思考是创新的源泉，没有深刻的独立思考过程，就会囿于既有的知识而难以突破。所以，希望同学们坚持独立思考、慎思笃行。

第三，诚信为人。孔子有言：“人而无信，不知其可也。”在浮躁之风日甚的今天，要完成自己的历史责任，一个最根本的立脚点就是诚信，这是为人、为学最基本的准则。近年来，社会上频频发生诚信危机事件，教育和学术界也存在着不同程度的学术失范，有的还比较严重。这些事件究其本质，都是丧失了诚信为人的基本准则。在座的同学们大部分将继续深造，希望大家能够重视学风修养，恪守学术道德，自觉抵制学术不端行为。对于参加工作的同学们来说，诚信也是立业之本、成功之道。人不信于一时，则不信于一世。有一个故事，讲的是一名新生在入学报到时，拜托一位老者帮他照看行李，但办完手续后直到中午才想起行李的事情，他赶快跑回去，发现等待了一个上午的老者依旧站在原地，这位老者就是我校校友季羡林老学长。季羡林先生一生严谨为学、诚信为人，永远是我们学习的典范。

4 天前，季老不幸过世了。他在生前写过一篇著名的散文，题为《清华颂》，其中深情地讲道：“清华园，永远占据着我的心灵。回忆起清华园，就像回忆我的母亲。”今天，同学们就要离开母校了。我相信同学们一定能够不忘母校的嘱托，发扬母校的精神，在时代大潮中勇往直前，努力为中华民族的伟大复兴做出应有的贡献！

再过 2 年，清华将迎来 100 周年校庆。衷心希望到时候能够再见到大家，让我们一起庆祝母校百年华诞！

谢谢大家！

美与物理学

杨振宁　2001 年 4 月 26 日

杨振宁，安徽省合肥市人。著名美籍华裔科学家、物理学大师、诺贝尔物理学奖获得者。1957 年与李政道提出的“弱相互作用中宇称不守恒”观念被实验证明而共同获得诺贝尔物理学奖；其于 1954 年提出的规范场理论，则于 70 年代发展成为统合与了解基本粒子强、弱、电磁等三种相互作用力的基础；此外曾在统计物理、凝聚态物理、量子场论、数学物理等领域作出多项卓越的贡献。

19 世纪物理学最重要的两个贡献，一个是电磁学，一个是统计力学。统计力学最主要的创建人是三个，一个是麦克斯韦，一个玻尔兹曼，一个叫做吉布斯，其中玻尔兹曼写过很多通俗的文章，那么我今天就从他的一段话作为开始来跟大家谈谈。他说：“一个音乐家在听到几个音节以后，就能辨认出来莫扎特、贝多芬或者舒伯特的音乐，同样一个数学家或物理学家，也能在念了几页文字以后，就能辨认出来柯西、高斯、雅可比、亥姆霍兹或者克尔期豪夫的工作”，他的这段话我觉得很有意思，为了解释这段话，我曾经跟几个朋友这样讲，我说：“大家知道，每一个画家、音乐家、作家都有他自己独特的风格，也许有人会以为，科学与文艺不同，科学是研究事实的，事实就是事实，什么叫做风格，要讨论这一点，让我们拿物理学来讲，物理学的原理有它的结构，这个结构有它的‘美’跟‘妙’的地方，而各个物理学工作者对于这个结构的不同的‘美’跟‘妙’的地方的感受，有不同的了解，因为大家有不同的感受，所以每一个工作者就会发展他自己独特的研究方向跟研究方法，也就是说他会形成他自己的风格”，那么这段话我希望在下面用几十分钟给大家详细解释一下。

为了做这件事情，我先给大家介绍两个 20 世纪的大物理学家，第一位叫做狄拉克，他是英国人，1902 年出生，1984 年去世的，我带了一张相片，不过我想大家看不见，这是他在 1969 年从剑桥大学退休了以后到美国去，那时我们在 Stony Brook（纽约州立大学石溪分校）访问他，我的一个喜爱照相的同事给照的，这张相片我觉得照得很好。

他是一个非常有意思的人，很少讲话，而你要听他讲话的话，就会觉得他的想法跟一般的人都不一样，那么关于他的故事非常之多，我给大家只讲一两个。

第一个例子，有一天在他演讲完了以后有个学生说：“狄拉克教授，我不懂您

刚才所讲的理论"，于是狄拉克就又解释了一下，解释完了以后，那个学生说："狄拉克教授您刚才讲的这个，跟您以前所讲的每一个字都是一样的"，狄拉克说："这不稀奇，因为这是最好的讲法"。另外一个故事是，他在普林斯顿演讲时，为他作介绍的教授在他演讲完了以后说："狄拉克教授可以回答你们的问题"，有的学生就说："狄拉克教授您刚才那个方程式（3），是怎么从方程式（2）演化出来的？"，狄拉克不讲话，于是介绍他的人等了几分钟，就说："狄拉克教授，请您回答他的问题"，狄拉克说："他只讲了一句话，他没有问问题"。

狄拉克最重要的工作，是在 1928 年，他写了一篇文章，这个文章上面有一个很简单的一个方程式，我念这个方程式给大家听 $[p\alpha+mc\beta]\ \psi=E\psi$，这是一个非常简单的方程式，可是这个方程式有不得了的贡献，它奠定了今天原子、分子结构的基础，它解释了为什么电子有自旋，自旋的意思就是每一个电子都是在那儿像陀螺一样地转，电子有自旋这个事情不是狄拉克发现的，在那以前几年，已经有人提出来，电子一定有一个自旋，可是不知道为什么要有自旋，刚才我所念出来的这个简单的方程式，你去了解了它真正的意义以后，你自然而然就知道，电子一定要有一个自旋。而且这个电子的自旋形成一个磁矩，就是像一个小磁铁，电子有自旋有磁钜这件事情也不是狄拉克发现的，是当时已经知道了，可是没有人知道为什么会有磁矩，而用刚才所念出来这个方程式就很自然得知道有磁矩，而且这个磁矩可以定量地用这个方程式算出来。而这个磁矩跟电子轨道行动的关系，也是本来猜想到了，可是不懂为什么是那样，也被他的这个方程式所解释了。你想这样简单的一个方程式，把当时困扰大家的三个重要问题都解决了，当然震惊了当时的物理学界。

我想最好的词来描述这个，就是这是一个"神来之笔"，可是这个被所有的人都认为是绝对的"神来之笔"并不这么简单，因为它出了一个新的问题，这个新的问题叫做负能问题，Negative energy，大家知道通常"能"都是正的，他这个方程式，你去算了一下以后，会得出来一个非常稀奇的现象，就是电子可有负能，这个负能当时是不可思议的一件事情，所以很多人懂了他的这个工作的第一步以后，觉得这个东西是妙不可言的，可是又觉得这个里头有非常奇怪的、不能够了解的、绝对不会对的事情，所以以后几年，就有种种人批评狄拉克，说他这个工作，看起来对是碰巧，其实是不对的。可是狄拉克坚持，到了 1931 年，他更进一步研究后说："不但这个负能是应该有的，而且有了这个负能以后，就会发现一个新的，重要的现象"，当时还没有看见，就是说任何一个电子，都会有一个跟它俱来的叫做反粒子，anti-particle，每一个粒子都有一个反粒子，这个反粒子跟这个粒子完全一样，可是它的电荷是相反的，这个当时又是大家所不能接受的。有人说你从来没有看见过任何一个反粒子，你怎么随便就讲有个反粒子呢？可是过了 1 年以后，加州理工大学有一个年轻人，他其实是博士生，叫做卡尔·安德森，他在第二年，用云雾室照出来了一个轨道，这个轨道是一个正电子，正是刚才狄拉克所讲的电子的反电子，因为它反粒子，因为它是带着负电，这样一来的话，大家知道狄拉克的这个方程式不但是对，而且完全是对的，他预言出来了一个从前大家不晓得的一个新的现象。

所以，你可以想一想，狄拉克是一个话讲得很少的人，可是他话的内涵有简单的、直接的、原始的逻辑性，懂了他的想法以后，你会拍案叫绝。我想了想，用什么样子的中国传统的语言，可以描述看了他的文章以后的感受；叹服了他这个工作的重要性以后的对于他文章的看法是什么？我想最好是说“秋水文章不染尘”，因为他的这个文章里头确实是一点渣滓都没有的，清楚极了，假如你懂他的逻辑思维方法的话。

我曾经想，要想跟我的文史的朋友介绍看了狄拉克的文章的感受，应该怎样讲呢？最后我发现唐朝的诗人高适，他有一首诗《答侯少府》，上面有这样两句“性灵出万象，风骨超常伦”，我觉得这两句话用来形容狄拉克的风格是最好的。为什么呢？“性灵出万象”，这个“万象”用来描述狄拉克方程式的影响，那是再恰当不过了，它解释了无数的物理、化学的现象，它是今天的原子、分子结构的最重要的一个方程式。为什么说：“风骨超常伦”呢？这我刚才也已经跟大家大概介绍了一下，他在1928年到1932年之间，不顾当时最有名的几个物理学家的反对和冷讥热嘲，这几个最有名的物理学家，包括尼尔斯·玻尔，包括海森伯，包括帕利，他们都在嘲笑狄拉克，说狄拉克想入非非，他做的东西是不对的，可是这个狄拉克是坚持的，所以他确实是“风骨超常伦”。那么什么叫做“性灵”呢，“性灵”据我所知道，是由明朝公安派的文学批评家“三袁”最早提出来的，其中袁宏道讲他的弟弟袁中道的诗，“独抒性灵，不拘格套，非从自己胸臆流出，不肯下笔”，用这几句话拿来形容狄拉克的风格是最恰当不过了。

下面我要给大家介绍另外一个20世纪的大物理学家，叫做海森伯，我想很多人会以为海森伯比起狄拉克还要略胜一筹，海森伯是德国人，1901年出生，1976年去世的，我也带了一个海森伯的相片，这个是他24岁的时候还没有做出来他最重要的工作的时候的相片，今年12月，是他的100周年生日，在慕尼黑要有一个庆祝。

他所做的工作是开始了量子力学的第一步，20世纪物理学里头，最最重要的几个发展之一就是量子力学，在20世纪以前，物理里头的数目、数据都是连续的，你说这个东西的家数是A，这个A是一个连续的，不是一个是跳跃的，可是在20世纪的头20年，发现到这个跟原子、分子物理不符合，所以后来就产生出来量子的这个观念。可是量子化的这件事情是非常困难的，因为要把从牛顿开始建立起来的物理系统整个改观，这个革命性的发展不是一天两天所能做到的，所以20世纪头25年是有种种的纷扰。

在50年代美国一个重要的物理学家叫做奥本海默，大家也许晓得，奥本海默非常有名的地方是因为他在打仗的时候主持了美国的原子弹制造工作，他是非常会讲话的一个人，他50年代在英国的一个演讲里头，描述了那个头25年物理学工作者之间的一个氛围，他说：“那是一个在实验室里耐心工作的时代，有许多关键性的实验和大胆的决策，有许多错误的尝试和不成熟的假设，那是一个真挚通讯与匆忙会议的时代，有许多激烈的辩论跟无情的批评，里面充满了巧妙的数学性的挡驾方法，对于那些参加者，那是一个创新的时代，自宇宙结构的新认识中，他们得到了激奋，也尝到了恐惧，这段历史恐怕永远不会被完全记录下来，要写这段历史需要有像欧迪帕斯或像克伦威尔那样的笔力，可是由于涉及的知识距离日常生活是如此遥远，实在很难想象有任何诗人或史学家能胜任”。

所以这二十几年的经历确实是被奥本海默所描述得很恰当的，在那样困难的时候，一个年轻的24岁的海森伯出现了，他写了一篇文章，这个文章向一个方向迈了一步，这个方向现在叫做量子力学，而这个方向后来发扬光大，就变成了20世纪以后的几乎是全体物理学里头最最重要的几个原则之一。年轻的海森伯怎么忽然能够走了这一步，从前人没有走过的呢？他在晚年的时候，曾经有过一篇文章上讲这个经历，海森伯喜欢爬山，所以很自然的他就把爬山拿来做一个例子，他说：“爬山的时候，你想爬某个山峰，但往往到处是雾，你有地图或别的缩影之类的东西，知道你的目的地，但是人堕入雾中，不知道要向什么方向走，然后忽然你模糊的自雾中看到一些形象，你说：哦！这就是我要找的大石头，整个情形从此而发生了突变，因为虽然你仍然不知道你能不能爬到那块大石，但是在那一瞬间，你说我现在知道我在什么地方，我必须爬近那块大石，然后就可能知道该如何前进了”，他这几句话确实是描述了他的第一篇文章里头所讲的事情，因为他并没有完全懂他在第一篇文章里所讲的，他是一个尝试，是一个很模糊的一个印象，他这个文章写出来了以后，他要去度假，就把它留给他的导师玻恩，玻恩比他年长了十几岁，玻恩有数学的修养，是海森伯所没有的，玻恩看了他这个文章以后，知道海森伯里边所讲的数学，是一个从前物理学家没有用的数学，叫做矩阵，海森伯因为数学修养不够，所以不知道他所做的东西是矩阵，结果玻恩就跟另外一个比较年轻的物理学家写了一篇文章，然后海森伯回来了以后，他们三个人又合写了一篇文章，这三篇文章奠定量子力学的基础，今天物理里头叫做one man paper、two men paper、three men paper，这三篇文章的开始，就是量子力学奠基的地方。

量子力学是物理学史上的大革命，我想也是人类历史上的一个大革命，不讲它对于纯粹物理学的贡献，单讲大家可以了解到的对于日常生活的贡献，核能发电、核武器、激光、半导体元件以及今天的计算机通信工程，所有这些工程都不可能发生，假如没有量子力学。海森伯24岁的时候写的这个文章，到了26岁，他就变成莱比锡（大学）理论物理学系的主任，他爱打乒乓球，打得很好，所以独霸那一系，而他是很好胜的，一直到一个从美国来的博士后来了以后，海森伯只得屈居亚军，打败海森伯这位乒乓球的博士后的名字，我想大家都是熟悉的，叫周培源。

那么，海森伯跟比如说狄拉克之间的关系是什么呢？他们的关系很好，可是也有激烈的竞争，因为他们都是站在最前沿上面的，所以他们都知道对方的工作是非常重要的，所以每一个工作都仔细注意。在1928年狄拉克写出来了刚才我给大家介绍的狄拉克方程式以后，海森伯跟帕利，帕利是他最熟的物理学家朋友，不懂狄拉克怎么能够想出来他这个奇怪的方程式，因为这个方程式是历史上从来没有人向那个方面写的，所以他们不懂。因为这样子，他有点困扰，今天我们可以从海森伯给他的朋友帕利写的一封信上面看到他当时的心情。他的信上面说：“为了不持续的被狄拉克所烦扰，我换了一个题目做”，这就是代表海森伯不懂，这个狄拉克怎

么能够有这种稀奇的想法，而得出来非常重要的结果。海森伯在这封信上说我换了一个题目做，然后底下说得到了一些成果，这个成果又是一个惊人的贡献，大家知道为什么有磁铁？磁铁里头有很多电子，那些个电子自旋都向同一个方向，所以整个加起来，它的磁矩就变成了一个磁铁。可是什么缘故，什么力量使得这许多磁矩向一个方向走呢？这个是当时不懂的，而且是一个困扰了很久的题目，海森伯说他换了一个题目，他就是不去研究一个一个电子的结构，他去研究很多电子的结构的时候，他看出来一个苗头，这个苗头就是今天我们了解的为什么磁铁能够成为磁铁的道理，所以这又是一个极为重要的工作。

如果我们总结一下，狄拉克跟海森伯不同的地方，第一样我们就了解到，狄拉克的研究方法跟海森伯的研究方法是很不一样的，狄拉克的研究方法可以说是循着独特的、新的逻辑，无畏地前进，这是他的风格；海森伯的研究方法，就像刚才我给大家念的故事里头所讲的，你觉得他的文章是在雾里头摸索，这是他的文章给你的一个感受。狄拉克的文章你看了以后，跟海森伯的文章看了以后，有相同的地方，有不同的地方。相同的地方是，他们都可以出其不意，有极强的独创力，向一个前人没有想象的方向走，这是他们共同的地方；他们不同的地方呢？是狄拉克的文章非常清楚、非常直接，你看了他的文章觉得里头没有渣滓，相反的，海森伯的文章是朦胧、绕弯、不清楚，而且有渣滓。你看了狄拉克的文章觉得这个领域已经没有什么东西可以做了，因为凡是正确的话，狄拉克都讲过了。海森伯的文章完全不一样，他的每一篇文章里头，会有非常深入的见解，也有错误的想法，所以，海森伯的文章必须要仔细看，你如果能够把海森伯文章看了之后，知道他哪个是对的、哪个是不对的，你就可以把他不对的那个改正了，得出来很重要的贡献。所以他们这个文章给你看后，感受是不一样的。

那好了，当然你就会问了，为什么两个这么聪明的大物理学家，他们的风格会这样不一样呢？我想，毫无疑问他们的个性不一样，海森伯的个性比较不接近数学，狄拉克的个性比较接近数学，比较接近数学的价值观，可是这个还不是唯一的道理，另外还有个道理，是与物理自己的结构有密切的关系，物理学现在是很大的一个学问，我觉得可以分成三个领域。

第一个领域是实验的领域，我们叫它“(1)”；第二个领域叫做唯象理论，我们叫它“(2)”；第三个领域叫理论架构，我们叫它“(3)”，而这个理论架构呢是跟数学比较接近的，我们叫它“(4)”。如果你用这样子的一个宏观的分野来看的话呢，那么就觉得原来这个历史的发展，是与这个分野有很密切的关系。

我给大家举两个例子。第一个例子是经典力学发展的结果，经典力学开始是16世纪哥白尼，他做了许多观测，他观测了一些行星的位置，随时间怎么样变，他所做的观测是以前所有的人都没有达到他的准确度的，他大大地超过当时中国的天文学家的观测，那么这是实验（1）。他去世了以后呢，开普勒来了，开普勒是一个理论物理学家，他做的是唯象理论（2），他分析了哥白尼的行星运动的数据，他发现，这个行星是绕着太阳，走的是椭圆，这是个大发现，因为在那以前，从希腊人开始就以为行星的轨道是圆，圆不对了以后就以为是圆上加圆，圆上加圆不对就来圆上加圆加圆，那么他们就永远在这个圆里头绕圈，绕来绕去做不出结果来，是开普勒第一个指出来，它不是圆，它是个椭圆，这一下子整个领域大大的开朗了，这个叫做唯象理论，为什么叫唯象理论呢？因为它是从现象开始的，它没有真正解释出来为什么是这样，这个就是我刚才讲的（2）。然后牛顿出现了，牛顿的自然哲学原理是历史上的一个大事，在1687年发表出来的书，在这个书里头，他写出方程式来，而从这个方程式你可以证明这个行星的轨道一定是椭圆，而且椭圆有多大，与它的周期有密切的关系，这些都是开普勒的三大唯象定律所讲的，可是开普勒不知道为什么是这样子，是牛顿把它变成了理论架构，所以牛顿所做的是（3），而牛顿所做的当然与数学有密切的关系。

海森伯在年轻的时候，不喜欢数学，我刚才已经跟大家讲过了，他的一个最重要的文章写的时候，他没有学过方阵，是后来那个two men paper跟three men paper才把他所做的事情跟方阵连在一起。可是到了海森伯晚年，他改过来了，从几十年的经验中，他了解到数学是非常重要的，他在74岁的时候，写的一篇文章上讲，“1921、1922—1927年间，我们经常讨论，可是总是遇到各种矛盾与困难，我们就是无法用理性的方法来解决这些困难，有人赞成波动理论，有人赞成粒子理论，所以后来有了一个数学结构的时候，这个数学结构就是量子力学，实际上我们的心态已达到了十分沮丧的地步，这个数学结构对我们来说是一个奇迹，我们看到了数学能做出我们做不出的东西，那当然是一个非常奇异的经历”，请大家注意这句话，“数学能做出我们做不出的东西”，这句话就表示了他当时的心态，他们左冲右突做了很多年，包括他们的老师，前后做了二十几年，可是做不出来东西，觉得实际的实验结果跟以前的想法有对的地方、有不对的地方，是一种非常困难的局面，所以当时他们觉得已经没有办法了，忽然引进了矩阵这个观点以后，数学做出来了我们做不出来的东西，这就是他晚年回想他在24岁时工作的一个感受。

既然讲到数学跟物理有这么密切的关系，当然可以问，数学跟物理整个的关系是什么呢？或者可以问，是许多同学，物理系的同学常常要问的：“我作为物理系的学生，我应该学多少数学？”，这个是一个很复杂的问题，不能有一个很简单的解释，我曾经想过，我把数学跟物理的关系，比做两片树叶子，一片树叶子向这个方向，一片树叶子向那个方向，一个是物理，一个是数学，这两片叶子大多数的地方都是不重叠的，可是在根部有一小块地方是重叠的，这一小块地方不是很大的，也许只是占每一个领域的5%、10%这样子，在这个重叠的地方，非常奇怪的，是这两个领域，享有共同的观点，所以它们在根源上面的关系是非常密切的，可是，我下面要讲的，虽然物理与数学有如此密切的关系，可是两者共同的地方并不多，它们有各自的目的跟截然不同的价值观，以及不同的传统，在最基本观念的层面，他们令人惊讶的共享某些观念，但是即使在这个领域里头，这两个学科的生命力仍然按着各自的脉络成长，一个向这个方向走，一个向那个方向走。把这个落实到对于研究生的建议是什么呢？就是假如你是念物理的研究生，那么你必须要对于这个根源的地方有一些了解，可是，更重要的，除了你对于这个了解以外，你要了解到向前是朝什么方向发展，换句话说，你要了解物理的价值观，假如你不了解物理的价值

观，那么你很可能是走到另外一个方向去了，当然走到另外一个方向，你在数学上作很大的贡献也很好，不过这也许与你当初想要做一个好的物理学家的初衷略微不一样就是了。

关于数学跟物理之间的分别，爱因斯坦在他的晚年也有过很有意思的一个分析，因为物理跟数学对于他的一生后来的工作都有极大的影响，那么，他在晚年的时候问了自己这样一个问题，为什么他做了一个物理学家，而不是做一个数学家，他说："在数学领域里头，我的直觉不够，不能辨认哪些是真正重要的研究，哪些只是不重要的题目，在物理领域里头，我很快学到怎样找到基本的问题来下工夫"，这几句话对极了，因为在他26岁，在一个很不重要的瑞士伯尔尼的一个专利局里头做一个小职员的时候，他写了三篇震惊世界的文章，这三篇每一篇都引导物理学里头的一个革命，这就是代表他有一个直觉的观念，知道物理里头哪一个是最重要的问题，哪个是琐碎的、没有什么大意义的问题，而他的这个能力，能够辨别到什么是重要的问题，什么是不重要的问题，在历史上我想只有牛顿能够跟他比。

让我现在回到主题，"美与物理学"，物理学我刚才讲了有三个领域，大的领域，(1)、(2)、(3)，这三个领域，每一个领域有不同的美。先讲实验，比如说是我们讲虹跟霓，我想在座每一位，小时候看见了虹跟霓都会说这是非常之美，等到你年纪稍微大了一点的话，你如果会做实验的话，那么你可以量那个虹是多少度，霓是多少度，你如果去量了以后，你就发现虹是42度，就是它这个角是42度，而霓是50度，而且在继续观测以后，你就知道红在外、紫在内，霓是反过来的，是红在内、紫在外，这些都是你观测了以后了解到的，这个非常美妙的现象是实验的美，可是你进步到了唯象理论以后，你就懂为什么会有虹和霓呢？是因为太阳光在水珠子里头可以有一个全反射，一次全反射就出来虹，两次全反射就出来霓，而且你经过全反射这个计算可以算出来，一个是42度、一个是50度，这个是唯象理论的美，我想任何一个学生，第一次算出来这个42度和50度的时候，不可能没有一个非常深的感受，觉得这真是妙不可言。可是这个还不够，为什么要有全反射、为什么要有折射？这些要到理论架构里头，到了麦克斯韦方程出现以后，你就可以了解到，为什么要有全反射，而且可以知道为什么在水里头要有折射，把它的根源找出来，所以这个是更高层的美。

今天我们如果看物理学的理论架构，上边有，里面有也许八九个，九十个方程式，其中刚才我给大家已经介绍了狄拉克的方程式，我也给大家大概介绍了海森伯方程式、麦克斯韦的方程式、牛顿的方程式、爱因斯坦的方程式，这许多方程式里边所描述的是宇宙的秘密，这许多方程式，大可以讨论到星云群里头的现象，小可以讨论到基本粒子里头的内部的结构；时间长，可以讨论到十亿年，短，可以到10的负27次方秒，这样子大的，这么多包罗万象的东西，它的解释都建筑在这几个支柱上边，而且他们都是非常浓缩的语言，所以我想了解了这些以后，你会同意我讲的这几个基本的结构是造物者的诗篇。说它是诗不只是因为它们是非常之浓缩的语言、浓缩的符号，还因为它们的内涵，往往随着物理学的发展而产生新的、当初所完全没有想到的意义，比如说爱因斯坦在1916年写出来他的"广义相对论"的时候，他并没有能够完全了解到那个里边的含义，而这个含义最近这三四十年，通过宇宙学的发展，比如说“黑洞”，这个里头有非常深邃、现在还没有能完全了解的一些新的内涵，那么这个当然跟诗一样，你们大家都晓得你在10岁的时候所念的诗，到20岁时候再看，原来10岁时候没有完全懂，你到30岁时候再看，就了解到你20岁的时候也还没有完全懂这个诗，诗有这个现象，而刚才我所讲的这几个基本结构是也有这个现象的。所以我想如果要描述一个学物理的人或者是一个做物理工作的人，在了解到一个基本的结构的时候是什么感受？最好用诗人的话来描述。

200年以前威廉·布莱克曾经说：“To see a world in a grain of sand，and a heaven in a wild flower，hold infinite in the palm of your hand and eternity in an hour”，台湾有一个散文家把它翻译成一粒沙里有一个世界、一朵花里有一个天堂，把无穷无尽握于手掌，永恒无非是刹那时光。

在牛顿去世的时候，一个大诗人蒲柏写了这样两句：“Nature and nature’s law lay hid in night：God said，let Newton be！And all was light。”，我把这个翻译成“自然与自然规律为黑暗隐蔽，上帝说让牛顿来，一切遂真光明”，这些用诗人的语言来描述物理学的美，当然是描写得很好，可是我觉得不够，一个对于物理学的基本结构了解，知道它们能够对于那么多的复杂的现象给一个那么准确的解释的时候，还有一些美的感受，这个感受是诗人所没有写出来的，是什么感受呢？是一种庄严感、是一种神圣感、是一种第一次看见宇宙的秘密的时候的畏惧感。那么我想这个所缺少的感，正是歌德式建筑的建筑师，他们在设计哥德式建筑的时候所要歌颂的是崇高美、灵魂美、宗教美、是最终极的美。

谢谢大家。

杨振宁回答观众及主持人的提问

主持人：感谢杨先生给我们带来这么精彩的报告，让我们鼓了那么多次掌，我们首先看一看来自凤凰网站的问题，然后我会给下面现场观众发言的机会。好吗？这位网友的名字叫“对思想的权利”，他说：“记得您曾经说过一句箴言，物理研究到了尽头就是哲学，哲学研究到了尽头就是宗教”您说过这话吗？

杨振宁：我不记得说过，不过这个话没有问题我觉得。

主持人：我再重复一遍这个没有问题的话，“物理研究到了尽头就是哲学，哲学研究到了尽头就是宗教，请问杨先生，您开始研究哲学了吗？打算什么时候开始研究宗教？在您看来，哲学比物理高，宗教比哲学和物理还高，难道您也相信人的善恶、罪罚是因为一只苹果被偷吃吗？”

杨振宁：是这样的，我并没有研究哲学，哲学是一个非常深奥的题目，我没有这个时间去涉猎，我也并没有预备去研究宗教。

主持人：那换句话说您的物理是永远到不了尽头了？

杨振宁：这个是完全对的，因为如果你们同意我刚才讲得有道理，物理学确实

是建筑在非常美的结构上的，那么你底下就产生一个问题，为什么有这个美的结构？这些美的结构使得你了解了以后，觉得很难是偶然的，这个结构越准确、越妙就越不偶然，为什么有这个呢？这个我想是科学所不能解决的问题，我疑心也是哲学所不能解决的问题，是不是宗教能够解决这些问题呢？这个我想要看你问谁，有的人认为宗教也不能解决，可是我们知道，有很多人认为宗教是可以解决的。

主持人：下面一个网友叫做"另一只狐狸"，他说："我看过关于您的传记，知道您的母亲就像我的母亲一样，没有什么文化，但她为什么偏偏生出了您，而我的妈妈为什么偏偏生出了我？我想问的是，我文化也不高，完全是因为我妈妈文化水平不高，而您为什么恰恰相反？杨先生能不能告诉我，您的母亲给您留下了什么？"

杨振宁：我母亲是1896年出生的，在安徽合肥，那个时候安徽合肥是非常贫穷的，她小的时候还裹过脚，所以后来，到了民国的时候，像我母亲那一辈的女人，叫做解放脚，就是又放开了，所以她的脚不是三寸金莲，是一个变形了的，我每一次看见了她的脚，都觉得非常难过。她因为习惯了，所以她已经不疼了，她在当初裹脚的时候是疼得不得了，到了成年以后已经不疼了，而且她终日操劳，路也走得很快，所以至少是不痛了。

她没有很多的文化，她没有受过任何新式的学堂的教育，她念过几年私塾，后来认字，是她自己学的。那么，我认识汉字，头3 000个字是我母亲教我的，那个时候我父亲在芝加哥大学留学，所以我跟我母亲住在一起，她教我的。跟我母亲一样，很多的旧式的妇女，我认识很多，而且我知道我的很多跟我同辈的朋友的母亲，跟我的母亲是很多地方相似的，她们，我很佩服，她们有坚强的意志，她们受到了传统中国的礼教的影响，而对于这些礼教，有坚定的信念，这个信念在今天讲起来，也许有人会讲这是愚忠愚孝，讲它是愚忠愚孝因为有一个价值观在里头，可是假如你忘记了这个价值观，你只讲它这个愚忠愚孝的力量，这个力量是无穷大的。

那么，到了比她年轻一辈的男人或者女人，我想这个坚强的意志，渐渐地没有了，整个世界都在向这个方向走，所以你如果要问我，说我母亲除了养育我，除了教了我3 000个字，还给我留下了什么呢？我想，留下的，是使得我了解到有坚强意志的信念，是有无比的力量的。

主持人：我想替这个网友补充一个问题，您的母亲在您小的时候，就对您给予了很高的希望了吗？

杨振宁：那我想是的，我想这个与任何一个母亲没有分别，我想所有的母亲，对于她们的孩子，都有很高的希望。

主持人：好，有一位文章写得很好的青年，他写过一句话，叫"母亲的理想有多高，儿子的成就就有多大"，这好像是说您。

杨振宁：我想我母亲对于我的期望，跟我父亲对我的期望不可避免的是不一样的，第一样，我父亲对于近代的科学有一些认识，所以他对于这个天地之间能够走到多么高的程度，有一些认识，这一些不是我母亲所认识的；反过来，也可以讲，假如我很不成功的话，那我想，我父亲跟我母亲对我的态度也会截然不一样的，不过，我想，不只是我们家里是这样，这恐怕是全世界的父母和子女的关系的一个共同点。

主持人：我想如果您失败的话，父亲的反应可能是他会原谅您，因为他知道科学有多么难，母亲可能不会原谅您。

杨振宁：这个我想也是一种可能。

观众：刚才听杨先生介绍，我了解到有些科研，尤其是重要的科研活动，需要很长时间的积累，比如说您刚才举了一个海森伯例子，可能是20年。我现在在清华大学，存在一些以SCI收录论文情况作为评价标准，甚至是唯一标准的现象，我认为导致了一些，就是说非常急功近利的现象，尤其是以当年论文数量为评价标准，然后给导师发奖或者说是评职称，我想都是有影响的，您对这个现象有什么看法？谢谢。

杨振宁：我想这个跟许多问题有类似的性质，对于老师的评比，看他的论文数量，这个是一个很自然的现象，这个现象操之过急，当然会生毛病出来，可是，说这个想法是完全不对的，我想也是站不住脚的，所以我想做这种事情，也要一方面做，一方面了解到它的局限性，事实上我在美国教了很多年书，看过很多的研究生、很多的同事，有种种的不同的研究的方法，有种种的不同的研究的态度，确实是有一些人，是文章写的很少，但可以写出非常重要的文章来。所以，你这个问题，是一个很复杂的问题，要看当时的环境，以及你所讲的是哪几个学生或者学者。

主持人：好，谢谢您。

观众：今天非常高兴能够与杨教授面对面的交流，看到您非常的健康，我们非常高兴。我有一个问题想问您，您在发现宇宙不守恒的过程当中，是怎么得到这个想法的？然后，您对现在量子计算机的发展有什么更好的想法？谢谢。

杨振宁：我曾经讲过好多次，我非常幸运，我这一生可以说是一帆风顺，从学问方面讲起来，我也是非常幸运的。我到美国去念书的时候，是1945年底，1946年开始，那个时候物理学里头出现了一个新的支，后来大大地发展。而这一支在50年代、60年代、70年代可以说是最热的热门的物理学，而我跟与我同一辈的研究生，跟这个领域，可以说是共同成长，能够共同成长这是最幸运的，因为可以说是遍地黄金。那个时候，比如说我去参加一个会议，我是初出茅庐的，写下了一些笔记，回来看第一页，上面讲某某人讲了一个什么现象，我去想想，觉得这个想了三天想不出什么结果来，就翻一页，看第二页、第三页、第四页，这个代表什么呢？就是当时这个领域里头，有新的澎湃发展，你如果能够在这个时候走到这个领域里头，这是最幸福的。

那么，今天，你刚才问，说是量子力学的发展前途是什么，量子力学发展到今天，有一些方程式的解释，并没有完全达到最后的定论，这个解释到几十年来，最重要的解释叫做哥本哈根，就是玻尔跟海森伯他们的解释，这个解释从1925年、1927年到今天呢，是与所有的实验都符合。可是，这个解释有一些令人不能满意的

地方，而最最有名的不满意这个解释的，就是爱因斯坦，爱因斯坦终其一生，对于哥本哈根解释量子力学是不满意的。而他的这个不满意是有道理的，所以很多人，包括我在内，觉得跟爱因斯坦有一个同感，就是觉得不错，到现在为止，量子力学是跟所有的实验都符合，可是这不是最后的故事，这个故事还没有完。

那么这个故事什么时候可以再继续下去呢，什么时候可以再有下一阶段非常重要的发展呢？那么，我想以后10年之内不大会有，可是，最近这10年、20年来，发展了一个新的在微观物理学跟宏观物理学之间的物理学，叫做介观物理，是不是翻做介观物理学。这个介观所研究的是在宏观物理学，那就是像日常大小的东西，或者更大的东西，跟微观物理学就是原子物理之间的，所以比如说是10的负6次方埃或者是10的负7次方埃这种物理学，这个学问现在正在澎湃的发展。这个澎湃的发展，倒不是因为那么多的人要想去研究量子力学的解释，是因为这个领域与工业有密切的关系。

大家知道，计算机的原件可以越做越小、越做越密，要想做到更密，就要走到这个领域里去。所以现在全世界都在向这个方向投资，这个领域大有发展前途，这个发展的结果之一，就是可以对于哥本哈根的解释多做一些了解，所以不是不可能，20年或者30年以后，因为工业发展的推动，所发展出来的介观物理学可以使得量子力学的解释发生新的革命性的发展，这是可能的。

观众：杨教授您好，我想问一个问题，刚才您谈到了，比如说您在想到“美与物理学”这个问题的时候，您是和几个文史方面的朋友谈了这个话题，然后您想到“美与物理学”的问题，就是说，作为文史类的知识，对您来说，在物理领域所取得的成就来说，您认为它对您有哪些推动作用？您能不能举一个例子来说明，比如说您和某些文史类的朋友，谈过了一些什么话题，促使您想到的“美与物理学”这么一个问题。谢谢。

杨振宁：假如我刚才讲的话，让大家觉得杨振宁所注意的事情只是物理学，那就是错误了，我想每一个人，人生是很丰富的，有很多方向，所以我也很愿意跟我的文史界的朋友交谈或者是辩论，那么这个对于我自己来说生活上增加了很多的趣味，增加了很多的思路。这个是不是影响到我自己的物理学的研究工作呢？我曾经想过这个问题，我想恐怕没有。在1956年、1957年，我跟李政道研究宇称不守恒这个问题，后来变得非常有名了，有新闻记者问我，他说杨教授，你们搞的宇称不守恒，基本上是讲左右对称不对称这件事情，这个与你们中国文化传统有没有关系？我想了想，我跟他说，我觉得没有关系。他说，那你是在怎样情形下就想出来宇称不守恒呢？我说，太具体的我没法跟你讨论，不过我知道，我平常什么时候最容易有好的物理学的见解，是什么时候呢，是在早上刷牙的时候，所以后来有一个牙刷公司打电话给我，他问我要不要给他们做广告，我说不要不要，谢谢。

观众：杨先生，我有一个关于您今天演讲题目的一个问题，就是“美与物理学”这方面的问题，我在读一些关于对称性方面的书的时候，我发现这个世界上有很多非常对称的，就是感觉有很多对称性，使得这个世界非常的完美，而您和一些其他的一些物理工作者作出一些成绩告诉我们，实际上这个对称性是有一定的残缺的，而我想问问您，您是怎么理解这种残缺的对称的这种美的？

杨振宁：我刚才演讲里头，没有提到对称，对称确实是越来越重要的一个基本的观念。这个重要性，在20世纪，可以说是与日俱增，在20世纪开始的时候，虽然对称在物理中也有人讨论，也有一些用处，比如，我不知道大家晓得不晓得居里夫人的丈夫皮埃尔·居里就写过很长的很有意思的文章，讨论对称。不过对称在物理里头的重要性，在今天看起来，那个时候的重要性，不是最最重要的方向。

到了今天的话呢，对称已经是变成了物理的主流思想，我明天早上要演讲，演讲的题目是“20世纪理论物理学的主旋律”，这三个主旋律，一个是量子化，这个我刚才再三提过，一个是对称，一个叫做相位因子。这三个我认为是20世纪的物理学，宏观来看的话，是三个好像扭起来的观念，而这个影响是非常之大。而以后21世纪，这三个我想很长的时期是主流的思想。

至于说为什么对称，而且对称中很复杂的种种现象，为什么是支配物理学的基本结构，我想假如讨论不久的话，就又回到刚才宗教的问题了，这个我想是不解之谜，而且我不相信在这方面，在50年、100年之内，会有更多的了解。不过我刚才讲的三个主旋律，我相信一定在三五十年之内，还是最重要的，在这里头。

主持人：好，谢谢您！

观众：我有两个问题。第一个问题是，您刚才提到了现在的介观物理学就像当年的粒子物理学一样，拥有广阔的发展前景，我想问一下，就是在其他的领域，有没有也像介观物理学或者像当年的粒子物理学发展前景很广阔的，比如说非线性科学，或者说高能天体物理等等，这些学科的发展前景是怎样的。然后第二个问题，我从其他的渠道了解到，您可能对于引力场量子化，不赞成在这个问题上投入太大的精力，您能否结合物理学发展的前景，来谈一下对这个问题具体的看法。

杨振宁：关于第一个问题，物理学的前沿现在非常之广，这个广，我们也可以问为什么发生这种现象，原因是因为在第二次世界大战里头，物理学的重要性对战争的发展有决定性的影响，最主要的有两个，一个是雷达的发现跟发明，跟第二个原子弹的发明。所以第二次世界大战以后，全世界的国家都极力支持物理学的发展，那么今天物理学是因为这个支持，以及因为他在工业界所产生的巨大的影响，所以今天在里面工作的人的数目，跟50年以前比是多的多了。

在这种情形之下，里头有很多发展，很多的领域，比如说激光，激光是50年代才发现的，今天激光能够用的方向是数不清楚的，而且前途的应用也是许多现在没有办法想象的，但是对于医药的影响，这个是一个大的方向。在座哪位对于光学发生兴趣、对于激光发生兴趣、对于光纤发生兴趣，我想这是非常好的领域。天文物理，现在在发生非常不可思议的，而还不完全了解的现象，这个我想是一个极为重要的科目。至于跟工业有关系的物理的发展，那更是数不清楚的，所以我觉得我的建议，对于年轻人，是尽可能地在没有选专业以前，多把你的触角伸的远一点，使得你对于整个这个领域，有什么澎湃发展的方向，多注意一些，然后本着你自己的能力，跟你过去的经历，选择一个最可能发展的方向。至于你刚才问的第二个问题，我想太专门了一点，我不必讨论了吧。

主持人：好，在节目马上就要结束的时候，想让您用一句话回答我，您说的“美和物理”的关系是什么样子的？只能说一句话。

杨振宁：我想只用一句很长的话来回答。

主持人：我们洗耳恭听。

杨振宁：自然界的现象的结构，是非常之美、非常之妙，而物理学这些年的研究，使得我们对于这个美有一个认识，这个是我今天主要要跟大家谈的。

主持人：好，谢谢您。

好莱坞电影时代的终结

罗波特·爱伦

罗波特·爱伦，国际著名电影电视学者、北卡莱罗纳大学美国研究所教授。罗波特·爱伦是国际电影电视和美国文化研究方面的权威人士。他在电影和电视艺术领域发表十多部有影响的著作，其中的“Channes of Discourse：Reassembled”和“Channes of Discourse：Television and Contemporary Criticism”有中文译本。他先后担任过艺术与科学学院副院长、美国学协会论文评奖委员会主席、美国《电影学报》编委等职位。他的其他论著有《办大学与做生意是一回事》、《为什么大学教授要学会四处找钱?》、《为什么大学系主任要学会四处找钱?》等。

15 年来，特别是在 20 世纪 90 年代，我一直在写一本关于好莱坞电影业的书。在这个过程中，我发现 90 年代是好莱坞电影时代的最后 10 年。为什么这么说呢？15 年来好莱坞电影业发生了很大的变化，传统的电影研究方式已经跟不上现实的变化。好莱坞电影业不再仅仅是为电影院里的观众制造电影这么简单，大多数美国人也不那么沉迷于电影，他们不再去电影院看电影了。

今天，我主要想谈谈，好莱坞电影业发生了什么革命性的变化，以及两三个促使好莱坞进行变革的社会原因。首先，是人口组成的变化。其次，是技术的变革。最后，在前两者的影响下美国社会的变迁，尤其是美国家庭的变迁。因此，在讨论好莱坞电影时代的终结过程中，我们将涉及人口统计学——特定时期里社会人口的年龄组成、技术革新以及社会变迁。

现在，只有 28%的美国人每个月看一次电影。这是很不寻常的变化。1929 年的时候，有声电影刚刚问世，80%的美国人每个月看一次电影，从 80%下降到28%。到 1999 年，美国的电影观众减少了 1 900 万人，相当于整个澳大利亚的人口。这主要指买票进电影院看电影的美国电影观众。美国的四大电影连锁发行商中的三家已经很不景气。每四部好莱坞电影只有一部能靠票房收入收回成本。此外，电影业在不断扩展的媒体市场中所占的份额越来越小，1998 年，好莱坞当年最热门电影的利润首次不敌一个电子游戏。

为什么会出现这种变化？首先，我们要知道自从二战结束，美国的人口组成发生了很大变化。好莱坞电影业在战后也发生了很大的变化，主要是因为两个原因：1948 年通过立法促使电影制造和电影发行分离，制造商不能同时也是发行商，从而

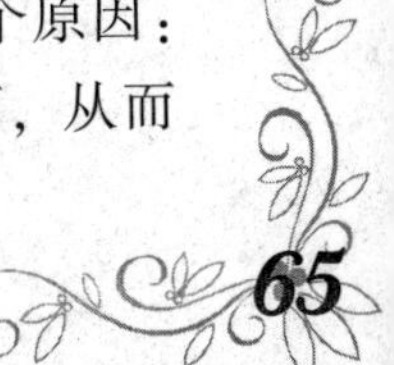

不是什么电影都能发行赚钱；其次，电视的出现。1948 年电视进入美国人生活的主流，到 1959 年几乎所有美国家庭都拥有一台电视，而在这 11 年里，电影观众的数量缩减了一半。那么，好莱坞电影业是如何在 20 世纪 50 年代、60 年代以及 70 年代维持下去的呢？原因是我出生了。

1946 年到 1964 年之间，美国人口出现了有史以来的一次增长高峰，也就是众所周知的“婴儿潮”（Baby Boom）。我就是“婴儿潮”的一代，1946 年到 1964 年之间，一共有 7 600 万婴儿出生。因此，1959 年，好莱坞决定为“婴儿潮”一代制作电影，特别是针对男性白种人。因为，13 岁到 25 岁的白种男孩去看电影的频率比任何其他人口组成要高上 4—6 倍。从 20 世纪 60 年代到 80 年代，每年都有大量的人口进入 13 岁到 25 岁年龄段，比例占人口比重之高是前所未有的。自然，他们当中的白种男孩成了好莱坞电影观众的主力军，好莱坞的电影制作也就迎合这些观众的口味。当时最典型的一部电影是“Easy Rider”（《轻松骑士》），这部电影对现在的年轻人来说很陌生，但是在 1968 年这部讲述嬉皮士和摩托车党的电影取得了辉煌的票房成绩，那时我 18 岁。这部由独立制片人制作的低成本电影的成功使好莱坞认识到，为 18 岁左右的年轻人制作电影是有利可图的。这也是电影与电视争夺市场的新机遇，《轻松骑士》这类电影里面的语言和所涉及的关于性的内容是不可能在电视上看到的，而这恰恰迎合了我们这一代年轻人的需要。同时，电视制片商采取了完全不同的策略，他们的节目是做给家庭看的，适合父母和孩子一起收看，而这时期的电影是做给 13 岁到 25 岁的年轻人看的。电影业循着这条轨道走到 80 年代中期就再也行不通了，因为“婴儿潮”在 1964 年逐渐消失。

20 世纪 60 年代早期，大多数人口统计学者预计美国的生育率会持续上升，因为在“婴儿潮”期间出生的妇女会像她们的母亲一样生育下一代。但是好莱坞没想到，“婴儿潮”一代的女性和她们的母亲完全不一样。1964 年到 1977 年间，婴儿出生率达到了美国 20 世纪的最低点，美国从“婴儿潮”时代进入了“逆婴儿潮”（BabyBust）时代。因此，到了 80 年代中期，好莱坞电影传统的目标观众群——13 岁到 25 岁的白种男孩在人口中占的比例越来越小。

危机出现了，因为制作电影的成本、电影明星的片酬、发行电影的费用持续攀高，而买票看电影的观众却越来越少。不仅如此，好莱坞还必须适应 20 世纪 80 年代中期出现的新技术。在我那一时代，电视是最流行的科技产品。我清楚地记得 1954 年我购买了第一台电视机，我看的第一个电视节目是 The Lone Ranger。80 年代末，新的音像技术出现了，这种流行科技产品既不属于“婴儿潮”一代也不属于“逆婴儿潮”一代，它属于“新婴儿潮”（Echo Boom）一代。

1977 年，美国的生育率又开始上升，在 1989 年达到顶峰，当年出生人口自 1964 年首次突破 400 万。1977 年到 1994 年，7 200 万个婴儿在美国诞生。这就是“新婴儿潮”，也可以说是“回音潮”。为什么呢？因为，“婴儿潮”一代的美国女性普遍推迟了自己的生育年龄。她们是美国第一批能够进入大学、进入职业行列的女性，她们花了更多时间在教育和职业上而不是结婚和生育。另一个促使“新婴儿潮”推迟出现的重要原因是 1963 年口服避孕药的出现，正好在“婴儿潮”的末期。

人类历史上，女性第一次可以自主控制生育，而20世纪60年代、70年代和80年代的许多美国妇女都是这么做的。因此，“新婴儿潮”是“婴儿潮”和“逆婴儿潮”女性只要一个孩子的结果，这一代婴儿大多数是第一胎。在80年代中期，女性又开始生育，但是都只要第一胎。

这个时期还出现了我前面提到过的技术革新，而这项技术革新却几乎完全被美国电影学者忽略了。那时，人人都期待着要看乔治·卢卡斯拍摄的科幻电影，他的科幻电影集中了当时最先进的电脑和数码技术，人们都期待着出现更先进的技术。但是实际上，好莱坞电影的变革来自一种在便利店花4美元就能购买到的技术——录像机“VCR”。1975年录像机进入美国，但是1975年到1983年间，录像机有两种互不兼容的制式——索尼的BETA制式和松下的VHS制式。用BETA制式的录像机无法放映VHS录像带，用VHS制式的录像机也无法放映BETA录像带。因此，1983年以前，只有大约10%的美国家庭拥有录像机。然而，1983年到1987年间，美国家庭的录像机拥有率从10%陡升到50%，其中80%增长量是在34个月里实现的。

这是怎么回事呢？当然，发生了很多事。首先，BETA制式的录像机不敌VHS制式录像机而被淘汰。其次，用家庭录像机录下电视节目被合法化，这是美国立法历史上重要的一页。最后，录像带的播放时间从1小时延长到了4小时，这意味着可以用一盘录像带录下一部完整的电影。最后，录像机的价格从1200美元降到了300美元以下。我和我妻子1979年结婚，当时我们花了1 200美元买一台录像机，这可是相当大的一笔投资。1983年，我买了第三台录像机，才花了不到350美元。1983年到1987年之间，录像机一下子在美国家庭中普及了。这可以说是在美国历史上普及得最快的一项技术。我们知道，电话经历70年才进入50%的美国家庭，而录像机只用了13年，特别是1983年到1987年之间。

录像机的普及带来了巨大的变革。为什么？因为录像带终于成为影视传播的新载体。最初，人们主要使用录像机录下自己想看的电视节目，在自己方便的时间观看。后来，这个技术使好莱坞改变了电影的发行渠道，录像带成为好莱坞电影发行的主要方式，电影录像带租赁业兴旺发达起来。1987年到1990年之间，多数的美国人宁愿到录像带租赁店租好莱坞电影回家看，而不是去电影院看电影。

在很短的时间内，好莱坞就意识到他们可以通过发行电影录像带获得利润，问题是租赁录像带为制片商带来的利润是有限的。好莱坞以75美元的单价把录像带卖给租赁商，然后租赁商以3.35美元的价格出租录像带，他们只要把录像带出租20次以上就能挣钱。但是，销售录像带的市场容量只有50万美元，这已经包括了几乎所有的录像带租赁店。在1988年，好莱坞的制片商为了赚取更多的利润，决定把录像带以家庭观众可以接受的价格直接销售给消费者。

1988年，电影“E .T”（《外星人》）的录像带以29.95美元的价格发售。环球公司卖出了1 250万盘“E.T”录像带，获利2.4亿美元。事实说明以较低的价格把电影录像带直接销售给顾客所获得的利润是没有上限的。1983年到1992年，进行录像带直销发行的电影数量以每年15%的速度递增。到1992年，已经有2.07亿盘好莱坞电影录像带销售给美国观众。这是革命性的变化。在此之前，拥有一部好莱

坞电影的拷贝是极其奢侈的。你还得拥有35毫米放映机和银幕，只有美国最富有的人才有能力在自己家里放电影。但是到1992年，好莱坞靠销售录像带得到的收入比电影院的票房收入还多。出租和销售录像带的利润是电影院票房收入的2倍。并且这种趋势是不可逆转的。

美国人到电影院去看电影的越来越少，即使去电影院也不是去看电影，多数仅仅是为了感受一下电影院的氛围而已。当然，并不是所有的电影都通过录像带发行，什么电影的录像带卖得最好呢？这些录像带的目标观众是像我这样的“婴儿潮”一代和他们的孩子“新婴儿潮”一代。假如把两次婴儿潮期间出生的7 600万和7200万人口相加，占了美国总人口的大多数。那么什么类型的电影在好莱坞的制作和销售中独占鳌头呢？迪士尼，就是迪士尼！从1988年开始，迪士尼计划每年制作一部卡通故事片——Aladin《阿拉丁》、Pocahontas《风中奇缘》、The Lion King《狮子王》、Mulan《花木兰》、Tarzan《人猿泰山》、Dinosaur《恐龙》……其中《阿拉丁》创造了电影录像带销售的最高纪录。1994年，美国十大最卖座电影录像带的前五名全部都是迪士尼电影，而且进入十大的电影没有一部是R级，即只允许13岁以上人士观看的电影。相信大家对好莱坞的电影分级制都有一定了解。好莱坞发现他们可以从家庭观众那里赚取大笔的利润，因此在20世纪90年代像Home Alone《小鬼当家》这类电影脱颖而出。《小鬼当家》的制作成本是1 800万美元，票房收入是2.85亿美元，在次年卖出了上千万盘的录像带。《小鬼当家》的成功为好莱坞电影业翻开了新的一页，好莱坞电影进入了家庭电影时代。这些电影的目标观众是“婴儿潮”一代的父母和“新婴儿潮”一代的孩子们。于是，类似的电影大行其道，不仅仅是迪斯尼，其他的制片商也加入这个行列。像Ants，A Bug' s Life，Honey I Shrink The Kids，Babe，Doctor Dolittle，Jurassic Park，Small Soldiers等等，所有这些电影的共同点就是都不被列为R级，可以全家老小一起看，而且录像带销售收入毫不逊色于票房收入。这一切促使好莱坞在制作什么电影、由谁来主演、讲述什么故事方面发生了革命性的变化。

20世纪90年代，美国的核心家庭（Nuclear Family）结构开始瓦解。核心家庭是指一对已婚夫妇和他们的亲生孩子，这曾经是典型的美国家庭结构。但是自60年代到90年代，这种家庭结构因为离婚率的上升而逐渐瓦解。离婚率居高不下的结果造成了再婚家庭（Step Family）的增加；同时，未婚母亲的数量也持续上升，到1999年，未婚女性在生育第一胎的孕妇里占了大多数。这意味着美国家庭的定义发生了变化，家庭结构不再是基于血缘或法律联系，而是功能性的。家庭关系不是依靠血缘维系而是依靠形式。这种变化是怎样在好莱坞电影中体现出来的呢？

家庭在好莱坞电影中被体现为社会中最重要的独立单元，这个单元不是由血缘或法律关系所建构的，而是由功能决定的。一个人成为父亲是因为他选择扮演父亲的角色，发挥父亲的作用。家庭关系由个人的选择决定而不是血缘。家庭仍然在90年代的好莱坞电影扮演重要角色，但是家庭的结构不是核心家庭而是由任意的几个人组合而成的。至于家庭是如何组成的并不重要。20世纪90年代的美国，看电影成为体现家庭功能的一种形式。消费文化主导者扮演家庭角色的方式，最典型的方式就是购买一盘关于家庭的电影录像带然后和家人一起看。在大家一起看电影的这个过程中家庭就称其为家庭了。

好莱坞还发现，不仅看电影录像带能帮助实现家庭功能，购买与电影有关的专利产品也是一个有效方式。例如迪士尼就生产大量的电影附带专利产品，而且大多数都在中国制造的。生产电影专利产品平均每年创造700亿美元的利润，65%的专利产品是为儿童制造的。而好莱坞电影的票房总收入每年只有70亿美元，仅仅是专利产品利润的1/10。可以说像《星球大战》导演乔治·卢卡斯已不单纯是电影制造商，他还是专利产品制造商。《星球大战》每一集电影的发行都是与其相关的电子游戏、塑胶模型、T恤、玩具等等专利产品的生产密切配合的。乔治·卢卡斯的拍摄动力不是电影本身，而是为了保证注册商标的商业价值。

电影业的变革要求我们的电影研究方式也随之变革。在电影制造史上，电影制造目的不再是吸引人们到电影院去看电影，而是吸引像我这样的父亲去给自己的孩子购买电影专利产品。因为孩子并不在意电影本身，而是自己的玩具。想象一下好莱坞下一个发专利产品之财的机会在哪里？当然是Harry Potter《哈里·波特》。哥伦比亚公司已经准备拍摄电影《哈里·波特》，制片人正是《小鬼当家》的同一人。因此，我们研究电影的方式必须革新，好莱坞电影业已经进入尾声，电影业死亡了。人们不再到电影院看电影，电影院能存在下去只是因为美国人热衷于在黑屋子里吃爆米花。我们的问题是，不知道该如何命名这门研究电影的学科。它既包括传统电影研究的所有内容，也包括从电影本身到我女儿的睡衣、麦当劳的儿童套餐、中国制造的儿童玩具等等……这一切电影的副业都应该包括在我们的研究范围之内。这不仅仅是对电影的研究也不仅仅是对媒体的研究，那么这究竟是什么呢？

罗波特·爱伦回答听众问题

问：国际市场对好莱坞有多大的影响？您不认为广大的国际市场仍然足以使好莱坞继续生存下去吗？好莱坞电影并没有死亡。

答：这个问题问得好。我的演讲中的确没有涉及这一点，谢谢你帮我指出来。国际市场对好莱坞的确是很重要的。另一点我刚才没有提及的是，好莱坞之所以继续为电影院制作电影是因为“新婴儿潮”一代正渐渐长大，青少年的数量将在人口中重新占据主流，正如我这一代人年轻时的情形。未来十年的趋势都是如此，所以现今像American Pie（《美国派》）、I Know What You Did Last Summer（《我知道你去年夏天在做什么》）、There’s Something About Marry（《我为玛丽狂》）等等电影和我刚才说到的电影并不是一回事。为什么好莱坞拍这些电影呢？因为，13岁到25岁的白种男孩在美国人口中的比例正在上升。为了使今天的话题更全面，应该补充谈谈国际市场和正逐渐长大的“新婴儿潮”一代。“新婴儿潮”的孩子总会长大，他们将为电影业带来阶段性的繁荣，但是，无论如何，好莱坞电影再也回不到过去的以电影为本的辉煌时代了。原谅我不能直接回答国际市场对好莱坞的影响，不过我所了解的是有些好莱坞电影是专门为了投放国际市场而制作的，如果没有国际市

场，有的电影明星像阿诺德·施瓦辛格也许会失业了。因为这些电影在国际市场上赚的钱比国内更多。我不敢肯定刚才所运用的人口统计理论是否适用于美国以外的好莱坞电影市场，这仅仅是美国的现象不是国际现象。

问：好莱坞电影是占据主流地位的，那么国际电影的趋势会不会走美国一样的道路呢？

答：我不敢肯定，但是肯定是不会完全一致的。从社会和人口发展的角度来看，人口变化和妇女的社会地位密切相关。意大利的人口出生率降到了有史以来的最低点，意大利是个天主教国家，它的人口变化完全是因为妇女社会地位的提高。因此，我们的研究应该是区分不同文化、不同国家、不同社会里妇女的地位来进行。

问：电影《卧虎藏龙》在奥斯卡获奖，这是否意味着外国电影进入美国市场？

答：这是有可能的。而且据我所知《卧虎藏龙》在中国并不受欢迎。这部电影的导演李安还曾经导演过《理智与情感》这类与他个人文化背景大相径庭的电影，美国味十足。《卧虎藏龙》正是以西方的方式诠释的东方故事，以异国情调来吸引美国观众。美国人对中国电影很陌生，他们对电影的期望仅仅是异国情调，因此《卧虎藏龙》在美国受欢迎。而中国观众对这部电影有其他的期望，当他们发现实际并不符合他们的期望时，这部电影也就不会受欢迎了。尽管我是在研究现代电影，但是我本人还没看过这部电影。我的学生建议我去电影院看，因为《卧虎藏龙》的视觉效果很强。但是每次去电影院我都得带着6岁的女儿，当然只能看她爱看的电影。现在只能等《卧虎藏龙》发行录像带了。不过，我认为这部电影极大地开阔了美国观众欣赏外国风格电影的眼界。美国观众所熟悉的成龙、吴宇森的动作片并不能代表中国电影的风格，他们体现的更多是香港风格。

问：您从人口统计学的角度解释了好莱坞电影业的衰落，但是我还听说过两种说法是：好莱坞失去了想象力和社会责任感。

答：你提出了两个很重要的问题：一是好莱坞制片商的想象力缺失，二是好莱坞制片商的社会责任感缺失。对于第一个问题，我想说的是，好莱坞电影只有1/4能实现收支平衡。如果你想烧钱，最好的办法就是投资电影，因为你只有1/4的机会能收回成本，能不能赚钱还是另一回事。因此，所有的好莱坞制片厂所竭力追求的就是降低风险。如何降低风险呢？就是制造具有最大进入市场几率的电影，或者制造人人都愿意与自己的兄弟一起去电影院看的电影。例如，耗资1亿美元拍摄的Titanic《泰坦尼克号》，它是历史上第一部票房收入以10亿计的电影。不仅投资可观，他们对演员的挑选也是经过周密策划的。为什么选择莱昂纳多·迪卡普里奥和凯特·温斯莱特主演《泰坦尼克号》呢？因为他们最吸引十几岁的女孩子。为什么《泰坦尼克号》获得如此成功呢？因为这部被定为PG13级的电影，吸引13岁到25岁的人观看。只要年满13岁就可以去电影院看这部电影，这对《泰坦尼克号》而言十分重要，因为正是这些13岁以上的女孩子们一遍又一遍地到电影院去看这部电影。

制造艺术电影也是可以赚钱的，例如独立制作的电影，但是前提条件是尽量降低成本、降低风险。例如《我为玛丽狂》，它的制作成本是200万美元却赚了上亿美元的利润。我们还必须了解一点，其实所有制片厂都属于像默多克这样的大型的跨国公司。所以电影制造只是各个大型媒体帝国里的一小部分而已。制片商的运作总是与母公司的其他产业密切配合、是为其他产业服务。同时电影制造通过与电视、网络、软件、电子游戏等产业的合作来降低自身的风险。

至于好莱坞电影的社会责任感，比较婉转地说就是“胡说八道”！我不认为好莱坞电影是出于社会责任感，他们只考虑商业利益。我们不能指望靠好莱坞电影来管束什么先进的家庭观念。

问：中国每年从好莱坞进口 10 部大片，票房收入比国产电影要高，怎么说好莱坞电影死亡了呢？电影是人类梦想所在，好莱坞电影所创造的美和力量是其他电影无法取代的。如果说好莱坞电影终结了，那么谁能取代它呢？

答：我这个演讲题目或许有点煽情，我并不是说好莱坞电影终结了。过去我们认为好莱坞电影业是为美国电影院的观众提供电影的，制片商心目中的观众是 13 岁到 25 岁的白种男孩。我要说的是，这个逻辑已经站不住脚了。好莱坞电影仍然存在，人们仍然会去电影院，但是在电影院放映电影的作用改变了，超出了电影业本身并成了其他产品的广告。

问：我想知道您将如何回答您在演讲结尾提出的问题，研究电影究竟是哪一门学科？

答：我在美国研究所工作，因此有机会对美国家庭结构的变迁有所研究，有机会研究美国家庭和文化在过去 25 年里的关系。电影研究包括了社会学、经济学、人口统计学等等，如果一定要说是哪一门学科，概括地应该说这是文化研究。问题是，文化研究在美国必须有明确的含义、明确的文字解释。我要求我的学生要注意日常生活、思考电影、电视与个人的关系。

问：您所期望的电影是什么样的？您最喜欢哪一部电影？

答：短时期内，美国的电影仍然是以家庭观众为目标，“美国派”会不断地有续集，青少年观众将成为主流。长远来看，我不能确定，20 年后电影院都不知道是否还存在了。

至于我最喜欢的电影，应该说是对我人生有触动的电影。每个人都会有一些与电影密切相关的人生经验，关键不在于电影本身而在于和你一起看这部电影的人。在我的人生中占有一席之地的电影是“Sound of Music” （《音乐之声》）。

为什么呢？这大约是 1965 年的电影，当时我 16 岁。我是乡下一个贫穷家庭的孩子，《音乐之声》在离我家 20 英里的一个大城市里上映。那时候我梦寐以求的事就是和一个家里比我富有的女孩子约会。我唯一能想到可以打动她接受约会的办法就是带她到市中心去看《音乐之声》。因此，我们的电影研究是应该和每个人的生活联系起来，把研究建构在这些电影、电视、音乐、电子游戏和个人经历的关系上。我要求我的学生每看一部电影都要写感想，我为他们布置的第一个题目就是“你最喜欢的电影”。他们所谈到的并不是什么理论，而是个人经历，比如“我和父亲一起看电影”。

问：《花木兰》是一部以美国方式讲述中国故事的电影，您认为这是好莱坞变

革的一种模式吗？

答：我对中国了解不多，不能很好地回答这个问题。不过我认为迪士尼仅仅是利用了这个故事的内容而已，与中国文化无关。因为这是讲述一个女孩扮成男孩的故事。一般认为吸引男孩进电影院比吸引女孩要容易，因为女孩会去看男孩的电影而男孩不会去看女孩的电影。因此，迪士尼考虑的是什么故事能同时吸引女孩和男孩，而《花木兰》正是他们想要的故事。

问：什么中国电影能进入美国主流市场？

答：中国电影能进入美国市场。世界其他电影业所面对的问题是美国电影市场难以进入。没有其他国家能够投资拍摄《泰坦尼克号》这样的电影，也没有其他电影市场能为这部电影带来数十亿的票房收入。好莱坞电影的阴影仍然笼罩着其他国家的电影业。其次，美国的媒体市场是世界上最大的绝缘体，我们看的外国电影比你们看的美国电影要少得多，美国电视台的黄金时间从来没有播放过一个外国节目。中国电影并非在美国电影市场中完全没有立足之地。它可以拥有一部分特定的观众。中国电影业必须首先在国内发展起来，在国内市场能赚到钱才能保证在美国市场上不赔钱。

问：您说20年后电影院可能会消失，有没有可能是被新型的电影院代替了呢？

答：这是有可能的。电影院不一定非得用来看电影。首先，技术的发展使电影可以通过数码技术来拍摄存储；其次，数码技术使通过卫星传送电影成为可能。只要解决了传输过程的信息保密这就是可行的。不仅如此，我们还可以通过卫星传输电影以外的东西到电影院，比如棒球比赛、拳击比赛。这样电影院就能继续生存下去，人们仍然会到电影院去吃爆米花，只不过不一定是为了看电影。

全球化压力下的欧洲民族国家

哈贝马斯

哈贝马斯生于1929年，曾先后在德国哥廷根大学、瑞士苏黎世大学，德国波恩大学学习哲学、心理学、历史学、经济学等，并以论文《论谢林思想中的矛盾》获哲学博士学位；1961年以《公共领域的结构转型》（已有中译本）一书获得教授资格。

一本名为《全球化动力——地域性生活世界》的书在其导言中说道：“今天，包罗一切的问题是：在民族国家的彼岸、在超国家和全球化层面上，是否能重新控制世界范围内的资本主义在环境方面以及社会方面和文化方面的爆炸性力量。”市场的发现功能和调节功能是无人否认的。但是市场仅仅对这样一些信息作出反应，即由价格的语言进行编码的信息，而对那些它在其他领域所生产的外在效果，它充耳不闻。

社会福利性的国家，不论在欧洲还是在其他的经济合作与发展组织的社会里，在上个世纪的第三个25年里确实弥补了一个高生产率的经济系统在社会方面所带来的不受欢迎的后果。资本主义第一次没有阻碍让所有公民一律平等的共和国所作出的保证得到履行，并使之现实化。民主的法治国家还确保了在下述意义上的一律平等，即所有的人都有同样的机会利用、使用自己的权利。

罗尔斯作为当今最有影响的政治自由主义的理论家，在这个意义上提到了平等分配权利这种“公平价值”。

今天，我们知道，这个理念迄今为止只在民族国家的范围内得到了实现。但是如果一个民族国家在一个发生了变化的世界经济和世界社会的具体情境中，遭遇到自己创造能力的界限时，这种组织形式就会在两方面变得很不牢靠：一是对在全球范围内得到释放的资本主义从政治上进行控制，二是只推行了一半的表面民主的这个单一范例。我要提的问题是：现代社会所产生的民主影响和作用的形式能自发超越本国家的边界而继续扩展吗？

我想从三方面讨论这个问题。首先，我们必须搞清楚，民族国家和民主有什么样的紧密联系，这种独特方式的相互共生今天又是通过什么而处于压力之下。其次，通过对上述问题的分析我将简短地阐述对各国家诸种状况提出的挑战所作出的政治方面的四种回答。它们同样也规定了一种坐标系统，今天关于“第三条道路”的讨论就在这种坐标系统中进行。最后，这场大辩论为欧盟的未来采取一种进攻性

的战略而提供了发展方向。如果我们国家内享有特权的公民们同时也愿意考虑到其他国家和其他洲的观点与立场的话，他们就必须在世界公民的目的中来推动欧盟的联盟性深化，为一种全世界的内部政治创造必要的前提条件。

今天在“全球化”这一主题下引起人们注意的发展趋向已经改变了一种历史的状况，这种历史状况的特征就是国家、社会与经济在同一个国家的疆域在一定程度上共同发展和扩张。国家间的经济体系在市场全球化的过程中演化成为一种超越国家的经济，在过去的这种国家间的经济体系中是由各个国家来确定内部经济与对外贸易关系的界限。这里最重要的是世界范围内资本的运动加快，还有就是对一个国家的地位的绝对评价是由全球相连的金融市场所进行的。这一事实就解释了，为什么国家的主管者们今天不再能构织那些中心节点，这些节点已经赋予由交换关系所组成的全球网络；一种国家间或国际间关系的结构。今天与其说是国民经济陷于国家的界限内，不如说是国家陷于市场之内。

在“全球化”主题下所描述的发展趋向不仅在国家内部对人民间的相比较而言较为和谐的共同存在产生威胁，也就是由移民和文化分割所造成的国家公民的一体化的前政治基础，更重要的是下述状况，即一个不断深深陷入由世界经济和世界社会组成的相互依存关系中的国家会在主权、行为能力和民主实质方面遭到损害。

在此我只谈谈国家丧失其主权的三个方面：(1) 丧失国家进行控制的社会能力，(2) 决策的过程所出现的不断增长的合法性论证的欠缺，(3) 在提供合法性和有效的控制和组织工作方面表现出的愈加增长的无能为力。

主权的丧失表明，一个单一的国家不可能借助自己的力量充分保护它的公民，以抵抗由其他的主管者们所作出的决策产生的外在效果，或者抵抗这样一些过程所产生的连环效应，这些过程的起点位于它的边界外。这一方面是指“自发性地超越边界”的事件，如环境污染、有组织的犯罪、现代技术造成的安全危险、武器交易、流行性传染病等等，另一方面是指由其他国家的政治所造成的已计划好的、但却又意外增加的一些后果，被涉及的人没有参与这些后果的产生。例如您可以想想由原子反应堆所产生的危险，它被建造在本国边界以外的地方，却达不到本国政府制订的安全标准。

如果参与民主决策圈子的人与受这一决策所影响的人不完全一致的话，那么在涉及对合法性的民主需求方面就会出现亏空。一个民族国家从机构上被一个由超国家的协议和政体组成的网络系统所包围，这虽然能在某几个政治领域为在本国范围内遭到损害的一些权限创造一些补偿或等效的东西，但是，在国家间通过谈论所确定的东西越多和越重要，一种民主的意见形成和意愿形成就会失去越多的政治决策，这种民主的意见和意愿形成只能由本国的状况所确定。在欧盟内由布鲁塞尔的专家们所进行的官僚主义决策过程就为这种民主的亏空提供了一个例证，这种民主亏空是由于国内的决策政体转移到一些由国家间、并由政府的代表所组成的委员会所造成的。

讨论的重点是对干预政策的程度进行限制，民族国家为了一种合法和有效的社会政治而曾利用这种干预政策。一方面是民族国家的主管者们在地域上受到限制的行动空间相互分离开来，另一方面是在全球不受任何限制的市场和加快的资本运动，与之相关的是“民族国家经济的功能方面的完整性”在消失。资本在寻找投资可能性和投机性利润时送进了必须留在本国的义务，它到处漫游。只要一个政府由于过分关注到需求空间、社会标准或就业保障而严重加重本国经济地位的负担时，资本可以通过它的退场选择权进行威胁。

这样，一个国内政府就会失去如下能力，即不能充分利用本国经济的税收资源，不能刺激经济增长，从而不能确保它自身合法性的根本基础。一个国家面临进退两难的局面：对流动私有财产所增收的税和刺激经济增长的各种措施在本国范围内尽可能地越少，它们对已耗尽的社会财政预算就越加必要。

面对这一挑战，有两种大概的和两种不同的回答。一种是赞成，另一种是反对全球化和解除地域化。在这两种地位间的极端化导致对“第三条道路”的追求，这种追求也分为两种不同的形式，一个是防守性的，另一个是进攻性的。

赞成全球化的立场以一种新自由主义的保守观点为依据，这种新自由主义的保守最近几十年里导致了向以供给为导向的经济政策的转变。它们赞成国家无条件地听命于一个借助市场形成的世界范围内的社会一体化，它们建议一个中间商式的国家，这个国家告别了对劳动力的 Entkommdifizieng 的计划，告别了由国家对生活世界的资源进行保护。在一个超越国家的经济体系中得到协调的国家根本上只限于对基础设施作出符合生意需要的准备，这些基础设施从赢利角度把自己这块地方变得有吸引力，并赞助各种企业商业性的活动。在此我不能详细论述新自由主义的假设模式和就社会公正性与市场效益之间展开的值得一提的争论。但是对这种理论的前提产生两点怀疑。

我们假设，一种完全自由化的世界经济连同其不受限制的一切生产要素的活动性（包括劳动力），将在某一时间与可以预见到的当地经济实力和全球发展相平衡，与一种对称的劳动分工的目标状态达到协调一致。即使在这一前提下，在一段过度时间内，不论是在国内还是世界范围内，为达到此目的都不仅要承受社会不公正性的急剧增加以及社会的破裂，还要承受道德标准的败落和文化基础结构的败落。从时间性的角度来看就提出了下列问题：缓慢走过“泪水之谷”到底要持续多长时间？它需要多少牺牲品？为达此目的会有多少边缘化的命运停留在这条道路的路边并得不到注意？有多少不能再被创造的文明成就会因此而陷于“创造性的摧毁”？

在考虑到民主的未来的视线里又提出了一个同样令人不安的问题。因为民主的程序和活动会在这种程度上丧失殆尽，就像民族国家丧失了自己的功能和行动空间，但在超国家的层面上却没有产生任何与之相应的东西。W·史垂克称之为“选票的降低了的购买力”。正是这种民主的程序和活动使美国公民们可能对他们的社会生活条件施加政治影响。

另一方面，作为对民族国家和民主崩溃的反应，又由这样一些人组成了一种联盟，这些人反对因结构变化而出现的失败者在社会地位方面的下降，反对一个民主国家及其公民丧失其权力。但是想关上这个闸门的强烈愿望会导致这种“本领域政党”最终与民主的平均和普遍性基础为敌。这种保护性情感会推动以伦理为中心的

防御来拒绝多样化，对外国人显示敌意的防御以拒绝他者和他物，还有反对现代化的复杂的生活关系。这种情感把目标对准一切超越边界的东西，反对武器交易和毒品交易或者黑手党成员，因为他们危害内部的安全；反对信息过剩和美国电影，因为它们危害本土文化；或者反对外来资金、劳工移民和流亡者，他们会危害自己的生活标准。

如果我们考察一下这种防御行动的理性内核，就很容易看到，为什么一个民族国家不能通过一种政策而重新赢得他自己过去的强势。

在全球化和区域化“派别”之间出现的这种赞成和反对的僵持局面，导致人们去寻找“第三条道路”。这种寻找的进行分化为一种防守和一种进攻的不同形成。前者的出发点是：虽然对世界范围内不受任何限制的资本主义不能加以控制，但却可以在国内给它加上弹簧。后者则坚持政治具有一种可以塑造的力量，它在超国家层面上跟随离它而去的市场的成长而成长。

根据防守派的观点，政治适应于市场一体化社会的这种状况已不可能再改回来，但是民族国家在对投资资本的利用条件方面不应该只起到单纯反应的作用，而应该同时在各种尝试中发挥积极作用，例如让社会公民掌握各种技术和技能，使之有能力参与竞争。新的社会政治并不比旧的缺少普遍性。但是它不应该首先去保护劳工生活的标准危机，而是用“有效率的承受者的创业性质量去装备人们，使他们自己为自己分忧解难”“帮助人使之能自我帮助”这条公理就包含着体能训练的经济学意义，这种体能训练应该使所有成人都能够接过个人应负的责任，并发展自己的主动性，以便在市场上内行地站住脚，而不是作为“无能者”必须接受国家的社会救济。

使“老的”社会主义者们对“新中间派”或者“新劳工党”的这种视野生气激怒的东西，有如下两点：一方面是在关于社会公正性问题中表现出的重新定向，另一方面是这条有疑问的经验主义前提，即职业劳动，也就是说即使不具有标准劳动关系的形式，也一如既往地被视为“社会一体化的关键力量”。导致生产率上升和节省劳动力的技术进步所带来的世俗性潮流，还有同时在劳动力市场上不断上升的需求——尤其是妇女需求工作，这些使得与之相反的关于“大众就业社会已经终结”的假设并非完全不恰当。

从规范来看，这条第三条道路的主角们转向了一种自由主义的路线，它完全从输入这一面来考察社会平等，并把之归结到机会平等上。它立足于一种“以世界市场为导向的生活形式”的伦理，这种伦理期待所有的公民都能教育训练自己从而能够“利用自己的人力资本”。

不愿意超越这条根本原则的人，就会转而去考察第三条道路的另一种形式，即进攻的方式。这一观点受政治优先于市场逻辑的引导：“市场的系统逻辑应在何种程度上行到‘松绑’，在何处和何种框架内应由市场来‘统治’，在一个现代化社会里对此作出规定，应该完全是非自由主义政治的事务”。这听起来有点唯意志论。首先，也无非是一条规范性的假设，根据我们迄今为止的思考，它在一个国家内部是无法实现的。但是在寻找一条出路以离开由于社会主义国家的民主的减少和民族国家的增强造成的困境时，这种要求就会把人们的目光引向更大的政治统一体和超国家的政体，它们能平衡和补偿民族国家的功能丧失，同时也不必斩断民主合法性的链条。欧盟就提供了在民族国家的彼岸的第一个民主例证。当然创建一个更大的政治统一体对地域竞争的模式不会作出什么改变，也就是对市场一体化的优先地位不会作出改变。面对全球化市场，政治只能作出“弥补”，如果它能在更广阔层面上成功地为一种世界内部政治创造一套有承受能力的基础设施，这套基础设施又没有脱离民主的合法性过程的话，政治必须跟随全球化市场成长。

如果从这个角度去考察欧盟迄今为止的发展，人们会得出一个矛盾的结论：新的政治机构的创立，如布鲁塞尔官方机构、欧洲法庭和欧洲中央银行，并不意味着政治的强化。货币统一是在这样一条路上迈出的最后一步，尽管舒曼、戴高乐和阿登纳最初为之制订了发展纲领，通过回顾过去还是可以毫不夸张地把这条路描述为“政府共同制造市场”。欧盟在今天表现为一个洲际性的更大空间，从横向看它通过市场而形成紧密联系，但从垂直面看，由于间接的合法性管理机构，它相比较而言在政治上只是弱势地得到调控。由于其成员国通过货币主权向中央银行的转移而失去了操纵货币交换率使之相互适应的可能性，在可以期待的更加激烈的竞争之中，在一个统一的货币共同体领域内，将会出现一些新的更大范围内的秩序问题。

它首先涉及那些弱势经济，它们必须通过缩减工资来平衡它们在竞争中的不利地位，而那些经济强国则担心工资倾销。已经为今天充满争斗的社会保障体系制订了一项不利的纲领，这些社会保障体系停留在国内管理的范围内，具有完全不同的结构。一方面有人担心他们的价格优势会被剥夺殆尽，另一方面有人担心他们会因拉平距离而实际下降。欧洲正面临选择：或者通过市场来缓解这种问题造成的压力，也就是在社会政治的政体和所处经济区位之间的竞争，或者对这些问题从政治上进行处理，这就是设法在一系列重要的社会政策、劳工市场政策和税收政策的问题逐步达到一种“和谐”和有步骤的相适应。其核心在于：是否应该不惜一切代价来保护一个平衡国家间利益的这样一个机构，还是欧盟应该继续发展，超越目前国家联盟的现状，成为一个真正的促进者。只有这样欧盟才能获得政治力量，作出纠正市场的决策，通过再分配的影响来使各种规则得到贯彻落实。

在当前全球化讨论的坐标系中，对于新自由主义和民族主义者来说，都不难在这种选择面前作出决定。对欧盟持怀疑态度的人在考虑到已经生效的货币一体化时总是依赖于保护与排外，而赞成欧洲市场的人认为货币一体化是国内市场的终结从而对此感到满意。与这两种态度相反，欧盟促进者们追求把国际间的合作转化为一个政治上的宪法，从而为诸委员会、部长联会和欧洲法院所作出的各种决策创造一个自身的合法性基础。在这一问题上宏观政治立场的代表们也各持己见。他们把欧洲这个联盟国家当做发展一个由诸政体组成的超越国家的网络的起点，这些政体可以不要一个世界政府而在一定程度上从事世界内部政治。

欧盟怀疑主义者和欧盟促进主义者之间的争论围绕这样一个问题进行：鉴于其成员国的多样性，如民族、文化和语言方面的多样性，欧盟能实现一个真正国家的质量吗？或者它在未来仍局限在新的合作性谈判体系的界限内？欧盟促进者们追求

这样一个目标，即增强欧盟的政府能力，从而能在全欧洲范围内贯彻实施这样一些政策和规则，使其成员国有义务达成一种协调一致，如果它们以重新分配为结果的话。从这一观点来看，政治行为能力的发展必须与合法性基础的发展携手并进。

如果考虑到关于国家的意识和国家公民的团结一致是在19世纪的欧洲诸国中，借助书写国家民族的历史，借助大众交往和义务服兵役才逐渐产生的，那么悲观主义和失败主义就没有任何基础。如果这种由“外国人组成的团结一致”的人工形式应该归功于历史上一种富有成效的抽象性推动，即从地区性和流动性意识到国家民族性和民主意识的发展，那么这种通过学习他国而提高自己的过程为什么不能超越民族国家界限而继续向前发展呢？

在报告结束前再就这种发展的世界公民的视野说几句话。一个欧洲的联邦国家会因为它那扩大了的经济基础从而在有利的情况下取得明显效果，并在全球竞争中得到好处。如果这种促进性的计划只追随下述目标，即把美国这个较大秩序的全球活动者引进场来，那么它就还是分封割据的，只会给避难政治的“欧洲堡垒”再加上一个更广阔的、经济的要素。当然，如果超国家的共同联合一步接一步进行的话，那么它将是一种规范性的、令人可信的计划，超国家的联合体建构一种全球性的、有行为能力的政治统一体，不过要直接证明这些则很困难。

这就提出了一个问题：由在世界政治中有行为能力的主管者们组成的小团体是否能在一个改革了的框架内进一步扩大由超国家的政体所形成的暂时还比较松散的网络，它是否想以此方式来利用这种网络，即从方向路线上转向一种世界内部政治，同时又不要一个世界政府，这样做是否可能。这样的政治必须在这个视点下得到推进，即要和谐，不要强迫的一体化。遥远的目标必须是这样的，一步步地去克服世界这个大社会的社会分化和分层，同时又不对文化的独特性造成损害和带来不利影响。

全球化与媒体化

YahyaKamalipour

YahyaKamalipour，美国普度大学传播系主任、教授。YahyaKamalipour 教授 1999 年主编了一本书题为《美国在世界各地形象》的学术专著。

世界上最重要的事情就是关系，人际交流，全球传播，国际传播都是为了建立一种较好的关系。很高兴的是，我和李教授以及他的最优秀的学生之间通过交流已经建立起来这种和谐愉快的关系。谢谢，在这里和你们就全球传播的问题进行讨论是我的荣幸。我们谈到国际传播和全球传播这两个名词，它们有什么区别吗？有的。我们曾经一度有跨国传播这个名词，但是现在主要讲的还是国际传播和全球传播。国际传播是在承认国家界限的基础上，就像人际传播是人与人之间进行一样，国际传播是国与国之间的。但是全球传播已经跨越了国间界限。这种传播很大程度上来源于现代科技发展，特别是互联网，但它并不是促成全球传播的唯一技术，卫星技术也是关键之一。世界各地的人们能用电话互相联系和沟通，但是他们主要获取信息的渠道是电视，广播却依赖卫星，所以这是全球传播的关键。20 世纪 60 年代，地球村的概念被提出以后，人们预见到随着科技的发展，世界各地的人们就像住在同一个小村庄里，知道相互的一切事情，通过电子技术互相联系。但是现在人们发现，我们对彼此的了解都是通过一些特定的团体。我们所有的传播都被“媒体化”了。我们在电视上，广播里听到看到的一切都是“媒体化”的结果，在进入我们的视线以前，有人决定了报道的内容、形式，这才是我们眼中地球村的真正来源。

让我们再谈谈形象。现在的人们是在形象的海洋里漫游。在谈形象之前先看看文化。中国有中国的文化，文字、时尚、价值观念等各种东西会聚一处组成了文化。现在我们所称的国际化和国际媒体实际上是国际文化。不同国家之间的文化越来越趋同，特别体现在年轻人身上，你们都知道麦当劳，迈克尔·杰克逊，耐克体育用品，这些就是文化，世界各地的年轻人正在享用相同的消费品，拥有相同的价值观、相同的理想。国际媒体制造出这个国际化的文化，但是谁是这个国际文化的拥有者？是全人类吗？是那些拥有国际媒体的人，那些国际公司：维亚康，时代华纳，新闻集团，他们有广播、电视、报纸、杂志、各种书籍、各种各样的文化产品、电影、电视等，还有随之而来的各种商业产品。我们以迪士尼为例，你们都看

过它的影片，狮子王、花木兰、风中奇缘……这正是它为这些影片所做的商业策划的结果，通过最好的市场运作来产生最大的效益：拍电影，同时推出各种商业产品。同样，麦当劳吸引孩子的最大法宝不是汉堡包而是附送的玩具。商家总是用各种各样的手段来达到促销的目的。我的观点是，国际传媒实际上就是市场工具。最受欢迎的电视节目是什么？是广告，其他的节目都仅仅是诱饵而已，钓鱼一样将观众吸引过来，锁定在电视机前，让他们不得不去看那些商业广告。虽然在播出广告的时段里，人们总会做一些别的事情，上厕所什么的，但是广告里的声音，文字和形象却比普通节目要夸张的多，让你即使在隔壁也能感受得到它希望传递的信息。在媒体中，所有的东西都是经过精心设计再推向市场的。在美国，广电企业的收入完全来源于广告，没有任何特例。报纸和杂志 70%的收入来自广告。不同国家的情况有所区别，有的国家是完全政府控制，有的则是政府和广告收入对半。

通常，广播都在政府的掌握之下。在世界上绝大部分地区，政府对广播都更为敏感，相比之下对印刷媒体的政策要宽松很多。为什么呢？对受众教育程度的要求是原因之一，无论你是否读书识字都能听广播看电视，这就比报纸杂志拥有更多的受众群。看报纸或者杂志要求读者受过教育，并且要求他们主动思考，分析文章内容。另一个原因是，广播电视要比报纸杂志强大得多。这又是为什么？是因为人们相信亲眼所见的事情？因为广播电视能带给观众更直观的形象，而形象是如此强大。你们当中有多少人喜欢买那些名牌？耐克、阿迪达斯……买同样的商品，普通商品会便宜很多，但是为什么人们偏偏多花钱买名牌呢？有时候名牌产品质量更好，但是在绝大多数情况下，事实不是这样。此举是消费者在为自已树立某种形象。其实厂家所产的东西都差不多，他们制造同样的产品，再贴上不同标签。人们购买不同品牌因为媒体在不停地劝说他们，买这些东西会让他们有更好的形象，而谁不想有更好的形象？我提到好形象时，你们脑中出现的是什么？怎么区分好形象和差形象？时尚，迷人，智慧……你看起来怎么样的确在某种程度上体现你的社会地位。那么我想再问你们，在你们眼中，美国的形象是什么？自由、繁荣、强有力、快餐、不同的文化？负面形象有什么？暴力、色情、种族……你们其中有多少人到过美国？你们脑中的形象是怎么来的？媒体，这就是国际媒体的力量。现在我们知道，我们依赖国际媒体来了解世界上发生的一切。你们即使身在中国，对于 56 个民族的不同特点、文化又了解多少？你们会走遍国家里每个角落去观察和了解他们的生活吗？但是你们有各自的感觉，你们感觉的来源就是媒体。你们去过蒙古吗？但是你不觉得你对蒙古是有印象和感知的吗？你所接触到的媒体在不断给你提供关于蒙古的信息，经过一点一滴的积累，最终使你觉得你了解蒙古，这就是感觉。我们今天提到的感觉实际是混合产物，媒体提供的形象和信息不断累计，成为我们所称的事实。那些被包装的筛选的信息和形象组成了我们脑中的事实。通过各种媒体报道，典型的形象就在全球范围内被普遍接受。比如爱尔兰人爱喝酒，墨西哥人爱吃辣椒。我想说的是，科技在进步，传播日渐全球化，但是人们理解和认识并没有什么变化，人们生活的周边环境被各种媒体、各个媒体公司制造的产品所左右。以电视新闻为例，BBC和你们自己国家电视台报道的新闻没有多大差别，图片一样，说明文字一样，内容也差不多。有一天晚上我在酒店看了BBC以后，看中央9台的英语新闻，发现它们除了台标没有什么不同。这些跨国媒体公司正试图在全球制造和推广一种文化，我称之为消费文化。

我还想补充一点。在过去，中国还处在帝国时代，同时还有别的帝国如波斯和罗马。那时它们都没有我们现在的大众传媒工具，但是有各自的传播手段，如诗歌和绘画来告诉人们统治者在做什么，有什么丰功伟绩，人民又有什么样的义务等等。那时的传播其实是权利的体现，最有权势的人统治着别人。今天，各大媒体如CNN、BBC同样也统治了别的声音，很多中小媒体依赖这些大媒体提供图片和新闻。例如MTV，想想这个世界最大的娱乐媒体之一竖立的种种形象和在世界各地青年人头脑中根植下关于时尚、音乐、生活和价值的观念；你们逐渐建立起来香烟、时尚衣着等等各种各样的偶像，而这些都是有一定模式的。最强大的数家媒体给你们设定了议程，而他们也是为各自背后的企业或者财团摇旗呐喊而已。有的国家对此作出了种种限制，比如泰国规定商业广告时间不能超过1小时，每段广告播出时间也极其有限。但实际上这种限制只是针对传播的方式，而不是节目或者内容，他们可以为自己找到各种替代品。跨国媒体正越来越强大，他们不断融合，加上互联网的出现，广告也越来越普遍。

YahyaKamalipour 回答清华大学学生的提问

问：今天您谈到了媒体和形象。我想知道在您的头脑里中国是一个什么形象？

答：首先我想说明我的看法仅仅代表一个个人的观点。我做过的一些有关中美关系的调查让我相信，中国即将成为一个世界强国，中国正在逐步具备各种因素，人力资源、国力等。我想起来我在伊朗念中学的时候，日本产品淹没了整个伊朗市场，产品质量很好，逐渐建立起来一个日本产品就是质量的象征这样的形象。不用多说，产品本身就很说明问题。现在中国正在经历日本最初的阶段。美国有很多1元商店，东西都是1美元，其中商品绝大多数来自中国。其实中国也可以像日本一样注重质量，逐步树立起来产品形象以至国家形象。总的说来，我对于中国的印象是正面的发展的。

问：我们说全球化和媒体的垄断其实带来了文化的融合吗？

答：融合的情形仅仅发生在商业市场。就文化来看其实我们正在越来越多极化：南北、东西差距不断扩大。人与人之间的交流并没有多大改善，所以我提出我们应该停下来好好想想怎样促进人们的交流。

问：我很难过，您告诉我们所有的形象都是全球媒体制造的。那么在这个全球传播的时代我们怎样获得真正的真相呢？

答：真正的真相？没有什么真相是可以获得所有人的认同的。关于一些实实在在的东西，桌子、黑板这些可以感触到的东西或许我们能达成一致。其实这些东西

也是人为制造的，而且在不同的文化里对它们的称呼也不一样。语言符号的不同只是一方面，更多的是人们角度和观点的不同导致了对真相的不同理解。你知道你是谁吗？你真的知道吗？你为什么是自己？或许这太哲学，但是任何事情都是可以提问和质疑的。每个人有自己眼里的真相，没有任何一种是绝对存在的。谈到我们脑中的真相绝大多数是媒体制造的，我们看到了一个形象就造成一个自己的理解，以为自己掌握了真相。

MBA学得到与学不到的

杨斌　2005年7月16日

杨斌，清华大学经管学院党委书记，清华大学经济管理学院博士，企业战略与政策系副教授。

非常高兴有机会和大家在这样的时刻探讨这个问题，“MBA之学得到与学不到的”还有一个副标题，是我在深圳做演讲时候的副标题，是“MBA毕业，一场悲剧正上演?”加了一个问号，是为了说明MBA的学生在就业，特别在职业生涯刚开始遇到的困难。

今天讲座的主要目的是招生说明，希望通过这样的讲座，让大家了解MBA的教学和发展动态；希望通过两个小时左右的演讲，引发大家对MBA和管理者两个角色的不同思考。同样，引发大家思考，除了得到这样的学位，自己怎么样利用在MBA的项目花两年或者是更多的时间，怎么样把MBA学生培养成真正的管理者，这里面有我的思考和体会，和大家来分享。

今天来听讲有我的学生，也有申请者、毕业生来听我认为有一定的益处。同样的内容也跟人力培训的经理，和我的同行来共同分享。今天也有媒体的朋友。我会谈三个话题，两个源起，还有一个是得到与得不到。

第一部分问题的缘起：国际篇

为什么我们现在来探讨MBA之学得到与学不到？实际上在国际上有大背景，我们不时听到对MBA的评价，到底MBA怎么样？我需要用不同的例子跟大家来说话。

第一个来看看美国，美国的管理教育有什么新的趋势和动向吗？首先在MBA的项目中申请人数逐渐在减少是重要的现象，我们看2003年到2004年，美国的不同项目的管理申请者，实际上2003年到2004年度美国的管理项目中招生显著减少；两年制全职的项目，是78%，申请都减少了；1年制减少是67%；再减少的项目是在职项目，是48%；培训项目是26%，项目的申请者都减少了。越是要离开工作岗位，要全职学习的项目，申请项目减少得就越高；越是不需要脱产学习的项目，有增有减。这个是第一个数字。

第二个来看看国际上，我们看看人数上的变化，2003、2004年国际上的学生，

我们今天会讲到，从20世纪90年代初期开始，美国的管理项目把全球作为重要的卖点或者是竞争优势，这股风是从欧洲吹过来的。在90年代中期的时候，在典型的美国MBA管理项目中间，教师中有1/3—2/3是来自国际的教师。教学的内容中案例有1/3来自北美的部分。学生比例是怎么样？某个学院最多的是1/3的学生来源来自非美国。大家知道这个是一个非常不容易达到的数字，这个不同于欧洲所进行的国际化。欧洲的国际化有自己的便利之处，比如说一个德国的项目，他可以说老师中有60%是国际化，50%的学生是国际化的。美国的学生申请德国的项目呢，都算国际化，但是对北美来说就没有那么简单。北美的申请项目增加得多，申请人数减少得也多，是75%。申请人数显著减少。即便是哈佛商学院申请人数的下降也有1/3，有的学校下降幅度高达50%，欧洲和澳大利亚的商学院也出现过类似的现象。在商业周刊的杂志上说过MBA等于MRA，这专门是在美国的军队中，特别是陆军中惯用的术语。我们打着战役，突然发现了减员。这对于MBA的负责人来说，MBA的从业人来说意味着什么。与此同时，MBA的学费不断地上涨。现在，顶尖商学院的学费在过去6年上涨55%，平均每年达33 774美元。而哈佛商学院2004年学费涨至39 100美元，申请的人数也是不断地减少，比2003年减少16%。

为什么在减少？不同的人提出了不同的原因。其中有人认为人口结构的原因是非常重要的。20世纪60年代初是婴儿潮的时期，生育的比例很高。这方面申请的人比较多，而对70年代以后就逐渐地减少。

第二个原因是成本增加。现在想申请美国MBA的项目，还要考虑到容易不容易拿到Visa，即便得到了Visa，在美国就业也不容易。大家都知道，以前美国一度说到西部去，因为西部有机会。而现在说的是到印度、中国，因为这些国家存在着重要的就业机会。清华的经管学院今年秋季入学的时候有33名留学生来自别的国家，有76名学生送到别的国家，还有74名别的国家的学生来学习。他们愿意到我们这儿来了，而且愿意把我们的人交换过去，来跟他们一起分享中国的MBA教育。

当然除了这样的普遍原因之外，其实管理教育存在着若干的问题，这也有不小的关系。为什么申请人数下降，最根本的问题，就是我们目前的管理教育不能满足利益相关者的需要。要求一个企业，一个产业中有社会，雇主、员工都是Stakeholder，主要的批评意见认为，目前的管理教育，传统的MBA教育，在以下方面存在着问题。

· 能否传授有用的管理技能
· 能否培养领导者
· 是不是建立道德行为规范
· 是不是引导学生找到好的工作

同时，MBA学费增长过快就没有逻辑性这是泛泛而言，特别是来自舆论。我从另外的角度跟大家分享一下，我现在认为对MBA或者是管理教育批评和反思，是1959年和1984年变革以来的第三次浪潮。这个是我的看法，供大家参考。

为什么叫第三次浪潮？所谓1959年和1984年是怎么回事？现在我手里拿的这本书《管理者而非MBA》是今年6月份出版的，至少在这个圈子里影响特别大。你既然选择接受管理教育，你就要了解管理教育的来龙去脉。我经常问一些学员，你知道不知道世界第一所管理学院是哪一所学院？是多少年诞生的？有多少年的历史？

实际上这个是非常有意思的百年复归，在1881年的时候，美国有一个很有名的商人，也是一个富有的商人，把他的积蓄捐给了宾夕法尼亚大学，成立了沃顿商学院，沃顿是个商人。100年之后，沃顿商学院在所有的商学院中排名第一，不管是哪儿的排名，沃顿一直排在第一位。这个学院有一个专长，是财务。它是在费城，和纽约离得近，可以找到非常好的财务工作。刚开始办这个商学院的时候，这个商学院教育集中在什么地方？在一些举止上、一些你的行为上，你的举止和行为怎么像一个商人，有教养的商人。这个是沃顿最早做的事情，还有会计。

1908年的时候，第一个MBA项目在哈佛商学院。还有一个有趣的事实就是，如果诸位你们今年报考MBA，当你们毕业那一年，你们正好赶上全球范围内MBA的100周年了。MBA 100年了，但是并不是一帆风顺，我跟大家说说历史。比如说整个管理教育发展中间，非常重要的兴起和成长，是1947年在北美，机械工业出版社出版了《哈佛商学院1949届》，这本书很值得读一读，我为这本书写了一个评论。在1974年的时候，封面就拿这班的毕业学生做封面，标题是“令美元失色的班级”，这个班级当中有很多人成了美国500强的管理者。为什么这一届这么厉害？原因是美国法案对教育的推动。

1945年第二次世界大战结束，那些有战功和退役的人回来了。回来以后为了鼓励美国的好男儿愿意再为美国效劳，政府决定为他们在教育上申请，只要他们被录取了，钱就是由美国政府来付。这样的政策把穷苦家的孩子都吸收了。美国好的学校是私立学校，你念书可以，但是付不起学费，怎么办？只能望门兴叹。现在好了，这些人最爱学的管理学就是商学院，他们在战争时经历的那些非正常的生活，将来对什么有帮助？从商。那几年哈佛商学院可挑选的余地特别大，最后的结果超过80%，将近90%招收的学生都是第二次世界大战退伍兵，这些人入校以后每天睡觉只有3—4小时。他们说我们是从死人堆里爬出来的人，没有睡眠不算什么。清华的老师也说，1977、1978、1979年学生，他们不睡觉，像海绵一样渴望吸收着老师教给他们的知识。在美国，那一届也是这样，在工作上也表现非常优异，所以最后这个班那么多的学生都成为了世界500强的CEO，当然整个班的人数也多了一些，是700人。

这个是快速的发展，发展到什么程度？美国MBA的授予量到了7万人左右，这个是非常快速的发展。大家知道中国的MBA的授予量是多少？我们一共招生是18 000人。他们数量是多少？那个时候是7万人。

这7万人到20世纪50年代的时候，受到了不例外的抨击。美国人是有危机感的民族，在50年代，美国非常严肃地反思过他们的教育，原因何在？在50年代的时候，美国人觉得自己落后了，是比哪个地方落后了呢？觉得是比苏联落后。那个时候的苏联很多方面表现出来社会主义的优越性。第一个把人送到太空中的是哪个国家？是苏联。所以美国从各方面反思，其中一个反思是卡耐基基金会，一个是福特基金会。所以要提到报告，少不了这两个报告。《管理者而非MBA》的作者明茨伯格教授不断地嘲讽啊，1908年发明的产品，1959年提出的战略，一直经营到现在。他说的是谁呀？是 MBA。MBA 那个战略是什么战略？在 1959 年的两个报告的冲击下，最重要的批评就认为 MBA 或者是管理教育太儿戏，太不够严肃了，各个学校和各个学校差别很大了，可以说其中缺少一些分析能力和定量分析的能力的培养。这次的冲击以后对美国的管理教育确定了什么？简单说起来，就是一个核心课的体系。不管是哪个学校办 MBA，都要开核心课，这些核心课都是知识点的东西，要加强学生的分析能力。还有一条，就是要求教 MBA 的老师具有博士学位，在 1959 年以前没有，有这个学位的教师达不到 1/2。有的从董事长的位子上退下来了，就教 MBA 了。1959 年以后就没有了，而且成为了主流。

到 1980 年的时候，又一次反思，1984 年也好，1988 年也好，美国又觉得不行，这次认为比日本弱。在 70 年代 80 年代的时候，日本企业狂热地收购美国标致性的建筑。很多标志性的建筑拥有者是谁呢？是日本。所以 1984 年美国说，美国的管理教育应该为美国经济落后于日本负主要的责任。在美国，MBA 或者是相关的毕业生，是管理人员当中相当重要的人员。在 1988 年又做了一个报告，这次报告决定美国要做彻底的改革才能适应全球，而且这次最大的变化是全球化。美国发现之所以日本行美国不行，最重要的是日本有博采众长，融成一家的能力。大家的创新不是原创性的，而是模仿，最后组合在一起，能力更强了。最后聘请背景不同的老师，在教学中加一些来自印度、中国、日本、拉丁美洲的案例。到这个时候，美国的教育到达了一定的顶峰。每年 MBA 的授予量达到了 10 万人，或者是 11 万人。每一年世界上生产多少 MBA，大数可以跟大家说，美国占了大头，全世界是十几万的样子，美国占了 10 万人。有一些经济强国，长期没有引入 MBA 项目。比如说日本，德国都没有引入。

MBA 继续发展，发展到了 2002 年到 2005 年。为什么是第三次浪潮？我介绍一下这个文献。

第一篇是 2005 年的 5 月，这个是一个多月前的事。有人如果看过《极客与怪杰——领导是怎么炼成的》，这个作者沃伦·本尼斯，领导力方面一个人叫（约翰·夸特），一个叫本尼斯。现在本尼斯主要在加拿大，南加大商学院教授，同时是哈佛领导中心主任，他写过一篇文章 How Business Schools Lost Their Ways，叫《商学院如何迷失了方向》或者说，商学院怎么就走错了道。再看看 2002 年的 9 月，这个老师叫 Jeffrey Pfeffer，他是大教授，在 2002 年的 9 月，他和他的学生合作做了一个研究，最后发表了一个论文，叫《商学院的终结》，说得难听点的是判死刑的意思。

最后说说我翻译出版的书，叫《管理者而非 MBA》。这个是明茨伯格教授，他是管理方面的大师，重要的是战略方面的大师。有没有发现共性？他们都是来自商学院，他们都是在领域中的绝对的大腕。他们所进行的这样的东西，没有一篇是自说自话，都没有用断言，我们看这里面有数据，有事实，有严密的推理。这叫严肃之作，需认真对待。那么，他们都说什么了？

《商学院如何迷失了方向》最重要的批评是什么？最重要的是认为是商学院方向走偏了。商学院的教师在对管理中间最重要的领悟和科学研究的严格性这两个东

西的争夺中，商学院偏于后者。商学院的老师在被聘用，提升会严格被考核Tenure。由于这些研究要发表在杂志上，所以研究的内容过于狭窄和脱离实际。有一个教授做了一个调查，发现公司中董事会的成员只有不到1%的比例的人曾经阅读过被教授们挂在嘴边上的文献。这叫 A-list journals，有 A 有 B。像哈佛商学院评论是不是 A-list journals？不算。

从办学模式上说，一个叫 Scientific Model，一个叫 Professional Model。他现在的模式过于科学了。现在管理方面很多不够科学，是经验，是不完全归纳，或者是很不完全归纳。德鲁克最有名的书是《管理实践》，他分析了几个企业？是一个企业，这个企业是斯隆控制的通用汽车。还有很多大教授做的研究都是在 10 个企业之内，这个从科学的角度看，不够科学。为什么？样本太少了。大家都知道《追求卓越》这本书，这本书中研究了 40 多家企业。还有一个《从优秀到卓越》研究了 20 多家企业。这样的研究是发不到科学杂志上的。彼得·圣吉教授啊，他写的是《第五项修炼》，彼得·圣吉没有进入到教授的行列。为什么？因为他们认为这不是科学研究，为什么是五项，不是六项啊？所以他是高级讲师，不叫教授。所以这就是商学院如何迷失了方向。彼得·圣吉当过校长，现在也在从事教育事业。

再看看 2002 年的文章，Jeffrey Pfeffer 教授，他们做了大量数据研究之后，是得到了一个结论，他们发现除了头 25 家的商学院办的项目，给学生后来的收入有一个明显的增加之外，剩下谈不上有明显增加。如果有增加，可能是因为整个美国的收入水平在增加，或者是年头在增加，而不是因为你读了 MBA。而且发现同行越来越喜欢雇佣不是 MBA 的学生，愿意雇佣本科学生。说本科的学生很好，是一张白纸，我们可以随便画。宝洁公司就拒绝招收 MBA 的学生，只招收聪明的本科学生。同时他还批评说 MBA 是高分低能，这原来说的是高考、大学、中学。而他说 MBA 毕业生缺少商业技能。他提出了一个重要的批评，那些到商学院招收 MBA 毕业生的企业，幼稚地希望学生提供学生的学习成绩。他不知道这是为什么？美国有两所院校顶住压力拒绝这种做法，其中就有哈佛。他们说如果你让学生提供学生的成绩，那你明年就不要来招了。同时也不提供照片，只要求看基本的概况。其中也讲到了学术研究对商学院的影响。

《管理者而非 MBA》这本书在对当前的 MBA 教育进行了全面回顾后得到了这样重要的结论，是这本书前 7 章的基础，所谓的 MBA 教育是将错误的内容，用错误的方式，传授给了错误的对象，并带来错误的后果。这个是很重要的结论。这个都是用了"错"字。这里主要的批评来自什么？他认为现在 MBA 招收的学生没有管理经验。哈佛商学院把录取 MBA 学生的年龄降到了 26 岁。大家都知道，你越压得低，中间的培训项目就多了一些空间，但是明茨伯格教授认为，把工作经验教给没有管理经验的人，他说这样做就像教给没有见过人类的人讲哲学一样。

明茨伯格这个人特别有意思，他坐飞机飞行一圈之后，就写了一本书，批评航空公司的管理。他说航空公司的机组播音，主要的目的是不让你听懂，或者是从来不告诉你会发生什么事等等。

另外重要的批评是什么？他发现很多 MBA 的学生，缺乏从事管理的激情和渴望！没有激情，没有渴望，没有！学 MBA 只不过是想换一个工作而已，所以才到商学院，或者有的人对跟人打交道、或者是管理没兴趣。GMAT 仅能鉴别成功的学生（IQ），而不是成功的管理潜质（EQ），许多人申请 MBA 不是为了升职，而为了离职。

还有，在错误的培养方式中甚至对案例教学也不放过，因为案例教学存在着很多问题。我们从很多的高校选出了很多老师到清华来参加培训班。我给老师发了一些书，做了一个演讲，我们在 1998 年的时候，赵院长带着我们一起做国家教学基金重点的项目，发现在很多案例教学中，出现严重的案例空壳化的教学。他们教学的过程中在使用案例，但是他们在使用案例的同时在找着标准答案，玩着猫捉老鼠的游戏。从 20 年代初大家开始研究管理，希望找到管理问题正确的答案。告诉大家不要再做这个梦了。一个什么时代开始了？是全变的时代开始了。有的人说怎么办？你就说这个问题复杂了，具体问题具体分析。对不同的管理问题，要因人而异，因地而议，因事而议。现在缺的案例本质的东西没有了，是批判的思考没有了，而是在找一个答案。

这里最重要的培养方式的缺陷，我等会儿介绍一下，第一部分我说到这儿，大家意识到我在选择的时候，正当其时，正当什么时？是国际商管理教育发生着改变。我们看看中国篇。

第二部分问题的缘起：中国篇

中国的管理教育和欧美的教育有很大的不同，但是有类似问题。我们看看不同在哪儿。我做了一个简单的总结，我们当时是经济起飞，他们是经济发达阶段，我们是 MBA 教育 14 年历史，他们是 97 年历史，我们是 MBA 教育初创期，他们是教育成熟期，我们是 MBA 项目 76 家，他们是项目上千家，我们是毕业 1.8 万人/年，他们是 10 万人/年。

跟大家简单地介绍这个曲线图，这实际上背后有一个逻辑，管理教育的产出，和GDP 的增长有一个相当强的正相关。如果是这样的话，我们看看，从 1987 年到 2004 年，中国的 GDP 的增长，是不是也意味着我们的管理教育也仍然存在着大的上升空间。想跟大家一起回顾一下德鲁克的一段话。机械工业出版社最新出版的一本书是《卓有成效的管理者》，这个很有意思，张瑞敏先生专门为这本书写了一段序言，他对这本书相当推崇，他说这么多年反复读的书就是这本书。而德鲁克写的这段看法，我读完都觉得很激动。他说：

“管理这不同于技术和资本，不可能依赖进口。即便引进管理者也是权宜之计，而且可引进的人数也是寥寥无几。

他们应该是中国自己培养的管理者，熟悉并了解自己的国家和人民，深深植根于中国的文化、社会和环境当中。只有中国人才能建设中国。

目前中国面临的最大需求和面临的最好机遇，应该说是快速培养卓有成效的管理者。他们应该懂得如何管理，知道如何去领导企业并促进它的发展，也知道如何去激励员工和使他们的工作卓有成效。”

大家如果想赢得工作机会，发展机会，能不能像德鲁克所说的，领导企业促进

它的发展，如果是做到这一点，你的发展潜力是很大。

中国的MBA教育怎么样？媒体朋友们很关注的是不是中国的MBA遇到了很大的困难？从数字上来说，在过去若干年当中MBA教育发展很快，从2002年以后，从报名的人数说确实有一个下降的趋势。当然，你去问一些办学的人来说，他会说有复归的理性。我在今年出席管理学院的会议，他们说中国是不是出现了超过20%人数的下降，他们说你认为这是什么原因？我说是考生更理性了。他们听完都笑了。

但是我们看到了MBA教学的质量在不断地提高。前一段时间我们做了一个片子，我们在中石油工作的校友说，他们根本不能想象能进入这样的企业，是清华给了他们这样的机会。我们看2001年毕业的学生，是入学前年薪的3.6倍，在职的学生更高是20.6万元。

同时，MBA教育取得了很大的成绩。我从1994年开始在MBA教育委员会做秘书。现在10年过去了，我们现在的教育水平和10年前相比不是一个层次和水平上的，10年的变化是很大的。我记得我第一次安排赵院长接受采访时，有的分不清NBA和MBA，现在不是这种情况了，这个变化是非常明显的。

第三部分有效管理者的本质。

好了，谈到我们的第三点是有效管理者的本质。

到底我们大家从事的管理工作真相如何，或者是你即便是选择了MBA，将来毕业一定是做管理的，那你是不是了解管理的真相？

法约尔把感觉分成四点：计划、组织、领导、控制。我们看到的《管理者而非MBA》是叫明茨伯格。他在20世纪60年代的时候，就读于麻省经管学院，他做博士论文的时候，说他想做一些原始的东西。他得到了五位总裁的同意，拿着秒表跟着人家屁股后面记录这些人上下班都在干什么，他最后写成了博士论文，后来出了一本书，叫《管理的本质》。他发现CEO总裁他们每天不是在拍板、在决策、在规划，他们都在干什么呢？他们做的事有这样的特点，短暂性、多样性、琐碎性。他们是此时此刻的奴隶。他们往往是受困于此时此刻，疲于赶场。他冷静思考的时间只有9分钟而已。他们热衷于口头而非书面的沟通。明茨伯格这个论文是很有影响的，因为在那个时候，在商学院期间是要求学生写报告，而他发现在实际工作中大家喜欢是口头沟通。工作量大，工作步伐始终坚持不懈，“钟情”于口头交谈。经理是沙漏的颈部，他们控制着资源的流动，经理有非常大的权力，是责任和权利的混合等等。

另外，在另外的一本书里面，他发现管理决策的真相。不说读别的，就是读中共中央经济体制的报告，有一条是决策要加强科学性。明茨伯格教授说管理很多是不科学的。经济人的管理情形就像英国首相布莱尔在伊拉克问题上作的决策一样。他首先要引进决策，然后再论证决策是否正确。特别对管理者或者是高管人员，最重要的决策是凭什么？是直觉。本尼斯说，高管人员最可贵的是什么？是一个字，叫判断，知道一个事情的轻重、优劣是最重要的判断。

我现在说说《管理者而非MBA》的主要内容，MBA之学得到和学不到。我们

看看后面六个方面最主要的结论。

你希望不只是拿到学位，而是成为卓有成效的管理者的话，往六个方面想。第一，技能而不只是技术，特别是人际技能。我教MBA学生经常有一个困惑，我在课堂里学生学完之后，最怕他们说的，他们也经常说的是，我没学到什么东西。他们最喜欢的东西是理论，是硬知识。特别是我们在课堂上花了45分钟讨论案例以后，有的学生很不满意，都说老师再多讲一点等等。在我教授的课程中，课程时间绝不超过50%。学生刚开始质疑，但是后来习惯了这种方式。他们想学技能，但是把技能技术化了，希望学到一些技术，为什么这个很重要？等会我再讲。

第二，洞察而不只是观察，特别是组织洞察、缺少洞察力。什么是洞察力等会说。

第三，人心而不只是人脉，特别是立人攻心。很多MBA的学生经常说那个是我哥们儿，那个我熟。我们发现那个人你认识，但那个人是不是你影响到了他，是不是某种程度上和你连接在一起。特别是在一个组织中立人攻心的能力。这个选自《论语》，你得让别人立起来，这样的话，你才能获得成功。什么是管理，管理最好的定义是什么？管理就是通过他人完成任务的学问。不是自己干，自己干不是管理，只有通过他人来完成任务，这才叫管理。这一点来说，立人攻心很重要。

第四，智慧而不只是知识，特别是领导智慧。我们说领导智慧这个词的时候，不是因为和他人打交道而影响了职位。智慧是不能学的，而是要靠觉悟。

第五，是创造而不只是完成，特别是创新执行。2003年有一本书叫《执行》。这本书在很多公司中团购，很多公司的老板希望大家执行。但是实际上员工没有了解老总执行的真正含义。我们说任何时候的执行不是不折不扣的完成，而是一个创造和创新的过程。

第六，Worldly而不是Globally，特别是练达，是一种对人事、人情的练达。对不同文化背景下思考差异的练达。这个是从《管理者而非MBA》我总结出来，对于想考MBA，你要有先入的概念，为什么？

明茨伯格教授分析了一个能力和素质，用这样三角形表达出来，他认为管理者要有效、成功，三个方面很重要。一是基于科学的分析能力，二是经验上面的技巧。我们现在揉馒头人越来越少，这不是科学，是手艺。最后一个是艺术基础上的远见。这三样东西合在一起的东西，是对卓有成效的管理很重要的。他说我们目前的MBA是这种情况：我们只能做到我们在科学基础上分析，我们花了很大气力，结果也不错。但是经济基础上的技巧和艺术上的远见却不够。

德鲁克教授说他看了一遍现在大学的课程，他认为对于成为一个成功的商人，最有帮助的课程有两门，一个课叫诗歌写作，一个课是短篇小说。他为什么这么说，他有解释。诗歌写作是锻炼一个人，叫做用情感的方式去打动人；而短篇小说中，在很短的文章里，把各个方面都梳理清楚。他的话里包含着一种直觉和感觉。他的话值得我们思考。

艺术远离我们。在我们成长过程中，在中学之后我们远离了艺术，中文很有意思，根据中文的褒贬，就可以知道社会主流的看法。比如说在中文里面“开明”和“保守”，哪个是褒义？开明。同样的一条，“感性”和“理性”那个是褒义？是理性。我上大学第二年，一位领导讲话，他说在清华学习感情要粗糙点，我们远离了这种艺术的东西。这个重要不重要？对成功有效的管理者来说，这个是非常重要的。你怎么样能够描述未来的图景，传达给你的同事，使大家达到一个共识，这个是靠感性的传达。

再看最后一个，这个是明茨伯格教授认为的，MBA 教育很难达到的，就是经验基础上的技巧。见到一个人从陌生变成熟识，一直到有延伸扩展性的人际网络。这个有理论吗？我见到他，怎么能做到和他延伸扩展性的人际网络？我经常说，我的课有三个层面，三个要求。第一个是记得，第二个是懂得，知道里面有什么样的道理。对于成为像我这样的，你教书可以，但是要变成真正的管理者还要具备第三个叫习得，熟能生巧。我送给他们一句话：经验基础不是别人教，不是别人说。清华曾花了 1 美元聘了一名教授，其实也没用钱，是高盛公司 CEO，叫桑乐。桑乐教授说，他认为领导力不能教，但是能够学。我们总觉得教学、教学是一回事，他区分了。不是讲了你就会了，而是得学。

所以这张三角图，我希望你们一直记得它。你脑子里总知道这一部分，你每个星期在清华繁重课业的 18 个小时，你基本在干哪一件事情呢？是这一部分。我不开玩笑地说，这里有我教的学生，第一学期 8 门课，没有一个学校像清华这么严苛。第一学期是给 MBA 一个下马威，还有在非常困难的情况下能不能搞定。8 门课最花时间的是什么课？我对我的学生说我的案例看了没有？他们说我们在看财会等等。我上的是组织行为，我上课，上来就要讲案例，然后讨论，然后练习。大家就会认为这个是 soft。但是这些小时花了以后，他们回过头来想，每天碰到的东西是什么？是 soft，而 soft 往往不是教给你了的。所以这幅图请大家记住。

同时，我们还想把明茨伯格的看法稍微展开一点，有人叫明茨伯格教授经理学派的代表。说一个好的管理者，他应该扮演十种角色，或强或弱的十种角色。传统对管理者的看法，管理者是什么角色？是决策角色。实际上最多的是人际角色和传递角色。这个人来了，会议上一句话没有说，走了。但是他扮演的是头面角色，他不出来不行，只要他出来就行了。你上的课程中，当有的人说我想学会计、学财务。说是学完了跟没学一样。其实你要知道，你学的是导向中的某一项，不是所有的关系。学 MBA 有的时候想成为专家，而不是管理者，这两个是有差别的。

再看看 Katz 的研究，在高层、中层、基层的人有一个结论。在基层干得好，重要的是什么技能？是技术性。而到了高层的话，技能变得不重要了，而什么变得重要了？是概念性。把一个问题透过现象看本质，一个问题能够发现未来趋势性的东西，占到了 2/5。但是我们看，不论是中层、基层还是高层，有一种技能很重要，是什么东西？是人际技能。而这个东西同样也是“MBA 学得到与学不到的”中值得探讨的东西。我等会列一张表，大家看看。

比如说晚上讨论一个课程，在清华是 6 个人一个小组，在做 teamwork 时，你会发现学生的感觉是什么？有人说跟那个人在一起讨论问题是在耽误时间，我自己就能解决。你有没有想过，当你走上工作岗位以后，合作不是你需要不需要，而是必要的。而这个时候只觉得是做作业，是形式主义的东西。有的人说我们的 teamwork，有两个人总不来，5 次讨论就来 1 次，他说没办法，这样的学生不应该招到清华学 MBA，这句话可能有道理。但是第二句话是什么东西？对这种现象表示无奈和无计可施的人是不是也不应该进来。我说你用什么办法了？他说我发短信，打电话。我说过有的人害怕面对面接触人，喜欢用短信。这样好说，用邮箱说话别人不可能拒绝我。这个是你将来不管在哪个层次上都是很重要。

再看看 Luthans 的研究，在 1988 年的时候他带着他的助手和他的学生，到美国的大企业贴标签，让这些企业列出名单了，一个小组列出谁是这个公司的成功者，是列谁晋升快。还有另一个小组也到企业贴标签，说谁是在这个公司是有效的。他原来以为，这两个名单列出来重合应该是 70%，80%，实际重合率是 18%。很多人继续了他的研究，把管理分为传统管理、沟通活动和网络活动的话，发现了什么？发现了这张图，对于成功的管理者而言，他们花时间最多，最擅长的是什么？是网络活动，占了 50%，对有效的管理者来说是跟内部的沟通。什么叫网络活动，第一个是社交、政治活动、与外部交往。我刚从清华管理骨干的会员会议出来，我发现 4 个人坐在一起吃饭，有的人喜欢找熟人，这个不是不可以的事情，但是当你当管理者的时候，你不能这么做。因为熟人坐在一起的话一般会进行弱连接的强力量。熟人最重要的在一块是打发时间，而生人才能给你带来工作的机会和升职的机会。不信，现在我如果宣布我们休息 15 分钟，大家肯定是熟人扎堆聊天。

我在飞机上读到过一本书，讲三星的总裁，现在三星超过了索尼，成为了标致性的品牌，大家想研究一下总裁的领导之道。有一次他坐飞机的时候，他跟别人聊天的时候说什么？他跟别人说我想抽烟，我必须得抽烟，结果他和身边的人在一起聊天，最后身边的这个人成为了他公司非常重要的咨询顾问。你记住一条，熟人不太可能给你实际工作的机会。因为熟人之间的重复率太多。还有熟人知道你的长处，也知道你的短处。另外，熟人之间还有利益冲突，这叫弱连接代理。比如说大学同学的同学，家庭成员的同事，这个是弱连接，这些人都是给你带来生意上的机会。看看这个图，你看看你是不是具有领导者的潜质。大家在一起吃饭，你是把汤转到自己的嘴边来喝，还是说把汤分给别人喝，这些都是判断你将来有没有这样的潜能成为成功的管理者。

那么 20 世纪 90 年代对情商研究，认为情商很重要。我们看看这些重要因素：自知之明，情绪控制，自我激励，移情他人，交往能力，有哪一个是通过 MBA 课程来学习的？控制你的情绪，保持你的心态，能够移情，想别人所想，能够善于妥协，能够对不确定性有更强的忍耐力。不能以非黑即白来看这个世界，而相信世界比想象复杂得多。这个是情商。

再看看从管事到带人。我们说帮助 MBA 做到高的位子，都面临着从管事和带人的转变管事和带人是不一样的。在 MBA 一年中最麻烦的是什么？有时候不是在于事，是在于人。在处理事情的时候，保持着一种不误事的人，能不能在发展内外关系中，注意为人不伤人这样的原则。只是成事不误事，我才不管什么人呢！只要是妨碍了这件事就不行等等。但是没想到这样做可能对未来的发展搬上了沉重的大石头。我说过有孩子的 MBA 更善于带人，你得带孩子啊，当然一个人少点，你不可能对孩子说你不要跟着我了，不带你了。我们说成为你的朋友靠的是什么？我们经常讲的是，在经管学院你要是学习领导力方面的课的话，成为你的朋友靠的是影响人心的能力，你的幸福是靠有愿景的能力，你创造了一个宗教，你成为他的信仰。他成为了你的朋友，或者是他成为了你的信徒。这两个身份的挑战对MBA的学生也都是很重要的挑战。我想谈这两个差距，你能不能从个体者，变成一个网络管理者。你靠着管人，带人，然后来创造你的诚信，最后这种诚信也是你的诚信。就是当几个人说出不同意见的时候，经过几天的实践和讨论，最后发现大家都跟着你的意愿走了。做不好这一点的人只能做到基层或者是中层，再辛苦的劳动，如果是做得好的话，会有很大的发展。

我们再看2002年麻省商学院提出三副透镜看组织的战略。这个图告诉我们，如果看成是一个理性组织，你应该采取的行动是加强计划性，还要看到这个组织是战略设计组织。这个组织是政治组织，这个组织中不同的人，不同的部分，他们之间的利益和目标是不是一致的呢？并不一样。把这个组织带上这个透镜去看，这个时候关键词不是计划，是权力。你善于不善于在组织中得到权力，使用权力。

文化型组织都是靠的意义、价值观、惯例与习俗。为什么你在听到一个故事后产生了一种力量，比在规定中产生的力量大。像柳传志说过，你要有理想，但是不要理想化。这三种透镜对你提出了很高的要求，你应该是一个权谋的策略家，还是官员或战略设计师。我跟百度的副总裁交流过，他们高层管理人，在技术上是战略设计师，但是在后面都是有相当不足，或者是需要补充，他们将来面临着一些发展，但是某一天可能是某一个副总裁，缺乏这两个后者，可能成为股东，但是不是在这个位子上了。

我不只是说清华，清华实际上是很重要的实验田，或者是阵地，很多的创新都是在清华开始，我用三句话来总结。

第一句话是MBA的教育过分的以课程为主。所以有的人把MBA译为MBA课程。尤其跟在座的各位报告一声，这种在职的MBA学生，其中有相当一部分只是通过课程来学习的。什么意思？星期三来清华听一晚上，星期六、星期日来清华听一天，然后就完了。

第二句话是硬知识。硬知识代替了知识的名词，忽视了技巧和软性知识，和软性知识的技巧。所以有的课程不难、学生就觉得没意思，他们认为难才会是自己学到的干货。

最后一句话是在商学院里面往往把管理工程化、管理技术化。比如说我们中间讲流程、讲步骤、讲系统，管理本身是管理人，这部分需要学习。你弄一个营销战役是重要的，但是在我们的营销课程中我们的队伍的管理和激励就弱一些。

每一个MBA的学生，或者是每一个MBA的潜在学生、或者是申请者，我认为都应该填这样的表格，争取列到30项左右。你要这样做下去，在MBA学到知识，学不到智慧，学到沟通的理论，学不到沟通的技巧……你在考上MBA以后，你的时间分配，甚至包括现在你应该不应该考MBA，上不上学，你在MBA学不到的部

分，自己要有一定的基础，或者是这些是自己的喜好，那么上MBA你的收获是更大的。

前一段时间有一个杂志的副主任说要上MBA，我做了一些研究，他说这些都是常识，我说对你这种人精来说都是正常的，而对一些学生来说，需要学一学。同时换句话说，MBA学不到的含义，是MBA的课程所限制的，并不意味着你上清华MBA不可以去通过别的渠道去学习。

在找工作的过程中间，办协会的过程当中扮演着创始人和领导者这样的角色的同学，最后你发现在找工作的过程中有很好的表现。比如说原来没有，在清华搞一个禁烟协会。现在面临的问题是，谁是我们的会员，谁会加入，加入以后，谁会推动我的事业。这些都是MBA学不到的，但是通过这样的行为来练到，比如说发动一场社会运动，和兴起社会风尚。这些东西不是靠钱能买来，不是MBA来学习，你靠的都是软的东西。

所以列出这张表。否则真的就应了这句话，MBA毕业，一场悲剧正上演，拿到MBA的学位但是进入不了管理层，或者是马上就被管理者淘汰了。

对于全日制MBA第一年毕业的学生，他们最不能够了解的东西，或者是对他们发展障碍最大的东西，第一个是禁忌，这个是MBA学不到的，在很多企业和工作中不能说、不能做、不能碰、甚至是不能打听，这样的东西有没有？比如我们MBA的毕业生，去了工作岗位，见到客户就问你是哪个学校毕业的，这个客户就没有了。有些东西是学习能学到，这些都不是，这些是你的阅历，你的经历给你的。比如说老板说下午开个会，处长会上说这只是我的一家之言，这时候你说了，王处长说得很好，我再补充两条。后来你发现吃饭的时候这个处长对你很热情，但是最后发现在以后的工作中都没有你什么事了，这个是课程中能教你的东西吗？

时差，你从一个地区到另外一个区有一个时差，从一个组织中到另外一个组织中有时差，比如说在这个组织中很正常的东西，到另外一个组织中就不是这样的。比如说在一个会议中，不是说你几点到就是准时的，而是你比领导提前到5分钟才是守时。比如说在联想，让我们对对表，是让我们统一一下思想，这个是一个比方，是信任，不是说对对表，就是真正的拿表出来对。

再说信任。首先是长相，长相不就完了吗？怨我爸爸妈妈啊。比如说你是MBA的学生，把头发弄得很花，比如你的老板也是这样花的话，那就无可厚非，如果是你的老板不是，你非要这么做了那你就获得不了信任。信任是怎么形成的？是一件事两件事，慢慢形成的。我经常参加企业领导的会，他们说MBA的想法没法做，就是我们平常说的有想法没法做，这些东西不是将来让你做，而是你要先作出一点东西来，领导觉得这个人还行，然后再给你一些工作。我的直接建议是，MBA学生实习的时候要找销售领域，销售对人非常锻炼，是对人放下身段的锻炼，不再是说我是MBA，在我的课堂里面要练习一件事，就是说，你还是MBA呢？很多人都是这样说，话里还有话，你应该怎么办？

第四是时间，不善于管理自己的时间，在两年MBA的学习期间时间不是完全让别人控制的。特别是工作以外的时间不擅长管理。

第五是压力。刚开始的时候压力不能很好地承受，使我们很多学生进入企业一段时间后退却了。你会发现，最开始的时候是什么样，刚开始工作的时候使出3个人的劲在这个岗位，当你离开的时候，你会发现这个岗位要用3个人才能顶替你。这个是漫长形成的过程，要挺得住。

第六是适应。不是关注发生在你身上的事，而是你如何对待那些发生在你身上的事。

继续回到MBA学得到与学不到，我观察MBA学生时间的安排，我说我借用李敖的三“不”，是形容女生的，是不主动，不拒绝，不负责。MBA的学习是什么？也是三“不”，这三“不”我叫做对于非课程，课程以外东西，以及团队学习，叫不主动，不拒绝，不负责。不主动，不负责，也不拒绝。这样培养出来的MBA缺乏的是管理的激情和渴望。你有管理的激情和渴望，不是说我将来到企业怎么办？是我现在开始锻炼和学习。

MBA忌讳的一个字是“熬”。MBA的学习不是你可有可无，可以熬的东西，这两年中间，你可是同样在生活，而且你之后的生活，很多地方类似于这样的生活。

一个人如果区分说我对这个事情怎么样，对另外的事情不那样的时候，最后的特点是什么？首先要有很好的判断力，最后的代价是不能使自己保持一致性。比如说听讲座，我主张我的学生在听讲座的时候，穿着比较正统一些。为什么？有一些惨重的教训。有一次李东升讲话，讲得很好。下来以后有一个女生跟他交换名片，我说的不是可有可无的事，是真事。高盛的主席跟女生交流，一年半后这个女生就到高盛在香港的公司去工作了。如果你这个时候穿着不是很好，穿着一个裤衩，人家会怎么想。所以这个是自己负责任。

不放弃。比如说我刚才说的学不到的东西，在清华不是别的，丰富的学习生活，学习生活中间相当一部分是和企业之间联系很紧密的。有的人是老师讲完了就完了，有人不是这样，有的人是跟老师发信。我有一个学生，在毕业的时候出版了一本书，是战略的，他说上我的课程，受到了我的启发。你有没有想要你在MBA毕业的时候，拿出令人信服的东西说明你的成果，他就写了这样的书。如果你看了会怎么样，如果是主动、负责的态度的话，你最后的收获可能是很负责的。

第四部分是培养有效管理者的思考。

明茨伯格教授说如果要培养真正的MBA管理者，不要用这样的教室，而我们现在就是这样的教室，应该是图上的教室，这个是以老师为核心交流的场所。我们有一些课程学生对老师的评价是不错的，我感觉到了有些学生不是很聪明，有的课程听得很高兴，给老师打高分，我说你们不是很聪明。因为你要高兴的话，可以听相声。你要听到有用的东西，是互相交流的东西。最好的教学方式是反思加分享。

明茨伯格教授在实践中用的这样的管理方式，在上课前半个小时不讲课，是拿出一张纸来写一些收获，还有一些要接受的来自实践的一些看法和想法。这个是他做的管理实践，他的管理实践对于我们的MBA的学生来说也是很实用的。MBA学的时候什么时候最有用？是老师讲完以后，是某些东西跟自己思路对上路了，是悟的感觉，是见着熟人了。在对小学生做研究的时候，发现他们上课的时候，当他们

听到了一个熟悉的名词他们会注意一下，我们也是一样先注意一下。在老师讲的过程中，有一个过电的感觉。怎么能有这样的感觉？是准备和反思。在讲课之前，对课程的内容有没有来自实践当中的问题，有没有？如果是带着实践的问题去上课，你会发现效率都会提高。

第二个分享，学生跟我讲，他对有的同学发言非常不爱听，说是浪费时间。我说一个学生发言不好，你会学到一个东西，就是你知道他不好的地方在哪儿，以及在此时此刻表达出来的东西，是和你的既有的经验不冲突，如果是这样的话，你听到的话，比你听到愿意听的话还重要。

我以前上课的时候，我让一个同学说你可以转过去，你们俩说吧，这时候别的同学会很集中去看。时间久了你们会发现，这比老师讲的东西有用。老师讲得太多的东西是踏雪无痕。什么意思？越容易进入你大脑里的东西，越不容易记住，越是不容易进入的东西，越容易记住。

还有一个最忌讳的是，讲这些都没有用。你会发现讲这些话的人，在上课的时候从来都不发言。认为美国的 MBA 的课程中，华人之间基本不说话，下课的时候就会在华人之间说，美国人太肤浅。上课的时候不讲话，而下课的时候去说，这样你就失去了锻炼的机会。人家在上面说，你在下面说，这些都是馊主意，最后我想一个好的主意把你们都毙掉，但是最后你根本没有被毙的机会。有的时候学 MBA 值不值，不是用花的时间来衡量，是用你得到的东西来衡量。如果只是参与很一般的。比如说你看一辈子 NBA，你投篮也不会准，而你去上场打球，有实践的机会，就有机会投准了。

我之所以对明茨教授说的不是完全认同，就是我觉得他说得有一些原因，并不是在企业管理岗位上才能学习管理，这个是我对他说的不同的看法。你说我这个人怎么就有管理能力，你在上大学的时候，参与了组织和管理，是不是管理？是管理。你在家庭中参与了管理，是不是管理？是管理。你善于通过他人实现你的目的，这个是管理者本能的东西，是管理者非常需要的东西。不是说这些东西没有用，这些经验不要简单理解为企业经验，或者是工作经验。是跟何人打交道，影响人，通过他人完成任务的有关经验都是管理。1947 年入学，1949 年毕业的 MBA，他们有经验吗？他们同样带队伍，同样跟人打交道，这个同样是管理经验。当然分享一定要占一定的比例，我们期望分享占到 50%以上。如果你们进入清华 MBA 项目学习的话，你们一定要抓紧时间学习。

每年我到 MBA 答辩那几天，都非常压抑，我在答辩的过程中仿佛看到的一场悲剧正上演。他们再过两个月就毕业了，他们在 15 分钟之内不能表达自己的想法，他们不能和考官沟通，他们不能逻辑性地表达问题，他们不能在表述中间抓住问题的要害，在这中间不是反映知识的薄弱，就是反映出管理能力的匮乏。我真的担心他们是以卵击石。

好在我们总能看到好的东西，我是 MBA 的教师，我就让他们练、练、练，我提的口号是，举一反三，初学就练。你不练怎么会是你的呢？我的英语就是听，不练，能会说吗？做饭就靠别人讲怎么做，不是靠练，你不可能成为大厨。我说一个人在35岁以后，一样东西基本上做得不是很好，这个人就没戏了。为什么？因为学习不是自然行为学习，是一种丢脸的过程。因为学习就是承认自己不行，就是学习，这样才能从此岸到达彼岸。就像学英语，如果有人比你说得更好，你更不愿意说了。

两年的MBA学习过程就是要丢脸，丢什么脸？别人说你才知道，这你都不懂？越是这样的，你越能学到东西。而这么说的人，他们什么也没学到。不要怕丢脸，不要怕收获，这两年的丢脸换来的是你两年以后不丢脸，是挣脸，增脸。你在工作的时候，可能不像在学校里这样。你在学校里面丢脸以后会有人同情你了，会帮助你，而你在工作岗位上的丢脸是成为他人升级的机会。谁分享得多，谁占的便宜就多，你花的钱就更值。

等你到了岗位上，要珍惜这样的学习机会。你如果有可能的话，要找到年长者作为自己的导师，做教练，如果是轮岗，一个月甚至半年，不要放弃这样的机会，一般在公司里轮岗是要提升你了，如果你在竞争的环境中不退缩，在竞争的环境中才有优秀的领袖者出现。

还有外派机会一定要珍惜。刚才说的五种方式是提出来的，这五种方式是产出优秀领导者的过程。如果是派你到别的地方去创业，你如果创成了你就会被重任。像郭维怎么受到柳传志的重任，就是把一些别人干不了的事干成了，所以受到了柳传志的器重。

我跟大家分享了以上的内容。MBA学得到与学不到。实际上让大家在报考MBA时更正确地审视自己，作出正确选择。你的正确选择对学院来说是双赢，你的错误选择对学院来说是双输。同时各位如果是选择了清华，报考录取，一定不要把MBA当成一个课程，一定要为自己将来成为管理者、领导者，能够在中国作出大事业的管理者，付出自己有目标的努力，希望大家成功，谢谢大家！

书法：人类精神的心电图

唐双宁

唐双宁，中共党员，1971年12月参加工作，东北财经大学投资经济系投资经济专业毕业，在职研究生学历，经济学硕士，高级经济师。现任中国光大（集团）总公司董事长、党委书记，中国光大银行股份有限公司董事长、党委书记。

各位老师，同学：

上午好！

谢谢胡校长的一席讲话，谢谢大家利用周末时间来参加这个讲座。听了刚才胡校长的一席话，我也有感而发；胡校长讲到杨振宁先生对中国书法的一段评价，我也想起了2004年10月份的一天，早晨8点我打开CCTV，当时播放的是水均益采访正在中国访问并参加中法文化年系列活动的法国总统希拉克。水均益问希拉克对中国文化有什么看法，希拉克说，“你们中国古代诗人杜甫有一句诗；‘书贵瘦硬方通神’（这个“书”是指书法，这是希拉克自己背出的一句比较偏的杜甫的诗），中国书法博大精深，是艺术的最高境界。恐怕我们西方文化永远也无法达到这个境界。”听了希拉克总统的一席话，我当时非常感慨。所以，刚才胡校长讲到杨振宁先生的一席话，我也借机讲述一下通过CCTV播放的希拉克总统的这段话。

我这是第二次站在清华的讲台上，准确地说，是第二次坐在清华的讲台上（听众笑）。第一次是在某年某月的某一天，准确地说，是2000年8月份的一天，当时是香港大学与清华等联合举办金融方面的论坛，我有幸给清华的学生讲了一次关于金融体制改革的问题。那么，我今天坐在这里将与大家探讨书法问题，谈谈我对书法创作的体会。书法与金融，原本是风马牛不相及。所以经常有金融界朋友打电话给我，说有一个书法家的名字和我相同，我说“是吗？”也经常有书法界的朋友打电话给我，说有一名金融家与我同名，我说“可能吧！”（听众大笑）我认为人有单一型、复合型两种。比如陈景润就是单一型人才，在某一个领域钻深研透。没有这样的单一型人才，我们就摘取不了哥德巴赫猜想这颗数学皇冠上的明珠。人又有复合型的，比如曹操，作为大政治家，他挟天子以令诸侯；作为大军事家，他能够以少胜多，取得官渡之战的胜利；作为大诗人，他能写出“老骥伏枥，志在千里；烈士暮年，壮心不已”这样的诗句。毛泽东也是，作为大政治家，他是中国人民的伟大领袖；作为大思想家，他创造了毛泽东思想；作为大军事家，他指挥了三大战

役；作为大诗人，他留下了那么多脍炙人口的诗篇；作为大书法家，他攀登上了狂草的高峰。所以，有了单一型、复合型这两种人才，我们的社会才会丰富多彩。

那么我是什么样的人才？我告诉大家，我是什么人才，我是一个万金油，什么都懂一点，又什么都不懂。（听众笑）我是搞金融工作的。什么是金融？小平同志有句名言："金融是现代经济的核心"。意思是说，在市场经济条件下金融非常重要。这不是我们自卖自夸，我们国家现有32万亿元金融资产，不是32万，也不是32亿，而是32万亿元金融资产。金融业分为银行、证券、保险、信托四个行业，由四个部门负责金融业管理。第一个是中国人民银行，负责货币政策的制定（包括利率、存款准备金率的制定）和发行货币；第二个是中国银行业监督管理委员会，简称中国银监会。我就在这里工作。中国银监会负责对银行业的监督与管理，监管的资产总额为30万亿元多一点，占整个金融资产的95%，监管对象是银行业和信托业，主要包括4家国有商业银行（过去叫国有独资商业银行，其中大家都知道，中国银行和中国建设银行正在进行股份制改造），3家政策性银行，12家股份制商业银行，112家城市商业银行，34 967家农村信用社，10家农村合作银行，8家农村商业银行，729家城市信用社，199家外资银行分行或注册行，216家外资银行代表处，59家信托投资公司，12家金融租赁公司，75家财务公司，5家汽车金融公司，5家金融资产管理公司，还有遍布全国的邮政储蓄机构。其他两个管理部门就是中国证监会和中国保监会，分别负责对证券业和保险业的监管。我就是干这种工作的……所以，陈毅元帅有句话，"当着元帅是诗人，当着诗人是元帅"。今天，我要是给大家讲金融，可以讲三天三夜，但我却自讨苦吃，来讲书法。上次我来讲金融是在掌声中下台的，今天我不求掌声，只求大家能让我下台即可。（听众笑）

不管怎么说，我还是感谢各位，感谢清华大学做了这么一个安排、让我和书法爱好者们有机会作这个交流。所以昨天我一高兴，给清华大学草创了两幅作品，赠送给胡校长，赠送给清华大学。（出示两幅作品，并朗诵）"水木清华"；"自强不息、厚德载物"（听众发出惊叹声并热烈鼓掌），这是《易经》里的话，梁启超先生建议将此作为清华校训。

下面我讲第一个问题，书法是一门视觉艺术。

我认为，世界上有两类学科，一类是理论为主的学科？一类是实际技能为主的学科。理论为主的学科的特点是，只要求推理正确，逻辑严谨，不要求实际技能过硬。比如哲学，比如经济学，比如历史学，比如数学，比如军事学，等等。哲学家可以把周围的矛盾处理得非常糟糕，但不影响其成为哲学家，比如尼采，比如李贽；经济学家可以不会经商、不会炒股，但不影响其成为经济学家，比如马克思，比如孙冶方；历史学家可以常常被历史愚弄，但不影响其成为历史学家，比如吴晗，比如翦伯赞；数学家可以算不好自己的工资，但不影响其成为数学家，比如陈景润；军事家可以不会开枪，不会放炮，但不影响其成为军事家，比如毛泽东。以上这些都是以理论为主的学科。

以实际技能为主的学科的特点是，不管你的理论多么高深，前提必须是实际技能过硬，理论只对这些学科起规范、促进作用。音乐家如果不会谱曲，不会唱歌，就不称其为音乐家；作家如果不会写小说、散文、诗歌，就不称其为作家；美术家如果不会绘画，就不称其为美术家。我觉得，书法也是以实际技能为主的学科，当书法家的前提必须是字写得好。字写得不好，就当不了书法家。这都是我个人的看法，疑义相与析。我觉得，在这些学科里，应了歌德的那句话，“理论是灰色的，而生活之树长青”。所以我想首先请大家先看几幅作品（出示自作草书作品《长征》并解释，听众发出惊叹声并鼓掌）。这是一幅复制品，我写的是毛泽东的七律《长征》，原作品正在一楼大厅展出，“红军不怕远征难”，我想强调一下的是这个“军”字，我原来的“军”字不是这个写法，是一竖下来的。为了写好这幅作品，我基本上重走了长征路，从赣南一直到陕北，包括湘江战役、老山界，包括遵义，包括四渡赤水、巧渡金沙江，包括雪山草地，包括腊子口、哈达铺，包括吴起镇和会宁。这个“军”字就是我走四渡赤水的路线以及红二方面军走过的长江第一湾——石鼓受到的启发，将“军”字改写成了这种连绵环绕的形式。我的意思就是说，艺术创作一定要源于生活。

（出示三幅狂草书作品，听众发出惊叹声）这几幅作品大家先看一下，这是我力求创造的一种新的书体。中国书法几千年，狂草也已有1000多年的历史，但历史不能停止前进。关于这方面有不同的看法，多数人表示肯定，甚至非常赞同，但个别的也有说看不懂是什么。这三幅作品是“地动山摇”、“人自醉”、“红旗漫卷西风”，后面如果时间允许，我会给大家讲这三幅作品，让大家先有一个感性认识。

第二个问题，谈谈书法的定义。

书法有多种定义，我查了《辞海》、《辞源》和其他资料；有的说书法是以汉字为审美对象的书写艺术，有的说书法是用毛笔书写汉字的法则，对不对呢？都对。但我觉得又都不全面，都没有打中七寸。那么，我对书法的定义是什么呢？我对书法的定义是，书法是以中国传统笔墨纸砚为工具，以汉文字为对象，以书外功夫为基础，用以宣泄情绪、创造美感的艺术。我认为这叫书法，这是我下的定义。当然仁者见仁，智者见智，百家争鸣，大家可以探讨，可以争论。那么，这里面对工具的限定，主要是针对书坛上的一些“杂耍”而言，什么发书、指书等等，还有电视上播出的，光着身子沾上墨，在地上打一个滚儿，那不叫书法，那叫“驴打滚”（听众笑）。书法的前提必须是“以笔墨纸砚为工具”。当然这里面有一个硬笔书法的问题，我认为，书法广义上包括硬笔书法，狭义上仅指毛笔书法。对对象的限定，规定以汉文字为对象，则主要是把它与中国画相区别。

再有一个就是关于现代书法的问题。现代书法是相对于传统书法而言的，（出示两幅现代书法作品“小马大车”和“俯首甘为孺子牛”，听众发出惊叹声），像我这幅“小马大车”，我是属马的，不堪重负，所以说是“小马大车”。这第二幅也是现代书法，是鲁迅的诗句。现代书法大家怎么看？我认为基本分为三类：第一类基本符合书法定义，比如书写的对象是象形字，代表人物有张正宇、李骆公、黄苗子等；第二类基本不符合书法定义，脱离了汉文字，比如刚才说的“驴打滚”；第三类完全不符合书法定义，完全脱离了“以笔墨纸砚为工具”、“以汉文字为对象”，如用剪刀剪裁、拼凑的所谓抽象作品。总之，总体上现代书法还不成熟，处于一种鱼龙混杂的状态，有的有发展前途，有的无生命力，弄不好会误入歧途。但我认为，对现代书法基本上应持宽容的态度，最终由历史和社会去检验。书法定义就简单地讲到这里。

第三个问题，我想着重谈一下书外功夫的问题。

书内功夫不可或缺，这是题中应有之义。连字都不会写，肯定成不了书法家。但很多书法家不缺书内功夫，缺的是书外功夫。为什么放不开？为什么达不到那种境界？主要就是缺少书外功夫。书外功夫是书法艺术创作的重要基础。有人跟我说，书法线条是书家的精神心电图，是书家情感、知识、胸怀、性格、人品的综合反映。这句话是谁说的呢？是杨辛先生向我转达宗白华先生的话。宗白华先生是著名美学家。杨辛先生是北大的美学教授，我和他之间还有一段佳话。我本来和他素不相识，一次，他在荣宝斋看到我的一幅作品，是王之涣的诗句，据当时在场的人讲 (这个在场的人我看到了就在我们现场，我就不麻烦他站起来了)，杨辛先生非常惊讶，当即打听作者是谁。打听到以后，他自己辗转找到我家。他说他 80 多岁登了 40 多次泰山，但一直没找到“会当凌绝顶，一览众山小”的感觉，看了我书写的“白日依山尽，黄河入海流。欲穷千里目，更上一层楼”后，才找到了“一览众山小”的感觉。他问我能否送他一幅作品作为北大的美学教材，我欣然允诺，送了他一幅。杨辛先生是著名美学家，五六十年代同朱光潜、宗白华等先生共事，并担任北大美学教研室主任，可见其在中国美学界的地位。前几天我去南开讲学，他还专门陪我去点评，今天他住院了，特意托人带来一封信表示歉意。我觉得，当前书坛的最大弊病就是缺少书外功夫，知识狭窄变成眼界狭窄，眼界狭窄变成创作思路狭窄，创作思路狭窄变成心胸狭窄。我跟沈鹏先生交换过意见，他同意我的这个看法。毛泽东要不是当年亲自参加长征，是写不出《长征》这首诗，也写不出《长征》这样的书法作品的。因此，现在很多人说，所谓的书法家越来越多，经得起历史检验的大家越来越少；所谓的书法作品越来越多，经得起历史检验的传世佳作越来越少。

那么，什么叫书外功夫？可以作很多解释，我把它概括成六句话，叫“读万卷书、行万里路、经万件事、师万人长、抒万般情、拓万丈胸”。我们是学术探讨，我姑且说之，你们姑且听之。对的你们就听，不对的我们商榷。一是读万卷书。我的母校东北财大采访我的时候，问我读书的体会。我讲，读万卷书关键是读三本书。第一本是文学，文学是人学，源于生活，高于生活，反映的是人对社会的感受。第二本是历史，历史是现实的一面镜子。文学是对某个具体社会现象的高于生活的描述，而历史则是对社会的真实的全面的描述。第三本是哲学，哲学是关于世界观的学问。毛主席说，自有阶级社会以来，一共有两门学科，一门是自然科学，一门是社会科学。哲学是对自然科学和社会科学的概括和总结。读哲学，可以在读文学和历史的基础上由感性认识上升到理性认识。所以我说读万卷书实际上要读三本书。我的母校来采访我时，就要我说出我最喜欢读的三本书。我是这样说的：按写作的时间顺序，第一本是《道德经》，中国有两本书，一本是孔子的《论语》，一本是老子的《道德经》。半部《论语》治天下，我觉得《论语》讲的是做人的一般

准则——“仁义礼智信”，而《道德经》讲的是做人的最高准则，“道可道，非常道”，甚至是只可意会不可言传。说到第二本的时候，我脑中突然闪出卢梭的《忏悔录》，这本书主要讲做人要真诚。第三本还是要读一读毛泽东的《矛盾论》，我老是讲我小学五年级都没毕业，我们那个年代长大的，12 岁就赶上了“文化大革命”，停课，然后去工厂，到 1978 年恢复高考考上大学。好在那个时候能读到《矛盾论》。我觉得《矛盾论》让我终生受益。所以我在讲金融时经常强调，虽然对外开放引进了很多国外的观点，但大家一定要学会复杂的话用简单话去说，外国话用中国话去说，让人家能听得懂。红军长征时，给放牛娃讲费尔巴哈、讲黑格尔，他就听不懂。毛泽东一个《实践论》、一个《矛盾论》就解决了问题，就让许世友听懂了。你讲特洛伊木马他就听不懂，你讲三打祝家庄他就听懂了。对我受益最大的就是《矛盾论》，现在我还可以大段大段地背下来。

二是行万里路。这需要条件，有条件的可身行，没有条件的也可心行。我读小学时没有条件，就骑自行车一个生产队一个生产队走。走不了万里，就走几十里。有了条件以后，我可以说是全世界除了南极洲外六大洲我差不多都去过了，北到北极圈，南到好望角，西到欧洲大陆的罗卡角，东边，地球是圆的，没法分东西。全国各个省，包括台湾、西藏，绝大多数地市、相当一大部分县，我都去过了。行万里路，才能启发艺术创作，产生艺术灵感。所以毛主席走过的路，我基本上都走过了。从韶山到长沙师范，到北大沙滩红楼，到上海“一大”会址，到回湖南去安源，到浏阳发动秋收起义，三湾改编上井冈山，包括路上被国民党兵抓住，用两块大洋贿赂国民党兵，逃脱后，国民党兵发现放走的是个大人物，又去追，最后毛主席躲在一个水塘里，敌人的枪杆都碰到水塘上的茅草了，但还是没有发现毛主席，直到天黑了国民党兵才走。连那个水塘我都去看过了。后来的井冈山、瑞金、宁都、兴国、古田、宁化、清流、归化（现在叫明溪）在内的大片中央苏区，遵义、娄山关、赤水、金沙江、大渡河、泸定桥、雪山、草地，毛儿盖、巴西、腊子口、哈达铺、六盘山，到吴起镇、保安、瓦窑堡、洛川，到延安，一个山沟一个山沟我都跑过了。再后来从陕北到杨家沟过五台山到城南庄。当时中央准备驻在河北阜平的城南庄，但由于国民党特务买通炊事员，在毛主席的住房上放上红被子做暗号，国民党的飞机对毛泽东的住房进行轰炸，中央又搬到西柏坡。当时在城南庄，炸弹扔在院里面，还没爆炸，丝丝冒烟，聂荣臻把毛泽东往防空洞里拉。但毛泽东却走到炸弹边，拍着炸弹说这个将来能打多少把菜刀？（听众大笑）这个故事是我听当地一个 80 多岁的老乡讲的。后来到西柏坡、北京。再后来，包括他说“人民公社好”的棉田、斯大林陪他看剧的莫斯科大剧院……所以说，毛主席走的路我基本上都走过，周总理走过的路我基本上都走过，邓小平走过的路我基本上都走过。李白、杜甫、苏东坡走过的路我也基本上都走过。

重走长征路，学习毛主席的书法，我也写了一首诗，和毛主席的《长征》，并创作了一幅书法作品。现在将这幅书法作品向大家展示一下。（出示书法作品，一边朗诵一边解释，听众发出惊叹声并热烈鼓掌。全诗为：“万水千山岂止难？精神等闲概等闲。境界到处皆细浪，气魄临时俱泥丸。霜凝须鬓心尤暖，雪覆肝肠胆不寒。白云梅花皆飞雪，人生无处不开颜"）"万水千山岂止难？精神等闲概等闲。境界到处皆细浪，气魄临时俱泥丸。"红军长征胜利，完全靠的是一种境界。草地我亲身体验过，不说别的，光是3500米海拔，气儿都上不来，我坐在汽车里都很难喘气，何况红军当年还背着辎重，没有粮食吃，没有衣服穿，弄不好就陷在泥潭里，越陷越深，还有敌机轰炸，前堵后追。红军过草地走了六天六夜，光是六天不睡觉都受不了。所以，红军全靠的是一种境界。"霜凝须鬓心尤暖，雪覆肝肠胆不寒。""霜凝"不是我的名字，是谐音，但我可以告诉大家，我有的文学作品是用这个笔名发表的。"白云梅花皆飞雪，人生无处不开颜"，只要有这样一种境界，就能无往而不胜（热烈鼓掌）。

三是经万件事。经历所限，我倒没经历过什么事。我有一幅作品"还我山河"，当时的创作背景是，在2000年的全国经济工作会议上，时任国务院总理的朱镕基同志要求我们每年降低不良贷款3个百分点。当时，正是我们抵御亚洲金融危机、加入WTO谈判的关键时期。就是在那时，我脑中冒出一个艺术幻觉，写出了"还我山河"这幅作品。今天忘了带过来。没有当时那种背景，恐怕产生不了那种灵感。关于经万件事，我希望你们记住两句话，"花繁柳密处拨得开方见手段，风狂雨骤时立得定才是脚跟。"这是古人讲的。

四是师万人长。三人行必有我师。还是那次我的母校采访我时，他们问我最佩服的人物有哪些，我当即信口开河，做了如下回答：第一，我最佩服的还是毛泽东；第二是华盛顿，他的故居和墓地我去过两次，亲身感受了美国人民为什么如此热爱他；第三，中国的、外国的都有了，都是近现代的，我就找了一个古代人物，是诸葛亮。"鞠躬尽瘁，死而后已"，他是典型的德才兼备，不足是事必躬亲。中国有多少武侯祠，可能有9个，这9个我都去过。诸葛亮到底是哪里人，到现在还在争：河南说是南阳人，山东说是临沂人，湖北说是襄樊人。反正好人都去争，秦桧就没人争，大家躲都躲不及，连他孙子都是"我到人前愧姓秦"（听众大笑）。长期没有人知道他的籍贯，最近我才考察到秦桧是江西婺源人。所以说书品即人品。没有一个好的人品，成不了一个好的书法家。所以说要立足书坛，首先要立足人品。虽然两者不能完全等同，但人品是立足书坛的必要条件。孙中山先生写了一副对联，"养天地正气，法古今完人"，我记得他是送给蒋介石的。我也写了一幅，给大家展览一下，这是我书写的（出示对联，并充满感情地朗诵）"养天地正气，法古今完人"。我不知道胡校长是否觉得我们可以以此共勉，如果可以，我将来可以给你写一幅（热烈鼓掌）。

五是抒万般情。人有逻辑思维和形象思维两种思维方式，性格特点也不一样，但不管怎样，我觉得还是情感丰富一点好。我走了很多地方，每到一地也常常是有感而发，写些东西。在一楼展厅进门的右侧，有幅作品叫"开天辟地"，这是当时我在科罗拉多大峡谷参观时产生的灵感。科罗拉多大峡谷那种错落的自然地貌，使我一下就悟到书法上可以使用这种错落的布局，这也是我横幅作品中出现错落的第一次。所以说抒万般情也是当个真正书法家的前提。没有激情，当不了书法家。我自己填了一首《登庐山》，等会儿把这首词的书法作品展示给大家。1998年我们在

庐山召开修改《贷款通则》的会议，在工作之余，参观了庐山的自然景观。当时正在下雨，上午天还是晴的。小宋今天在场，可以作证。（出示书法作品，并开始朗诵词，听众发出惊叹声并热烈鼓掌。全词为：“奇峰天降，扼大江，取笑黄河兄弟。问谁是中流砥柱，虢人悄然不语。一戏泰岱，二戏华岳，三戏医巫闾。乍晴乍雨，宠得一身脾气。忽来北国游客，踏尽匡庐，觅得前朝迹。太白俯首，陶潜甘居，一代狂人泣。狂人如此，遍寻天下，何人能驾驭？信步之间，却在双宁脚底。”）“奇峰天降，扼大江，取笑黄河兄弟”。庐山从天而降，扼长江咽喉，正在笑话儿黄河。“问谁是中流砥柱，虢人悄然不语”。中流砥柱是黄河三门峡段的一座巨石，虢是古国名，也在现在的三门峡一带。当年晋国借道虢国打虞国，有个唇亡齿寒的故事，就发生在这里。庐山确实比中流砥柱要高大许多，所以三门峡的人无话可说了。“一戏泰岱”，庐山戏弄泰山；“二戏华岳”，庐山笑话华山；“三戏医巫闾”，这个医巫闾是我老家辽西北镇的一座山。当时在西汉时期天下共有五座镇山，我家乡的就叫北镇闾山，还有西镇吴山，东镇沂山，中镇霍山，南镇会稽山。“乍晴乍雨，宠得一身脾气”，方才还是晴天，突然又下起雨来了，都是让人娇宠的。“忽来北国游客”，我们是北方人，“踏尽匡庐，觅得前朝迹”，我们在庐山参观了一些前人的遗迹，李白曾在这里写下“飞流直下三千尺，疑是银河落九天的诗句。“太白俯首”，李太白到庐山也低头了，“陶潜甘居”，陶渊明曾在庐山脚下的彭泽县做过县令。“一代狂人泣”，这些都是狂人，狂人也没办法，只有哭了。“狂人如此，遍寻天下，何人能驾驭？信步之间，却在双宁脚底”（鼓掌）。在我的脚底，不是别的意思，我们登山，它肯定就在我的脚底。见笑了（热烈鼓掌）。

再一个就是拓万丈胸。我想了四句话，让我们共勉，也作为拓万丈胸的注解：没有比双脚更高耸的山峰，没有比思想更深邃的海洋，没有比眼界更宽广的平原，没有比胸怀更博大的世界（听众鼓掌）。我想这四句话你们愿意记，可以记下来，作为我们的共勉。以上我着重介绍了书外功夫的一些体会，下面因为时间关系我得开一点儿快车了。

第四个问题，再说说宣泄情绪。

我觉得，表达情感是艺术的源泉、动力和本质所在。因“宣泄情绪”而成千古名篇的，莫过于岳飞书写的诸葛亮的“出师表”了。传说岳飞领兵至河南南阳的武侯祠，受托连夜秉烛疾书（当然也有人认为是明人托名而作。我们对此不作争论，姑且当做是岳飞写的），一口气写下了这篇千古绝唱。“靖康耻，犹未雪。臣子恨，何时灭。驾长车踏破贺兰山缺。壮志饥餐胡虏肉，笑谈渴饮匈奴雪。待从头收拾旧山河，朝天阙。”此时的岳飞，作为从小立下“精忠报国”之志的宋朝名将，面对两代君王被掳去北国坐井观天的厄运，又受诸葛亮鞠躬尽瘁死而后已精神的感染，心中定是波澜万丈，因此越写越激动，越写越不能自已，进入了无我状态，以泪拌墨，由行书变成草书，最后留下的，简直不是文字，而是硝烟铁蹄、长枪大戟和淋漓鲜血。所以说，表达情感是书家与书匠的根本区别。一些优美的作品在正常情况下是写不出来的，只有注入真情实感才能创造出优美的艺术品。创造与模仿是艺术家与书匠的又一个根本区别。我不反对临帖，但是我不临帖，我读帖，从整体上把握书法作品的精髓。我没有临过某个人的帖，但我在草书字体的取舍上，可以讲集合了百家之长，到我这里又变成了新的创作，而绝不是简单地照搬。我记得我在一个部门的签报中批过一句话，叫“要当变压器，不要当传达室。”这是我工作中的体会，艺术创作也如此。模仿和创造的区别在于，一个形似，一个神似。模仿靠眼和手，创造靠心灵；艺术不能模仿。模仿只能见其皮而不能见其骨，成其形而不能成其神。临帖临得再好，也只能是王羲之第二。有人讲艺术品同人的指纹一样，世界上没有相同的艺术品；反之，相同就不是艺术品。雷同、相似、像，应该是艺术的最大忌讳。昨天，有位女同志在书展大厅说我的这些书法看上去是很好看，很有气势，但实在不认识几个字，字都不认识还叫书法吗？我看，从另外一个角度讲，她讲对了，只有在字的基础上再上升到一个高度才是艺术，报纸上的字大家都认识，但不是艺术。当然，宣泄情绪不是粗涂乱抹，像“驴打滚”滚一圈，这不算是“宣泄情绪”（笑声）。狂可分为理性狂和非理性狂。宣泄情绪的最终目的是创造美感，属理性狂。李白的“我本楚狂人”，属于理性狂，他有他的抱负、志向。有的人则是非理性狂，有的大款挣了几个钱就不知道北了，就西装革履，目中无人；一些纨绔子弟也是这样。糊涂乱抹是自不量力，属非理性狂。

第五个问题，再说说书法鉴赏。

目前对书法的评价标准，我自己归纳成这么几种：

第一个是大众标准。从某种意义上讲也可以说是市场标准，就是大家都说好。这可以是一个标准，但在美学知识尚未普及的情况下，也不尽然。艺术品跟商品不一样，商品是大众化的，艺术品是高雅的，阳春白雪，曲高和寡。商品的价值是由社会必要劳动时间决定的，但艺术品就不是这样。同一件艺术品，在有的人眼里是价值连城，在有的人眼里就是废纸一张。艺术品的价格也不是简单地围绕价值上下波动。所以，不能简单地用大众标准来衡量书法。

第二个是领导标准。一是领导说好，领导说好不一定就好。某个领导在政治上或在某一领域是内行，但不是在所有领域都是内行，不能当成一个通用的标准。比如，明代的沈度写的馆阁体，明成祖朱棣认为特别好，号召大家都学习这种字体，现在看来这种字体实在没有艺术价值。二是即使专业部门的领导说好，也不一定就好。为什么？因为我们现行干部体制很复杂，专业部门的领导不一定专业就强，很可能在组织领导能力方面擅长，也可能是平衡或论资排辈的结果，还可能是其他因素。所以说，领导标准也不能作为一个标准。

第三个是功底标准，就是以功底作为衡量书法作品的标准。这可以从两个方面来理解。第一要讲功底；第二，功底又是第二位的标准。为什么？因为现在书法已从集工具与艺术于一身转变为纯艺术。书法的历史演变大体有三个阶段。明代以前，书法主要是通信或写奏折的工具，以小字体为主，附带作为艺术品为文人案头把玩。到明以后，随着高屋大厅的出现，小字体开始变为中字体，艺术的含量上升了，可以挂在墙上供人欣赏，这个时候可以说书法是集工具与艺术于一身。后来到“大字报”年代的结束，书法作为工具的职能已经退出历史舞台了。现在人们已不用毛笔甚至不用硬笔写字了，人们普遍开始使用电脑了。所以现在如果仍以功底为

第一标准，今人就永远不可能超过古人，在功底上谁能超过王羲之？以这个作为标准，实际上是一种倒退的标准。所以说，要讲功底，又要把它作为第二位的。

第四个是美感标准。一般意义上讲，美在道德观上体现为善，所以你要写“杀人放火”，你的字写得再好也不美；在认识论上体现为真，你要写“造谣撒谎”，字写得再好也不美；在哲学意义上体现为平衡。这是在一般意义上讲。从特殊意义上讲，平衡分为动态平衡与静态平衡。动态平衡为大美、壮美、阳刚美，静态平衡为小美、弱美、阴柔美。两种美可以并存。但我觉得，美在动中，发意而动，动而有势，势而生气。打个比方说，足球比赛和乒乓球比赛同时举行，足球比赛的观众肯定比乒乓球比赛的观众多；乒乓球比赛和象棋比赛同时举行，乒乓球比赛的观众肯定比象棋比赛的观众要多。奥运会上刘翔跨越百米栏时，人们肯定会把目光投向刘翔，而不会去注意运动场上的裁判员和那些传递成绩单的人。为什么？美在动中。书法中最能体现动态美的就是狂草。

美感第一贵在具有自我书风，反映作者的感情，如毛泽东的《长征》。所以欣赏书法作品首先要联系书家的人品去品书，这叫字外看书，书中看人。有的大学者的字常规意义上讲写得也不算好，但人们却喜欢，就是字外看书，书中看人。美感第二贵在精气神。一万个人可以有一万个“我”，但不可能有一万个“美”，关键要有“精气神”。何为“精气神”？“精”即精华、完美，它是对书法的形态要求。“气”即字与字之间的联系，气脉贯通，可以是数字相连，也可以是笔断意连，它是对书法字体之间关系的要求。“神”即神韵、活力，它是对书法的内在要求。简单地说，精气神即书法的活力、本质所在，而精气神往往反映在动态美中。那么，最具精气神的便是狂草。因为狂草作品不是被动地等人去欣赏，而是内在的气、势产生的视觉冲击力，主动地刺激你的视野，对人的感官进行主动冲击。爱好者可以去体会这一点。

再有一个，就是如何完整地欣赏书法。我觉得可以从四个方面去欣赏，就是笔法、结构、笔意、章法四个要素。笔法就是用笔的熟练程度与功底，所以我说要讲功底，但不能作为第一位的因素。第二就是结构，就是每个字写得对不对，当然这也是相对的。古人写的也不一 定都对，这方面我们要继承和发展，不能教条，不能停滞，当然也不能乱写。草书就不是随便乱写的，是有固定写法的。比如，“上”是上面两点、下面一点，就念“上”；而“下”则是上面一点、下面两点，就念“下”，这都有固定写法。如果你不这样写偏要乱写，而你又是一个领导，群众不懂或不敢说什么，你还以为不错，这就会误导了群众，又损害了自己的声誉。第三就是笔意，就是字与字之间“势”的连接与“意”的走向，就是气脉贯通或笔断意连。狂草不是每个字都要连在一起，要有连有断，要笔断意连。第四就是章法，即整幅作品的谋篇布局，这是最关键的，也是最难把握的。正如古人云“善弈者谋势，不善弈者谋子”，会下棋的人通观全局，不会下棋的人就知道拱卒拱卒。毛泽东能打赢三大战役，但他不在乎某连某排某个具体战士的射击姿势的准确与否。当然这名战士的射击姿势规范更好，但如果一时达不到，也不要紧，首先应该着眼于三大战役能否打胜。章法最需要书外功夫。前面所说的笔法与结构，反映书法

"形"的一面，是技术性问题；笔意与章法，反映书法"神"的一面，是方向性问题。神形兼备，以形配神，两全其美；神形之间，难在谋势，贵在有神。技术性问题靠书内功夫，方向性问题靠书外功夫。有的人每个具体笔画可谓工整无暇，但通篇平庸之至；有的人可能具体着笔或有缺陷，但通篇却无懈可击。所以，古人说："书之妙道，神采为上"（南齐王僧虔语），"深识书者，唯见神采，不见字形"(唐张怀瓘语)，"书画以韵为主"（宋黄庭坚语）。

下面，我还得再开一点快车，十一点半结束。这里连带有一个如何看待名人书法的问题。人们往往爱屋及乌，尊其名而爱其字。名人书法我觉得分为五种：第一种是人字双辉，人好字也好。比如颜真卿，大义凛然，受朝廷委派去和叛军谈判，被叛军绑在柴堆上烧死，宁死不屈；岳飞、毛泽东都是如此。第二种是字以人名，即所谓"名人书法"。这方面的例子为尊者讳，不太好举，举个乾隆皇帝的例子吧，反正人已经死了，问题不大 (听众笑)。乾隆的字也不错，主要是没有个性，学他爷爷康熙皇帝，有柔媚之气。虽然字的功底也不错，但不中看。第三种就是人以字名。比如怀素。第四种是字因人废。最典型的就是蔡京、康生。原来宋朝"苏黄米蔡"中的"蔡"是指蔡京，但由于他为人奸恶，苏东坡、王安石都是他陷害的，后来人们就逐渐地把蔡京换成了蔡襄。蔡襄是蔡京的堂兄，比蔡京大40多岁，同为福建仙游人。康生现在留下来的书法我见过两次。一次是在延安的枣园，写的是"延园"两个字；一次是在山东临沂，他在烈士陵园中的题字，字确实可以。康生曾对郭沫若说，用脚丫子夹笔写出来的字都比你强。这一方面说明他狂，不知天高地厚，但另一方面也说明他的书法也确实不错。可是现在还有谁记得他是书法家呢？为什么？字好人不好，大节已亏，遑论侧枝。第五种是字是补缺，就是人格有缺陷，但字写得好可以补偿一下。赵孟頫的字写得很妩媚，但是在书画界很有地位，可以说是元代第一家，但他人格上有缺陷。他本来是宋朝宗室，蒙古人打来以后，降了元做了官，这就是人品不足。再比如王铎，草书不错，当时他、黄道周和倪元璐三个人同朝为官，多尔衮打来之后，倪元璐面向煤山（景山）崇祯皇帝上吊的地方自尽殉国；黄道周则回到福建老家，组织义军抗清；而王铎先到南明小朝廷做官，多尔衮打来之后便开城投降，做了清朝的官。还有一个与王铎一起降清的人，叫钱谦益　，才高八斗，这里顺便提　下。钱谦益是江苏常熟人，娶了小他50岁的秦淮八妓之一韵柳如是作妾。柳如是对钱谦益既崇拜他的才学又看不上他的人品，讲过一句戏弄他的话，就是"妾之发如夫之肤，妾之肤如夫之发"。意思是我的黑发如你的皮肤那样黑，我的白皙的皮肤如你的头发那样白（听众笑）；说远了，从王铎说到了钱谦益。总的意思是，由于字写得好，即使人格有些缺陷，也可以得到一定弥补。总而言之，我觉得如何看待名人书法，可以分为这五类；这是我做的分类，一家之言。

第六个问题，刚刚讲了名人书法，下面，我再讲讲书法的分类。

说来说去，书法分多少种，谁也说不清。但总的来说，有真草隶篆四种类别，或者再加行，"真草隶篆行"五种；或者再加魏，"真草隶篆行魏"六种，总之，没有太完全的、统一的分类，甚至可以分到几十种，上百种。在这里，所谓"真"

就是指楷书。历史上书坛都认为，草书是书法的最高境界，为什么说草书是书法的最高境界呢？古人说，“真如站，行如走，草如飞。”你说站、走、飞，哪个难？所以，其一，从创作难度上说，借用经济学的标准，社会必要劳动时间决定商品的价值量。草书如高山大河，其他书体如土丘小溪，大自然在创造它们时哪一个劳动量最大？毋庸讳言。其二，从抒发情怀上说，草书最能反映书家的激情。其三，从审美角度来说，草书最能体现动态美。所以我总结了一句话，“乍一看，无法无天，这才像草书；再一看，于无法中而有法，这才是草书；更一看，于小法中见大法，于常法中见超法，这更是草书。”一定要达到这个境界，才能算是草书。所以说，综观中国几千年的书法史，矗立着一个明白无误的结论：中国书法的领军之作，就是草书；草书是中国书法艺术的皇冠，谁攻下草书，谁就登上了中国书坛的顶峰，谁就是大师，谁就是一代宗匠。历史上，唯善草书者，可称为“圣”。汉代张芝为草圣，晋代王羲之写行草被称为书圣，唐代书法家林立，可称为圣的，就是张旭；与之比肩的就是狂僧怀素。唐以降，俱往矣，数风流人物，能与古人同享书圣之誉的，唯有毛泽东。为什么？美在动中。“圣”都是写草书的，没有楷圣、隶圣、篆圣，只有草圣。为什么？草书是书法的最高境界。

第七个问题，简单讲讲中国书法史。

中国书法史大体经历了三个千年。第一个千年是从商周到汉代，是中国书法的产生期，特点是字形的象形性与线条的单纯性，字体基本上是象形字，有甲骨、金文、篆书等，笔画上基本上是粗细一样。第二个千年，是从汉到南北朝，或者隋唐，实际上不到一千年。这是中国书法的成熟期。在此期间，字体开始出现真草隶篆，笔画开始出现了横竖撇捺点。你们注意一下，汉以前是没有横竖撇捺点的，东汉以后，中国文字才出现横竖撇捺点。第三个千年就是从隋唐到现在，实际一千年多一点，是中国书法的繁荣期。这个时期，字体还是真草隶篆，笔画还是横竖撇捺点，没有多大的变化。但这一时期可以讲是书家辈出，流派各异，精品荟萃，特别是出现了狂草，并一直延续到现在。所以中国书法史细讲起来，可以讲三天，简单讲就是三句话，就是三个千年。

第八个问题，谈谈书法家的分类。

有许多人认为，历史上并没有专业的书法家，绝大多数都是业余的。所以在新中国成立后；有人提议成立书法家协会，据说毛主席没同意，他就认为书法不是一个专业。书法现在说当然是一个专业，但必须承认大凡有成就的书法家基本上都是业余的。所以，按书家职业分，可分为八类。第一类是政治家型书法家，如创造了“李斯小篆”的李斯，以及后来的唐太宗、康有为、毛泽东等；第二类是学者型书法家，如鲁迅、郭沫若、启功先生；第三类是文学家型书法家，如李白、苏东坡；第四类是军事家型书法家，如岳飞、史可法；第五类是思想家型书法家，如王阳明、顾炎武；第六类是画家型书法家，如赵佶、米芾、徐渭、唐寅、郑板桥、齐白石、吴昌硕等等；第七类是行政管理型书法家，如汉代的蔡邕、张芝，晋代王羲之，唐代的颜真卿、柳公权，宋代的蔡襄、黄庭坚，元代的鲜于枢，明代的黄道周，还有清代的刘墉、民国的于右任等等，他们的本职工作是从事行政管理，都不

是专业书法家；再一类就是宗教人士型书法家，如智勇、怀素、弘一、赵朴初，等等。这些都是大致的分类，而且很多人实际上又是一专多能，属综合型。这是从职业划分。

再从书法水准方面来分。可以分为“圣、师、家、匠”四大类。什么是“圣”？前提要能写出狂草，并开宗立派，还要有理论。“师”，就是字体表现为各种书体，善于创新，形成自己的风格。“圣”和“师”不仅指书法，还要在人品、才华、社会威望等各个方面为大家所认同。“家”，要求各种字体都能写，功底纯熟。“匠”，就是虽然各种书体都能写，但仅能模仿。但草书是难以模仿的。

第三，按书家品德分类。可分为四类：有骨书家，如颜真卿；无骨书家，如赵孟頫；无骨书奴，像敦煌的一些写经生；还有一种就是无耻书家，如蔡京、康生等。

第四，按书家智慧分。可分为四种类型：天才型，就是善于创造，拥有理论的书家；奇才型，就是善于创新，拥有应用理论的书家；能才型，就是善于继承，能够解释理论的书家；庸才型，就是仅能模仿，无理论的书家。

第九个问题讲讲狂草。

狂草始于唐代，开山鼻祖是颠张醉素。在唐代宽松的政治环境下，张旭在今草的基础上，艺术才华得以充分发挥，创造出狂草这一新的艺术形式。张旭是江苏吴县人。他政治上不得志，终其一生不过做到太子左率府长史这样一个七品小官。当他在仕途无法施展抱负的时候，却在书法中找到了自己。他每每喝得酩酊大醉，以头濡墨，以墙为纸，狂呼大叫，淋漓痛快地宣泄内心的喜怒哀乐，最终以自己的书法，与李白的诗，裴旻的剑，并称“盛唐三绝”。他的再传弟子（颜真卿是张旭的弟子，怀素师从颜真卿）怀素又进一步完善，于无法中而生法，使狂草得到规范，此即所谓“颠张醉素”。以后，除了杨殿式算是狂草外，出现一些道家、和尚，自以为是狂草；但实际上是涂鸦，历史不予承认。一直到了宋代，北宋徽宗当皇帝不行，这是组织部的责任（听众大笑），他和李后主一样，要能被安排到作协、文联(听众笑)，肯定能干出很好的成绩。但把李后主弄去当皇帝，结果写出了很多国破家亡的词句。宋徽宗的《千字文》可以讲已经达到了狂草的水平。黄山谷也涉足狂草，但与唐人比颇为逊色。到元代一百年，有写草书、行书的，但无人能写狂草。到明代三百年，祝允明、徐渭、刚才讲的王铎，还有傅山等，他们能写狂草，但仅仅是继承，远远未达到唐代水准。清三百年，无人能写草书，遑论狂草了。那么，到近现代，出了一个于右任，他是国民党的监察院长，也是一个业余书法家，立志于振兴草书，主编了《标准草书》，其特点是；“以碑入帖”，草书是贴派，北方人是碑派，他的最大贡献就是以碑入帖，普及草书。再一个就是林散之，是安徽马鞍山人，长期住在江苏江浦，他的纪念馆我也去看过，他在书坛的正统地位是被称为“草圣”的。但于右任、林散之他们虽然超过了今草，但实际上严格地讲都没有攀上狂草的高峰；只有毛泽东，以其大政治家、大思想家、大军事家、大诗人的魄力，在章法、意境上真正达到了狂草的水平（当然从字的结构上说也有不准确之处），特别是他在中晚年20世纪50年代创作的几幅作品。像《长征》、《满江红》和《郭沫若》、《娄山关》、《六盘山》等水平都非常高。有人将他给田家英的信作

为他写草书的开始，有人说他主要是习怀素。毛泽东本来可以是完全占领狂草的至高点，并在狂草的基础上再攀上一个高峰的。但毕竟由于公务繁忙，加上年事已高，终未能如愿，诚乃书坛憾事。

另外，实际上我们当代民间也有很多人能写草书，并且写得不错。但由于中国是官本位，加上其他复杂的原因，这些人被排除在正统的书家之外，这是不公平的。罗丹说过："其实我们生活中并不是缺少美，而是缺少发现。"

第十个问题，谈谈我新创造的一个书体，叫"飞狂草书"。

"飞狂草书"是我起的名字，其历史源流主要是蔡邕的散隶，蔡襄的散草，以及张旭、怀素的狂草。蔡邕（就是蔡文姬的父亲）在宫廷中因见人用笤帚蘸石灰刷墙而受到启发，创造了飞白书法，主要是引入隶书，称为"散隶"。这种书法的主要特征是，笔画中间夹杂着丝丝白痕，给人以飞动的感觉。黄伯思称"取其若丝发处谓之白，其势飞举谓之飞"。到了宋代，蔡襄把飞白揉进草书，叫做"散草"。蔡襄创造散草时年事已高，只写到小草，不算太成功。再一个源流就是狂草。狂草应该说是书法的最高境界，但它有什么缺陷呢？它一般是用长锋足墨去写，否则很难连绕。但一足墨，又很难产生飞白的效果，没有丝丝白痕。连绕与飞白构成了一对矛盾，处理这对矛盾，是对书家的重大考验。所以狂草也有不足，是需要再提高的。中国书法经历了三个千年，现在又进入了新的千年，经济发展，文化繁荣，政治宽松，生活稳定，历史不能停止前进。问苍茫大地，谁主沉浮；数风流人物，还看今朝。看来，我们这一代人只好上场了 (鼓掌)。所以，我创造了"飞狂草书"这种新书体。我也是突发奇想，狂草的特点是横无行、纵有列，我这个新书体则不同(出示三幅飞狂草书作品，分别为"红旗漫卷西风"、"人自醉"、"地动山摇"，并借此解释飞狂草书的特点，听众发出惊叹声并鼓掌）。第一，这种书体的特征是横无行、纵无列，适宜于大字体、少字数作品的创作，横的行界限被打破，纵的列界限也被打破了。这个"红旗漫卷西风"的"红"字就占了两列。第二个特点呢？是笔法特征，就是将飞白引入狂草，第三个特点就是在用笔上中、侧、散锋并用，主要是敢用散锋，达到笔散神凝的效果。在审美特征上，飞狂草书更能体现动态平衡、虚实平衡、浓淡平衡。飞狂草书还具有时代特征，一是与民主社会相适应，体现自我；二是与市场经济相适应，变化多样；三是与生产力发展相适应，大字体、少字数，适应目前信息化社会的快节奏生活。

飞狂草书是继狂草后中国书法的又一飞跃，当然这种书体到底能否成功，也有待于实践、历史、社会去检验。

第十一个问题，讲讲书法与哲学的关系。

我们大家都知道，书法属于艺术范畴。艺术作为一种社会意识形态，是人类以情感和想象为特征，把握世界的一种特殊方式，是人们现实生活和精神世界的形象反映；哲学也是一种社会意识形态，是理论化、系统化的世界观与方法论，是关于自然界、社会和人类思维及其发展的最一般规律的学问。这样看来，二者都是社会意识形态，只不过哲学研究的是世界的一般规律，而艺术，包括书法艺术，是反映世界的一种特殊方式。换句话说，也就是一个是一般性，一个是特殊性，哲学的一般性寓于书法这个特殊性之中，书法之中有哲学。那么，书法中有什么哲学呢？我认为，第一，就是全面地看问题。正如前面我讲到的，书法大致说来有四项要素，即笔法、结构、笔意和章法。其中的章法，就是讲的全局，讲的书法作品的谋篇布局，讲的如何实现书法的整体美。一幅作品，笔力再功、字的结构再准，如果谋篇布局不好，缺乏整体美，那这篇作品就失去价值，就难登大雅之堂；反之，如果谋篇布局得体、整体美观大方，疏可跑马，密不透风，错落有致，浑然一体，即使某个具体着笔或有缺失，也会瑕不掩瑜，称得上是上乘之作。借用军事术语，这叫战略，战略永远高于战术。第二，就是变化。哲学讲要用发展变化的眼光看问题，而书法的最可贵之处就在于变化；反过来说，书法的最大禁忌就是没有变化。变化在书法中的要求是：笔画与笔画、字与字、行与行，都尽可能不重复。变化的本质是承认差异。书法诸体中，变化最大、书写最难的就是草书，尤其是狂草。街头那么多造假的书法作品，什么这个名家，什么那个名家的，但就是造不出狂草作品来(如果造出来，也很难，也只是形似，根本不可能神似)。为什么？狂草实在太富于变化了。你看张旭、怀素、毛泽东等人的作品，忽而巨鲸吞海，忽而蚯蚓入泥，忽而电闪雷鸣，忽而微风细雨，参差错落，动静不定，看了让人心旷神怡，让人从心里感觉舒服。据好事者测试，欣赏这些大起大落、千变万化的狂草作品，不但陶冶情操、提升品位，而且可以收到调节血压、愉悦心情之功效。第三，就是联系的观点。哲学上讲世界上任何事物都是互相联系的。书法则要求，一幅优美的作品，特别是书坛顶峰的草书必须气脉相连，当然可以数字相连、可以笔断意连，但其中的“气”必须贯通。这个“气”就是前面讲过的“精气神”中的“气”。它是蕴藏在书法作品之中由人意会而难以看到的东西，正是“道可道，非常道”。第四是重点。哲学中叫“主要矛盾”。书法中的重点是草书，草书中的重点是狂草。而两幅具体书法作品中，通篇中重点是气脉，诸要素中重点是章法，字体中的重点是若干起着擎天柱作用的着笔。以毛泽东的《忆秦娥·娄山关》为例，应当说，这是当代书坛最传神、最精彩的作品。当年，娄山关一役后，身负红军最高统帅之责的毛泽东，能否挽狂澜于既倒、拯救红军、拯救中国共产党、拯救中国革命，可以说是决定着中华民族的命运。毛主席当时肯定是思绪万千，因此，挥笔写下了这首词。从遣字造句、音韵节律，到写景发意、色彩情感，都是苍茫悲壮的，以致后来每读到和写到这首词时，就会勾起他那历史的悲壮感。因此，以这样的感情积累，毛泽东于20世纪60年代初的那一天再次挥笔写下了这首词，这首词从书法艺术角度来看，非常客观、毫不夸张地说，她是中国书法史上的绝品，是毛泽东传世书法作品中的精中之精。全篇一共49个字，苍苍茫茫，无天无地，像残阳萧瑟，如长枪大戟，尤危峰叠起，似巨浪击空，骨全肉莹，光彩射人，寓刚健于婀娜之中，行遒劲于苍茫之内。其中重点一是起笔的“西风烈”三字，书法伊始，一改过去笔重字大的习惯，突然改用轻笔，从瘦硬开始，给人以飕飕西风刺骨之感。二是“马蹄声碎”四字，浓笔写出，使人感到感情的大门突然大开，仿佛听到马蹄碎响。三是“雄关漫道真如铁”的“铁”字，与“如”字连成一笔，顺势而下，真如屈铁盘丝，意寓着前进道路上的曲折，更展示着毛泽东钢铁般的意志。最后“残阳如血”四字，沉着

屈郁，奇拔豪迈，令人神迷心醉，读完之后，不忍释手……

说了这么多，你们也许要问我，你到底是干什么的？我是搞金融工作的。那你们肯定要接着问，你是怎样开始练书法的？我最早是从抄大字报开始的，可以说，在“文化大革命”那个年代，这个光芒万丈，那个光芒万丈，其实只有毛泽东的书法才真正光芒万丈。后来书法就变成我休息的一种方式，因为磨刀不误砍柴工，休息可以提高工作效率。再后来就变成一种业余爱好，从被动变成了主动，对书法产生了兴趣。再到后来就成为一种需要，不能离开了。为什么呢？因为现在，在我眼里，一张纸就如同经济全局，书法中章法的横与列、字体的大与小、用墨的浓与淡，都成了贷款的不同分布，成了宏观调控的不同方式。我在工作百思不得其解的时候，常常回家挥毫一通，就产生金融工作思路；在紧张工作的时候，又常常会产生书法艺术的灵感。形象思维和逻辑思维，就是这样相得益彰。我甚至认为，草书讲求变化多样，笔断意连，如同宏观调控中的软着陆，是市场经济的调控方式；其他书法，比如楷书僵化单一，每个字都是独立的，缺乏连带关系，如同宏观调控中的经济硬着陆，是计划经济的调控方式（听众笑）。书法已经成为我生命中的一部分。贝多芬说，公爵有千千万万，贝多芬只有一个。我觉得，一个人的物质生命终归要结束，活一百岁、两百岁也终究要结束，而人的精神生命可以无限延长。唐太宗我们现在还记得，唐玄宗因为他与杨贵妃的那段佳事人们也还记得，但唐朝其他的“宗”，人们早已忘记了。但李白、杜甫，人们永远会记得他们，连希拉克都知道（听众鼓掌）。

我再讲几点关于书法的体会。第一，我为什么喜欢草书？我认为草书是真正的艺术，而其他书法大抵都是文字工具；草书最能反映作者的情怀。我不反对《何日君再来》，但更爱听《义勇军进行曲》；我不反对《小路》，但更爱听《我们走在大路上》。第二，关于练书法是否需要从楷书练起。我认为，可以，但不尽然，从楷书练起，是老祖宗的告诫。但往往这样做了，最后放不开，不能抒发自己，反映自己。欧洲工业革命是从圈地运动开始的，我们的改革开放也是先干起来再规范；“拥有了”再规范也不迟；“未拥有”规范也没有用。“规范”限制“拥有”，社会实践如此，书法艺术也如此。第三，关于天赋与练习的关系。就艺术而言，天赋第一，练习第二。练习可以更规范，可以提高得更快，但练习只解决技术问题，“才”解决“方向”问题，如同语法学得再好，写不了好小说；平仄再工也写不出好诗词一样，中文系毕业的往往只能当文学评论家。第四，读帖与临帖的关系。临帖是提高技法的手段，读帖才能掌握精髓。第五，关于哪来那么多时间、如何挤时间练书法的问题。我认为，关键在“挤”，不在“练”。破百米纪录只需要十秒。另外，8 小时以外，24 小时以内，总能挤出时间，挤吃饭的时间、睡觉的时间、应酬的时间。“时间”是海绵里的水，挤一挤总会有的。第六，如何看待书法权威。“权威”是公认的，是经得起历史检验的，不是自封的。“权威”要表现在书内功与书外功，技能与理论的统一上。要敢于向“权威”挑战。书法发展史就是不断挑战权威的历史，王羲之挑战卫夫人、钟繇、张芝，才成为书圣，张旭挑战陆彦远、二王，才成为草圣。只有挑战权威，打破传统，书法才能发展。现在人们迷信权威，甚至迷信假权威，实际上是由于自身审美水准的局限乃至人格不足所致。第七，如何看待当前的书法热。书法热总体上讲是好事，是生产力发展、人们物质需求相对满足后，精神文化需求的表现。GDP是一个国家的血肉，文化是一个国家的灵魂。只有灵与肉的结合，才是一个完整的人；只有血肉而没有灵魂，就是一个植物人。当然，我们也要正视当前书法热中存在的一些问题：一是社会上书法家越来越多，而书法家的素质和艺术水准亟待提高；二是对书法的艺术要求越来越高，而书法家的书外功夫越来越差，知识面亟待拓宽；三是书坛上各种创新越来越多，而艺术格调亟待提高；四是书法本身的艺术价值越来越高，而书坛中官味、铜臭味亟待根除；五是书法大赛、展览越来越多，而能打动观众的作品亟待出现。以上我讲的五个问题听上去似乎刻薄，也不一定准确，但终究是良药苦口。

最后，我讲一下我为什么提议建中国书法艺术馆。那是我参观中国美术馆，看齐白石等大师的作品时突然冒出的想法。我认为，书法是世界艺术大家庭的一员，书法又是中国的独有艺术。中国有那么多的“馆”，唯独没有书法艺术馆。有朝一日日本有了，美国有了，我们没法向先人和子孙后代交代。所以我就专门给文化部领导写信，提出建中国书法艺术馆的倡议。孙家正部长很快对我的信作了批示。现在中国书法艺术馆的建设已经被国家有关部门批准立项。

今天能借这个机会与清华的师生做这样一个交流，我感到非常高兴。我想，每一个人都是有天赋的，天生我材必有用。我希望清华的学子们不单在自然科学方面能为民族和国家做出贡献，在文学艺术方面也能有你们的作为。我预祝，天将降大任于清华学子也！

谢谢大家。

PART3 商界精英清华讲述事业点滴

The most Influential Qinghua University Speeches

未来之路：在中国共同创新

比尔·盖茨　2007 年 4 月 19 日

比尔·盖茨（1955 年 10 月 28 日至　），美国企业家、软件工程师、慈善家以及微软公司的董事长。

尊敬的顾校长，清华大学的老师、同学们：

获得清华大学这所世界一流大学的名誉博士学位，让我感到非常荣幸。清华是一所有着百年历史的名校，这里诞生了很多杰出的科学家、商业和政治领袖。

我上一次访问清华是在 1997 年。当时，中国学生的才华、热情和创造性给我留下了很深的印象。之后，我决定在中国设立微软亚洲研究院。在沈向洋博士的领导下，在清华等大学优秀毕业生的协助下，微软亚洲研究院取得了成功，为微软公司作出了巨大贡献。在各种国际会议上都可以见到他们的身影。他们也为微软的新产品如 Windows vista 的诞生，付出了辛勤的努力。在计算机科学迅速发展的今天，身为清华的学生是件激动人心的事。

我们才刚刚开始接触到软件魔法带来的奇妙体验。全世界有 10 亿计算机用户，他们才刚刚开始分享信息。随着半导体、光纤技术的发展，软件可以做更多的事情：

今天的电视还是被动的，在未来，你可以从因特网下载节目，电视将能和人交流、互动；昨天我参观了中国农科院稻米研究所，看到那里的技术人员开始用软件来区分不同的稻米，为其排序，以后还可以通过软件的分析计算，用较少的农药培育出高产量的优良品种；医学界已经开始用软件来管理数据库；今天的手机已经成为我们的“数字钱包”，可以显示地图，上网查找信息，未来它还将可以和人交流；平板电脑的出现，使得在教室可以无线上网，用电脑录音、识别手写的文字。这样，学生无需课本就能实现更有效的学习，老师也可以看到世界各地的优秀教案。

当然，软件的未来还面临很多挑战，比如：如何使得用户更容易掌握？如何实现人工智能？但不管怎样，就计算机科学而言，我们所处的都是最激动人心的时代。

中国正在快速发展，对世界经济、科技创新正在作出越来越大的贡献。微软公司愿意帮助中国公司的成长，帮助所有的中国公民享受到计算机科学进步所带来的

成果：微软已经开展项目，帮助中国的进城务工人员、残疾人尤其是盲人享受科技成果；微软已经捐资设立了5所希望小学和5所网上希望小学；微软也同中国政府及大学合作，设立了很多学术交流项目，鼓励优秀外国专家来华讲学；有来自39所亚太地区大学的超过2 000名学生曾在微软亚洲研究院实习，并有120人获得了研究资助，其中清华所占学生人数最多；本学年，微软亚洲研究院的研究人员将在清华开设一门课程："计算机研究的热门领域"。

我还想借此机会宣布，微软公司将在清华设立"杰出访问学者"项目。在该项目下，微软亚洲研究院每年将邀请一位世界知名的计算机专家到姚期智教授领导的理论计算机科学研究所讲学。第一位获邀来访的是美国麻省理工大学的弗朗斯·凯斯霍德教授。

总之，我今天非常高兴来到贵校，并在接受我的母校哈佛大学颁给我名誉博士学位之前就成为清华的名誉博士。

刚才，我和大家分享了软件领域在未来可能出现的一些突破，以及它们会给企业带来的机会、为残疾人和学生提供的帮助。我希望大家都能像我一样乐观：只要可以上网，就能获得平等的受教育机会。

微软公司对于中国市场的专注是长期的。我们对于以学术严谨闻名的清华大学有着很高的期望。让我们携手努力，共创信息技术未来的辉煌！

谢谢大家。

比尔·盖茨回答清华大学学生的提问

问：盖茨先生，上午好。我来自软件试验班，最近有关量子计算的理论和应用正在高速发展。有人认为，这将在信息技术领域引起一场新的革命。今年早些时候，在2月13日，一家加拿大公司——D-Wave System——称他们世界上首次生产出可行的商用16位量子计算机。那么，微软公司将如何应对这场可能发生的变革，并且请您谈一下您对计算机未来的一些看法。谢谢。

答：和世界顶尖大学合作并且关注这些重大突破对于微软非常重要。既然量子计算理论发生了如此重大的突破，我们就要改善我们的软件使他们能在新的平台下运行。我们也有一个量子计算方面的研究项目，我很兴奋我们也是该领域的参与者之一。但是考虑到量子计算机在未来5年内成为主流的可能性非常小。关于计算机，我们还有许多重要事情要做，比如容量问题，成本问题等等。过去20年，这方面的研究已经有了一些进展，我很乐观在这方面还会进一步发展。我们需要确定是否真的应该让我们的工程师投入到这个新的领域。有许多比我们拥有更好技术人员的大公司比如IBM、Digital Equipment、HP等并不认为这将会改变计算机的本质，这和我们的看法是一致的。我们每天都在想什么东西我们错过了，什么事情要发生。我们的工程师一直在接触和关注这些先进的事情，我们也关注着量子计算可能会做出的贡献，但这不是一朝一夕的事情。

问：盖茨先生，上午好，我的问题是关于微软的研究。在很多领域有深入研究而且和大学联系如此紧密，这对于大公司非常罕见。您最初怎么想到要建立这些研究中心，它们对微软有什么影响？谢谢。

答：微软从大学和公司比如 XEROX 和 AT&T 的研究中受益匪浅。既然我们知道可以从中获益，我们有责任，同时这对我们也有好处，对研究事业作出我们应有的贡献。当然我们也害怕比如像 AT&T 和 XEROX 这样的大公司对研究投入了很多而且使人们收益但是他们没有获得应有的商业上的成功。像 XEROX 早期在 Palo Alto Research Center 做了很多图形化界面，AT&T 作出了 UNIX 系统。所以我们希望既能够像他们一样作出很有影响，同时也能够快速应用到产品中的研究。我们会从这些研究中获利，Microsoft Research 会雇佣那些希望改变世界，可以把软件投入生产的研究人员。每年世界各地的研究人员会到微软总部来展示他们的研究，有近 1 万的微软员工会来观看这些研究成果，有些时候我们甚至见到一些以前没见过的研究成果但是我们可以迅速将这些成果运用到我们的产品当中。对我们而言这是难以置信的成功。我鼓励其他公司也这样去做，但是我很失望许多大公司减少了对研究的投入。如果你想有长期的发展，就必须对研究有足够投入，微软之所以有一个很好的前景就是因为这些研究部门做了出色的工作。

问：盖茨先生，您好，我来自法学院。我很喜欢旅行，您最近有没有去外太空的打算，如果有，您可不可以给我们提供一些细节比如选择哪个国家的太空飞船，美国的，俄罗斯还是中国的？谢谢。

答：有一个早期在 XEROX，后来对微软做出很大贡献的出生在匈牙利的博士现在正在太空。当然，他再过几天就会回到地球。我两天前还和他通过电子邮件，因为太空也接入了 Internet。去太空是一件很奇妙的事情，但是我不会去。

问：盖茨先生，上午好。我想您已经谈了许多关于创新的话题，但是我想提醒您的是，您是否过度强调了创新的重要性？我的意思是，Windows95、Windows98 和 Windows XP 系列有很好的延续性，但 Office2003 和 Office2007 却有着巨大的不同。如此的差异包含着很多概念上的和实际上的创新，但许多老用户也在抱怨改变带来的不适。我想科学研究上越新越好，但对于软件而言似乎应该在创新和延续习惯上找到一个平衡点。请问您是怎么看待创新和延续的关系的？谢谢。

答：你的问题提得很好。用户期待的并不仅仅是创新，而且有许多许多其他的东西。他们希望软件易于上手，质量很高，并且和原来的版本改变很少。举例来说，Windows 的界面人们很熟悉，我们不会轻易地改变它，但是在 Office 上我们采取了一些冒险的方法，我们把传统的菜单模式转变成 Ribbon 架构。我们收到了一些负面的反馈，但是我很高兴我们的调查显示新加入的一些功能使得 Office 更加好用。我们经常需要思考这些改变，我们以前曾经做出过重大的决定：从 MSDOS 转变成 Windows。当时我们刚刚作出 Windows 的时候也有许多人抱怨，因为当时的图形界面很慢，当时用图形界面打字没有 DOS 那样方便。现在我们也面临了类似的问题。比如我们转移到并行式计算的时候，我们必须决定到底是迁就开发者习惯还是让他们接受新的概念。我们有许多世界领先的研究者，还有许多其他的研究小组都在思考关于并行式计算的这个问题。在微软，每一个产品希望做一些新的改变时，我们的顾客总希望和原来的产品差不多。我们需要在这两方面达到平衡，你说的很对，我们需要权衡取舍。

问：盖茨先生您好，我是学生物的，我在《科学美国人》杂志上看到一篇您写的文章说，下一个重要技术就是机器人技术，而且微软已经为机器人项目发布了SDK2 KIT。微软开发小组有没有在机器人和人工智能方面有开发计划？谢谢。

答：科幻小说作家已经描绘了未来的机器人的样子，但我们仍然还在一个非常初级的阶段。最先打开的市场应该是玩具机器人和医疗机器人市场，还有用于安全和制造业。只要给足够的时间，这些方面都会有很大市场，微软及早进入这些市场是非常重要的。现在世界顶尖的大学都有很多关于机器人的杰出研究工作。而我们能做的就是开发一些应用软件，使得人们不必关注机器人的具体细节。例如我们研究院开发了许多视觉软件使机器人更好地使用，而那些开发包（KIT）将会使这些工作更加容易。我们有许多智能化软件比如 Reasoning Software 等等，这些软件也许会成为我们在人工智能领域中取得突破的一部分，哪怕是很小的一部分。将来我们可以提供一些模块用于开发机器人系统。每年我们都会取得很大进步，硬件很好，但是我们可以让其他人来做，我们可以做一些适用于各种不同机器人的软件。我不能保证 5 年之内有更大的机器人市场，但是 10—15 年这样的时间尺度上将会有许多惊奇的事情发生，而且许多棘手的问题并不在于硬件，而是软件，那么我们希望在这些方面作出贡献。许多新的公司将会从这个领域上崛起。

问：盖茨先生，上午好！我来自软件学院。许多公司都把重点放在在线服务，但微软仍然把主要精力放在新一代操作系统 Windows 和 Office 上。我想问微软是否能从 Windows 和 Office 上继续获利？这种局面还能持续多久呢？谢谢。

答：如果我们不在 Windows 和 Office 上做重大改变，5 年之内我们将没有新的用户。要么人们都正在使用这些产品，要么就会有人做得更好。我们未来的唯一出路就是对这些产品不断地作出重大改进。拿 Windows 举例来说，现在 Windows 还没有语音识别能力，但是 5 年之后的操作系统一定会具有这一能力。对于平板电脑（tablet computer）来说，我们关注它的交互识别能力，这是一个巨大的优势。所以 Windows 应该具备哪些平板电脑的标准特性。如果我们还希望取得成功，我们就关注那些人们关心的问题。我们认为语言和手写功能对于用户是非常重要的。我们有许多在线软件，但是我们也有许多用于智能设备上的软件；我们的目标就是把它们结合起来。线上软件比如 Virtual Earth、Web Service Capability 很先进，我们有很多竞争者，这是一件非常好的事情，这驱使我们前进。当然我们仍然需要在终端上做大量计算，比如你们所携带的手机将会具备视觉识别和语音识别功能，即使没有网络，也能做那些识别。我们需要在两端都运用智能，并且我们需要用自动得为你传送信息，你不用去考虑从手机或是电脑转移到另一台电脑，即便是在电视或者汽车上，你所关心的信息比如行程表都会跟着你走。通过制作一些在网络上运行的软件我们可以实现这些，对于我们，这是一个重大的转变也是我们需要关注的重点。比如 Office，既有网络服务也有本地服务。经商的部分乐趣就在于没有人可以向你保证未来怎么发展。这可不像可口可乐，这种 10 多年来最受欢迎的饮料，也许在 20

年里他还是最受欢迎的饮料，如果你喜欢那种预测的话，软件领域可不适合，因为微软不断成功的关键就在于它不断冒巨大的风险，同时面对大量的竞争，面临客户的大量需求。软件行业这种不确定性，正如这些差异很大的 Windows 和 Office 在未来几年将驱使我们不断前进。

问：上午好，盖茨先生，您听说过个人知识管理吗？可能您知道知识管理已被大量运用于企业，而且知识管理也可以运用于软件。因此我很想了解您关于知识管理领域的看法。

答：知识管理软件的优点在于能够帮助人们系统管理知识信息，包括微软在内的很多软件公司已经开发出了相关的产品（如 MS OFFICE）。今天的知识软件已经能够一定程度完成组织管理工作，并且扩展现有的知识。当人们输入信息的时候，我们的软件能够识别信息，并系统地建立知识库。这样，如果用户稍后进行查询，知识软件能够利用建立的知识库识别、理解用户的查询，并相应地提供查询结果。并且，我相信以后的知识管理工具将比现在的功能更加强大，我们也将以此视为微软新的一个发展契机。

新一代互联网时代的机遇与挑战

史蒂夫·鲍尔默　2000 年 9 月 19 日

史蒂夫·鲍尔默先生出生于 1956 年 3 月 24 日。是全球领先的个人及商务软件开发商——微软公司的首席执行官。鲍尔默先生于 1980 年加盟微软，他是比尔·盖茨聘用的第一位商务经理。

我认为一个领导能够带来最大的品质就是有愿望、有能力释放别人的潜力，领导力最终讲是帮助其他人实现他们认为实现不了的东西，就是为了帮助别人看到不同的可能性，看到自身的潜力。有人问我很多问题，是不是我的性格或者领导力方面有一些经验教训，我觉得我有三个经验教训，一直指引着我在商界和生活中前进。第一个经验就是价值观很重要、性格很重要，不管什么变化最基本的价值观不应当变。如果你们刚刚开始职业生涯，你们觉得这种领导能力最重要的决定，最难的决定经常是自己要作出的决定。你们做这些决定的时候有可能混淆很多东西，比如传统的一些想法或者是大家习惯的说法甚至是有些人对你有怀疑。我觉得领导力是需要一个强有力的内部指南，比如说刮风的时候，天上乌云密布的时候，就需要一个指南针帮助你，一个人孤独的时候就必须依靠这个指南针。我到底是谁？我的信念是什么。我是不是做自己认为正确的事情，尽力而为呢。有时候这是我们仅有的东西。

我了解的第二个教训就是领导力就像成功一样，它不是一个历程，它是一个目的地。也许这句话说得太烂了，说领导一个历程，不光是我们办公司也好，还是经营家庭或者是经营一个国家，都是有变化的。现在的变化比世界历史上任何时间都要快。我们看到市场上总会见输赢，有些人为什么能够脱颖而出，有些人不能脱颖而出，就是因为有些人是拥抱变革的，有些人是脱离、逃避变革的，有些人是引领变革的，有些人是在自己的一亩三分地不思进取的。我们看到真正的力量来自于所有事情的一种联系，最重要的一点，这种力量来自于人们之间的联系。力量不来自那些独自人，必须是能够同别人合作实现自己希望的结果，找到这些联系点，认识到这些联系点，是领导力的真实含义。作为领导来说，人们都想把工作做好，他们希望你们关照他，希望你们尊重他，他们有一种成就感，他们也希望自己的意见被采纳，自己被表彰。他们是希望处于有一个更大的环境支撑实现自己的更大目标。

谁都可以在任何地方、任何时候发挥他的领导作用，我认为领导力和你的手下有多少人，你的企业有多大或者你的预算有多少这些没有关系，谁都可以发挥领导作用，随时随地都可以发挥领导作用。我认为个性和领导能力是一种选择，它的关键是要发挥你个人的影响，谁都可以发挥一个积极的影响、正面的影响。有些领导人他的舞台非常大，而有些领导人他的舞台就比较小，但是，就像往一个池塘里面扔石头一样，它能产生很大的涟漪，如果谁都可以作出选择，在任何时候随时随地地发挥作用，那么领导人的作用就可以发挥，并且可以释放他们的潜力，使这些领导人发挥正面、积极的影响。这就是我所说的个性的影响。那么能力又怎么样，比如对于通讯、计算机专业、科学和工程师的职业来说，能力的核心和这个领域的真正核心就在于充分发挥事物内部的潜力，不管这些事物是社会、是组织还是机器或者人当中的潜力。

我认为今天技术的形势正在以三种基本方式发生变革，第一个大的变革就是所有的流程和所有的内容。例如物理的、模拟的、变化数字的、移动的和虚拟的。这方面的例子非常多，但是现在再想一想一个简单的例子就是摄影方面，摄影从物理过渡到数字的，现在正在从数字的变革到移动的，所有的这些内容也正在成为虚拟的，并且可用性越来越高，可访问性也越来越高，谁都可以随时随地进行访问，从物理的到数字的变革会发生在每一个行业，每一个流程，每一种内容之中。第二个大变革是人们对于可管理性、简便性、可适用性要求越来越高。技术是一切的核心，但是同样技术还是太复杂，现在管理起来太困难了，而且复杂性有时候就是一种障碍。第三个大的变革，我们认为现在已经成了一种横向的异构的相互连接的世界。不管你是一个提高效率的 CEO 还是想提高工作速度的 CEO，或者说你是一个中小企业想更好地利用你的员工队伍的管理者，还是你是一个消费者，希望有各种各样的设备更好的配合，现在的关键是把它们横向的连接起来，关键是使异构的世界能够使用共同的语言。我这里谈的不仅仅是这些设备，而是在这个网络，而是把企业、员工、供应商、客户都连接起来。

技术从人们生活的边缘和企业的边缘过渡到核心，人们就需要技术提供更多的东西，这种需求变得越来越重要。在今天，我们的客户不再愿意妥协了。现在我们所有的客户实际上他们需要所有的技术，他们需要有买得起、用得起，具有可靠性、安全性、简便性、可管理性，还有连接的技术。如果今天我要给你们专门谈惠普的话，我就会告诉你们这就是我们试图创立的未来，我们的作用就是为了加速这种变革，就是以更快的速度从物理转变到数字，我们是世界上第一大消费品公司，我们也是针对中小企业的第一大电子技术公司，我们也是业界领先的技术公司之一，我们认为我们公司和其他公司不一样，我们在每一个领域都占有领先地位，今天我们的公司的营业额达到 180 亿美元，全球一共有 142 000 名员工，我们正在准备成为未来最具成长性的组织。

清华大学已经让你们做好了准备，如果你们能把你们学到的知识运用到社会中，希望你们作出自己的努力，使用你们的能力，创造出更好的社区，在这个社区不是用连接多少网络来判断，而是通过你们连接多少人判断你们的业绩，希望你们

不仅能够帮助创立更好的公司，并且希望有能力帮助创立更好的社区，更好的世界。同样的想法使得我们第一个进入中国，22 年前惠普在中国开办了第一个办事机构，当时在北京一个老厂房开设了我们的办事机构，开设之前地板还有木屑，我们正式开幕的时候由中华人民共和国政府和外国公司合资的第一家企业，在 1985 年我们签了第一个协议，当时的董事长和当时的信息技术部部长签了第一个协议，在仪式上当时代表说希望通过交流经验不仅能够为行业的成长作出贡献，为经济成长作出贡献，并且也为两国的友谊和整个人类的进步作出我们的贡献。今天我也想跟你们表达同样的愿望，我认为清华大学已经给你们做了很好的准备，给你们讲了很多课培养你们的个性，明天的领导人就是你们这样的人，并且你们有向前的驱动力发挥你们的潜力，并且帮助其他人发挥他们的潜力。我们所处的世界一直都是由年轻人推动前进的。

伽利略 22 岁的时候出版了他的第一本书，比尔·盖茨也是在他 22 岁的时候开办了他的第一家公司，惠普的创始人也是很年轻的时候创立的公司，我们清华大学的院长也是很年轻的时候就很成功了，现在我们不要忘了计算机的第一个编程人员是一个女性，她当时也很年轻，她生活的年代是 150 年前，她极大地扩展他导师的工作，她的导师是一个数学家，她当时就预计到现在使用的计算机。那么你们面临的巨大机会就是充分的利用变革的力量，不管在什么领域，不管你们决定进入什么领域，要充分利用周围的力量，充分的利用你们指尖的力量。领导能力存在于大的行动和小的行动之中，领导能力不仅是 CEO 和总理才有，普通人也有这样的能力，只要普通人相信别人也有潜力可以发挥，不管你们做什么，必须相信自己有这样的力量，并且献身于清华为你们已经准备好的事业当中，并且献身于发挥别人的潜力，同时相信自己有很大的潜力，以便使得目前的时代成为人类历史上最让人兴奋的时代。尽管人们有疑虑，但是可以向他们证明一切都是可能的。

能够在这里跟大家交流，是我无比的荣幸。对我来说，学生几乎是我最乐于为之作演讲的听众。（掌声）张亚勤介绍了我的学生时代，当时我和比尔·盖茨一道在哈佛读书。我可以向大家保证，我曾经当过学生，我也曾经有过头发。（大笑，掌声）

与清华大学的关系对微软公司来说是十分重要的，微软中国研究院也和清华有着密切的联系。我最近接受了邀请，出任清华管理学院的顾问，我为此感到十分高兴。目前，有 100 多名清华毕业的研究生在微软位于西雅图附近的雷德蒙总部工作，我本人也非常荣幸有这个机会初次拜访清华。

微软在中国发展业务，至今已有 8 个年头。从信息技术的角度讲，在这里发生了许多令人难以置信的变化，包括研究、开发以及硬件等方面，所有这些变化都是令人欣喜的。实际上，中国是微软除美国以外唯一同时设有销售、支持、开发和研究机构的国家。因为在中国，有无数优秀的、富有创造力的技术天才。在座诸位有的来自其他赋有声望的高等学府，但是有人告诉我，清华是强中之强，所以能够来到这里演讲是我的荣幸。（掌声）

在我开始进入正题之前，我想问你们几个问题，只是希望对我的听众有个大概

的了解。你们中间有多少人希望在日常工作中使用微软的Windows产品？有多少人在工作中使用Linux？有多少人在过去24小时之内上过因特网？（Steve笑了）我发现只有微软的人举手回答所有的问题，我发现今天的演讲有一点与众不同，就是由我来主讲。这是系列讲座的一部分，讲座是关于如何成为一名优秀的研究人员，它与众不同的地方就在于讲座的第一课是由一个非研究人员主讲。我从来就没有研究过计算机科学。我相信，在第一次演讲过后，这门课程将回到严谨的学术氛围当中。但我还是希望利用这个机会告诉大家一些有意义的事情，一种不可思议的转变，是我们预见今后几年内将要发生在网络领域里的。这就是我今天希望跟大家谈的主要内容。

在我开始之前，我想组织一场关于个人电脑方面的知识竞赛。个人电脑的发明大约是19—20年以前的事情。你大概会说计算机的历史可能更长，但是个人电脑的历史大概就是20年左右。令人惊奇不已的是，个人电脑总是在根据市场上出现的新事物、新机会而不断地变化和改造着自己。个人电脑刚刚出现的时候，它只是一个编写程序的工具。当人们需要个人电脑时，它是处理工具、分析工具、教育工具，后来成为播放音乐、看录像、发送电子邮件和连接网络的工具。因为它是一种通用性的设备，人们在其中安装了不同的应用程序，但是它的定义和灵魂并没有改变。

我提到这些，因为它对于帮助我们认识未来的因特网是很重要的。因特网将如何变化，保持它的灵活性？它需要什么样的新技术？因为从信息技术方面看，未来20年的革命，将围绕"个人电脑+网络+无数新颖而令人惊奇的设备"这个主题。个人电脑在很大程度上被一个称为"摩尔定律"的法则驱动着。这个定律是以英特尔公司的奠基人高登·摩尔的名字命名的。高登·摩尔认为，处理器的能力每一年半的时间就会翻一倍。所以大家可以稍微想象一下10年以后这个曲线的走向。通过我们的分析、实验室工作和英特尔的研究，我们发现摩尔定律在过去的10年里并没有放慢速度——摩尔定律的10年。有了摩尔定律，我们可以将处理能力转换为令人眼花缭乱的电波，在过去的20年里，个人电脑因此而变得越来越廉价、快捷和优秀。如果我们仍然沿用20年前的低速设备，我们就不可能创造图形用户界面和其他令人惊异的东西，个人电脑也不会像今天这样成功。然而，今天，摩尔定律将要运用到一个新的方向，它正在被运用到传播领域中。因特网为什么会存在？带宽为什么会被拓展来联系世界各地的人们？因为人们以新的方式将微处理器的能力应用到了电子通信领域，我们看到使用费用的降低和世界各地的联通。这种处理器的能力将被应用到新的设备中：小型的手持设备。

就像我手上刚巧拿的东西一样。这玩意儿比4年前我拥有的任何计算机的功能都要强大。我可以留下语音笔记（对机器说），"你好，我是史蒂夫，我正在清华大学，请留言给我"。我可以将录音回放，可以将百科全书、我家人的照片、我的日程表、电子邮件放在里面，甚至装上完全版的因特网浏览器，而且屏幕尺寸刚好够用，这就是摩尔定律的奇迹。摩尔定律给了我们这样令人不可思议的机会，以全新的方式运用处理器的能力。我们在谈论下一代因特网，同时我们也在谈论摩尔定律运用的新领域。以在座的各位为代表、遍及全球的一代人，将是第一代这样的人。他们在成长的过程中始终认为因特网是工作和生活不可或缺的一部分。我猜，在这张幻灯片上的我就是人们所说的“Baby Ballmer”。我生于1956年，我长大之后个人电脑才出现。在我的印象中，电脑就是长长的纸条和捧着一沓卡片来回地跑。甚至在我的阅历中，也看到了随着无线电广播和电视的发展成长起来的几代人。

我的孩子，他们年龄还小，属于基本上认为个人电脑和因特网的存在是理所应当的一代人。我4岁的小儿子对我说：“爸爸，我想上www.tolls.com”。“好吧，我们去！”我承认，我还是先审阅了一下这个网站。我是他的“私人内容顾问”，无论如何，也许不是你们这一代，而是我孩子这一代人，也许会认为下一代因特网是理所应当的。这一点是很重要的，我们在谈论下一代因特网，其实使用者适应所使用工具的方式，恰恰改变了工具本身。当个人电脑还是少量生产、用途单一、并且只有技术专家才可以使用的机器时，它的定义并没有得到扩展。成千上万每天使用因特网的用户的介入，为技术的改进创造了某种条件。因特网在接下来的一段时间里会发生怎样的变化？在座的大都是技术人才，如果向你们提出这个问题，你们是否认为10年之后的因特网还会像现在这样吗？或者你们认为10年之后的因特网会发生巨大的变化？我猜，在座的人中有大多数会回答“不同”。不错，这很有帮助。

第二个问题是：与现在相比，10年后的因特网会有什么样的不同？了解这样的不同，并为此投入你们的精力、了不起的创造力、最好的主意，帮助塑造未来的因特网，这就是下一代因特网为所有学生提供的机会，也是为微软和全球众多的企业提供的机会。我们思考未来10年将发生的转变，我不知道它是否会在1年、3年或5年内发生，但我确信它会在10年内发生。我相信将要发生的一些基本的变化。为了更好地了解这些变化，我回顾了个人电脑在最初10年内的发展变化。目前的因特网，大家通常一次只能访问一个站点，而且并没有什么范例说明若干网站之间的协同工作。如果我们回到个人电脑最初的年代，并没有什么范例能告诉我们不同的应用程序如何在机器里面协同工作。我们一次只能执行一种程序，而且这些程序之间不能对话。我们现在也只能逐个地浏览网站。只要设想一下，你现在需要从4个不同网站上收集信息，并将它们放在一起阅读；设想一下你可以创造能够与其他网站实现交流的网站；设想一下你是用户，又不想记住20个不同的上网密码。如果因特网变成用户的一个整合使用体验，结果又会怎样？这就是我们预言将要发生的事情。

设想一下，你要编写一个应用程序，用于航班订座。这是个很不错的例子。你要设计这样一个网站，当你订了机票之后，它能在你远方父母的日历上标明你回家的日子。比如，你将于9月份一个星期天的中午12点回到家中，假如你的航班延误了，能不能设法告知你的父母，你将稍后回家呢？是否有办法让你的父母告诉你：“如果在周日，请传呼我或给我打手机，如果在周一，请到办公室找我”？也许你可能会说，每个网站都可以做到这些，但是把这些网站整合起来的模式并不存在。所以，我们正构想一种称作XML的标准，作为基础，来整合所有的网站，建立一个崭新的世界。

下面谈我们认为的第二个不同点。今天的因特网，可以说是愚笨而瘦小的客户对机灵而有学问的服务器说话，明天的因特网应该是机灵的客户对机灵的服务器说话。我喜欢把聪明的客户端，而不是愚笨的客户端放在口袋里，因为这样我可以得到更多的利润。目前的客户端有什么问题呢？他们需要有人照顾，要有人及时告知他们，为他们安装最新的软件——在座所有人都知道是什么。关键是如何对下一代因特网上软件的定义作出新的诠释。软件将演变成服务，软件会自我维护，自我更新，在未来10年内将出现在现实的宽带因特网上，所有这一切都是自动的。今天，因特网应用的99%都是通过个人电脑实现的，个人电脑将继续作为一种非常重要的设备，但是10年之内，你的电视机也将成为接入因特网的工具，还有你的移动电话。我在设想这样一种图景：周末，我在家中观看篮球比赛，当时正在进行一场精彩的比赛，有我喜欢的奥尼尔参加。我的块头和他差不多。我对电视机大声叫喊道："比尔，你在看比赛吗？"我的电视机配有语音识别装置，网络回应："比尔？他指的是谁？——比尔·盖茨！"网络说："查看好友名单，把他选为短信息的收件人"，"比尔·盖茨"，于是比尔在家里听到了声音。他容许我在周末打扰他。"比尔，你在看奥尼尔的比赛吗？"10年内，所有这些都会在因特网上实现。一句话，这些都是在谈对新型用户界面的需求。今天的因特网界面就是浏览器，它的功能还不像别的个人电脑应用程序那样丰富，也没有自然语言界面和语音识别。这种技术将使用户界面变得更加灵活，从移动电话到电视机和个人电脑。我们将有全新的用户体验，全新的用户界面。我们刚刚把微软中国研究院的创院院长李开复请到了西雅图总部，他实际上将作为新型用户体验部门的开发负责人，将各种元素集合起来。

最后一点，但绝不是最不重要的一点，我们建立网站的方式必须改变。建立网站的确是十分困难的事，要让网站吸引更多的访问者更加困难。我们需要提供工具，使新时代的网站和应用程序的创建、剥离和运行变得更加容易。让我给大家举几个例子。我刚刚谈到了旅行，现在说说医疗保健方面的例子。我并不知道中国的医疗系统是如何工作的，但是知道美国的医疗系统是非常难以理解的。如果我家住西雅图，但是不幸在旧金山患病，当地的医护人员是根本无法阅读我的医疗记录的。也许你们中国没有这样的问题，但是在美国，真是一团糟。如何去解决呢？答案当然是下一代因特网。我必须把我的医疗档案放在网上，并且告诉医生如何进入、查看。"但是，我今天只是摔断了腿，所以你只能看有关我的腿的内容，而不是我的心脏或者我的脑袋，今天只看腿。"你对这些信息保留隐私权。在下一代因特网的新世界中，就是采用这种方法在保证适当的安全等的前提下分享共有信息。

在这个世界中，我注意到了许多方面正在发生变革的事例。如果你想一想我刚才描述的下一代因特网在工作中的能力，它可以做的事就更多了。现在，我们中的大多数人仍然使用纸张，台下在座的各位几乎每个人都拿着纸，用来作记录。我们不仅需要无纸办公室，还需要无纸学校。10年之后，我们不是带着这样的笔记本，而是手里一个类似写字板、带着计算机屏幕的东西，它看起来像个普通的笔记本，通过无线方式与高速因特网相连。你不仅能够记笔记，而且能够用我们称之为写字板电脑（Tablet PC）的下一代设备浏览因特网，屏幕又大又清晰，谁还愿意带着纸到处走？我为所有的纸张制造商感到遗憾。我本人非常喜爱读书，但是我的孙子们可能会认为屏幕就是书，因为他们无论在工作场所、学校还是在家，都是从那里阅读东西。

今天的因特网是了解消费者反馈的方法之一。全世界每天有大约2 500万人次访问Microsoft com网站，我可以非常精确地告诉大家，他们在看什么、他们关心什么、对订购什么产品感兴趣。如果我们把这些信息按照适当的形式排列，这就形成了一个巨大的数据库，帮助我们更好地了解消费者。类似的数字反馈循环将继续得到改善。其实这个问题不仅存在于企业内，甚至存在于高校里。如果大家真正地花精力收集研究项目所需的资料，可以到因特网上搜索。但是如果为建立新一代因特网而搜寻所有的资料、信息和建议，你们想从包括微软在内的大多数机构的行政部门的办公桌上寻找资料的话就相当麻烦了。

再来看看我们的家里将发生什么变化呢？大家可能知道一些关于电视方面将出现的变化，但是还有更多。我们甚至今年就能推出一种新技术：你在家里看电视，觉得口渴，于是按下暂停键，休息5分钟，取一些冷饮，然后再回来，接着看，而所有的节目都会从你离开的那一点重新开始。为什么可以这样呢？就是因为你的电视机连接了一个硬盘，在你离开期间所有的节目都被存储到了硬盘上面，然后回放给你观看。它能够让电视暂停5分钟，让你录像和回放。这只是我们电视体验方面变革的开始。我们在谈论一种成为数码存储器的东西，实际上，10年之后，我们就可以把你一生所有的日常生活录像资料通过联网，存储在价格不超过150美元的装置里。你一生的情况都可以用一种可以查询的格式存储，你会发现很多一生只出现一次的画面。你一生的图像、喜爱的音乐，还有你的照片，都能以电子手段存储和再现。

更重要的方面，就是教育如何改变。昨天晚上，我和来自教育部的副部长韦钰女士共进晚餐。我们在谈话中关心的首要问题就是如何改善远程教育。你怎样才能让一个生活在中国农村的学生听到清华校园里最棒的讲座，如何能让一个因为工作繁忙而落下课程的学生赶上进度，继续从学习中得到益处，这还要花费大量的努力。如何才能让学生之间相互合作？大家是否想到10年之后的情形？所有的这些幻灯片将以电子形式，通过大会堂无线设备传送到大家的写字板电脑上，大家可以坐在那里，在幻灯片上作注解、记笔记，这就是大家通常的工作方式。大家收集资料、写文章、与其他同学共同进行学术研究，将从根本上转变到电子的方式上。微软为这种转变所开发的软件平台，就是NET平台。NET平台跨越许多新型设备，具有新的用户体验，它还有新型的编程指导功能，帮助大家创造可以相互协同工作的XML程序。将出现一系列新型服务，它们可以在客户端或服务器上运行，也可以在因特网上运行。大家可以在网上存储信息，并不一定要在你们的校园网上或自己的笔记本电脑上，而是遍布世界各地。

我还想重点说明用户体验的几点问题。首先是（应用程序）自如地跨越不同设备工作的重要性。有一个理念，我们称之为信息助理，这个工具帮助大家管理来自下一代因特网的大量信息。你们每天要接收多少封电子邮件？我要收到大约100封，而且希望不要那么多。现在连阅读邮件都变得很困难，何况我还要接电话和即时讯息。我们需要这样的工具来帮助我们管理通知和讯息，查找我们需要的信息。通过神奇的XML技术，我们就有这样的机会，来重新设计用户界面，一个可以灵活处理呈现的信息的界面，帮助用户获得更多的信息。当你使用文字处理软件书写今天的备忘录时，为什么不能让界面有这样的功能：当它发现有“清华大学”的字样时，会询问你是否希望到清华大学的网站上浏览一下？你希望到清华读书吗？你想看一看清华学生的照片吗？这是因为界面要有智能，不仅对内容本身，而且要了解内容的背景含义。这就是我们正在研究的称为“Smart Tags”（智能标记）的技术，是下一代因特网体验的组成部分。关于这种设备，我前面已经谈到了一些，而且相信这对微软，对现在与未来的整个产业，都是自然的演进趋势。如果大家从技术的角度思考这个问题，个人电脑是由硬件和可编程的界面构成，是存储信息的地方，可以通过应用程序将信息剪贴在一处，呈现在用户界面上。如果大家思考一下下一代的因特网，它同样建立在平台的基础上，包括多种设备，装有一系列可以在网络上运行的服务程序，可以用我先前提到过的XML灵巧格式存储信息。在界面风格向导的积极参与下，你可以从多个网站上组合所需的信息。

我们无法预见到计算机科学的发展将面临的所有问题，只是看到了一小部分。需要在基础设施层面上解决的问题，在历史上曾经出现过类似的现象，但我们将要处理的问题在复杂程度上是空前的。无论是对微软，还是对于其他的企业，要解决未来因特网发展的问题，就必须与高校进行紧密而深入的合作。目前，我们在全球各地拥有大约6 000位研究人员，这是世界上最大的计算机科学实验室，但是我们明白，自己还是只能做很小的一部分研究工作。我们需要与各地的大学建立联系和合作。我们在中国与包括清华在内的4所高校合作建立了研究实验室，并且从中国20所高校取得支持。我们的研究人员同时给学生们上课，就像在我的帮助下，在清华开始的这个系列讲座一样。我们为中国学生设立奖学金，并接收中国学生在微软实习——目前在北京的机构里大约有200名实习生。高校里有微软的员工担任客座教授，微软位于北京的研究机构里有来自高校的访问教授与我们并肩工作，我们在一些高校的学生中间组织了学生俱乐部。我们在中国开展这些方面的工作，要比在世界其他地区多得多。我们必须这样做，因为未来大量富有创造力的工作，只有一小部分会在微软完成，大量的要在高校完成，更多的要通过合作完成。这就是我为什么如此高兴，有机会在这里讲话。

我们于1998年成立了在华研究机构——微软中国研究院，仅仅在北京的研究人员就发表了150多篇论文，提供了70多个研究范例。我们正在通过国家自然科学基金委员会资助一些基础研究项目，我们正在致力于研究对于下一代因特网至关重要的问题：多媒体、用户界面、自然语言等。有一些是全球各地通用的，但也有一些是特别针对中文语言的，而且必须由我们在中国的科研人员完成。下面，我打算请我的一些同事上台来演示一下他们的研究成果。（掌声）

谢谢大家。我希望上面的演示能够让大家对微软中国研究院正从事的研究项目有个大致的了解。但是，关于下一代因特网将会带来什么影响的研究，在世界各地都进行着。下一代因特网的真正的领袖，就是在座的诸位。今天的学生将成为明天的科研人员和工程师，去发掘下一代因特网的体验。你们将改变世界的未来，改变商务模式，政府管理模式，做学问、研究的模式，还有其他的模式。你们将帮助推广那些我们今天甚至无法想象的技术。如果让我为大家提出一个如何当个优秀研究人员的建议，那就是先想想明天的技术可能是什么样的。受到明天可能出现的事物的鼓舞，做一些将来有所成就的事，这是一件了不起的事情。大家从今天能够做到的事情入手，也许你们可以在明年、后年或大后年让梦想成为现实。我把自己关于下一代因特网的见解告诉大家，但你们必须作出决定。做一个研究人员，头脑中有这种预见，把它表述出来，然后再非常非常非常努力地工作。我们还有足够的时间让大家和微软中国研究院的人交流。我本人也希望能够更多地与大家交流，共同工作。像我刚才说的那样，在微软西雅图总部，有 100 多名清华毕业的研究生。可能我不该说这些。但是如果你们希望在北京工作，可以联系微软中国研究院的人。我的电子邮件地址是 steveb@microsoft.com，如果大家希望在微软西雅图研究院得到一份的工作，可以与我联系。我期待大家的来信，哪怕就是对我今天讲话的评论或微软正在做的事情的看法。我感谢大家的时间和耐心，现在欢迎大家提问。谢谢大家。

戴尔与网络时代

迈克尔·戴尔　2000 年 4 月 3 日

迈克尔·戴尔，1965 年出生于休斯敦。1987 年成立戴尔公司。戴尔公司于 1992 年进入《财富》杂志 500 强之列，戴尔因此成为其中最年轻的首席执行官。戴尔公司目前名列《财富》杂志 500 强的第 48 位，《财富》全球 500 强的第 154 位。自1995 年起，戴尔公司一直名列《财富》杂志评选的"最受仰慕的公司"，2001 年排名第 10 位。

在去年 9 月份的时候，我在上海有这样的机会，也和学生见了面，进行了演讲。我非常高兴，受到了学生们非常热情的接待。互联网是非常让人兴奋的，如果大家想想，任何经济的运转方式都与互联网有关的话，这是什么一种景象。

戴尔公司目前的市场增长率是 44%，而 IBM、SUN、康柏的增长率只有 11%，戴尔公司是业务上的明星。亚太地区的业务增长最快的是中国的业务，去年的增长速度达到了 250%，在中国这样的国家是非常惊人的。如果从互联网活动本身来看，大家就知道，大概三四年以前，我们确定了这个目标，我们希望把 40%的业务放到网上，当时被认为是非常雄心勃勃的预测，因为当时在网上只有 3%~4%的业务量，在去年第四季度我们就实现了那个目标。每天大概有 4 000 万美元的交易是通过 Dell.com 网站上进行的，一周工作日不是 5 天，而是 7 天，今年的收入可以达到 30 亿美元。我们认为，通过这个网站可以实现更多的营业额，每个国家都有一些用本地的语言来建立这个网站，互联网公司是非常出色的，戴尔的 GDP50%都是在网上进行的，美国只有 2%。

各个机构都非常希望上网，互联网的基本设施，比如说服务器之类的投资，这也是戴尔公司开发的重点。导致这个事态发展的另一个关键性的因素，就是宽带通信，包括无线的高速连接，比如说卫星，或者说 TSL，或者是有线，或者下一代的移动电信市场，这些系统都使得这些用户能够用宽带网来连接。

关于使用无线的宽带的局域网，越来越多大学或者校园里，这种做法已经出现了，我认为技术的转变，应该是使得在任何地方都可以获得数据，这是无线电讯的实质所在。

我们认为世界各地在发展现代化，尤其在中国是所谓的明星，我非常兴奋地是我看到了非常年轻的人，年轻的企业家，都参与了非常令人兴奋的新成立的公司，戴尔公司也开始在这些公司做一些投资。通过戴尔风险投资的集团来参与公司的投

资，我们也希望有更多的机会在你们身上投资。因为你们也可能在中国组建新的令人兴奋的公司。我认为中国政府和各个机构都作出了努力，所有这些努力都非常强调信息技术。并且认为这一行业发展势头非常强劲，关键是建立资源、技能和知识，以便迅速适应这种变化。对我们来说，速度就是一切，我们公司正在利用这些，来赢得胜利。实际上并不是大公司小公司之间的问题，是最快、最聪明和最慢的那些人之间的区别。

直接和用户打交道的方式，我认为这种方式非常符合互联网，我们作出很多努力来上网，上网最终原因并不是要成为一家互联网公司，或网上公司，更重要的原因是提供更好的服务、更好的产品，提高效率，最终是有能力来提供新的服务，或者说建立更低的成本架构。对于这些，互联网的作用是消除一些不必要的中间环节，通过使用这些信息，和客户增加密切的联系，而不是说在传统经济体制中，有一些内耗。互联网就像真空一样，能够把内耗和摩擦吸出去，这也是使得经济更有效率的关键。你们可能也看到了一些统计，有关美国经济增长在这一季度的数字，增长速度几乎达到了7%，就像中国数字一样，当然根据美国经济的基数，这个速度是非常好的，越来越多的人意识到，加快增长速度的原因，就是美国非常重视信息技术，使经济摆脱老的运行方式，而采用新的经济运行方式也是非常重要的原因。

我非常愿意大家提问题，以便我们大家的讨论变成交互式讨论，并且使大家都对这些讨论感兴趣，看大家有什么问题没有？

迈克尔·戴尔答清华学生问

问：戴尔公司在中国的策略是什么？

答：两年以前，在戴尔客户服务中心也有销售和服务活动，负责中国的活动，至少覆盖了中国98%的商业活动。我们在中国制造产品，这个产品是专门针对中国的。戴尔公司在中国的业务活动已经获得了成功，并且获得了很大的市场份额。我们正准备盖一个新的工厂，生产能力每年是100万台。我们准备继续在这个市场上获得更多的份额，获得更高的收入。我们在客户满意度方面已经获得了一些里程碑的发展，在戴尔公司提供的服务方面，赢得了客户的好评，我们也从PC杂志，以及业界的非常好的媒体方面赢得了很多奖项，这是我们重点的市场，在这个市场上，我们会继续作出投资。

问：入关以后，戴尔公司是否计划购买中国的计算机公司？

答：我们还没有具体的计划，我们戴尔风险投资的集团已经在中国公司做了一些投资。比如说新浪网，我们非常有兴趣在这个公司上进一步做投资，还有一些投资，大家也知道，是开发UNIX操作系统的。我们已拨7.5亿美元投资到这几家公司，我们也希望投资到那些有希望的公司。我们在合作上，尤其是在和软件公司与服务领域方面的合作还不多，但是，我们一定会和他们联成战略性的合作伙伴，做一些战略性的投资。其实用不着拥有这家公司，有时候只要建立合作伙伴关系就可

以了。投资了7.5亿美元，作为一种孵化器，比如说新浪网的投资。

问：对你而言，为什么选新浪网，原因是什么？

答：第一要消耗戴尔的产品，比如服务器、存储器，因为在新浪网，他们要用服务器、存储器，消耗量很大。另外一些公司，他们的产品能够为我们戴尔带来新的客户。因为这些原因，我们才能够全面合作，并取得成功。当然，中国刚刚开始发展的IP行业，对我们来讲还有很多机会，还要寻找在中国和亚洲的更多的机会。而且我们现在也看到，如果想开创更多的业务，我们也会检查这些业务计划是否符合我们的标准，我不知道你们有多少人愿意来开创新的互联网公司？是愿意做传统公司，还是愿意做互联网产业？有多少人愿意做互联网产业？

现在电子商务发展非常快，互联网的在线订购，已经变成一种模式，我们现在想知道这些中间商会提供什么作用，他们并不一定要完全消失，他们有他们的强项。换句话说，假设我是以传统的方式来做销售，然后，用互联网订购的方式，我个人要面对挑战，我是愿意使用传统的方式迎接挑战？还是愿意使用在线的销售？举例来说，如果我以前在书店里买书，有了在线买书，我就有可能不用到书店里去，因为到书店要花很长的时间。如果想开一家书店，让别人到这儿来买书，你要把环境创造得舒服一些，咖啡屋，或者有作者签名售书，或者是创造一个环境，让读者来买书。我们不是让中间商消失，而是重新制定战略，以便应对在线的社会。在线也会有中间商，会提供一些服务，特别是客户需要的特殊的服务。我并不是说所有的公司都是在线订购，你可以选择一批，比如说你制造发动机，不可能实现订购，因为不只是买汽车发动机，要买汽车。所以你可以使用互联网使汽车制造商和用户之间交流起来更为方便。所以，有些情况下，向提供产品的产品应该是一个整合的产品，一个完整的产品。

问：我有两个问题。戴尔先生，以您的观点来看，我们中国的大学生和美国大学生相比我们的优势和劣势是什么？第二个问题，假如你当选为清华大学校长，你希望我们这些学生有什么样的基本素质？

答：我20岁的时候，更想在中国待着。因为最有价值的事情都发生在中国。在这方面你们有很大的优势。美国的机会，在互联网的机会，都在发生。但是美国的经济已经完全发展了，对那些所谓的创始人机会不多了，当然还有。要创造新的企业，和在中国寻求进一步的发展，这对企业来说是有优势的。过去几年，我在中国看到，聚变的文化在中国已经发生了，而且这种文化发展得很好。而在美国、日本、德国，这种文化发展得不那么好，在美国，你可以犯错误，但是大家说没问题，你可以一边犯错误，一边学。你犯错误了，你不一定是失败者。在中国这种文化发展得很好，有时候可以利用风险投资做一些事业。这是很重要的一个因素，以便让中国的社会适应新的世界，有新的发展。

作为大学而言，我刚才已经讲过，我当清华大学校长的机会微乎其微，但是你们也知道，我个人对网络和对信息技术是充满着热情的，因为这是我们要取得成功，以及在商业市场上取得成功的基础。所以，我要强调的是，不仅要掌握这些基本的技能；同时，还要获得一些学校的思想，如何来改进网络，如何来促进网络和

信息时代的发展，如何来使得电子经济得到发展，并且能够从这种经济网络上获益。我觉得，大学如果和一些领先的机构合作，掌握大学最好的行为和方式，公司也可以从大学中获得最好的部分，这是一个很好的相互作用。我听说过你们大学中有很多好的事情，我觉得至关重要的是，我们现在都强调信息技术，并且要进一步提高我们的工作效率。如果要考虑到一个企业，能够让你的机构当中，通过应有的使用，大家能够进行畅通地进行交流，与过去那种逐级的传统管理方式不同，是一种新的方式，完全能够让人们迅速发挥出各自的能力。

问：我也是年轻人，现在是做一些开创公司的活动的代表，你能给我提一点什么样的建议呢？

答：首先，你一定要愿意做事业，要有想法。但最重要的是倾听客户，了解客户需要什么，这样你是根据客户的要求来工作，而不仅仅是我们觉得客户会想要什么，自己来推出一种产品，来实验客户是否需要。很多公司都犯同样的错误，都是总是在实验室当中闭门造车，然后造出东西以后，说这么好的东西，我们这个最漂亮的孩子却没有人愿意买。道理很简单，你应该首先从客户着手，能够准确地了解客户需要什么，找到那些充满激情的客户，特别是客户如果认为你的所作所为充满了激情，这时候事情才能成功。

问：在当今世界上经验变得越来越重要，你认为，哪种经验能够帮助我们这些大学生呢？你觉得，还有哪些素质可以作为促进业务，促进经济方面是最重要的呢？

答：在当今新经济当中，考虑到变化的速度太快，如果你经验太多，你总是回顾过去所吸取的教训，在新的经历中变化非常快，每天的形势跟过去所碰到的都不同，所以应该是两者结合，过去的经验和现在的脑力劳动，和你的聪明智慧结合在一起。这种行业越全新，越不需要过去的经验。如果你看到一些刚刚创办的一些新公司，并不是一些有经验的人来创造，而是像你们这样的人创造的。这就是你们年轻人所拥有的优势，因为没有过去的压力，没有考虑过去的经验，可以开展全新的做事的方法。几乎所有我们业内的一些关键业务都是年轻人创立的。他们当时都有新的思想，这些新的思想在当时产生的时候，都认为是不可思议的。现在并不是所有那些有创意的人都取得了成功，但是新的思想取得成功，必须在新的思想和过去经验中取得平衡。当然你可以找一些顾问，可以向公司中有经验的人请教，以便避免重蹈覆辙，同时你要使用你的想法。每个人都应该对新的思想很开放，因为世界的变化日新月异，如果你只是固定在某一种方式之下，是非常危险的。

问：旧金山硅谷的未来是什么样？在未来50年，100年还会保持现在的增长速度吗？还是会有一个全新的浪潮？

答：在加利福尼亚地区有很多的发展，每天都在发生变化，那个地方的生活费用已经变得很高了，生活质量，交通情况都在恶化，很多公司，像INTER公司有很多的雇员，他们不招当地的人，只招在硅谷之外的人，如果有人在当地找工作的话，可以找到，但是找不到适合自己居住的环境。硅谷公司都在硅谷以外寻找机会。比如INTER公司，不在当地招人，而到清华大学、新加坡、中国香港等地去招

聘人才。因为现在硅谷已经饱和了。对我们工业来讲，它不是世界的中心。

问：如果你跟我们一样是大学生，谁愿意来帮助你渡过难关呢？

答：当时没有人愿意帮助我。实际上在前两年半当中，这是我们公司的整个投资。从一开始的时候，我们的业务赚钱，赚来的钱又投回企业中去，不像现在你们突然能够得到2 500万元的风险投资。我们当时没有。所以，我们确实经历了非常辛苦的一段时期，就是为了开创新的企业。

无论是激励还是支持，来自于我的朋友，我的家庭。另外，我们也看到我们的做法受到了客户的支持和接受，这也是一种鼓舞。

问：你认为是大学来付费和投资，还是公司进行付费和投资，以便让学生高速接入互联网，还是让学生免费使用这种服务，就跟世界上其他地方一样。首先公司为了广告宣传目的，让学生免费试用，我的意思是说，我们的学生能否得到第一手的服务，而且是免费的。然后我们可以替你们做广告。

答：我认为不能完全免费地提供这些产品，但是我们要使我们的产品有竞争力，让学生试用。我认为大学也应该作出一些承诺，应该认识到新技术的重要性，并且提供这些工具，我认为，这是我们这所大学的一个重点，但是所有这些都是需要花钱的，并不是说做这些事情很容易，我们愿意做我们的工作，以便实现这一梦想。但是我认为这些梦想会实现，越来越多的大学会提供这些设施。

问：互联网在中国的情况是非常让人不好意思的，我们的学生上网站，速度非常慢，而且难以忍受下去。在美国这一切却非常顺利，在这方面您有什么建议呢？以便让我们改进我们高速公路运输速度。您也知道，中国是一个发展中国家，我们不能花很多钱来提高网站的速度，您有什么建议吗？或者您能给我们提供一些帮助，来提高我们的网上运行速度。

答：你的建议非常好。现在已经有几家电信公司，要在一些主要的商业中心周围来铺设一些光纤环路和世界其他地方的互联网中心联系起来，不是用36K的调制解调器，可以用光子来传输信号，每秒的速度是以亿来计算的。清华大学应该提出要求，要求能够直接进入光纤的环路，这样所有学生都可以获得非常高的速度。如果你们用戴尔的服务器，也可以极大地提高它的性能。

问：只投资于一种领域并不是成功商人的投资方式，很多成功商人都把资金投IT的很多领域，您有什么看法。您认为是否有重点，或者把资金放到不止一个领域中。

答：我不认为应该把所有的鸡蛋放在一个篮子里，因为还有很多领域，比如说生物技术，就是一个非常令人兴奋的领域。应该把计算机和生物结合起来，这种结合是非常让人兴奋的。在今后10—15年这是非常令人兴奋的，并且人的各种基因可以治疗一些可怕的疾病和传染病，当然还有很多其他的让人兴奋的领域，我认为，对于年轻人来说，重要的是不要做那些父母要你做的事情，不是父母让你干什么你就干什么，而是应该你想做什么就做什么，而且是你喜欢做的事情，这样才能取得成功。

问：您是否认为，BTOB的模式会成为电子商务或互联网的主要方式？

答：这是毫无疑问的，企业对企业的交易，比企业对消费者的交易量大得多。

随着时间的推移，互联网就像整个经济一样。网上会有越来越多的企业对企业的交易。大约有82%的开支是企业对企业，只有18%是企业对消费者的开支。

问：财富取决于公司的股票，如果出现了什么情况，价格降下来了，也许你会失去你大部分的财产，您是否想过这个问题，这种情况下，您会怎么做？

答：我一点也不担心，因为我们的公司业务情况非常好，某一天股价会下降，某一天股价会上升，但是总的来说股价总的趋势是向上扬的，所以我不担心。

问：我是《中国网络周刊》记者，有两个问题。第一，我希望了解戴尔公司会在中国投多少资金。第二，您认为，戴尔直线订购的方式在中国碰到的最大障碍是什么？

答：我刚才也说过戴尔在中国的发展速度是250%，对于戴尔公司的障碍，就是我们以最快的速度建立我们的基本设施，满足这一迅速的增长，并不断招聘新的人才。戴尔公司在中国的投资会有几个不同的方面，我们也建立了自己的销售和支持的网络，覆盖整个中国，我们在中国的工厂也在不断投资于一些公司，比如说新浪网。我估计在明年会做更多这方面的活动，更重要的方面，戴尔公司是由一些中国关键的供货商，作为一个供货基地，向整个世界出口，我们在这方面是以几十亿美元来计算的。我认为我们总体的投资会有增加的。

问：我是中国大学的学生，问您两个问题。第一，您认为您的工作人员应该具备什么样的素质？第二，你们公司的提薪制度是怎么样？

答：我们内部员工的素质是这样的，要有创造性，有创新性，要有新的想法。有主动性，自己能够不断有新的想法，开发新的产品，不一定要等上级下命令。他们能够和他们的同事进行合作，我们的业务，在很大程度上，实际上是自治的，有自主性，我们给某一个人升职，并不是说这个人担任这个工作多长时间了，我们升职是根据人的能力，不是根据时间，是基于能力的升职制度。

问：BTOB的模式有了很大的发展，您是否认为BTOC的模式会受到影响？

答：我不认为BTOC的模式会消失。在互联网中，如果你们公司的业务上不上网没有关系，即使上网也是一个不好的企业。在美国有一家公司，这个公司的战略就是在网上卖东西。他们的利润率是1.8%，如果你们懂经济学的话，你们应该知道这是非常不好的。总利润率1.8%，根本不挣钱。在网上卖东西，至少有一段时间大家非常新鲜，什么都卖，从烧烤的设备到笔记本电脑，他们是卖其他人的笔记本电脑。他们的股价一开始是20美元，后来上升到60美元，现在跌到了3美元。因为市场已经意识到，他们的公司不好了，并不是因为在网上，还是在传真机上开办什么业务，不好的公司就是不好的公司，因此，互联网并不能够替代一些人们传统印象上对于利润率和效率的重视，并不是所有上网的公司都会获得成功。大部分上网公司都会失败的，重要的是能够制定出有价值的东西，无论是BTOB，还是BTOC，必须有很好的公司，不管你是怎样运转你公司的业务。

问：我是《计算机信息报》的记者。中国在IT信息技术方面发展的优势和劣势在哪儿？

答：我认为，优势就是中国有大量的资源和大量的技术人才，中国还有一个优

势，就是有一个非常大的市场，如果一个国家非常小，很难发展全球性领先的公司，因为基础非常弱。当然也有一些例外。在一些小国家是非常困难的，中国的优势是国内市场非常大，各公司如果有大量的国内资源，这就有机会取得全球的竞争优势。劣势，我认为，就是有关时间的问题。美国一些公司在早期阶段，有领先地位，但是这些公司不一定理解文化，如果看看内容，德国公司并不是全球性的公司，领先性的公司，都是本地的公司，这也表明的本地的情况，对本地理解的重要作用。

问：人们应该做他们喜欢做的事情，这样才能取得成功。我是一个学生，如果我也有一个好的想法，我是不是应该休学，组建自己的公司呢？

答：你的系主任也许会对我的回答非常生气。我不是一个好学生，因为我休学了。如果有一个让你兴奋的项目，你应该按照你自己的路子走下去。

问：第一个问题，公司在得到客户订单的时候，用多长的时间，怎么根据客户的需要准备产品？第二个问题，对于联想这样的公司，您有什么建议？

答：我们订单的周期要取决于订单的类型和复杂性，如果订单是在白天下的，下午或晚上下到工厂，工厂的周期平均是 7 个小时。90%的订单都是低于 10 个小时的。很多订单都是在 2—3 个小时之内，主要是运输的时间，要取决于路程的远近。大概是 5—6 天。

联想是一个非常好的，能力非常强的竞争对手，但是幸运的是，中国市场非常大，并不是只有一家公司会取得成功。戴尔公司做互联网的产品，做服务器，存储器非常有经验。联想公司是我们一个非常大的竞争对手，我们对他们非常尊敬。

问：您喜欢看电影吗？您认为《黑客帝国》怎么样？它的情况某一天会实现吗？

答：《黑客帝国》最近获得了三个大奖，很多奖与计算机动画有关，这是非常有意思的。实际上它所有计算机的动画都是用戴尔计算机来完成的。我非常喜欢看这部片子，我认为这部片子非常酷。这是一个科学幻想，我认为不会出现这种情况。但是我希望其他制片人也会采用我们的工作站。

问：我是微电子研究所的学生，您知道在上一个世纪，计算机大大改变了世界。互联网给我们带来了新的经济形势，您怎么看？互联网会改变 PC，还是 PC 仍然会在互联网上占主导地位？因为计算机在所有的地方都支持互联网。第二个问题，您的公司是会投资于哪一方面？

答：第一个问题，其实谁都不那么重要，因为最最重要的是信息。3 年以前如果你要问我这个问题，PC 还是互联网更重要？我可能会说 PC。可能有人还会说互联网更重要。其实他们都是工具，目的都是为了获取信息，信息是最重要的，并不是说某一种工具重要。

我们看到互联网的成功与 PC 机的成功，是交织在一起的。我个人觉得，有人说 PC 和手机结合在一起，但是我觉得手机上的屏幕太小了，信息展示量有限，只能是通过电话来展示一部分信息。要充分使用互联网，需要一个更大一点的屏幕。这么小的屏幕，要打字，太难了。

问：生物科学非常重要，我想提一个小小的意见。信息技术发展很快，您认为生物技术发展会怎么样？这两种学科会有合作吗？在哪个领域会进行合作？

答：这两种技术都非常重要，一个像我们的大脑，一个像我们的心脏。如果两者结合在一起，再好不过了。我刚才已经讲过，人类基因的研究，确实能够帮助我们解决一些医学上存在的问题，比如癌症，或者说一些可怕的疾病。如果能够结合起来，确实是能够让人兴奋不已的。如果没有计算机的技术就实现不了，这两个科学领域都很有意思，在生物技术方面，我们可能需要有更多的创造。在计算机领域中，我们已经看到了很大的进展，无论是光束、光波、半导体。生物技术是完全开放的领域，有很多事情会发生，有很多非常微妙的领域。可以改善生活条件，解决一些病症。

问：99 年的时候你曾经在上海讲过，有一天你要在中国开办一个互联网企业，你现在有这么多钱了，为什么不来？在你看来，今后你们公司的发展哪一方面更为重要？

答：我个人为什么没有这么做，有很多原因，第一条是我不会讲汉语，这是一个劣势。另外有 4 个孩子需要照料，我们现在住的地方很好，我不愿意让他们重新搬家。另外，我们公司投资，是在我们业务方面进行投资，在新浪进行投资，在新的领域中有一些新的创造和发展，在我们的业务模式当中，我们可以看到，我们并不仅仅依靠某一种框架，我们需要听取客户的意见，技术很重要，但是更为重要的是技术的应用，要了解客户的需求。重要的是我们戴尔公司能够做一些为客户服务的软件平台，还有更重要的是跟客户紧密的联系。

问：戴尔先生，您是否愿意在中国建立投资公司？研究人员同专业活动的关系，实际上我们确实有兴趣。

答：如果我们有必要来创造这样的东西，我们当然会做。不仅仅为中国，也是为我们公司开展各式各样长期活动。公司和大学联系很重要，不仅仅是能够有新的思想，而且可以把人才纳入到商业活动当中。而且大学的研究可以放到实际生活和实际社会之下来进行。

问：做生意是为了挣钱，有一些服务部不挣钱，但是对社会有好处，戴尔对这样的服务是什么态度？比如我个人是学习数学的，数学在社会中不容易赚钱，但是对社会却有贡献。

答：当然，做生意的目的是为了继续把生意做下去，当然要挣钱。但是我们也希望取之于民，用之于民，拿出一部分投入到社会中去。我们公司很多人都希望能够影响整个世界。我们戴尔公司创造了戴尔基金，解决了一些美国当地的问题。

搜房控股董事长兼CEO在清华的演讲

莫天全　2007年11月10日

莫天全是清华大学经济管理硕士、美国印第安纳大学经济与管理双博士（候选人），获著名的“孙冶方经济学奖”。现任搜房资讯控股有限公司总裁兼首席执行官、中房指数系统秘书长、中国房地产TOP10研究组组长、中国指数研究院院长。

陆向谦：今天我们很荣幸又请到一位校友，看来清华的校友非常成功，我不是成心要请清华校友，但是我在找成功的人的时候，看到中央首长中有一半是清华大学的，成功的企业家里，这学期我们在北京找，清华的校友也是相当多。莫天全是搜房资讯有限公司总裁兼首席执行官，中房指数系统秘书长。另外在亚洲开发投资公司，ADI做执行总裁。莫总清华大学毕业以后曾经到美国印地安纳大学攻读经济与管理的双博士，今天实际上莫总是回家了，欢迎您回家，让我们用热烈的掌声欢迎莫总。

莫天全：我还是校友会的理事，所以经常会回来。我不知道今天在座的学生主要是经管学院的人？还是……

陆向谦：所有的人，本科、研究生、博士生都有。主要是想探讨创业的能力。

莫天全：我觉得今天是周末，大家能够来参加这个课，已经体现出了一些能力。

陆向谦：在这块也要向莫总学习。

莫天全：今天来就比较轻松一点，我想什么就说什么。

莫天全：上午我在上另外一堂课，讲了差不多3个小时，在香山讲的。就是搜房干校，实际上我们叫搜房管理学院，这个干校就是给搜房中层管理人员和高层管理人员进行定期培训的。是跟通用电器学的，我们大概3年多以前成立这个干校。当初我们说阿里巴巴的时候，大家都知道阿里巴巴上个星期上市了，从13块钱开始对外挂牌，一下子涨到39块，当天是39多块钱收盘。收盘以后公司市值达到了2 000多亿。这谁也没有想到，马云同志自己也没想到。阿里巴巴、搜房、还有一个叫硅谷动力，这三家公司是在1999年。在2003年3月份的时候，高盛在新加坡同时投资我们这三家公司。现在看起来阿里巴巴是最牛的，我们还可以。

陆向谦：你说的2 000多亿是指港币吧？

莫天全：对。阿里巴巴一夜之间成了全球互联网电子商务最大的企业。然后我们再联想一下，最近大家知道中国最大的银行，全球市值最大的银行是哪家吗？全球市值最高的上市公司是哪个公司吗？我们都知道，电子商务最大是阿里巴巴，银行最大是工商银行，全球市值最高是中石油。我们今天上午说的就是过不了多久，也许是半年，1 年之内，全球最大的房地产互联网企业是谁？搜房！

莫天全：我们已经是全球访问量最高的网站，我们的收入是最高的。但是，今后上市以后，我可以非常肯定地说搜房是全球房地产企业最大的一个公司。现在的中国是最好的机会，你们是最好的，这是中国的时代。所有中国的企业都占据了每个行业最重要的位置。刚去美国的时候，我是 9 年前去的美国，清华毕业了以后，过了 1 年就去了美国，那时候看国际新闻，当时 80%都是美国新闻。现在我才开始理解，现在在国内我们看国际新闻，应该说 80%是中国的新闻。就是中国的事情就是国际的事情，中国的国情不再是中国的事情，就跟当初美国的事情是一样的。这个发展的趋势让人感触很深，也是很自豪，也很自信。我们的自信也越来越强。

莫天全：这是我最近的一些感受。刚才大家看了搜房的广告片，搜房做到今天，已经 8 年了。在搜房之前我们也做了不少的事情。8 年多能够作出一个全球最好的房地产企业出来，我们也是很高兴。在这么多的兄弟中，最后剩下来我们一家，这个过程还是挺值得回味的，也挺值得总结经验的。因为，今天讲创业，我就稍微把创搜房这个过程跟大家共享一下。

莫天全：第一条，就是说要“无情的折磨”你的团队，让大家成为最优秀的团队，这个里面的原则就包括最底下 10%—20%是一定要淘汰的，不管是多好的团队，这样才能保证你的团队有足够的战斗力。这一点我们体会很深的。搜房现在是 73 个城市，超过 2 000 个人，每个月加 100 个人，今天我也有一个任务就是欢迎大家加入搜房。

陆向谦：会后搜房人事部门的人在这儿，要想在全球最大的房地产公司上市以前加入的话，可以关心一下。他们还准备了一些吃的，所以今天吃得会很好。

莫天全：一直到现在，我们坚持了两个原则，业绩优先，数字说话；一切都是假的，最后要把数字拿出来。所有员工的提升，不管是工资待遇的提升还是岗位的提升，一切最后都归结于数字。后台有网站的流量，还有论坛的发帖量，全部用数字来衡量。所以，这一点在参与过程中怎么管理，怎么引导，要永远坚持这个原则。我在搜房内部一直强调这点，业绩优先、数字说话的原则要在搜房里面永远保持下去。我们有可能被淘汰，我们每个人都有可能被淘汰，但是公司不能被淘汰。这一点我非常客观，不管我们的关系多好，出了公司我可以照顾你，在公司内部还是一样，要业务优先、数字说话，让公司有战斗力。这是第一条，就是永远把创造业绩放在第一位；而且，永远把数字，作为最终说话或者是评价的一个准则。因为，我可以说很多的理想，我们自信，我们伟大，我们要迈向国际，我们要做很多的事情。最后不能把数字拿出来的话，那是绝对不行的。不管是在创业过程当中，还是在领导的过程当中，是非常重要的一点。

莫天全：第二点，刚才的片子里面，还有我们接下来说的“永远永远不要放

弃”。因为，在这个过程当中，会经历各种各样的挫折。搜房就不用说了，我是过去8年当中，经历了所有的挫折。现在我们覆盖75个城市。每个总经理去一个城市都是去创业，每个人去之前，要让他们有心理准备，你们会碰到各种各样的问题。不要碰到一点点问题，或者碰到一点点的挫折就放弃你的城市，你们有责任，一个城市的房地产的网络交给你，你要做好，我们有公司的责任，还有社会责任。我们整个八年多来走过以来，在任何一个城市开始进入的过程当中，都有各种各样的挫折。

莫天全：我自己经历的挫折，有这么几个方面，一个是钱，资金。创业的话就是钱少，我们有一个投资团队IDG，它是进入中国最早的一个公司，投入了200个企业，所有成功的企业他们都进行了投资。当时我遇到困难他们帮助了我，给了我100万。实际上很多优秀的公司，很多好的公司，就是因为那个坎没有过去，就是因为没有那100万就会消失了。这是我们在资金方面碰到的一个困难。这是我们经历过的资金压力。资金的压力只有对创业者的压力最大，作为一个创业者，作为一个一把手一定要为全体员工着想，至少要能够给大家发得起工资。有很多公司发不起工资，大家扛着，我自己认为那不是一个很好的办法。一旦让大家扛着的时候，那是不能够持久的。所以，解决资金的问题，是我们作为创业者，最应该去考虑的问题。这是一个，IDG早期对我们有过两次资金的注入，所以我们一直很感谢他们，没有任何担保。所以大家以后如果要创业，要找投资方的话，一定要找一个好的公司。而且能够支持你渡过难关的人，不仅仅是好的时候在跟你们在一起，在你们不好的时候也能够和你在一起。

莫天全：第二个是2000年那个阶段网络泡沫的时候，那个阶段很多伟大的公司消失了，但是我们采取了一个策略。在2001年早期的时候，我给我们的财务总监下了一道指令，公司有100万美元的现金不能动。作为保留，按我当时的说法就是信心资金，没有那100万美元的时候什么都不敢做，因为一做就需要花钱，担忧就来了。所以那个时候我们发不起工资，我们的100万美元还是不能动。我们曾经叫全员营销，就是谁都要去挣钱，来渡过这个难关，当时第一位是要生存。在此期间，如果没有100万美元的话，大家都会想其他的出路。最后一直到行政部门都要去挣钱，如果你只是CEO的话，你能告诉我行政部门怎么赚钱吗？卖报纸，反正卖报纸挣不了几块钱，但是要让大家的状态都进入营销的状态中。我们的行政部门也要去挣钱。所以说搜房非常安全渡过了2000年、2001年互联网泡沫的阶段。我们这些创业者，这么好的投资商给了我们钱，可不是让我们打平手，到2003年的时候我们已经开始盈利了，那个时候差不多有11家公司了。一开始我们就是多地域的管理，因为房地产的特点就是地域性非常强。我们做了一件事情，在2003年之前，我们考核每个总经理，考核每一个一把手，是以利润为考核对象，为第一的。收入越高，奖金越高，业绩也越好。大家一定要想办法节约，节约的同时要挣钱，来养活自己。但是，过了2003年以后，从2004年以后我们做了一个政策的调整，我们考核收入。为什么呢？觉得这个规模很重要。再节约，如果说没有规模的话，那个利润是上不去的。后来，从2003年我们发觉，因为公司的政策导向很厉害。

我们搞了收入考核，这个政策导向一直到现在我们还在使用，利润不是不考核了。这样把公司考核的导向进行了调整，从 11 个城市很快到 20 个城市，最后到 75 个城市的扩展。收入在过去这些年当中是连续几倍数的增长。这才代表了搜房的坚挺。这个我简单花一个时间说一下。

莫天全：还有一点，我觉得也是可以跟大家说的，是你要做很多不受欢迎的决定。有很多的决定大家都反对，但你作为一个领导，你还是作这个决定。我们每年销售的政策，就是营销、销售人员是要靠提成来取得他们最主要的收益，我们每年会调整我们的销售政策。从早期我们没有奖金、提成，一直到有奖金、提成，然后按照收入来提成。但是，每年因为随着规模的扩大，2 年以前做 100 万的收入和现在做 100 万的收入完全不一样，所以提成的比例是往下降的，如果去年是5%的话，今年有可能降到 4%，甚至于 3%。每年的政策调整大家肯定都是反对的，所有的销售人员全都是反对的。那怎么办？我就跟大家谈，还是要这么走，不能说早期是这样，以后还是这样。到时候做到 1 000 万，1 个亿的时候我们还是这个政策，那不行，那么公司怎么挣钱，股东怎么回报。该股东有收入的时候，我们也应该考虑到他们的收入。有些时候的决定是很不受欢迎的，但是我们还是要做，要从大局着想，我们不能只看短期的状况。

莫天全：我就说这么多，我是想到哪儿，说到哪儿。

陆向谦：你能谈谈，你在赛跑的时候主要是瞄竞争者，还是主要瞄自己的事，怎么脱颖而出的？

莫天全：早期中国的互联网企业有 200 多家。搜房应该说还是做得很独特的，这个独特跟创业者，跟我自己有关系。我们还有一个创业者，就是李山，他也是经管学院毕业的。是一个很优秀的人才，我们两个人合作，以我为主。我们第一次失败了，就是我们两个人，在香港，我们大概几天之内把主要的投资机构全部跑到，我们在这之前做了很多的工作。当初新世界郑裕彤的儿子敲定给我们 2 000 万美元，我们什么也没有，我们有就是技术人员在计算机画了几个点，我就说我们要打入这些城市。做了差不多一个多月的调查以后，我们去香港签约的前一天，我到了香港，律师告诉我不行了。这对我们来说是一个挺大的挫折。我们也看到了我们的希望，大家对我们的认同。因为当时那个过程很累，要做各种各样的调查。那次失败以后，还有其他的合作方愿意给我们钱。给我们两三个月的时间，我们再回来，当初我回美国了，休息了差不多半个月，因为非常累。我自己开始琢磨整合各方面的资源，因为这个市场前景非常好，太小的话，哪怕你做到老大也不行，房地产本身就很大，互联网又是一个新兴产业。当初因为认识到产业很大，但是你必须是产业的老大。在那个星期当中我做了一件事，就是找出来香港、深圳、上海最好的房地产网络企业，最好的网站。那时候是早期，所有的网络都不好。所以，我就向他们发出收购的意向，实际上我当时没有钱。第一个收购是香港，是香港最老的互联网企业之一，它的收入很少，但是也有盈利，1 年就几十万的收入。当初我们见面，至今我也不知道这个公司是谁的，电话、邮件，然后李山在香港，就把钱给我付了，然后我们把这家公司给收购了。

莫天全：第二个深圳的，这家公司现在还在，叫房地产交易网，也是做得最好的，是一个武汉的小伙子在深圳做的这个企业。我们花了 200 万，当时他们只 7 个人，租了三居室的房子。一个小伙子也没有什么学历，这是我第一个制造的百万富翁。那个时候还是可以的，后来他好像很快就把这笔钱花光了，保江山也很难，来得容易，去得也容易。然后是上海，因为我们当初在北京，北京是一个国内比较大上市公司控股的企业，我们收了它 67%的股权。回到北京，碰到台湾一个家天下地产网的董事长，这是一个家族企业，通过一个基金，他们知道我们，就找到我们。我说我们就是要控股，后来他们居然同意了。就这样，很快的，我们在两个月之内，在 1999 年年底之前，把香港、台湾、深圳、上海全部收到一个搜房中。我们一下子就成了大中华地区最大的房地产互联网企业。这就是我们当初制胜的一条。再出去融资的话，不用我们如何介绍，他们就来了。在第二轮当中，我就学乖了一点，我说不要做调查了，因为上次调查很累。可以调查我个人，调查莫天全是谁，反正公司就是这样，而且拖得时间太长也不好。所以，他们调查我在美国的老板、同事，调查我在国内的关系。最后得出的结论是还可以，这个人是一个好人。这是我们第二次融资。第二次融资一下子就占领了亚洲，中国语言这块，除了新加坡以外主要的城市，就是回到教授刚才您问的问题。为什么我们能够脱颖而出，就是这些原因。

陆向谦：在这么短的时间内收购这几个企业，在文化上，有没有挑战？

莫天全：在香港这个公司上，我花了 60 多万港币收了它的域名。当时我们自己没有钱，让它们给我们两三个月的时间。我会在这个时间内把钱给它，如果不给它的话，我是没有资格做这个事情的。所以，后来深圳我们完成了，上海我们没有完成，没有完成的原因，因为高盛进来以后，我是用 IDG 的钱付款的。第一个上海，我们要百分之百的收购。第二个台湾，我们不能去台湾。上海我们争取得很厉害，最后没有争取到，实际上上海是放弃了。那个公司现在还可以。上海是我们派去公司创业的，是我们从头开始的。台湾没有去有两个原因，一个是因为大陆市场非常大，我们能够专注把大陆市场做好的话，已经够了。我们没有时间，也没有资金来做更多的地方。第二个台湾还有一个技术问题，就是我们去不了台湾，台湾人可以自由来大陆，但是我们不可以自由地去台湾。几个因素合在一起，我们就把台湾放后了一步。我们当初签的协议就是我们以后有优先权来投资台湾。最后是深圳、香港、上海和北京。这里面还是有故事的。

陆向谦：您这个公司是在网络泡沫时期成立起来的，在泡沫以后，很多互联网公司犯了很多错误。回忆起这件事来，您正是很巧妙地利用这个泡沫时期。整个这个过程，实际上今天您说起来我才知道，搜房实际上最开始不是稳扎稳打的方式，不是清华的风格。您觉得在这个过程中间，或者说是整个过程中，您犯过错误没有？

莫天全：我们在这个过程当中，基本上是以比较稳健的做法来做这个企业。包括早期的收购，我们没有钱，但是我们有两三个月的宽限期，这时候我去融资来，再给你钱，并不是说我融不来资。我们确实有一些创意，但是作为搜房本身我们是非常踏实来做事情的。第一个节约成本，第二个要高速增长，而且是连续性的高速增长。第三个是资本市场的融合。我一想我们这三个条件都具备，我们都是非常节约的，该花钱的地方一点不含糊，不该花钱的地方一分钱也要节约。我曾经跟谷歌的人交流过，听说一部分的办公室是用它们的广告换来的。我们在座有可能将要去创业。不管有多少钱，不管你多么伟大，成本一定要注意。我就说这三个因素，连续性的增长，增长是必须的，大家看的就是你的增长。还有就是跟资本市场的结合，到了一定程度就跟资本市场结合。现在的上市公司必须要利用资本市场。我们现在也想再用这样一个机会，为什么不利用这么好的市场，去融更多的钱呢？这第三个因素就是跟资本市场的融合。如果这三个因素能够很好地融合在一起的话，你肯定能够创造出来一个很伟大的企业。

陆向谦：您背后的投资者是 IDG，你刚才谈到创业者要好的投资者。我们在座的同学，将来创业也要接触很多的投资者。其实有一个误区就是投资者只要给钱都是一样，您给大家讲一讲什么是好的投资者？

莫天全：天下乌鸦一样黑是吧？不仅仅是他们，我们也一样。这是笑话。这里面说的投资者，有一点是基本面，我们说好也好，不好也好，有一个基本面是一定要的。那就是说他看好这个企业的发展，这个企业能够给他带来最好的回报，最终还是经济利益决定了他的行动。虽然我们说找好的投资者，在早期的时候，比较困难的时候，那就是谁的钱都行。当然你很强势，你有很好的基础，那可以做更多的选择。因为 IDG 确实对搜房是有帮助的，IDG 是谁呢？说起来又跟清华有关系。我们给 IDG 带来了很多的回报，他早期给了我们 100 万美元的投资。我们到现在为止，至少已经给了他们 5 000 万美元的现金了。他们在搜房里面至少还有 2 个亿美元，你想想看。这是他们在中国投资这么多企业当中，单个回报最高的企业就是搜房。

陆向谦：我问最后一个问题，同学们准备好，开始问你们的问题。你刚才说到在管理上，最开始你是抓收入，后来又抓利润，后来又抓利润。这么大的团队，当时把信号传出去，您是怎么弄的？

莫天全：我们作很多的决策，有时候是不受欢迎的。简单地说，一个政策要想执行下去，没有办法，只能比较霸道，只能不讲理由的，要强势把这个政策执行下去，这在政策执行过程当中，我觉得是需要必备的。但是在执行层面来说一定要不折不扣的执行这些。

陆向谦：具体你是怎么做的，你是发一封邮件，还是把大家召集起来说原则又变了？

莫天全：第一个，立场一定要坚定，绝对不要说谁说了一句话就动摇了。哪怕天塌下来也要坚持，立场一定要坚定。第二个就是执行一定不是说发一个邮件，打一个电话，说一个政策就完了，说一个政策太容易了，更主要是在执行的层面。包括该处置的就要处置，该奖励的就要奖励。执行层面要从多方面做到，最后才能够保证政策很好地执行下去。

陆向谦：同学们有什么问题？

莫天全回答清华大学学生的提问

问：莫总你好，很高兴能够听您的演讲，我是经管学院的同学。在你企业陷入暂时财务困境的时候，您的员工基本上是全员营销，行政人员也是卖报纸来挣钱。可见你们这个营销能力比较强。第二个是在你们的公司，财务危机的时候，作为风险投资的IDG公司，可以说是雪中送炭，我的问题是你到底依靠什么样的魅力，或者是用什么方法，能够达到这个成功呢？

答：如果说有绝招的话，那是最好不过的了。在我们的创业过程当中，如果要是有绝招，起码你至少得有10个绝招，而不是一个或者是两个绝招。所以，我们有时候，一定要有一个心理准备。不是说跟抽签一样、赌博一样，我们可以通过一个绝招，两个绝招能够创造出来一个伟大的企业。没有绝招！如果有绝招的话，就是持续性地做下去，那就是绝招。

问：谢谢您，我想问一个问题，最近谷歌美国发生了一件事，就是它花了很多钱，大概是120亿美元，收购了国家宽带无线通信互联网，您觉得在无线宽带互联网这个概念非常盛行的情况下，给搜房所带来的机遇和挑战是什么？

答：我不是很清楚，我知道的一件事情是它的G-PHONE的推出。谷歌做得很全面，很多企业是依靠谷歌来生活的。在G-PHONE这块我的理解是它一样要打造一个无线的平台，所有的手机都可以在它的上面来上网，包括应用，包括厂家的，这是我唯一知道的事情，我不知道跟你说的是不是一件事情。如果是那样的话，谷歌占领手机的平台，对它的长期发展是不言而喻的，把长期发展的布局已经安排非常到位了。

陆向谦问：您认为团队合作很重要吗？

答：我觉得这一点非常重要，除了收购兼并以外。

陆向谦问：我还有第二个问题，就是给他们铺垫一下，您刚才说要有一系列的绝招，不是靠绝招，实际上靠文化，请您谈谈搜房的文化是什么样的？你又要招什么样的员工。我觉得，趁这个公司上市以前，加入这个公司是一个非常好的时机。一个是文化，这个文化也跟人才有关系，要招什么样的人才？

答：我顺着你这个思路来我把它扩张成更广的一个团队合作精神。我刚才说深圳这个小伙子，我们收了他这个企业，实际上我就让他加入了搜房。大家不要期望，或者说不要指望和你的合作者永远在一起，大家迟早要分开的。我们跟政府协会，还有学术部门也有合作，包括搜房指数，都是跟政府来做的。还有跟互联网的合作，其余就是我们在2000年、2001年的时候，我们买断新浪和搜狐所有房地产的频道。当初三大门户，新浪、搜狐、网易，我们就是没有网易。在2004年的时候，我们跟网易也有合作了。这有什么好处呢？就是在早期，把最好的资源垄断以后，所有互联网的网民都会走到你这儿来。我们当初买断不是永远的买断，后来合作一年、两年以后我们就中断了。这个好处就是一旦资源在你手上的话，所有的竞争对手就没有这个市场了。在发展过程当中，如果回到你刚才说的是不是有什么招数，有一系列的招数。

回到人力资源这块，如果要说合作者，和所有的员工都是合作者。大家都是在一起，这也是在公司内部一直推动的，大家来搜房是来做事情的。我们不仅仅是来找一份工作，或者是拿一份工资。如果是这样的话，我们不是很希望大家来，在搜房能够找到做事情的感觉，我们一起来发展。第二，来搜房是要承担责任的，我们对公司、对产业、对社会都有责任。大家不是简单的来工作，我们填补了国内房地产互联网这个行业，还有房地产信息也很多的空白，我就不一一举例说了。这是第二个观点，就是要责任的。第三个观点，我们要创新的，搜房本身就是一个创新的企业，我们这个行业本身就是一个需要创新的行业，所有的东西都是要创新的。具体我们从几个方面来看，主要有三个方面：第一个方面基本素质要好，我们招的员工所有都是本科毕业以上的。没有基本素质，没有办法交流，所以我们要优秀的员工。第二个方面要非常敬业，光是好，基本素质好，不好好工作，不努力工作，那也不是我们所需要的。第三个方面还要有业绩。你说你基本素质好，也很努力，最后就不能出业绩，不能用数字说话那也不行。所以说，我们看人才，在内部看人才的时候，就是从这三点来看，就是要有基本素质，要玩命地去工作，第三还要有业绩。

问：我是经济系的学生，我有一个问题是，刚才听了您说的关于员工的要求，感觉搜房对员工还是很“苛刻”的，我曾经听过李开复的演讲，他说谷歌里面，对员工有一些很好的福利，比如说他们的食堂是五星级的食堂，工作的地方感觉很轻松。我想知道，搜房对业绩还有工作这方面严格要求的同时，在其他的方面，有没有像谷歌一样的东西呢？

答：我觉得你这个问题是我们搜房的员工最关心的问题。游泳池还有其他之类的，当然谷歌的环境大家都很羡慕。但是谷歌这个模式能在中国实现吗？我们要打一个问号。一个成功的企业，对员工都要严厉的一点，但同时肯定有它的很值得称道的一面。比如说我们今天上午在搜房干校，在香山的培训，我们就是利用周末的时间，我们请他们到最好的地方，在香山的饭店里面。我们在今年五一的时候送出去 30 几个人到澳大利亚出去考察。现在深圳公司的总经理，以前是武汉公司的总经理，我们突然把他派到澳大利亚，就在那儿待一个月，到学校去学习。我们会给员工创造各方面的条件，把他们武装起来。所以，来搜房是一个做事情的地方，是一个很好的平台。第一个是为大家的利益考虑，大家非常努力的工作，创造一个搜房，公司如何考虑大家的经济利益，大家毕竟是物质的人。从他们的工资待遇到奖金水平，到期权的考虑。第二个考虑到他们的职业生涯的发展，他们能不能从大学生来到我们这里做到部门经理，一步一步往上升。现在搜房的总裁，刚才介绍了总裁和 CEO，实际上总裁不是我了，CEO、董事长还是我。搜房的总裁代建功，他对北京的市场非常了解，最开始骑着自行车了解北京的市场。最后做到了现在的总裁，现在差不多有 9 个副总裁，8 个都是从搜房一步一步走上来的经历了每个过程。对于高管人员来说，他们的经济利益，他们的职业生涯都得到了保障。我们在人的方面花了相当的功夫，给大家创造这些条件。

在这个过程当中，有些东西是很痛苦的，就是要经历各种各样的磨炼。但是在

考虑他们的时候，我们一定要为他们的长远发展做考虑，做准备。这是我们对员工的一些综合的安排。

问：莫总你好，我是清华 2007 年 MBA 级三班的同学。我曾经在一家公司做过，我曾经把天津的市场都跑遍了，那个过程我有一点感受。但是我的问题是，从您的讲述和搜房的成长历程来看，我觉得您和您的团队，在创新还有各方面，包括资金运用，策略运用上面非常优秀，也有非常独特的地方。搜房可以做这么大，投资者在受益了，接最后几棒的投资者以及后来的人，是靠什么，实际上就是一句话搜房的盈利在哪里？我们都知道投资而言有一个好的预期和企业规模的发展。一个企业要发展的话，要回报这些投资者，必须有实实在在的盈利，很多互联网企业之所以烧钱到后来钱烧光了就死掉了，就因为还没有找到盈利模式。

答：对我们来说已经不是盈利模式，这个阶段已经过去了。搜房的盈利早就超过了 1 个亿元人民币以上的盈利。所以它的盈利点已经是不用多说了，因为它是一个最大的平台。如果更直接一点的说，我们的收入来自于我们的广告，一些挂牌服务以及其他的增值服务。从投资来看，从最早 IDG、高盛的投资，到 2005 年法国 Trader 的投资，一直到去年中国最大的房地产的投资是 20 亿元人民币投资，他们来投资我们肯定要由我们的盈利数字来支撑了。

奇瑞汽车公司董事长清华演讲

尹同耀　2005 年 12 月 7 日

尹同耀，1983 年毕业于合肥工业大学汽车工程专业，此后在一汽工作 12 年半，曾任一汽-大众总装车间主任。当选过一汽“十大杰出青年”。1997 年，由安徽省芜湖市五个投资公司共同出资 17.52 亿元人民币兴建的国有大型股份制企业奇瑞汽车有限公司正式破土动工。作为奇瑞创业的“八大金刚”之一，尹同耀正式参与奇瑞的经营管理。

主持人（欧阳夏丹）：观众朋友，大家好。欢迎收看经济半小时的特别节目，2005CCTV 中国经济年度人物评选的创新论坛。这两天的天气特别冷，但是我感觉我们清华大学经济管理学院的国际报告厅气氛一直非常热烈，温度一直不断攀升，在这之前，有位同学跟我说，在听了前面几位演讲人的演讲之后，他感觉到内心非常温暖，甚至有一些热血沸腾了，我想他说出了很多人的感受，我想之所以大家这么充满激情，是和今天论坛的主题有关，创新。听了这么多的东西，听了这么多创新的故事，大家不激情都不行了，在这里，马上要出场的这位嘉宾，不仅仅会让我们感觉到这种激情，而且会让我们感受到一种疯狂，他到底是谁呢？首先还是让我们来看评委们的推荐理由。（短片播放）

现在让我们用热烈的掌声请出奇瑞汽车公司的董事长尹同耀先生。有请。

尹总，欢迎您来到清华大学，先跟我们清华的学子们打个招呼吧。

尹同耀：同学们，大家好，这是我第二次到清华，由于没考到清华，第一次来的时候是偷偷摸摸来的，这是第二次来。

主持人（欧阳夏丹）：这次光明正大了。尹总，刚才您在上场的时候，我特别观察您的走路，您知道为什么吗？我们记者告诉我说，您走路奇快，有一次他都跟不上您了，可是刚才看您走路不快啊。

尹同耀：我还有一个缺陷，是内八字。

主持人（欧阳夏丹）：大家知道他走路奇快是为什么吗。据说有一次您参加走路比赛还获奖了，有这么回事吗？

尹同耀：不是比赛，当时完成了一个任务，我的一个老领导，我的前辈，他奖励我的理由就是我走路快，奖励了 10 块钱，那大概是 85 年，我刚毕业时间不长。

主持人（欧阳夏丹）：这10 块钱让您一直记到了现在，所以习惯走路这么快。走路快是您的常态，还有一个常态我们知道您是喜欢穿工作服的，今天录节目才穿西服。

尹同耀：许多人说我像一个工程师，不像一个企业的领导，我穿上西装觉得很别扭的。

主持人（欧阳夏丹）：您有几套工作服，能告诉大家吗？

尹同耀：我办公室里到处都是工作服。

主持人（欧阳夏丹）：挂一排，够换洗就行了。

穿工作服的时候，您感觉到很自然。但是经常穿工作服的尹同耀先生，也会碰到一些麻烦，为什么这么说呢？我们大家一起看一个短片。（短片播放）

主持人（欧阳夏丹）：我知道，在很多人的眼中，可能把尹同耀先生看成一个疯子，您的很多想法，您的很多行为，别人都觉得太疯狂了。我最近听说您马上要进军美国市场，想把车卖到美国去，是不是会有很多人说您是疯子？

尹同耀：因为做这项工作，经常出国，我们可能每个月都要出国，到国外去看，都是卖着 made in china 最差汽车，我们想把这点补上。

主持人（欧阳夏丹）：美国是比较成熟的汽车市场了，什么样类型，什么样层次的汽车都有，您有信心吗？打入美国市场？

尹同耀：我们开始没有想到这一点，但是美国买车的人太多了，他们好像比我们自己还有信心，所以我们是被美国人拉到美国去的。

主持人（欧阳夏丹）：也是被对方的一种激情所牵引了，对于未来进军美国市场的道路还是充满信心的？

尹同耀：他们跟踪了我们大概两年的时间，我们的产品也被他们买过几次到美国测试，他们派了很多独立的咨询公司来进行产品质量的测试，还有生产过程的检查、生产效率的检查，看看我们跟日本比是处在什么样的水平，跟韩国比处在什么样的水平，我们美国的一些使馆，驻华的办事处，都希望跟奇瑞公司做一些生意，希望奇瑞公司到美国去销售我们的产品。他们看我们可能比我们看我们自己还清楚。

主持人（欧阳夏丹）：所以您有这样的想法也不是盲目的异想天开，在很理智很客观的基础上得出这样的决定？

尹同耀：最早开始的时候，我们认为，到美国去太不现实了，因为美国是是非最多的地方，可能喝杯咖啡也能打官司，我们也不愿意去冒险，但是他们给我们看，还是有道理的，他们有很多机会，比如我们到美国去，产品开发的风险，有许多公司说："我们愿意承担这个风险，愿意承担投资风险，有问题我们在美国寻找力量帮助你解决"，我们没有理由拒绝他们。

主持人（欧阳夏丹）：不管怎么样，还是衷心祝愿您在进军美国市场的道路上一路走好。您在很多人眼中是很疯狂的人，确实，如果要做成大事的话，没有对事业的执著和对事业的疯狂肯定是干不好的，你们公司内部还有这样的口号，工作起来有初恋般的激情，你能给我们介绍一下你们的口号吗？

尹同耀：我的背后有一个黑桃老 K，他不能出面，他要求我们做好四件事，要有初恋般的激情，大海般的胸怀，要有钢铁般的意志，冰山般的冷静。

主持人（欧阳夏丹）：这个尺度不好把握，又要有初恋般的激情，又要有冰山般的冷静，您是AB血型吗？刚才尹总的话里让我们感受到了一些疯狂。我们也让尹同耀先生感受一下疯狂，这是你之前特别想要得到的东西，这个是什么文件？

尹同耀：这就像两个男女在一起，最后怀孕了，但是没有生出来，孩子就在肚子里。这个出来以后，我们狂欢了一下，我们有很多创业的元老，最终等到了。

主持人（欧阳夏丹）：等了大概多长时间？

尹同耀：大概1年零3个月，从产品下线，到拿到它，花了1年零3个月的时间。

主持人（欧阳夏丹）：最后上了汽车目录非常激动，你还记得你们的名字在哪一页？

尹同耀：记得，在56页，119行。

主持人（欧阳夏丹）：其实奇瑞8年的时间，时间不长，走到今天很不容易。但是很多人认为，奇瑞取得了成功，是赶上了好时候，其实很多时候人们看到的是光鲜亮丽的风光一面，背后的辛苦大家看不到，接下来还是把时间交给尹同耀先生，跟大家分享一下这么多年奇瑞的一些创新的故事，一些经历。

尹同耀：各位老师，各位同学，晚上好！占用大家宝贵的时间，我感谢中央电视台给我这样的机会，站在这样的讲台上面，给我进入清华大学的机会。非常感谢中央电视台给我这个机会，能站在我曾经梦寐以求的校园的地盘，给中国最聪明的这些学生们讲我们的经历。

我的确也不是很情愿参加什么风云人物，我觉得现在还不够格，并且也不是太有兴趣，还是要做点事，但是借这个机会，还是跟大家讲一讲，希望更多的清华的骄子们能够加入奇瑞。

刚才短片当中说了，一开始是“瞎胡闹”，当然不是我说的，是我们的书记，他当时是副市长，我当时在一汽，他给我的感觉是他有的是钱，他官很大，当我到了芜湖之后，发现他官很小，给了我们3万块钱，当时我们在一片非常荒凉的地方，从零开始，从长春带来了几位朋友，总共8个人，我们在农民的房子里，就开始了我们的汽车之梦。我们最早也没有像今天这样，好像代表中国的自主创新的，实际上我们也是想傍大款，因为当时告诉我们，不要紧，你没有技术，我们有技术，我们已经在国外谈好了一个项目，全套的模具，所以当时我们说干就干，所以就过来了。等我们过来以后，这个也谈黄了，那个也谈黄了，最后什么也没有，就剩我们几个人，是这样的一个情况。

起步的过程的确很艰难，一没有钱，二没有人，三没有技术，也没有政府的支持，那时候更谈不上中央政府的支持，连我们省政府都不支持，我到省里经常开会，被他们给骂出来，很多领导骂我，说你这小子想当官想疯了，你们这几个人就能把汽车搞起来？还不如把钱给我们，给下岗工人呢，所以的确很艰难。后来，基本上是无中生有，从无到有，从小到大，一路走过来。1997年注册，破土动工，挖土方就挖了50万方，2000年第一辆车下线，后来我们通过上家用汽车的办法，2001年拿到了国家许可证，当年就卖了2.8万辆车，销售收入是29.3亿元，当时是汽车行业赚钱最多的企业，当时有点骄傲，汽车行业这么好干，第二年卖了5万辆，第三年卖了9万辆，去年遇到宏观调控，我们内部很多做法和实际的水平有差

距，去年我们出现了滑坡，只销售了 8 万辆。今年年初的时候，调整了一下，把自己关在一个房间里，我们叫“头脑风暴”，找自己的问题，我们也相当于“三讲”一样，你讲我，我讲你，后来今年采取了一些措施，今年成绩不错，大概能够超过 18 万辆，大概是 18.5 万辆左右的销量，出口 1.8 万辆左右，明年数字会更大。重要的是今年我们很多的基础工作打得比较扎实，总共有三个品牌的发动机也下线了。

从 0.8 升到 1.5 升，从 1.6 升到 2.5 升，求一个柴油型的，全都达到了欧洲 4 号的排放标准，用了过去觉得很神秘的技术，等我们掌握了以后，并不觉得它有神秘性，我们现在已经掌握了这样的技术。我们今年开发了两款不同形式的 Tiger（音）车型，奇瑞公司在全国汽车企业当中，清华大学的学生可能最多，大概有30 多个清华大学的学生，因为清华大学这个学校比较牛气，一般都站不住，到外国企业做了，或者当官了，很少在国有企业里做，这里学习机会越积越多，我们一个山头一个山头的攻，越干越有瘾。发现原来的技术是很粗糙的，还有更多的机会，更多的可以解决，一开始觉得别人走得很远了，我们大概没有机会了，实际上不是这样，我们不光有成本的优势，有速度的优势，也有技术的优势，只是过去没有把我们的技术集成起来。

最近，包括一些国际上的大牌公司，也希望通过跟我们的合作，买我们的技术，买我们的产品，甚至像鞋一样，让我们设计，让我们制造，然后它他拿去贴他们的牌子。今天早上我刚送走一个半大不小的国外的牌子老板，看到我们的产品以后他非常吃惊，他看到我们的技术研究中心，看到我们的生产线，看到我们的产品质量以后，当场就把他们总经理骂了一顿，我们干了几十年了，人家才干 8 年，后来自己也承认跟你们没有办法比，这种感觉还是不错的，让外国的老板当我们的面，看了我们以后，把他们搞技术的人熊一顿，感觉不错。

国内市场，我们现在还是非常有信心的，今年我们在国内大概是第六位第七位的样子，明年希望进入前三位，然后就想进入第一位，可能必须要当第一名吧，可能是我们这些不知道天高地厚人的想法，出口是第一，数量还不大，我们想重点抓住几个市场，一个是俄罗斯市场，一个是马来西亚市场，还有中欧市场和南美市场，我 11 月 12 日到俄罗斯西西伯利亚一个公司，想引进一些产品，像我们当年一样，把四个轮子拆掉，把发动机拆掉，叫“启动项目”，说是我们下线的第一款汽车，后来我也去了，他们州长也去了，搞的阵势很大。很多人问我，你们中国人制造的汽车还是我们俄罗斯人教的，你们现在过来教我们做汽车了，你们的感觉怎么样？我表面上装得很谦虚，的确内心还是很自豪的。

像我过去，是在一汽学做汽车的，现在俄罗斯跟我们学造汽车，我说到这儿来，中国的工业都是俄罗斯人帮我们建立起来的，我们改革开放比较早，在这个基础上，我们比你们走得早一步，所以我们发展起来了，我们非常愿意和俄罗斯继续把我们的汽车工业做得更好，当然说了很多很漂亮的话。俄罗斯有一个拉拉厂（音），也非常大，他们最近从我们这里买发动机，他们下面有一个子公司，在莫斯科边上，我也去了一下，最早他们也很牛，他们希望看了一下之后，要订 3 万台，开始他们说中国也有发动机啊，中国的发动机不行，后来我把我们的发动机装上去

以后，他们感觉非常好，告诉我们，没有见过比这个更好的发动机了。当时我也给他一句，我说我也没见过这么好的发动机装到这么破的车上。

我们多年汽车工业的发展，基础应该比较牢了，因为从汽车零部件、汽车原材料到我们的人才，特别是清华大学的人才，非常重要的，我们现在具备了相当强的实力，的确现在是我们汽车工业黎明前的黑暗，就差那么一点，我们可能需要再多一点点时间，就会给国人一个惊喜，我们的汽车可能就会像中国家电一样，让别人没有办法。过去在一汽大众做的时候，在一汽大众创业的时候，也有和德国人多年合作的机会，德国人总体还是非常绅士，他觉得他们是很发达的国家，在我们欠发达的国家，汽车工业不是很发达，对我们总是很客气但是瞧不起的状况。实际上今年车展，我们的“陆风”（音乐）汽车在外面承受了不太绅士的待遇，没有人的情况下，撞一下，然后用非常恶劣的语言埋汰中国的产品，实际上也就暴露了西方人对中国汽车工业的害怕，他们觉得中国汽车进去以后，会比日本人、韩国人还要恐怖，做汽车的确不是太难的事，当然是非常复杂的，但是不是太难的事。

现在媒体上还在争论一些东西，是非常没有意义的，我们最近从海外也回来了很多的学生，有一个从澳大利亚回来的，也是清华大学的一位校友，是一个博士，回来以后的确感觉到不一样，在国外，一个板凳的腿断了，都让你看看，是中国制造，我们特别想把我们的产品拿过去卖，把汽车卖过去。

技术方面，我说两个，我的讲稿编导不太喜欢，可能认为我说的东西都是假大空的东西，我就简单说两点，一个是技术这一块，技术上分成几块，国际上的差距在哪里，还有国际市场的机会，我想这两点足以吸引大家加盟奇瑞，对我能不能当选大概没有什么太多的帮助。汽车就是几块，一个是发动机，一个是变速箱，一个是底盘，一个是汽车电子，一个是车身设计。

我们现在发动机这一块应该是和国际同步了，但是我们自己也从外面买一些发动机，成本来说我们自己做的发动机是外面买的发动机的一半，但是年代差了20年，我们买的可能是人家20年前的发动机，但是我们自己的是最新的发动机，而且这种发动机保留了很多可以发展的潜力，我们现在的发动机全部都是ACTECO发动机，双质量飞人，双VVT，增加动力，我们还有很多新的科研，包括电力工程，我们和英国的一个机构在开发一个新的技术。在变速箱方面，我们已经开发出CBV的技术。我们的ANT技术社会上反响非常好。汽车底盘这一块，最早开发的产品的确是比较差的，我们做的汽车屁股没有人家的屁股灵敏，我们开发产品以后，找了两家公司，一个是英国的公司，还有一家德国的保时捷，开始他觉得我们做的东西很差，现在看了我们产品以后，他们就说已经达到什么水平了，他们现在挣钱的空间越来越小了。我们的底盘能力也是在迅速提升和接近国际的水平。汽车车身这一块，我们现在已经是具有相当大的实力了，我们从美国回来几个博士，一个是中国科大的一位博士，他跟十几个博士一起做CAE这一块，我们还要做一些新的软件。我们在国际上也找到了一些咨询公司，这从CAE的角度来看，我们的人员认为已经远远超过了他们的水平。最早的一些合同，我们跟西方一些大的设计公司签了，后来的尾款基本上都拒付了，我们可以非常容易的挑出他的毛病，他自己也讲这个钱

不付他也没话讲，那个钱不付他也没话讲，因为我们已经挑出他们的毛病了。车身方面，我们没有太多的差距，车身设计这一块我们可以出口，西方一些大的设计公司委托我们奇瑞做，因为奇瑞这一块有了一群设计人员，在上海还有一些设计人员，我希望他们不仅给自己设计，还给中国其他的客户设计，还给外国人设计。

汽车的电子方面，我们自己的是“康巴斯”（音）车上面去了，我们自己的GPS也开发出来了。汽车电子这一块，我们最终是要逐步地做，包括我们自己的EMS系统也开发出来了，过去人家对我们封锁的东西，现在基本上都不存在了，而且我们正在开发5年后的奇瑞汽车，5年后的空调，5年后的发动机，5年后的变速箱，5年后的底盘会是什么样的，我们现在都在做准备，当然规划是做到2010，这个东西做不完，我也希望同学们一会儿给我提出富有挑战的问题，跟大家交流。

出口这方面，从国际形势上来说，我们的机会是非常多的，过去讲三六九等的市场，对应三六九等的车厂，德国的奔驰、宝马仍然是市场上最贵的，日本、美国是针对欧洲的市场，韩国、意大利，他们主要生产低端产品，是非常便宜的产品。现在情况发生变化，市场在发生变化，过去南美购买力比较强，经济危机以后由于他们没有坚持自主创新，都指望外国或者其他国家进行生产，来的就是好的，最后人家稍微有一点风吹草动，就把他们的东西都抽走，像风一样吹走，所以南美现在非常艰难，经济购买力倒退到15年以前，比我们想象的还穷。过去这些地方都已经买中档轿车的，现在他们特别寻求低价位的，性价比比较高的产品，眼睛一直盯着我们，我们的QQ已经那么便宜了，他们还希望把空调摘掉，他们买不起空调技术，这都给我们机会。俄罗斯这一块，主要还是日本的二手车的销售，现在油价上涨，他们购买力上升了，他们国家的法律法规也在调整了，二手车关税也在控制了。

低端市场产品的需求也是非常大的，包括欧洲，欧元区形成以后，市场也是有的。最近我们还收到德国一个非常大的集团的订单，一次就要买我们4.1万辆车，我们当然也不敢去了，要农村包围城市，我们还要采取其他的一些手段。市场这一块，像韩国，他们现在的成本上升非常快，他们的工人总是罢工，工资拿得很高，但是吃饭只能吃泡菜，钱多但是买不起什么东西，韩国现在的品牌和成本都进入了第二阶段，和日本车非常接近了，他过去的低端市场基本上都放弃了，向意大利，进入欧元区，成本上升非常快了，但是品牌没有上去，所以现在度日如年，每年都亏损很多，这样的竞争下很多车场都被淘汰出局。这样一方面，做低端产品的车厂在减少，一方面市场在增加，这个机会给谁？这个机会只有给中国或者给印度。

中国的车厂，合资企业是不可能进去的，卖的产品比西方国家的产品还贵的，是不可能进去的，所以我们完全有这样的机会进去，抓住机会对我们来说不是什么障碍，技术壁垒这一块就是排放安全问题，我们现在可以做到欧洲4号，我们可以拿到欧洲5号，所以排放这一块卡不了我们，中国的安全法规非常接近于欧洲的安全法规，他可能有另外一种做法，我们也是有办法做到的，所以技术壁垒方面卡不了我们，如果我们成本做得非常好了，完全可以在这些地方站住脚，把产品从市场低端逐步往上走，所以机会是非常非常大的。

另外包括欠发达地区，像印度的市场，有一个叫“马罗切”（音）的产品，非常老的，去年一年卖了43万辆，很多经销商就说，从奇瑞引进随便一个产品进去都可以卖很多，机会的确是非常大的。包括像伊朗这个市场，是对西方比较憎恨的国家，我们的产品过去以后，他开始不信任，像我们的QQ进去以后，总是挑我们的毛病。卖出去了以后也出了几次事故，我们的车也被撞了，结果人没有什么事，把人家的卡车还撞坏了。所以他现在对我们的态度完全不一样了，我们也可以告诉他们怎么做了。现在不光是卖整车，我们叫CBU出口。我们现在还有十多个国家做CKD，当然这里也有SKD，就是当时西方人怎么骗我们的方法，我们现在学会了骗人家更差的地方。SKD就是把四个轮子拆下去，发动机装好了再拆一遍，花更大的成本运过去，主要是因为关税。还有CKD，CKD就赚得更多了，我们要包进工厂，可能要收很高的费用了，当然我们不是做工厂的，我们把国内做工厂的设备集成起来，你做这个，你做那个，你做焊装，你做组装，像皮包公司一样，把它包起来，把国内的企业也带出去。然后，在那个地方，我们就派人指导，说我们的人员是专家，每天都是按照美元计算的。然后开始技术转让费，过去以后，技术要算钱，但是真正的技术不给人家，实际上就是装配工艺，那个东西都给他们了以后，我们就没什么卖的了，所以技术这一块我们还可以收很多钱。然后他们可以国产化，国产化之后我们赚什么钱？他每挣一个百分点，我们还有源源不断的利润。这样我们不断地做一些事情，有很多地方欢迎我们做这样的事情，改变了当地的工业结构，也能做汽车了，也得到了政府的支持和其他方面的支持。

很多国家的确是非常欢迎的，因为本来很多国家是要买汽车的，他本国不会做汽车，买的西方汽车非常贵，我们帮助他们做的便宜一点，并且在当地做，这样当地还有就业机会，通过这种方式来扩大中国产品出口的结构和附加值，我们不能光出口我们的鞋和袜子，我们也要出口让人家看得起的产品。

当然，这种情况变化是完全不一样的，尽管我们也是在做CPAD，但是过去我们国家很多汽车厂把人家的散件拿到中国组装，然后把产品卖给中国用户，我们现在把中国的散件拿到国外组装，完全反了，我们现在也在谈技术转让，但是我们是卖技术，我们很多人以前是买技术的，我们原来是引进、落后、再引进、再落后，我们现在也让别人从我们这里引进，然后让人家落后、再引进、再落后。他们有时候抱怨我们，说中国人比较狡猾，我们过去拿老车给他们看，后来看到我们有更漂亮的车子，说怎么不拿来，我说卖那个，我们老车就卖不掉了。

我们也在跟美国谈合资。我们过去企业合资，是人家拿技术，拿品牌，我们拿票子，我们拿市场，最后我们出劳动力。现在我们是怎么合资？我们是拿我们的品牌，拿我们的无形资产。我们的品牌是每卖一辆车必须给我们80美元的钱，有品牌使用费，实际上我们现在的品牌还不怎么挣钱，也80美元1辆车。我们现在刚刚起步，刚刚取得一点成果，就相当不错。

后面没有什么太多讲的了，大家有什么问题，可以向我提问了。

主持人（欧阳夏丹）：非常感谢尹先生，尹先生的演讲很精彩，现场的笑声和

掌声不断，我觉得尹先生演讲是表面上很谦虚，实际上已经内心澎湃，感觉到很自豪，是不是这样？

我已经看出来了，现场有很多同学们已经有点跃跃欲试了，以后没准会到奇瑞工作，我早就听说尹先生特别擅长挖人，忽悠的本事特别大，今天大家聚在一起机会挺难得的，我们给一个机会给尹先生，也给机会给同学们，谁对奇瑞感兴趣，举手示意一下，现场到前面来。鉴于尹先生的个人魅力，我考虑了一下，还是不找女生了，找一位男同学好不好？我们现场也感受一下我们尹先生忽悠的本事到底有多大，看你怎么说服这位同学到奇瑞公司。

学生：尹总你好，我是清华大学汽车工程系，明年就要毕业的一名硕士研究生。我一直非常关注奇瑞汽车的发展，我硕士毕业的论文研究的方向，跟奇瑞汽车最近的研究方向也是比较一致的，我是做混合动力汽车的。刚才尹总已经说了，奇瑞以后要想取得长远的发展，新能源汽车是非常重要的，已经把它列入到未来5年还是未来10年的发展远景目标当中，我对奇瑞这一点非常有兴趣，也特别希望有机会能加盟奇瑞。

主持人（欧阳夏丹）：先等会儿，你大致的情况我们已经了解了，但是你现在不能对奇瑞表现得非常有兴趣，我们想看他怎么忽悠你的。

学生：但是有一个困难，我是先让尹总对我有点兴趣，然后再跟他说说困难。我说出来的东西可能有点尖锐，但是我们汽车系的一些同学、朋友和老师其实都有这样的印象，奇瑞总体上的形势非常好，对人才也很重视，从国外，从别的大的汽车厂挖过来很多的人才。但是，好像中低层的研发人员水平不是特别高，现状也不是特别好，可能有些同学也知道，前段时间出了一些不太好的事情，这也影响了我对奇瑞的信心，我不知道尹总怎么说服我？

主持人（欧阳夏丹）：感觉尹总被忽悠了。开始接招儿吧。

尹同耀：先说一下奇瑞公司的混合动力的现状。10天前，北京有一个科技展，我们拿来两个宝贝展览了一下，我们叫BSG技术，这个技术我们特别希望在北京用，它是无怠速的，低速的时候非常省油，成本非常低，对于经常在城市里使用的车是非常有用的。这个产品，我们在明年7月份的时候准备上市，在刚开始起步的时候，养了一群人，专门做这件事情。还有一个产品叫ISG，就是太阳能电机，是114伏的。我们看到一些比较优秀的工程师，找到欧洲很多企业，后来我们选择了英国的一个企业，我说我的公司怎么样，他说他们对国际上的趋势，成本的比较，这个技术争取明年车展的时候展出，节能效果是35%—40%左右。还有一个，我们跟国家科技部吹牛皮的一个项目，就是非常先进的一个柴油车，柴油机的技术，车身再集成化，我们希望3升油可以跑100公里。这种前景是非常多的，包括我们很多电机是自己生产的，所有的都是奇瑞公司自己的知识产权，不是从国外买一组电机，买一组电池，我们就叫混合动力，而是我们自己开发出来，而且自己生产出来，并且能够让我们用户承受得了的技术，这是奇瑞公司这么多年在资金非常困难的时候花了大量的人力和成本来做这件事情，我们现在和英国的工程师携手来做。公司的历史非常短，只有8年的时间，人力结构不合理，知识结构不合理，我们不断地反思。在起步的时候，就这么几个人，我们从一汽叛逃出来的几个坏蛋，都当官了，没有办法干活，我们把一汽的一些老人都请过来干活，也聘一些小家伙干活，都是二三十岁，这是不太好的，所以我们特别希望清华大学这么好的人才来，来了可能就让你去英国干干。

学生：您刚才说去英国的这个，我也听说过了，我也非常有兴趣，但是确实有一个问题，不知道当讲不当讲。为什么要去英国进行培训要一签就签 10 年，而且违约金是 100 万，这是非常可怕的东西，虽然我对奇瑞非常有兴趣，但是一听到 10 年的签约和 100 万的违约金，我的思想斗争就非常强烈，我到底是我对奇瑞有信心，凭着激情就干下去呢？但是万一奇瑞倒了怎么办？10 年以后我就不是什么年轻的小伙子了。

尹同耀：我向你保证，奇瑞公司是绝对不会倒下去的。这个政策是我们刚起步的时候签订的一个霸王条款，因为当初我们的确是很糟糕的，奇瑞刚刚起步的时候，常常违约，很多干汽车的以为和干自行车的差不多，一个老板有点钱就想干汽车，凡是奇瑞公司的人，工人多少钱，工程师就多少钱，我这里有一个上海交大的博士，在我们那个地方待了半年，我认为他对汽车根本不知道东南西北呢，就被人聘过去做总工程师。我们后来就设计了这样一个条款，实际上对他本人也是一个保护，对公司也是一个保护，为什么呢？他什么都不懂的情况下，就因为他是博士，就因为他在奇瑞公司待过，他就敢去给人家当总工程师，最后这个公司也基本上关门了，花了很多钱。当然这项政策也在调整，我向你保证，你去了以后不存在这样的霸王条款了。

主持人（欧阳夏丹）：我给你出一招，签合同的时候，如果签 10 年 100 万的违约金，再加上一条，尹先生要亲笔写下，我保证奇瑞不会倒下，如果倒下，违约金多少。

尹同耀：有一些年轻的同志，可能不是清华大学的学生，可能是别的学校的学生，比较差劲的。只要工资高，给他许的愿比较多，给他官当，他马上就走，因为把他带到英国去，欧洲去，花的代价是相当大的，很多人我们是要付培训费的，培训费是相当贵的，一年都是几十万元人民币，我们花这个钱，希望能够给公司创造价值，当然也可以说给中国的汽车工业创造价值。当然他要到一汽去，到二汽去，我们不收违约金，但是到那种地方去，是祸害人了。

主持人（欧阳夏丹）：经过刚才几个回合的忽悠，我想请问这位同学，你想到奇瑞公司老板的愿望达到了百分之多少？

学生：刚才尹总的一番话使我灰心的情绪有所好转，但是我还想问一个问题。

主持人（欧阳夏丹）：最后一个问题啊。

学生：尹总刚才讲的混合动力车的方面，我都比较同意，我这几年也都在做这个东西。如果我去了之后，您作为一个公司高层，虽然我是一个硕士，不是博士，不是海归那么大气派的，您对一个硕士会有什么样的培养计划？

尹同耀：不是说你是硕士我就说硕士好，对一个企业来说，硕士是最适合的，因为博士上来以后，撑下去的机会反而会受到一些限制，所以奇瑞公司更多的是要

硕士，硕士上来就可以用，不像本科生，的确是这样，奇瑞公司很多的硕士生，非常短的培训没多久可以做项目经理，抓一些项目，进步得非常快。我们有几个，还不是学汽车的，但是现在他手上就有好几个项目，当然后面有新的奖励办法，比如说你要设计一个产品，你卖得多，就提成多，我们拿提成，这个应该更有吸引力。

主持人（欧阳夏丹）：到底是想到奇瑞公司工作呢还是？

学生：再容我考虑一下。

尹同耀：我再跟你说一下，如果你不愿意到芜湖，你可以到北京，也可以到上海，我们在欧洲也有一个公司，在北京也有公司，在上海也有一个公司，如果你们喜欢大城市，有大城市可以去，在国内有国内的去处，在国外也有国外的去处，另外芜湖是非常漂亮的。

学生：谢谢，因为时间太短了，有些问题可能需要私下再聊聊，您看行吗？

主持人（欧阳夏丹）：谢谢这位同学的参与，明年毕业，希望在奇瑞公司看到您的身影。刚才尹先生费了这么多口舌，我想在座的很多同学们，包括媒体的朋友，可能还有很多疑问，想给我们尹先生提出来，接下来把时间交给各位同学。

提问：尹总您好，非常感谢您给我们带来的精彩演讲。我们知道，马来西亚是奇瑞出口的一个重要国家，而您在刚才的演讲中也提到过，你们要抓住马来西亚市场。但是最近我看到一个消息，说马来西亚政府刚刚出台了一项新政策，只允许外资企业生产的汽车出口，而不允许在其国内销售。我想问一问尹总，对此奇瑞公司打算如何应对？

尹同耀：今天在座的不少是媒体，媒体恐怕有传递正确的消息，也会传递错误的消息。这可能是错误的消息，因为奇瑞公司已经拿到了在马来西亚生产的许可证，明年的3月份左右，我们可以生产，我们现在已经在那边销售了，但是因为国家认证还需要一点时间，我们现在有几款产品已经通过了他们的认证，生产线正在制造，大概明年3月份就全部完毕，到时候我们不光在当地生产，还要在当地销售。我们可能在那边的生意还是非常大的，现在还不好公开。

提问：尹总您好，我是来自清华大学汽车工程系的硕士研究生，同时我也来自奇瑞的总部安徽芜湖，我就是芜湖人，今天在这里见到您脸上灿烂又带有自信的笑容，我感觉到非常亲切，又感觉到非常踏实。我也很高兴您能够入选CCTV的年度经济人物的候选人，我想问您两个问题，第一个问题是，您对未来有什么样的事业梦想和家庭梦想？第二个问题是，关于奇瑞的海外市场的问题，刚才您也讲到了，目前奇瑞几乎是对全球很多地方都有出口的计划，有的已经在当地销售了，我就想问，奇瑞在这些地方的战略是怎么样的？我了解一些外商企业，外国的汽车企业在中国销售的时候，大概可以分两种形式：一种是总代理商制，在中国选一个总代理商，负责这个品牌在中国的一切业务。一种是在中国成立他的全资子公司或者是合资公司，来负责中国的业务。这两种形式各有优缺点，奇瑞是否对不同的国家有不同长远的规划？

尹同耀：我先倒过来说，第二个问题好回答一点。我们在海外，很多经销商也看中了这种资源，汽车总经销商的这种资源是不可再生的，或者说不可多得的，很多经销商为了争夺我们，花了很大的精力，比如说我给你钱，我可以给你几百万欧元，或者多少钱，拿这个来努力，有的是找到我们国家大的领导，做做工作，希望在中国投资等等。我想凡是做得好的企业，都是自己掌握分销网络，不能让他们网络我们的分销网络，凡是做得不好的，都有总的经销商，我们就是要有奇瑞欧洲、奇瑞中东、奇瑞俄罗斯、奇瑞马来西亚，我们就是按照这条路走，不会在当地找总经销商，我们有这个原则，干得不好就出去，干得好就进来。

第二点，我的事业，应该说我们的事业，我觉得我们的事业才刚刚起步，所以我告诉央视的这位同志，最好不要选我，因为选我的话，我后面作出更大的成绩的话，我就不好站在那儿去了。

对家庭的梦想，就是我老婆不要再干预我回去多晚了。

主持人（欧阳夏丹）：尹先生是典型的“715”的形式，一周工作 7 天，一天工作 15 个小时。

提问：我是经管学院的 MBA 学生，我很高兴听到奇瑞汽车已经走向国际化了，前不久我听说奇瑞汽车占中国汽车出口 1/3，而且还要强一些，但是出口数量和奇瑞年产量比例不是很大，奇瑞汽车在中国市场上，前三季度比去年同期增长 18%左右，但是总体利润率下降了 50%还要多一些，面对就快到来的汽车行业的冬天，奇瑞怎么做准备？有没有信心做更好的发展？

尹同耀：回答你这个问题的时候，我希望你们这两个人都加入奇瑞，我们现在还没有清华管理学院的学生。我们今年的出口大概占总销量的 10%左右，我们希望明年占到 25%左右，希望我们有 1/4 是出口，然后逐步实现 50%，因为挣中国人的钱没有挣外国人的钱爽。今年汽车增长量百分之十几，比去年增长了 1.2%。尽管大家都在降价，但是谁成本控制得好谁就赢，汽车行业现在也称为冬天，因为汽车行业太多了，也是优胜劣汰的过程，会把一些不太优秀的企业淘汰出去，保留那些强大的企业，这对我们来说是件好事，我们不怕竞争，我们欢迎竞争，我们不光在中国竞争，我们还走出去和别人竞争，所以我们是有一定实力去成长、发展的。

主持人（欧阳夏丹）：我们欢迎竞争，刚才尹先生说到这句话的时候，面部表情依然是波澜不惊，今天的场合大家是畅所欲言。

提问：刚才短片中看到您自己开的车就是奇瑞的东方之子，根据您的亲身体验，这款车有没有设计不完善需要改进的地方？如果有的话，新生产的东方之子有没有根据您的意见改进的地方？

尹同耀：我挑奇瑞汽车的毛病是最多的，因为第一辆风云下来的时候，我们就迫不及待地装上我们自己的发动机，就毫无目的地开，就是要测试我们的发动机，开到半路上就坏了。然后我们自己又修好，挑挑毛病。第一辆东方之子也是我开的，大概开了 10 万公里，我们重要的是测试它的性能，还有耐久性，我也换车，经常换一些，但是主要是开我自己的车，奇瑞公司基本上世界上各种车都有，我要求我们的设计师们今天开丰田车，明天开奥迪车，就是要找我们的感觉，然后不断地改进，因为汽车这个东西要求都在变化，现在我们开很多人可能不会发现毛病，但是我们会发现很多的毛病，要求会越来越高。我们每个礼拜，只要没有会议的话，每个礼拜都会抽出半天的时间，对我们的新产品做测试，每个车上都有记录本，都有标准的，音响怎么样、油耗怎么样，座椅、内饰、色彩，灯光颜色等等，会不会怪异，会不会一致等等。

主持人（欧阳夏丹）：您现在生活当中，或者上下班的时候是不是也开着奇瑞车？

尹同耀：是奇瑞车，我一直用奇瑞车，包括到上海去，都开自己的车，甚至新车，甚至没有上市的，目录当中没有出现的车，看着短期还不错，长期的会不会疲劳等等。

主持人（欧阳夏丹）：其实两个目的，一个就是亲身感受一下，另外看看能不能再挑出一些毛病来。

尹同耀：我们也请美国的咨询公司帮我们挑毛病，我们到外面的客户可能都会挑出毛病，我们就早一点站在用户的角度挑挑我们的毛病。我们家里有1辆车，每天站在用户的角度上挑毛病，然后打分，排列，然后解决。

主持人（欧阳夏丹）：希望最后消费者开奇瑞车的时候感受到毛病是越来越少。

提问：我是咱们国家最高的经营方面奖项的评委，听了尹总的介绍，我觉得很荣幸，咱们国家在汽车行业也有这么快的发展，我这么想，任何一个公司发展了，最主要的问题是就是改变点在哪儿，虽然我们公司成立得很晚，但是发展得很快，要想发展得更快，完善自己是很重要的，请问尹总，发现你们公司改进的方法有哪些，您认为现在最需要改进的三个环节在哪里？

尹同耀：我们公司还是非常年轻的公司，这个公司实际上是来自于五湖四海的杂牌军凑成的，我们是一俊遮百丑，一俊就是市场很大，掩盖了我们很多的矛盾，实际上我们每天都希望从决策这块真正能相互制约，还是希望更多的人集体决策，用数据说话。我们做很多的科研分析，都是从数据出发。公司内部从质量系统也是执行相应的标准，管理方面，我们也有管理部门，不断地检验，然后去落实，去解决，用一些管理工序把企业做起来。最重要的决策不能错、第二速度不能慢，第三要有恒心，只要瞄准机会就干，到目前还没有发现走错的环节。

提问：中国经济报记者，中国汽车界被冠以疯子称号的人很多，但是尹总今天是以温文尔雅的方式进行了一个比较疯狂的自我表扬，应该说对奇瑞的发展，我们的担心可能会多于祝福，因为目前中国出现了一些连环官司，包括美国的出口受阻，我们对奇瑞的发展有一些担心，不知道尹总怎么看待奇瑞出口市场的问题。现在在北京，有车一族，您刚才的展示片当中也提到了“奇瑞奇瑞，修车排队”，现在奇瑞的品牌和技术都是一流的，您怎么保持奇瑞的可持续发展？

尹同耀：奇瑞公司，我是站在台前，我们后面还有一个书记，我们两个实际上是一种平衡，甚至是一种斗争。我是特别怕冒险，我不敢借钱，我借了银行的钱就睡不着觉，所以我今年还了银行很多钱，希望有一天奇瑞公司成为一个无负债的公司，因为很多企业都是在赤字的情况下破产了，所以奇瑞的资金链都是每天第一个被关注的话题。美国人拿钱过来，我拿技术，我们开发了一些产品，并把这些产品投资，别人拿出钱在我这里生产，这样的话风险是共担了，并承担的风险往往是我们的一些劳动，可能成功也可能失败，而这样只要稍用点心最起码能把本收回来。

至于质量问题，奇瑞公司从2000年年初QQ下线，到拿到目录，我们99年布点，当时起的名字叫安徽零部件汽车有限公司，当时不敢说是汽车公司，我们当时是磕头买和磕头卖，你想卖卖不掉，因为你没有目录，你想买别人不卖给你，那时候不知道你能走多远，所以不是我们选供应商，而是人家选择我们，来一个小厂子我们都出去列队热烈欢迎。

当我们拿到了国家目录的时候，我们的产品正好出现在一种市场井喷的时候，当时不是在卖车，而是在分车，很多领导是给他50辆车，给他30辆车，是这样的，我们当时产品质量参差不齐，售后服务跟不上，所以遭到了很多客户的抱怨，汽车销出去，抱怨时间非常长，因为他十年八年之后才可能退出使用，我们希望通过更好的产品让用户淡化它，同多更好的质量让客户满意。实际上，奇瑞公司的质量硬度比其他产品大得多。去年年底我们QQ的产品在品牌当中是第一名，奇瑞公司敢和任何公司质量方面叫板，我们生产的三项，全国的调查，新浪网上的调查，大概是第一名，我们今年CSI、SSI的指标，今年比去年生产的速度，大概平均增加了40多分，幅度也是非常大的。

主持人（欧阳夏丹）：刚才这位提问的朋友说尹先生是温文尔雅地进行了一场疯狂演讲的谈话，我明白了，您说尹先生是冰山一般的理智，但是内心有初恋一般的激情。非常感谢大家的积极参与和互动，尹先生说了，为了感谢大家的热情，凡是提问提得好的朋友，他已经记下来了，会有一份礼物送给大家，就是奇瑞汽车的车模。

接下来到了神秘嘉宾出场的时间了，大家知道，前段时间有过一场关于汽车的争论，争论焦点就是中国的汽车是不是一定要有自主知识产权，这个争论非常激烈，也被誉为是20多年来汽车产业最激烈的一场争论，今天争论一方的代表人物，有请资深的汽车专家，原机械部的部长何光远先生。

何光远：开始一有位朋友告诉我，说有一个论坛在清华大学，电话里跟我讲，说你有没有兴趣？我说我不去。我一听论坛就害怕，为什么害怕呢？就是所谓在网上炒得很厉害的何龙之争。第二个原因今天晚上七点半，有一场非常好的电影《佐罗传奇》，我不愿意牺牲一场电影，还要到我不愿意露面的地方去露面，不想来。后来听说尹同耀先生来发表演讲，关于汽车品牌的问题，我说那我得去。

主持人（欧阳夏丹）：何先生，反正您这部电影已经赶不上了，您就多说一点吧，您跟尹先生认识多长时间了？

何光远：传说很久了，但是我们真正见面也就是两三年，我也是一汽的，我是77年离开一汽，56年到一汽，77年离开，24年，从技术员干起，一直干到副厂长。但是我是搞毛坯，锻造、铸造我都不干，真正谈起汽车设计，谈起汽车方面的专业知识我就很差劲了。一般只是汽车行业的发烧友，你说知名专家，一说我就脸红了。

主持人（欧阳夏丹）：同样是在一汽工作过，一前一后，您是老前辈了。

何光远：后来我到部里工作以后，慢慢听说，特别是奇瑞，他的后台，芜湖市委书记支持他，疯狂地要干汽车，开始我带着很多问号，后来听说还有一位非常疯狂的书记，一汽调出的尹同耀，我就问一汽的人尹同耀是谁？尹同耀原来在一汽，在合资企业一汽大众干得非常出色的一位技术人员。一直到奇瑞，他刚才说的“准生证”，那个目录的时候，那时候我早就不当部长了，我1996年退下来了，我今年都76岁了，7年以前我就退下来了，但是那时候机械局要不要给他这个准生证？那是费了很大的心思。一边觉得很可贵，这个干劲，但是又觉得这个目录不符合发身份证的条件。最后出了一个主意，不算是安徽自己新建的汽车厂，算是上海汽车总公司在安徽建的一个分厂，所以叫上海奇瑞，用这么一个名义，这个上海奇瑞才诞生了，琢磨了一点办法，才能把这个目录上了，从那时候，他的汽车就可以跨省销售了，没拿证之前，只能在安徽省卖，在芜湖市卖，那时候就听说尹同耀是一个疯狂的人，一天工作差不多干两个班，每天如此，没有礼拜天，没有休息日，就因为他们有这样一种精神，这样一种干劲，吸引了很多人，从二汽、一汽，很多这方面的中国汽车工业的有志之士都集中到他们企业了。一汽的耿照杰，他说尹同耀这个人很有良心，他不到一汽直接来挖人，用的一汽的人都是一汽退下来的老同志，一汽里退休了，到他那里发挥作用了，现在岗位上干的，他基本上不去挖，但是别的厂的，那他可能要挖了。

主持人（欧阳夏丹）：回忆起当年那段历史，就滔滔不绝，而且看何先生面色红润，已经76岁了，你有谎报之嫌。

何光远：我谎报了，我75周岁。

主持人（欧阳夏丹）：我们大家也想了解，您第一次和尹同耀先生见面的时候，当时他给您第一印象是什么？

何光远：那时候已经在传说当中知道了，是一个年轻的小伙子，但是很有干劲，我专门到奇瑞看了，让我看了发动机组装，开发中心因为时间关系没有来得及看，说下次看，非常遗憾，下次没去成。最近还有一件事情，还在计算干着的，就是煤（二氧化碳）制甲醇，用甲醇代替汽油，这个东西一直得不到国家有关部门的支持，但是我看是最有前途的，用煤通过化工的方法，特别是用劣质煤搞甲醇，用甲醇代替汽油，这个东西一直得不到有关部门支持以后，我们想办法要突破这个事情，下面有很多小的汽车厂已经干起来了，但是一些大厂都不能动。为什么？人家大厂都是合资的，要动这个东西要动发动机，动产品，一动产品，没有外方的点头，这个产品不能用，因此没有自主权，动不了。他有自主权，最后找到他，他积极支持这个事，一方面搞混合动力，但是同时做灵活燃料的发动机，就是烧甲醇也行，烧汽油也行，任意比例都可以一起烧，而且这个车今年年底要拿出来，明年上半年搞一个车送回山西实验，所以对新东西他是非常积极的，所以我很喜欢，今天这个活动，因为他来，我来了。

主持人（欧阳夏丹）：大家非常期待您的到来，而且您说话的时候，尹先生一直频频点头，您是带着任务来的，也有问题想问尹先生的话，现在就可以提出来。

何光远：他这个公司不论从产量、品种都发展得非常快，今年的增长速度是100%，而且品种有好几个推出，明年还有新产品推出，这种发展的速度确实是很惊人的。才七八年的历史，这样一个企业，以这种速度在发展，确实是奇迹。但是我

也有担心，特别是国外，汽车产品不像花生米，吃完了就完了，也不像服装，穿几年就完了，汽车要长期适用的。因此这种产品的出口必须是稳扎稳打的，认真调研市场，认真地把一套体系逐渐地建立起来，跟当地结合起来，一个市场一个市场地打开，如果摊子铺得很大，你又没有实力，不要说自己去建，把这一摊子都管理起来，奇瑞有没有这么大的能量？我表示忧虑，今天我跟他讲，你要悠着点，一个市场一个市场地干，如果提建议的话，我就提这个建议。

主持人（欧阳夏丹）：尹先生有什么要回应何先生的建议和祝福？

尹同耀：老部长这个建议非常非常中肯，我们已经发现了我们的问题，所以我们加紧在做，我们一定要抓住重点市场，抓到位，站得住，站得长久。实际上我们也在按照老部长的要求在做，发展过程当中，不断地得到老一代汽车人的支持，我们每年请老前辈们到奇瑞来看，更多地是想听他们过来人说说我们还有什么做得不对的地方，风险在哪里，我们怎么办，他们就是辞典，我们希望从他们身上得到答案。有一些企业领导人问过我，奇瑞公司有什么诀窍，我告诉他，尊重老人是我最大的诀窍。

何光远：最后我还想利用这个机会对媒体的各位同志讲几句话，所谓“何龙之争”，特别是在搜狐汽车，大家可以看看，那上头是很厉害的，何龙之争，何龙之辩。但是我感觉，我们两个人确实是有不同的观点，有一些争论，他讲他的观点，我讲我的观点，但是媒体一炒，我感觉就有点太过分了，甚至带着情绪的炒作，带着谩骂，这不是我们提倡的，应该有最起码的尊重，我们两个人是多次见面，是朋友，只是对一些问题有不同的看法，但是媒体一炒，甚至谩骂，有的就很难听了，甚至有一些形容词，“说何老听到龙永图的发言拍案而起”，我希望媒体对这样一些报道应该实事求是，本着平和的、探讨问题的态度来讨论问题，对问题的讨论是很有好处，但是不应该是这样的。我这个话可能得罪了某些媒体，但是我是出于好心。

主持人（欧阳夏丹）：今天是实话实说，畅所欲言了，再次感谢何先生。时间过得很快，今天我们在这里交流得非常开心，尹先生把这么多年奇瑞的一些创新的故事和难忘的经历给大家做了一下分享，谈笑间灰飞烟灭，但是只有真正亲身走过和经过的人才会有深刻的记忆和感受，我想无论中国汽车自主知识品牌的道路上有什么样的艰难险阻，套用尹先生的一句话：选择了汽车，也就选择了艰辛。在这里我们祝福中国汽车工业，祝福奇瑞，也祝福尹同耀先生，大家知道，尹同耀先生走路非常快，可能会议一结束就一溜烟走了，那我们祝福尹先生驾驶着他的奇瑞汽车一路狂飙，奔向成功。谢谢大家！

创新创造价值

熊明华　2006 年 9 月 12 日

熊明华，1987 年取得中国国防科技大学信息系统工程学士学位，并于 1990 年在北京的中国国防科技信息中心获得信息搜索硕士学位。2005 年加入腾讯公司，担任联席首席技术官，负责提升公司研发战略规划和流程管理能力，负责管理公司平台研发系统部门包括基础即时通信平台和大型网上应用系统等部门。

大家晚上好！我想先请问一下听过或者是看过这个 MTV 的请举下手。哇，很少，喜欢这个歌的请举手？都挺喜欢。请问在座是我们 QQ 用户的请鼓掌。可能大家都是第一次听这个歌，所以我想把今天的话题改一下，干脆今天我教大家唱这首歌好不好？（观众：好）这就是我今天演讲的主题，大家刚刚听懂了这首歌了吗？有谁能不能站起来唱一句？看来超级女声没有清华出来的，超级男生有没有？

言归正传，今天我到这里来，我觉得非常荣幸，因为我 83 年考大学的时候，很遗憾没有报清华，原因就是当时中国青年报出了一个整版的新闻报道，说那一年清华的大部分毕业生积极响应支援边疆，所以我们那个高中几乎没有一个人报清华，现在看来有点儿后悔。

在清华大学提倡 IT 创新、创意、创业的主题下，作为中国最大的互联网公司——腾讯，我们很想把我们的很多经验来跟大家分享。今天我希望给大家传达一个非常重要的信息，在我们腾讯公司看来，创新创造价值最核心的其实是创造用户价值。也就是说，你创新的目的，你的原因、你的中心目标是用户的价值。当然可能有人不相信，公司是追求最大的利润，价值很多人认为是金钱，但是在腾讯看来这两者并不矛盾。追求最大的用户价值和追求最大的商业价值往往是一致的。只有把两者有机地统一起来，创新才有社会意义，也才能真正地持久发展。

大家可能天天用互联网，也知道有很多很多非常成功的中国互联网公司，但是我可以肯定几乎没有人知道腾讯已经是中国最大的互联网公司。之前知道的请举手？这是昨天股市的市价算出来的，腾讯现在市值是 40 亿美金，从市值来讲腾讯现在是中国排第一的。

从今年开始，腾讯因为前两三年在产品创新、服务创新、经营模式创新中的积累，使得我们从今年开始有一个爆发。我虽然是腾讯的 CTO，是去年年底加入腾讯的，但不能说因为我加入腾讯，所以腾讯的股市才涨的这么好。不是我的功劳，我

的功劳现在还不能去评估。但是从今年年初到现在股市的变化来讲，腾讯差不多是涨了 100%。今年是腾讯在各方面快速成长的一个阶段，这个历史过程是通过前几年积累起来的。积累过程中有一个很重要的成分就是创新。

我们之所以在中国有 2000 万人同时在线，后面的服务器或者是我们技术的支撑难度要大很多。这一点是很多 QQ 用户看不到的，腾讯在技术实力方面的一个展现。

还有腾讯网，大家可能知道我们在上个季度 QQ.COM 已经超过新浪，成为中国第一大的门户网站。在世界全球网站排名排第 5。我们还有一些 QQ 游戏，QQ 游戏也是这两年发展起来的，已经成为全球第一大在线游戏平台。我们的 QZone，从用户数和用户反馈来看是最活跃、最高的，也是中国最大的博客网。

在这几大方面形成了腾讯非常强大的优势，也是我们的价值所在。我们有中国最大的用户群体，所以我说创新创造价值其实在我们看来最主要的是用户价值，只有你的创新能让更多用户用、享受你的服务时，才能真正创造公司所追求的商业价值。

这里有一个简单的回顾，我们是 1998 年成立的，QQ 正式推上市场是 1999 年。在第二年紧接着就做了移动 QQ，在 2001 年的时候有一个划时代的变化，QQ 秀。QQ 秀是第一次不光在中国，在全球也是第一次把即时通信的增值服务做成一个真正有收入的、商业模式的一种案例。所以我们讲到创新时，大家可能不能仅限于技术创新、产品创新，更重要的是商业模式的创新、用户体验的创新，这些都是同学们在创新时要有这样的视野。我们 2003 年开始做游戏，同年底开始做门户。到去年年底我们做了大规模的对战游戏《QQ 幻想》。

下面是一些著名分析师对我们的评价，摩根士丹利有一个中国前 5 名互联网公司状况的分析报告，他讲了腾讯是中国 Web2.0 的领导者，它的核心优势是庞大而有黏性的网络社区，还有用户自己创造的内容。Mary Meeker 对腾讯有一个非常高的评价，在即时通信领域，就提升服务并从中盈利的能力而言，腾讯可能是全球的领导者，不管是 Google 还是雅虎还是 MSN 还是 ICQ 也好，他们的即时通信一直是停留在免费的模式，没有一个很好的商业模式、盈利模式。

还有就是高盛有一个报告说得非常好，在中国的互联网公司中，腾讯最有可能实现沟通、门户、商务、搜索和支付五类业务的最佳组合。我们有一个拍拍网，还有一个财付通，开始做我们的搜搜，从产业战略布局来讲，从产业创新来讲，我们在这方面的组合应该是最佳的。

我在这里很想和大家一起分享一下腾讯公司的愿景和理念，这些东西非常巧合，这并不是说因为我今天来演讲而写出这些话，在去年年底我加入腾讯的时候，这些话就是写在公司新的员工手册上的。我今天看到这些觉得是跟我们今天的主题非常非常融合的。从价值观来讲腾讯非常明确地把创新放在了对公司所有员工的要求上。经营理念上也是一切要以用户价值为依归，发展安全、健康、活跃的平台。这些就回到我们今天的主题，要创新的话一定是以用户的价值为依归的，我想作为中国还算是非常年轻的互联网企业，有这种高度把自己的愿景设计成最受尊敬的互联网企业的目标，有这种实实在在通过每天像水电一样来为大家提供服务的理念，

这是当时我决定离开工作9年的微软加入腾讯最主要的原因。

一切以用户价值为依归我也想在这里再给大家阐述几句。我在PPT上写的这些话不是我今天演讲才写的，这是我从腾讯新员工手册上摘录下来的。大家可以看出来，坚持“用户第一”的理念，为用户创造价值、维护用户正当利益是第一要务。这一点我不敢说其他互联网企业是不是有类似的内容，但是从腾讯来讲以“用户第一”为理念来讲是非常非常实在的。特别是最后一句，以用户价值的最大化创造公司价值的最大化。非常明确，从今天腾讯的表现，从它的市值、收入、用户数来讲，坚持这样一种理念是非常有效果的。

刚刚有一个腾讯历史发展的图，大概有三个阶段：学习型创新阶段，是从腾讯新成立到04年，04年到06年是整合创新的阶段，到现在我们更强调的是战略创新阶段。下面我分别就这三个阶段给大家做一些案例分析。

学习型创新，QQ是一个很明显的案例。有谁知道QQ这个产品的名字是怎么来的？请举手。

观众：QQ一开始是叫QICQ，就是找到你的意思，后来叫习惯了就叫QQ。

熊明华：还有没有人要补充的？

观众：ICQ是美国在线，可能因为法律问题改成QQ。

观众：我个人印象好像是OICQ被ICQ说名字有冲突后来改了名字，至于为什么改成QQ我也不太清楚。

熊明华：同学答的有点儿对，我建议给他一个礼物。QQ当时其实是OCIQ，中国很多用户叫着不习惯，很多用户就脱口叫QQ。后来我们做了一个网上调查，征求用户意见，后来网上投票最高结果是叫QQ，所以我们改叫QQ。所以像我们的名字都是从用户来的。后来我到腾讯之后，我跟他们解释可能QQ有一个更好的解释，EQ加IQ等于QQ，这样就很好记了。现在我们讲人才时都讲这个人除了智商高，情商也要高，这是最优秀的人才。所以QQ是给大家提供一个平台，让大家去沟通，要去表现自己，展现个性，是一个非常好的提高大家EQ和IQ的平台。

讲到QQ，我想在座的可能都是我们的老用户了，QQ里有很多是独创性的东西。大家知道QQ里面最活跃的服务是什么呢？QQ群。清华大学有多少个QQ群？有没有谁敢猜一下。

观众：1 000个。

观众：差不多有1.5万个吧。

观众：大概10多万个吧。

熊明华：我查了一下，我们所说的活跃是指每个星期都有活跃度的，因为创建了很多很多群，但是我们认为最活跃的大概是5 000多个QQ群。所以QQ群这个服务也是腾讯学习型创新的一个结果。同样的，像其他IM服务都没有这个。

我们对用户的关注其实不是简简单单地停留在我们的想象中，除了我刚刚提到的，我们连产品名字都要从用户来，平常我们做很多产品时是用了很多跟用户直接接触的方法来做研发的。这里特别提一下，腾讯有自己的用户研究与体验设计中心，这里有两张照片是体验设计的实验室。我们请用户在玻璃的那边，他在玻璃那边是看不到玻璃这边的。我们就可以观察他怎样用我们的产品。我们有很多录像设备、录音设备观察他用我们的产品，这其实是一个非常科学、非常实用的对自己用户的研究，进行非常透彻分析的方法。这里有一个叫 Customer Engagement（CE），这是在国际上非常流行的对用户进行研究的方法，目前我们在深圳和广州已经有这个体验室了，在北京和上海正在建这种实验室。这方面其实也包括心理学、行为学等很多方面的研究。

我可以给大家举一个例子，怎样对用户进行分析研究。拍拍网站上的点击都是有跟踪系统，这里可以看出来用户是从哪里来的，他做了什么，又到哪里去了。这里有 1、2、3、4、5，用户可能是去逛卖女孩子衣服的地方，然后又去 BBS 聊天；买婴儿孕妇产品的用户一般不关心其他产品。这是我们在用户研究方面非常细致的体现。

可能很多人并不认为腾讯是技术型的互联网公司，我在这里很坦率地跟大家分享，大家可以看出来中国互联网公司里真正技术性的公司大概只有两家，一家就是腾讯。

我们现在在 CE 里也是我们的研发流程的。不是简简单单在概念阶段为了用户需求就关起门来做开发，在设计阶段就会请用户提意见，然后我们再改。有一个小秘密可以透露给大家，我们正在研发下一代新的 QQ，我们正在找一批大学三年级、四年级活跃度非常高的 QQ 用户，来作为我们第一个测试版的用户。我希望在座的同学有这个机会来参加。如果你们想参加的话，你们可以发邮件或者是告诉我们。

腾讯在 2004 年以前是学习型的创新，因为那个时候中国做 IM 的也有好多，我们一个是学习国外先进的做法，包括韩国、日本、没有的做法，所以那时主要是学习型的阶段。2004—2006 年是整合创新的阶段。我们有很多的服务，只有通过整合才能真正满足用户的需求。这里给大家举一个例子，QQ 秀。其实最早是从韩国来的，2004 年在韩国达到顶峰。腾讯在 QQ 秀方面跟 QQ 进行很好的整合，在最近也推出了我们的 3DQQ 秀，这是我们自己研发出来的 3D 技术。今天非常高兴有机会参观了清华信息技术国家实验室，我在走廊上看到很多很多研究成果，后来我发现几乎 80%以上都是跟我们现在的研发项目有关的。一会儿我可以跟大家分享一下我们的研发重点。

QQLive 也是一样的，只有腾讯的 QQLive 是把聊天整合进去了。就像最近超女特别火，可以在 QQLive 上看超女，还可以投票，这也是独一无二的，世界上没有其他人去做。还有我们的 QZone，可能女孩子用得比较多，QZone 是在 QQ 秀的基础上，不纯粹是一个博客，是一个博客的平台。我们的 QZone 有商业模式在里面，我们上面的音乐都是正版的，所以你在用音乐做 QQ 秀的背景这是非常成功的模式，这也是 Web2.0 非常成功的例子。中国 Web2.0 第一浪基本上已经过去了，到今年下半年可能大家会听到很多坏消息，Web2.0 很难生存下去，很难真正找到一个好的商业模式。在创业过程中就会有很多困惑。

通过这种整合的创新，腾讯现在进入了第三个阶段，我们叫做战略型创新。我们的目标是为全中国的用户提供在线的生活，这种在线的生活我们希望就像水和电

一样是真正为大家每天进行服务的。

我们有一个金字塔的布局，从信息传递、知识获取，到群体交流、资源共享，个性展示、互动娱乐，到最上面的商务交易这方面，一个战略布局希望在未来3—5年腾讯真正成为一个在中国或者是在世界上让中国人觉得骄傲的，非常受人尊敬的互联网企业。

海量的服务器的管理、用户的管理是需要非常精细化的技术功底来实现，所以不能说我们现在做得很好，或者说足够好，我们觉得还不够。所以我们预测将来在3—5年，随着我们的搜索业务、大容量共享存储业务的发展，我们服务器的要求会更高。我们预计大概3年之后我们的服务器应该会到5万以上的级别。这一点还是需要很多的技术支持的。

这里我也想跟大家分享一些我们的想法。第一，腾讯会在近期正式宣布我们成立腾讯研究院。我们在北京、上海和深圳都会有这种机构。在北京目前意向是和清华信息技术学院进行合作做联合实验室，上海可能是跟交大，在深圳可能是跟北大、哈工大，包括清华在深圳的分部。我们之所以做的原因是我们越来越迫切地意识到腾讯公司将来的发展必须要跟大学、研究机构进行密切的合作，才有可能把我们的技术优势、产品优势保持下去。其实腾讯目前的视频技术和P2P技术在国内已经非常领先了。大家知道中国的网络环境是美国网络环境（复杂度来讲）的10倍。中国有网通的、电信的教育网，还有铁通网等等很多网，美国没有这种复杂的网络环境。中国复杂的网络环境造就了一大批非常优秀的、对网络分布优化方面的技术人才和专家，这是中国特色的东西，也是我们的优势。腾讯传文件之所以这么快，我们是有专利技术的，除了我们对中国网络环境复杂度的认识和认知，还有一点我们对用户体验方面也做了很多。我们有很大的优势，传文件过程中网络断掉或者是停电，会找到那个地方接着收，这是在其他互联网应用里没有看到的。虽然这是一个很小的好像是一个技术亮点，但是从用户价值来讲是无限的。在用户非常多的情况下，他依赖于QQ进行大容量的网络文件的传输，这在核心技术方面会做更大的投入。

还有一点，可能博士生、研究生、硕士生对这个非常敏感：专利技术。

我做的是互联网技术在中国申请专利的数量，给大家一个比较。腾讯是60件，不是指我们申报，是我们已经得到专利认可的，得到专利保护的是60件。我希望通过建腾讯研究院，3年之后我们的专利数能够到1 000，这就是我们的目标。大家可以看出来，在中国的互联网企业，几乎所有的互联网公司他们加起来才是我们的量。将来你们去做创业，或者是有一些创意时要增加这方面的意识。因为这一方面是说明腾讯的技术实力，另一方面是对中国自主研发产品的保护。今天在深圳开了一个沿海城市的市长会议，就是今天在腾讯公司也开了一个现场会，讲中国怎样来做自主创新的产业，因为深圳在这方面做的是非常好的，华为、中兴都是做得比较成功的。学生在创业时就要注意培养自己的这种保护意识。腾讯申请的专利目前还是属于比较低调的状况，但是这对我们来讲是非常重要的。

创新的关键要素有哪些呢？我想大家可以举出很多了，我想特别跟大家讲，这是腾讯创始人马化腾的原话：对腾讯来说业务和资金都不是最重要的，业务可以拓展，可以更换，资金可以吸收，可以调整，而人才却是最不可轻易替代的，是我们最宝贵的财富。我们在人才培养方面认为是公司创新的最关键因素来对待的。

这方面我去腾讯之后有很多体会。一会儿我可以跟大家分享一下我从IBM、微软离开到中国互联网企业的一些体会。我们成立了一个腾讯创新中心，在公司内部，如果这个人想到创新中心是要经过严格面试的，现在腾讯员工的面试我都是亲自把关的。去创新中心都有一些特别要求，很明确提出来，第一他非常聪明，要有勇气，不惧权威，第二要有团队协调和沟通能力，还有学习能力强。很难说到学校里学的东西到公司里可以管用3年、5年，甚至是3个月、6个月，必须要有很强的学习能力，知识面很广。不能说我是做存储的，就一辈子做存储，在互联网公司里更希望同学们知识面更广。最重要的是要有工作的热情，就互联网企业来说，做创新失败是难免的，前两天我看到一个新闻，英国首相布莱尔前几天到硅谷访问，他在找一个答案：为什么最好的互联网公司都是从硅谷出来的。英国没有出来任何有名的互联网公司，他请了一批在硅谷的人，硅谷的成功跟斯坦福大学非常有关系，雅虎、google等等有很多是有斯坦福的背景，也有伯克利的，希望在座的，特别是清华，不要说我们是中国的MIT，中国的MIT意义不大，MIT做创业成功的很少，我们希望清华是中国的斯坦福。

可能有的在座的老师去过斯坦福，斯坦福的气氛，我今年7月份去美国度假，斯坦福给人的感觉确实是不一样的，那种创新的气氛、氛围是非常吸引人的，希望清华多和斯坦福交流，把中关村真正变成是以清华为中心的创业基地。这是我想跟大家分享的第一点。布莱尔去硅谷人家告诉他的是这个，因为有一个斯坦福。有很多人发言，你别看我们现在很成功，但是你不知道我们之前失败过多少次。这也是我们希望跟同学们分享的，你要做创新人才创业的话要有承受失败的能力。包括腾讯其实也是这样的，大家可能在网上听说过这个故事，当年马化腾曾经差一点用100万元人民币把腾讯卖给一家公司了。那家公司到腾讯来把所有的计算机、桌椅板凳数了一遍说，你的公司最多值60万元人民币。马化腾一想离100万元还差40万元就不卖了。他就承受下来了。他和我开玩笑说，腾讯在最困难的1999年、2001年的时候，那时最怕的是周末。为什么呢？因为公司那个时候是租了一个房子，要交水电费的。周末的话，作为几个创始人周末肯定要加班的，但是周末要来的话机房要开着并耗很多电，深圳的夏天比较热，有4个月。深圳冬天非常舒服，但是夏天有几个月必须是要开空调的，他说最苦恼的是到了周末不知道该怎么办。但是腾讯度过那个难关能到今天，也是当初创业者们有很强的承受失败的能力。希望在座的各位同学，你可能参加过军训、参加过很多拓展训练，可以平常多去做这些培养自己这方面的技能。

我把苹果公司的CEO在杂志上的封面取下来，腾讯创新中心汇聚了公司最优秀的创新人才，下面列了腾讯近期要推出的服务和产品。我想问一下大家用过iPod的举一下手。同学们想创新的话不一定要买一个iPod，但是可以去感受体验一下。苹果公司在美国一直是代表者，微软很多视窗、鼠标都是学苹果的。苹果的iPod再一次领导了美国新技术、新创意的潮流。我们有一个愿望，希望我们这个小企鹅，至少在中国希望让大家有一个印象，腾讯确实是勇于创新、敢于创新，而且是为用户体验不断创新、为用户价值不断创新的企业。

我想跟大家分享一下，我们正在推的一个网站上面有越来越多腾讯在研发阶段的产品，我们也是和清华大学有更多的交流和合作，9 月 1 日正式对外宣布我们会举办一年一度的腾讯创新大赛，有一个网站叫 tic.qq.com。在国庆节之后有一个提交作品的截止日期，11 月 20 日会有一个颁奖典礼，这其实也是针对高校学生的，跟清华大学是相互配合的。我们更多是希望同学在文化创新氛围和企业创新氛围里来感受创新意识、创新能力，这一点腾讯会投很多的，不光是资金，包括我们的一些平台。明年我们可能会推出更多的跟奥运等等有关的服务和产品开发。我们在这方面非常希望能够为中国互联网创新的文化氛围尽一份力量。

同时我也想跟大家分享，我们会在全国主要高校，30 所、50 所成立腾讯创新俱乐部，我们会和信息技术实验室的老师一道作为学生创新的组织平台，我们会在经费方面、实际培训、实际开发等等方面提供实实在在的支持。特别是今天我发现有很多同学非常踊跃来回答问题，你们作为我们忠实的 QQ 用户，我们也有这种义务、这种社会责任来帮助大家一块儿成长。希望大家踊跃报名！（鼓掌）

创新俱乐部成员大招募！要期望通过社会实践不断地提升自我的要求，还有非常有激情，要有这些因素。

我想做一个今天主题发言的小结。从腾讯的经验来看，创新是公司、特别是互联网企业发展壮大最最关键的因素。用户价值又是创新的真正原动力和终极目标，如果公司纯粹是为了追求最大利润而做很多伤害用户、伤害社会的事情的话，这个企业肯定是不能长久的。所以用户价值永远是我们最大的目标。除了产品技术层面的创新，包括价值链等等各个方面。刚刚同学们提到怎么来布局等等，这些是很好的创想意想，说明你能看到很远、很高的境界。人才是创新的关键，创新文化是创新人才必备的土壤，不光在学校里是这样的，在企业里、在社会上希望在座的每一位将来为真正实现自主创新的目标尽自己的一份力。虽然腾讯今天是最大的互联网公司，也是最有活力自主型的企业，我们也仍然希望能够为优秀人才提供创新的土壤，在提高中国整体创新能力方面做我们应尽的一份力量。今天我的主题演讲就到这里。谢谢大家。

还原一个真世界

黄仁勋　2007 年 11 月 2 日

黄仁勋，美籍华人，1993 年创办 NVIDIA——今天全球最大显卡芯片厂商之一。

谢谢主持人刚才的介绍。我真希望今天讲中文，可是我在美国长大，中文是在美国学的，所以讲得不够好。我今天讲英文，大家不要介意。

今天给大家介绍 NVIDIA 公司，这个公司是怎么成立的，后来怎么发展，以及在这个进程当中我学到了哪些东西。当然，我还会给大家介绍 NVIDIA 公司的具体内容，为什么工作非常重要。还要给大家介绍一些新技术，特别是最近发明的新技术，尤其从计算机和计算的角度来讲应用的范围有哪些，怎样把计算机时代进一步革命化。

首先简单讲一下 NVIDIA。1993 年，当时我 30 岁创立了公司，并担任 CEO，算是那个时代半导体行业最年轻的 CEO 和创始人。做什么事情，一定要从年轻开始，在年轻时开始做一件事情容易成功。当时我没有电脑，我父亲给我一个算盘，可能是在唐人街买的，这就是我当时创立 NVIDIA 公司所有的工具，桌子上还有一个电话。实际上不是真的电话，没法打。

15 年来，我们的变化惊人，我们从那个时候开始，为世界作了很大贡献，人们的工作方式都因我们发生了巨大改变。NVIDIA 公司现在已经在全球有 5 000 名员工，从世界计算的角度来讲，已经是全球 GPU 老大，是图形处理方面的首选。同时，我们公司的销售额也超过 30 亿美金，而市场的价值已经近 200 亿美金。

我已经不记得当年办公桌上第一份文件是什么，但我清楚地记得当时兜里只有 200 美金，而市场上当时已经有 250 个竞争对手，而且还包括很多大的公司，像 IBM、HP、索尼、富士通、东芝等等，还有太阳微系统（SUN），以及其他的半导体公司，比如思科等。此外，还有小的公司跟他们竞争。

后来怎么有可能让 250 个竞争对手都纷纷退下，现在只剩下一家幸存呢？是什么事情导致的这一切呢？为什么我们成为历史上成长最快的半导体公司呢？年销售额一步步从 10 亿美金到 20 亿美金、30 亿美金？为什么呢？很多人问我这个问题。

很多人说，黄先生，你是生产芯片的，是非常成功的芯片公司对吧？是，他们这样说非常有趣。因为外界怎么看我们这个公司，和我们自己怎么看我们的公司，

不太一样。如果你开过公司，就会理解你们所看到的 NVIDIA 和我们要做的NVIDIA 是不同的。

我今天就是要跟大家分享一下我们到底是做什么的？为什么会成功？我们看到的是什么？与 250 家竞争对手有什么不同？为什么我们公司会持续发展？

先给大家介绍一下背景情况。我们是做 GPU 的，游戏机、工作站、台式电脑、笔记本、电视机等，还有一些手机都会用我们的 GPU，也就是说不管哪个地方，只要需要显示器，就需要 NVIDIA 的 GPU，就有 NVIDIA 的生意。

NVIDIA 给大家所展示的是一个芯片公司。但在我看来，NVIDIA 不光是芯片，我看我的公司的时候并没有只看到芯片，而是专注于世界上最复杂的、最困难的视觉计算问题。

大家可能都知道，一个问题出现后怎样解决，取决于怎样看待这个问题以及最终怎么解决问题。比如我告诉大家，要搞一个最棒的或者最快的图形芯片，如果给自己设定这样的问题，说明你将要有信心去解决这个问题，首先要想图形处理芯片是什么，然后会尽最大努力，最大的智慧，制造出世界上最棒的 GPU，这样就会成为一个非常成功的公司。但是要想让公司持续发展，也需要其他动力，比如生产芯片并不是最终的目的，为什么要生产芯片才是目的。

我们经常对自己说，我们的目标是解决世界上最复杂的计算问题，不光是看到这些问题，而且还要避免半导体公司，像 IBM、HP 公司所遇到的问题或者陷阱，为什么呢？因为现在世界越来越复杂，最复杂、最难的一些计算问题，也许是最小的设备当中会出现，可能是手机，可能视频游戏也会出现这样的问题，或者是下一代新车的导航系统，不知道问题会出现在哪里。但是如果专注于这方面，就会想一下如果是专注于想解决问题的手段，就一定会比竞争对手做得更好，因为你专注于想这方面的问题，突然会觉得你的成功体现在很多方面，比如客户，他可能需要你给他提供一个软件解决他的问题。

如果对自己说你的工作就是要生产世界上最好的芯片，就会想软件跟我没关系，我只会生产芯片。如果跟自己说是工作站的公司，一个游戏公司来找你，你会说游戏跟我有什么关系，不会感兴趣的。如果跟自己说你是搞计算机辅助的，艺术家找你来，想搞一个非常漂亮的电影，你会认为这个跟我没关系。

但事实上他们都有一些共通的东西，都是搞视觉计算方面的工作，虽然这些工作都有一些困难，亟待解决。最基本的东西是什么呢？也就是我们和其他竞争对手最大的区别，在于我们会看到一两年以后更大的图片，我们比他们想的更远，解决这些世界上出现的计算方面最大的困难。现在很多车中都有 NVIDIA 公司的 GPU，硬件、软件当中都有，不光卖芯片，还卖系统，我们的系统在服务器里。我会给大家讲一下超级计算的系统，的确解决了最大的计算方面的困难。

有一点非常重要，当你开始做一个公司的时候，或者开始一项研究工作的时候，或者做一项家庭作业的时候，第一件是什么事情，首先要把这个问题描述清楚。

GeForce 主要是提供电脑娱乐方面体验的产品，有一点非常有趣，MBA 或者其他关于营销方面比较感兴趣的，会看到，当你有一个品牌，有一个产品的时候，第一件事情应该意识到这个产品的目的是什么，能够给客户带来什么。如果能够给客户带来长时间的持续性的保证，这就是一个品牌，一定要实现这个保证。

GeForce 就是这样的品牌。我们没有在 GeForce 上打过一个广告，没有花 1 美元推销 GeForce，只做了一件事情，就是卖我们的产品，实现我们对他们的承诺。

还有 Quadro，这是创新的产品。Quadro 是为专门的工作人员，比如生产汽车或者搞建筑的、艺术的，造船的，造火车等专业人士，供他们搞设计用。

这些人的时间非常宝贵，任务也非常重要，需要精确计算。他们的工作可能会产生几十亿美金的收入，所以工作态度非常认真，希望有认真的合伙人和非常好的工具来解决他们的问题。Quadro 就是为他们这些人设计的。

Tesla 主要是用来进行发现的，什么意思呢？就是可以把很多数据获取过来，从数学的角度讲就是非常迅速地把它计算出来，使你有更多的发现。

这三大类处理器都是基于 GPU 的图形处理器。

很多人认为 NVIDIA 公司是一个游戏公司，倒也没什么错。我一开始创立这个公司的时候，在硅谷融资，有很多创投也想在小的公司进行投资，我跟他们说我们想搞一个视觉计算的工作，想生产图形处理器，我们有这方面的技术，当时他们是这样回答我的，他说你到底想生产什么东西，最关键的东西是什么，我跟他们说应用范围非常广，就跟你讲游戏吧，他们后来回答我说你们生产玩具，生产游戏，我不会给你投资的。后来我又跟他们解释说，过去，人们的娱乐就是读书、听音乐，看电影，但今后人们会希望有更多的互动，希望有三维图形，讲述一些更加互动的生动的故事，我又给他们解释什么是游戏。

NVIDIA 公司为什么今天非常成功？还有其他的因素，比如说不光生产芯片，同时还想内容，芯片会带来什么样的内容，同时还想技术应该应用在哪些方面。我们做的最重要的事情之一就是鼓励或者调动全球人民的激情，让他们了解什么叫三维的图形处理器，给他们提供很多工具，让他们达到创新和受鼓舞的感觉。

刚才我和康副校长也谈到了这个问题，他们用我们的技术进行图像的重新建造，也就是不同的数字图像不同的层面，都用我们这种芯片，可能花 5 个小时、10 个小时完成一个画面，比如说到医院，如果效率很低，可能病人就会无法及时医治，就像乳腺癌。我们的技术从最基本的角度，解决了很多应用方面的困难，也许你们会看到。2008 年奥运会的时候，会有很多三维图像的东西，会经历很多这方面的，包括游泳，我个人非常期待它的到来，每一项运动赛事，不管是跑步、游泳，都会有三维图形给他们做一些画面，帮助大家看到现场的东西，赛车的时候也是这样的。

GPU 未来的趋势，就像眼睛一样，透过眼睛看到外部的世界。

刚才给大家举了几个不同的例子，解释一下我们都做了哪些方面的工作。有一点非常重要，首先，一个公司的目标是什么，问题的描述是什么，这点非常重要。在此之后，我们应该有一个愿景，公司应该怎样发展。

早期，我们给 NVIDIA 的定位就不是一家简单的 IT 公司，而可能是一个技术和艺术交界处的公司，可能是 50%的芯片公司、50%的技术公司或者是 50%的艺术公

司。因为这样的定位，我们才会推出相应的产品。OpenGL是一个很重要的API，可以帮助三维进行纹理、角度的设计，它像一个工具箱，有很多驱动器，现在已经成为艺术家最棒的工具之一。

技术和艺术的交汇可以帮助我们进一步推动我们的发明。举一个例子，进一步说明我们的艺术，正是由于GPU世界计算的技术，还有着色，才能使得这个产品艺术品成为可能。现在我邀请金先生上台。金先生是中国社会的名流，他做了一个非常棒的纪录片——《圆明园》，是中国第一部大型数字影片。

金铁木：大家下午好。因为确实没想到能够到清华来，我十多年前在北大待过一段时间，那时候就不敢到清华来，今天确实比较紧张，因为在我的想象当中，清华一直跟技术两个字有关系。我从小对技术非常业余，非常不敏感，但是今天还是鼓起勇气到清华，能够跟大家说两句话。

我叫金铁木，是中央电视台非常普通的导演。如果在座有人看过，我去年拍的一部电影叫《圆明园》，圆明园就在清华的隔壁，相信很多人都去看过。我简单说一下《圆明园》的创作过程，可能跟大家多多少少都有点关系。

大家都知道，传统的电影都有电影美术，如果我们要去搭一些景，建一些宫殿，演员表演的地方，这时会用真实的材料搭建场景，但是因为圆明园建了150年，它的面积大概是600多个足球场大小，曾经是世界上最豪华的皇家园林。我们用传统的技术，传统的电影美术，肯定是无法实现的。所以当时做影片的时候，我就硬着头皮，因为技术发展到这一步了，我们用电脑、三维、数字技术来做圆明园，事实上在中国，数字技术应用到电脑这块，确实相对来讲还比较落后。比如说大家都比较了解的《英雄》、《黄金甲》投资比较大的电影，在数字技术这块基本上都是在国外完成的，我们没有办法。我们公司来讲自己做数字电影的三维技术。事实上整个《圆明园》是一个半小时，我们做了40分钟的数字电脑技术，非常有意思。

跟黄先生认识以前，我仅仅是一个导演，技术最后怎样变成影像的，我非常不了解。后来跟我的技术总监问了一下，我们用的是什么东西，因为当时我知道在数字技术里有一个非常重要的东西叫显卡，我当时问他我们用的是哪儿的显卡，他说我们用的是NVIDIA显卡，我说我从来没有听说过，这大概是在1个月以前。

我们公司大概有几千人，全是像清华这样的大学的毕业生到那儿工作，后来我才知道世界上还有NVIDIA。我不知道它没有关系，但是我知道不用它的技术就很麻烦。所以我对技术非常自卑。NVIDIA显卡的技术，类似在图形处理方面的技术，比较高端的或者最高端的应用，很有可能在电影领域成为最重要的应用。随着我们国家的电影发展越来越迅速，我所了解的是我们在这块的应用前景将会非常广阔，并且技术的要求越来越高。

在《圆明园》里大概用了40分钟的数字技术，复原了当年的圆明园，其实是用来再现历史。这儿有一句话叫做“还原一个真世界”，放在我们所做的《圆明园》这部电影，就是再现当年的历史。很实际的讲，如果没有类似NVIDIA这样的技术，做《圆明园》这样的电影是不可能的。只有有了这样的技术，《圆明园》这样的影片才会诞生。

今年我们又在做一部电影，讲的是唐朝时期的长安，从公元7世纪到公元9世纪，整整300年，世界的中心，真正的国际大都会，比曾经的伦敦或者现在的纽约在国际上的地位要大得多得多，真正的世界中心整整300年。我们仍然想用这个技术去把当年的长安恢复起来，再现历史，还原历史方面真的世界。

黄仁勋：我同意金先生的观点。

金铁木：有一个小小的片断，大概5、6分钟，诸位看一下，是《圆明园》里我们用NVIDIA技术做的三维还原，看看当年的圆明园。

黄仁勋：太棒了，太漂亮了，的确是太漂亮了。所以大家现在可以明白我刚才讲的是什么意思，我们公司做的事情，通过这个短片大家可以看到，的确是技术和艺术两者的交汇。有非常棒的技术，才能实现这一点。但是光有技术还不行，还要有创造力、想象力才可以。像金先生一样，有想象力才能把这个产品做得非常好。

我给大家讲这个故事是有理由的。一个公司首先目标应该非常明确，这个目标的确应该是长远的，而且是有意义的。第二，一定要明白这个行当是要干什么的，比如说我们公司是艺术和技术的结合，要有梦想，去追逐梦想，还有些基本功的东西实现梦想。

我们看一下NVIDIA公司第二个发展阶段，可能在座的有些人是学商业的，大家都知道技术是怎么发展的，会了解曲线是什么意思，一个公司产品的发展，到了一定的程度，达到成熟，成熟以后就会上涨，就会变成一个商品。

我们创造了另外一个曲线，就是新一代的增长速度和模式，第一阶段完了以后就产生第二阶段的模式，才能使我们发展到今天，比如说可编程的着色技术，GPU有一些特点，这种特点可以实现或者解决比较难的问题。GPU的计算能力是非常有必要的，这样才能创作出逼真的画面。

我们擅长解决哪些方面的问题呢？未来世界发展的最重要的问题，比如不同层面图像的丰富和处理，比如说分辨率无限增加后会产生很多噪音，比如有一个传感器发现一个新的黑洞或者获取一些天文数据，但数据太大，需要我们的产品计算能力非常快。

另外，市场还有别的许多需求，比如，计算型的财务，计算型的化学，计算型的基本分析，纳米技术，化学分子的分析等等，这些行业和学科中的计算问题，都会花几个小时、几周、几个月。我们现在有一个新的技术叫CUDA，可能搞计算机的都会明白，去计算机上搜一下，就会发现有多少研究人员在用这个技术。如果是C版的延伸，下载下来就可以了，可以编程，就会看到10倍、15倍，甚至20倍画面的改善。很多人都没有想到，现在有比CPU的功能大100倍的技术，我年轻的时候都没有想到计算能力可以扩大到100倍，以为在我一生中不可能实现。

我就讲这么多，看看大家还有什么问题。

黄仁勋与清华学子面对面交流

问：我是学计算机的，有两个问题。第一个是当初创建公司的时候有什么勇气？第二个是关于清华和NVIDIA合作，将来有没有前景性的东西，我们学生也可以介入进来？

答：非常高兴你也是学计算机的，将来和清华合作非常广泛，内容非常多。计算机领域当中有一个数据怎样更快速的计算问题，要花很多时间。一般的数据集成CPU都可以做到。但未来数据会非常大，需要的数据可能是通过传感器或者怎么样的，但是很难找出正确的答案，一旦数据多了以后，可能会有些新的模式等等，还有革命性的东西，整个学科和科学很多方面都会进行革命性的变化。但是关于合作方面，跟马教授见面以后，将来还会探讨，把研究人员派到清华来，探讨一下哪些方面可以合作，谈得更加细一点。

第一个问题，关于勇气，很多是完全与生俱来的东西，有些东西是碰巧的。CPU是在校的学生最初提出这个想法，是基于OpenGL的语言，今后我的工作会有很多这方面需要勇气的地方，可能在未来几年当中，首先很重要的是要保持直觉，时时刻刻知道最需要什么，开始提问题。问完问题以后，可能有人听你的问题，从另外一个角度来讲，一定要有勇气，当你获得信心和问题以后，产生了互动，作为公司来讲，可能就会花5亿美金进行研发，生产芯片、处理器等等计算型的GPU。

问：您给我们讲讲基本的经验，比如公司创办的时候应该注意什么。第二个问题，您的企业文化是什么。您想实现什么？

答：在公司初创的时候我是这样想的，要有些什么样的计划，一开始是错的，可能当时有什么期待，期待本身也是错误的，因为当时你也不知道会发生什么事情，创立公司的时候可能有很多风险，任何事情都有风险，好多事情会是阻力，会阻碍你进一步发展，所以当时没法预测公司会发展成什么样的，但是有一件事是可以预测的，也就是说信心有多大，有多大程度的热情想做这件工作，这点可以决定公司是不是能够成功，这是你的公司，不要管别人怎么想，这是你的努力，是你的热情，你应该尽最大的努力，不要去想别人怎么看待你，我从来不去担心财务分析师怎么分析我们公司，我就只管我自己，我就想我自己的事情。伟大的艺术家也是这样的，伟大的企业家也是这么想的，伟大的发明家也是这样的，他们有他们自己的想法。

公司文化，我也学到了一些东西，非常想改善，但我知道企业文化需要一些改善的地方。NVIDIA公司从企业文化来讲，一定要承担风险，我对失误还是很有耐心的，可能大家都不了解，我的错误是非常多的，我的失误比我的正确决定要多。但是我对失误是比较有耐心的，实际上大部分研究人员可以告诉你，对失误的容忍的确是创新发明最重要的基本前提，可能你今天会看不到，但是有一段时间NVIDIA公司，最起码有5次不能再干这个行当了。我当时承担了很多风险，从失误当中去学习。还有一个事实，我们公司从智力角度来讲，一定要诚实，什么意思呢？智力上的诚实，就是对自己要诚实，而不是简单的诚实，简单的诚实的意思是你要对别人诚实，一定要有自我批评的精神，一定要搞清楚自己哪些方面比较擅长，哪些方面是缺点。当我犯错误的时候，自我批评，这就是个错误，我并不是说这是一个缺陷，一个挑战，并不用这种词汇，就说是失误。而我自己犯错误的时候，就会说我的错误，而不是说我们的错误。这个特点会促使我们不断地去调整，不断地去学习，而且快速地调整、学习。

我们怎样能改善企业文化呢？全球对我们公司的意识，NVIDIA 毫无疑问是西方的公司，很硅谷化的公司，这是公司的一个特点。但是我们也要向全球发展，一定要有这种意识，从发展来讲应该全球化，但是公司的文化只有一个，这样才可以使我们在中国、日本、印度其他国家和地区的员工更好的协作。给大家举个例子，在硅谷，当我问一个问题的时候，答复是肯定的就是肯定的，否定的就是否定的。但是当我在日本问一个问题，这件事情你能做吗，他的回答就不是肯定和否定，他回答说太难了，我会尽最大的努力，所以日本的回答是没有肯定，也没有否定。在中国我问他们这样的问题，中国的答复是没问题，实际上他们说我们能做，也许他根本不知道能不能做。我们毕竟是硅谷的公司，我们相信可以跟全球任何一个国家的员工沟通。

问：我是学电子工程的。我想给大家讲一个故事，是我和 NVIDIA 之间的故事，5 年以前我想搞一个新的游戏，也是计算机游戏，我买了一个显卡，是 NVIDIA 的芯片，我付了 1 700 块。

答：谢谢。你买了我们的产品，我才能到中国来。

问：GeFore Ti4200，我认为这个产品很好，这个产品的性能非常好，我非常喜欢。我非常感谢你能够生产出这个产品，也特别感谢我父亲给我这个钱买你们的产品。我刚入学，你在大学里都学到哪些东西，哪些东西对于你未来的事业发展起了最决定性的作用？对我们年轻的学生有什么建议？

答：问题问得不错。在成长的历程当中，实际上我做事情的方法是非常所谓僵化的，比如说做家庭作业的时候，每一根线都是用尺子画好的，每次都写得非常好，我是一个完美主义者，一直到上大学都是这样的。我就像你一样，我是非常僵化的，好像什么事情都得追求完美，不完美就不高兴。我上大学的时候上的一个课很有意思，是工程设计方面的课程，有一个教授给我们布置了一个没办法完成的任务，除非你不是一个完美主义者，可以完成这个任务。当时我的教授是这样回答我的，我并没有说你的答案一定要多么完美，0.63 跟 0.94，对于教授来说没什么区别，他对我的 0.63 的答案是非常满意的。上这个课让我学会了理解水平和低级的分析区别开来。我用直觉的计算运用到工作当中的方方面面，一堂课就学会了一种方法。作为一个完美主义者当然也不错，这样会使你的工作不断地进步，不断地完善，但是完美主义者又会导致你第一步起步非常难，因为要求什么都完美。所以这个教授真的使我的未来产生了很大的变化，他教我因直觉数学来解决生活当中的很多问题。

问：我的问题是你认为这个图形技术未来会是什么样的，20 年以后？NVIDIA

公司在未来图形发展的技术当中，是什么样的角色和作用呢？NVIDIA 公司会有什么样的挑战？

答：首先我们没有这个问题的答案，但是你提出这个方面我非常高兴，我可以讲讲图形计算领域。图形画面就像电影一样，在未来会越来越好，这一点是没有问题的。我相信很多画面会越来越真实，也就是把事实和幻想更好的融合在一起，应该有一种愿景的东西，从视觉效果来说，将来肯定会更好。对这一点我是确信无疑的。

问：谢谢您刚才的发言。我有一个技术的问题，我学计算机，同时又学生物学，每天我有很多数据要处理，所以计算的能力对我来说是非常重要的，我在上课的时候，老师告诉我用 NVIDIA 的显卡就可以加快我的运算速度，这是我为什么今天来听您讲的原因，很高兴有一个新的产品叫 Tesla。我的问题是 NVIDIA 公司有没有计划推出更多的可编程的产品，像 JAVA 这种技术，或者有没有时间表？

答：GPU 图形处理器肯定会提升运算速度，这点是毫无疑问的。你对这些方面感兴趣，但是我对你的问题现在还没有答复，因为我们还没有开发出更好的产品。

问：我是学电子的，能不能告诉我们你对 DSP 结构的未来是怎么看的？

答：我认为 GPU 是 21 世纪的 DSP，数字计算处理是窄带的计算模式，但是它应该升级。

问：你对自己为什么充满了自信呢？

答：碰到这种情况不要害怕，一定要自信。不要怕失败。要是怕失败的话就是很糟糕的事情，就是做自己的事情。没法提前做好准备。首先有这种能力，对自己要诚实，一定要明白自己做错了。你刚才的感觉是非常自然的，人人都有，我也有这种感觉。

问：请您描述一下图形处理器未来是怎么样的？

答：图形处理器的前景非常广大。显示器的革命，再加上处理器的进步，会使未来发生很多变化，想一下一个医生戴着眼镜，无线可以上网，超声波接到病人身上，我们可以实时的把画面放到他的眼镜上，如果能够实现这一点，医生就不得了，可以去诊断病人。这种想象，这种梦想真的是非常快乐的。最重要的是把梦想实现了。

问：首先感谢你和 NVIDIA 公司。没有 NVIDIA 的产品，我就没法玩一些有趣的游戏。

答：还是要把家庭作业做好。

问：英特尔会把奔三卖出去。NVIDIA 未来会怎么样？目标是什么？

答：问题问得非常好，我们公司的目标，目标是非常人性化的东西，我的目标是什么呢？很多老师会告诉你使命是什么，使命和目标是一样的。NVIDIA 公司的目标是成为世界上最棒的 GPU 公司，是世界上最好的 GPU 公司。肯定要和其他的计算机公司进行竞争，我们的目标从来不是针对人，跟任何人没有关系，我们不是跟他们竞争，而是要解决世界上最复杂的问题。在这条路上你会发现，并不是要去打败某个人，我们要解决的是最复杂的问题，这就是每个客户会支持我们的原因。

我不太喜欢公司之间互相打败对方，我喜欢不断追求发展，如果有目标，就会引导你的公司，不太会关注和别人的竞争。公司总是专注跟别人竞争，公司被打败了以后又怎么样呢？你的专注力又会是什么呢？如果你的目标是要打败最好的公司，那从 NVIDIA 来讲这个目标已经实现了，这种目标是不够的，我给我的员工更广泛的目标，没法实现的目标。非常好的问题。如果大家把这个录下来的话，列入 MBA 的课。我年轻的时候能够问这么聪明的问题就好了。的确从这个角度来讲，一定要会问问题，实际上问题的答案非常简单。

问：我也是学电子工程的，喜欢玩游戏等等。我的问题也是关于游戏的，我想目前您对公司的专注力是多大？今后的专注力是多大？

答：我们花的精力很大，我们公司是一个芯片公司。如果你是一个医生，就会了解你的工具是什么，怎么才能帮你解决问题。我们公司成功的经验是给最终消费者提供最好的产品，做到最大的程度，这样做的话是不够的，比如游戏开发商，我们鼓励他们，鼓舞他们跟我们合作，现在很多公司的质量和画面完全都是我们的技术，是我们发明的，所以我们给游戏开发商提供这种技术或者工具，艺术家就可以更加好的去表现他们的想象力等等。

问：我是刚上清华大学的，非常荣幸能够在这里听到您的演讲。作为一个一年级的学生，我有一些困难，得跟其他人进行合作，我想了解一下作为一个公司的 CEO，特别是一个大公司的 CEO，怎么跟世界不同的国家，讲不同语言、背景不同的员工进行沟通？

答：为什么其他人会找我进行合作呢？我是这样想的，我也希望你们已经看到了，你要问我一个问题，我就给你一个非常真诚的直接的答复，不是一种高层次的答复或者是 OPEC 级的答复，就给你一个直接的答复，所以我的员工问我一个问题，我就给你一个答复，就这么简单，一定要慷慨，如果愿意跟别人一块工作，和别人分享脑子里是怎么想的，把这些想法拿出来，帮助你的朋友，就像我帮助我的员工一样，能够帮助他们超过自身思考的想象力，他们就愿意和你一块儿工作。

问：首先我感谢你给我们提供这样的机会。2002 年的时候，软件公司认为 GPU 会走下坡路，2003 年，你跟一些软件公司商谈，解决这个问题，这是一年的时间，在这一年当中，ATI 公司抓住一些上升的机会，所以我想知道你怎么看整个事情，当时怎么把机会让给 ATI 了呢？当时 NVIDIA 公司不给 ATI 机会，ATI 今天也不会上升到这个程度。

答：你说的是不是微软公司？我当时跟微软公司有不同的意见，我们后来成为了很好的朋友，在 DirectX 10 进行合作，花了 4 年的时间进行合作，合作的结果非常好。大的公司，任何的公司之间合作都会有问题，都会有不同的意见，并不是互相之间怨恨，只是对问题有不同的看法。当我们有分歧的时候，ATI 就有一个优势，有一个机会，是，没问题，如果有机会就有机会吧，事情总是这样的。当时的确让 NVIDIA 公司经历了艰难的时候，的确有些时候对我们来说是非常艰难的，作为一个公司的领导层，一定要专注公司的组织架构。当一个公司非常成功的时候，员工非常开心的时候，没有人去听你了，当你非常成功的时候，挥着拳头跟他们说话，他们就不爱听。当一个公司快死掉的时候，人们就会非常有专注力，专注力非常好，有的时候受到一点压迫或者吃点苦，倒不是坏处，这可能是亚洲文化的根源给我带来的特点。

问：谢谢你黄先生。我知道NVIDIA公司是全球GPU方面领先的公司，对我来说，我想找一份好的工作，也许会加入NVIDIA公司，因为我的专业是微电子，我知道您已经实现了您的美国梦，我实现了我的中国梦，在我30岁之前也想成立一家公司。

答：在互联网的世界里，你30岁开一个公司，就太老了。

问：我的问题是你认为CEO最重要的素质是什么？这种性格或这种特点或者个性是什么？

答：性格是这样的，可能来自于父母或者生活的经历。我非常幸运，我的父母非常出色，我的父亲是一个非常好的工程师，做事情非常精美。我的母亲是一个非常有决心的人，非常有意念的人。我妈妈教我英语，可是她现在还不会讲英语，她打开字典教我们学英语，这就是中国教育孩子的方法，都是一些好的特点，在我成长的过程当中，从父母那里学到的。我的一些经历也给了我一些机会，所以是几方面的结合，最后怎样身处逆境去应对它，我认为逆境或者是挑战，或者是痛苦反而使我做事情做得更好，因为我受到了压力，有压力的时候比没有压力的时候做的事情更好。当我受到压力的时候，好像我做得更好，而不会发疯。好多人应对问题能够处理得好，并不是因为他们不紧张，只是说他处理的非常好，有一点我可以给你一个建议，当你面临挑战的时候，把它看作是一种机会，而且机会给你带来一种享受。有的时候你碰到逆境，也不是那么容易的，偶尔碰到一次，你应该抓住它，把它变成好事情。

问：我听说AMD和NVIDIA既有合作也有竞争，这种关系你怎么处理好？

答：不容易，如果是在竞争的基础上管理一个公司，是非常不容易的，我们也跟他们有合作，合作没有什么问题，因为大家都是专注于客户，我专注于要解决的问题，专注发明什么，而不是要打败谁。在NVIDIA增长期间，AMD、英特尔也在发展，我的发展并不是说踩在他们的脖子上，他们反过来也不是这样的。如果你认为世界很小的话，就认为发明是一件非常困难的事情。如果在校的学生跟朋友讲学校里新鲜的东西，可能有的时候会发现跟别人合作比较困难，我没碰到过这种问题，我上大学的时候，人家抄我的作业，没事，抄吧，可能在座的教授、老师都不愿听到这事，但是对于我来说没什么问题，我愿意和别人分享。分享知识的时候，包括整个周边的生态环境，跟别人分享，人家也会跟你分享，这是平等的机遇。

问：谢谢你给我这个机会，每一个企业都有文化，您已经成功了，实现了美国梦。从您个人的角度来说，你认为成功的企业家，从文化角度来说有什么优势和劣势？有一个时间点的问题，有的时候问题太大了，没法去跨越，所以到目前为止，在美国的文化当中需要改善什么？

答：实际上你问了好几个问题，这几个问题都很大，我还是回答一下关于文化方面的问题。其中有一个问题我没有听的太清楚，如果问题特别大，我怎么去做呢？我在学校的时候，有一个教授，我从教授这里学到很多东西，他在测试之前的5分钟说，如果不及格就放弃，他说这个话我当时没明白是什么意思，后来搞明白了是什么意思，如果你顺着这条路继续走下去，不行，走不通，就闯一条新的路，现在我还相信这一点。有一条路走不通就放弃，开发一条新的路，可以绕过去。我不认为逆境不可逾越。有很多公司都是不断地创造自己，诺基亚公司现在是搞手机的，以前是生产卫生纸的，后来他们不断地创新。所以不管做什么，如果失败了，不及格，并不代表真正的放弃，要尝试新的东西。

问：下午好。第一个问题，杂志上说你的职场生活非常有意思。杂志上的画面跟你站在这儿的画面不太一样。

答：那时我比较胖。如果你像我一样爱吃，就很难减肥了。因为我经常旅行，所以有很多机会吃好的东西，增加很多的体重。但是每周我还是有两天的锻炼时间，体重也没有变化，只不过跑到其他地方去了。

问：第二个问题，关于你的职场生活，原来你在LSI Logic公司工作过，我没有听说过这个公司，你在LSI Logic这个公司工作8年。在这个工作的经历当中给你带来什么样的经验呢？

答：LSI Logic公司，很多人都不了解，给我后来带来的启发很多。硅谷这个公司当时非常不错，我是第一代使用这些设计工具的设计师，手工电路设计师的最后一代我都经历了。这个公司的确对工程师设计芯片创出了非常革新化的工具，他当时的想法的确是革命化了很多公司，像微软公司后来的成立等等，我认识到不同的人，后来我才知道他们认为LSI Logic这个公司非常重要，非常好。很多公司现在的CEO都是从那个公司出来的，当时我很年轻，他们也很信任我，把很多重要的事情交给我，也给我很多挑战，的确加速了我的发展。当时我只有26岁，28岁的时候已经学了很多战略规划，怎么领导员工。LSI Logic的经历对我来说非常宝贵。

问：非常高兴能见到您。我是北京科技大学的学生，我有两个问题，第一个问题，您在研发方面花的钱很多，在广告方面没怎么花钱，我的问题是广告会进一步多花点钱吗？这样越来越多的人了解你们公司的产品，就像金导演都不知道你们的产品。第二个问题是您公司的芯片里面的晶体管比英特尔芯片的晶体管多，您对中国芯片的开发有没有贡献？愿不愿意提供一些帮助？愿不愿意帮助中国的晶体管制造公司或者IT行业，帮助他们提升？

答：两个很好的问题。首先要这么看NVIDIA，可口可乐和百事可乐50年前的产品是一样的，从技术开发这个曲线来说，的确是最前沿的。百事和可口可乐公司没做研发，大部分钱花到广告上，也是一种营销，能接触消费者。我一开始只要多1块钱，就得做研发，因为我在这方面要做的事情太多了，也许在某些时段90%的研发，10%的广告，有时是80%的研发，20%的广告。AMD的CPU，英特尔的CPU里，我们公司的GPU，可能都没法区别差异是什么，这时营销就非常重要了。所以要明白在技术发展上处于哪个阶段，行业处于哪个阶段，怎样找一些资源，你是经理的职务，当资源有限的时候应该有效地分配资源。我的资源最有限的部分是现金流，所以我要正确分配和使用。

第二个问题是关于和中国大学的合作，问题是和中国合作什么方面的技术，是昨天的技术还是今后的技术。电路方面，IEC方面的合作对我来说是非常有意思的。当然，对未来的模式，我是非常感兴趣的。我们现在不是半导体公司，可能很多人都不认为微软是硅片公司，我不认为我们是硅片公司，我们是创新的公司。

问：NVIDIA公司最重要的就是解决问题，你的目标是什么？成为一个成功的CEO还是什么？

答：你的问题是两个层面，一个是目标是什么，目的是什么。我的目的是当一个好的父亲，当一个好的丈夫，在家里做一个非常好的角色就可以了。我的职业规划是创立一个公司，创造一个历史，遗留下来很多对世界能够作出贡献，对人类作出贡献的东西，这是目标。目的是什么呢？我的工作目的就是使NVIDIA公司的员工，能够尽最大的努力实现他们想要实现的东西，在我的帮助下，我们可以共同地完成、达到更高的目标，更好的事情都可以做到，完全释放我们的潜力，没有我的话，他们就没法实现。

问：谢谢您选择我提问。您开创一个公司的时候，怎么去找合作伙伴？第二个问题是怎样吸引、说服优秀的工程师跟您一块工作？

答：问题问得非常好，刚才你描述的情况是最大的挑战，也就是NVIDIA公司初期最大的挑战，很难解决这些挑战。怎么说服人家给你钱呢？相比吸引天才来说，实际上倒是挺容易的，为什么？天才有很多机会，他们会选择你或其他人，他们会选择你的事业或其他人的事业，他们的机会很多，被你吸引来，他们必须放弃其他事情到你这儿来。他们不光想怎么跟你合作，还会想机会成本，因为他们是天才嘛，可能百万分之一或者千万分之一，这是最难的一件事情，我现在没有答案。最重要的一点是要诚实，要非常诚实，必须有一个很坚强的信念。没有坚强的信念，怎么说服一个天才呢？也就是我怎样去吸引人才，这是很大的挑战。在公司创立之初，得信任别人，方方面面的信任，智力的能力、性格等等。

问：我是学软件的硕士生，我的问题是Google、微软很多研发中心都放在北京了，但是NVIDIA把研发中心放在上海，为什么？

答：问题很好，有两点，当你开始做一件事情的时候有两个方面要做。现在这个世界是非常平的，选址并不重要，我们在莫斯科或者波士顿、得克萨斯，或者在硅谷，不管在哪儿，深圳、上海都有研发中心，还有业务开发中心，一个是看这个地方有没有能力和人才，北京有很多，我们需要很坚强的领导层，我们搞研发中心，一定指的是非常强的技术领先。我们在北京的销售和营销市场都不错，在他们之下，可以在北京把我们的业务开发中心建得最好，不管在哪个地方选址进行中心的建设，必须把办事处建成最棒的，才能吸引其他员工。

谢谢你们提出很多问题，问的问题的确非常好，谢谢你们抽出时间，希望今后还能够再次见到你们。

雅芳董事会主席兼首席行政长官在清华的演讲

钟彬娴　2003 年 10 月 23 日

钟彬娴，美籍华人，雅芳公司总裁和首席营运长官。1958 年生于加拿大多伦多一个中产阶级移民家庭里，20 岁时她从普林斯顿大学毕业。钟彬娴加入雅芳，曾任公司总裁和首席营运长官，她还在《财富》杂志 2004 年公布的“全美最有影响力的 50 位商界女性”排行榜中，连续 6 年榜上有名。

各位晚上好！我感到无比荣幸能来到这里和大家探讨对领导力的认识，并分享我作为目前管理着一个主要跨国企业的为数不多的女性所经过的历程。

我现在注视着你们大家，你们中间有些人正处在职业生涯的起点，有些人已经在通向未来的道路上前进了，不管你在自己的道路上走了多远，我向你们保证前面有无数的机会和令人兴奋的东西等待着你。不管你想做什么你都可以做到。你能走得多远取决于你有多大的梦想和为了实现它们付出多大的努力。但无论你选择哪条路，我保证，有良好的教育背景作为基础，成功会来得容易得多。

我曾和来自全世界不同的人群分享过我的经历。但是在这个我父母和祖父母出生的国度，这个我一直被强烈的情感和文化纽带所维系的国度，能同各位分享我的成功感受是我极大的荣幸，也圆了我的一个梦。

我认为自己属于相对新一代的商业领导者，我们面对的是令人目眩的变化节奏以及被充满动荡的 21 世纪重新定义的全球经济和政治环境。

4 年前我被任命为雅芳的首席执行官，开始了改变我一生的经历。我们获得的令人瞩目的成功，全方位地将整个公司推向现代化。

今年的销售将达 67 亿美元，我们的股票达到了历史新高，我们的确取得了骄人的业绩。雅芳被财富杂志评选为最令人敬佩的公司之一，并连续 3 年被商业周刊评为全球最有价值的品牌。

大家可能还不知道的是，雅芳已在 143 个国家开展业务，我们运用直销模式，通过超过 400 万独立销售代表销售我们的产品。

在雅芳开展业务的所有国家中，中国毫无疑问是发展最快的市场。雅芳 1990 年进入中国，是最早采用直销模式在此地经营的跨国性企业。这些年来，雅芳不断

改变销售方式来适应中国市场和消费者的特殊需求。今天我们的产品通过5000家独立的产品专卖店进行销售，这些专卖店的拥有者都是极具魄力的本地企业家，是她们推动了雅芳业务的成功。

这些产品专卖店的拥有者大部分（超过3/4）是女性，体现了自雅芳成立之初就制定的为女性同胞提供业务和收入机会的一贯原则。这是我们远景的核心部分，它在全世界所有业务市场上都是一致的。

今天，在所有销售雅芳产品的国家，我们很自豪地被公认为“比女人更了解女人的公司”。为女性用户提供高质量的产品和收入良好的创业机遇成为我们一个重要的竞争优势。

这也是我们在中国的业务发展如此之快的原因之一。在过去的4年里，我们取得了销售业绩每年30%的强势攀升。2003年我们预期的销售总额将达1亿5千万到2亿美元。我们已成为中国女性中的第一护肤品牌，也是她们最钟爱的三个化妆品品牌之一。我们在27个省市开设了74个分公司，另外在广州，雅芳还拥有一家投资额达4 100万美元的先进全球生产基地。

展望未来，雅芳的战略是把中国作为全球第一的市场进行拓展，这一战略也是我们为身处这个伟大国家的所有具有企业家精神的女性同胞带来新机遇这一强烈愿望的体现。

当我回首过去10年尤其是最近4年中获得的成就，的确是雅芳获得突破性成功的阶段，惊险刺激，同时也付出了很多辛劳。乘坐过山车似的感觉令我见识了很多有关当今对经营企业越发复杂的要求，关乎我自身能力和常常挑战自己的需要，以及要做一个更好的领导人的不断更新的自我期望。

在我刚成为CEO的时候从未想到过会有这么大的幸运，同时又接受这么大的挑战，以及它们会给我的生活带来如此大的变化。我不知道作为领导这家公司的第一位女性意味着怎样的特殊性和责任；或者是作为当今为数不多的女性CEO怎样为我的华裔文化背景取得平衡、并时刻处于被审视之中；或者是在前所未有的环境下担任这一职位所肩负的责任；还有在今天这个每时每刻都在变动中的世界里做一名优秀的商业领袖所代表的意义。

作为极少数领导着主要全球性企业的女性中的一员，回想我的迅速成长过程，我发觉自己不断地想到我的中国文化传统这一宝贵的赠与所带给我的极大幸运。

我在一个传统的中国家庭里成长，家人不强求我成功，但期望我成功。我父亲出生在香港，是一名成功的建筑师。我母亲生于上海，是当时加拿大多伦多大学研究生班里培养出来的第一位女性化学工程师。他们刚到美国时一句英语都不会，但他们勤奋工作，都充分发挥了自己的潜力。他们的成功为我树立了非常好的榜样。

我的父母从过去到现在始终是我唯一和最大影响力的来源。在教育我和我弟弟时他们尊重我们的观点和传承的中国文化，但也不遗余力地把握所有让我们接受教育的机会，以及帮助我们适应美国社会并在这个变化不断的世界里获得成功。

我和我弟弟同我们的美国同龄人获得的机会是均等的：同一个学校、同样的网

球课、同一个钢琴老师……但我们被中国传统文化熏陶的思想是一个很大的优势，我们为此感到骄傲。父母亲一直教导我们要为自己是中国人感到自豪，今天我和我的弟弟回想在家的成长历程还会由衷地微笑。我们始终相信作为中国人是生命中最大的优势，在家里所有重要的东西都是中国来的，在中国发明的，都是中国人的。

我们念小学时去纸浆厂参观，教我们纸是怎么生产的。我们回家崇拜地描述一番后，母亲说，纸是中国人发明的。我们最喜欢的邻居是意大利人，他们邀请我们去吃意大利面。我们兴奋无比，父亲会提醒我们马可波罗是从中国把面团带回去的，不是意大利的，而是中国的……不断如此。我们永远无法忘记他们是如何教导我们为自己的传统感到自豪。

当我最初成为CEO的时候，一个著名的美国电视记者采访我的父亲时，问他是否早就知道我会在商界获得成功。不，他回答，正相反，他好多年一直担心教育我成为一个孝顺的中国女儿会妨碍我在一个他认为充满了具有攻击性和残酷无情的典型美国CEO们的圈子里和别人竞争。实际上，他写了封信给我，我还保存在我办公桌抽屉里。信是由中文翻译成英文的，信里这样写道：

“记住，成功的中国人具有和其他人不同的特质……所有事情都要努力做得最好；做一个愿意为培育子女放弃自己的快乐的杰出母亲；慷慨、公正、宽容、和人分享你的文化还要热情学习别人的文化。但除此之外，记住远离傲慢和自吹自擂；保持礼节、容忍、理解对别人的同情心，还有最重要的，要化解你的怒气和悲痛，不是压抑它们，而是把它们转变成有帮助的、正面的情感。在虚伪的年代和环境中，你有一个珍贵的中国文化传统，我们为能把它传递给你而骄傲……”

于是，伴随着我抽屉里我父母对杰出的领导力的定义，我敢于将攻击性重新定义为决断性，但希望永不具有伤害性，来确保我在作出硬性的决定时能足够强硬，但又不失公正，始终善待别人……提醒自己既要具有中国传统所鼓励的谦卑和感性，同时也要有商界高压力环境所要求的外显的自信和勇气。

从某种意义上，我自己的经历映射了商界中的许多女性，她们也在为保持最佳的自我和追求成功的管理生涯而奋斗。在我访问期间，我遇见了很多女性，同她们交谈，我感到欣慰的是在所有领域、机会的大门已经为女性同胞打开。但我也知道真正的改变是漫长的，我希望我自己作为女性和领导者的经历会提供一个有价值的视角。

作为一家“比女人更了解女人”的企业，雅芳对于为女性提供发展机会的信念是第一位的。你们可能知道雅芳的高级管理层很多是女性。实际上，这也是我10年前加入这家公司的原因之一，然后不断努力工作，得到升迁，承担更多的职责。

但有意思的是，只有在近几年这家“比女人更了解女人”的公司才让女性出现在高级领导层的职位上。10年前，执行层队伍中几乎没有女性，而中层管理人员中也最多只有零星几个。这是一个客户和销售人员几乎100%是女性的公司，但有能力的女性偏偏无法上升到高位。

这不仅不公平，也是一个很糟糕的决策。没有女性参与的管理层开始给雅芳带来损害。1975—1985年间，超过1 250万妇女加入了美国的劳动力。这些职业

妇女需要新的服务。但是，那时雅芳的领导团队还是全部由男性组成，我们计划市场战略时听不到女性的声音，结果便是美国这个我们最大市场上的销售情况受到冲击。

幸运的是，雅芳学会了改变。男性和女性现在作为平等的伙伴一起共事。他们互相学习，互相尊重。我们仍向男性高级管理者提供最佳的职业发展机会，但现在，女性有了同样的成功可能性。

今天，雅芳的11位董事会成员中有6位是女性。我的助手是一名女性。我们全球的管理层几乎一半是女性。重要的是，我们设立了特殊的项目来培养下一代的女性职员，她们接受培训准备将来成为各个全球市场的总经理。

我感到同样兴奋的是雅芳在中国培养下一代女性领导者的成果。这里有78%的成员是女性，女性更在经理和主管队伍里占75%，在最高层的管理人员中占30%。

随着雅芳在为女性服务方面的声誉和对我个人职业成功的宣传，我经常被问及对如何成为明日的领导者有何建议。其实，回想我的职业生涯，我逐渐相信的确有一些非常特殊的要素决定了哪些人会成为领导者，并帮助她们在今天高度竞争的环境中显露锋芒。

首先是热情。你必须热爱你的工作。你为每天去工作感到兴奋。我念书的时候老师教我们市场营销的四P原则：产品（Product），价格（Price），地点（Place）和促销（Promotion）。但他们没有告诉我们第五个，就我的体会也是最重要的原则：热情（Passion）——这是成为一个真正的长期成功的领导者的关键。

不管你选择哪一条职业发展之路，我相信你必须热爱你所做的。我的个人经历证明了这一点。在雅芳我曾经错过了一次晋升为CEO的机会，那时我可以得到一份领导另一家公司的工作。但一位我所尊重的女性给了我很好的建议。她让我听从内心的选择，而不是头脑的。于是我听从了内心留在了雅芳。最终，我获得了晋升，但最重要的是，我始终热爱我的工作，这才是最主要的。

第二个领导力的特质是同情心：关心别人。我在雅芳任CEO的4年里，不得不作出一些很难作出的决定和通知，例如，取消某个职位和关闭一个工厂。这些都会伤害别人。这是工作残忍的一面。但我相信在这些决定中我们表现出了同情心和公平性，以及对人的尊严的尊重。尽管面临着环境的压力和要求，但那些希望成为明天的企业领导者的人有这个责任承担起这份同情心和维护人的精神。

同情心和谦卑是相通的。许多人在得知这是雅芳的价值观之一时感到很惊讶。我们没有人能回答所有问题。我们必须相互倾听，因为倾听让我们更强大。我了解我自己一方面就是我在解决问题时会很不耐烦。我直接去寻找解决方案而不是先听别人的意见。我必须要学习了解其他人能给我的有价值的建议，而倾听使我成为更好的领导者。

为了成为一个好的倾听者，我现在每年4次把员工从世界各地（包括中国）集合到纽约，以便听取她们对改进业务的建议。我会一整天与她们见面，主要是倾听。这是我做的最重要的事之一。

在当今复杂的世界中，获取平衡是另一个主要的领导能力，尤其对于女性这个

挣扎于许多有时还相互矛盾的角色中的群体。作为一个有两个孩子的职业母亲，我的女儿 Lauren 14 岁，我儿子 Jamie 6 岁，我经常在如何求得平衡中摸索。别人总问我是怎么做的，我的回答是——工作和家庭的平衡非常不容易。

我举个例子。我是一个商界 CEO 委员会的成员。最近我们应邀到华盛顿去和总统见面。这很令我兴奋。这个机会太难得了。唯一的问题是，这次会见的时间正好是我女儿第一次离家去旅行，这对她和她的朋友们很重要。她希望参加几天的旅行，更需要我和她在一起。

我怎么办？其实我心里从来没有犹豫。总统并不需要我是否在场，但我女儿需要。所以我义无反顾地和她一起去车站。不去白宫不会影响雅芳。但我也告诉女性朋友，有时候你的工作排在你私人的事情之后是完全正确的。有时候，工作很重要，但有时候你的家庭更重要。

我今天和你们分享的最后两点优秀的领导力特质可能是所有特质中最重要的，而我们如此幸运因为它们都是我们中华民族文化的根基，是我们几乎从出生那天起就开始向父母学习的。

第一是坚持。我所谈的是最基本的努力工作和在困境时也能如此的信念。在今天快节奏的商业环境下，意料之外的挑战来自四面八方，看不到尽头。有时候我读一些写我和我的职业生涯的文章，看上去好像一切都很容易。但相信我，没有一天是容易的。我现在要比以前任何时候都还努力工作。我必须接纳不断地变化，每次我认为终于掌握局面的时候一项新的没有预计到的挑战就会冒出来。

很多时候你们会感觉面对的挑战令人无法招架。我们每个人都会有这样的阶段。当你试着努力作出一些成就的时候，它们就会无影无踪了。

坚持和勤奋会帮助你度过困境。我的父母给我灌输的这些特质，的确很不一样。有时候我看到年轻的美国人在遇到困难时就放弃了，我总是建议他们再试一次，再一次，再一次。没有达到目标决不要放弃。这就是为什么有人能够到达顶峰，而有人却没有。

勤奋工作是最基本的，但是光有勤奋不会有用，除非你知道自己的目标要往哪里去。

第二是梦想。这是领导力的最后一个要素。这个世界上所有的伟人成就都始于一个梦想。

雅芳有很大的梦想。其实我们公司今年的主题就是“拥有更多的梦想”。我们想在美容方面成为世界第一；在客户和销售代表满意上也成为第一；我们想成为最佳的雇主；我们想成为慈善事业的领导者；我们想做世界最成功的企业。

我个人也有一个梦想。我的梦想是为全球的女性带来一个全新的体会和帮助改变生活。每次一位女性开设一家雅芳产品专卖店，我们就在帮助她实现创业的梦想。这是一个无限机会的梦想。这是希望的梦想。这也是中国梦：没有什么是不可能的，成功将和你的想象力一样大。

很多意义上，中国梦的确是最大的梦想，这是一个我们共有的梦想，我们不是孤独的。自从有历史以来中国的梦想吸引着世界的想象力。从哥伦布到马可波罗，

探险家长途跋涉为了揭开中国的神秘和发现这里的财富。

中国梦是我们有幸从传统文化中继承下来的。在中国逐渐成为世界性的大国时，这个梦想成长地更快更明确，全球都投以崇敬的目光。我为能目睹这样的成长和成功而感到无比自豪，为这是我自己的传统文化而无比自豪。和你们一样，作为中国人我很骄傲，也为拥有这样的美好的传承而无比感激。这是我的生活和事业中指引我方向的根源。

作为结束，我鼓励你们大家充分利用你们拥有的这个优势。

你们拥有这份宝贵的传承，包括对勤奋工作的价值的尊重。你们知道什么是重要的并且努力实现它们。你们在追求目标的时候会坚持不懈。

在你们追求这些目标的时候，我鼓励你们树立更高的理想。梦想更多的东西。大胆地梦想。发挥你们的想象力可以达到任何的高度。

不管你梦想什么，我毫不怀疑你们可以做到。世界向你们展开。所以尽管去实现你们的梦想吧。

自主创新，打造民族品牌

徐　航　2009 年 7 月 15 日

徐航，1984 年毕业于清华大学计算机系，1987 年获清华大学电机工程系生物医学专业硕士学位。现任深圳迈瑞生物医疗电子股份有限公司董事长。清华大学兼职教授。

各位领导，各位老师，亲爱的学弟学妹们：

大家好！

今天我应母校的邀请参加同学们的毕业典礼，感到非常荣幸。看到在座的同学们我仿佛又回到了 25 年前，和同学们一样享受和经历着这难忘而又激动人心的时刻！作为师哥，我向你们顺利完成学业表示最热烈的祝贺！在各位即将展开人生新里程的时候，我将毕业后走过的路程和体会简要汇报一下。

1979 年我从广东考入清华大学计算机系，1987 年获电机系生物医学工程专业硕士学位。毕业后我来到深圳一家中外合资医疗器械公司做技术研发工作。当一接触到工作实际，我才真正发现中国的医疗器械技术水平十分落后，在中国国外医疗器械几乎占据了国内市场 90%的份额，尤其是高端医疗设备几乎是清一色的洋货，这些进口医疗器械带来的高昂费用不仅加重了普通百姓看病的负担，而且形成了国外公司的垄断局面。面对这严酷的现实，我在想，我是学生医的，作为清华人，我应该为国家做点什么呢？一种强烈的责任感驱动着我：越是在国外产品一统天下的情况下，我们越应该而且有可能做点事情，打破这种局面。于是 1991 年我和我的几位同学、伙伴自立门户，在深圳创建了迈瑞！

迈瑞一诞生，就遭遇到了残酷的竞争，在 GE、飞利浦、西门子等国际巨头的包围中求生存，员工戏称迈瑞是“刚上篮球场对手就是乔丹，刚上拳击台对手就是泰森”。而这么多年来，可以说在迈瑞进入的领域，我们打败了“乔丹”，打退了“泰森”。靠的是什么，靠的是自强不息的精神，是胸怀理想脚踏实地的不懈努力。这么多年了，我仍然清晰记得，第一次带着自己的产品去北京参加展会，9 平方米的展台，迈瑞只有实力租一半，所有人都是身兼技术员、业务员和搬运工。当初最大的困难是缺少资金和人才，我们一方面靠代理国外产品来积累资金，争取社会风险投资；一方面下决心组织队伍，加大科研力量，加班加点搞研发。由于我们做的在中国几乎都是空白，困难可想而知。迈瑞目前各产品线中的第一代技术平台都是经过 4—5 年的技术攻关才做出来的，第一代彩超就是经过 5 年的攻关才取得成功

的。在业内，迈瑞人被公认为是最能吃苦、最富有创新精神的。这些年，我们探索了一条在中国，依靠中国人才做的世界级医疗设备的路子。目前迈瑞已成为中国最领先的医疗设备企业，员工从最初的 7 人发展到 5 500 多人，其中清华校友有 46 人，研发人员多达 1 500 人，去年还以 2.5 亿美金收购了一家美国企业，整个集团中外籍员工超过 500 人，初步有了国际化企业的雏形。

经过 20 多年的艰苦奋斗、艰难创业，迈瑞公司的产品涵盖生命信息、临床检验、数字超声、放射影像四大领域。我们创造了一系列中国医疗设备领域的第一：中国第一台血氧饱和监护仪，第一台自动多参数监护仪，第一台全数字彩色多普勒超声诊断仪等等都从迈瑞诞生，迈瑞的产品不是拿国外零部件组装，而是掌握了先进的核心技术和完整的自主知识产权，产品不仅畅销国内，从此结束了洋品牌在国内市场的垄断历史，而且远销海外，去年迈瑞 60%的产品以自主品牌销往国外 170 多个国家和地区，其中一半销往北美和欧洲。从英国伦敦皇家医院到欧洲最大的艾滋病治疗医院都安装了大量中国迈瑞公司的产品。2006 年 9 月我们在纽约交易所成功上市，成为中国第一家登陆美国股市的中国医疗设备企业。

回顾自己多年的创业经历，我只干了一件事情，就是一直在医疗设备领域摸爬滚打，不曾改变。今天再次回到母校，有三点体会与同学们分享：

其一，中国要跻身于世界强国之列，必须在科学技术上独立自主，自主创新。中国的民族工业一定要打造属于中国自己的民族品牌。只要我们坚持创新，中国的技术型企业在市场上并不怕外国企业，清华人绝对是创新的主力选手。以迈瑞为例，多年的技术创新使原来垄断国内监护仪领域 70%以上的市场份额的跨国公司，如今只剩下 30%的份额。迈瑞的崛起，使得国际品牌的价格直接大幅下降 50%以上，从而使中国的普通老百姓直接受益。温总理来企业视察时曾问我："你们迈瑞怎么能做到这样？"我说："第一，我们完全掌握了先进的核心技术，水平不比国外差；第二，服务好，价格便宜；第三，满足需要，不断更新产品的速度快"。我一直有一个目标就是"要让迈瑞成为世界级企业，向全球提供最优性价比的医疗设备和服务"。

其二，我的成功方程。每个人都渴望成功，尤其是我们清华人。清华校训"自强不息" 就是不甘落后，不断追求卓越。成功虽然没有绝对的标准，我们能作出一些对社会有益、别人不容易做到的事情就是成功。但我以为成功的人却有一些共同的特征。我用一个积分方程来总结就是：成功=能力×努力×运气，再把这个结果用时间进行积分，积分就是相加，以时间为轴，就是要在一件事上持之以恒、不断努力。想要成功的人要有一定的能力，但并不是能力强的人一定会成功，还必须加上努力。能力差一点不要紧，多努力就可以了。成功也离不开运气，运气不仅与能力和努力有关、更与时间有关，能坚持的人，他的运气就会比浅尝辄止的人多得多。

其三，事业的成功贵在坚持，做任何一件事情都必须有坚定的信念，矢志不渝。我当初来到深圳时，面对很多赚钱的机会，我都没有动心。为什么？我就是看准了发展医疗卫生事业这个方向，一直向前，排除万难，不论遇到什么困难，决不动摇。在中国，我们用了10年时间才让中国的医院对国产设备建立信心。时至今日，迈瑞每进入一个领域，几年内就会成为中国市场的领先者，这就是坚持的力量。我常常告诫自己：做事情不要只顾眼前利益，要看长远发展。不要先讲个人回报，不要先问国家为你做了什么，而首先要问你为国家做了些什么。

同学们，多年来我一直为我是一名清华人而骄傲和自豪。我十分感激母校对我的培养，是母校给了我自信心、扎实的基础和吃苦耐劳的精神。为此，在我的事业取得一定成绩的时候，除了热心支持社会公益事业外，就有一个强烈的愿望——回馈母校。2011年是母校建校100周年。我和其他3位年轻校友一起捐资兴建了新清华学堂，以表心意。我想今后不断回馈母校，也是我奋斗的重要动力和成功标志之一。

最后，我衷心祝愿同学们未来的道路越走越好，我相信在座的学弟学妹们每个人都有成功的机会。也让我们一起祝福我们的母校继往开来、再攀高峰、早日跻身世界一流大学。

谢谢大家！

BEA 系统 CEO 在清华大学的演讲

庄思浩　2002 年 12 月 18 日

庄思浩，华人软件英雄，BEA 公司创始人之一、CEO 兼总裁。1995 年 1 月，与同事联手创办了 BEA 系统有限公司，并先后担任总裁兼 CEO 及董事会主席。

我是 BEA 系统有限公司的 CEO，也是公司创始人之一，也许你们知道我们的产品，但是你们可能不知道：BEA 自 1995 年创立以来，它成为历史上年营业额最快达到 10 亿美元的公司，它的成长速度甚至超过了微软——我很乐于提及这点。

你们也许注意到了，我是中国人，是世界上少数经营 10 亿美元公司的华裔 CEO 之一。这太奇怪了，不是吗？全球很多公司都依靠中国人的智慧，但是当你放眼管理层时，又有多少中国人呢？非常之少，绝对不够！

这是为什么呢？也许是因为民族歧视，但是也许还有其他的原因，来自我们自身的原因。我们能够承担最好的技术工作，因为做技术感觉很舒服，但我们很少尝试成为 CEO，因为学习管理超出了我们的舒适区。

我毫不怀疑这个屋子里的每个人都能出色地承担技术职务，但是我非常希望看到你们取得更高的成就——成为全球财富 100 强公司的 CEO，使你们不仅在中国是出色的一群，在世界上同样如此。

你们如何实现这一点呢？我希望我能有一个秘诀每一次都能起作用，这样我就去卖这个秘诀，而不是卖软件，而 10 亿美元年营业额也就是小意思了。

但遗憾的是，根本没有这样的秘诀，我所能做的，只是与你们分享我从自身经历中所学到的一些东西，希望你们能够由此去思考、去尝试。最初，我学的是医学，但是我意识到我太害羞了，无法成为一名医生，我不想和病人打交道，所以我成为一名技术人员——只有我和电脑，我不用和任何人打交道。

但是我必须从他人获得订单，我一点都不喜欢这样。当我的想法更好时，至少我是这么认为的，但是我却要执行别人的想法，我会很生气。但是作为一名技术人员，我怎么能够实现我自己的想法呢？这是不可能的，我只有成为一名管理人员。

学习成为管理人员的技巧，对我来说是一件很恐怖的事，我不得不面对他人。而且如果是作为一名医生去面对病人，还会有一些优势。但是要面对根本不必敬畏我的人，我该怎么办呢？

我不得不学习如何领导，必须对自己有足够的自信，让其他人为我的想法工作。

我不得不学习如何沟通。如果从前有人跟我说，有一天我会在电视上侃侃而谈，会面对你们演讲，我会认为这是绝无可能的。如果让我面对5个人来介绍我对技术的想法，我会连嘴都张不开。

正是从那时开始，我开始发展对我的成功来说非常关键的三个要点：

第一点就是要设定自己的目标。如果你没有自己的目标，你就只能去追随他人的目标。我的目标就是从舒适的技术的盒子里跳出来，在管理层开辟我自己的路，使我能够实现我自己的想法。

第二点是要坚持。我必须要告诉你们要有恒心。我相信你们都是经过非常刻苦的学习来到这里，但是当你进入商业界时，尤其是国际商业环境，你会发现，有太多太多的障碍阻碍你的成功。如果你没有耐心，不够坚持和有恒心，这些障碍就赢了。我个人面对过无数阻碍我成功的困难，这使我相信，没有什么问题是不可能发生的。

第三点是要保持谦逊。相信自己，同时要勇于正视自己的错误。开放的思想才能成为最伟大的思想。有时，当人们成功之后，就会忘记谦逊。在我的公司，因为我是领导者，人们对待我就像对待一位老式的国王一样，我的同事们认真对待我所说的每一个字，有时甚至是过于认真了。我也只是一个人而已，毕竟，我也会犯错。当你周围的人对待你就好像你从来不会犯错一样时，你必须提醒自己：庄思浩，也许你错了！

这就是我的三个原则：设定目标，持之以恒，虚怀若谷。我是怎么执行这三条的呢？

正如我提到的那样，我的目标是成为国际公司的最高层领导人。为了掌握我所必须的技巧，我在一家主要的高科技公司的各个部门都工作过：销售、市场、服务、开发、IT和人力资源——我在这些领域工作直至我对这些都很在行。

为了能够更好地沟通，我曾经参加一个喜剧演员的培训班。我们班上的人，都是不懂得如何站在台上，面对怀有敌意的观众讲笑话，展示自己。这确实很痛苦，但是我完成了这个课程，因为我有恒心。

当BEA最初成立时，保持谦逊并不难。1995年，我和在SUN的两位同事Bill Coleman和Ed Scott共同创建了BEA。在我走进BEA办公室的第一天，那是一间很小的房子，没有窗户、没有家具、也没有电脑，我从家里搬来了传真机。

我自己都难以置信，我会离开像SUN这样一家成功的大公司，放弃值很多钱的股权，只为了追随自己的目标。那时，我是非常谦逊的。我们在实现自己的目标上是非常坚持的，我们成功了。BEA现在已经遍布全球。我们有13 000多个客户，在35个国家设立了92个办公室。每天全球95%的ATM交易都是通过BEA产品实现的，我们还在全球的电子商务中扮演着重要的角色。BEA是第一家跟中国企业合作的外资软件企业之一，1997年，在硅谷创立公司仅仅2年之后，我们进入了中国。

我们在中国一开始只有3个人，在北京一家宾馆的房间里办公。而今天，我们在中国的团队已经超过120人，为700多个中国客户服务——包括主要的电信公

司、银行、金融机构、重要的政府部门和企业，我们在中国有超过 300 个合作伙伴，并在北京、上海、广州和成都设立了办事处。我们已在我们的目标市场中赢得了大部分市场份额。我们感到非常荣幸能和清华大学在软件领域合作。

同时，还有一点让我非常骄傲的是，BEA 中国公司的所有人都是中国人，包括我自己。作为一个中国人，能够在中国面对听众讲商业、讲技术，我感到非常高兴。中国是全球经济的亮点，当世界其他地区的经济都萎靡不振时，中国的国民生产总值却保持 7%的年增长率，并且从未停止。

华尔街雷曼兄弟投资公司预期中国平稳的经济增长将在不到 30 年内成为世界第二大经济国，这就无怪乎外国公司都争着进入中国做生意。据联合国报告，中国将很快超过美国成为最大的外资直接投资国家。据世界银行统计，中国的出口已经超过日本，并且其购买力将在 5 年之内超过欧盟。在美国，我有时觉得一些商业人士真希望时光倒流，而在中国，黄金时代还在前方。

上周三，12 月 11 日，是中国入世 1 周年。仅仅用了这 1 年，中国已经确凿无疑地向世界证明中国是未来之星。正如《纽约时报》在这个月初所说的："中国的崛起是世界最重要的长期趋势。"中国的年轻人正在回流，新机会如磁石一般吸引着那些在海外寻求财富的优秀的年轻人，在过去 20 年中，有 40 多万中国人到国外学习，有 14 万人已经回国，带着他们的高学位、在硅谷的经验和风险投资。

深圳市长于幼军在报告中说，深圳有 300 个由归国华人运营的公司，而且每年还有 1 000 多位海外学子回来。这种趋势在清华也有所体现，香港实业家李嘉诚在清华大学和斯坦福大学设立了物理联合教授，从我在加利福尼亚的家到斯坦福大学只要几分钟。李嘉诚的这一计划鼓励更多的中国科学家投入到中国的教学之中。担任联合教授之职的是张寿诚，他还是华远科技协会的副总裁，这是圣弗朗西斯科的一个促进美中的学术与商业交流的组织。该协会在美国有大约 2500 名成员，包括学者和主要风险投资公司的合伙人。这些都表明了很好的发展势头，让我们和我们的资金更接近我们祖先的土地。

中国是一个巨大的几乎未开发的市场，这里有 13 亿人，其中 4 亿 5 百万人都有电话或是手机——而这只占了人口中的少部分。仅仅是在国内做生意，就有很多成功的机会，不过，中国最优秀的人才，譬如你们，真的只满足于在国内发展吗？难道放弃全球其他地方吗？我想，在中国之外还有很多挣钱的机会，同样会遇到许多创业的挑战，有很多领域要征服，很多地方要改善。为了重新赢得曾享有数千年的全球领导地位，中国必须登上世界舞台！中国的劳动力的价格具有全球竞争力，但是这个市场的回报率正在下降。中国，以其智慧而闻名，与其比拼廉价劳动力，不如在脑力竞争上获得更大的优势。

当你们在学习期间，BEA 已经与你们中的许多人一起工作，而且 BEA 非常希望在你们毕业后与你们合作，在知识产权的基础上创造世界级的华人经济。知识产权经济是一个回报率快速上升的市场。作为一个软件人员，我深信软件的知识产权能量能够在公司之间乃至国家之间的竞争中创造竞争优势，我也相信 BEA 能够帮助中国建立基于知识产权的经济新生态。

最佳的商业软件能够以价值驱动业务流程的形式，促进企业内部和企业之间的智能信息的流动。在全球，企业开始认识到管理信息流比任何一个单独的应用软件都要重要。《哈佛商业评论》的编辑 Tom Stewart 认为，应该“专注于信息流，而非物流”。

BEA 认为可以借助“汇聚”的概念来描述最佳的信息流：阴阳相生，集成与开发之间的协作关系。将“汇聚之道”在信息流上应用得最好的公司正是最有效率的公司。无论你研究哪个行业——电信、金融服务、政府、制造、能源——效率都是成功的关键。在流程的每一个环节——开发、设计、生产、分销、销售、客户服务——最有效率的公司成长得最快，并会获得成功，而其竞争对手则会失败。

在未来的 10—20 年中，采用“汇聚之道”的公司能比其竞争对手更好地管理信息流，他们将会成为赢家。我们倡导高效的全球经济——全世界都像一个股票交易市场一样，信息可以在任何人之间实时分享，企业必须快速、正确、高效、有效地作出决策，否则就会死亡。

软件正是关键，软件可能造就企业的成功或是衰亡。中国的硬件业已经迅猛发展，但还要建立起强大的、以知识产权为基础的经济新生态，以与全球其他国家在平等的基础上竞争，中国必须发展自己的软件产业。这并非易事，但也不像你们所想象的那么困难。

你们正是中国新经济的先锋，BEA 将帮助你们实现比你们所想象的更大的、更快速的跨越。我来告诉你们 BEA 如何实现这一点。准确地说，BEA 正是“汇聚之道”。我们的 WebLogic 企业平台就是我们实现汇聚之道的核心，它是一个全新的计算架构，一个构建于 J2EE 开放标准之上的 Web 平台。

它汇聚了最好的组件，包括集成、开发、门户和配置功能，它还是：一个 XML/Web 服务堆栈？一个通讯/事件基础架构？一个集成适配器？一个安装、维护与支持产品？一旦启用这个 Web 平台，“汇聚之道”就实现在望。

现在，我再坦率地谈谈软件。对于新软件成功的最大的障碍就是——以前的软件。对于几年前发展起来的国家，IT 全都是关于以前的软件，继承、服务、支持、处理……全都是围绕着以前的软件。这就好像背负沉重，却要高高跃起。企业所能跳跃的最高高度完全受限于原来的软件——最薄弱的环节决定了整个链条的强度。这正是软件的致命之处：它不仅无法与以前的原件交互，而且无法与和它协同的软件交互。通过汇聚技术，我们可以改变这种状况，使企业可以赢得三大竞争优势：流程化、信息存取和应变。让我们更深入地来看。

为了实现效率最大化，企业必须建立、管理和优化端到端的业务流程，它涵盖了应用程序和相关企业；实时访问，在合适的时间，将合适的信息传达给合适的人群——让企业在实时经济环境中更有效地响应客户；建立能使企业在竞争环境中持续、灵活地应对变化的 IT 平台，使企业具有更好的适应性。分开来讲，流程、访问和变革并不是新东西。但是在一个高度竞争的实时环境同时实现这 3 个功能则是从未有过的。

BEA 的 WebLogic Enterprise Platform（WebLogic 企业平台）提供了软件基础，

使企业能够改变开发、集成和扩展其关键业务应用和业务流程的方式。BEA 正在帮助全球的企业——包括中国主要的电信运营商、公司和政府机构——成为各自行业的领导者。诚然，我们并不是全球 2000 强企业唯一的 IT 供应商，但是，我们所承担的都是战略型项目，帮助他们重新定义其业务。

在商业中，成为先行者有着显而易见的优势。亚马逊是电子商务的先行者，BEA 是认识到中国巨大商业潜力并且进行投资的先行者，现在，我们正在获得回报。但是成为先行者也有不利的地方。你辛勤耕耘，却为后来的追随者开辟了前行的道路。美、欧的企业对此已经深有感触。当他们以光速奋斗前行时，却为原有的系统所阻碍，纷繁复杂的应用和孤立的数据降低了信息流，浪费了处理时间并且效率低下。最佳的进入者要比先行者更棋高一招，最佳进入者在先行者的问题即将获得解决时进入该领域——而有时，先行者未能等到问题解决就销声匿迹了。

如今，中国刚刚进入知识产权经济新生态，它有机会成为软件技术中的全球最佳进入者，而其他国家的企业为过去的复杂的系统所累，其生存岌岌可危——包括集成商或是开发商。迄今为止，集成解决方案只是将点到点的应用集成起来，但是他们无法提供一个能够让企业构建和部署业务流程的开发基础架构。而另一方面，应用开发所处的境地是，从来没有人预见过有朝一日应用程序要集成到一个复杂的环境中，而且要与企业的业务紧密结合——而现在的事实正是如此！开发人员就是这么向我们抱怨的——7 000 个开发人员参加了 BEA 2002 年在全球的“dev2dev”活动，我们听到了太多这样的指责。

BEA WebLogic Enterprise Platform 完全消除了这种问题，在集成方面或开发方面的问题。我们的 Enterprise Platform 是一个统一的、简便的、可扩展的应用基础结构层，使开发和集成汇聚到一个统一的平台上。

现在还有个好消息：相较美欧的竞争对手，中国公司所能立即拥有的竞争优势，也是我所羡慕你们的——速度。没有给中国拖后腿的历史遗留问题，你们所建立的每一个软件都具有更高的产能——而这一点正是困扰美欧企业之处。当然，没有历史遗留问题并不是中国的唯一优势，中国的智慧、技术能力、锲而不舍的奉献精神都是举世公认的。因此，相比其他国家，你们能够更快、更好、更灵活地做事。这就是为何我对未来有如此之高的期许！

今天，中国的大多数企业级应用软件都是引进的，但是很快，你们的优势就使你们能够挑战美欧在软件业的领导地位，并且开始出口软件。BEA 非常希望能够成为你们的合作伙伴，和你们共同参与全球竞争——用在中国开发的软件！从头开始，没有历史遗留问题拖你们的后腿，这只是中国的又一个优势，中国将超越第一个先行者而成为最佳进入者。在这里，我想引用一个例子来说明你们所面对的机会，我们可以看看中国和西方在 Internet 协议版本 6，也就是 IPV6 上的差异。中国已经为 IPV6 的高速和大容量做好准备了，但是美国却在抵制 IPV6，因为如果移植到IPV6 上，意味着要改造现有的基础架构并放弃某些计算机和网络软件，虽然西方的 IP 地址已经出现短缺，但转移到 IPV6 上的代价太昂贵了。中国没有这样的问题，相对人口而言，中国已经应用的 IP 地址还很少，如果中国率先实施IPV6，中国将是第一个编写这些新软件的国家，可能这时其他国家刚开始打草稿。你几乎可以在所有的垂直市场都能找到这种巨大的发展机遇，而世界的其他国家只能勉强跟跑。在起飞的时候，BEA WebLogic Enterprise Platform 能助你一臂之力。

当你们离开校园时，你们在工作岗位上的成就将载入史册，你们在不到一代人的时间里带领中国走上世界舞台，你们正在完成一个非凡的使命：在千年历史的辉煌之后，用全新的思想实现中华民族的伟大复兴。你们将成为先锋，为你们的几亿同胞广泛创造繁荣，你们将使中国的科技屹立于世界之巅。我相信，如果数年后我们回首，发现中国的经济是更多地依赖于思想和信息流而非劳动力，我会想起我在这里渡过的这一天：在诞生这一伟大变革的发祥地，对你们演讲，和你们分享我的心得。

你们在未来的作为至关重要，能够竭尽所能帮助你们是我的荣幸，也是 BEA 的荣幸。但是，你们知道，那并不够，正如我在演讲开始时所说的，在全球财富 100 强中，华人 CEO 太少了。我们成为国际企业领导人的可能性似乎不大，更难成为全球的政治领导。如果你希望生命中有所挑战，机会来了：走出去，改变这种可能性！

让你自己走出舒适的技术世界，强迫自己学习管理技能，甚至和媒体打交道、当众演讲的技巧。设定一个目标，然后不懈前进，持之以恒；如果有人把你打倒了，站起来，继续前行；无论你取得了多大的成就，保持谦逊；承认错的可能是自己。

谢谢！

自由软件运动和 GNU

理察法·斯德尔曼 1999 年 10 月 29 日

理察法·斯德尔曼是著名的自由软件运动领袖、GNU（自由软件协会）组织的创始人，是自由软件的精神领袖，是无数程序员和用户心中的“最后一个真正的黑客”、自由软件的奠基人。

大家好！很高兴能够来到中国。看到在座的有这么多自由软件的爱好者和追随者，我感到自由软件在中国有很大的潜力，你们将是中国自由软件未来的希望。今天，我要给大家介绍一下自由软件和 GNU 的发展。

使用软件的规则。

当人们要问：这个社会使用软件的规则是什么？考虑这个问题的通常是软件公司的人，他们完全是出于自私的角度来考虑这个问题的。他们为了管制住别人不从他们身上拿走钱而制订这个规则。

早在 20 世纪 70 年代，我就关注这个问题。当时我们这些程序员们是在一起合作共同分享这些软件成果。正因为如此，我得出了完全不同的结论。我们的社团是这样工作的：我们会从斯坦福获取新的程序软件，或者一些源代码去写一些更好的程序，来解决一些原有的问题；或者你可以用那些源代码去实现你的想法，写一段更好的程序，甚至你可以切下一段程序用于你工作的另一段程序上。人们把这个称为软件的再利用。这样你可以把一段程序用于很多方面，这是我们这个社团致力的方向，也可以称之为对人类知识宝库的贡献。

我们并不针对任何人，相反我们是为所有人工作的。我们这个社团包括 MIT 的实验室人员，还有像斯坦福和康尼伯格大学的人员，甚至一些计算机公司的人员也加入我们的行列。但我们这个社团与计算机使用者不同，我发现了一些计算机使用者最关心的问题。

打印机的启示。

举一个例子，施乐公司当时送给 MIT 一台激光打印机，这是一件非常珍贵的礼物，因为在当时是很先进的，MIT 成为除施乐公司以外的唯一一家拥有激光打印机的公司。这台机器性能非常好，打印清晰度高，不像以往的打印机那样竖线会发生扭曲，线条打印得笔直、漂亮，它是由计算机控制的。

但它也有很多问题：如经常卡纸。这种情况下，我们知道怎么办，以往的打印

机也会出现经常卡纸、清晰度低的问题，我们无法改变打印速度慢、卡纸的问题，但我们是软件工程师，我们可以用软件来弥补硬件的不足。比如打印作业完成后，我们可以用程序提示："您的打印作业已完成"，这样打印者不用再等多余的时间。另外我本人也专门写了一段关于卡纸的提示。一旦卡纸便会通过屏幕告知打印者卡纸了；或者打印机出问题了，系统会显示："机器故障，需要修理"。一旦出现这种情况，你必须马上去修理，也许不会马上有修理工来帮助你，但是有时会有两三个同事同时来到你的办公室，你们之间可以互相帮助，共同修理。

事实上，我们把打印机当成整个系统的一部分，保证系统整体稳定运行。所以当新的打印机出现类似问题的时候，我们也想做类似的软件修改。可是问题出现了：新的施乐打印机是用施乐专有软件控制的，我们没有源代码，连最基本的修改都做不成。我们都是当时全世界最优秀的软件工程师，可我们却一点办法都没有。所以人们对这台打印机感到很头疼。也许你打印后半个小时去看，却一张纸也没打印出来。又过了半个小时你去看，却发现一直在卡纸。于是你修理好了卡纸，回去又等了半个小时，心想这回成了，却发现打印了200页别人的东西，这是没有任何意义的。然而最令我们感到头疼的是有人故意不让我们把这台机器做得更好。他在背叛全世界。当时我听说康尼伯格大学的一位同事有这台机器源代码的拷贝件，所以我去了他在匹兹堡的办公室，想向他索要一份源代码拷贝件，他拒绝了，他说："我已经承诺不会向任何人提供拷贝件"。我非常气愤，但是没有办法，只能扭头走了。这对于MIT的员工来说是一种悲哀，于是我们一直解决不了这个问题，机器也一直这样坏下去。相反这件事对我是个不小的触动。康尼伯格的那位工程师拒绝与我合作，也拒绝与你们合作，他是在背叛我们全体。

这是发生在1981年的事。只是因为他签署了一项不对外泄露协议，他在背叛全世界。这是我第一次接触到不对外泄露协议，我是受害者，我的实验室也是受害者。很多软件工程师都会遇到被要求签署不对外泄露的协议，而且会有很多诱惑和好处会诱使他们这样做。人们会对自己做过的错事找各种借口，很多人都这么做，为什么我不能呢？但是我不会签署这样的协议，因为我清楚地记得我和我的实验室是受害者。尤其是你并不知道你会伤害谁，也许会是你最好的朋友。如果有人送给我一个很好的软件，但要求我不对外泄露，我会感谢他，但告诉他良知不让我这样做，我宁愿不要这个软件。到现在为止，我从未在已知的情况下签署过任何不泄露协议。

20世纪70年代AI实验室的成立可以说是计算机领域的悲剧，AI实验室开始编写专有的程序，使得我们原有的共享的源代码变得一点用处也没有了。除非你签署了不对外泄露协议，否则根本无法在一台先进的计算机上工作，因为他们编写了ISS（不兼容软件系统）。我原有的社团环境已经不存在了。我将如何做？或许可以随历史潮流，也签署不对外泄露协议，并编写专有软件，我也可以此为生。但是将来回顾这一段历史，我是在用一生建筑分割人们交流的高墙。我不能这样做。另一个选择是离开计算机行业，但很多程序员认为离开计算机会挨饿。但今天的美国仍有几百万人与软件无关。我的专长就是编程，我相信我会做一名很好的服务生。这也是谋生的一种方式，但我在浪费我的技能。

寻找另一种可能。

我在寻找另一种可能，做一名程序员并能为这个社会作出更大的贡献。我认为当时最需要的是开发出一套操作系统来改变这种窘境。由于当时的操作系统是专有的，而这是问题的起因，所以我决定从零开始，开发出一套操作系统，向所有人开放。

这个任务很艰巨，我不敢肯定我能完成它，但创立一个自由操作系统却是我的目标。问题是如何来设计这样一个操作系统。我知道有些程序写出来后是无用的，因为它只适用于某种类型的计算机，我不希望这样的事情发生。我想到了便携式软件，这在 1983 年是非常领先的。我想做一个与 Unix 兼容的系统，让大家觉得用起来非常容易和方便。

下一步，就是起个名字。20 世纪六七十年代曾经流行工程师愿意给自己的软件起一个别出心裁的名字。经过多种选择，我选择了 GNU 这个名字。这是我认为我在所有英语语言中最好的词汇了。再下一步就是找那些热衷于程序设计的人来开发它。

我找到很多计算机厂商，问他们：你们每年使用 Unix 需要向 Unix 交几百万美金的许可费，为什么不拿出 5 万美金让我们开发新的自由操作系统呢？如果很多计算机厂家都能这样做，我们就有足够的经费完成开发工作，一旦成功了，将收效巨大，达到 100：1 的回报，那岂不更好吗？

尽管有人对此表示出兴趣，但没有人愿意提供赞助。于是，我决定自己开始编写。我的目标是编写自由操作系统。

1984 年 1 月份，我辞去了我的工作，我必须这样做，因为在 MIT 和美国其他大学你的成果是归学校所有的，而我的目标是编写自由操作系统，让大家共享。从此以后，我再没有过正式的工作。幸运的是通过编写自由操作系统，我到现在还没有挨过饿。

假若每一个程序都有其所有者，所有者都有这么一个规则：使用程序的人要么付钱，要么就不准使用这个程序。那么有些人会说："好吧，我付钱使用这个软件。"有些人说："我不买它，这太贵了，我不用这个程序了。"每次都会有人不使用它，这样一来，这个程序就得不到很好的利用，部分就被浪费了。因为设计、测试、发展程序到一定程度所需花费的精力是一样的。如果我们的用户量得到了限制，那么我们做的工作就有部分会白白浪费。

但是社会上还有一部分是乐于去帮助别人的人。一个正常的社会只有在良好的心态下才能发挥作用，这也是许多宗教信仰鼓励乐于助人的原因，因为这对于人类社会来说非常重要。当我还是小孩子时，在学校里，教师会教育我们要"分享"，他们说你不能把带来的糖果一个人全吃了，要分给别的孩子，在中国也是这样吧？对此我并不奇怪。因为显而易见，乐于同你周围的人分享是非常重要的，孩子们都必须被教育。现在在美国，政府所做的正好相反，要求学校里教师教育孩子们把东西"存着"，以前我们被告诉要同别人分享，现在孩子们却被告知"不要与别人分享"。分给别人是错误的，分给别人意味着你是一个傻瓜。如果我们都不愿意帮助

周围的人的话，这个世界将会怎样？我们难道愿意生活在那样一个人人自我，不愿帮助他人的社会里吗？

过去有人问我是不是没有人愿意为自由软件工作，因为他们认为这是免费软件，人们要无偿为它工作，因此造成了没有人愿意做和来做这件事情。15 年之后的今天，我想已经有了答案，有些人是编软件拿报酬，但还有许多人却是即便没有报酬也在编写软件。我们编写出有用的软件，并让更多的人可以使用它，这就是自由软件的价值。自由软件的一大优势就是，在大家的共同努力下，这些程序总是不间断地更新。

当我写 Emacs 时，大家都在想如何改进它，例如有人会说我在这里有一个设想，另外就有人会说这个新的设想我能实现它，接下来就会有一个接一个的程序出现，它们的出现是如此之快，我都赶不上了……我想在微软就不会有这个问题。

人们改进软件是为了使它更有用，软件有用了，人们就开始使用它，开始改进它，这样的结果使自由软件更加具有可用性和可靠性。以往人们觉得自由软件不会起什么作用，但从今日事实看来，自由软件具有很高的可靠性，在日常工作、教育等方面都起着重要的作用。在医院医治病人、美国警局记录时都采用了自由软件配置的系统，因为他们知道这个系统永远不会瘫痪。这也是人们选择使用自由软件的一个极重要的原因。

从实用角度而言，开放源代码的程序也为商业提供支持。

当我们与商人谈的时候，自由软件支持商务也许是一个好的卖点，但是当我们与公众，与我们的系统用户或与我们的社团谈的时候，我们却没必要告诉他们这些，因为社会里自由的天性是最重要的，我们也要给他们选择的自由。

历史告诉我们，人们若想自由，唯一的方法是为自由奋斗，总有一些让你放弃自由的机会，人们总能听到“如果你放弃了这个自由，你就能得到某些好处”，总有一些人为了这些利益而放弃自由，所以假若我们要维护自由，就必须有珍视自由的人们。

在世界任何一个地方，如果你想要自由，就必须不懈地奋斗。在自由软件协会中工作的人说：“我坚持为自由软件工作，因为我想要‘自由’。”在某种程度上，我赞成他们所说的，但我认为有些他们并未提到。在这里我必须阐明，自由软件工作与开放性源代码工作并不完全一样，两种运动有着很相似的目标，但其原因和其对公众所宣扬的主旨并不尽相同。后者无法达到一个和谐的工作环境，而没有其他人的帮助，软件将无法实现强大的功能和可靠性；另外，这种状况造成的结果将影响科学家们的相互合作精神，而正是这种合作精神使他们一起工作来提高人类的知识水平。这种精神曾经盛极一时，甚至当科学家们的国家处于战争时期的时候这种合作精神也普遍存在。

我曾读到一个故事，说第二次世界大战的时候，美军士兵在太平洋中的一个小岛登陆，发现了一所房子，上面钉着一块写给美军士兵的牌子，上面说：“美军士兵，这里是一个海洋生物实验室，我们想把这里的标本学交给一位美国科学家，让他继续我们的研究，而不想由于这场战争使这里的东西被破坏。”每当我想到这些，

我都会非常感动。而与这种合作精神相反，现在每一个公司的研究人员都以其他公司的研究人员为敌，这是一种科学的对立局限，使得每个地方都持续着内战，而这种状况在严重阻碍着技术的沟通和发展。我想这样的情形不能再继续了。以上是自由软件有别于其他的原因，也是自由软件之所以重要的原因。

我不同意这种看法。

目前对自由软件有这样一种看法，如果某些使用者可以自由地获得一个程序，则这个程序对你而言就是自由软件。我不同意这种看法，因为通常一些软件对一些使用者是自由的，但并不是对其他使用者而言。这看上去有些奇怪，我举个例子来说明：

最典型的一个例子是 X-Windows，它是 MIT 的实验人员开发的基于 Unix 的 Windows 操作系统，如果你从开发者手中购到 X-Windows，则它对你来说是自由软件。但对于其他拿到 X-Windows 拷贝件的计算机厂商来说，他们使用的是 Unix 系统，他们将 X 系统加以改编并融合到自己的 Unix 上，再分售给购买者，它就受限于这个 Unix 系统。

那么出现了一种似是而非的情况，如果要问 X-Windows 是否是一种自由软件，答案则取决于你从哪方面考虑。如果你从研发者处购得，你刚享有自由，答案便是肯定的；但如果你从大多数普通的软件使用者角度考虑，答案则是否定的，他们没有享有这种自由，因而 X-Windows 就不是个自由软件。研发 X-Windows 的人员的目标是成功的，他们希望 X 系统被广泛使用，而结果正如所料，X-Windows 成为 Unix 系统下最标准的 Wndows 操作系统。

他们认为这很好，但我不那样认为，我们希望的是给予使用者自由。同时我意识到我的软件也有可能出现这样的情况，因此我决定找出一种办法，避免此种情形发生。

我的办法是自由拷贝。

我把这种办法称为 CopyLeft，它是与版权（CopyRight）相对应的说法。我予以你拷贝的自由，并可以制作复本，但你如果发售复本，就要遵守没有再次限制的规则，使任何人可以从你处得到复件，也同时得到许可去做同样的事。软件到何处，自由就随之到何处，并且每个复本的使用者也得到自由。如同在美国的一项法律——不可让予的权力，意思是你无法彻底失去的权力，你不能放弃。自由是很重要的，如果你失去它，就会变成奴隶，你是不能放弃这种权力的，除非你犯了罪……这就是说 X-Windows 应是所有人能使用的自由软件，每个人都应享有这种不能让与的自由。

我虽不能让所有的软件都成为自由的，但我可以运用 CopyLeft 来编我的软件，以给予你们这种自由。CopyLeft 与编译程序差不多，要使用 CopyLeft 必须有一些给定的供给工具。在 GNU 系统中则是 GNU 一般公认许可，这是一种特定的法定语言编成的许可，目的是推广自由拷贝（COpM）。我们还有一些在特定情形下适用特定软件的“自由拷贝”版本，并编写了“自由拷贝”软件操作手册。自由软件分为自由拷贝和不自由拷贝，支持不自由拷贝的人只是不积极，但他们仍很尊重他人的自

由。我鼓励你们使用那些不自由拷贝的自由软件或与之合作，而以自由拷贝的策略来编写程序。

前途是光明的。

我来到中国以后，知道有一些中国公司，他们在分售 GNU 软件，但没有执行其在 GNU 公认许可下的责任，对此我表示反对。我鼓励公司出售 GNU 软件的复本，但他们必须尊重你们的自由。在国际上，许多团体和个人都在分发自由软件，但他们都严格执行 GNU 公认许可，不遵守这个许可的人是不受欢迎的，将被驱出我们的队伍。中国的自由软件公司中，有一些在遵守 GNU 公认许可，他们遵守公认的准则，我就支持他们。而对这些不遵守 GNU 公认许可，不执行 GNU 许可下应尽责任的公司，我会认为他们是不受欢迎的。我希望你们也和我一样，不要以任何形式与这些公司合作，帮助我完善中国的版权法，并关闭那些公司。

我们销售 X-Windows 时，有些人说我赚不到钱，因为别人买了你的软件拷贝，他会再制造拷贝，他将以更低的价格卖给别人，所以你是赚不到钱的。但现在，我很高兴地看到，尽管我们“违反”了公认的经济规律，但我们却赚到了钱。现在仍然有人购买我的软件，我也从未曾因缺钱而饥饿。现在，自由软件正在显示出良好的发展势头，许多自由软件公司专门从事 GNU 系统上软件的研发工作。还有许多全职或兼职的志愿人员为我们服务。也许自由软件还有很长的路要走，但我们有充分的理由促使人们支持自由软件，为自由软件服务。自由软件的前途是光明的。

企业家诞生的环境

爱德华·罗伯特　2000 年 10 月 13 日

爱德华·罗伯特先生是美国知名的风险投资专家。作为美国麻省理工学院资深教授，他负责技术管理学的教学工作。自 1967 年始，爱德华·罗伯特教授一直主持斯隆学院技术管理研究项目，他是 MIT 创业者论坛创始人和主席，以及技术管理研究国际中心主席之一。基于他对创业学会的贡献，MIT 创业论坛设立“爱德华·罗伯特青年创业家杰出领袖奖”，以奖励年轻有为的创业精英。

非常高兴能到清华大学来演讲。我和我的夫人来自麻省理工学院（MIT）。

两年前，当朱镕基总理到麻省来访问时，他谈到他在清华度过的求学岁月，他总是把清华大学说成是中国的麻省理工学院。他对麻省理工学院的校长说，他希望某一天，他能到真正的麻省理工学院来学习并获得学位，但不是要一个名誉上的学位，而通过真正在麻省理工学院学习。他谈到清华是中国的麻省理工学院，而麻省理工学院是麻省的剑桥大学。

我一直在想有一天能够到清华来演讲，谈谈我对麻省理工学院和剑桥大学的独特性的认识和理解，以及北京的清华大学应该考虑的一些挑战。

所以，今天我想谈的是麻省理工学院独特性，演讲的题目是企业家诞生的环境，他们是新兴的公司的建立者，特别是一些高科技的公司的创建者。

今天我在演讲中会以麻省理工学院历史的视角，来看待为什么在麻省理工学院这样一个科技和学术性的机构会源源不断地有大量的大学生、研究生、教员离开大学创建令人兴奋的新公司，在各个领域作出贡献。我演讲的目的是给你们提出一种挑战：清华是否，能否将会出现类似的现象。在演讲完后，会有半个小时的提问时间。在麻省理工学院，教授接受具有挑战性的提问是一件平常的事情。

首先，学校必须有一种开放的和赞许的政策，对创业机制给予完全的支持，要让人们知道学校与创业挂钩不仅是一个合法的事情，而是一个受人尊敬和称羡的事情。学校应该与企业建立密切的关系，学校的教授应该被允许与公司和企业建立密切的工作关系，经常进行咨询。

1 年前，当我在研究高科技企业家的时候，参加了英国的一个巡回讲座。在英国一所著名理工大学（相当于英国的清华大学，或英国 MIT），我拜见了该校的校长，在谈到学生创业时，他说他的学校也有着相类似的事情。我就问他这样的事情

发生的频率高吗？他说很难讲，但的确存在。我就问他，学校的教职员工与各行业联系紧密吗？他说有联系。我又问他们花在与企业的咨询上的时间是怎样的？他说很难知道学校的教授与公司在一起的时间有多少。我说在MIT，教授每周有一天的时间与工业公司在一起，给公司担任顾问。校长感到很惊讶，他说怎么可以让教员这样做？要在学术上负责的话，我们绝不会让这样的事情发生在英国皇家院校里。这样真会损害我们一流的教学和研究的能力的。

我要告诉你们的是MIT的与众不同之处，那就是在MIT，教员每周有一天或更多的时间是与企业在一起工作，这不仅不会威胁到我们的教学和研究，相反会很有裨益。它会确保我们的教学和研究处于现实世界令人振奋的项目的最前沿阵地；它会确保我们的师生不仅仅在课堂和实验室的学习，而且在工业的前沿学会如何发现问题；它会确保一旦在实验室学到东西会很快的转移运用到企业中去。

MIT是一个年轻的学院，自1860年创立以来，它就倡导一种不同的理念，那就是MIT是一个注重实践的地方。教师的职责是从事教学和研究并将知识应用到企业中去，解决科技中的难题。从130年以来沿袭的优良传统所遵循的科学态度是和企业的紧密融合，师生不仅是作咨询而已，他们可以自己行动自己创业。这已经是学校政策的一部分，学校行政处赞同师生可以和其他人一起开新公司，而不仅仅是给老的公司做顾问。开始是赞同进行与公司紧密相连的项目，到现在是更加灵活鼓励的政策，让教员和行政官员自己成为他人效仿的典范。在MIT的历史上，你会发现层出不穷的成功创业的范例。他们从MIT出去后不仅是进行咨询工作，而是把MIT的科技带到外部世界。

在MIT有许多学术与企业紧密融合的创业传奇，在当代有一个公司的成功事例堪称典范。三个学院的成员成立一个专攻音效设备领域的公司（BBMN），而这个领域是竞争激烈的行业，许多问题亟待解决，比如音效设计、设备优化等，他们需要成为行业的领导者。今天，BBMN业务转向网络领域，他们创造三个教授走出校园闯荡商业社会的成功范例。

所有的MIT的事例说明那些高级教授和行政官员走出校园，利用他们的头脑和精力进行创业。他们在学术界受到尊敬，声名大震。这些地位和名声受到尊敬的人们树立一个评判标准——教授不仅要在学术研究和咨询上卓有建树，而且要有领导团队进行创业的能力。这就是高度合法性和高度荣誉感的事例在创建公司需要做什么的重要参数。

我想谈的是MIT学术机构本身。在最近的几年，MIT学术机构支持和鼓励新公司的建立。有许多我个人参与的工作，首先是有22年历史的MIT企业家论坛。该论坛是为了鼓励和指导企业之间的合作。它担当了一个实地教练角色，每个月有两个小公司登上讲堂的讲台进行演讲，一些年轻人可以陈述他们的想法，并接受评选团的评判和审定，指出他们存在的一些问题，比如急于赚钱的问题。

10年前，当我们创立企业家中心时，我们只有一门课程：新企业，讲述撰写商业计划要考虑的一些要素。这一学期，我们新开始了5个学科。现在共有14个科目。我们新增加了三个教研组，金融、科技管理、人力资源，所有都是为企业家开

设的。下学期我们开始“设计和领导企业组织”，由人力资源的教授主讲，从人的角度如何创建企业的风格。此外还有金融管理课程。让学生融入到企业的运作当中去。这要提到相关的一个有奖创业项目（50KCompetition）。这一项目开始于10多年前的10KCompetition，就是在学生当中开展商业计划的比赛，第一名奖励1万美元（10K），现在第一名是5万美元（50K）。学生的创业公司商业计划是由风险投资专家、创业者和校园外的有关人士评定，而不仅是学院人士打分。第一名获胜者将获得5万美元的奖励，第二名则获得2.5万美元，第三名获得1万美元，每一个取得资格的选手则每人有几百美元。在50K创业比赛中，我们至少有500名学生拟定自己建公司的计划，而他们都知道哪些计划仅仅因为趣味，哪些真正带来财富，这样为他们在以后开办自己的企业打好基础。在过去的1年中发展最快的领域是互联网技术方面的企业，都是50K计划中的赢家和学校的其他成员。

这儿还有一个学术机构鼓励创业的事例。在过去的10年中有一个长足发展的事情是技术许可办公室的发展。学校一直对许可技术持有疑虑，而10年里在许可技术方面的发展有许多摇摆，在后来因为发展大公司的需要，有所变化，他们将注意力转向如何为MIT带来技术。MIT持有一些开发许可技术的企业小部分股权，因此其许可技术方面得到优化，其所占的1%的股份带来2亿美元资金的运作。

MIT不仅是投资自己的风险投资基金，而且还积极给外面的风险投资基金投资，其结果是他们不仅广泛地进行投资，而且还吸引许多风险投资专家进入大学。

现在我们将从学院机构鼓励创业的讨论转向一个严肃的话题，那就是政府的角色。MIT地处Cambridge市，马萨诸塞州，美利坚合众国。美国政府在技术创新的发展中起到很大的作用。这里我要用历史的视角简要说明政府角色的问题。在美国的历史上，从来没有出现过阻碍和打击企业发展的政府，而是积极地鼓励支持创业。有许多不同的机制，它们全都属于鼓励机制，被美国和许多国家采用，因为这些国家已经意识到对高科技创业进行鼓励将使全社会受益，没有人遭受失败。通过支持创建先进技术企业，随着最先进的技术发展，全社会居民将得到利益，新的工种产生，尖端行业萌芽。

我以美国产生的此种政府行为作为事例说明。首先，政府对待创业前瞻性的鼓励态度。在美国，规章制度给予那些刚创建的公司带来的阻碍甚少，当创业者建立公司时，政府不予阻拦，而相对在中国，在互联网、电信和其他一些行业方面有待完善。这是非常重要的一点，我很难表达我是多么严肃地看待这个问题。

然后，政府在建立鼓励创业机制的过程中的有效联结。美国有非常严密的机制，虽然并不是每一个都有成效，但都是有益的尝试。其中有一种机制叫“小企业创新研究工程”（SBIRS），每一个政府机构一年花费两亿美元，其中2%的基金投给那些小公司，因此这些小公司获得政府研究基金资助的优惠条件，尤其是对于那些想建立和发展高科技的企业来说。从这层意义上讲，政府就像是一个商业公司鼓励创业一样。这儿我要举一个成功典范，这个典范对于在座的各位启发是恰到好处的，因为这个典范现在就坐在我的旁边，他就是张朝阳。我之所以要将Charles作为范例说明，是我想谈一谈搜狐是怎么产生的，我还想提一个问题，如果Charles

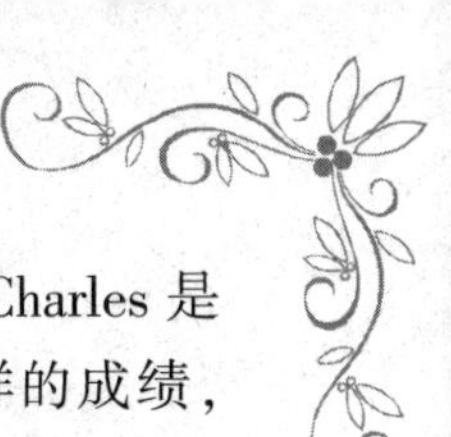

在清华大学继续攻读博士，而不是去 MIT 读 PH.D.，搜狐是否能够产生？Charles 是清华本科毕业生，他在这里是同一个人，同样的智慧、同样的热情和同样的成绩，而这里我要建议的他是在 MIT 获得的思想转型提供了一种非常重要的能力转向，即对能力、批准、机会等问题准确的理解。我反复重申的是 MIT 自 100 多年来一直鼓励创业者出去开办公司，尝试做事，给予配合，使其合法化，获得成功，从而成为与这个社会紧密融合的一部分。

众所周知，Charles 获得 MIT 的博士学位，很清楚他是一个相当聪明的人，受过正规的教育。而他在 MIT 获得的还有他对生活方式的方向和定位，他积极参与各种创立新公司的激烈竞争中。有一天，Charles 出现在我的办公室，跟我谈他的理想和向往，他没有跟我讲："罗伯特教授，我想回国成为清华大学的教授"，而是讲："罗伯特教授，我想回国，建立一个互联网公司。"我对他讲："你能跟我讲你想做什么吗？"他还是说："我想回国，建立一个互联网公司。"我们的讨论从此开始，这次讨论持续了好几周，见了好几次面，我开始更多的了解他，他的动力，他的眼光，他的热情，他真正想干的事情：他想在自己的国家，一个完全不同的地域，运用他在 MIT 学到的知识和精神在中国建立高科技互联网企业。

我与 Charles 接触开始于 1996 年，经过几番谈论，我最终决定成为他创建公司的投资第一人，并将与 Charles 一起成为公司董事会的成员。顺便说一句，在最初的 2 年里，事实上整个董事会就只有 Charles 一人。另外一个的投资人是 MIT 的一个研究生，他出生于一个富裕的企业家庭，父亲是一个生物科技公司的 CEO。主持着 MIT 的媒体实验室的尼格罗庞帝，早已在你们之间耳熟能详的著名教授，成为投资搜狐的第三人，我问他为什么投资搜狐，他把我当做是他投资的一个理由，说因为我投资了，我知道我为什么选择搜狐，所以他就投资搜狐了。到现在他一直"盲目"。Charles 带着 180 000 美元回到中国，白手起家创建公司；他没有带回 280 000 美元，因为我们在 1996 年用尽办法也难以筹集到另外的 100 000 美元。我们无法说服别人在当时中国有机会去创建互联网公司。他们疑虑重重，不能说服他们给我们划支票。Charles 回到中国建立搜狐，你们都知道后面的历史了。随着搜狐收购中国人（ChinaRen.com），搜狐在页读数和用户数量上都成为中国互联网公司的领头羊，而且我们将会一直保持这种势头。

我的观点不在中国的互联网，而是建立具有企业家精神的高科技的公司，MIT 给中国带来了一件重要的礼物，那就是树立了一种教育的榜样和模式来鼓励Charles 能够回国创业，开始为你们的国家作出重要的贡献。我要告诉你们的是我被称为与中国互联网公司工作的人。MIT 有很多美国籍的中国人和中国籍的中国留学生，他们很多人给我发 E-mail 和给我商业计划，说他们要去中国，建立互联网公司。今天当然想法更多，有的还想创建无线通讯公司或可视网络公司，我把很多的想法都转给了 Charles，我想他能帮我遴选。

今天我试图提供一种历史的视角，来谈在很多方面与清华类似的一个学院，我们是美国的清华，你们是中国的 MIT。在科技和商业学院方面，我们两个院校都有很密切的合作关系。我们的斯隆（Sloan）商业学院正和清华和复旦大学合作MBA

的项目。我想让你们理解的是在 MIT 一种重要的独特性培育了 MIT 的一种文化，就是让许许多多的有才华的学生、教师、甚至行政人员会考虑在他们的人生当中下一步会去根据自己的愿望创办公司。我想要提出的关于体制的、超出两国政府的差异的问题是：中国可否让清华大学仿效我们在美国成功营造的环境，如果可能，我们都会享有变革给双方社会带来益处。

我的演讲到此结束，现在回答大家提出的问题。谢谢！

爱德华·罗伯特回答记者的提问

问：软银公司董事长孙正义目前说中国将出现第二次风险投资浪潮，他们计划收购 200 家互联网公司，请问您对这个问题怎么看？

答：绝对正确，而且还会出现第三、第四次浪潮。中国发展的机会非常大，有许多创业者在中国的互联网市场上成功发展，像我在演讲结束举到的搜狐创始人张朝阳的事例。他们真正了解市场发展战略，因此，许多重大进展只是时间问题，可能在 1 年中两三个月之内，从而会掀起新一轮的互联网投资风潮，中国的机会非常大，浪潮不只一次，有许多次。

问：在目前 NASDAQ 股市普遍下跌的情况下，你对搜狐的信心建立在什么基础之上？

答：股市不能更多反映公司的发展状况，我们需要寻求股市和公司实际发展情况之间的吻合，搜狐公司比其在 7 月份上市时又有了许多新的业绩，新的成功，比如从公司内部发展上看，我们在访问量、注册用户、EMAIL 用户以及网络广告销售方面都有了显著的进步。现在，我们成功的收购 CHINAREN，增加新的功能，新的员工，新的技术和新的内容频道。因此，我对搜狐的信心不是基于股票市场，而是实际考察公司本身的发展状况。股票市场其实也就是一种市场，在市场上，人们自然会进行买卖活动，有人今天想买东西，有人今天想卖东西，这很正常，而我们要做的是先把事情做好，吸引更多的人来对我们的产品感兴趣，购买我们的股票。

青年事业成功

池宇峰　2007年5月8日

池宇峰，1971年8月出生于北京。1989年进入清华大学化学系学习。1993年毕业，到广州浪奇宝洁公司工作。1994年，到深圳创办洪恩实业公司。1996年，创办北京金洪恩科技发展公司，任董事长。2001年4月，池宇峰获得首届“中国软件行业十大杰出青年”称号，是最年轻的一位获奖者。

今天，我来和大家聊聊，聊什么呢？就聊当代青年的事业观吧。我是清华化学系94届毕业生，说起来是在座各位的师兄，所以大家在我说的过程中，有问题就可以直接提出来。

毕业后，先被分到广东的浪奇宝洁；半年后辞职创办深圳洪恩实业有限公司，主要是装兼容机，规模当时在深圳可以说是首屈一指；1996年11月，注册北京金洪恩电脑有限公司，第一个产品就是《开天辟地》，一炮打响后一发而不可收。现在已经有十几个产品了，每个产品无论从质量还是销量在国内都是第一的。如果大家关注连邦软件排行榜、电脑报排行榜的话，教育软件类前10名总有四五个是洪恩公司的。我们的目标是前10名能占8个。有时在公司里开玩笑说，洪恩这两年的发展比微软还快，现有员工130人左右，在国内的软件行业中算是很大的；营业额有几千万，而微软发展到第5年时才和洪恩这方面的数字相媲美。

一晃就是5年了，最想说的就是一个人怎样树立自己的人生观、事业观。只要你给自己确立一个目标，然后咬紧牙关持之以恒地奋斗，最后总是能够实现。我发现有百分之八九十的同学毕业时不知道这辈子到底想干什么，或者到底想成为什么样的人。

无论在学校里还是在公司，我经常问大家一个问题：是否清楚自己为什么活着？真正能想清楚的人很少。有时候我问，“你为什么要读研？为什么要出国？”他们说大家都在读研，都在出国。其实，在洪恩有很多能出国不出国，能读研不读研，甚至能拿到毕业证而不拿的人（当然我们并不提倡），但这符合了社会上的规律：非正常才能成功。跟大家走同样的路未必会成功。每个人一定要清楚自己最擅长什么，比别人强在哪里。只有去做自己最擅长的事情才有可能成功。所以在招聘时我经常问“你比你的同班同学强在哪？”有人说我不知道强在哪，我学习成绩中等，工作能力、社会能力也是中等。这就比较差一点，有些在学校里表现出的特质

并不被看重，但是走向社会后就非常重要，比如艺术性、人际关系、哲学头脑等，所以你只要和你所在集体有一点不同，就说明你在这一点上比别人强，这一点很重要。在招聘时我会问这个问题："如果我没有见过你本人，而由你的朋友来描述你，他会怎样描述?"比如你特别爱玩，特别爱打游戏，OK，这就是你的优点，这在洪恩特别重要。因为你的所有性格最终会反映到你的作品中来。

总之，要清楚自己这辈子要干什么，然后为之努力，不能动摇。人活着是一种自然现象，当哪天自然现象的环境发生改变，人类也就消失了，所以说没必要为现在身边的琐事而烦恼、消沉。应该找让你快乐的事情去做。我有时对自己说"我是一个永远没有烦恼的人"，因为你清楚了人的本质，再自寻烦恼你会发现是在跟自己过不去。

在洪恩存在这样一种现象：人员流动性很小，真正的能人很少有走的。洪恩的待遇只是中等，但是可以得到成就感，因为你做的软件是中国最好的，会被几百万人、几千万人接受。我们对自己的评价是"洪恩人通过自己的努力使国人的整体素质提高了一点点"，尽管只有一点点，但是我们感到自己的人生价值实现了。我对《开天辟地》软件的开发者说："这个软件可能会影响中国未来几年的教育，这有可能是你一生中最大的成就"。

奋斗一生，追求的到底是什么？《开天辟地》是我们开发的，当看到这个产品能如此广泛地被接受，你会感到死而无憾，自己的价值实现了。

在洪恩你不要告诉我你能做什么，你应该告诉我你比别人强在哪里，你会发觉在某一方面有一点儿是别人赶不上的，那么你就去做这件事情。当新员工来时，先让他们适应一段时间，随意找些杂活来做。这样过了一个阶段，我们就问他对哪一方面感兴趣，适合做什么工作，例如想搞网络，或者是多媒体编程，每个人有自己的特长，然后我们就让他按自己所选择的方向去做。所以说洪恩的每个人都处在他最擅长的位置上。

洪恩的另一个特点就是精益求精。我们做一个产品不仅仅是比别人强，更是让自己满意。我们因为自己不满意而砍掉了很多项目。比如说我们的《畅通无阻》、《天问》就是因质量问题生生被砍掉后重做的。精益求精的精神，是我们能够一步步发展的关键。根据一些统计数据，目前国内独立软件销售方面，洪恩仅次于微软，我们的目标就是要把洪恩做成一个国际化的企业。

赢的激情

萨默·雷石东　2004年3月20日

萨默·雷石东，世界最大的传媒集团之一维亚康姆（Viacom）创始人。萨默·雷石东1923年出生在美国波士顿一个清贫的犹太移民家庭。当时，他住的公寓里连卫生间都没有。通过努力，他进了哈佛大学法学院，得到法学博士学位。毕业后他当过律师和联邦上诉法院的法律秘书，还担任过美国司法部长的特别助理。不过真正令其名扬四海的是其在娱乐业及传播业内的卓著成绩。萨默·雷石东将当年一家在挣扎中求生存的电视节目公司转变为如今的世界媒体和娱乐巨头，这就是维亚康姆公司。如今的维亚康姆是世界上最大的媒体和娱乐公司之一，旗下拥有曾拍摄《阿甘正传》、《泰坦尼克号》的派拉蒙电影公司、哥伦比亚广播公司、做DVD和电脑游戏的百士达（Blockuster）及MTV音乐电视网等几大著名公司，年营业额达226亿美元，在全球170多个国家和地区拥有分支机构。

各位下午好，感谢校长对我的热情洋溢的介绍，我非常非常的荣幸，今天能够来到清华大学。同清华大学这个大家庭共聚一堂，包括顾先生以及来自各方的朋友。

同方公司是中国首屈一指的信息技术公司，我们认为，同方公司也是中国数字未来中前程似锦的公司之一。

清华大学是中国最众望所归的大学之一，特别是在商业，在新媒体和传媒，以及新闻方面，是很著名的。我知道，现在中国著名的重要的领导就是这所大学毕业的，我肯定，而且我现在正在观察，将来你们中间肯定会出现中国未来的领导。

我到大学，到教室感觉就非常好，非常有幸在我这一生中，在美国大学教过书，在那里做讲座，就是哈佛的法学院。还有在美国，在波士顿的法学院，也接受了娱乐法的培训，这是我最初的经验。我今天就是要给大家讲一下我的心得，讲一下建立全球的传媒企业的ABC，不仅仅讲白手起家的问题，还讲讲对领导力和成功的想法。

今天，维亚康姆公司是世界上最有价值的传媒和娱乐公司，但是，在1987年，我收购这家公司的时候，它仅仅是在挣扎中求生存的电视节目公司，收购这家公司，其中包括了MTV，那时候维亚康姆公司已经在广播电视、电影的制作、发行、广播和零售、出版方面取得了长足的进步，这其中包括百士达和哥伦比亚这个公司。我们现在的运作已经延伸到了170多个国家，我们的消费者达到数十亿。

大家都知道MTV的情况，你们是我们计划中非常独特的受众，比如说每年中

央电视台和 MTV 的盛典，还有其他的品牌你们可能不太熟悉。现在我们不仅有MTV 全球电视网，还有儿童频道，这里有美国最大的全国电视网络，就是哥伦比亚广播公司（CBS），我们也有派拉蒙电影公司，也创作了很多的电影，比如说《星际迷航》、《谍中谍》等等。我们总共拥有 39 个电视台，180 多个广播台，有最大的户外广告公司，而且我们持有或者部分拥有全球 1 000 个电影院，百士达也是我们在全球做录像、DVD 和游戏的公司。我们有派拉蒙主题公园，有西蒙出版社，所以这里面可以说是很好的一个组合。

我觉得，很难相信，17 年的时间之内，我们把这个公司从过去的白手起家的情况建成现在的帝国，建立一个多媒体的集团，白手起家是需要很多的努力的，我对将来充满了激情，应该说，98%的电视眼球都是在美国的室外的，这就是为什么我作出努力推动海外市场的发展，特别是维亚康姆公司实施收购以后。

在亚洲，有 20 亿 30 岁以下的人群，这就是我们很多品牌的受众。我想说的是，建立维亚康姆在美国之外的业务，给我们带来了巨大的发展机会。我已经连续 6 年来中国了，中国应该成为任何全球策略的一部分，我定期来中国，而且发展了个人的关系，同政府，同媒体业，同很多的合作伙伴建立了好的关系，了解中国的文化，它的美食，了解中国的历史，更重要的是了解中国人民，这对我来说都是充满信心的东西，中国肯定是对我们公司未来的发展具有举足轻重的作用。今天我讲述一下怎么取得现在的成绩。我们建立一个媒体企业 ABC 的情况。

先讲一下 A，A 就是购买和开发最好的内容，这个 B 就是对内容进行品牌建设，并且在很多的平台上或者市场上，尽可能使它具有经济的规模。第三是 C，就是版权，我们要保护这个品牌的内容，我们努力地、不遗余力地加以保护。使它成为观众的一部分，以及同观众建立起信任的纽带，这种纽带是非常强的。

维亚康姆提供一个平台，“Nicklodeon”儿童频道是一个新的品牌，在一个半小时推出这么一个新的板块，我们希望都有一种紧密的联系。你们听到这个消息还是感到惊奇的，我们有 30 个“Nicklodeon”儿童频道，总共覆盖了两亿八千五百万的家庭。在美国，“Nicklodeon”儿童频道已经连续第 8 年成为了第一位的有线频道，这个秘诀是什么呢？我们的成功秘诀是什么呢？我们已经讲了 A，这个问题很重要，“Nicklodeon”品牌是我们第一次认识到，儿童也需要他们自己的节目，要从儿童的角度来看问题，了解儿童的心理。

中央电视台推出了《海绵宝宝》的节目，是过去收视率最高的节目，即使是成年人也是这样，40%的《海绵宝宝》的观众居然是成人，这个品牌的产品在美国的零售达到了 25 亿美元，成为这 25 年“Nicklodeon”儿童频道当中最成功的授权的产品。

派拉蒙推出这个 DVD 版的系列，也非常成功，上了一周的畅销排行榜，在儿童类里，差不多畅销 18 个月。今年，派拉蒙也会推出电影版本，但是我们说的《海绵宝宝》还没有进入中国，大家不要着急，它很快就会成为一个全球的现象，现在电视系列已经到了全球 136 个地区，而且授权的产品已经到了 15 个国家。

《海绵宝宝》在德国也是获得了最佳的授权，成为巴西最佳的卡通片，在欧洲也受到了很大的欢迎。这个节目在 MTV 的网络，在英国、西班牙、荷兰都在上演。

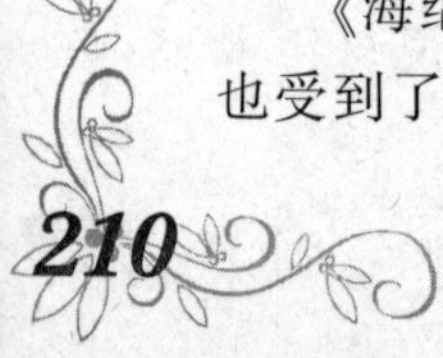

还有维亚康姆户外的排行榜也支持这个活动，也获得了亚洲的一些音乐的奖项。

"Nicklodeon"这个品牌的成功不是孤立的，在很多的MTV业务中都有体现，我们有很多这样的著名品牌，它能够创造难以抗拒的内容。比如说海绵宝宝，创造出这些内容之后，必须对这些内容加以保护，这就是要讲的很大的C的问题，就是版权的问题，包括版权对有效的媒体来说，是很重要的，不管这个业务在柏林还是北京，都是如此。对于电影，计算机编程人员和作家们，花了无数的时间创造了一个想法，很多的电影厂、软件公司、唱片公司和出版商花了数亿美元，要把他们编辑出来，销售出去。这个是很好的，作为电影业来说是靠轰动效应驱动的。好莱坞的电影只有40%能收回成本。我们想想新的大片，比如说《指环王》，在美国上映之前，在马来西亚的大街上都可以看到这个电影了，他们以100万的速度下载这个电影，这个盗版的损失每年达30亿美元。

音乐界也是一样，差不多已经被盗版消灭殆尽了。全球的销售，连续4年下降，在业界，估计2002年盗版市场的价值是46亿美元，2002年卖出的3个CD中就有1张CD是盗版的，有18亿盘，盗版也是重大的问题。产权、书籍、音乐、多媒体的游戏，知识产权是很重要的，如果不采取行动的话，我们的艺术形式就要被这些技术扼杀掉。特别是中国入世以后，中国政府采取了积极的态度解决盗版问题，加大了执法的力度，打击盗版的VCD和DVD。你们将成为下一代的领军人，保护创造性，不仅仅是道德的问题，也是一个商业的问题。如果不进行版权的保护，是不能够保护你的投资的，所以说这是一个很重要的问题。建立一个全球的媒体，必须要考虑这几个因素，A就是获得并且制定最好的内容；B就是品牌，要尽可能多地应用不同的平台；C就是版权，要保护那些有品牌的内容。差不多全球的媒体公司都是要遵循，但是关键的问题是，任何商业想成功必须具有领导力，所以最后我想给大家介绍一下我个人对领导力的一些看法，讲一下怎么运作，如何激励你的同事的问题。

比如说，看安然事件的丑闻，还有四通公司的情况，作为股东，他们对商业的观察越来越紧密了，在全球化竞争越来越激烈的局势中，股东必须考虑多样化的问题，要考虑诚信度，这个比以前更重要得多。

我想，你们都拿到了一本书，叫《赢的激情》，这里面讲的是我个人的一些情况，我讲到了成功和领导力的情况，讲到了我职业生涯的情况，讲到了很多的曲折或者是沉浮的情况。出现了一些沉浮之后，使你更睿智，使你又长了几岁。我现在想讲几点，第一个问题是这样的，这里讲的不是钱的问题，讲的是取胜的意愿。你可以说，这个亿万富翁讲的不是钱，我出生于一个犹太人的移民家庭，我们的公寓没有卫生间，我也从来不知道其他的公寓有卫生间，我的家庭非常努力的工作，他们逐渐取得了成功，建立起自己的业务，建立了很小的汽车电影院。我的母亲非常强调教育，我觉得教育是非常重要的，我父母给我讲的价值是非常重要的，不是说让我解决个人财富的问题，她教我要成为一个胜利者，我一直要做到第一，我不断地作出努力，要成为第一。在我的体制中，是一个组成部分。如果要取得巨大的成功，必须有这种获胜的意愿，而不是钱，这就是我成功的原因，我有成功的意愿。

在我的生涯中受益很多，为捍卫我们维亚康姆的控制权，进行了激烈的战斗，我也遇到了障碍，但是我是非常喜欢竞争的，最终的胜利是能让人获得快感的，我确实认为，在战斗中获得教训，任何的教训不是讲钱，而是必须有这种获胜的意愿。

我讲的另外的一个教训是，取得成功，必须要冒险，任何的竞赛中都有两个结果，要么成功，要么失败，很多人忽视的东西。20世纪80年代，做调查的时候，大家都认为MTV不会走很长久的，分析家说儿童的频道是不会活下去的。20年之后，你可以看到，在众多频道当中这是最成功的品牌，这不仅仅是讲财务方面的风险。在公司，可以说内容是国王，我们必须冒一些创造的风险，有一些理念是会失败的，但是必须冒险才知道能不能取得突破。

差不多15年前，MTV推出了这么一个节目，讲的是一群小孩住在一个房子里，叫做真实世界这个节目，当时从来没有人听说过真实电视的这么一种形式，就是从这样开始的，一群年轻人，住在一个房子里，“Nicklodeon”儿童频道完全从一个小孩的角度制作节目，婴儿可以相互交谈，作为成人是可以理解的，现在这个是我们数十亿美元的连锁业务，从DVD可以看到，这里讲了很多奋斗的故事，也有一些失败的故事，但是很多是取得成功的，失败是成功之母，非常幸运的是，成功是大于失败的，要想成功，必须要冒险，必须要有赢的意愿，这是很关键的，这是我领导风格的原则。

你们可能也有自己的原则，要找到你的激情之所在，生活不是消极的，应当是积极的，应当是不断迎接挑战的，应当是不断丰富自己的。作为你们，是中国最聪明的一批学生，是最激动人心的。在过去几十年中，我们看到中国的巨大进展，我坐飞机来的时候，《华尔街日报》上头版头条，说在亚洲要成为中国人，确实是一个很时髦的事情，我是完全同意这种说法的。中国的历史，中国的文化，中国的商业，在世界正发挥举足轻重的作用，中国在世界贸易方面取得长足的进步，中国将在2008年举办奥运会，中国伟大的将来就在你们面前，你们就是未来之所在，你们要相信自己的能力，不要成为跟班者，如果有选择的话，必须要冒险，成为一个获胜者，我希望你们取得成功，不仅仅在商业中取得成功，作为有激情的领导方面取得成功，我希望你们能领导世界上最激动人心的公司，也希望继续来到中国，看到你们的进步，看到中国的进步。感谢大家，感谢有这么一个机会在中国给你们讲这堂课，我非常高兴再次回到教室。现在如果你们有什么问题，我将非常乐意回答你们的提问。

萨默·雷石东回答清华大学学生的提问

问：谢谢萨默·雷石东先生，我有两个问题。第一，你说实现了三个重大的目标，就是维亚康姆、派拉蒙和CBS，但是我想问一下，下一个目标是什么？第二，您差不多已经80岁的高龄了，您对您的继任者有什么看法？您觉得什么样的继任者是最合适的？

答：你能不能一次只问一个问题呢？我已经80岁了，记性很差了。

问：我的问题是您对接班人有什么样的要求？

答：我不知道你怎么知道我已经80岁了，我和你们一样年轻嘛。我想，讲到接班人的问题，这么说吧，维亚康姆公司是不乏接班人的，我们有最好的管理队伍，他们是很有能力的，他们是非常忠心耿耿的，他们是很稳定的，所以我们不必到外面去找接班人，我们内部会出一个接班人。但是什么时候想接我的班呢？还早着呢，因为我还不想下台。

接班人，我讲的是三个C，要有能力，要有承诺，还要有个性，没有个性我根本不感兴趣，你是不是有能力或者承诺，如果没有个性的话，谁也不能在维亚康姆工作，希望你对我这个回答满意。

问：维亚康姆公司是最大的传媒公司？

答：我同意你的看法，是最好的公司之一。

问：我是清华新闻学院的学生，我对你们的公司感兴趣，如果我想在你的公司找工作的话，需要什么样的资格？

答：我们应该在外面弄一个招工台，维亚康姆公司对年轻的学生非常感兴趣，我们在世界上有广阔的领域，对于刚刚开始进入一个市场，作为传媒市场，不是考虑美国的市场，考虑全球的市场，你要做的事情就是给我们写一封信，寄一份简历，没准你就会为维亚康姆（中国）工作了。

问：萨默·雷石东阁下，作为全球传媒的领军人物，您有很独特的思考方式，有些人批评说，这种全球的传媒公司在宣传美国的价值，宣传美国的文化，您在宣传美国的价值和文化方面是怎么看的？

答：我非常高兴你提这样的问题，作为维亚康姆公司，在某些时候，我们的社会责任比利润更重要，你们要在自己的职业生涯中注意什么问题，我们是要挣钱，但是有时候必须把经济上的一些愿望放在一边，因为你要想想自己肩上的社会责任，必须想到这一点才能取得成功。维亚康姆公司为很多消费者提供节目，在MTV我们做了很多工作，都是针对年轻人的，像你们在座的这样的人。你们和你们的祖母、父亲有不同的价值观，他们可能不同意我们做的节目，但是我们做这个节目是很认真的，我们维亚康姆知道，我们有这种能力，触及全球人的心灵和他们的头脑，这是非常重要的事情，你们要相信我们的话，这也是我们为什么愿意在维亚康姆工作的原因，因为人们关心的，不仅仅是挣钱的问题，还有社会责任的问题。

问：我也是新闻和传媒系的，刚才提问的是我的同学，您的演讲让我了解了您的激情，您讲得非常好，听说您有一个重大新闻要宣布，在下星期二的时候，我想了解一下，是不是要买一个新闻公司？

答：首先，我觉得不会买迪士尼的，他们会尝试收购，但是会失败的，我觉得麦克拉斯会活下来，因为他比很多人想象的好，他对迪士尼作出了很多初期的贡献，人们应该注意到这一点，对于我来说，我过去总是说，已经到此为止了，在大的交易方面我们不做了，先是维亚康姆，然后是百士达，然后CBS，然后派拉蒙，现在我们不说事情完结了，维亚康姆公司是最强有力的全球的内容公司，你只看到我们的几个频道，但是还有全球的其他频道，我们需要作出努力，创造内容。我们在美国内部有很大的发展，你知道为什么吗？发展最快的部分是MTV国际频道，这就是我来中国的目的。会不会将来还有一个大的交易呢？我不会说不的，我也不会说就此打住了，但是在近期没有很大的动作，现在我关心的事情就是要继续在中国做好我们的业务。

问：下午好，萨默·雷石东先生。我知道，您来中国已经好几次了，在2001年到中国的时候，你推出了MTV的节目，把它们介绍给了中国的观众，这次你给我们带来什么呢？

答：MTV，你们都知道，我们每次来的时候都是要推进我们的关系，不仅仅是商业方面的关系，还有和政府和中国人民的关系，我非常喜欢做这个事情，我对北京有感情上的依恋，但是需要做更多的事情。

MTV一开始只是通过卫星和有线传播，去年对MTV来说是重要的年头，因为政府给MTV唯一一个加品牌的频道，在中国，大家可以看到，它叫MTV中国。现在已经有1亿多家庭收看，还有“Nicklodeon”儿童频道，一天一个半小时，在中央电视台也播了，所以我们继续努力，继续做更多的事情，做一些合资企业，和中国合作，和中央电视台、北京电视台、上海文广进行合作。最终，我们希望能有一个24小时的MTV的频道在北京和上海，我们还将继续努力，成为最好的合作伙伴，把大量的中国的文化遗产也向外面介绍。但是我们有很多的愿望只是刚刚开始做，谢谢。

问：萨默·雷石东先生，您对中国人来说是老朋友了，您的公司取得了巨大的成功，过去的几年当中是这样的。2008年的奥运会将在北京召开，这对于中国来说是一个巨大的机会，我想问一下，您有没有进一步的计划来开发2008年音乐产业？

答：是的，我们有持续的计划，要发展中国的音乐产业，不仅仅是音乐产业，我们有很多的品牌，比如说“Nicklodeon”儿童频道，就是开始。你还可以看到尼克的DVD，现在，在CCTV上也可以看到，还有一些其他的内容，我们会继续探索商业机会，我们要强调本地的内容，我们不会把纽约直接搬到中国来，也不会把欧洲直接拿到中国来，我们要把中国的内容介绍到美国去，把中国介绍到欧洲去。

问：下午好，雷石东先生，我的问题是，如果一个年轻的男人想成功的话，想象您一样永葆青春，您能给他提什么样的建议，让他的梦想成真呢？您觉得他必须具备什么样的能力才能成为成功的男人？

答：我好像没有明白你问的全部的问题，你好像问我，如果有人想成功的话，我可以提什么样的建议。

我总是相信一点，所有的事情都是可能的，必须有这种态度才行，也就是说什么事情都可以，只要你努力。你们总是这样认为，在你的人生当中，不管从哪里开始，不管有多么微薄的能力，什么事情都是可能的，如果你有智慧的话，如果你有个性的话，如果你有毅力的话，你是可以成功的。

最“惨”的时候

俞敏洪

俞敏洪现任新东方教育科技集团董事长兼总裁，全国青联常委、全国政协委员。被媒体评为最具升值潜力的十大企业新星之一，20 世纪影响中国的 25 位企业家之一。

我觉得这个“惨”是要有对照的。比如说我从小在农村，从 1 岁到 18 岁没吃过几顿肉，但是我一点都不觉得惨，因为周围的人都是一个样子。现在好多同学感到心里不平衡，不是说你过不下去了，而是你看到边儿上的同学比你多找了两个女朋友，你就想：“哎，兔崽子凭什么比我多找两个女朋友?”。再比如他比你多穿了一件名牌衣服，你才觉得你们家是贫困家庭。我当时进北大的时候也有这样的感觉，因为当时家里很穷，我穿的衣服几乎都打着大补丁，我们那个体育老师从来不叫我的名字，一直都是：“哎，‘大补丁’，出来做个动作!”而我的同学里有几个是部长的孩子——当时还没有企业家，但是有很多是有家庭背景的，包括教授的孩子等等。一开始是有很多心里不平的，但是在大学里你要慢慢地调整好心态。

我们当时的攀比也不那么强烈，当时攀比的是谁读的书多，谁在同学面前发表的观点受重视，谁写的诗多——我们大家当时都比着写诗，因为当时写诗能多找女朋友。但是我比较悲惨，从诗歌的总量来说我写得最多，写了 600 多首诗，但是没有吸引过一个女孩子，也没有出版过一首诗。像你们现在的女孩子，可能会说诗人与穷人没有什么区别，除非那种用诗歌真正打动了你的心了的人，但现在写诗打动人心的好像不是很多。我们班当时有一个著名诗人，现在在文学界还比较有名的，他的笔名叫“西川”，不知道大家读过他的诗歌没有，他的真名叫刘军，他当时在北大开个人诗歌朗诵会，我也去听，朗诵完了以后发现“哗啦”一下，五六十个女孩子追着他走，结果我就追着五六十个女孩子走……我是个非常蹩脚的诗人，如果我写诗成功了就不会放弃文学了。但现在回想起来，当个蹩脚的诗人特别的好，为什么呢？因为终于发现自己不是那个料，所以才有了新东方的今天啊！人啊，一方面，努力会使你进步，但更重要的是发现你的天分。后来我发现我的天分是做培训。有时候，你喜欢的并不是你这辈子就能做成功的。比如说，我到今天还是很喜欢文学，但是我只把它当做我的业余爱好，不能靠它谋生，如果我靠它谋生的话，现在可能就饿死了。

不管你是想创业，领导一个企业，还是未来想成为一个政治家，想要在任何一

个事业中取得成功，除了天分之外，还有很多重要的东西。如果没有天分，那么这些东西就更重要，它们是我们的韧性、耐心、耐力、持之以恒的精神。在我经过一些事情以后，我发现持之以恒比天分还要重要，坚持到底就是胜利——当然，也有坚持了最终失败的。

男人没有女人活不下去。当然，女人没男人也活不下去。我发现女人的温柔与男人的有出息，或者说成长，是成正比的，也就是说男人越成长，女人对你越温柔。我老婆现在对我很温柔。所以当你找到一个老婆对你很凶悍的时候，你自己也要反思一下，到底是老婆真的凶悍还是你自己没出息。

我们经历了起起伏伏的阶段，我刚开始在北大当老师，她是大三的学生，不是我的学生，她算学妹，不是我的学生。在这边顺便讲一下，在某些规矩上，美国比中国更加明确。比如说教授是不允许找自己教的学生的，他怕你写论文作弊啊或者给一个高分数之类的。但是，我认识的几个大学老师就找自己的学生结婚了，中国好像要更人性化一点。我当时处在到了25岁还没有女朋友的焦虑状态，因为我肯定是一个正常的男人，这不用说了啊，满北大追着女孩子跑。我老婆呢，后来是被我盯上了。我就在路上看，她长得还是比较漂亮的——毕竟你自己要看着顺眼嘛。最后我就跟了3个月，找到一个机会跟她谈了话。又过了几个月，她觉得我这个人还不错——就跟我了。在大学的时候对我还挺温柔的，我好像还有点高高在上的感觉。后来我发现，婚姻是一个绝对的分界线。结婚以前，爱情都是有点那种不真实的感觉的，爱情可以不计后果，但是结婚以后就会有很多现实的问题。有一句话说得好，“婚姻是爱情的坟墓”，绝对是的。但是你还不能不结婚，为什么呢？因为如果你的爱情没有坟墓的话，就死无葬身之地了！对不对？

钱对于爱情和婚姻来说，也许是能够起到一定作用的，但是对于爱情和婚姻的美好和持久是不起作用的。我做过一个调研，有钱人的离婚率比没钱人的高。没钱的话，大家就相濡以沫，同甘共苦，反而能够产生比较深刻的感情，而一旦有钱以后呢，就各自有主意了。

我结婚以后，因为不成功，也没钱，而且联系出国4年都没有成——我老婆是1988年和我结婚的，眼巴巴地等我到1991年，等了4年的时间，我就是出不了国。我老婆觉得找了个挺没有出息的男的，就开始变得凶悍的了，说话老有一些威胁性的元素在里面——再不怎么怎么样，我就和你怎么怎么样！每次都把我吓到半死不活。

当时我老婆对我高标准严要求，我就拼命地努力。第一步努力就是拼命想出国，没有成功，我就转了个方向努力。第二个努力就是我必须要让家里有钱花，这样我就可以使危机感更加往后延续一点，尽管当时我不觉得能够解除这种危机感。当时有钱花的标志其实挺有意思的，我老婆是天津的，我是江苏的，我在长江边上，她在海河边上，所以都喜欢吃鱼。我们两个都是工薪阶层，都是大学里的普通老师，因为没有钱，我当时买鱼就专门买死鱼，因为死鱼只要两块钱一斤或一条什么的，活鱼就变成了六七块钱。我记得的一个转折就是，我到外面上培训机构的课以后，开始是一二百块钱一个月，后来就变成了六七百块钱一个月。当时我老婆在中央音乐学院工作，我在北大，我们住在北大的宿舍里面，所以她从中央音乐学院回来以后肯定不能给我做饭，晚上一般我就负责做饭。记得有一次回来以后，她发现鱼汤是用活鱼做的，就很开心。那天晚上好像就变成了我们生活的转折点，从此以后她开始对我变得温柔了，因为能吃到活鱼了。

后来一直做培训班，到了 1991 年年底，我就从北大出来了，先在别的培训机构待了两年，到了 1993 年的时候办了新东方。当时办新东方没想到会有今天这个规模，当时想的只有一个目的，那就是赚够自己的留学经费，再到国外去读书，大概需要 25 000 美元左右。25 000 美元在当时也挺厉害的了，接近 20 万元人民币了，所以我觉得要干个两三年。等到真开了新东方以后，学生就越来越多。我在 1995 年年底拿到了美国大学的录取通知书，却舍不得走了，就决定倒过来做。我决定留在中国，把新东方做大，觉得挺孤单的，就去美国走了一趟，把我觉得有才华的北大同班同学请了回来。

我的创业分为两个阶段。第一个阶段实际上是新东方的家族阶段，第二个阶段是新东方的合伙制阶段。新东方总共经历了四个阶段的发展：个人和家族阶段、合伙制阶段、股份制改造阶段以及国际上市阶段。现在新东方是第四阶段，因为已经是美国的上市公司了。

第一个阶段，刚开始实际上就是我一个人在干。从北大出来了没事干，我就早上去贴广告，下午坐在那儿等学生来，晚上到别的培训机构去上课。后来慢慢学生就多起来了，我发现忙不过来，也没钱请别人来帮忙，就跟我老婆说，你看我们现在自己办学校好像没有问题，你在中央音乐学院那么辛苦，每天要骑自行车去上班，挺远的，你就干脆不做了，看你人长得又不算太难看，往前台一坐，说不定能多招几个学生呢，是吧？后来我老婆就真的从中央音乐学院辞职了，1992 年辞的，和我一起干到了 1996 年。她管行政、后勤、招生，我管上课和教师质量。在这个过程中，还插入了一些家族因素，我老婆的姐夫、我的姐夫都到新东方来工作了，虽然他们都很能干，但这已经很明显带有家族倾向了。至于我妈，她倒是没有参加过新东方的具体工作，她是觉得儿子在新东方能养活她了，就给我做饭来了。她这一来带来两个大问题：第一，就是我们家就一间房子，我老妈和我们睡一间房，我跟我老婆晚上根本就没有空间在一起，这是个大问题。大家知道，其实中国的婆媳关系是很麻烦的，我老妈个性比较强，我老婆个性也蛮强的，两个个性强的女人在一起——大家应该知道是什么结果了。所以总是有一种疙疙瘩瘩的感觉在里面。第二，我老妈以前是农村妇女队长，特别喜欢干活，一看新东方地脏了没人扫，她就要扫地。我想老太太要扫就扫吧，可是她扫着扫着就领着新东方的人在干活了。老太太能很自动地就变成领导人——说实话，我身上有一点点我老妈的特点，能够通过努力地干活使自己变成一帮人的领导。老太太是我妈嘛，有时候会干预新东方的一些事务，后来新东方内部因为我老妈弄出一些疙疙瘩瘩的矛盾。但是这在 1996 年以前不是什么大矛盾，因为那时候新东方本来就是一个家族，就是大家一起干。到了第二个阶段，就是从我 1995 年年底去美国到 1996 年年初我那帮哥们儿从国外回来，而且他们有很多是放弃了重要的职务回来的。比如说王强，在贝尔的实验室工作工资接近 8 万美金，跟我喝了两天两夜啤酒就糊里糊涂跟我回来了。

其实在大学的时候，我的同学都不认为我很能忽悠。我在大学基本上没有任何机会参加学生干部活动，也没有机会在公开场合讲话，而且学习成绩也挺差的。其实我给全班同学留下的印象就是俞敏洪是个特老实的人，也是个挺没出息的人。其实这种印象留下来以后呢，给我后来到外国去找他们，带来了一个良好的后果。第一，他们突然认识到，我们班当时最没出息的那个人，没有出成国，在中国赚的钱竟然比他们还要多！他们是这样想的：像俞敏洪这样的人在中国都能赚到钱，那我们回去还不发啦？第二个好处，就是他们觉得我是个挺老实的人，如果我说回去能做成功，那就一般能成功，我不是那种空口说白话、随便瞎忽悠的人，因为我在大学里没有给他们留下这个印象——他们没有想到跟他们分离10年我已经彻底改变了，哈哈，从一个不会忽悠的已经变成了顶级忽悠专家了！当时他们没有明白，等回来以后发现自己上当了。他们问我，他们的办公室在哪里，我说在违章建筑里。他们说他们的汽车在哪里？我说总共就一辆天津大发。最后一人骑着一辆破自行车叮叮当当就开始上班了。当时我跟他们说发工资是没戏的，但是我们新东方还有好多没有开发的项目，当时只开发了一个托福项目，还有像国内考试、GRE项目、翻译等等。我就给他们描绘了一幅美好的蓝图，后来他们就回来了。回来以后，我知道必须以一种特殊的方式把他们留下来。我要给他们开工资肯定是不行的，也没有那么多钱，我就说："既然咱们是哥们，原来也没有什么上下级关系，新东方虽然表面上是我的，现在你们一块儿来就是大家的了，所以咱就是把业务划成版块，执行邓小平的'包产到户'政策。"这是什么样的政策呢？就是给你一块地，你爱种不种，但是农民都会种的，因为不种终究没有粮食吃了。所以呢，农民就包产到户，一直到今天种粮食还种得挺热闹。

当时新东方没有股份化，我们也没有想过要长期一直干下去——只是希望通过新东方的平台让大家一起富起来，因为他们当时回来也还很穷，当然也是为了大家一种模糊的事业感。这样，我们就开始一起演讲，一起策划新东方。大家一起干完以后，把所有的成本付完了，把国家税收付完了，该拿的钱全部拿走。我跟他们说了，我一分钱也不要，我要的就是大家天天在一起，大碗喝酒，大盘吃肉，然后再一起把新东方做好做大，以后我们回顾这一段人生的时候，确实感到痛快就可以了。其实从1996年开始，直到2000年，新东方急速发展，就是因为有这样的一股力量，一种做事情的豪气和大方在里面。

到了后来，大家知道，包产到户嘛，小农经济，这个结构等到大发展的时候肯定会出现问题的，但是当时没有出问题。实际上，结构和你发展的现状必须是配合的。如果说你的发展还没有到达一个点上，你就开始想把最好的组织结构放进去，这就把你的发展机会给扼杀了。但是，当你发展到一定的程度，没有组织结构来进行提升，也就死定了。他们回来的时候，新东方其实还很小，总收入一年才有几百万，我要是给他们股份让他们弄的话可能早就散架了——因为一旦股份化，所有的职位都会正规化，然后谁拿多少工资，谁拿多少奖金，谁来干什么都是一定的，当时做不到这一点，而且不能激发大家的积极性。当时的目标也没有像现在这样复杂，当时的目标其实非常简单：既然不出国了，就想办法多赚点钱。他们回来其实也是这种想法，就是赚点钱，而且一帮哥们儿在一起也不容易，大学的友谊，隔了快10年了又聚到一起去了，所以大家都觉得做得挺开心。这个结构的好处就是新东方急剧发展，总共五六年的时间就从年收入几百万元一下子冲到了几千万元，这在当时已经非常厉害的了。害处就是后来引起了新东方内部的巨大矛盾。

我的这些大学朋友回来之后，带来了很多新的思想，也给我带来了原来意想不到的麻烦。他们进来之后，做的第一件事情就是驱赶我的家族成员。这个让我感到很痛苦，我想：这帮兔崽子，怎么一来就要把我家里人赶走呢？但是我也特别能够理解，为什么呢？如果我和他们吵架——不管是因为业务问题还是其他问题，我们都是平起平坐的，不管说话说到多么凶，都是哥们儿，不会最后出问题的。但是我老婆在边儿上不冷不热地说上一句她认为很平常的话，他们听了以后可能就会觉得很受侮辱。我是习惯被侮辱了，我老婆说话是不是侮辱了我，我根本就听不出来，但是他们不行。如果新东方想要做长久的话，不能有女人干政。但是我又怕我老婆，怎么能让她走呢？后来我就和我老婆说，你看咱们新东方未来要做大吧？她说是啊，这是我们的命根子啊。我就说，你看咱俩现在的能力，做大新东方有点力不从心。她说，倒也是。我说，我们两个人有一个先出去读书吧，提高能力。我老婆就说，那你先出去吧！我说不行啊，我先出去了，这一帮兔崽子心怀叵测在你身边你哪受得了啊，对不对？不如放我先对付他们一阵子，你先出去读书吧！也不知道我老婆是怎么被我忽悠的，1997年年底就真的跑到国外去读书了。她出去读了两年书，我们这边也差不多改造完了。她回来后说，我还能不能去新东方工作？我说你看我们现在这个结构，你回来好像不大合适，你先在国外工作两年，学学东西方文化融合的本领吧。我老婆说，那就再待两年吧。然后过了两年，我说，咱们会再要第二个孩子吧？她说，是啊。我说，那我们生完第二个孩子再回去吧。所以我老婆就给我生了个儿子。

对付我老妈，我发现麻烦要大得多。我老妈当时在新东方做一些后勤工作，她老人家平时说话就更没有顾忌了——我妈经常说“老娘是新东方的妈”，哈哈……最后我也发现了一个问题：我的家族成员在新东方工作，新东方的其他一些管理者，当然不是我从国外回来的那些同学，而是土生土长的管理者，他们也把自己的家族成员弄进来了。我觉得不对头，因为这样就形成了新东方一个家族一个家族的小版块儿。我想让他们这些家族成员走，但是我开不了口，为什么呢？因为我想这个不公平啊，尽管说新东方是我创的，我可以说你的家族成员不能待，但是我觉得这样不是做事的方式。我发现这个事情如果不纠正的话，新东方就会形成一个个小团体，最后你想整顿会很难。但是要整顿就得从我做起，也就是说先把我的家族成员全部请走，于是我在朋友的支持下下了一个命令：在新东方只要家族相关的成员就不能待。后来是执行了，先由我来做，这一段历史比我做新东方任何一段都要艰难，原因我的家族成员除了我姐夫在新东方的书店当经理以外，其他基本都是扫地的。就是说，好不容易在这儿找了一份工作，没有任何话语权，还不能在这儿干。你想我是农村来的，农村有一大堆的村民，他们就会传：俞敏洪这个人好狠心啊，人家好不容易能够混口饭吃了，最后你又把人家赶回去，这让人家没法活了！还

有，我老妈也必须被清除掉，因为我老妈在新东方什么都插手，也算是重要家族成员。而我从小就是那种我老妈一说话就“扑通”一声跪下去的人，让我清除老妈比让我登上月亮还要难——一看到我老妈不高兴我就会发抖的，一直到现在还是这样。农村的这种教育方式，孝顺是第一位的，而且我老妈也比较有个性。后来下了狠心了：清不动也得清啊！清完的结果是我老妈半年不允许我回家吃饭。

后来我发现，一个人如果坚定并且坚持了，最后还是会有结果的。我可以在我老妈面前跪下去，就是亲戚朋友坚决不能再进来。大概用了几个月的时间，这个事情做完了，新东方的其他管理者一看，俞敏洪动真格的了！结果，新东方下了一条行政命令：任何人，只要是在管理层面上的，直系亲属就不允许在新东方工作，如果一旦发现这种情况，连亲属带管理者本人当天开除。后来新东方还真出现过这样的情况，把自己亲戚朋友、兄弟姐妹的名字改了一下，又放到另外的地方去，大家也不知道这是他的亲戚朋友，后来被新东方查出来当天就开除了。这一关当时我没过的话，绝对不会有新东方的今天了，绝对不可能上市的。

新东方发展中遇到的第二个问题是随着新东方的发展，原来的那种合伙制行不通了，需要发展新的组织结构。我当时和那帮哥们儿的股份还没说清呢。而这一关呢，他们的眼光有一点超前，我的眼光有一点滞后，所以新东方有句话：一只土鳖带着一群海龟在干！包括今天，我原来的那帮哥们儿已经不在新东方的管理层了，现在新东方的高级管理层有 9 个人，6 个是海外留学回来的，有两个是纯粹的外国人，只有我一个人没有出国读过书。所以新东方一直延续着一只土鳖带着一群海龟在这干的传统。从 2000 年开始，新东方的结构出现大问题，整个过程我就不再详细说了，也没有什么太多的意义。这其中的原因，就是股份没说清楚。但是我也觉得就是到了这个时候，才能开始说清楚。究竟出现了什么问题呢？就是每个人管的那一块都做得很好，但是后来新东方新的业务版块出现了，而且这些版块大家料定了能够做大。那么这些版块给谁做呢？就没有办法了。说给俞敏洪做，他们可能会说新东方整个品牌是我们一起创起来的，为什么这个版块给你做呢？给王强做，也会说那凭什么给你呢？对不对？说给小平，那也不行啊……但总得有一个办法吧，大家就说，旧的先不动，新的版块我们股份制吧。所以新东方就出现了很多股份不一致的股份公司，比如说用不同的股份搞图书，搞电脑培训……最后利益就相互扭着了，而且每个人还有一块自留地在那儿拼命地干，最后整个结构就不对了，大家也很迷茫，很痛苦，他们得出一个结论，就是俞敏洪这个人没有领导才能，才导致我们今天这样的结果。因为我们不懂，就请外面的咨询公司，咨询公司说你们这样是不行的，把所有的东西统统都合到一起，形成一个大的股份公司，最后你们就变成一个大型机构了。我觉得有道理，所以就把我们之前个人的东西再合起来，一些小股份公司再重组股份，全部揉在一起。怎么揉呢？首先需要解决的就是谁占多少股份的问题。我们关起门来讨论了两天，有了一个结果：新东方的原始股东，就是新东方参与创业的 11 个人。然后 11 个人就分配，当时咨询的人说，俞敏洪你自己至少占 55%，否则这帮小股东每天跟你不开心，他们手里有超过50%，一生气就把你推翻掉了！当时我就说了一句话：如果我管新东方需要用我的股份控制权来管的话，我就不要新东方了，我要把新东方做大，一定是通过我的个人影响力和大家对我认可的地位。

这个我是有自信的，但我在北大上学的时候没自信，是后来在北大当6年老师的时候开始产生了自信。其实本来我没有想到自己会当老师，但是当了两年以后发现自己还是挺受学生欢迎的，学生的眼神给了我自信。办新东方的时候一开始我也是没有自信的，因为一开始我自己一个人糊弄嘛，也不需要一个人参加。结果到后来我那帮哥们儿回来的时候，新东方已经办得挺好的了，我就对做事情又产生了自信。但是这个自信在那帮哥们回来以后就彻底被打掉了，因为我做任何事情他们都骂我，他们要实在没理由骂我就说我是个农民。（笑声）这也是我没有办法的，毕竟他们在国外待了很长时间，而我连国外的影子都没看见过，除了去了一趟美国把他们请回来以外。所以我看到他们那些喝了洋墨水回来的人会害怕，总觉得他们肚子里装的东西都比自己要厉害、要新颖。后来慢慢发现，其实人的智慧和经验是分在两方面的，一个是实践智慧，一个是理论智慧。我是实践智慧多于理论智慧，我的理论智慧可以从其他人身上吸取，因为我有一种勇于接受别人批评的态度。

成立了股份公司，股份是分完了，分完以后就出现一个问题：既然成立了公司而且公司要发展，当时我们也已经有咨询公司了，如果我们好好做，新东方说不定以后会上市——尽管我们根本不知道上市是怎么回事，但都知道上市就发了。一鼓动，大家就说好啊，就股份制了！分了以后，公司如果要发展，就需要有利润的，但是大家想一想，前面新东方的结构是什么？包产到户，把所有的费用成本都弄完了以后，利润全部拿走。现在要有利润，就意味着现在不能拿走钱了。这就出现一个情况：突然发现个人没收入了——原来我干了一年以后能拿30万、50万，怎么现在我干了一年才能拿10万了？股份制不是发财的嘛，怎么钱越来越少了？这是一。第二，大家发现，原来什么东西都可以自己说话算数，现在不行了，为什么？有公司结构了。还有，原来我们这帮人是没有上下级关系的，他们一直感觉俞敏洪是他们的下属，因为我上大学的时候他们都是我的班长、团支书甚至老师，怎么公司一结构化就变成董事长了呢？而且还兼总裁。当然了，这还好说，因为不管你怎么没出息都是新东方的创始人——他们说，你是新东方的father，我们是新东方的uncle。但还是出问题了，知识分子嘛，都要面子，原来是不分类的，现在就要有副总裁、常务副总裁和一般副总裁了，有第一副总裁还有第二副总裁……完了之后，工资也有区别，总裁的工资总比副总裁高吧。新东方很有意思，本来大家都是骑自行车叮叮当当上班，都还挺高兴的，为什么呢？骑自行车就是为自己干吗。新东方变股份公司的第二天，就进了11辆小轿车，一人1辆。有了车以后大家反而不干活了，因为不知道去哪儿干活，干了也不知道钱到谁的口袋里去。大家虽然股份都占到了，但是股份不等于钱啊，就觉得不行。后来想来想去觉得不对：虽然我们现在改造了，但好像上俞敏洪的当了，俞敏洪表面上在推动改革，实际上用股份把我们架空，然后把钱都装进自己口袋里了……

实际上，我们是在没有制度的情况下突然间就结构化了。那个时候新东方有控制，但是不是像现在这么现代化。也有人管着财务，但是那个财务人员是当时我招进来的。他们说，这个不行，谁知道背后俞敏洪得拿走多少钱，要求换财务人员，就换了。他们后来又觉得俞敏洪当总裁对新东方的发展起不到推动作用，因为观点确实太落后了，就说咱们让俞敏洪下来吧。开董事会说下不下？我说可以啊，所以董事长就下来了，总裁下来了，后来连北京新东方学校的校长都不让当了，我就变成了北京新东方学校的一个国外考试部主任兼国外考试部老师，天天背着个破书包去上课。他们开总裁办公会我进不去，因为没有职位我当时还占了45%的股份，但坦白地说我不想用那个权力——我当时有一个比较清晰的思路：我们吵归吵，但谁都没有伤害新东方业务这一块的重大发展，也就是说我们的员工不知道我们吵成这样，完全不知道。我下来就下来，但是我们要想办法把新东方弄好行不行？我觉得我们这一帮哥们儿在一起不容易。最后我们这一帮人做得还是挺不错的，大家都耐下心来，虽然也吵架也争论，但最后慢慢地有了那么一点点的融合。到2004年年底的时候，新东方的整改基本上结束了。从2002年到2004年，新东方的总裁和董事长都是别人在当，他们轮流当，轮流坐庄，一个人上去做了几个月之后就说，这位子不是人坐的！就换了一个，换上去做了几个月之后又说不是人做的……到了2004年年底的时候，终于又回过头来说，老俞啊，这个董事长和总裁，发现没什么意思，还是你回来当吧！我说，回来可以，但我们得有一个规矩了。我非常尊敬我这帮朋友，也特别怕他们，因为他们一讲话滔滔不绝，还全是引用西方思想之类的，我就特别自卑。我说，你看我们不容易，闹了这么多年还没散，让我上来也可以，但是为了保持新东方的稳定发展，两年之内不要再让我下来了，好不好？

大家在一起合作创业的时候，可以在里面当着面指着鼻子骂，但一出那个门，大家说的全是好话。新东方就是这样的，我们把办公室的门一关，在里面吵得死去活来，掀桌子……但一出去演讲，同学们发现我们就是天衣无缝的哥们儿关系。因为你当面把话说完了，背后就没什么好说的了，所以很少会在背后再去说坏话。这一点很重要，尤其是大家长久在一起的时候，一定要有这一点。

新东方内部有一个特点，从来不使用股份投票。虽然现在是上市公司了，也很少用股份说话，而且我现在占的股份比较少了。上市公司如果要通过股东大会表决的话，那管理层基本上也就完蛋了。但是，选取董事会成员要走这个形式。我算是从一个创始人变成了一个比较彻底的职业经理人，现在算是个打工的了，尽管在新东方还占有股份，但是新东方的流通股已经占到了80%，这些股份就掌握在全世界各族人民的手中。

新东方自从经济危机一来，一直是排在世界前10只的抗跌股份，一直到今天，特别稳定。当然这跟我们的努力有关，新东方的人都能讲英文，哪个投资者打来电话，我们就哇啦哇啦讲一通，然后想卖股票的听我们一说就晕了，不卖了。

而且新东方还有一个好处：学生都是先付学费再来上课，不会出现现金断流的现象，也就不会出现倒闭的现象。有这么一个基础在这儿，股东们觉得很踏实，而且他们发现我身体比较健康，所以也比较放心。这个特别重要，一个老总的身体如果出问题了，股票常常掉一倍。

后来新东方的结构改造完成了，虽然大家前几年拿的钱不如个体户拿得多，但是外面来的对新东方的定价是有价值的。当时新东方内部人员什么都不懂，我们就决定吸引外面懂行的人来，把股份出让一部分。我们找啊找，最后在2002年的时候，找到了一家养猪的上市公司。这个老总还挺懂企业经营的，从1头猪养到60万头猪。当时，我们新东方开的价格很低，内部定价是1%的是100万，10%就是1 000万，等于新东方就值1亿元人民币。我们还说外面的人进来我们要加点价，就加到了1 600万，给他10%。那个老总还很高兴——“新东方名气很大，1 600万占10%，我干了！”拎着现金就过来了。过来以后，他说这个钱给你们之前我要参加你们的董事会，看看你们董事会是怎么议事决策的。结果我们董事会从早上8点开到晚上12点半，讲的只有两个议题：人生和哲学是怎么回事。这个养猪户就懵了，新东方的董事会怎么是这么开的，这个钱给你们还不泡汤了！接着就拎着钱跑了。

后来到了2003年，有一个个人投资者又提出要投资新东方。我们说我们涨价了，不能那么便宜了，我们10%应该要2 500万元人民币了。人家说2 500万元人民币没问题啊，接着也来开了一个董事会，那个人懂黑格尔和尼采，但是后来他说你们为什么不讲亚里士多德？这个不是一回事啊，你们怎么把商业经营跟文学、感情纠葛、弗洛伊德、潜意识都放在一起了！然后他们就开始用潜意识分析俞敏洪这个人心地本身是多么的不善良之类的，把那个个人投资者听火了，最后走了。

到了第三年，也就是2004年，新东方遇到了一个很大的风险。我们两次融资都泡汤了，我们就不懂，为什么外界不懂我们这些崇高的人呢？到了第三年，来了一群某个中国证券公司的人。我们又涨价了，要1个亿给15%。他们就扔进来了，他们说新东方要上市。我说好啊。他们说要上市的最佳方式就是买壳上市。我不懂什么是买壳上市，他们说买壳上市就是把你的公司放进一个已经上市的很糟的公司上，然后清理这个公司，你的公司就变成了上市公司。我就问变成上市公司有什么好处呢？他们说可以赚钱了。那买壳上市之后我的股份到了这个壳公司之后能卖吗？他们说，因为中国有法人股，还不能卖。那我难道一分钱也拿不回来？他们说可以增发。我就问增发批起来容易吗？他们说可以批，排队，批起来要两三年。我听说很多壳公司里面都很烂，进去以后都出不来。中国最早的软件公司科利华，把自己装到了阿城钢铁这样一个壳公司去，他们公司的老总还跟我说这个上市公司好啊，你看我现在都敢吃鱼翅了……过了1年，我发现那个公司就被壳公司吃掉了。我问他们：你们给我1个亿买壳上市，这个股份还要降低，你们靠什么赚钱啊？他们说：我们就是出于对中国教育事业的热爱，帮你一把。我一听，这个话不对头啊！后来打听了一下，发现这个壳公司的二级股票都被他们买完了，就是说这个公司在市场上流通的股票都被他们买完了。比如说1块钱人民币，他们买了几千万股。买了以后如果把一个好的优质公司往壳里一装，那个公司的股票一下子就变成10块钱、20块钱一股了，这样他们一出手，10倍的钱就赚回来了。他们给新东方1亿，他们在外面能能赚10个亿、20个亿，然后新东方是死是活就可以不管了。我研究到这一步，就告诉他们：新东方决不能买壳上市，要上我们就要有点耐心，我们慢慢一步一步研究在中国、在国际怎么上市。不管他们怎么忽悠，我一直坚持，没有搞懂的事，绝不会迈出步伐。这些人自己也没钱，是向银行贷款1个亿给了新东方，到了年底，贷款期限到了，他们就要把钱收回去。但是，按照合同，这个钱是不能拿回的，因为都已经变成了新东方的钱了。他们说，你看俞老师你也是个好人，既然不想买壳上市，就把钱给我们吧。按照合同要扣1500万，他们就问能不能不扣。我说我也不缺你们的这个钱，就都拿走吧。他们拿走了，过了一个礼拜，他们老总又打电话说，你看那个利息能不能也给我们。我又把利息打给他们了。后来我发现，新东方真的做了一件好事：第二年3月份，那个公司就出事了。我出了一身冷汗，因为他们的账本有新东方的股份，检察院跑到新东方来调查是怎么回事，我们把所有的证据给他们看，说这个事情已经了断了，这才救了新东方一命。

从此以后，我们就不敢再接受中国人的钱了。在某种意义上，国际资本好得多。外国公司也有骗人的，但是我们要做就找第一流的名声好的公司做。后来新东方碰到了老虎基金。因为老虎基金的主任是我在北大的学生，而且是个女的。我这个人一碰到女的，就一点辙也没有。但更重要的是，因为是自己的学生，所以她能跟你讲知根知底的东西。她对我也非常信任，因为她从学生开始到后来出国上托福班都是我教的。她就说，俞老师，我对新东方不了解，但是对你很了解，知道你是一个很好的人，所以新东方10%值多少钱，我们就给多少钱。当然，我们不能开天价，我们开了3 000万美金。这3 000万美金第二个星期就打到新东方账户下，新东方从此就开始了国际化的运作过程。先进钱，后审计。后来新东方上市以后，他们赚了几亿美金。这就是新东方整体的融资故事。

在上市过程中，我有一个前提，从做新东方开始我就知道，我自己怎么样没关系，但是新东方最好不要倒下去或者是不发展，因为它是从第一个学生做起来的，我对它真是充满了感情。所以任何对新东方有危险的事情，我就会特别的谨慎小心，一直到今天为止还是这样。

另外，从新东方上市起，我就没认真看过新东方的股价。我认为新东方的股价跟我是没有关系的，除非哪天我想卖自己的股票了。因为股票掉到1块钱最后又涨到100块钱，对我来说是一点损失都没有的。所以整天关注股价是一点意义都没有的。现在新东方的市场价格是60多美元一股，市场价格要换成现金才是钱，不换成现金就算起起落落，对新东方的发展也没有什么影响。

因为现在新东方上市了，媒体到处在报道：俞敏洪现在是最富有的老师，这个实际上是挺危险的，我当时就卖了一点股份捐了一点钱。我本身是农村的，对钱不是很贪，但钱是很重要的，一定要想办法赚钱。为什么呢？钱越多肯定是越好——先不论钱的目的——因为这个世界上你首先要学会养活自己，你就要有钱，你不能靠要饭，对吧？要饭对我们来说并不是最合适的生活方式。你有了更多的钱，你要结婚，要养父母，这是一种荣耀，因为你能生存，你父母安心了，他们绝对能多活很多年。再说呢，你潜移默化就可以为社会作贡献。比如说你赚钱必然要缴税，缴税就是通过社会平衡机制在资助贫困的人或是提供国家所需要的资金来源。你再做大了，我跟新东方的员工讲的特别清楚，而且这也是我真心相信的，新东方不是因为到美国去上市了，而是因为新东方现在总共有9 000多位老师和员工，每个人背后都有一个家庭，这就意味着稳定9 000多个家庭的生活的经济来源。也就是说你做大的时候，你会在无形中帮助很多人，这个对你来说也是很值得的。当你真有钱的时候，你才会筹划怎么用你的钱，钱怎么用，都是拉动消费的行为，我的朋友中有的企业家买飞机了，有的企业家买游艇了，有的企业家买别墅了……这也是不同的用法吧。这也无可厚非，因为这是靠他自己的能力赚出来的钱。对我来说，首先，我自己的家庭生活和读书生活很重要。我有钱，要买书，但我现在的钱买书都买不完了。还要有一个舒适的房子，我现在在中国还没有买大房子，不是不买也不是过于节省，是还没有找到合适的。以后呢，还要留下孩子上学的钱——我会想哪些钱是留给自己花的，哪些钱是留给孩子的——万一孩子以后变傻了呢？父母总是会这样想的。

人一定要为自己留下一点感觉。我希望新东方的股价涨了之后，我能拿到钱，把这些钱捐给一个专门建造私立大学的慈善基金，这样这些钱就可以在中国建一个私立大学——当然这个私立大学不会用我的名字来命名。我不想在中国造一个很大的大学，新东方现在在北京附近征了500亩地，加上建筑要花掉几亿元人民币。合格之后，教育部会给你发一个招收本科学生的文凭。我不想把这个学校做大，每一届学生只招收1 000人，这样一个校园有4 000人就可以了。因为我来自于农村地区，所以我的目标是4 000个学生中，有50%来自农村地区。我现在也在动员一些企业家：你们愿不愿意一起来支持大学的建设？有不少企业家也表示愿意，因为很多企业家都是还没有生命目标的人，就是不知道他们的钱怎么用的人。我已经知道了，我把钱投资造校园，成立一个学生奖学金基金，像哈佛大学的基金一样。哈佛大学也是从几万美元开始，现在变成360亿美元的，不过今年又变成了200亿美元，亏了120亿美元。如果这样，这笔钱就可以资助大部分农村地区来的孩子，让他们把学上完。

我发现，生命的路还有很长，一个人一生是可以做很多事情的，经常会有奇迹发生——杨振宁82岁还结婚了。所以说如果老天再借给我40年的时间——有一首歌叫做“向天再借五百年”，500年当然是不可能的，老天再借给我40年时间，我想我的这个大学能成为中国大学中质量相对不错的一所大学。

我认为中国将来应该会有真正的私立大学教学体系的，而不仅仅有清华北大这样优秀的公立大学存在。假如说我能奠定这样一个学校的发展基础，等到我死了以后，这个学校还有人在经营，并且这个人把这个学校做成斯坦福或者是哈佛那样，这个事情就有希望了。经过几代人的努力，不是我一个人的，而是一代一代的努力。相信我们的私立学校也能打造成“中国的哈佛”、“中国的斯坦福”。

人活一辈子，重要的是你活着的时候你做的事情对你自己来说是快乐的，最好是对社会有意义的，至少是对社会无害的，这样就可以了。现在我可以飞到全国各地去做演讲，做新东方。但是我总有老去的一天，当我有一天老得动不了但还活着嘴巴能动的时候，我可以坐在自己的大学礼堂里，将自己的生命故事讲给别人。这是一个自私的想法，同时又是不自私的。

也就说，你总得对钱的用处有筹划。我尽量保持开支节约，但我也学会了一些

稍微奢侈的生活方式。比如说我喜欢滑雪，滑一次雪要花几百块钱，很多人都得想一想，我就不用想了。我先是学会了双板，接着又学单板，我的单板也滑得比较出色。对我来说，这就是生命张扬的感觉。

总而言之，人最重要的就是保持一种心情。抬头看月，低头听风，这是一种心情；铜琶铁板，驰骋江山，这也是一种心情；孤独生活，认真读书，这也算是一种心情……人有很多心情，但有一点核心是，你自己活得快乐，你自己觉得这样做对你有意义，我觉得这就可以了。这不是说大话，这是我的真心话。这个道理很简单：新东方肯定有倒的时候，肯定有不济的时候，因为进入了商业社会，必然就会有收入下降或者是业绩不涨的时候——资本家就是这么一群人，只要看到有钱赚的时候他必然过来，没钱赚的时候当天就能把你抛弃，他们的身体里是没有眼泪的，只有在他们丢钱的时候，才会感到难过。所以我对新东方的高级管理人员说了，我们为自己而做，我们要为自己鼓掌，因为我们知道每一次努力背后的辛酸，我们也知道每一次努力背后留下了让我们自己感动的日子。

俞敏洪回答清华大学学生的提问

问：我买过一本您的书叫做《永不言败》。里面讲到您在大一的时候，背新概念三用了几个月时间。您是怎么背的？能简单给我们讲一下这个过程吗？

答：我当时用了两个半月的时间。当时北大的管理很松，老师上课讲的东西我不太懂，又不点名，我是每天完全不去上课背的。

问：俞老师，您在大学有挂科吗？

答：我大学挂科是很严重的。我大学 5 年，一二年级是基本不挂科的，因为一开始大家都要谨慎一点。到了大三的时候，我得了肺结核，在医院住了 1 年。之后就变了，我走进教室上课，同学都是不认识的，因为我被留到下一级了。这样我干脆不去上课了。所以我去考试的时候，我们法语老师问我："你是谁？"我说："我是这个班的同学，"他说："我怎么从来没见过你？"我说："因为我生病了所以很少来上课。"他说："你不上课我是不能让你考试的。"我说："老师你让我考一考吧。"当时法语我是在家里自学的，考了 85 分。这个老师说："你自学还能学到这么好，不来上课也就算了。"

问：对我们这些想创业的人来说，请哥们儿或是请同学，一开始就把这股份定下来好，还是发展到一定规模再把这事说明白为好？

答：像现在的创业阶段一开始就定下来了，因为现在规矩比较明确了。

问：一开始创业，核心人物股份的比例是怎么商量的？比如说，做培训行业，做后勤，做管理……这个怎么分配？

答：这个各不相同。我没法跟你说后勤应该拿 20%，做管理的应该拿多少，因为每个人在公司的分量是不同的。现在我看不少大学生创业，一开始就分配股份，你拿 30%，他拿 30%，但是最后散伙的比较多。一开始大家会拼命做，第二年就出问题了——拼命干的人还是 30%，不怎么干的照样拿 30%。拼命干的人心里就会不

平衡：凭什么我为你们赚钱啊！

问：几个人一起创业的时候，一般是没有钱的，你怎么发工资给自己的哥们儿呢？

答：当时新东方就是这样一个状况。所以当时新东方用的合伙制，合伙就是你在这儿干，干到什么份上了就是你的事了，如果你不干了，你就没有了。

问：但是没有跟他们说股份怎么分，钱怎么算，你怎么把他们忽悠过来呢？

答：当时新东方正好有不同的板块，实行“包产到户”。你们现在做很难，因为他们做同一件事情，又是几个人共同做，只有一个可能性，就是大家一起做好了一起分股份。但是做着做着就会发现，我的能力比你强，大部分事情都是我做了，但是拿的股份却一样多，最后就开始散伙了。

问：决定教育发展的最核心的东西是什么？

答：看教育机构的话，毫无疑问就是教学质量。

问：听说新东方上市有了一大笔钱，这笔钱您打算怎么用？

答：我们要做两件事情。一要做比较好的收购工作。因为股东也发现，新东方上市3年，钱还没有花，他们会说你们不想花也没有计划，就把钱分给我们。所以我说一定要花掉。但又不能瞎花，因为公司的每一笔花费都记录在公司的成本中间。要找好的东西。在中国，新东方把一些优质的教育资源收购到新东方里面去，这是第一步，我们已经有了目标。第二就是改善新东方内部的业务生态系统，即新东方新业务的组建和发展。比如说新东方已经在北京组建了幼儿园，非常漂亮，非常好。同时，新东方管理系统在不断升级。两年前，我查一个数据要两个星期，现在在网上能查到新东方的任何数据。新东方的内部管理系统很强大。两年前，我很担心新东方的贪污问题，担心有人拿了钱你是不知道的。现在，新东方的干部，包括行政后勤的干部都很难贪污，因为现在有了新的管理系统。当时去美国上市有一个重要的原因：美国有一个404法案，对企业有一个严格控制的规定。我弄懂了404法案，才决定去美国上市，因为我发现，这个法案要耗掉新东方一些钱，第一年我们花了1 500万元人民币。我们做这个法案，不是为了应付美国的检查，而是把这个系统变成新东方日常管理系统的重要部分之一，使新东方的内部系统跟它的系统完全合并。这样明年会更省钱，因为明年全部合规。但这也是比较复杂的，因为新东方都是现金——在中国现金控制是最难的，而404法案控制你每一分钱的流向。

我们做这个的时候是由老外和中国人一起做。他们有很好的学习背景——哈佛大学的，还有斯坦福大学的，所以他们很懂这个东西，水平很高。一件事情做到一定程度的时候，你不懂的就不能去装懂了。比如说我不懂到美国上市，西方人告诉你整个过程是什么，你知道了过程，但是具体步骤你还是不懂。所以我觉得新东方当时需要一个重头人物，我们找来找去找到一个人，他来了以后把新东方的上市工作推动得很好。新东方的发展部管理者是个犹太人，宾夕法尼亚本科毕业，哈佛大学商学院毕业，能讲一点中文（新东方的办公环境经常是英文，高管有一半讲英文比讲中文都流畅）。这样，404法案在我们这里的执行就会比较到位，因为高级管理人才很通这个东西。现在我就不用担心新东方的钱流失掉，不用担心管理上没有效率，也不用担心利润和收入计算不正确了。因为上市公司的利润计算不正确，立刻

就会出大问题，这是一点点学的。我高考那年数学考了 14 分（我们学外语的数学不计入总分），可见我数学能力有多差。我看到数据就会发懵的，但是现在新东方的报告一出来，几万个数据从我面前经过，我竟然能比财务经理还快地挑出哪个数据是错的。这就是锻炼，人的能力是能成长的。

所以，同学们，你们现在不用担心一事无成，往后看往前看也没有人尊重你。我始终有这么一个信念，就是人最重要的是往前走，只要你敢于往前走，一天走一步，一年就是 365 步，总有一天你会发现，很多走在你前面的人因为休息停下来了，结果你走到他们前面了，一定是这样的。

问：您的梦想是想做一个世界一流的私立大学，但是您有什么好的激励制度去吸引很牛的教授去教课呢？

答：靠物质和精神两个方面的东西。其实任何一个人都是两个方面，一个是对于他价值认可的经济利益是必须保证的，比如说你请我去做一个事情，我觉得我值那个钱，你不给我那个钱，我凭什么去？去别的地方我也可以赚到这个钱。这是一，但还不全是钱的问题。比如说交流不畅通，我们两个最后从思想、经营理念上，还有对未来、对生命的看法上，如果不一致的话，我给多少钱你也不会来。不过我觉得我还是有这个本领的，尽管自己本身没有什么知识水平，但我相信自己可以吸引很有魅力的人才，跟我一起为了一个他也想要的目标，共同奋斗！

请记住，刚开始要用你自己，但是到后来就不是用你自己了，一定要把自己抹掉，开始用别人。用你自己也可以做事情，但是越到后来，你就会发现，周围的人才实在是太重要太重要了。

问：作为一个想创业或想做一番事业的大学生，在大学四年当中应该怎样积累自己，让自己成为一个适合创业的人？

答：创业是有前提的。现在国家提倡大学生创业，很容易给大家造成一种幻觉，我大学一毕业就可以独立干了。不是这样的，我觉得做事情应该脚踏实地，步步为营，切合实际地做事情是成功的最重要的前提。我是绝对赞成大学生创业的，但我不赞成大学生在本科的时候稀里糊涂地就去创业。统计数据也表明了，在校大学生或者大学刚毕业的学生，创业的人当中失败率为 98%—99%，也就是说可能只有一个人成功。这个实际上对自己自信的杀伤力也是很大的，对自己以后再去创业会造成一种畏惧心理。大家都知道，最重要的就是信心，金融危机为什么产生？就是因为失去信心了。就怕你做事情老失败，对自己失去了信心，这是很麻烦的。从我个人经历和我周围人的经历来看，不管你们提到的谁，马云也好，江南春也好，李彦宏也好，我也好，这些人都还不算老，都是在 40 岁到 50 岁之间，而且都是上市公司的老总了。大家想一下，他们都经历了什么？都是大学毕业以后没有创业，而是在其他单位先工作 3 到 5 年，积累经验。创业呢，有几方面的经验需要积累：第一是与人打交道的经验。你跟公司里的员工老板混三五年，你就会知道员工是什么心态，老板是什么心态，同事什么心态，当你做了老板以后，你就知道用什么心态去对待这些人了。这个非常重要。当然了，如果你能够积累一点财富，比如说你工作得不错，或者说你有人脉，这些人脉可能给你带钱来，帮助你创业，这样就不一定要100%动用自己的钱——创业不一定会成功，所以100%用自己的钱也挺麻烦的。当然如果你要开一个小的培训班或者小的饭馆，通常不会用很多的钱。

当时网上讨论，北大有个校友是卖猪肉的。我去看过他的猪肉店，确实我觉得他卖不出东西来。原因很简单：他的猪肉店环境很差，苍蝇飞舞，自己还一边叼根烟一边剁肉。我就想：如果我来开这个猪肉店会怎么样？坦率地说，如果我来开的话，这个店也许能够成为比较好的猪肉连锁店之一。我一定会把猪肉包装得非常漂亮，去过国外的人会知道，一头猪可以分出好几十种肉来，我还会把环境弄得非常美，我还可以上门服务……一个小猪肉店，你只要让这个社区弄清楚了你这个肉是放心肉，有一个5平方米的门面，把周围的居民的肉包下来，你想吃肉了我就给你送过去，其实一个月就能赚好几千块钱，你再开大了就是好几万块钱。等最后把系统摸索出来了，从一家开到三四家，一个城市开到十几家二十家，再到另外一个城市继续开……像肯德基一样的连锁店不就出来了。

说到这个地方，我正巧讲个故事，和大家分享一下。江苏省有一个人大代表，现在还是“全国劳模”、“五一劳动奖章”获得者。她是一个修脚的女工，她修脚修了几十年，修到什么程度呢？李嘉诚专门坐着飞机飞到南京，再坐车到扬州让她修脚。李素丽卖公车票，成了全国劳动模范，“向李素丽学习”变成了中国人的一句口号。我相信，不在于你是修鞋的还是做衣服的，而在于你能把这件事情做得多好，你的心态到底有多好。

问：刚才说您说公司里面有一些哲学思想的终端，尼采提倡一种前柏拉图的自由式思维，而苏格拉底讲究逻辑性的、秩序性的东西，那么这两种哲学思想的终端怎么才能统一到一起，合伙那么久而不分开呢？

答：这个问题实际上很简单。首先，你要给所有不同的思想一个空间，这样你自己也就有了生存的余地。新东方现在构建了这样的一种状态，所有不同的思想都可以在这边汇聚。但是作为一个企业，必须有一个统一的思想，而这在思想界就不需要。中国之所以有百家争鸣，春秋时期文化有如此繁荣的局面，就是因为不要求思想统一。注意，必须给思想空间！

网络和IT的现状及未来

张朝阳、尼葛洛庞帝　2004年4月12日

张朝阳是搜狐公司董事会主席兼首席执行官，上个世纪90年代张朝阳创办搜狐公司以来就一直是中国互联网的实践者和成功者。

尼葛洛庞帝是麻省理工学院的教授，是MIT的媒体实验室的创始人也是中国互联网的启蒙者。尼葛洛庞帝先生被西方媒体誉为电脑和传播科技领域最具影响力的大师之一，1996年7月被时代周刊列为当代最著名的学者，他的代表著作《数字化生存》被誉为跨入数字化新时代的最佳指南。

张朝阳：这么多年，走出校门回母校的时间很少，今天是非常难得的机会。在自己非常年轻的时候，十六七岁的时候渡过的5年的时间，在清华。这对人一生的记忆是非常深刻的，会非常有影响。很多的同学和朋友们都是早年的同学，记忆非常的深刻是非常重要的。今天，我想谈一下跟尼葛洛庞帝和搜狐网相关的一些可能还不被人知道的一些故事。这也能够反映出中国互联网发展的一段非常有趣的历程。实际上当时1994年我还在麻省理工学院的时候，因为一些其他的朋友都去华尔街工作了，我比较幸运在1994年这样一个全球互联网的元年，整个互联网变得不是那么陌生学计算机的学生可能熟悉，但是对大众比较陌生，突然用一个页面可以点击浏览。所以我想成立一个公司，融资了半天也没有融到，因为作为一个中国人也没有什么资源。所以不去创立公司，找了工作。

当时我的导师是麻省理工学院的校长，我说希望找一个与中国有关的事情，并留在这个学校，当时就到了一个工作，这个项目就是商学院怎么和清华的经管学院或者是国内寻找一家进行合作。后来我还是决定回国。在国内融不到资金，就到美国去，找到了两位投资者一个是尼葛洛庞帝一个是罗伯特，我谈了很多的风险家，他们都觉得我这个东西不太相信，最后落实的就是一个“天使投资”种子基金。尼葛洛庞帝，非常的有前瞻性，像投资连线一样，在很早就投资了连线杂志。

看了我这个还不错，就给我投了一点钱，这一点非常的重要。尼葛洛庞帝在世界上的影响，我想有一段非常有趣的故事，尼葛洛庞帝第一次访问中国是1997年的2月份，当时尼葛洛庞帝是投了两万美元，另外5万美元是到中国来看一看，再决定投。他看的时间就是1997年的2月，这样的一个访问是非常具有划时代的意

义。因为当时的公司叫爱特信，在这之前中国互联网的元年是1997年。在这之前中国有一个非常有名的网络公司就是瀛海威。张树新领导的瀛海威1997年有400人，而我们当时知道4个人。它这个瀛海威的模式对互联网的看法也是不太符合未来发展的趋势。他认为是单独的用计算机拨号，下载信息就叫做网络。以及上互联网面临的是一个全球的公共平台是一个新的大陆，人们可以参与各种各样的活动，这才是一个概念。瀛海威当时是一个封闭的系统。但是他们非常的善于营销，当时出版社就说把这个书引进中国来，投资就找到了我，说能不能把他请到中国来，我说他本来要给我投一些资，作为一个出版商一块成立，当时还找了信息化联席会议的一个领导小组。

搞这个活动没有人赞助，就找了很多的企业，最后找到了张树新的瀛海威，瀛海威也是一个高技术的网络公司，如果能和MIT合作非常的好。所以张树新就比较激动，他们就形成了一个领导小组，包括国家信息化领导小组出人跟瀛海威，爱特信只是一个协办的单位，我们就组织了一个中国互联网发展史上最重要的一个论坛，这个论坛瀛海威是组织一个40个人的营销部门，组织了2个月的时间。从那儿之后，瀛海威就开始走下坡路，而爱特信就发展起来。这是一个关键点。就是从早期的封闭平台走向一个开放的平台，经过1997年1年的探索，我们决定不与电信为敌，而是合作的态度。因为瀛海威是为敌的态度，我记得当时特别大的一个市场活动，瀛海威善于造势，让尼葛洛庞帝来访问瀛海威，说要发一个电子邮件，当时一上网半天连接不通，因为它得先用一条64K线联到刚刚建的一个公共网，所以老联不上，这是非常具有讽刺意味的。

1997年之后，我们必须与电信合作，把第一台服务器，搬到了刚刚建成的一个中国互联网的主办网上，开始建一个网站的概念。有了网站的概念以后，我们又经过了几个月的探索，我们也试图放一些内容，发现看的人也不是很多，后来尼葛洛庞帝回去以后也决定给我投资了，另外5万美元也投下来了，他说还是到美国看一看美国的网站是怎么建的，我访问了热联线，就是尼葛洛庞帝早期投的联线杂志。这是非常前卫的，他们有一个数字的版本，是一个网站，这个当时是全世界访问量第二大的网站。后来因为是一个姊妹公司，因为他也投资了我的公司，那个公司又是联线杂志的数字版，他们也很热烈，我也访问了他们，他们也回访了。1997年6月份的时候我们搞了一个新闻发布会，在这个新闻发布会上，当时已经开始形成了比较成熟的媒体的圈子，当时有一个媒体问，说你们公司构成是什么样的，他说我们有150人，其中有80个记者，这80个记者每天有大量的文章给访问的网民看。经过那次访问以后我说你们有那么多的记者你们的成本肯定很高。所以我不能走这条道路，在1997年2月份的时候我们决定不走瀛海威的道路，而是建立了中国第一个网站。

第二，在网站上面你是填充一些内容还是做内容。我从他们的这次访问体现的一个反面教材发现他们的成本太高了，我同样去美国还见到了另一个人，见到了杨志远，去参观了Yahoo，他们给我的印象非常的深刻。他一直想怎么进中国，一直也没有搞清楚，因为他是在台湾长大，对国内政治环境比较害怕、敏感。所以我当时问他你的中国策略怎么样，他说也在想。我回去的时候，一方面从这个当中得到的反面的教材，不做内容。后来我发现我几百万的访问都是在看连接而没有看原创的内容，就给了我一个启示。接着我做了一个重大的决定就是不做原创的内容，干脆就是连接分类从 7 月份就开始连接分类，连接到 11 月份的时候我们觉得这个产品太重要。刚开始把这个连接分类叫指南针，当时还跟清华计算机的系主任讨论。到 11 月份的时候我们就把这个指南针命名为搜狐，因为我要搜索。我说不是有一个 Yahoo 吗？我干脆就叫 Sohu，我还问同事怎么说，他们说不怎么样。我说还是要坚持这个。

那个时候我们产生的一个重大的转折，不做原创而是把互联网本原的能量发掘出来。就是让整个的全民在网上建网站而且这些网站为我所用。我就不用雇很多的记者写文章。这是一个互联网连接的精神。互联网的意思就是大家共享东西。所以分类、搜索以及最后很多的社区才是互联网精神真正的体现。而任何的想法，把互联网当做一个简单的出版工具，像联想这样一个很好的出版工具都没有把互联网本质的东西发掘出来。后来的热联线也卖掉了。这是一个重大的转折。第一是建网站，开放平台。第二建网站以后不做原创内容，而是做分类连接和网上共享。最早基本上是尼葛洛庞帝以及罗伯特的投资，介绍了 Yahoo 和热联线的关系，还使中国的互联网走上了一个有本质精神的互联网的道理。到 1998 年 2 月 25 日我们把搜狐推出来。到 3 月份杨志远就坐不住了，就更大的面积的推向中国，那个时候 Intel 应该是我们第二期的投资者，我们在凯宾斯基有一个秘密的会谈。我当时有一个技术经理和市场经理。我问技术经理说卖不卖，他说不卖，市场经理说太可怕的，还是卖吧，Yahoo 来了。我当时马上就看低了市场经理。我当时就下定决心不卖。我们通过中间人沟通的价格是 2 000 万美元，几年过去了，在中国互联网战场上本土起来的企业大获全胜而且抓住了新闻和无限互联网。

一个跨国公司确实是因为汇报关系以及对本土市场的理解的不灵活性导致了很多失误。也看到当时我们这个决定是多么的正确。现在互联网提供了一个非常好的商业上的教材。就是第一次以一个 100%的市场企业，很多人都是赤手空拳来做的。第二就是高技术，充分体现了科学技术是第一生产力这样的一种原则和理念。同时跟资本市场最快速地结合，这样的话投资资本市场。这些人又有很好的教育和雄心壮志。所以中国互联网发展这么多年是一个商战最完整、最剧烈、最充满戏剧性的教材。三大门户被证明是最后的幸存者，实际上是第一批没有做大而活下来的这样一批企业。我们希望 5 年、10 年以后最后的赢家是搜狐，最后还是一个管理文化的问题。我们认为现在我们的管理文化是我们的商业模式，以及整个员工这样的一种精神和文化理念应该能够使得我们成为最大的赢家。所以我今天就先讲这么多。

尼葛洛庞帝：我对张朝阳说的一点都听不懂。他讲的很快听起来好像很精彩。我想我没法按他的那个速度来讲，太快了。在 1969 年的时候我刚刚开始接触电脑，当时我对电脑一无所知，经过多年之后我慢慢地了解了互联网，并且还吸取了很多的教训，这些教训可能是我们现在都没有意识到的。所以我今天想要讲两个方面的内容，第一个是电讯，另外一个就是数字化的创新。大家如果有问题我会留一些时

间给大家提问。我有一个信念，经济发展在过去200年来是跟城市化挺像的。在发展的过程当中它创造了一个城市化的环境，我们现在在谈城市化的问题，有一点是可以肯定的，就是最严重的一种贫困是城市贫困。而农村的贫困可能并不是贫困，或者说并不是我们所能理解的那种严重的贫困，这只是他们的一种方式。

但是对城市贫困人口来说，他们没有机会获得医疗等等，他们才是真正的贫困。我对世界的一个现实观点，就是电视可以扭转这种造成贫困的趋势。同时可以通过互联网能够在教育方面、在医疗方面作出成就，促进就业，帮助这些贫困人口。互联网帮助的世界，今天我将讲这一点。电讯是一个大的产业，占全球GDP的5%，是全球军事开支的两倍，所以说是一个很大的产业。但是有一点大家可能不太喜欢，就是它成长的这个方式是很特别的。第一点，太贵了。如果你有机会到穷国或者是偏远地方的话，你会发现在那里的电讯是非常非常贵的。因为那里的电讯是由政府来控制的。它对电讯的控制就像对于烟草和酒的控制是一样的是一种垄断的控制。因为这样的话就可以从中得到更高的税收。这种思维方式，如果你把电讯只当做是一个公路的话，可能这种思维方式是可以接受的。但是，电讯已经成为发展的一个引擎，已经成为人们创业精神的一种基石。

所以，电讯的黄金不是公路，而更像一种思维、思想、信息或者是点子。如果你看一下整个世界的话，会看到他们很过时的这样的一种方式，就是过去的联线。在卢森堡有无线和有线，他们的基础都是很庞大的。在利比亚每个人可能只有0.1—0.2个电话线。所以，数字的都市化并不重要，还有另外一点，就是人均域名数量，我想在中国域名的数据可能比挪威和法国都要多。看一下其他的方面，有线电话和无线电话的数量，这些数字可能会更加有意思。比如说柬埔寨这个国家，可能是占据榜首。更追求的一个方面就是这个变化是非常快的。我会解释这点。这个变化每个月都在发生的。为什么会出现这种情况呢？因为有电信方面三个大的革命，第一个就是数字革命。40年前当时人们开始使用这种数字化系统。当然现在人们开始使用Packhe这样一个系统。同时，这个电讯的传输的方式也发生了变革。

另外一点，就是我们同时也感到非常的有趣，我参与了一个泰国项目，就是要改善曼谷的电讯，在那个时候做了很多的决策。曼谷的市长或者是决策人员需要从所有的点子当中选择一个更适合他们国家的，建立光缆，促进电讯的能力。在两年前，爱立信在1个月的时间内建立的一个全球范围的网络，它花了3个月的时间。但是，很重要的一点是你会看到用电信来改变一个国家的速度有多快。所以，用乌干达只用的1个月的时间。有些地方在6个月之内不仅仅有了电讯系统同时人们也很快的接受的点系统，比如说在20年前。我不知道在中国怎么样，在过去20年前，你要装电话需要花费很多的时间，要等很长的时间但是在今年不一样了。我想谈的一点就是今天无线系统，比如说手机，2.5G对于数字来说依然是很慢的。在过去的5年之内，要使用宽带，有人问我，对于宽带网来说杀手应用是什么，就是最好的应用是什么？他说不是电子邮件对于互联网的作用，而是更长的反映的时间。人们对于带宽不太了解，就是人们在理解宽带系统的时候，他们的行为是完全不一样的。

今天，你要想一想最好的应用方案是什么，人们可能会想有一个很窄的管道，而我现在有一个很宽的管道，对于一个大的管道来说，怎么样才能实现最宽的管道呢？怎么样才能使我们在最短的时间内比如说每秒能够传输更多的信息呢？所以说，我们要考虑的不是这个视频流而是反应的时间，它可能要10年，能够让你把这个数字传递给更多的用户，而且为他们提供更多反应的时间。在20世纪90年代，我从事一项慈善业务，我在北柬埔寨的两个村子建了两个学校，这个村子没有电，没有水，没有电话，没有电视，有一个村甚至没有公路，在这些村子里，我们在那儿建立了我们宽带基础设施，我们为他们提供的一些笔记本。通过这种方式我们很快地改变了这个村庄的面貌。这些儿童可以获得每秒200比特的信息。为什么要谈这一点呢？因为我们在今后的几年，我们会看到互联网在过去所做的事情，会在电讯产业方面以同样的方式发生，还是以柬埔寨为例。

今天我们知道，对于屏谱，比如说无线电的频谱我们知道的太少了，比如说无线电波互相之间是干扰的。比如说你使用一个摄像机，Pinhole无线电波，不会像人们想象那样互相干扰。我们可以用一种完全崭新的方案来促进互联网的发展。我可以使用宽带无线在一个地方，在中国，任何国家或者说在国与国之间来建立这样的一个系统，来实现无线连接。我要讲的是那种接入，宽带无线在不同的地方之间也可以实现连接。而这个理论，就是你将你的无线带宽的系统通过互联网实现连接，也就是说，实现不同地点的信息的连接。但是还有一个问题，他们不是自发的连接，因为不同的地方他们的电讯系统是不一样的。比如说，每一个人，在座的各位都有手机，你的手机只能发到两米之内的地方，但是，在座的各位的手机都保持在两米的距离那么每个手机都是一个结点，所有的手机都连接到一块了，这个连接就是电讯未来产生的一个现象。当这个现象发生的时候，这样你的手机就不会和任何的发射塔连接。就是说没有一个核心的发射塔没有一个总的开关，不用这些东西，就可以通过互联网实现各个地方的连接，这是电讯以后的一个现象。我们可能会在偏远的地方看到这种现象先发生，而不一定非得在大城市。

我们把这个称之为viral电讯。给大家举一个例子，就是解释一下viral是什么意思。有没有人听说过这个词“skype”，这就是一个viral。今天晚上就可以上网查这个3W.skype，它会解释什么叫viral。你可以到网上下载一些软件，然后你可以对那些拥有skype的人免费打电话，只要你的电话和互联网是连接的；同时，它的声音效果比电话要好，而且它是免费的。因为，这个公司对商业运营的方式也是非常有创新性的。比如说我要给张朝阳打电话，张朝阳又没在我可以给他留言，他接到我的留言的时候就可以给我回电话了，这种模式很好，因为它是以一种viral的方式来进行的。如果你有这样的一个设施，比如说从网上下载这个设施，人们可以通过这种模式来实现有效的沟通。另外，我还要讲一个叫做“花盆模式”。就是说，你访问一个欧洲的城市，你看到这个城市很漂亮因为有很多的花盆，因为每个家庭，他花钱去养这些花，而且这些花长得很漂亮。但是他们这样做可能原因是不一样的。比如说他们可能是想向别人展示这个花盆很漂亮，或者是取悦他的母亲，但是有一个结果是一样，就是使城市变得很漂亮。所有的人不管是什么样的初衷就是使这个城市漂亮了。

我换一个话题，就是电讯的成本。比如说你有 skype 而不用其他系统的话，这个成本可能在某个意义上已经降低到了零了；但是在另外一方面，比如说你要花钱买这个系统，下载这个系统肯定把钱花在这个地方了，但在使用的角度上已经是零了。其他的人可能会很痛苦，他们必须要进行创新了，而且会采取一种新商业模式。另外，关于成本，也就是电脑的成本，我认为电脑的成本太高了。而要解决这个问题，就是这个成本应该是稳定的，比如说 20 年。我们看到个人电脑一直没有怎么变，举几个简单的例子，可能是有个别的电脑降价了，但是笔记本电脑成本一直那么高，从来没有变过。一直在抱怨，但是我们需要了解一下我们应该从哪儿入手。现在这个情况非常复杂，比如说我有一个电脑，这个电脑尽管好像很快，但是它这个系统越来越慢，越来越复杂，可能会出现死机的情况，为什么我们不能够做得更好呢。每一次我们在取得进步的时候，我们并没有考虑到怎么样去降低成本。

为了节省时间，我希望留出时间进行答疑。我想先问一个问题，就是你们的点子从哪儿来？这个问题，最简单的回答比如说你有不同的点子，你就会有创新，你就会有新点子。对于创新来说，它的敌人是什么呢？它的敌人就是渐进性，我在美国写了一篇很短的文章："问题使人们成长"，我的回答是非常的具有挑衅性的。我们知道经济的发展需要一种严密纪律性和合作精神或者是团队精神，它不需要你有多大的创新。比如说你看一些国家，看一些发展非常快的国家，如韩国、新加坡，这些国家在某一时刻他们问自己：我们丢了什么？尽管他们有很充足的经济发展方式，他们依然要问自己他们是不是能够创造一个环境，可以让他们有创新性。最让我惊奇的是，大家都同意这个观点，就是带有创新性。一个很有意思的问题，你是不是能够真正的创造一个环境，可以一方面发展经济，另一方面可以创造一个社会。实现创新性，我也同意但不觉得这不是一个很容易的方式。因为这个创新性希望大家百花齐放，但大多数国家需要同一性。因为在一些国家可能有很多的种族，有很多的文化，比如说澳大利亚就是这样的情况。所以，你是不是能够使用互联网和其他的方式，能够实现这种多元化。而不是同一性，而实现创新性呢。这个当然可以实现，但是是一个具有挑战性的工作。在很多国家，我不知道在中国是不是这样，我希望会这样。比如说如果你失败了，你可能就会受到歧视。比如说在欧洲，如果你破产，你就可能在余生无法进行任何的工作，这一点是非常疯狂的。

我讲一个故事，就是一个小孩到美国，跟他的祖母来谈他的创业，这个祖母就不理解他在做什么，她没有工作，她没有一个正经的职业，她没有考虑孩子是在进行一个创业，她只是说你没有一个正经的工作做。所以说不同的文化可能会排斥这种创业精神。年轻人愿意冒一些险来做一些事，他们刚刚有这种想法或者说刚刚开始冒险的时候，泡沫出现了，然后他们就破产了。可能会需要一整代人来从这个失败当中恢复。

再说几个评论，我对这个校园的生活并不是很了解。但是我还想举几个例子来解释互联网怎么样能够改变教育，和建立教学这样一个环境。建立一个研究环境，在这个环境中学生能主动去研究，而不是被动地接受教育。在20世纪70年代末的时候，我的一个同事也和工业打交道也有点疯狂。他说不要这样做，因为经商的人都非常的短视，他们只关注短期效益，做一些完全由政府来投资的一些事情，而我忽略了他们的劝说。这20年发生的事情是非常的独特，因为经济的变化，不仅仅是美国的经济发生了变化，全球都发生的一些变化。政府投资的一些研究越来越小了，而且对于这些研究，这些投资的人投资的范围也越来越具体了。从而使得人们创新也不那么积极了；相反，我受到的最多的批评就是我的公司投资人对我的最大的批评，说你还不够疯狂，事实上我们已经很疯狂了，我们在做的是一些不可思议的事，人们还说已经很吃惊了，他觉得我们还不够疯狂。因为公司投资人在敦促你做尽可能疯狂的事。因为，通过这种方式确实可以促进创新。

最后一个故事，我经常对公司员工讲这个故事，我们大家都知道我们有界面，同时有这样一把椅子，这是一个魔椅，它能够告诉人们你在哪儿，在拉斯维加斯，通过这个椅子来做很多的魔术，日本的公司找到我们，他告诉我们说，我们有一个问题，你们可能不知道，怎么能够使婴儿座椅更安全，学生们想了想，然后做了一个儿童车的原型。你可能都想象不到，日本人就找了一个小孩，然后把这个孩子放到车上，来检验这个车怎么样，发现这个原型是很不错。这个产品后来在其他的国家推行，现在有50%的市场都被这个公司占领了。

讲这个故事的原因是，我们所需要做的不仅仅是创新，而是学校能够提供这种创新的机会。我不知道这里到底发展到一个什么样的程度。我的演讲到此为止，请大家提问。问题越具有挑衅性越好。

张朝阳与尼葛洛庞帝回答清华大学学生的提问

问：我想让张朝阳先生来给您做翻译，因为我的英文说得不好。我有两个问题，一个问题就是世界上有很多人，他们有很多很深刻的知识背景，而且知识很渊博，每天都有很多的主意，但是有的人成功了，有的人失败了。我想问一下如果要成为杰出的领导者，他需要具备哪些素质和最重要的驱动力是什么？

尼葛洛庞帝：有一些内在的要求方面，我想你已经具备了。还有一点就是你要有这个意愿，要与众不同。做一些与众不同的事儿。很多人会说你不对，不断地告诉你不对，但大多时候你应该忽略，不要去管它，我想教育我儿子最难的一点，就是说每个人都可能犯错误，我想你最好能把它记住，这对于你来说很重要，也很有帮助；同时，一个故事总有两面，还有一点，有些人失败是因为它不采取灵活的方式，他可能太顽固。

张朝阳：我想就是应该不一样，我1995年回国时候，很多人都不理解，但是我发现我自己内心的声音，就是在一个正确的时间回到了中国，当时中国的互联网还是一片黑暗。我好像带来了一线曙光的感觉。

问：第二个问题，怎样才能让你从口袋里面掏出钱来投资我？

尼葛洛庞帝：给我发邮件。

问：给我一张你的名片好吗？

尼葛洛庞帝：可以。

问：美女经济在搜狐里面提到的越来越多，我想问一下张朝阳先生如何对美女进行评价，和多大程度上帮助了搜狐的成长？谢谢！

张朝阳：这个涉及我们最近一个市场营销活动，就是搜狐彩信小姐。以前我们的很多活动跟美女没什么，只是这个跟彩信小姐有联系，我们这个活动是比较直白的。曾经有一个中学的语文老师教同学们说读好书，赚大钱，娶美女。尽管这个人也没有做什么市场营销活动，只是这个简单的一句话引起了全国的人注意，传播的非常的广。很多事情既然存在就是自然的，就是合理的。我们这个市场活动的创意就是基于这样的一种，中国人民从几百年以后，闻到了财富的味道，追求财富成为这一代的时尚和潮流。比如说尼葛洛庞帝从小就生活在一个贵族的家庭，非常的富有，所以他现在有这样的心情在北柬埔寨进行一个慈善活动，在一个村庄进行计算机的实验，帮助一些贫困的儿童让他们获得知识和互联网。现在我还是有点拜金主义，我小的时候还是比较穷，搜狐彩信小姐确实是美女经济的牌，我们通过一个强大搜狐平台，让北漂的、上学的这些女孩一夜成名，让他们个人通过一个载体实现天下无数少女的梦想，和天下无数的男孩对他们梦想，让他们有这样一种决心。我们这个彩信小姐的创意是揭示了社会的真意，传播的非常的广。

问：我有一个问题是关于中国无线标准，我们用 WTI 而不用 WIFI，你认为中国政府这样做明智吗？

尼葛洛庞帝：我想中国政府犯了一个大的错误，我所说的不是从贸易和公司的角度来说，我们以法国的电视为例，它不仅对 3G，对电视产业界有害，甚至降低了人们的创新性。我想这是一个错误，是一个令人很悲伤的一个错误。在美国，我们的同事还在谈论这个贸易的问题，世贸组织的问题等等。这实际上不是问题的关键所在。我所讲的就是我认为它可能会伤害到中国。

问：我有一个教授叫陈林，他经常向我们展示您使用的一些产品。你实验室的产品怎么样能够变成产业化？

尼葛洛庞帝：我这个实验室的很多产品都变成了商业化产品都投入了生产。对于我来说，这不是我感兴趣的，对技术转让来说我感兴趣的一点就是实验室抓住了一些事情，同时可以对其他的产品的设计能够产生巨大的改变。我们的产品可以提供一些音乐的组建，从而使人们能够欣赏音乐。比如说一个乐器，大家用起来好像不太方便，那么这不是我们所感兴趣的，我们所研究的是大家使用起来更为方便的。

问：能不能给我们介绍一下张先生第一天到你那儿寻求投资的情况？

尼葛洛庞帝：回答这个很容易。我已经给 50 个创业公司提供投资。我过去并不认识张朝阳先生，但是我确实知道互联网是很重要的，也知道中国是重要的，我也知道张朝阳是一个很聪明的人。这就够了。正是基于这几点，我才投资。我还可以跟你讲一个故事，张朝阳可能也不知道，我的一个同事说他对于互联网一点都不知道，你向他投资你疯了，但是我那个时候特别有决心，我也很高兴能够向他投

资。有些人犯了一个错误就是说他只看到这个商业的潜力，没有看到这个人的潜质。这是大多数人犯的一个错误。

张朝阳：这个公司刚开始创立的时候，因为发明创造某一个新的技术就成功很少见。一般就是某些人打算设立一个公司，试了很多都不行，做了很多战略的产品和战略的转移，最后才做这个正确的事情。实际上，我那次去英国的时候，真的是对互联网不懂。而且我还晚了一天，我当时特别的狼狈，去英国的签证也被拒签，时间已经来不及了，我正好有一个去美国的返程机票，我赶快就到纽约去了，还冒着大雨，找了旅馆住下来，第二天一大早，就到驻美国大使馆就把护照给办了，后来找到一个好心人，帮我贴了几张附加的页，我拿着这个新的被贴了纸的护照，到另外一个地方的英国大使馆签证，而且时间只差了1个小时，如果这个护照拿不到的话，我就去不了英国，最后还是拿到了签证。第二天，尼葛洛庞帝收到泰国国王的邀请。他没有去参加我的演讲，但是他的儿子去了，他的儿子说这个演讲不错，就投资了。

尼葛洛庞帝：不是，我在之前就决定要投资了。

问：电子零售发展到哪个阶段，目前面临哪些困难？

张朝阳：对我们来讲，搜狐有两条业务线，最后一条就是ETC电子商务，这是一个非常缓慢的，就像地面上爬行的一个动物。但是这个需要解决支付和配送的问题，比如说旅游和信息服务不需要配送，定一个票就可以了。但是要卖东西的话就必须把这个产品送到你家去，但是这个根本就飞不起来。但是电子商务是一个普遍的行为，所以买各种各样的东西都需要，互联网的最终的、最广泛的应用还是电子商务。只是现在的配送和支付的非常的慢，但是搜狐没有放弃，我们会长期地做下去，这个很有前途。我觉得整个中国的互联网的进程应该从信息娱乐转向实用性的，就是从不需要直接交易型，走向未来实用性的，包括搜索。搜索在今后几年是非常重要的。

尼葛洛庞帝：我有一个感觉就是你把一切都讲完了，我不知道你是不是提到这个问题就是零售电子商务要取决于具体的传输系统。因为你需要把信息向具体的点传输，所以这是批发和零售的区别。同时你还要确定你要找到一个平衡点才能够成功。比如说我在美国使用零售，但是我在其他的地方可能不使用这种零售方式，大家知道瑞士是一个发达国家，但是它的方式可能和美国是不一样的，所以我不会在那儿使用这个方式，所以我要看这个国家的本质是什么。

问：我对您说的杀手应用非常感兴趣。我有一个问题，就是对于创新。通过你的讲解我对创新有了更好的理解，你所讲的相对于日本来说在创新方面可能比欧洲和美国更好一些。这一点是对的。中国想要走日本在电子方面的道路，还有在人力智能方面希望能够采用美国的方法。在创新方面，中国这个创新的环境是不是很好呢？怎么样才能够改善中国的创新环境呢？

尼葛洛庞帝：我先问你一个问题，在这个学校有多少是留学生？或者说其他人也可以回答这个问题？就是留学生的比例是多少？

学生回答：不到1%。

尼葛洛庞帝：这就是个问题。这就是一个大问题。我想在MIT里这个比例是35%。不是说我们需要他们的学费，而是我们需要他们提供更多的点子用到研究上，留学生为我们MIT提供很多的创新。我不太同意日本的模式，因为日本的模式就是渐进性，渐进性还不错，但是它没办法允许创新。你怎么样能够发展，另外一方面又保持创新呢？我不能马上给你一个答案。但是，一个纯粹的渐进性的模式我想并不是一个好的模式，一个渐进型的大一统的模式并不是好的模式。

张朝阳：在文化取向方面，中国的文化在中国的某些地方，不像日本那么大一统，可能在某些地方和美国更像一点，可能比欧洲还更好一点。因为在中国有那么多的省，每个省的人都不一样。中国这么大，有这么悠久的历史，所以文化的多样性是具有的，各种不同省份的地方的人都不一样，浙江和西北就不一样，或者是南方和北方不一样，因为版图特别大，每个人不一定都要跟着，日本人是比较互相学和互相看的。我是觉得中国人的创造力非常强，我们现在的制造业不仅仅是在跟着别人学，产业不断地升级，而现在在高科技领域很多的互联网已经有很多的原创的技术，而且从互联网公司创业的角度，我们中国甚至比欧洲要强。比如说比法国强得多了，中国互联网的发展的速度非常的快，我觉得还是很有信心的。

问：很多人不知道张总已经答应做我们的班主任，我们是清华大学MBA03班的，因为张总一直工作比较忙，这回我想请张总借这个机会能向我们班的同学讲几句话？

张朝阳：确实很抱歉，因为我当了班主任但是没有做任何事情，用这个机会弥补一下。关于管理，因为我不是科班出身也没有学过管理，这么多年一直在摸索。如果练拳脚功夫的话我是在街上拼打出来的，边干边学。首先，MBA的训练是非常必要的，因为它在一段时间内能够把其他的事情放下来，来系统地学习一些理论，包括可以听像尼葛洛庞帝等等很多著名人物的演讲，能汲取很多重要知识；另外，和一些比较有想法、非常聪明的人在一起，形成非常好的一个集体，在这个集体当中改变你的性格，让你突然意识到你很善于和愿意沟通，而且想问题是从不同的角度，而不是以前的惯性。我觉得改变惯性很重要，能够跳出自我。

但是短短几年的教育，并不能是你的全部，你不要认为自己是一个MBA的学生就具备了通向商业的一个通行证，搜狐现在有1 000多人，一些其他的公司成功的失败的，成功者不一定上过MBA或者是受过很好的训练，甚至有的连大学教育都没有完成，人的成功我觉得性格非常重要，人品非常重要。所以为什么说要一定要德高望重才能够成功，因为人的性格是从零岁开始就一直积累。一直积累到很大，所以不同的年龄段符合不同的特点，性格是不同的层面。首先，要做好事情的话一定要先做人，做人先于做事。在管理方面要先把人搞定，再搞事。人非常的重要，如果周围的人都认为你是一个很善良很有品德的人，我觉得你成功的机会比较大，因为大家比较信任你。如果你人品不是很好，或不善良的话，别人会看穿你，这样你就会非常的累，事非常的难干。同时不要做一个随大流的，一定要看破红尘。看破红尘就是不要说风就是雨，一定要善于否定。这是我对这个班的同学讲的几句话。谢谢！

人生的关键时刻

孙振耀　2005 年 3 月 28 日

在 1 个多小时的演讲中，孙振耀以自身成长和服务 HP 公司 23 年的工作经历，将职业发展的五项准则融入到五个小故事中：一、对待机遇的态度；二、衡量成功的标准；三、发挥自身优势；四、与上司的相处之道；五、融入企业文化。演讲结束后，回答同学的精彩提问。

孙振耀，台湾人。任 HP 公司全球副总裁、HP 中国区总裁，全面负责 HP 公司在中国大陆与香港特别行政区的业务和运作，同时担任 HP 中国区企业计算及专业服务集团的总经理。

首先我要感谢清华大学学生会的邀请，我在 HP 工作这么长的时间，大部分所作的演讲和交流都是很有针对性的。而今天我要谈的是我自己的经验，在我的工作经历中，这对我来说其实是一个难得的机会，可以总结一下我在过去这么长时间里的工作经历。事实上，我相信每一位同学都有很多机会听到很多知名人士在这里做演讲，每一位人士都有特别的背景，有他成功的原因。我自己本身应该说是一个很典型的职业人士，也许我可能跟大家一样，也就是在座这么多同学毕业以后，可能有几位会成为非常知名的创业家，像比尔·盖茨、柳传志、陈天桥，也有可能会成为非常有权力的知名的政府官员，像我们的主席跟我们的总理。但是可能大部分的人都跟我一样，会成为某一家企业的职业人士，所以，今天我想跟大家分享一个很平凡的故事，其实更多的是一些经验和故事。在 HP 里面我们有一个非正式的交流，叫“茶会”，就是在吃饭、喝咖啡时聊一些人生和公司的事情。今天我也跟清华大学的学生一起做个茶话会，我讲一些故事，希望能够对各位有所启发。在HP 企业文化里面，我们是一家很平民化的公司，我的员工都不叫我孙总，都叫我振耀。

在开始讲我的故事之前，我可能要先再度介绍一下我自己，我想你们在后面所听到的故事跟我成长的经历是有很大的关系。我在台湾出生，我父亲是公务人员，念机械专业的，从小到大我对这个专业也有很大的兴趣。但是考大学时不知道什么原因，我考到电子工程系计算机工程组，到现在为止我还弄不清楚是怎么考上的。那时我们要在考试前填志愿，然后按照你的分数和志愿去分配，在台湾机械系的分数一般来说是比电子工程系稍微低一点，特别计算机是比较新的事物，所以那个时候不知道什么原因，把电子工程系填在计算机前面，所以人生的机遇有时候是很难预料的。所以我谈的故事就是在人生面临关键时刻时，你会做什么选择。我准备用五个小故事跟各位分享。

第一个故事：把握机遇。

第一个故事就是我们谈得很多机会事实上是可遇不可求的，当然在我们的一生中，我们尽量要去把握机会，或者是创造机会。但是我的年龄已接近50岁，我会总结一生中自己遇到的很多的机会，其实你自己真正可以创造的就这么一两次而已，大部分的机会可能都是碰到的，所以当你碰到机会的时候，采取什么样的态度去面对它是非常重要的。

所以在那个时候我没有决定再重新考试，我下定决心去接受它，我去熟悉电子工程系，熟悉什么是计算机，然后培养自己的兴趣。这里面包含一个非常重要的转折点，就是因为我考上了计算机科学系，我才有机会接触到HP。在我念大二要上大三的时候，在学校里有一个社团，把计算机爱好者组织在一起。在学校里，我们用的计算机是HP的计算机，我们的老师是从美国惠普公司回来的，所以在快放暑假的时候，我们的老师就告诉我们所有同学，HP在暑假的时候希望能够找几个半工半读的学生去做一些工作。我们就成为所谓的半工半读的学生，能够一面工作一面去学习，因为有几个项目希望由这样的学生来做。

结果等到暑假都快到了，我们没有人去应征这个工作，因为计算机科学是一个很新的专业，我想当时我是担任电脑社的社长，如果连这个社团的领导人都不去应征工作，那是没有面子的事情，所以我觉得应该去试试看。这一试，改变了我人生很多的机遇。从那个时候到大二、大三的暑假，我就开始半工半读一直到我毕业。两年的时间里，我接触到了一个非常好的公司，一家有非常好的企业文化的公司。所以总结我要谈的第一个故事，就是人生的机遇可遇不可求。当你碰到机遇的时候你应该主动掌握它，然后全力以赴，同时能够调整自己，来适应选择那个机遇。可能很多人跟你们谈，我们要想办法去做选择，但是也许有一天在你毕业的时候，或者在未来的发展中，大部分的机会其实都已经出现在你周围了，只是你怎么样去掌握它而已。这个机会的出现，有时候是你自己可以去创造的，但是这种机会只有一两次，大部分都是因周围的环境变化而产生的机会。那么重要的不仅是你是否看得到机会，更重要的是你能够全力以赴，而且能够调整自己去适应这个机会，我是觉得每个人都有很多发展的空间和发展的机会。

第二个故事：成功的标准是什么？

第二个故事就是我自己加入HP的故事。我在HP工作23年，我是1982年加入HP，总共换了10个职位，也就是不同的地方、不同的地区，负责不同的工作，我总共换了18位经理，就是18位领导，也就是说我接触每位领导的时间平均大概是1年多。同时我在HP公司23年期间，经历过7次重大组织变革，在每份工作里面我的秘书帮我统计过，我有大部分时间出差拜访各地的客户。1年要拜访100多位客户，在这个环境里面，我觉得这个环境是一个学习成长，但也是一个压力很大的环境。我在两年的半工半读结束以后，因为在台湾服兵役是义务兵役，所以我一定要去。我退伍以后，到HP去应征工作，我所追求的理想是成为一名好的工程师，所以我加入HP也想要这个工作。我退伍应征工作的时候，心里想的是做工程师，但是那个时候，只有销售人员是空缺的，但我觉得只要能够加入就好了，至于什么

工作不是很重要，所以我就以工程师的心态去应征销售工作，结果可想而知。面谈完了后，招聘的经理说你不适合做销售，HP 就拒绝我了，所以我就去另外一家软件公司做了 1 年多的软件工作，直到 HP 再有工程师空缺的时候，很自然我就加入了 HP。现在我在招聘我们公司员工的时候，最关心的是他对这份工作有没有热忱。

等到我加入 HP 1 年多以后，我本来从台北被派入高雄分公司去支持那边的工作。但在当地的销售人员辞职了，所以老板跟我说，如果当地没有销售也就不需要工程师了。如果你想回去，只有一个选择，只能做销售，讲这句话的经理是当初面谈试的时候，说我不适合做销售的经理。

20 多年前，社会观念让老一辈人认为工程师是最好的。我想了三四个礼拜，最后勉为其难地接受了这个工作，回高雄去了。我痛苦了将近 9 个月的时间，因为做工程师，你每天上班的时候就知道你要做什么事情，你要解决问题的标准是非常清楚的。因为你能够把问题解决你就是英雄，你问题解决不了你再会说也没有用。但是做销售不是这样的，你上班的时间是客户决定的。我的第一个销售任务是卖绘图仪，那个时候没有像现在这样有网络，那个时候不是靠写信，就是拜访客户，距离很远。当时是我的老板跟我一起讨论这个项目的进展，我们一直讨论我们产品规格的指标。大家知道我是工程师出身，我不是读介绍书去卖产品，我是读操作手册去卖的，所以产品每一个细节写得很清楚，然后写封信给他，对方回信给我，说我什么地方不好。我就不服气再写一封，我觉得我做了很伟大的工作，这样大家谈了很久。最后，我的老板说了一句让我终生难忘的一句话，我的老板问我他是不喜欢你的产品还是不喜欢你这个人？

对于一个从来没有做过销售，从学校服兵役、退伍后做工程师的人来说，我所碰到的人生第一个问题，就是成功的标准是什么？那句话对我体会影响是很大的，我改变了销售的做法，三个星期后我们就赢得了这个项目。我第一次体会到，要在这个社会成功，就要用别人的观点看事情。因为我们进入社会，除了自己的标准以外，那个社会成功的标准在每个地方、每个环境、每个行业、每个公司，在每一个时间点都是不一样的，在国内、国外也不一样。在 HP、其他公司也不一样，但是更重要的是这个成功的标准不是我们定的，是随环境变化变的。我们如何用别人的角度去看事情，这是我人生学到的第一课。你们在学校什么叫好学生？有一个非常重要的标准，就是成绩好。大家看得更多的是你考试成绩的结果，但问题是进入社会以后，只有成绩是不够的，进入社会里面，还有很多其他社会上所认知的、认可的主观标准，或者是客观标准，有很多不同的标准。在每个时间点、每个行业、每个公司都是不一样的，所以我本身从这里面学习到了人生第一课。很多人都认为进入到社会以后，只要交出好成绩就可以，我认为好成绩就像空气和水一样，如果没有空气跟水，你一定会死亡的，但是，除了好的成绩以外，我们要去理解还有很多其他别人认知的看法。

第三个故事：发挥自身优势。

这是如何发挥自身的优势以及 100 分跟 60 分的问题。清华大学的学生，每一个科目都是非常优秀的。但是进入社会以后，你会发现这个竞争是很特殊的，进入社会里面，你们在每个领域里面都会都碰到这个领域非常强的高手。所以你要问一下自己，我们是不可能在每一个方面都考100分的，这个时候要问自己哪些方面能考60分，哪些方面要考100分？你怎么突出自己的优势？

谈我自己做销售的经历，我的个性是极度内向的，我很难靠跟客户应酬建立关系，这方面我做不到100分。我只能发挥我自己的优势，就是我是工程师出身，做事仔细。我愿意帮助别人写报告、写计划书，所以我在做销售的时候，我常常利用很多时间去给客户开课。很多客户在那个时候，很少听到全球性公司的管理和产品信息，但他们很乐意学习，我是靠这个方法赢得客户，靠这个方法来战胜竞争对手。但是你其他部分至少要做到60分，你对人际关系，要比一般人更敏感，更重要的是强化自己的优势，不能够抄袭别人的。我们中国人说行行出状元，或者天生我才必有用，每一个人的DNA是不同的，不管是IQ、还是EQ，进入社会的时候就要开始集中你的资源，要强化自己几个特定的优势。这些资源包含你的时间，你还要做很多的学习，要保证你的其他部分至少做到60分。

第四个故事：与老板相处。

如果你们在社会上从事工作，有一个常碰到的问题，那就是你与老板相处的问题。作为一个职业人士，除非你创业，你避免不了会有一个老板。在HP里面，或者高科技环境里面，我们说有三个频繁：第一，战略组织变动频繁；第二，你的领导变化很频繁；第三，就是你的内外沟通要做得要很频繁。所以在这个环境里，你很难始终跟着一位领导或一位经理。这跟你们在学校念书很不一样的，你可以选择公司，但是不可以选择领导。

所以你要培养一套跟领导相处的方法，这点非常重要。我的经验里面，天底下没有十全十美的人，每一个领导都有他的缺点和优点。更重要的是你能够看得到他的优点和缺点，而不是只看缺点。同时能够发挥你领导的优点，尽量避免他的缺点。要是碰到像我这么内向的领导，你绝对不要找他去唱歌，他分数肯定是很差的；同样，你碰到一个本身专业知识不是很强，但是人际关系很强的，你不要找他去做学术报告，所以中国人讲究说千里马好觅，伯乐难寻。你怎么样能够跟你的老板有效沟通，争取他的理解，不只是你能够理解他，还要争取他能够理解你，让他能够成为你的伯乐。我换了18个经理，他们中有华人、新加坡人、美国人、德国人、日本人，每一个人的出身文化背景跟我们都有差异。这就是文化背景的差异，每个人有自己的成长背景。

有些老板目的性很强，什么意思呢？他很清楚地告诉你他要什么，你只要做得到就可以；有些老板过程性很强，也就是说他非常关心你用什么方法来完成？而且有时候会坚持按照他的方法来完成；有些老板关系性很强，就是特别强调彼此的关系，下班以后找你吃吃饭，关心你的家庭，关心你个人。这三种类型的老板，当然我们不管是哪种老板都是要完成任务，如果你碰到一个目的性很强的老板，你习惯他目标很清楚，你把事情做好。如果你碰到一个强调过程性的老板怎么办？你会觉得很烦，他还问你怎么做、如何做，有时候按照他的方法做。反过来你碰到关系性很强的经理，他总是关心你情绪、关心你家庭。然后你转到目的性很强的老板，他不理你，你怎么办？我谈到今天我们每个人要适应不同的老板，在英文有一句话就说你必须要做一个好的追随者，才能做好领导。在一个企业的组织结构中，有各种关系系统，有一层一层的关系，在每一层你都是职业人士，我认为你要认可你老板的优点，打开你的心，认为你老板是哪一种人，调整自己去适应这个环境。有一天你做领导的时候，你部门的人也能够这样对你。

第五个故事：企业文化。

最后我讲的故事就是公司的企业文化，什么叫企业文化？就是一家企业的价值观，他做事的方法。做事方法有很多种的，有正当、不正当，有快、有慢，有长远、短期，每一家企业都跟每个人一样，由你自己选择。像你穿衣服一样，每个人穿衣服每个人选择颜色都不一样，反映到人的价值观，你愿意花多少钱买衣服都是价值观的体现。每个企业都有很强的价值观，你要加入一个企业很重要是要能够理解这个企业的价值观。这个企业价值观要求到行为上去就是去工作、去表现你自己，这样你就可以在一家企业做非常长的时间。如果不行，你碰到的麻烦就会很大。我举个例子，在HP，大家叫我振耀，我在加入HP时候还是半工半读的学生，在我进入HP第一天，我部门的秘书叫我振耀，我感到很不自在，因为除了我太太、我妈妈以外，从来没有一个女孩子叫我振耀。

反过来要我叫我秘书的名字，我也叫不出口。但这就是一家公司的企业文化，等到你适应它的时候，别人叫你孙总你就觉得浑身不自在，我也常告诉我的同事一定要把这种企业文化在适当的时候跟你的爱人说清楚（笑）。在HP你要把事情做好，这么多的专业背景、这么多不同的人，你要做很多沟通的工作。所以企业文化有点像我们平常开车一样，道路熟了速度就会快，道路不熟就要停停看看。速度不快也常容易犯错，不管是什么企业，不管是写在纸上，没有写在纸上的，一定有它的情况，有它的潜规则在里面，有它成功和失败的标准，我们要用心去体会，把自己融入到这个企业里面，你就能够成为成功的职业人士。

在刚才谈到的人生的第一个机遇里，我认为不管这个关键时刻你是否碰到了，当你决定接受它的时候，你就应该全力以赴，去掌握这个机遇，并且调整自己去接受机遇，调整自己去接受那个机遇所带来的不管是正面，还是负面的问题。如果一个人不是全力以赴，在竞争激烈的环境里面是很难成功的。

第二部分，一定要理解这个社会成功的标准是什么？在每个时间点、每个环境、每个公司都不一样，我们看美国的十大经济人物，挑选出来的对象的新标准跟几年前也是不一样，这个社会的标准是一直在变的，换个环境也会变的，有时候你不变它也会变的，要不断学习，用别人的观点看自己，我觉得这个很重要。

第三个是100分和60分的问题，走入社会，各位知道一个企业为什么叫企业，因为有很多不同的分工，很多专业的分工。你在每一个专业分工里面，你都要做到最好的100分，其他方面至少做到60分。你要不断地学习，把自己少数几个还没有做到100分的部分做到100分，要突出自己的优势，才能在这个激烈竞争的环境里脱颖而出。

第四个是没有十全十美的老板，也没有十全十美的员工，最好自己去创造伯乐，让老板理解你自己的优点和缺点。但是你要别人理解你，你也要理解别人，要当个好的追随者。

任何企业都有自己的企业文化，要让自己从心里开始，你的DNA，你的思维方式，要尽量跟企业文化融合，认同和接受这种企业文化。但是不管任何一家公司有几个标准，有一个是共通的，那就是正直、品德。人品是比才干更重要的，企业选拔人才人品永远是第一位的，所以我相信任何企业都是把人品摆在非常重要的位置，不是只有HP，这也是所有企业文化的一部分。

当然我今天来演讲之前，我就想过这个题目很难定，因为在座的学生里面会有不同的期望、问题，我想把时间留下来，我想听听各位关心的，让我们多一点时间做交流，谢谢。

孙振耀回答清华大学学生的提问

问：我有一个很重要的问题，就是大家都有这样一个感觉，刚才您提到您认为正直是很重要的，无论对人还是对公司的发展。学生毕业之后进入社会，他会觉得他的正直对他的前程来说可能会成为阻碍和限制。我想问您在您的个人方面，正直有没有成为您的限制或者阻碍的时候，在这种时候你是如何处理的？对于HP来说，面对中国市场复杂情况的时候，如果坚持正直做事，会不会影响公司的销售业绩，HP在这个时候是怎么做的？谢谢。

答：我想人生工作的时间很长，所以我们必须要告诉自己怎么成为常青树。作为一个长青的职业人士，在这种情况之下，正直本身不会成为你的阻碍，因为当你碰到非正直事情的时候，你就应该选择，或者避免，或者选择退出，这样才能够维持你在这个行业里长久的地位。我讲个故事，大家都知道美国总统的选举，是一个很可怕的过程。为什么可怕呢？竞争对手会把你从小学到现在的错误都报导出来。所以，你可以犯错误，但一定不能违法。在公司也是这样子，所以正直反映在很多方面，第一个就是不要违法，绝对不要违法。如果你今天面临一个关键性决定，你要将止直摆在一个非常重要的位置。

第二，不违反公司规定是非常重要的，我不认为这会成为我成长和发展的障碍，我也不认为这是一个企业发展的障碍。我看过为数不少的人士放弃了这条原则，我为他们惋惜，职业人士是要长久保持自己的职业生涯。

问：孙振耀先生你好，真希望能有机会听你讲也讲不完的故事。我想提一个问题，假如您处在我们这样的年纪，快要毕业进入社会的时候，面临创业或者进入公司，您有什么想法？如果在这个时候，如何解决事业和感情的关系？

答：我刚才提到机遇的良缘是可遇不可求的。我今天只能说几个大原则，我绝对不敢说创业比较好，还是成为职业人士比较好。人生没有办法重来，一旦你做了决定以后，就没有办法重来。这就叫关键时刻，因为没有办法比较，你不知道这个选择是好还是不好，不管什么原因，不管为什么，在刹那间，你想好就去做，关键

在这个重要时刻你是不是全力以赴，去掌握相关所有的机会。创业有创业的机会，成为职业人士有职业人士的机会，所以不要犹豫太多。比如你今天作决定跟明天作决定可能就不一样，但如果时间到了，就要全力以赴，这是一方面。但如果是做职业人士，选公司比选工作重要，一家好的公司对你的影响是比较深的。特别是刚从学校毕业的学生，你需要学习很多好的经验。一家好公司可以带给你意想不到的价值，就像清华大学一样带给你更多好的影响。

关于感情和事业，你每天早上起床的时候，每天睡觉的时候，一天 24 小时你都在作选择，像今天要在这里听演讲，还是去隔壁听摇滚乐，这也是选择。在选择的过程里面有很多因素在里面，有时候是很难比较的，但是有一点我觉得平衡很重要。我们在个人的发展过程里面，家庭、事业，身体、事业以及朋友，各个方面都必须依照自己的标准找到平衡点，要能够比较全面地兼顾。因为在人生的每一个关键时刻，你每天在作决定，你每天都要花钱，这都是平衡的结果。你每做一件事情都要考虑其他的因素，所以我给你的建议就是说决定结婚就去结婚，但是不要忘了还有事业；同样，你有事业后不要忘掉感情，有事业以后不要忘掉健康，有感情不要忘了还要有孩子。事业掉下去还有机会东山再起，家庭、健康、朋友这三个玻璃球是摔不得的，自己要找平衡点，这个平衡点是非常主观的。

问：刚才您也谈到当我们进入社会之后，去发现和发挥自己的优势是十分重要的。我在对自我反思的时候有一个困惑：我们在认识自己的现状时认识都是比较清楚的，我们怎么样在自己未来发展不确定的环境当中，能够注意去发现并认清自己潜在的优势？

答：很好的问题，我觉得要能够了解自己有没有潜在的优势，你要勇于去尝试新的东西。各位知道年轻有什么好处，年轻是一种本钱，年轻也代表你有更多的选择。人本身是奇怪的动物，人通常会根据成功的经验做决定，如果这个事情你成功了，你以后可以反复用成功的经验，这是人类很大的优点，也是很大的缺点。当你碰到没有做过的事情，你就不知道怎么办，不是机会不好而是你不去尝试。这是人类发展历史里很正常的现象，所以各位在某个年龄，也就是说在四十不惑之前的年龄，你们应该去尝试。公司需要销售人员的时候以及要求我从台湾调到北京的时候，我也是本着这样的想法去做的，试试看。你下定决心以后一定要全力以赴，在这个环境里面掌握机会，不要回头看，同时调整自己。每个机会都不一样，所以有时候很难讲，是你没有优势还是你没有全力以赴，或者是你的优势没有吸引环境。到今天为止，我还是去做一些新的东西，去尝试做一些自己可能没有尝试过的经历。我在美国开车的时候，总是每天尝试朝不同的路开，看看不同的路什么样子。早上经过一条路，下班经过一条路。多扩大你的视野，你就会发现你自己的优点。

问：首先非常感谢您今天晚上带给我们精彩的演讲，我从资料上看到你是 1982 年加入 HP，你一直没有离开 HP，你怎么会坚持这么长的时间在这一家公司，而没有去尝试另外一家公司呢？

答：你这个问题非常好，我曾经想离开 HP，而且不是只有一次。我有想尝试新东西的冲动，但是我们在做选择的时候，可以勇于尝试新的东西，但这不代表它没有范围。每个人有每个人的范围，像我去学飞行一样，有很多人跟我讲太危险了，可是这是你自己的标准。当然如果你的范围越宽，你的选择就越多。所以在HP这么长时间里面，我第一次想离开HP是我担任分公司经理的第3个月，那时我想离开，因为我觉得我不是一个好的经理，我觉得很多关于人的问题我没有办法处理好。因为以前我在分公司做了6年基层工作，那时候我有很多兄弟姐妹，大家都是非常好的朋友，也是非常好的同事，我变成他们的领导以后大家忽然间变得非常疏远，我那个时候不理解。

但是我没有离开的原因是，到底我们所追求的是什么？通常我要离开一个工作的时候，我要思考离开的原因会不会在下一个工作上重复发生。我有一个同事要离开，我就问他你为什么要离开这家公司，你离开的原因会不会重复到下一个工作上。如果这样你就要想一想，在目前的工作上面你先把问题解决，再理性地去选择。所以这么多年来我反思的结果发现，这家公司太大了，有太多我需要学习的地方。就像我换了10个职位，换了18个领导，也像换了18个公司一样，每天都有要学习的东西，因为这样我就没有离开公司，但是不代表你这一辈子都是这样的，我很庆幸我因为偶然的机会接触到HP、加入HP，它对我的工作、我的人生，还有我的家庭都起到了很大的影响。

问：我一直都希望有一个能够跟您交流的机会，我知道您一直在不断努力和奋斗，你这样不停地工作，是否有一种精神动力，激励你不断努力和进取？

答：有的，我觉得人生的过程里面有三个阶段：第一个阶段，像各位一样，你们正站在同一个跑道和同一个起跑点，正准备开始鸣枪起跑。在这个阶段里面，你就往前冲，如果你有同学多赚1 000块钱，没有关系，你认为再过半年我就追过他了，有同学比你早做经理，没关系，再过半年我也做到经理。第二个阶段是，人生最黑暗的时候，你会奇怪：他在学校里面成绩比我差，念的也不是热门专业，他的钱赚得却比我多，他只不过是运气好一点，这个时候是不一定的。但是一般毕业10年以后，这个时候你开始反思，为什么杨元庆年纪这么轻可以做到这么成功，为什么我是这样子，他是那样子，您会进入第三个阶段，原来我们是不应该在同一个跑道上面的，你要作出自己的选择，你要选择什么跑道，你要有不同的速度，你要有不同的比赛，你会作出不同的选择，而这时候你人生的价值观会发挥很大的作用，这个价值观会经过长年积累下来的。

清华大学的一个特点就是追求完美，你们可能没有这样的同学，我可能有，就是考60分就回去开PARTY庆祝的，有人考99分还痛哭流涕，你不晓得，但是每个人心中都有自己的标准，这个标准决定最后你选择什么跑道。有些人觉得我赚10万块人民币就该退休了，有些人觉得只做到中国区总裁不够的，要做到全球总裁。有些人说创业一家公司不够，应该走向全球，这是在第三阶段你们做出的选择，所以你们就从现在开始，问一下你们自己，我想谁都会看出一些端倪：你们会做出什么选择。再过10年，四十不惑，你在这个阶段要什么？在这个过程里面培养一个健康和正确的价值观是非常重要的，而一家好的公司会给你好的正确价值观，你这一生碰到好的领导、朋友会给你好的价值观，点滴在心头，你自己累积下来，作出

你的选择。我的选择是我适合做职业人士，我清楚知道我的个性、我的专业、甚至是我的脾气，可能留在HP会好一点。我有一群这么好的同事，他们就像朋友一样，我觉得非常好，我觉得自己的家庭，两个孩子，我太太跟我认识这么长时间，我们之间有一种创业的革命情感，所以我觉得到目前为止这是我自己的选择。我如果创业可能什么都改变了。

问：感谢你把目光投向了这里，我听说惠普的女性，应该是在IT业界比例算是比较高的，就是即使HP的前全球总裁也是仅有的世界500强女性CEO中8位中的一位，这个是不是HP的企业文化，HP对这个有没有什么特殊的看法？我想问一下，如果在公司做到高层，一般会培养出敏锐的直觉，请问需要一些什么样的积累？谢谢。

答：在HP的确有多元化的精神，我们公司有一个指标，就是说有多少百分比的女性要担任领导，这是有指标的，如果没达到这个指标，就要有女性同事担任领导。我同意，其实在我们每天工作里面都有很多时间需要靠一点点直觉来帮你做判断，但这绝不是盲目的，不是说今天是天秤座，或者什么天蝎座，今年是鸡年、猴年，不是这么来的，绝对是经验累积的结果。如果说今天你没有更广泛的经验，如果没有专业知识你很难有直觉，在成功的人士里面，他的直觉是他一辈子累积下来的丰富经验和知识的结果，这也是他个人的财富，能够为社会所用或者在社会上为自己创造竞争力的非常重要的原因。所以你们今天碰到这么好的老师、这么好的学校，你们已经开始在累积你们自己本身的好的直觉能力，但是不要忘掉这是一个不断积累的过程，无论成功的，还是失败的，越广泛对你的直觉的判断越有帮助，这是我自己本身的一个经验。

问：刚才您提到，您演讲一般都是针对您的竞争对手，我对你这一句话是非常感兴趣的，如果立足于竞争，到了竞争的后期会陷入两个问题：第一个是不知道你的竞争对手是谁；第二个就是做第二名要比第一名容易，因为第二名有赶超的目标，当你当上了第一名的时候，你应该如何定位，如何确定下一个目标？

答：我们谈总的大的经营原则，在行业竞争里面只有第一名，没有第二名，为什么这样说呢？每一个客户在选择的时候，他最后选择只有选择第一名，当然第一名是主观上面的第一名，不是客观上面的第一名。第一名是客户认为的第一名，不是绝对的第一名。就像你们买东西一样，你只有10块钱，你只能买一件衣服。所以我们在做销售的时候，在竞争里面只有一个第一，其他的都是最后一名，我想这是一个总的原则。但是在大的竞争中，在每个时间点，你要知道现在的阶段你所锁定的竞争对手是谁，他有什么特点，你要在什么地方超越它，在什么领域超越它，这样能定出你的战略出来。你要锁定另外一个竞争对手，你做到第一名，后面还有第二名追着你，你必须清楚明确怎么拉开跟第二位的距离，清楚策略战略、客户战略、竞争对手的战略，在每一个时间点要很清楚地知道谁是你的竞争对手。

问：在您这么多年的人生道路上，你有没有对人生放弃过，然后你有没有对您做过的事情后悔？

答：有放弃过，但是没有后悔。我谈谈我的家庭，我因为工作原因要留在国内，但我太太必须带两个孩子到美国去继续上学，所以从 1998 年开始我就三四个礼拜在中国大陆，一个礼拜在美国度过，这样大概已经有 7 年的时间，所以这是我放弃的地方。我觉得我可以跟我孩子、家人有更多时间在一起，有更多的机会去分享东西，但是我没有办法做到这一点，因为我必须作出选择。但是我提到不是什么事情都能做到 100 分，不论任何事情也不能作到不合格。所以一个礼拜在美国时，我尽量做到每天跟家里通电话，我尽量把时间花在家庭上面，我尽量用 HP 的方法做好沟通工作，我跟我两个孩子、太太尽量地主动去沟通，所以我们总是不断地知道孩子成长的过程。这件事是我觉得遗憾的地方。

危机下的机遇与挑战

卡洛斯·戈恩　2009 年 10 月 30 日

卡洛斯·戈恩，法国人，黎巴嫩后裔，1954 年 3 月 9 日出生于巴西，现任法国雷诺汽车公司 CEO、日本日产汽车公司 CEO。

大家早上好，我不会说得太长，因为我们希望有更多互动的时间，简单地讲一下，我想讲三个话题，首先我介绍一下雷诺—日产是什么公司，第二我介绍一下汽车产业的现状，我们看到全世界遇到了很多的问题，第三个方面是我们未来的挑战，作为汽车厂商或者雷诺—日产联盟要做的。雷诺—日产是两个公司的全球联盟，雷诺是欧洲公司，总部在法国，日产在日本，而这两家公司都是跨国公司，他们现在互相控股，互相交换发动机零部件的生产、技术的交换，共同的工作。但是仍然是两家独立的个体，不同的股东、董事会也不一样，这一联盟已经进行了 10 年，非常坚固，我们这是全球的合作关系，我们还在各个区域增加了很多新的合作伙伴，对我们来说最重要的合作伙伴是东风日产，还有阿土瓦斯(音)，是俄罗斯的汽车厂商，还有三星雷诺，我们在韩国也有合作联盟，所以我们有一些区域性的合作关系，关键是我们是唯一一家以多样化为竞争优势的公司，也有很多其他的成功公司，他们的优势并不是多样化，而是单一的强大的文化。丰田就是日本的公司，大众是德国的公司没有多元化，而雷诺—日产是完全不同的，因为有法国、日本、中国、俄罗斯的文化，来自各个不同背景的人在平等的舞台上合作，这是我们的优势。

我们今天的联盟有 1 300 亿美元的收入，我们两家公司在 2008 年一起卖掉了 690 万辆汽车，现在占到全世界的第三位。

产业遇到了什么问题，汽车行业出了什么问题？我们知道雷曼兄弟破产了，大家很震惊，金融市场冻结了，现金忽然消失了，美国、欧洲、日本都是这样，全世界有两个行业受打击最严重，一个是银行，一个是汽车。银行业可以了解，为什么汽车行业遇到这么大的打击，因为汽车行业非常需要现金，我们雇佣的员工很多，我们的投资金额很大，我们的供应链也很长，从世界各地进口零部件，组装再卖到世界各地，这需要大量的运营资本，突然银行不再发放贷款了，这就有问题了。无论你的业绩有多好都不行，丰田出现了困难，虽然雷曼兄弟破产之前丰田非常好，

但是现在有很多的亏损，坦率地讲这是因为我们都没有想到这个危机会出现。我们没有做好恰当的保护，银行和汽车产业都面临巨大的困难，政府开始支持我们，人们会问，为什么政府喜欢汽车业，其实他关心的不是汽车产业，而是就业，汽车产业雇佣了大量的员工，直接和间接的，我们在全球有22万员工，加起来雷诺和日产一共有35万员工。

实际上为日产工作的人加起来有180万，雷诺也是这样，汽车厂商很多，如果有一个厂商出问题，就意味着很多的就业机会都受到威胁。奥巴马任命了一位官员专门解决这个问题，他在CNN的采访中说到“我们不能够影响就业”所以美国政府才决定拯救这两大汽车公司，这是政府拯救的原因，因为雇佣的员工太多了，他们并不在乎汽车产业本身，关心的是就业机会。

第三方面，我们面临什么样的挑战？首先我们如何解决现有的危机，金融危机已经过去了，市场上的利差在下降，但是我们还在衰退期，我们也克服衰退期的问题，我们面临短期的问题，保护自己，避免金融波动给我们带来进一步的影响。还要保证衰退期的投资，要降低成本、降低库存，保证现金流。

这样的管理和市场比较好的环境下的管理是完全不一样的，同时我们还不能忘记未来，所以既要解决短期的问题，还要保证我们为未来做好准备，保证我们继续为未来制定计划，包括我们继续开发新的产品和服务。当经济复苏的时候我们才可以有足够的措施应对市场，一方面要考虑短期，一方面要考虑长期的利益，我们两只眼睛都要睁开，但是要看到不同的方向，只有这样在经济危机过去之后才可以看到很好的未来。

技术、零排放、电动车这是未来发展的重要的前景，这是汽车产业的一个变革性的技术。这一技术将改变一切，经销商网络、供应商网络还有使用的能源，对汽车产业、消费者、政府都会有重大的影响。

另外就是新兴市场，汽车产业在发达市场逐渐地稳定下来了，现在汽车产业逐渐地走向新兴市场，大家知道有中国、俄罗斯、印度、巴西这些新兴市场，还有中东。这些是比较明显的新兴市场，还有一些不太明显的，印尼、伊朗、伊拉克，还有中南美地区，会紧接着前面的市场发展，所以汽车产业必须走向这些市场。

入门级产品也非常的重要，也就意味着比较廉价的汽车，只有一些基本的功能，这对于新兴市场非常关键，因为人们可承担的价格不高，我们必须开发更多的产品，是更加经济的，同时质量也不应该太差。

此外，我们面临着整合，因为我们有很多的投资，同时我们希望供应商给我们提供较好的价格，这样我们就需要规模的效应，这样就需要合并，所以有更多的汽车厂商合并，实现规模效应。因此雷诺—日产继续扩大我们的合作关系，我们开发的技术可以大量的投入生产，这是我想给大家讲的。我知道大家都有问题，现在按照大家的需求我们来对话。

卡洛斯·戈恩回答清华大学学生的提问

问：刚才您讲到了雷诺—日产多样化，也提到了丰田是更专注的日本汽车公司，我们知道丰田去年成为汽车业的老大，而雷诺—日产是第三，您怎么理解多元化给雷诺—日产带来的优势？还有多元化怎样在全球竞争情况下更具有优势？

答：所有的丰田人都是日本人，员工高管都是日本人，我们也有丰田的员工，我们知道所有的决策都是在东京作出的。我并不是批评丰田的这种风格，实际上也很好，他们的结果也很不错，我的意思是说我们完全不同，我们的董事会上有日本人、法国人，也有英国人，我们在高管上有英国人、法国人、也有美国人，我们30%的高管不是日本人，我们的体系不一样，我们并不是说哪个好，哪个不好，我们认为日本人、美国人、法国人在一起解决问题的时候，他们应该可以找到更好的解决方案，他们并没有为文化所限制，他们可以超越文化的障碍，考虑不同的方法和不同的经验。短期会不会有成效？不会，因为有 4 个不同背景的人一起解决问题，不会有很快的成效，但是我们要考虑长期的效果，我们把不同背景的人结合在一起，你的业绩在长期来说会更好，我并不是批评单一文化的风格，我只是说我们是不一样的，我们完全不同，我们希望保证多样性能够给我们带来财富，也可以带来创新。而这些东西是你多样化的时候不能达到的。

问：我这个问题也是关于多样性的，你说到多样性是你公司的优势，如果多样性可以带来成效是很好的，但是多样性肯定也带来很多的挑战？

答：我举一个简单的例子，比如说女性在日本的角色，我 1999 年到日本工作的时候，日产在高管里面只有 1%是女性。日厂是产业比较典型的代表，丰田也只有 1%的女性做高管，我们说要更多的女性，他们说不行，为什么呢？因为你是美式的经理人还是法式的经理人，这样不行，因为有文化的碰撞是有问题的，我们看一下为什么只有 1%经理人是女性，我们有 15%的经理人是女性，在日本工程师也有 20%是女性，为什么我们在浪费天才，浪费人才呢？我们看到 2/3 日产销售的人员都是女性，实际上购买汽车的决策上很多都是女性主导，2/3 的女性，女性和男性的需求完全不同，我们做了很多的调查，女性对发动机和传动这些东西都不感兴趣，这是我们的统计数据告诉我们的，但是多数的女性需要更好质量的汽车、设计、功能空间，这是女性所关注的。如果你的工程师和决策者都是男性，只考虑发动机、传动这些东西，那女性对此并不感兴趣，他们对你的产品就不感兴趣，不买你的产品，菲亚特 500 为什么可以成功，因为它迎合了女性的口味，颜色内饰都吸引了女性的目光，所以女性喜欢这样的汽车，成本无所谓，发动机质量不好也无所谓，她们在情感上受到了车的吸引，这是她们感兴趣的。我想说文化太单一会有问题，我们会更需要女性的力量。这是一个风尚的问题，不能仅仅听 CEO 的，CEO 变了可能文化就变了，我们要把业绩放在前面，如果可以创造更多的财富就可以成功，现在日产有 5%的经理人是女性，我们希望有更女性化的视角，我们在日本可能是雇佣女性最多的公司了，和美国、中国相比，女性占的比例还是太少，我们不能过渡的太快，我们不能太多的关注价值观的问题，我们只是按照业务的需求来做。

问：我的问题主要是关于领导和管理层所遇到的挑战，你怎么理解领导力在金融危机的时候或者说危机的时候怎么样更好的执行领导力？在平常的时候怎么样体现你的领导力？作为一个总裁，两个公司的双首席执行官，你遇到的最大的挑战是什么？我是首席执行官杂志的编辑，我也是 EMBA 的学生。

答：刚才说了领导权的挑战，这是非常有意思的问题，当你突然面对危机的时候，比如说雷曼兄弟带来的危机发生的时候，我们是一个公司，正在盈利，正在发展，突然金融危机出现了，银行倒闭了，大家都借不到钱了，我们在公司遇到危机的时候怎么办呢？他们肯定要看最高层如何决定，作为领导层必须要自控，你不能流汗，说我害怕了，在这样的压力下就会非常糟糕。作为领导在出现危机的时候，尽管处境非常的困难，但是也要很好地控制自己，要向大家展示，你要树立一个榜样，很多人都看着你；第二个要实事求是，要非常冷静，尽管发生了很多的事情，大家都非常的激动，但是你必须要头脑非常清楚，搞清楚重点是什么，分清楚轻重缓急，对这个情况作出一个诊断，拿出一个方案，我们遇到了什么问题，需要怎么做。当危机发生之后怎么办，金融危机之后我们需要很好的现金流，你就要关注你的现金流问题，因为很快就会出现投资的问题，我们当时有一个长期的计划，但是我们推迟了，从现在开始，所有的最关键的问题就是关注现金流，所以我们很好的解决了这个问题。回答你的问题，第一，很好的自控；第二，迅速的采取决策。你要作出变革，必须要很好地解释这个变革，并且把这个观点贯彻下去，在金融危机的时候，不同的战线大家都在作战，他们不愿意看到主要的管理层坐在办公室看报纸，他们希望管理层到现场，到第一线去，所以要控制自己，作出诊断，需要调整就作出调整，管理层整个团队要发到第一线去，同公司员工沟通、交流，看我们取得了什么样的进展。

对于我们公司来说，我们会让大家觉得他们不是孤军奋战，让他们认识到我们了解了公司的处境，我们支持他们，至少我们和他们并肩作战，你要让他们理解这一点，非常重要。团结、联盟，在这个时候领导不要脱离群众，我想不仅仅适用于公司，而且适用于其他的公司和国家。

作为两个公司的首席执行官面临的挑战是什么呢？因为手里有两个“球”，我希望他们对我都满意，这是事实，我要实现两者的平衡。两个公司有两个董事会，我必须要让两个董事会的人都满意，还有股东，因为他们有投票权，如果他们把票投给你，你可以继续做下去，否则你就会出局。我的任务就是 2009 年 6 月的时候我参加了日产的股东大会，那个时候并不是最好的时候，金融危机，现金流表现得也很负面，但是我还是参加了股东大会，我解释了我们面临的问题，因为我们是两年的任期作为首席执行官，我跟他们解释了之后，他们 90%的人给我投票，支持我再做两年的任期。两年之后呢，他们可以继续做判断，我是不是合适的人，对于雷诺来说也是一样，5 月份我去了股东大会，他们是 4 年的任期，首席执行官是董事会的成员，对股东来说他们希望看到尽职尽责的董事，他们不希望首席执行官的权利被削弱，如果你有90%的支持率的话，你的基础就很牢固，否则你的基础就会非常的薄弱，股东觉得董事不支持你的话，就会支持别人了，所以你必须要有足够的支持，有两个公司的股东都支持你，而且大家都知道，你在两个公司分配的时间是非常好的，至少没有偏袒某一方，必须要证实一个首席执行官同时管理两个联盟的公司是更好的，而不是两个CEO会带来各自作战的情况。

第二个必须要学会驾驶飞机的技巧，你要适应时差，两个公司一会儿在法国、一会儿在日本，住不一样的房子，吃不一样的菜，我的时间每个月都在两个公司进行分配，我去中国、美国、巴西，去过很多的国家。如果调整不好时差就做不好你的工作，调整时差是很重要的要求，还要很好地和别人交流和沟通，作为CEO，你是一个专家，有远见，但是还并不足够，作为一个CEO最重要的品质是什么呢？就是要把人团结起来跟他们沟通，如果你用一个非常聪明的CEO，但是他很烦人，很乏味，没有人愿意跟他交流，他一说话大家就打瞌睡了没有用，所以作为CEO要有很好的跟人沟通的技巧，你还要跟不同文化的人打交道，尤其作为两个公司的CEO，要更好地和两个公司的人交流，在俄罗斯、美国、日本要和完全不同年龄层次的人打交道，要用你的力量和资源进行交流，如果你认为这个人没有什么意思，有偏见，那就完蛋了，你就会浪费你的资源，这对于公司来说是非常关键的一点。

问：非常高兴见到您戈恩先生，我是清华经管学院的学生，我看过您的书，所以我希望您可以给我签名，我非常高兴地告诉你，我们几乎所有的MBA的学生都会学到凌晨一两点钟，就像您40年前在巴黎一样，是一个刻苦的学生，我的问题非常简单，你对于MBA的学生有什么建议？对于年轻的管理层有什么建议？

答：我的建议是什么呢？第一，我想有一句俗话说得好“人算不如天算”，未雨绸缪的话就可以更好的应对。在你做计划的时候你可能并不一定知道将来一定可以达到，不时的做一些计划，但是有时候这些计划用不上，我经常看到有一些人做计划的时候，他们实际上也知道这些计划并没有太多实现的机会，我要集中注意力做这些事，但是过于集中地做这些事情就会有盲点，在你计划之外很多的事情在发生，你可能会失去一些机会，你需要做一些计划，但是不能过于执著的针对你的计划，如果出现了一些问题，可以对计划进行调整，因为生活总会有一些意料不到的事情发生，必须要理解它，并且抓住这样的机会。

在1997年我离开了米其林到了雷诺，我非常高兴，我想现在我是执行副总裁了，我要跟雷诺董事会的人碰面，我的家庭、儿女都很好，一切都安排好了。一年半之后来了日产的机会，雷诺的老板说愿意不愿意去日本，这对于我来说不在计划之内，我从来没有考虑到这个事儿，当我确定接受了这个事情，我的生活完全改变了。我到日本之前从来不会说日语，我们那代人都往西看，而不往东看，就是不太重视东方，我跟妻子说我的改变和调整在生活当中是全新的，不能说墨守成规留在法国，如果留在法国，我的生活完全不一样，我的意思是说可以作出一些计划，但是遇到一些事情可以对你的计划进行一些调整；另外，如果有更严峻一点挑战的话，我建议你们更勇敢地接受挑战，从事更难的工作，如果工作太轻松的话，我建议不要选择。有人说我去苹果，因为苹果非常成功，我觉得你们选错了，他们不需

要你，你天天睡觉，他们对你根本不会在意，所以你们要去这样的企业——他们正在奋斗，他们正在作出变革。所以我的建议不要去看起来很简单的选择，你觉得很舒服，但是对你来说没有什么好处，他们不需要你，他们已经很成功了，我建议大家迎接挑战，他们可能是正在黑暗中，可能接受了一些挑战，或者困境当中，但是我觉得应该去那，去了那就可以发挥作用，发挥领导力。

问：我是台湾来的学生，您刚才提到了技术变革，或者说技术的革新会带来非常深远的影响，您能不能介绍一下技术革新会怎么样改变政府跟企业的关系？

答：您提到的两个问题都非常重要，我想说为什么汽车行业是处在一个变革之中，我觉得这个来自于两个方面，汽车行业有两个重要的支柱，现在这两个支柱都有一些分崩离析了，第一个是对石油的依赖，现在石油能源是非常重大的问题。因为石油会越来越贵，我觉得廉价石油的时代已经完全结束了，我们将来的石油会越来越昂贵，不是没有石油，现在石油还是有的，巴西又发现了新的石油，比委内瑞拉的石油储量还要大，问题是在海下 3 000 米，如果开采出来要花很多的成本，所以石油将来仍然会很贵；另外，现在的经济强国都会变成石油净进口国，中国已经是了，印度、美国都在进口石油，西欧大家都在进口石油，他们不太希望石油进口，他们需要独立，20 世纪 70 年代的时候大家知道，一些国家采取石油禁运的时候，所有的运输或者交通都崩溃了，因为运输都要依赖石油能源，所以当时出现了非常糟糕的情况。

另外一个问题就是环境。全球气候变暖 50%都是因为汽车造成的或者说交通造成的，所以很多人认为汽车工业应该为全球变暖而负责。当大家开车的时候他们觉得有罪恶感，好像开车的时候正在污染环境，这是我们面临的另外一个挑战，我们的解决方案是什么呢？还有氢能、混合动力和燃料电池的，我们过去 5 年就有这样的想法了，为什么我们现在采取电动汽车，首先你的能源可以来自于石油、煤炭、风、太阳能、天然气等等，来源是非常丰富的，所以就不用怕依赖石油了，当石油出现危机的时候，你可以用核能，如果核能出了问题就可以用其他的，这样对石油的依赖性就减少了。

二氧化碳的排放问题，电动汽车是零排放的，没有什么尾气的排放问题，你可以看一下电动汽车的外观就可以知道，根本没有排放，它唯一的排放是司机，汽车本身不产生任何的二氧化碳，对于公交系统来说采用这样的是非常有意义的，对环境是没有污染的，十年二十年前我们还没有这样的技术，现在这个技术具备了，现在环境问题不仅仅是学术界关注了，而是大众的关切。

从经济角度考虑，油价上涨，所以要转成用电，生产的零部件也会出现变化，有一些公司会消失，充电的方式也不一样，电池将成为一个非常重要的技术工具，在 21 世纪是非常重要的，这是唯一能够存储能量的方式，存储能量是一项巨大的挑战，我不知道中国的电力情况如何，在很多国家白天用电的比晚上用电价格更高，差价会达到一半，早上用 1 千瓦可能需要 200 元，晚上可能需要 100 元，白天使用就意味着省了 100 元，如果电池足够大，有足够的动力，就可以省很多钱，不需要投入太大的产能应对峰谷，但是很多人反对电动车，因为他们会使生产石油的

企业，以及原有的零部件的供应商被淘汰，我们看到这个趋势，很多既有利益的集团在阻碍，但是也有鼓励这一潮流的人。

我认为汽车产品不会太多的并购，收购兼并并不是很好，所有的并购最终都会解散，像福特、捷豹、梅赛德斯和克莱斯勒都失败了，所有的并购最后都解散了，唯一的合并就是我们，因为我们并不是兼并，也不是收购，我们是合作的关系，是一个联盟。我记得 2001 年我到中国的时候和其他人一样，我们和中国官员探讨这个问题，我们想在中国发展，他们开始对我们没有什么兴趣，所有的汽车厂都想来到中国，你们是不是也一样开设一个工厂，中方说不希望这样做，中方希望雷诺和日产和东风合作，中国的官员告诉我们雷诺和日产合作得非常好，我们希望日产和东风合作，我们希望由中日的成员是五五成，我们也希望你们做卡车的业务。而这种方式最终成功了，我们的模式优势在于，我们尊重合作双方，在这个基础上合作，这也是中国对于东风和外资合作的态度。所以我们合作成功了，我们和俄罗斯也是高层决定的，实际上有很多的竞争对手，有通用、菲亚特，他们都想和这家俄罗斯的厂商合作，俄罗斯政府选择的原因是因为我们了解如何合作，我们并不想收购俄罗斯的企业，我们还会保留俄罗斯的经理人，保留俄罗斯现有的管理人员，这就是未来的模式，而不是并购，是合作。

问：我是清华大学的学生，我的问题是关于伙伴关系的，您刚刚说的，如何保证合作的成功，因为最近很多合资企业出现的问题，缺乏互信、利益不同。

答：我给你一个很好的案例，有人说应该写一本关于合作伙伴的书，请博士来写这些，我想你不用读这样的书了，给你一个简单的例子就可以，你一生都可以从这个当中受益，您结婚了吗？还没有，最终总会结婚的，婚姻就是一个很好的指导原则，婚姻如何取得成功，很简单，跟管理一样。我们举一个例子，作为男性、作为女性，未来的先生、未来的太太，你认为他会不会跟你很好的合作，我们将成为一个单一的个体，我们互相购买这样可以吗？实际上我们要尊重双方的个性，我要发展，但是我要和你共同的成长，我们会有同样的方向，但是我们同时必须保留各自的特性。对于企业来说也是如此，如果企业说我要收购你，我要和你合并，但是你要使用我的风格，我的立场就是你的立场，只有我问的时候你才可以提供自己的意见，这样可以吗？如果女性和男性说“闭嘴，这是我的想法，这是我的要求，这是我的重点”先生可以跟着太太的做法，但是会出问题，合作双方也是这样，要保证你要尊重对方的个性，尊重对方的要求，同时要识别双方的共同利益，实现更好的协作，但是要给双方留下足够的空间，保证各方都可以在自己的空间内发展，而且要保证对方有兴趣的时候做你想让他们做的事情，和婚姻一样，如果你想成为成功的经理人的话，在婚姻上也必须取得成功。

在雷诺—日产出现问题的时候，我都会举一些简单的生活的例子，为什么你要求你的伙伴接受你的观点，如果你的妻子提出这个观点，你会接受吗？如果回答是：不，那么你不要期待你的合作伙伴接受你的观点。我们都了解合作伙伴，必须按照一些常识运作才可以保证合作关系的顺畅进行。

问：我来自中体赛事国际广告，我们知道丰田已经放弃跟 F1 的合作，您对汽

车在体育赞助的开发方面有什么看法？以及尼桑对体育赞助的可能性？

答：关于体育赛事的赞助必须有一个目标，汽车厂商他们只是想提升品牌，宣传他们的产品一些特别功能，或者想接触某一些市场。我们知道一些国家F1是非常受欢迎的，在美国不受欢迎，但是在巴西很受欢迎，如果一家汽车公司要进入巴西市场，提高品牌知名度就可以赞助F1，通过驾驶员、赛车手加强自己的品牌，这是非常有意义的，首先要明确赞助体育赛事的目的，只要你知道目的所在就不会做错，如果你的目标实现了就不用赞助了，你要保证退出这个赞助的时候要很明智，不会破坏之前的努力。对于体育赛事的赞助在汽车产业这种情况还会继续，在危机情况下也是一样，我们首先要知道为什么我们要赞助，保证退出赞助的时候也不会对自己有什么损失。

问：戈恩先生您好，我是清华MBA学生，我的问题关于中国市场，现在我们知道中国是世界第三大汽车市场，你可以对中国市场进行一个预测吗？日产会采取什么样的战略在和丰田、其他公司竞争中取胜？

答：中国的汽车市场显然在不断的发展，为什么呢？今年中国市场会增长40%，今年中国汽车市场会成为世界上最大的市场，因为在中国增长的同时，美国连续第二年下降15%以上，中国市场的乘用车和轻型商用车可以卖到1 000万辆，而美国只有950万辆到960万辆，这一趋势将延续，现在美国每1 000居民有800辆汽车了，在欧洲和日本也是达到了五六百辆，而中国是什么样的，我现在请大家猜一下，您认为中国每千人有多少辆汽车？正式的统计数据是30辆，每千名居民有30部汽车。那么这个比例会继续吗？葡萄牙已经达到了每千人600辆，中国肯定会发展，中国人民的生活水平会不断提高，这是不会变的趋势，所以汽车产业的发展会继续，现在每千户居民只有30辆汽车，中国肯定会在未来发展到每千人五六百辆，我们会看到中国汽车市场继续发展，对日产的挑战就在于尽可能快地扩大产能，应对市场的需求。当每年增长30%、40%的市场，就会使市场发展速度快于产能增长速度，如何让日产成功，在竞争中取胜？首先需要有吸引力的产品，还有质量要好，服务也要好，我们中国的经销商对于我们的品牌来讲非常关键，他们是我们品牌的脸面，只有在经销商那里了解日产，通过经销人员，如果你满意经销商的服务才会满意日产，如果不满意就会换其他的品牌，所以我们需要好的产品，有竞争力的产品。

竞争的优势也在于经销商，不仅仅是上海、北京，还有各省、地方，农村地区，经销商网络必须得到很好的培训，才可以使你的品牌具有吸引力。

问：我是清华大学的学生，您说到多样性，日产雷诺多样性的特点，您是不是想让雷诺日产作为一个品牌在中国继续发展，还是进一步加强多样性？日产比通用、比克莱斯勒很好的应对了金融危机，这是如何做到的？

答：为什么我们可以做得很好，这一点很好回答，因为他们都破产了，所以比他们做得好并不难，我们还好，我并不想让你认为多样性只是一个工具，从包里拿出来说因为有了多样性我们就可以降低库存？不是这样的。多样性只是一个价值，希望在公司内部发展这个价值体系，需要一些时间，但是最终一定很独特，因为这

一点不是很容易融入自己的文化，但是一旦把多样性融入自己的文化力量是很大的，多样性不是失去原有的个性，既可以保持自己原有的个性，又可以接受不同的文化，对你来说是一个机遇，我们希望日产在中国以这样的形象出来，这是一家比其他任何企业都更了解中国文化的日本公司，我对此感觉很骄傲，因为李荣融主任说："东风日产在中日合资方面是一个典范"。他并不是在小型会议上说的，他是在一个大型会议上和别的人说的，和很多的国有企业的代表说的，他是负责国有企业工作的，李荣融当时把东风日产作为很好的典范给大家介绍，这就是很好的例子，可以说明我们如何把合作关系在中国发挥作用，那么日产和东风，中国的合作伙伴成功的合作，也获得了中国消费者的信任，也就是友好的日本企业会在长期致力于中国市场的发展，致力于与中国的协作，给中国消费者带来很好的东西，这就是我们希望日产在中国的形象，很难转化成事实向你介绍，因为我们每天都做很多很多的事情来提升我们的品牌。

多样性是一个长期的价值，并不仅仅是在危机中出现的，在危机中多样性可以作为黏合剂，把我们的公司凝聚起来，我们可以利用这个多样性应对未来的挑战。

问：您对电动车市场是非常乐观的，很多中国人也是如此，从您的观点看，您认为中国自主开发的电动车有什么优势和劣势？

答：首先中国希望成为全球汽车产业的一部分，这是很明显的。现在中国还没有达到这个目标，中国现在有自己的汽车生产商，但是他们都是和外国合作伙伴合作的，而且他们现在也在争夺市场份额，也希望在其他的市场上争夺一些份额，但是坦率地说，我认为中国还没有一个强有力的全球的汽车生产商在全球市场进行竞争。所以对中国来说，我觉得中国肯定是希望能够有一家全球性的汽车企业，能够同其他的市场巨头进行竞争，这是一个好的机会，在这种情况下电动车是非常好的机会，如果在这种竞争情况下没有新的技术就不能取得成功，这是一个新的领域，零排放的汽车完全是一个新领域。其他的技术还没有形成什么样的规模生产，所以大家都在同样的起跑点上，这样才可以有更好的机会进行竞争，如果你跟那些一年前起步的人竞争就没有什么好的机会，现在你的机会就更好了，大家都在同样的起跑点上。

关于电动车来说，中国过去有一些商品，比如说化学的产品，我想对于中国来说，现在有一个很好的机会，现在中国政府还没有宣布支持电动汽车的政策，但是我可以向大家保证，中国政府正在考虑。日产将来会作出很多的投入。

至于说会有什么困难，遭遇什么样的困境，我觉得如果没有抓住这样的机会，让别人捷足先登，没有抓住这个时机发展这个技术的话，就会很糟糕，因为日本和韩国已经开始开发电动车，但是还没有对电动车的电池采取关注，如果你不鼓励消费者购买电动车的话，就不好。美国是 70 多万日元 1 辆车，如果大家想要投资电动车的话，政府就必须要进行支持，要支持企业界来开发这种新的技术，我觉得中国现在开发电动车可以跟大家站在同样的起跑点上，这是很好的机会，如果遭遇什么困境的话，我想就是不抓住这个机会就很难迎头赶上了。

创新：企业的核心竞争力

陈　虹

陈虹，上海汽车集团股份有限公司副董事长、上海汽车集团股份有限公司总裁。

下午好！很高兴能够来到清华，和大家一起谈谈理想，谈谈我们的企业——上海通用汽车，谈谈中国几代汽车人为之努力奋斗的汽车事业。

有人曾经提出这样的观点，认为汽车产业是“夕阳工业”，正在或者说终究将被淘汰的行业。但是事实却恰恰相反。回顾汽车工业发展的百年历史，从19世纪末到21世纪，汽车越来越深入地渗透到我们的生活中，影响着我们每个人的生活，影响着我们的社会。

当今的汽车产业从研发、采购、物流、制造到销售服务领域，大量运用了计算机管理技术，从根本上改变了各个环节的运作方式。我们在制造过程当中大量采用IT技术，上海通用花了3 000万美元来建立IT技术平台，覆盖整个业务流程ERP系统，从用户的订单开始，到最终把车交给客户，整个ERP系统被全面覆盖，保证了我们能够柔性化生产。而且生产过程中的所有过程都是可追溯的。对于汽车本身来讲电子化的程度也已大大提高。大概在10年前，电子技术在汽车的价值含量中，只占到10%左右，现在已经上升到25%，我们在汽车产品上大量应用电脑CPU芯片，像别克发动机变速箱的动力服务器就是用热接触模块，还有门锁和各种各样的报警装置都是运用计算机系统进行控制的。汽车是移动的，必须在各种环境下保持正常的运作。如果没有对原有的计算机制造技术的改进，有哪台计算机的芯片能够经受长时间50多度高温和零下十几度低温的环境，或者说是极端潮湿的环境，这对我们的电子行业带来了很大的挑战。虽然孤立地说我们是汽车行业，但实际上我们集成了各行各业最新的技术成果。因此汽车产业不是个“夕阳工业”，它依然是一个蓬勃发展的、有着强盛生命力的产业。

从某种程度上，可以说汽车改变了世界。汽车给很多产业都带来了促进作用，上至化工、机械、电子，下至金融、销售、服务。有人曾经做过这样的统计，一个汽车就业机会会给其相关的产业带来8个就业岗位。如果说目前全世界有1 000万人在从事汽车行业的工作，那么与之相关的就业人口就将达到8 000多万。另外，目前全世界的汽车年产量大约为6 000万辆，如果按每辆汽车1.2万—2万美元计

算，其本身产值就将达到 9 000 亿到 12 000 亿美元。如果加上其相关的产业，一年汽车及其相关产业所产生的产值将是一个不可估量的数字。还有一个非常显著的特点，汽车工业是世界上所有行业中第一个走向全球化的产业。像美国的通用也好、福特也好，它们从 20 个世纪 20 年代开始就向海外扩张市场，通用汽车公司目前在全球有很多技术中心，在加拿大有技术中心、在欧洲有技术中心、在巴西有技术中心、在澳大利亚有技术中心，现在在中国也有技术中心，制造工厂可以说遍地都是，所以汽车工业的全球化是早就开始了。

另外，汽车工业的生产方式和管理方式对全世界的工业都产生了巨大的影响。大家都知道亨利·福特在 20 世纪初开始了流水线生产，他提出这个概念真正的内涵是实现了零部件的标准化配置以及专业化的生产。这对工业界来讲是个非常重要的概念，它改变了在亨利·福特之前怎样制造东西的概念，这种概念的产生对今后人们的生活方式、思想方式都产生了很大的改变。亨利·福特提出了大生产方式，但他没有解决一个问题：怎样来管理这样的大生产。通用的阿凡·斯隆，从 20 世纪 30 年代中期开始一直到 50 年代中期，他提出了怎样管理大生产方式的方法，把专业化管理扩散到公司管理各个领域，然后把公司按照产品线分为几个分部，用数字化对分部进行管理。这两个人都是在工业史上、管理史上被称为鼻祖的人。

现在大家都在谈“精益生产”，这是日本丰田公司首创的概念，“精益生产”这个名字是人家起的，丰田自己叫做 TPS 丰田生产模式，它不仅仅是个制造概念，在汽车的整个产业当中都发挥着很重要的作用，比如说“同步开发”，就是在“精益生产”中提出来的，在制造过程中它追求要将浪费减到零。20 世纪 80 年代后期，美国麻省理工学院组成了一个小组专门对日本的汽车生产进行了研究，他们感到很奇怪为什么全世界其他国家的汽车都竞争不过日本。

我是从 1990 年开始搞精益生产的，我在德国大众实习的时候就在研究，研究企业战略，分析竞争对手。分析竞争对手时一看差别是非常大的，大众的返修车间的场地比我们的总装车间还大，它的产品的检测合格率只有 60%，有 40%的车是要返修的。他们返修的工人都是老师傅，经验很丰富，这些车是要把它拆开来然后再装起来，这样他们在车辆的成本上就很高。如果有机会进入我们的工厂，你就可以看见精益生产在我们的生产线上的运用，生产线上每个工人的岗位旁边都有一根黄线，一旦他发现问题解决不了就拉这根黄线，一拉我们就有灯光反射和音乐，现场工程师就会赶到那里帮他解决问题，这个问题不解决生产线就会在两分钟之内停下来，一直到这个问题解决掉再拉一下这根黄线再继续开始。这就叫不制造、不接受、不传递任何有缺陷的产品，绝不让问题留到下一步，这样最终返修的比率就很低。问题就在生产过程当中解决，这时问题还是好解决的，不像留到最后，等车都装完了再发现问题，把车拆开找问题不但难找，而且问题也难解决。

丰田就是搞了这套东西，这是其中的一个部分，但是是非常有说服力的一个部分。有人把精益生产称为工业界的第二次革命。现在全世界的汽车生产都在学习日本丰田的这套精益生产模式。美国通用也吸收了这一套精益生产，美国人把他们一批后备干部送到日本去，让他们学习，把精益生产的概念运用到通用来。我们上海通用在建厂以来，也送了一大批人员去通用在德国新建的样板工厂去学习，然后把学到的东西再拿回来，在国内进行本地化。如果各位有机会去我们上海通用看的话，可以看到一些典型的精益生产模式。汽车工业的这种生产方式、管理方式对整个工业界都产生了巨大的影响，所以说汽车工业也在影响着世界。

汽车在中国也产生了重大的影响。有车和没有车的差别是非常大的，有车以后，人们的活动范围大大扩大，人的时空概念也发生了变化。它不仅仅是一种代步的工具，它给人们的生活也带来了重大的改变。像在欧洲，他们的高速公路网络非常发达，一个国家到另一个国家的距离很近，但一定要有汽车。在德国他们经常是这样，这个周末到苏格兰去，下个周末可以到比利时去，人们的活动范围很广，时空概念可以发生很大的变化，如果没有车会觉得很难受。

下面我谈一下中国汽车工业的现状。近 20 年来，中国汽车工业的发展还是很快的。1982 年，我国全年的汽车产量不足 5 000 辆，到了 1986 年年产量刚刚超过 1 万辆。而在 1992 年首次突破了 10 万辆，1996 年超过了 50 万辆。去年，我国的轿车产辆超过 70 万辆。中国汽车业的增长速度去年达到了 15%，而世界汽车业的平均增长水平去年仅为 1.5%。但是我们还是应该非常清醒地看到，中国汽车工业总体上来说还是与国际先进水平有着相当的差距。这个差距不是体现在汽车的总装厂，这方面的差距不是很大，但从整个产业链来看，从产品的开发、物流技术、制造技术到营销和服务体系，从整个产业的角度来看我们的差距是非常明显的。中国现在不具备整车产品的开发能力，因为中国市场的生产销售的量非常小不足以支撑这个庞大的系统。我们的硬件体系和国外相比也是存在着明显的差别，特别是在成本方面。

在汽车工业开始全球化的时候，也给我们带来了参与全球分工的机会。中国现在已经加入 WTO 了，对中国的汽车工业而言，目前面临的问题是能不能加入到世界竞争中去。现在我们还有保护期，进口汽车还要申请许可证，关税虽然降了，但还是有 50.7%。到 2006 年，关税降到 25%，2005 年开始全部开始撤销保护措施，零部件关税将从 25%降到 10%。所以说中国市场竞争国际化的趋势将愈演愈烈。

我是从上海通用的角度来谈谈我的看法。上海通用从成立到现在已经 5 周年，正式投产已经 3 周年，从公司成立开始，我们设立的目标就是要成为国内领先国际具有竞争力的一个汽车企业。当时我们预计到了中国加入 WTO 后将要面临的竞争和挑战是不可避免的。作为我们上海通用来讲，我们有几方面的特点：一方面我们要培养自己的核心竞争力。一方面我们上海通用要使我们的核心产业进入世界级市场，这点是很重要的；另一方面要培养自己的整合能力，把所有的优势资源——包括国内和国际的——整合在一起。我们要想办法站在巨人的肩膀上，要有能力整合国际上最先进的技术和经营管理理念。资源整合的过程又是一个创造性的过程，不是简单地搬过来就可以了。这样不管产品的水平也好，管理的技术也好都会走到世界的前沿。我们一开始就把我们的起点定得很高，起点比人家高了优势才能显示出来。我们无论在规划上、硬件上、管理的软件上都设立了高起点，而且一开始就把我们提高竞争力的眼光不仅仅放在自己身上，也放在整个产业的发展过程中，从产

品的开发、零部件供应、物流技术、制造，包括我们的营销和售后服务整个过程，要形成我们独特的优势。我们也尽可能把 GM 的全球优势资源和经验拿过来，然后根据中国的情况进行本地化，形成我们自己的优势。应该说这一点做得非常成功，我一直在提我们的 ERP，我们花了 3 000 万美元搞这套 IT 系统，这不光是硬件上的事，不是说把 GM 的 ERP 软件拿过来用就可以了，我们是从头到脚重新开始做起，这是需要花大量的人力、物力和时间的。所以说要有世界级的眼光，知道什么东西是对自己最有用的，然后才有可能去超过人家。归根结蒂，对上海通用、对任何一个企业来讲核心竞争力就是要有创新精神，而且这种创新要有目标。

作为上海通用而言，我们的目标非常明确，就是“以市场为导向，以用户为中心”，一切都是以满足市场为目的。3 年来我们保持每年推出一款新车，保持 30%的年销售增长率。从长远来看，我们要成为国内全系列车型的制造厂，目前我们的产品已经进入了三个细分市场，别克是中高档的轿车，别克 GL8 是商务旅行车，赛欧是小型的家庭用车。对汽车行业来讲，核心竞争力当中的核心竞争力就是要有创新，要创新就要培养自己具备世界级的眼光和整合能力，在整合的过程中再创新。对于你们新一代大学生来讲，我们希望各位能承担起振兴中国汽车工业的责任。中国可以在一年之内创建一个不输于 Yahoo 的网站，也可以在 10 年内建造起世界家电、手机的制造基地，但是在几十年内打造一个达到国际先进水平的汽车工业，却很艰难。

作为上海通用而言，我们现在的首要任务就是要提升我们整体的产业链。在产品开发方面，我们成功地对所有车型进行了逆向开发工程，尤其是 GL8 和赛欧。很多人都认为，GL8 比起它的原型车和其他进口 MPV 更加豪华和气派，而赛欧则比原型车更适合中国气候条件和路况。要有能力整合世界上开发的优势，韩国的几家汽车公司做得最成功的就是它们的产品开发，都是引进国外开发出来的产品，但是它们没有这个能力在管理体系上进行开发。在零部件体系上，我们现在有 160 多家零部件供应商，它们通过这几年的努力，相当一部分厂商已经通过了 GM 全球的 QSTP 标准；我们的物流，国内的零部件供应商全部是及时供货，大面积、门对门，按照我们生产线上的需要及时供货；我们的营销概念，我们首创了 3S 的品牌专卖店。我们把提高整体的产业链作为一种挑战，因为自己在进步，人家也在进步，这就需要我们新一代能够承担振兴中国汽车工业，振兴中国的经济，推动我们中国的发展，这样一个历史使命，将落在像你们这样充满活力、有创新能力的新一代年轻人身上。

谢谢大家！

陈虹回答清华大学学生的提问

问：我们知道您以前在上海大众工作过，现在您是上海通用的总经理，我想问一下，这两个公司各有什么特点？还有一个问题，据说现在的工程师很少真正从事产品开发，所以我想问一下上海通用的工程师具体都从事哪些工作？

答：我在上海大众工作了10年，从1984年筹建到1994年我开始加入上海通用的项目。在上海通用是从1995年开始。这两家公司的差别在哪里？我的体会就是，上海通用更像是全球化生产，它注重文化的包容性，而且它也非常注重怎样发挥本地化资源优势，我们上海通用绝大部分产品说明都是中文，泛亚技术中心也是这样。大众是合作的成分多一些，实践锻炼的机会稍微少一点。

问：我想问一下，您认为未来的中国汽车业在世界的汽车产业链中会处于什么位置？

答：现在大家比较多地认为中国将会成为世界汽车的制造中心。从上海通用的角度来讲，我们的前景是良好的，我们的质量相对于其他行业来讲是比较有优势的，我们着眼于产品开发、物流、制造、服务、营销等方面，从战略角度来考虑以上都是很重要的。

问：上海通用的毛利润和最后建立的利润差别有多少？

答：汽车行业的利润和其他行业的利润是不同的，汽车行业不但要有利润而且还要不断地投入大量的资金，因为产品要不断地更新，新的技术要不断地进入。每年我们在产品开发上要投入差不多8%的销售额。从上海通用来讲，我们在国内的汽车行业当中利润率不是很高，但我们的利润从目前来看是足以支撑我们的运营的。

问：我想问一下，和同行业相比，上海通用的人才优势在哪里，你们希望清华大学给你们提供什么样的人才？

答：讲老实话我们的工资水平也不是很高，当然也不是很低的。我们是提供一个舞台，让年轻人能在这里发挥他们的才干，我们公司的平均年龄是很年轻的，对年轻人来讲我们提供了一个很好的环境让他们充分发挥。至于我们需要什么样的人才，第一我们需要有创新精神的年轻人；第二要有很强的团队合作精神。任何事情靠一个人的力量完成是很困难的，我们所从事的工作是很庞大很复杂的，需要我们依靠集体的力量共同完成。我们的员工来自五湖四海全国各地，外籍员工来自全世界，我们每天要同160多家零部件供应商和销售服务中心打交道，同GM全球各个工厂沟通，所以我们非常强调团队合作精神。

我的本科是在上海读的，所以对上海的一些大企业还是有些了解的。我当时听说在那些大企业里一些博士、硕士进去以后只是当个小组长，一个本科生从交大出来的在里面听说只是天天拿着遥控板记一下数据，就干这样的活。现在在中国许多大的汽车集团中，像一汽、二汽和一些大中型的汽车企业，大多都是从国外引进技术和生产线，在产品的开发方面更缺少我们中国自己的东西。所以现在不论是大众、别克、赛欧都是国外的品牌，对于我们中国的汽车行业，我们是不是有能力开发自己的品牌？大家都知道2008年奥运会就要在北京召开了，到时北京的出租车队伍中会不会出现我们自己的汽车品牌？

在我们生产线中，确实有不少是引进的，我们的精益生产75%是引进的，但不要小看这剩下的25%，如在我们的生产线上每一个工人都是标准化操作，这些标准都是他们自己设定的。每年我们用大量的资金来培训我们的员工，现在我们生产线

上出现的问题他们大部分都能自己解决。每年我们的工人提出的合理化建议达到八九千条，用来改善生产线上所产生的问题。我们采用精益生产就是要把最大的权利下放到生产线，这是产品增值的保证。第二个问题，关于产品开发，我们也希望能开发自己的产品，但开发全新产品需要投入好几亿美元，所以我们现在只能在GM全球产品系列中挑几个成形的、比较适合中国市场的产品，拿过来再进行逆向工程本地化改造。开发不仅仅是个企业概念，它也是个经济概念。

中星微电子有限公司的创始人清华演讲

邓中翰　2005 年 12 月 6 日

邓中翰，中星微电子有限公司创始人，中星微电子有限公司董事长。2009 年 12 月 2 日，中国工程院 2009年当选院士中，邓中翰成为最年轻的中国工程院院士。

各位同学、各位老师，今天真是非常有幸。我觉得不光是能够有这样一个非常有挑战的机会，能够在清华大学跟各位同学、各位老师交流，更让我激动的是，我今天见到了已经十几年没有见过的这样的一个奖杯，而这样的奖杯给我的人生带来了巨大的变化。十几年之后再想到挑战杯，和联系到今天我们所要讲的创新、责任、影响力和推动力，我突然发现，我想请主持人允许我可能要改变一下我准备好的发言，可能是以“挑战”两个字向各位交流一下我的感觉，挑战正是我们创新的动力，正是我们这些影响力和推动力来改变我们小到每一个同学、每一个人的决策，大到一个国家、一个社会的发展方向。而勇于迎接挑战，勇于面对挑战，正是我们有责任感和有使命感的一种具体体现。所以，可能我要改换一下我的发言，我想从“挑战”这两个字来阐述一下我们的青年一代，我们每一个人在我们的人生过程中，在我们面对一个挑战的时候，在我们终于能够达到我们人生的目标的时候，我们就看到我们整个社会、国家都在往前发展，取得巨大的成绩。

先跟各位同学讲一讲我当时获“挑战杯”的情形，当时在中国科技大学，跟各位同学一样，在宿舍、教室、操场三点一线进行着每天的生活和学习。我当时有一个想法，把我多余的时间，当时不像今大大家可以做家教等工作，但是中国科大在合肥是一个非常偏僻的地方，我就找了一个导师，跟他说，我希望能够做一些科研的工作。他并没有笑话我，我当时刚刚上三年级，我的老师认为一个学生，虽然他从来没有带过本科生，能够有这样的一个想法，也许是他觉得很荒唐，他也没有评价，但是他就说，“那好吧，如果你真有兴趣，就把这样一些资料读完，读完再找我商量商量”。那时正好也接近冬天寒假的时候，三年级的第一学期，因为老师也没有多少时间跟我讲，拿过一堆没有介绍的英文文件。冬天我开始读这些文章，越读越觉得这里面有很多东西我真是不知道，而且可能啃不下来。半个寒假过去，那年冬天特别冷，我不想回我的故乡，我想冬天干脆就留在我的校园里读这些书，最起码能够把英文学得更好一点，我就从这样一个简单的思维开始。

经过大概一个冬天之后，我读文件的过程中产生了很多想法。第二个学期的时候，我做了很多老师认为非常尖端性的科研工作，刚刚学了量子力学、能级运算的方式，对宇宙射线在晶核里产生的缺陷进行计算分析。之后的三年级夏天我就投了第一篇文章，投在《中国科学通报》，也是国内非常好的科技杂志，像英国的《Nature》和美国的《Science》的杂志。当时初生牛犊不怕虎，据说在那样的杂志上发表文章能从副教授晋升为教授，没想到夏天过完之后我就得到《中国科学通报》录取这篇文章的通知书，对我来说是天大的惊喜，而对我的教授来说他觉得不可思议，短短的大概 7、8 个月的时间，从给我材料到把这些成果做出来，并且在中国他看来最重要的杂志发表文章，他觉得是一个奇迹。而之后获得挑战杯奖，这是从团中央的角度，肯定了我们这些年轻人在业余时间能够自己找到挑战而去面临挑战，并且去克服困难的这样一种勇气，表彰对于我个人而言是一个巨大的鼓舞。我想我当时跟大家都一样，并不知道未来是什么，也不知道毕业以后未来要做什么。更何况我的这些科研，这一系列的工作都是非常抽象的。所以，得了这个奖之后我开始想，也许我毕业之后能够成为一个更好的科学家，也许我成为一个对社会更有用的人，也许我不是像今天这样每天、每个月等着我父母给我钱在学校里学习，而我可能会自己创造很多有意义、有价值的事情。那时我就奠定了一种人生的理想，也奠定了一种人生的方法，做任何事情要敢于面对这些挑战，要敢于把自己投入进去。

刚才看到这个奖，这正是我今天想要讲到的国家的创新，每个人的责任感和整个社会都需要一种推动力和影响力，来带动我们国家发展的根源，那就是挑战。

我毕业之后，像在座的大家一样都准备托福、GRE，联系出国。在一毕业的时候我就去了伯克利加州大学的物理系，当时我突然一下子意识到我自己已经不是一个简单地从中国来的留学生，我觉得我是一个拿到国家挑战杯的一个留学人员，我在美国毕业的时候可不能给中国学生抹黑，要替他们争光。每一次考试和学习的过程中，我特别紧张，特别有责任感。我的很多同学刚到美国就买车、旅游，还有很多人要联系新的学校，换学校等等。我当时心情非常沉重，非常希望能够在学习方面做得更好。可是伯克利拥有了 18 个诺贝尔奖的获得者，我们物理系有 7 个诺贝尔奖获得者，每天从走道进去就看到 7 个诺贝尔奖获得者的照片，挂在走道上，看着你微笑。那时可能心也是提得特别高，每天自学那些诺贝尔奖获得者正在做的科研等等，非常希望将来读物理学的博士，能够在他们的领导下做一些科研，心里想着是不是将来也能够成为像他们那样，能够为物理学作出巨大的贡献。从那个时候开始，和我以前刚刚上大学的时候，和在中学的时候，一种为了能够高考，能够顺利毕业自然的学习过程，突然转变成一个非常主动地去寻求挑战，而且肩负一种责任感。但是有的同学笑话我，“你可能把挑战杯跟团中央给你的表彰看得太重了，有这么多留学人员，在那里做得非常有成绩，你没必要给自己增加那么多压力”。可是每次考试，我在班里总是希望能够考到第一。我记得在物理学 12 个小时的笔试和两个小时的考试中，作为一个中国的留学人员，我在 40 几个博士生当中考了第一。我当时非常兴奋，我觉得没有愧对这个挑战杯。

真是如果没有“挑战杯”，我不知道应该怎么建立自己的人生目标，不知道给自己的每一个目标定什么样的度。刚刚我看到这个挑战杯才觉得，其实我不管是在念书的时候还是在未来这些工作中，都是有很多双眼睛看着我，总觉得自己要做得更好。但是可能这种压力对很多人来说是多余的，我当时作为一个20几岁的年轻人有这样的压力，对我个人来说是非常有意义的，因为它指明了方向，因为它给你找到了一种做事的准则，你一定要做出最好的工作。这种责任感和这种面临挑战的创新精神，带着我一年又一年在美国度过了很多留学的生涯。在伯克利的时候，当时有很多非常著名的像摩尔定律、英特尔的创始人高顿·摩尔，也是我们系毕业的。每次去他捐献的会议室里开会，老是听半导体界的一些报道的时候，就想着半导体集成电路、硅谷的名字来源，我非常感兴趣。虽然我本科学的这些知识都是在物理这个领域，而我觉得在硅谷，要感受到硅谷在信息技术前沿的冲击，也许我应该转型。那时我就找到我的一个老师，现在也是中星微电子的董事，他在伯克利教了很多年书，没有接纳过物理系来的学生，跟我交流之后，发现我对电子学的工作一点都不了解，对我非常担忧。“你能不能够在转系的过程中做知识结构的调整？”我当时可能英文也不太好，说起来也比较直，我跟他讲，我获得了挑战杯，让他感觉我在大学时代就能够做一些跟我学习很超前的工作，并且能够在国际一流的杂志上发表文章，我觉得我有这个能力，之后我就在他拟定的测试中，用一个学期考验，看我能不能行。那时我的导师给了我一次机会，我不能辜负他这次机会，我一定要把这个事情给做好。之后我就在学科上花了很多时间，我老师记得我每天8点钟到了办公室，我们办公室的职工都没有到，我自己先冲上一杯咖啡，然后开始学习，还像我在上大学一样。很多同学嘲笑我是半书呆子，不爱运动，学习花非常多的时间。后来我顺利地在第一学期把电子工程系的几门课都考了A，我的导师一下子完全接受我，我很快就顺利地从物理系转到电子工程系来攻读博士，同时把物理系的一些课学完获得了物理系的硕士。整个学习下来压力非常大。

挑战杯给我带来的另一个是我擅长独立思考，不像在大学时代，同学们考托福我也要考托福，同学们去哪儿旅游我也想去哪儿旅游。但是之后我觉得我很会独立思考我的一些选择。1995年，我去日本，当时我的导师跟我去了NEC的公司做报告，又开了一些会议。但是我发现回美的签证需要重签，就滞留在那里。当时我没有很多钱，在日本开销非常大，老师就说你只有等拿到签证才能再回到美国去进行这个学期的工作。我在那儿滞留了一个星期，又改变了我人生的很多选择。我在东京非常发达也非常富贵的地段银座经常走来走去。因为过去都是在象牙塔里，不管是本科还是伯克利念书，都是在校园的环境，校园是看不见这么多忙忙碌碌整天穿着西装，或者是在电脑、电话之间忙忙碌碌的这些人群。我第一次在日本待了一个星期，天天看见川流不息的人群，我当时非常想知道。他们每天在忙碌什么，这个时候我就独立思考，也许在这里可以去富士山，可以去其他地方看一看，我就一直坐在街头，一待就待了好多个小时，我就在想他们都在忙什么，为什么我每天在学校里做我的事情，他们都在忙忙碌碌，在这个社会大的网络里面做什么。这一个星期思考来、思考去，对我后来人生的选择发生了重大的影响，我突然觉得有很多我不了解的在校园之外发生的事情，实际上是这个社会主流的推动力，它在推动一个经济体，在每天创造着新的财富、新的价值。

回到伯克利，我突然开始对经济管理专业知识有了非常浓厚的兴趣。大家知道我们在国内只学过马克思主义和政治经济学等等，对经济学的理解非常浅薄。看到日本高度发达的经济和技术、生产力的统一，发现这个问题一定是比我们之前研究的电子都要有更庞大的一些原因在背后。所以，我就在1995年的时候，突然下定志向，从地球空间科学系转到物理系，再转到电子工程系，我觉得对我没有什么可怕的、我学不通的知识，只要我肯努力。大家知道我过去是半书呆子式的人物，看到一个问题我就想投入学习去解决。我就去我们的经济系开始学，刚刚碰到经管学院的胡院长，他也是伯克利经济系毕业的，当时我直接上了研究生的课，2001年讲的高等微观经济学和2002年高等宏观经济学，这两位老师一个叫乔治，一个叫戴姆，他们在2001年和2002年我毕业的时候都拿到了诺贝尔奖。我觉得这个选择是正确的，我没有把在校园的时间浪费掉，我珍惜了这次机会，珍惜了学校给我丰富知识的各种各样的渠道和资源。正是在这个学习过程中，我不仅学到了商业和经济发达里面的专业知识，突然感到经济从技术到生产，一直到贸易，到股票，到国家债券以及国家经济、政治和国防，是联系在一起的。通过这样一些学习，使得我突然感觉到我们所在的世界，我们的社会其实是一个普遍联系、非常复杂的，并不是我开始想做一个课题，作为一个技术专家所看到的非常窄、非常专业的一个本行。

在转型的过程中，我不仅要挑战专业知识，同时我也挑战了人生的哲学，使自己一下子知道原来在整个世界里面，我不仅仅是作为一个年轻人，有我这样的价值，而我应该为这个社会创造更多的价值，而这种价值会随着商业、股票，甚至是国家的政治和经济，能够体现出来的。在念博士的最后这两年时间里，我又拿到了经济学的硕士。当时田长龄校长也是中星微电子创始时候的投资人，给了我很大帮助，他给我帮助的时候特别提到了一句“你做了三个学位，在我们这个学校历史上没有过，我希望看到你有一天能够把你学到的这些知识带回到中国去，在中国创造一个奇迹”。我记得非常清楚，他当时跟我这样讲。后来我在1999年回国创业，在冥冥之中实现了当时田校长授予我这三个学位的时候他对我的要求。

之后我回到了祖国，回到了北京，回到了中关村，我感觉到我过去所学的专业知识，尤其是我所掌握的人生面临挑战的独立思考，以及这样的一种勇气，对我一步一步跨越式的发展，起了非常关键的作用。而在这个关键作用中，体现了我们所需要的创新精神、责任感，以及对我们身边发生的重大技术事件和商业事件、经济事件的推动和影响。

1999年10月1日，刚刚大家看到我受国家的邀请，参加建国50周年大典，站在礼堂上我非常激动，看着一辆辆运载着我们国家几十年来在改革开放之后建立起来的各种各样丰功伟绩的展示，心里非常激动。在这个年龄阶段能够站在那个场合里，我突然感觉自己非常有愧。正如田校长讲的，我自己虽然在美国做得非常好，学了非常多的东西，可是我还没有为我的国家做过任何有贡献的事情。但是刚刚回到了国家，下午的时候我带着中星微电子的另外三个创始人，今天我们四个人仍然是公司最重要的管理层，一起去了长城，我们特意买了“我登上了长城”的T恤，在长城上拍了很多照片，有一张四个人的合影，那是我们友情的起点。我们另外三个创始人的手形，一个是胜利的符号，一个是OK的符号，还有一个是勇往直前的符号。他们说我当时心事最重，因为就在那个时刻，我感觉到我上午所看到的和我下午站在长城上想到的，和我未来想要做的事情，我突然在那一瞬间下定了这样一个决心，我们一定要回国把芯片这个产业，在中国已经落后、空白了几十年的一个产业推动起来，正好把我在美国伯克利、斯坦福，后来在IBM、朗讯等等这些公司所学到的知识，能够贡献到我们祖国的建设中。而当时硅谷也非常流行创业的思想，中关村也刚刚成立，管委会和园区正在进行创业的安排。可是那个时候，包括像UT斯达康、亚信、新浪、搜狐、网易等等都还没有在纳斯达克上市，在那样的情况下我们下定了决心，我说我们四个人应该做点什么事，我们要为这个国家，贡献我们学到的知识，以及我过去所得到挑战杯的精神的鼓舞，我们应该有信心能做成一点什么事。当时我是在鼓动大家，后来每个人都非常同意。

10月14日我们在北京中关村北图103号的仓库里开始了我们创业的第一天。大家都知道我们的创业在那时是很艰难的，今天我们看到中星微电子又是获得国家科技进步一等奖，又是在纳斯达克上市，我个人也获得了很多奖励。当时在那个小小的仓库里，因为当时地价非常贵，办公室非常小，当时我们做了一个仓库，我们的工作环境跟美国比是有很大差距的。那时我们就开始进行了创业，仓库里没有暖气，张辉的手都开裂了，因为他一直是南方人，没有在北方呆过，手都冻裂了。对于一个从硅谷回来的博士而言，对于一个曾经在贝尔实验室工作过的高级研究员而言，回到中关村，1999年北京有一个大的烟盖，污染非常严重，咳嗽，他手上又起了冻疮，在这样一个非常艰苦的环境下创业。大家都问我为什么你不挑一个更贵一点、更好一点的办公室？我是想一方面我们从省钱的角度、比较便宜的地方开始，如果我们在第一年的冬天打出去，我们就有第二年的冬天，第三年的冬天，才能迎来今年的秋天和春天。第一年我们招了很多人，办公室都不够装了，后来在仓库之外又把会议室租了下来，把会议室改成工作间，又搬了新的地方。

经过非常困难的过程，我们今天有40几位从硅谷回来的留学人员创造新的技术，而我们的起点是非常艰苦、非常落后的。在座的同学如果想创业，不要为自己的基础条件感到悲哀，而正是这种条件，它的挑战使你团队、个人为这个事情所做的承诺才更加让人所敬，因此会变得更加可信，会吸引更多人。

2001年3月份，经过长达十几个月的努力，我们开发出了第一款芯片，星光一号，并且成功打进三星、飞利浦国际巨头企业。这一年我们四个创始人有三个人一起到日本推广芯片，拜访索尼。索尼的一个主管在跟我们见面的时候，还没有听完我们的话，就说索尼有千项专利、几百个产品，我们在世界是这方面的鼻祖。如果你想学习索尼的经验，可以参加一些展览或者是看一看他们的产品，但是他没有时间，还需要去开其他的会。我们跟他约好一个小时的见面中只见了五六分钟，我们非常尴尬。你想去日本，作为一个小公司，2001年还不挣钱，要付飞机票、住酒店等等代价，只跟人家见了5分钟。出门的时候我就对张辉讲，我必定要回来，为什

么？也许大家听说过一个故事，索尼的创始人盛田昭夫，后来带着索尼进入美国并且是住在美国纽约第一大道索尼的创始人，他在第二次世界大战之后创立了索尼，最崇拜的、最想竞争的一个公司就是当时荷兰的飞利浦。他在第二次世界大战之后就去了荷兰飞利浦的小分区，与飞利浦交流。在他的自传里就特别讲到了，从飞利浦回来之后，就在飞利浦广场外面喝咖啡，当时服务员很少看见亚洲人，就问他你是从哪里来的，他说他是从日本来的，是为了看飞利浦电子的，飞利浦电子非常好。那个服务员为了表示友好，说我们这里也有日本的产品，拿出了日本纸做的小伞，插在杯上的小伞，盛田昭夫感觉这是非常大的刺激，回来之后作为激励大家的一个的故事。之后就对索尼定了两个使命：第一个使命，希望索尼从事的技术和产品，能够使全体的员工在里面找到快乐和自豪。第二个使命，为日本的重建而奋斗。今天在座的大家都知道，在美国卖了大量中国的产品，我们的鞋、电器、塑料制品和衣服等等，充斥着全世界的市场。我想还是有人会瞧不起我们，正如当时盛田昭夫所感觉到的，而我当时在日本5分钟出来的感觉，使得我更加坚定了这个信心，这是一次挑战，我要回去，我要打进索尼，这对我们而言是一个追求。回来之后我也同样把我这样的经历跟公司的全体员工讲了，我说我们芯片成功了，当时的三星还比不上今天这样的三星，当时索尼比我们还弱，我们已经打进了三星、飞利浦，我说一定要打进索尼，虽然它是鼻祖，虽然所有的摄像、摄影都是索尼发明的，它是全世界最知名的品牌，但是我觉得它的意义非同寻常，正如挑战杯一样，它是一种挑战。对一个公司来说是一种精神的载体、文化的载体。

又经过了4年，到今年的夏天，索尼芯片笔记本上面的摄像头已经选择了我们的星光中国芯片。（鼓掌）

在拥有多达几千项专利的鼻祖面前，我们作为中国人，我们站了起来，我们把我们的芯片打进了鼻祖的产品里面，从此以后不是索尼自己的，而是我们中国人的。所以，这个已经成了中星微电子有限公司今天精神的保障，使我们从里面源源不断地找到力量。而这种创新的精神、责任感和它的影响力和推动力，正是挑战给我们每一个人的启示。

今天我看到4年的努力，能够把我们的“星光”产品在索尼产品上成功实施，我们已经把它看成一个更重要的人生体验，我们更加坚定，如何使我们这些年轻人能够团结起来，经过长达4年的努力，我可以向大家，向我们的员工们说“我回来了”。（鼓掌）

经过这几年的发展，中星微电子从创建到今天我们已经在全球成功销售了5 000多万美元星光中国芯片，并且在七大核心领域获得了500多项国内外专利，作为第一家核心芯片设计的公司，在纳斯达克，10月15日成功上市。而我在上市的那一天，又遇到了一个挑战，当时在CNBC的频道上采访百度上市的同一个主持人，在我们做了纳斯达克闭式的敲钟仪式之后就进行采访，CNBC的主持人问我，作为中国第一家芯片设计企业，你们有没有侵犯知识产权？让我再一次感受到我作为一个中国的芯片设计企业所受到的国际的怀疑、挑战和抵制。我们上市的第一个问题和百度完全不一样，而他们问我们的时候是带着一种怀疑甚至是一种轻蔑和诬蔑的角度去问，同时在卫星上进行实况转播。我当时就跟他说，我们拥有自主的知识产权，在长达6年的运营中，我们从来没有和任何公司有过法律的纠纷，没有知识产权的纠纷。他又问我了一句，“你们如何保护你们的知识产权”，我说我们申请了500多项技术专利，其中还申请了很多中国专利。他就说中国的知识产权能够得到保障吗？中国的知识产权能够跟国际上这些专利的厂家相提并论吗？都是很负面的问题。我马上举一个例子，索尼是数字多媒体摄像方面的鼻祖，他们有几千项专利，今天他们新一代的摄像机产品在笔记本上是用了我们的芯片，在鼻祖里面都已经用了这样的芯片，我们会没有国际上的最先进的技术吗？他这才从这些话题上转移开。所以，今天我们很高兴地站在这里感受我们伟大祖国和我们自己生活的巨大变化，尤其是在国外生活、工作、长期跑业务的过程中，能够深刻感觉到作为一个民族、一个国家，作为年轻一代的人，我们感到历史给我们的挑战，而这种挑战也正是未来我们已经在上市之后，在拿到国家科技进步一等奖之后继续让我们中星微电子去开拓“中国芯工程”的重要精神支柱。

这几年来，我们感受到我们的国家在创新方面非常希望年轻的科学家和年轻的技术人员能够走上科研的道路，科技是第一生产力，如何能够在这样一个艰难的环境下打造自己的核心技术，打造自己一流的企业，通过个人的努力，通过团队的努力，能够带动一个产业链的腾飞，带动一个国家在一个领域里面地位的提高，这是历史赋予我们年轻人的使命。

今天我想跟大家所交流的挑战，它正是我们创新的动力，勇于迎接挑战，勇于面对挑战，正是我们责任感的体现。由此带来的影响力和推动力，正是我们一个国家、一个民族每个人的生活和工作进一步发展的动力的根源。我想我们在清华，作为在这里的一个兼职访问教授，我感觉到我们清华的长达100年来的“自强不息、厚德载物”的校训，正是我们能够挑战人生的一次又一次目标的精神支柱，我们去建立我们更强大的核心技术，我们国家的经济，我们国家的发展，正是要靠我们这样自强不息、厚德载物的精神去努力实现。今天围绕着临时想起来的“挑战”的事情跟大家做一个共勉，谢谢各位同学。（接下来是现场提问时间）

邓中翰回答清华大学学生的提问

问：你好邓博士，我是来自经管2005的MBA学生，根据你所说的挑战的问题，我想问几个问题。

第一，很多科研人员在将知识转化为产业的过程中遇到很多挑战，包括来自资金、市场、知识产权，您认为你们公司成功地把知识转化为产业的过程中，哪一点是最关键的？而你们又是如何解决这个问题呢？

第二个问题，2008年您与UT斯达康的吴鹰、亚信的丁健有一个数字中国的计划，这个计划进展怎么样？

第三个问题，在中国数字化的过程中，战略的核心问题，包括技术、人才，您认为中国现在最短缺的是哪一个层面的？

邓中翰：第一个问题，最重要的是团队，投资者要投资也是看你的人，因为你的商业计划可能一直在改变。你看到刚才我们放的电视片里，我非常重视把我们公司的照片挂在我们的走廊里，这是我们公司友情的开始，起源不是为了钱，也不是某一个商业计划，而是我们这四个人当时有了这样一个誓言，有了这样一个目标。

第二个问题，关于“数字中国”近期的发展，吴鹰是我们的会长，丁健、王中军、王维佳等等一系列常务的理事在过去的几年之内，围绕着中国数字化标准化的发展，做了一系列的产业化方面发展的设想。我们提出了一些建议，正在发展之中。我当时作为第一届发起的常务理事，他们让我写一句话，反映我们数字中国的精神。但正好那一年是《英雄》电影放映，我讲了一句对联，“书同文，车同轨，度量衡统一天下”，就扣英雄的主题。然后“数字化、信息化、标准化，振兴中华”。作为中星微电子的创始人，对整个IT、数字工业的这些企业而言，这是我们的一个使命。只有通过实现我们振兴中华大的事业，我们每家企业才能够真正挣到钱，才能从小壮大，而你个人的选择、事业才能得到解决。数字中国在更长期的发展中，能为我们国家的建设、为我们自己每个人未来的事业提供非常好的一些资源。

第三个问题，创业的必要的因素。创新要把生产力和生产关系的配合、配置找到。对于中星微电子而言，每家公司可能有每家公司不同的方式，对我们而言，我们坚持走自主创新的道路，坚持申请了500多项专利，花了很多钱，我们坚持在七大核心领域做到世界一流，我们在互联网时代坚持做硬件，并且把硬件打到全世界，5000多万美元的芯片进入到手机、计算机、家电行业中。在配置生产力、生产关系的过程中，任何一个企业要有它自己的一套重要的哲学，也就是他要通过他自己最擅长的东西去获得成功，而在我看来，对我们的企业而言，要做第一家在纳斯达克上市的芯片设计公司，我们会继续在核心技术领域去创新。

问：邓博士你好，我来自清华大学公共管理学院的硕士研究生。问两个问题：

第一，刚才我们注意到一个份额是60%，我不知道您对剩下的40%有何打算？

第二个问题，我不知道在一个企业，类似于中星微电子这样的企业在创新和发展过程中，您希望政府扮演什么样的角色？

邓中翰：60%和40%的问题，对于我们企业而言，芯片就像英特尔或者是微软一样，是一个全球化的技术，要么做第一，要么不可能挣到钱。所以，我们的雄心壮志是“统一天下，拿下100%”。

第二个问题，我们政府所扮演的角色。中星微电子的发展过程中得到了国家“18号”文件，包括中关村一些注册公司、绿色通道等等一系列支持，没有这些支持我们不可能办到今天。当然，这些支持如果在硅谷创业更加容易一点，但是不一样，硅谷这几年来有6家企业上市，如果在硅谷，是第7家上市，在中关村创业，我感觉是中国的第一家，对我的意义非常大。所以，政府的支持，对我们芯片产业的期望，对于我们这样一个企业而言，不仅仅是注册工作上，更重要的是给我们一种精神力量，通过这种精神力量能团结更多人，40多位优秀的留学人员回到中国来，放弃美国优越的生活，在很艰难的环境下创业，没有精神的力量是很难让他们作出选

择的。所以，能够与国家的发展相一致的话，会给我带来了一些增值的效应。

问：刚才你提到自我创新的问题，自我创新的问题其实在创新过程中有风险。你们在“星光”三号开发出来之后曾经面临过财务风险，要抵押贷款，现在应该说企业还是非常成功的，你怎么样看待在自主创新当中的风险，怎么样规避这些风险？

答：一个企业的发展，尤其是做原始创新的发展，都会遇到非常重大的一些压力，如财务上的压力、很显然在座的很多同学都希望自己像张朝阳、丁健、吴鹰他们去创业，去成功。在原始创业的发展过程中需要的钱是非常多的，但是我们今天的投资环境非常好，当然规避这样的风险也是非常困难的。当时的选择是什么？或者把公司的技术、产品卖掉，套现，或者是我们可以进一步去融资，融资还会使你的股份被稀释的情况。第三，贷款。当然很多创新型的企业，风险投资的企业很难得到贷款，当时情况非常严峻，最后由我们几个创始人决定，我们当然不能把我们的“星光”中国芯卖掉。第二个选择对我们而言要接受很大的稀释，对于我们老的股东，对于持有公司期权的员工是不公平的，尤其是当时要进入到量产的阶段。我们后来选择了贷款，而贷款需要抵押，像我们这样 IT 的企业，没有房产、地产，没有其它东西可以抵押，我们也没有集团公司从其他角度可以贷款或者担保，最后的方法是我们四个创始人，用我们个人的存款，用我们个人的房产和股票跟银行签订了一个个人抵押贷款的合约，贷到了 300 万美元，使得公司在当时财务压力情况下挺了过去。这个也非常重要，其实任何一件事情背后都有两方面，在非常巨大的压力下，当我们四个创始人签完字之后，对公司的忠诚、决心会更大。风险是难免的，正确的挑战这样的风险可能会带来更多想象不到的结果。

问：邓博士您好，我想问您一个问题，当时您上大学的时候，您想过今天您能达到这样的成就吗？或者回首来时路时，您最大的感慨是什么？

答：在大学时代我跟大家一样，基本上是以简单学习、锻炼或者是同学在一起简单的交流，也许那时出国深造是当时我们同学们追求的一个目标，更远的东西其实并没有更好地想到，那时更没有创业的可能性，没有这样的想法。获得挑战杯之后，我希望通过我个人的例子告诉在座的每一位同学，你是有价值的，也许你有一天会非常成功，可能你创建的公司走向纳斯达克，你所做的技术会冲向国家科技进步一等奖的领奖台，只要你去努力，只要你认识了自己的价值，只要珍惜自己的时间。

问：第一，你们公司现在在纳斯达克上市的市值是多少？第二，当时你们生产出“星光”一号，刚开始是如何打开市场？如何拓展市场？

答：我们公司作为中国第一家芯片设计企业在纳斯达克上市，我们的市值从过去公司创建时候的 200 万美元，发展到今天 3 亿美元，我们在市场的开拓方面，我们选择数字多媒体领域，它其实是和互联网的发展息息相关的。有一年我们在公司全部的员工大会上讲到，我说把索尼作为一个例子，今年 1 月 23 日索尼总经理辞职，索尼并且选择了一位英国人、哥伦比亚音乐唱片公司的前总裁做了索尼的总裁，不知道为什么。因为在 iPod 的市场上惨败，索尼是音乐这方面的鼻祖，从最早的磁带机到 WALKMAN 到 CD 到后面一系列的技术都有了，所有分立的音乐设备的机器都有了，并且索尼占有巨大的品牌优势。不仅如此，它还具有哥伦比亚音乐公司给它一些歌曲的独家的版权，包括迈克尔·杰克逊，但是居然在 iPod 的时代，让苹果公司一下子超前，并且赚了那么多钱，一年 600 亿美元的销售额。我把这个故事跟大家讲，他应该辞职，他没有看到互联网带来的巨大网络效应，他只看到了一个孤立的技术、孤立的产品。中星微电子在发展的过程中，我否决掉了好几个项目，包括数码相机的项目，而我做的都是跟网络有关系的数字多媒体芯片，去处理互联网上、手机上的可视通讯，都是在网络间的多媒体的一些设备。这个时代离不开网络，第一次电子工业的革命是晶体管诞生，使得我们过去很多古老的不能够实现的电子设备能够实现。第二次浪潮是数字化，这个时候包括像索尼、三星等等这一系列公司在数字化的过程中获得了巨大的商机。第三次浪潮是互联网、网络。所以，所有的音乐或者是通讯终端多媒体的发展，以及未来电器发展一定都离不开网络。所以，如果你对这个市场有兴趣，今天一定要围绕你的商业计划去想如何和网络化相联系。

问：您好邓博士，我想问三个问题。

第一个问题，您公司是如何定位的？

第二个问题，你们的产品品牌形象是如何规划的？

第三个问题，您的产品一直是以创新为主，但是您在保持创新的过程当中又是如何做品牌的持久发展？

答：刚才我讲了很多互联网，但是中星微电子公司产品核心还是产品是芯片，我们的工作在很多人看来枯燥无味。无论跟张朝阳的搜狐还是跟王延的新浪公司比起来，我们做的都是非常后端、核心底层的技术，所以我们的定位是底层核心技术的产品。我们并不做制造，也不做终端的产品，我们是把这样的产品，通过制定产业的标准，把自己的产品带入任何一个互联网或者是无线通信网络所到的地方去。

关于我们公司的品牌和营销方面是一些行业用户，而不是一些普通的消费用户，但是正如英特尔 inside 做的一样，中星微电子围绕“中国芯”做了很多宣传和宏观的工作，使得星光中国芯作为一个核心技术品牌，不仅仅在中国，更是在美国、日本，在其他很多国家都得到了认可。今天我们在 15 个国家拥有销售网络，并且建立了多达 140 多家行业客户的销售关系，制造品牌对于核心技术而言也是非常重要。正如新浪等等一系列公司的网络服务也很重要一样。这是一个长期的工作，需要不断投入，而很核心的一条是今天在摩尔定律的推动下，我们的技术每 18 个月都要被淘汰，与英特尔的品牌与技术路线保持一致，要在一代代产品中对它加强。当然也给我们很多次机会去宣传。

《中华工商时报》记者问：您说拥有自主知识产权的芯片非常重要，这对中国电子产业意味着什么？

答：应该说中国很多年来，从 20 世纪 60 年代就开始做芯片，我们的“神五”、“神六”上天如果没有这么多芯片控制这些设备是不可能实现的。现在的控制也好、数据运算也好，非常复杂。没有芯片，很多的设备都没法做。而中国作为一个制造大国，我们的产品不是我们能定的，完全是给别人做一个简单的加工。

如果我们能有自主芯片，我们的产品会做得跟别人不一样，或者是比别人更好，从而带动我们整个产业的发展。所以，芯片是底层的核心技术，对我们国家的电子产业而言是一个心脏，没有芯片，就是中国的无“芯”之痛。今天我们能够通过做星光中国芯，我们能够获得这样的技术力量，通过这样的技术力量，我们的投入一代一代地提升，能够把这些芯片打向手机，能够把声音和图像做得非常好，甚至于超过日本，超过飞利浦，超过索尼，这样我们的手机能够更有竞争力，这对我们国家也是非常重要。但此时此刻我们芯片大量卖往海外，很多国外的品牌在使用我们的“中国芯”。

展讯通信 CEO 清华演讲

武 平 2007 年 11 月

武平，展讯创始人之一。现任展讯通信公司总裁兼 CEO。其曾在 MobiLink Telecom 公司任 VLSI 设计主管，在 Trident Microsystems 担任设计组经理及在瑞士 Biel 从事 IC 设计工作。在系统集成电路、混合信号技术方面拥有丰富的设计经验和技术管理经验。2000 年和一些海外学者决定怀着为祖国解决核心技术的理想，回国创业。2001 年一同创立展讯通信（上海）公司。开始了创“芯”的梦想。2007 年成功推动展讯通信在纳斯达克上市。

各位同学大家晚上好！很高兴能回到清华同大家做一次交流。

我们在座的这一代人对创业和创新肯定有不同的新的理解。我在前面就走了这样一段路，我们这批人是“文革”之后最早的一批清华毕业生，也是最早的一批出国留学生，这批人积累了一些经验。一般清华的学生对事业的追求还是蛮多的，很多时候有种很浓的科技报国的心情。今天回来清华演讲也是把我们这么多年的心得跟大家交流一下。大家可能也有一些问题，在后面的环节可以问我，非常感谢有这么多同学能来分享我们展讯的体会。

大家可以看到我今天演讲的题目是清华情结，正如刚才主持人时光讲的一样，我们的创业过程当与清华有着千丝万缕的联系。大家听后可能也会有许多的感触，我也愿意跟大家一起来分享。

我想我们的在校生可能对展讯不太了解，我先对展讯做一个介绍。展讯的总部设立在上海，另外还有几个分支，北京是在中国最大的一个分部，就在清华东门的科技园，深圳有一个展讯的技术中心。在美国最大的分支是在加州硅谷，那是美国高科技集中的地方，全球大概 65%的高科技投资在了这个地方，在美国的第二分支设在圣地亚哥，也在加州。展讯的发展过程是比较快的，从 2001 年 7 月在硅谷、上海同时成立，到今年 6 月 27 日在纳斯达克上市，整个过程中，有些事情成为了我自己始终解不开的谜。举个例子，展讯是 2001 年 6 月 28 日拿到风险投资的资金开始创办公司，而这与今年 6 月 27 日在纳斯达克上市，日期上只差了一天。如果说这是奥秘当然也不是奥秘，大家也可能觉得我们是故意这样设计的，可我要说的是，这个时间是很难设计的。有时候比较骄傲地来讲，展讯不到 6 年就已经成功在纳斯达克上市了，我们上市标志是 SPRD。展讯目前有员工 800 多人，在今年招聘

的浪潮过去之后，明年大概会有 1 000 多人的规模。虽然展讯创办时间不长，而且专利的申请需要很长时间，可我们在中国和欧洲一共有 52 项专利授权，260 项专利已经受理。

刚才讲我们为什么有很重的清华情结？在展讯 15 个初始创业者里，有 13 个人是清华毕业生。创业对我们来讲还是得一点一点地来做，我们涉及的这个产业，过去都是国际知名大公司在做，我们的产值得从别人嘴里面抢。所以今天大家看，我们的公司发展也是比较快，今年我们的产值基本上会达到 1.5 亿美元，约十几亿人民币。

展讯的技术路线基本可以有两种归类：一种是把我们归类为半导体设计企业，也就是芯片设计企业。另一种是把展讯归类为一个通讯企业。展讯的产品不只涉及通讯，我们还有诸如多媒体娱乐方面的产品，我们的芯片很早就把 MP3、MP4、数字电视和视频通话等功能集成进去。可以说，展讯产品的发展同时带着技术的演变，我们把通讯、娱乐和互联网这三方面技术融合在一起。

展讯芯片的最大一个特点就是我们把它做成单芯片，我们是全世界最早把多媒体、通信、电源管理和模拟数字集成在一个芯片上。另外，展讯除了把芯片成功研发出来，围绕芯片的软件也是展讯自己做出来的。这样带来一个最大的好处就是大大提升了处理速度，其他优点也显而易见。展讯是一家在中国起来的公司，大家可能认为，在一些核心技术上展讯可能都没有太多国际领先之处，最多是跟着别人走就不错了，能够把与别人的距离拉近一两年或者是两三年就很好了。但是展讯很多项技术，至今都处于全世界领先的地位。

展讯与其他公司不一样，为什么这样说呢？展讯从创立之日起，我们就想把它做成一个具有一定规模的半导体的产业公司。我们不只做芯片，我们还要做软件，也就是说在手机这个行业，展讯不仅想做英特尔，同时也想做微软。另外，我们不只做元器件，我们想做一个平台。就是说我们所有的软件放在上面之后，我们还要做一些运用软件，让人们拿去就马上可以使用。当然我们也不是说只把软件和硬件合在一起就行，我们要做一个系统。因为对通讯来讲，不是一个软件或是硬件设计好就可以，还要求整个系统的都要设计好，结构非常重要。展讯其实是一个系统的设计公司。

我们在清华上学的时候，大家几乎只讲技术，不讲商业。其实我觉得商业对我们也非常重要。讲到为什么创业？大家看 PPT，我列了这么几条原因，其实远比这要多。大家知道，当一个人开始创业之前，多数人会说这个人的事业心很强要创业，我觉得创业是好多人缺钱花就想来创业多挣点钱，这是很多人创业的原始动力。当然还有相当一批人是有理想的，他们就是要做一些有意义的事情，这些人我认为往往就是创业者里具有一定的领导意识。中国过去的教育文化不太讲这个，出国之后，发现美国人就很注重培养领袖意识和领导意识，这两个最重要的意识是你要给世界带来改变。其次就是忽悠人，其实就是说你要有一种激励别人的能力，如果一个人在创业，其实这个人具有很大的理想成分。

当然还有一些人创业是为了满足他的虚荣心，我觉得这个最不可取，一般这样

做的人往往都不会成功。成功要有机遇，有时候本来不想创业被人拉下水了。还有一个是环境使然，展讯就有很大这样的成分在里面。

下面我简单讲一下我们创业是怎么开始的？

其实在1999年和2000年的时候，我们很想为中国做一点事情。1999年回国一趟，当时是国庆大典，觉得祖国变化了很多，但是发现中国半导体行业还是连萌芽状态都没到。2000年我同展讯另外一个创始人，他也是清华博士毕业出国，叫陈大同，我们一起回国。因为硅谷是设计公司最集中的，我就想回来看我们中国到底怎么样。第一站我到了上海，当时听人介绍说上海的半导体超过了100家，当然硅谷也就那么几家。最后到北京，信息产业部给了一个数字，说中国的半导体各个省市加起来可能到300家了。我想这300家应该有做得很好的，我去看一下，也看到了做得比较好的公司，像中星微、珠海炬力等几家公司，其他做的也都不怎么样。我们发现国内很多的设计规模都很原始，我们在国外已经做到了很前端的，还是觉得环境没有起来。假如我们做一个创业企业，最重要的是人才，在国内这些企业的人，这些人才都没有受过教育也没有经验，何以来做这么先进的东西？所以当时心情比较沉重。

在2000年9、10月份的时候，我接到一个电话，就是我们清华的校友陈大同打过来的。大同以前在清华非常优秀，校长也非常看重他，包括吴佑寿教授都很看重他，他也是我一直崇拜的榜样。他那个时候已经创办了一家公司，而且这家公司在2000年成功上市了。大家知道做一个半导体上市公司很不容易，据说是每一个月都是要产生300家创业公司。同样有一个概率，就是每一个月倒闭200—300家公司，就是非常快速的产生和死亡。在这样的状态下，硅谷有一个规律，就是说如果你的公司被人买走了，你就做得很成功了。但是这样的成功率不到3%，所以他当时创办公司我就非常崇拜他。当时他打电话约我一起聊聊，他说我们应该去中国做一个半导体公司，其实我已经酝酿两三年了，也招募了大概十几人到二十多人，都是最核心的人。我们天天在那儿聊，这样的交谈持续了两三年，可一直没有下决心要做一家公司。大同跟我说要做这样的事，我当时也比较盲目，他觉得能做，他做成过，但是我没有做成过。总体来讲，慢慢醒过来也发觉不是那么好做。我自己认为我创业下的决心是被人“忽悠”下来的，当然还有一个重要的因素，就是当时的机遇很好。

另外一点，创业还要看人。我一直很欣赏大同的人品，他在清华一直做得很好，我也一直注意他。当然我太太跟我也是同班同学，她对大同同样很崇拜。我当时说要创业，而且是凶多吉少，她问我要跟谁去做，我说跟大同，她说你要做就去做。虽然说我们看到了中国当时的现状，当然我们也看到了一个机遇，这样的现状总有人要改变它，不是我们就是别人。我们先去改变，我们也就是领先者。

我们在中国做一家什么样的公司呢？我们是国外什么最难做，我们就做什么。好像跟自己过不去，当时就是这样定的。这样就把自己的目标定的非常激进，从工作意义上来讲，就是把我们放在一个非常艰难的路上，只要你走下去就没有回头路。我们的团队最大的经验就是在软件和通讯方面，当然也有一些人做过计算机方面的工作，但总体来说我们的经验还是在这一方面上。这个行业，如果我们只简单做一个元器件可能很难立足，尤其是想在国际上立足。半导体公司有哪些做起来了呢？英特尔和微软。为什么这样说呢？因为英特尔创造了 PC 的历史，微软把软件做到了 PC 上，并做到一定的规模，也做了一定程度上的极致，所以这样的公司在全球是独霸的，占到绝对性的位置。为什么这些公司能够成功，就是他做了核心的技术。

所以我们觉得我们要做移动通讯最核心的芯片和全套软件。也就是说我们要做移动通讯。移动通讯就是手机，通俗来讲，当然手机可以延伸到其他的很多的元器件，这个领域其实比 PC 还要大，也就是说移动通讯的用户是全球最大的。选择这个产业绝对没有错，你做最大的产业，最核心的技术，肯定是对的，问题是你能不能做得出来。

在我们之前，没有一家初创公司做成过这件事，不管是在中国还是美国、韩国甚至欧洲，没有一家公司能够做出来。而且没有一家公司自始至终做芯片，然后成功上市的。所有的企业都是百年老店，像欧洲飞利浦半导体这些都超过百年的公司，他们是在其他领域赚了钱，然后慢慢积累到半导体领域再赚钱，然后投入到移动通讯中。现在别人没有做成的事，我们来做，还要拿到中国去做，而且在中国也找不到一个类似的人做过类似的事。所以，从第一天我们开始做的时候就没有一个人认为我们会成功，都说是死路一条。当时来讲，所有的公司要保持产业往下走，每年需要 3 亿美元的投入，3 亿美元在 2000 年我们国内人来看是非常大的数字。但是无论怎么讲，我们相信我们自己的远见，我们认为全世界的半导体和移动通讯必然是要向亚洲转移，而亚洲的最大转移地就是中国。中国的国力在逐渐提升，政府也在半导体行业这方面做了很大的投资，我们相信 5 年之后中国的半导体必定发生很大的变化，我们相信我们在这方面是先驱。事实上 3 年之后，中国半导体就发生了很大的变化。我讲一下在创业期间中国半导体产业发生了哪些变化？2000 年中国的半导体产业包括设计、加工各方面，占全球 1.5%左右，测试占 1.6%。而 2006 年，也就是五六年之后，中国的半导体在全球占到了 15%。这个变化是非常巨大的，它不是简单的成倍增长。另一个方面，中国的半导体在 2000 年的时候，设计是非常低端的，占 3%，加工业占到 25%，整合起来是 30%左右，差不多 70%的份额都是在没有任何附加值的产业里面。到 2006 年的时候，大家可以看出，整个后端附加值差不多在 50%。我个人认为，我们当时的选择还是对的。

我们所在的行业也发生了巨大的变化，2001 年是中国移动用户和固话用户数量刚刚接近的 1 年。2002 年是中国移动用户超过固定用户的 1 年。这是一个非常大的变化，表示我们选择的这个行业是一个非常重要的行业。到去年，移动电话已经超过了固话相当多，今年也就更多了。

下面我说一下创业模式，大家听这个词可能不太舒服，在中国来讲也就是杂交模式，为什么这样说？我们想在移动通讯做一个 HW+SW。在 2004 年和 2005 年，手机发生了一个大的变化，就是手机里面出现了 MP3 和 MP4，大家可能不知道，当时把 MP3 做进手机的就是我们展讯。成功创业的首要因素是什么？我是把激情放在第一位，我认为激情是很重要的。激情的事短暂发生是很容易的，持续做下去是很难的。作为创业来讲激情很重要，远远超过了其他任何的事情。第二是团队，就是你团队里面的人才是不是里外一致，这点非常重要。为什么我们早期的创业人员里面清华的毕业生居多，就是因为我们彼此都非常熟悉，知道大家想要做什么。第三是资金，当然还要有市场。为什么我把技术放在最后呢？大家对技术的事情可能是责无旁贷，作为一个商业运作成功的公司，技术必须要有，但是不能把技术放在第一位。我说一下对 TD 的看法，今天来讲，第一次形成了中国完整的产业链，对中国的技术和科技发展一定是一个长远影响力的事情。当然 TD 在发展过程中有一些值得吸取的教训，其中一个就是我们有时候太过于追求技术，而不追求产业，在这里面我们也吃过太多的苦头。

另外，我跟大家分享一下，不管做什么事都有意外。一个方面当你做技术的时候，有很多的事情会发生。另一个方面我们在创业的时候，你发现别人犯过这样的错误，你都会觉得这个错误我一定不会犯，其实该犯的错误还是会犯。我认为理念一致非常重要，我们不会像美国和其他地方的创业团队那样有内讧发生。大家都是 PHD，好多都是名校过来的。当然大家好多人说你们找死，这么好的团队为什么花精力做这么难的一件事情，别人都没有做出来，你们去做，而且还回中国做，你们为什么不做一个简单的。这样的问题老是困扰着我们，其实这里面有一些问题，我们在这个过程中想得很乐观，我们说这么豪华的团队我们一定会做出来，而且我们中国人聪明。其实这中间有很多的事情，我们认为早期没有问题，其实早期出了很大的问题，我说我们找人没有问题，其实找人出了很多问题，我们认为产业没有问题，其实产业出了很大的问题。当我们默默无闻的时候别人不会注意我们，但当你到一定成就的时候，你会发现所有的人不像你想象的那么好，就是困难总是比你预计的要多。展讯人有一种破釜沉舟的勇气，所有人都不怕死。当然也跟我有一部分关系，我不信邪，上学的时候就是。大家可能不知道，在我 79 年上学的时候，当时校园里面出来一个风气，就是自我意识。人在发展过程中，对人和社会有很大的理想性和责任性，那么怎么去设计？这就要从各个方面塑造。我在清华读书的时候，清华有 15—16 种协会，我自己参加了 13 个协会，除了文艺协会我差不多都参加了。大家可能不知道，清华第一个荒岛杂志是我办的，还有白光系列杂志也是我开的，反正这是当时很多的过程。

总体来讲我觉得创业的路是很长的，在创业的过程中你的心要平衡，你不能每个时刻都太功利。如果你不平衡自己的话，过程中间你会失衡的。另一方面国外的公司都在打烊，所以好多时候你会觉得，今天是先驱，明年可能就成先烈了，这时候你可能要平平静静来做事情，我认为做一个理想化的事情，就是这样。

虽然不想成为先烈，但确实有很多人已经成为先烈了。大家可能听过一句话，明天早晨会成功，我已经看到了，但是今天晚上我死掉了，就是这样的事情每天都在发生。大家在座的，我希望也有这样的素质。其实你做人做事都比自己想象坚强得多、镇定得多，有时候要想一些长远的事情。

喜欢爬山，我老家有一座山叫华山，在华山有一个地方，叫长空栈道。要想从

那个地方通往别的地方，只能扶一根链子才能通过。这个地方我最多一个月爬了15次，其中我好多时候都是晚上爬，因为白天不敢爬，要是白天爬心一慌就掉下去了。你晚上爬的时候也要小心，有时候会很滑，每一步都要走好，不然就掉下去。为什么要说这个呢？其实我们有时候做事就像爬山，大家只能通过一步一步的爬才能走到山顶，但是每一步你要走实，如果走不实也走不下去。其实很多时候都在反映这样的事情。

下面给大家看一段短片，让世界充分享受自由沟通的快乐这是展讯的愿景。

今天回清华做演讲是第一次。清华的校训“自强不息，厚德载物”，也是我们公司最早的文化。2004 年之前没有人知道展讯，清华的校友在上海市政府当秘书长，我当时给他拿了一个芯片，告诉他这个是我们做的，而且不光是芯片，所有的东西包括用户的界面都是我们做的。他当时问我们的芯片是哪一天做出来的，我说是 2002 年做出来的，他当时就说 2002 年开始，中国移动通讯业发生了巨大的变化。2005 年年底，我们被评为中国半导体 10 年发展史上最重要的 10 家企业之一。

展讯相对国外来说钱少得很。整体来讲，我们大概有不到 1.7 亿美元，这在国内是一个非常巨大的数字。好多的刊物，可以说正确和不正确的说法都有，一种说武平很会忽悠投资者，还有一个说法就是说展讯很会烧钱。但是不管怎么样，我们的投资者比较多，因为我们经过了很艰苦的工作，所以我们拥有 5 亿之多的投资。展讯希望做的事情，就是希望选择资源全球化，希望我们的团队全球化，技术全球化，市场全球化，但另一方面资金也是全球化。

我简单说一下展讯的文化，我刚才提了一些。我记得我们国家领导人之一到我们公司，也是一个清华的校友，看到我们墙上挂的一个横幅，他就说你们是清华的。不管怎么样，展讯的文化扩充了很多，我们有我们的愿景，我们有我们的使命。我们也常常勉励自己，很多选择都是用其他的方面勉励。就像当时刘翔得了奥运冠军，我们很兴奋，并不是说他拿了冠军我们很高兴，而是他所涉及的领域之前根本没有亚洲人的地位，但是如今他能够把别人甩得那么远，我们时常也这样勉励自己。

另一个方面，其实在我们创业过程中有很多的问题，我简单说一下我们常见的问题，其中很大一个问题就是为什么要回国。当时一点希望得没有，而且可能只有越来越多的失望。很多人也说好多海归都死在海滩上了，他们说你是不是也要死在海滩上。我们当时讲，我们回国不是冲动，我们有我们的一些想法。大家可能知道，我们是国内培养起来的，拿到博士生后，却发现是报国无门。当时产业太弱，要设备没有设备，要工具没有工具，要产业没有产业。毕业出来什么东西都没有，你怎么去做？没有办法我们出国了。出国工作十几年，积累了一些经验和技术之后，想的事情就是回国来做。好多人也问我为什么要做 TD-SCDMA？2003 年，TD-SCDMA 标准出来已有一段时间，当时没有一家公司做得出产品来。如果再不出产品，那么这个产业一定死掉。中国行业出来这个标准，如果我们这些人不去做，而导致最终这个产业死掉的话，可能我们这批人不管以后发财了还是怎么样，感觉是很遗憾或者是说不过去的一件事情。所以我们当时决定做这样一件事情，即使在董事会不同意的情况下，他们都没有听过TD-SCDMA。不管怎么讲，我希望这是对我们国家的贡献，至少我们做出来了之后，很多的国外公司都在拼命追赶，这在一定程度上也起到一个拉动的作用。

下面我讲一下展讯上市，很多人问为什么我们选择在纳斯达克上市。我想很大一个原因就是希望提升美国公司对中国公司的认可度，我们所有的竞争对手都在纳斯达克，我也要放在那个地方，也要让他们看到我们业绩越来越好这样的状态。说到这儿，大家可能觉得创业也不是太难的事情，那你们看到的只是表征，其实创业本身不是一件简单的事情。很多事情需要大家心理上做好准备。这是我们在纳斯达克的一个照片，大家可能看到了有小孩子和家属在里面，纳斯达克的工作人员也很奇怪你们为什么要把小孩带进来？展讯的发展过程中，伴随着很多很多的辛劳和牺牲，更多的牺牲是在家人和小孩身上。比如小孩子在很好的年代，你天天跟他们分离，根本看不到他们脸上的笑容。因此展讯的成功不仅仅是展讯员工的成功，还有展讯大家庭的成功，所以我们把小孩子也带去。当时纳斯达克的人也都非常的感动，当然我们也非常自豪做了这样的事情。我简单讲这么多，谢谢大家！

主持人：非常感谢大家这么认真地聆听武平博士的演讲，下面我们请工作人员收集大家的一些问题。刚才清华的毕业生和清华的学生讲了半天了，我们是不是还要听老师对他怎么评价的，我们请吴老说两句！

吴佑寿：今天武平同学来给我们老同学和老校友做了一个精彩的报告，我在底下听很有感触。他讲的是他的创业史，我想对大家一定很有参考价值和意义，他讲了很多很具体的事。我们在座的可能不只是学技术的，也有学外语系的，可能学技术的多一些。我为什么说武平同学讲得挺有哲理呢？他说技术很重要，必不可少，没有它也不会有他的公司，当然资金也很重要，没有钱寸步难行。但是武平博士把激情摆在第一，而且不是说一时的冲动，是持久的，激情是必须要持久的。可能底下还得有激情，马上TD就要出来了，因为现在TD还没有发牌，TD是第三代通讯。武平把激情放在第一，把团队排在第二。大家不要小看这两样东西，我在清华将近60多年了，工作50多年，我们很怀念我们老校长，他每年新生入学的时候，或者欢送毕业学生出去的时候，总会做这样一件事情，就是在座的，包括当年的老同学，都很聪明，技术都没有问题的，但是能够与周围的同志和同学取得共识，很好地团结，而且做到一个好团队是很不容易的。我们在座的同学一定要记住这一条。

刚才他也讲了很多生动的例子，也有机遇和碰巧，还有陈大同，陈大同是第一个得到博士学位的同学。在成功的背后也有机遇，就是与别人合作和学习别人的长处并组成了一个很好的团队，有了资金和技术，即便没有资金可以向别人募捐或者是讨来，当然没有技术也可以学。这是我的感想。武平是我的学生，我叫名字还可以的。我相信我们在座的同学，包括我们今天没有来的同学在今后还一定会像武平做得这么好。

有事业心和爱国心是很重要的。其实我是一位华侨，但是我很骄傲我是中国人，必须要有事业心和爱国心，我相信大家今后一定也会作出成绩，也为我们国家，讲大一点也为全世界作出贡献，谢谢！

主持人：非常感谢吴老的讲话，我们展讯在发展过程当中得到了我们国家政府非常大的帮助，其中有我们信息产业部科技司给我们非常大的帮助和指导，同时我们张司长可以说是我们展讯从小发展大的见证者，有请张司长给我们讲几句。

张新生：很高兴能够参加今天武平博士在清华给大家讲自己创业的体会和感受。因为我和武平博士接触的比较早，所以我也可以说是见证了我们展讯公司发展的历程。我想讲，尽管武平博士在他演讲的过程中讲了很多自己的创业过程中碰到的苦难，以及取得的成绩，但是我觉得在碰到困难的时候不气馁，取得成绩的时候想到发展，是什么样的精神在鼓励鞭策着他，在孜孜不倦的追求我们展讯的发展，我想有三点。

第一点就是有一颗爱国的心。特别是在我们国家半导体事业发展需要我们在国外有一定造诣的成功人士回来的时候，他们毅然放弃了在国外优厚待遇回到国家，来参加我们国家半导体事业的发展。刚才他给大家讲了我国的半导体发展，我们需要人才，需要他们回来，需要我们集成电路得到发展，所以我想这是武平博士能够取得成绩的第一点，他能够抱着一个一定要让我们国家在半导体行业取得一定成绩，并且能在他们取得成绩上做得更好回来了。

第二点我向大家交流一下，在我们国家崛起和发展的时候，特别是在我们国家在想要在世界实现跨越的时候，我们最需要的是什么？最需要是技术，技术不假，人才也不假。但我个人觉得最需要的是自信，要相信在对我们国家和我们所在政府、我们学校研究机构和我们企业共同的努力下，在下个世纪或者这个世纪一定能够实现，实现我们的跨越。所以我讲在现阶段的发展，武平也讲了，实际上最重要的是我们一定要有信心，有了信心就不怕困难。

第三点我们对创业和发展，一定要有一个不怕困难的心态。做任何事情，刚才武平讲了，会碰到或者今后发展过程中碰到不可想象的问题。实际上我们在推动，特别是推动在市场竞争中比较激烈的产品和技术的时候，我们面临的困难实际上是非常大的。为什么呢？我们毕竟现在还处在追赶的阶段，所以我想在我们工作中，在我们推动事业发展中，我们必须要有一个不怕困难的坚定的信念，如果没有坚定的信念，我想我们最终是一事无成。我们真正从 2003 年到 2004 年才下决心来推动一个市场竞争比较激烈的 TD-SCDMA 的产品和技术发展。在推动发展过程间，就一个我们感受非常深的，不能怕困难，不能够碰到困难我们就向后退，我们只有坚定地看到我们事业一定会成功，只要看到自己做的事的时候，可以成功的或者有意义的，或者为国家作出贡献的我们就绝不回头，一定要把它做到成功，所以我想作为一个展讯见证人，我们展讯公司发展的一个在政府任职的官员，一是爱国之心，第二要不怕困难，我们才会取得成功，谢谢！

主持人：刚才张司长讲的话我特别有感触，看到我们国家政府官员他们为我们国家科技的发展和产业发展确实是呕心沥血，其中很多的甘苦确实是无法跟大家来说的。我看到和听到一些无法跟大家说的。今天确实国家的高科技产业能够有今天这样的成就，我们产业界也好和政府也确实付出了很大的心血，我们也希望我们同学将来能够加入到我们阵营当中来。

下面我们有一个姗姗来迟的嘉宾，他就是我们在北京的“地主”，清华科技园的主人梅萌。虽然来晚了，也请梅总给我们讲两句。

梅萌：非常惭愧迟到了，我干什么去了？做正事去了，中央电视台有一个栏目叫《赢在中国》，今天在这个栏目中来了一百零八将。《赢在中国》是全国非常大的一个层面的很多人在讲创业，这是我们今天看到的108自然是有男也有女，有中国人和外国人，也有美国来的老外，最小的就是20岁，最大的是60岁，也有残疾人，大家做的项目什么都有，也有清华的校友。所以我看到中国有很多人在创业，因为我跟武平博士也比较熟了，他在北京、上海和其他的公司我都去了，而且展讯也是科技园的钻石企业。我觉得武平的创业和展讯的创业对国家和民族的意义更大。张司长这样说我也赞成，中国现在是经济大国，我们经济总量全世界第三，这是改革开放取得巨大成绩，一个穷国变成现在经济第三的大国不容易。中国虽然有这么大的经济总量和发展速度以及生产制造，但中国缺核心技术。而武平搞的这个基本芯片就是核心技术。核心技术能够带动一个产业，所以他的技术对中国的创新价值是非常大的。

从我来说，我一方面很尊重展讯的创业，同时我们清华科技园也是尽量帮助创业者能够有更好和更快的发展。同时我本人还作为清华大学的教授，就是让更多的学生参与到创业当中来。我们讲商业模式和机会，希望有一些同学能够更多在学习过程中有一些创新创业的活动。我们每年花了很大的心血来关注和投身到大学里面去。

大家听了武平博士的演讲，我希望有更多清华的学子能够投入到创新和创业的过程当中来。通过我们学的本领通过很好的核心技术和商业模式把自己奉献给国家和祖国，奉献给世界。我们刚才参加的活动叫《赢在中国》，蒙牛的老总说的一句话非常好，我们赢在中国，我们一定要赢在世界，我们也希望我们展讯也赢在中国，赢在世界，我们也希望我们的学弟学妹也赢在中国，赢在世界。

主持人：下面是提问环节，鉴于大家提的问题比较多，时间所限，现场不能满足大家的要求，所有的问题我们会回答以后贴在清华的BBS上面。下面我们挑出两个比较有意思的问题请吴总回答一下，第一个问题：

如果您不是CEO，您的激情会减少吗？当公司内部士气低落的时候您是怎么办的？

答：问题相当有意思，我刚才前面讲的，创立展讯一半是激情，一半是被“忽悠”下去的。其实我这个人在早期不是现在这个样子，大家也能够看得出来，我不善于言辞也不善于领导人，基本上是做事的人。CEO这个位置缺了3年，我是经过很长时间才坐上去的，当时我确实认为自己没有这个能力。最后大家硬推我到这个位置，他们都说看来你比我行一点。所以我们这个团队还是蛮好的，我把团队跟激情放在前面，我不当CEO我的激情一样存在。我以前的公司也是创业公司，做到它成功的时候，这个过程我是非常富有激情，就是因为我富有激情才能让我以前的CEO非常欣赏我，让我一步一步起来，才能够让我做到现在的CEO，对我来讲，CEO不太重要，如果今天和明天我发现一个更好的CEO的人选，这个位置马上就让出去了。我们公司有名言，是另外一个清华同学总结的，叫做“办法总比问题多”。还有一个清华同学总结的一句话，我在今年初会上的时候说过，叫“高科技低姿态”。他们说这些话非常有内涵，我自己认为也有一定向上乐观的情绪。我觉得我自己不是太低落，当然也有低落的时候，但是那个时候很快就会过去！

主持人：还有一个同学写了，上面有一部分都是对展讯的表扬我就不说了。做一家百年老店您做好准备没有？展讯未来的危机在哪里？

答：我发现这里的学生确实比我们当年要高得多，这些问题在当时确实是问不出来的。我实事求是地说，做一个百年老店肯定没有准备好。我没有想过做百年老店，展讯从创立到现在，几乎所有的时候都是在追赶，这个过程不容易。我们承认我们是一个落后者，但不是技术落后，我是说其他的方面落后，我们永远把自己当成一个新公司来看。当然我认为太长远的东西还没有想好，百年老店的事情确实没有想好。

你说危机的话，公司每时每刻都存在着危机，而且危机是相当之大。作为一个企业，很大时候你是什么心理呢？我刚才说的是比较的乐观，是非常积极。另一方面是如履薄冰，每天都处在一个很危险的边缘。当然如果你愿意接受挑战，危机总是转机。

媒体人清华分享人生故事

分众时代的媒体

杨澜　2001 年 9 月 29 日

杨澜，国内著名资深电视节目主持人。曾在国内具有强大影响力的电视台担任电视栏目主持，以极具亲和力的主持风格备受广大电视观众的喜爱。曾主持《正大综艺》、《杨澜访谈录》等电视栏目；曾被评选为“亚洲二十位社会与文化领袖”、“能推动中国前进、重塑中国形象的十二位代表人物”、“《中国妇女》时代人物”。

非常感谢大家，非常感谢我们学院（清华大学人文学院）的胡院长，还有国际传媒研究中心的李主任，非常感谢他们的盛情邀请，阳光文化非常有幸和国际传媒研究中心合作来共同举办清华阳光系列讲座，希望给大家带来一些传媒界新的信息。

刚才李主任在介绍的时候，谈到我先生，的确他跟清华传媒学院的同学交流过，他非常得意，他告诉我说，有些女同学说我是她们的偶像啊！我说男同学呢？(笑)

我跟清华一直有着非常紧密的关系，因为我在北京外国语大学长大，后来在北外读书，跟清华很近，骑车 20 分钟。中学有一个同学考上清华的物理系，开学第一学期他跟我们说，清华真了不起，一开始就给我们一个摸底测验，及格分数 40 分，我们都得 20 分。一开始就对清华纯粹的学术风气很有敬畏感。今天本来是想和传媒研究中心的 300 多位同学有一个近距离的，比较随便的交流。大家这么盛情，我感到很荣幸，也有点恐惧。

今天我要讲的内容是在分化的媒体时代中，主题节目的兴起。

我相信，在座的同学大多数都是 18、19 岁的样子，我记得在我小的时候，大概 12 岁的时候，我们家第一次有了第一台黑白电视机，是 12 寸的，不错了。当时隔壁家的邻居有一个 9 寸的黑白电视机，实在太小了，两个老师视力不太好，后来怎么办呢？就买了一个放大镜放在电视机前，全家就可以看到比较好的图像了。有一天我妈妈下班回来，一手挎着菜篮子，一手非常兴奋地举着一样东西，告诉我说我们能够看彩色电视了，怎么呢？原来当时流行一种塑料的透明薄膜，上面印蓝、绿、红三种颜色，贴在电视屏幕上就可以看到彩色电视了。所以在电视上看到人的脸一半是绿色的，一半是红色的。当然了我们现在的生活要丰富多彩多了，充满了色彩和各种创意。刚才我还想看看我们的录影是否能放得出来。因为换了场地，所以设备和线路都需要充分的安排，可能有点仓促，请大家原谅。

这是阳光卫视作为大中华文化区第一个主题频道所涉及的各类节目的片头和宣传片，可以从中看一下。我们希望把历史和文化带入现代的要求。我们的口号是“有阳光就有力量，有文化生活更精彩”。

这是杨澜工作室的节目，这是我在凤凰卫视开始做的一个人物访谈节目，那时候做了 120 位人物左右。从今年 7 月份开始我重新做，每个星期有两个采访，到现在已经有 30 多位了。

这个系列叫“未解之谜”，各种文化谜题，扑朔迷离的现象，古埃及的金字塔，还有很多证明外星人来过地球的遗迹。

还有这是一部人物传记系列片，这是中国第一个这么长的篇幅，是系列的人物传记片。

这是科技与文明的系列，讲那些我们生活中已经习以为常的电视、熨斗、洗衣机、电话、电报都是怎么来的。

这是关于运动的一个系列。这个系列叫《岁月流痕》。把世界上古今中外发生的重要的事件做一个回顾，这几个片子是我们和美国的历史频道合作的。

这个系列是我们已经推出的叫《国宝背后的故事》，和国家图书馆做了近 20 期的节目，从永乐大典、甲骨文到四库全书做了很详尽的介绍，主要是讲故事为主，一会儿大家可以看到比较完整的片断。

“战争攻略”，这个据说是全世界男性共同的兴趣，除了足球。

这个是我们共同推出的一个系列，叫《人物志》。从戴安娜到达尔文等，在历史上留下痕迹的人，他们都会在这个节目里出现。

《百年婚恋》是我们 10 月份即将开播的一个节目，包括现在的网络恋爱也在其中。

《眼睛想旅行》是各地的风情，以及民俗的东西。

很多同学还没有看到过阳光卫视的节目，所以给大家一个基本的印象，这是我们节目的一个体系以及外部的包装，可以看出来，我们是希望把深厚的文化和人文的内涵，通过非常现代化和非常活跃的外部包装和编辑的方式来展现给观众。我们为什么这样做？来谈谈时代，从小时候 9 寸到 12 寸的电视的变化。我遇到很多人说杨澜很幸运，我说是这样的，但是好像说我不努力的意思，但实际上我想想的确如此，因为我 90 年大学毕业，开始在中央电视台主持《正大综艺》的时候，我想全国观众那时候只有几个节目可以看，有几个台可以看，所以只要做的稍稍好一点的，就可以出名。但是，现在全国观众可以看到四五十个台，这是一个争夺眼球的战争。

频道的兴起改变了很多电视台自高自大，以自我为中心的精神状态，转而要跟观众有更多的互动，更多的考虑观众的要求。网络的出现和数字以及压缩技术的发展，使得我们能够看到的频道正在成倍的增加。在座可能有一些学工科的同学，如果我说错了可以纠正我。在有 16 根光纤的传输系统当中，可以传输上万个频道，而且在这个数码时代，如果就像尼葛洛·庞帝所说的那样，每个人都可以办一个没有执照的电视台，电视和传播的数量，还有包括传递的信息就是数不胜数了。

而播出也从单向的广播转为双向的互动，从我播什么你看什么，到你想看什么

我播什么，甚至是我一边播，你一边看，你的要求随时在我的节目中体现。

学传媒的同学比较了解，全国各地省一级，市一级，无线和有线电视台正在合并，整合成一个统一的电视总集团，在各个省都有。在整合的过程中，发现这么一个现象，无线电视台和有线电视台同时有新的节目，音乐电视节目，体育节目，当他们合并以后，往往只能剩下一个频道，一个音乐电视的频道，剩余的频道怎么办？越来越多人认识到只有走主题化和专业化的道路是生存的必由之路。除了电视正在发生这些深刻的变化以外，中国的生活结构也在发生变化，人们的舆论水平，信息要求的区位和质量都在发生很大的变化。

有一个现象在国际上已经出现了，从这一两年开始，大陆地区所能接收到的各个省的卫星电视，在家里看到的各式各样的有线频道急剧具增加，频道急剧增加的时候会发生什么样的情况？93~96 年英国发生了类似的情况，有线和卫视的数目大幅度增加，与此同时每一个家庭，每周收看电视的时间反而下降了一个半小时。美国的四大电视网，ABC，NBC，CDS 等等，他们发现自己的观众每年都在下降，比较两年之前已经下降了 500 万观众，这些观众已经彻底不看电视了。大陆所面临的电视的状况，存在以下几个问题。一个是大多数卫星频道都是以综合频道为主的，比如说河南，这一个省来说，应该有一个综合性的卫星频道，这是代表河南的整个的精神风貌和制作水准。作为一个外地收看的观众，看到河南、江苏、河北的台，每一个台都是综合频道，会发现这些频道的栏目设置非常相似，6：30 是本地新闻，7：00 转播中央电视台的《新闻联播》，8 点是《黄金电视剧》，周末的时候是《快乐大本营》这样的娱乐节目，周六都在谈恋爱，貌似有很多选择，其实选择很少，如果你找到女朋友了，在谈恋爱的时间就没有东西可看了。第二个，制造商、广告商都以单纯的收视率来制作和投放广告，《还珠格格》很红，所有人都说这个很红，我一定要投这个广告，收视率很高的节目，广告很集中，排不下，有很多并不差的节目，失去了很多广告源。大家想一下，看了《还珠格格》的观众有多少会买汽车，看对话节目的观众多少会买棒棒糖。这个已经被细心的广告商慢慢领悟到了，每一个节目、每一个产品都有目标观众。我原来做“杨澜工作室”的时候，收视率没有“非常男女”那么高，但是广告商是“非常男女”的 5 倍。这就是因为非常成熟的广告商会考虑单位成本，还有这些观众是否是他的主要收视群体，会考虑观众的教育水准、经济水准，以及品牌以后对消费者所产生的一系列影响。

还有一个现象，部分受教育水准比较高的观众无电视看，在香港就有这样的现象。一般的白领以不看电视为荣，电视没有什么可看的，都是那些电视连续剧，他觉得是给家里的妇女，或者是老年人看的。另外一个现象，这 1 年多，全国宽频小区的建设如火如荼，在四川等地已经打起了激烈战，肉体也开始打架了。把宽频送到每家每户的时候，能给大家看什么呢？在去年到今年的时候，很多宽频小区的制造商找到阳光，发现只有我们做宽频频道，不是因为我们规模大，我们节目在播出的时候，同时就转成宽频的节目，是现成的。在加利福尼亚淘金热的时候，产生这样的现象，淘金的人选一块地就挖，有的人挖着了，就发财了，有的人挖不着，就发不了财，有一种人肯定发财，那就是卖铁锹的人。还有一个例子，美国在 20 世纪末的时候做过整体调查，19 世纪开始，美国大陆的所有这些铁路的基建者，作为一个行业利润是零。为什么呢？大街一会儿改宽了，一会儿改窄了，一会儿又有什么新的要求，各个地方要连接起来，都是相当大的投入。搞运输的，整体作为一个行业赚钱了。我想这样在建设一个网路的高速公路的时候，像我们这样一个民间的资本，希望能够找到自己的生存和发展之路，应该怎么做。所以我们还是相信“内容为王”这一句话，踏踏实实做一些内容。

在频道大量增多的时候，我们发现主题频道在其他的先后经历过这一阶段变化的市场里已经取得了非常好的成绩。20 世纪 80 年代中期，85 年，探索频道是以 15 万用户起价的，88 年成为发展速度最快的有线频道，2000 年达到了 1 亿收视户，在 146 个国家播出，现场转播打破了美国有线电视台的收视纪录，达到 12.2%，当时有 1500 万人同时收看。这是相当惊人的数字，美国一共也没有多少人。第二个例子，N&E 公司，艺术和娱乐公司，有几个频道，一个是 N&E，还有一个历史频道，95 年创立的，99 年的时候，利润超过了四家最大的电视网络中的两家。也就是说，仅仅三个频道的利润，高过了整个大新闻网的利润。在 99 年举行了一次美国广告商和观众的评选，最有价值和最值得欣赏的频道，历史频道这两个测试都位于前三名，远远高于 CNN。

另外一个例子，中国台湾，台湾在上世纪 90 年代初，自从解禁之后，电视风起云涌，电视频道每年都是有 90 家去争取那 70 个频道的限额。竞争非常激烈，有时候一个频道的起落，就是因为一个主持人的起落，比如九频道有一个王牌的娱乐节目，这一段时间收视率非常高，但是过一阵就不行了。我们发现探索频道很长时间居于前 7 名，我们发现了一个问题，面对最大众的综合性的收视频道成为收视率之王，但是频道增多，比率越摊越薄的时候，主题频道的观众是最稳定的。

另外，中国香港一般人认为没有什么文化，都是娱乐的，98 年吴征在亚视做总裁的时候，想做一个寻找他乡的故事，寻找世界的各个角落，是平时人们不太关注的，不是美国、英国这么很发达的地方，而是南斯拉夫的战区、马达加斯加岛，寻找华人的足迹，是不是华人在哪一个地方都可以像草一样生长。这个在电视剧的时间段播出，获得了香港欣赏指数的最高大奖，超过了电视剧的收视率。很多香港的观众告诉我，他们非常感动。有一个故事，有一个广东顺德人到了马达加斯加，谋生非常艰难，想回来又回不来，娶了当地一个非洲妇女，孩子就是一半黄种人血统、一半非洲人的血统，他每天都在对孩子说你的家在广东顺德，你有机会一定要回你的家。很多香港观众很感动。那年的香港欣赏指数大奖是由普通的香港观众评选的。很多电视制作者常常低估了制作的欣赏能力，以为只能去不断降低自己的趣味标准迎合他们，其实求知是人的本性，人是需要有知识，需要去探求这个世界的道理的，特别是人们更希望发现自己的同类，其他人的故事，只要做得好，就一定有观众。

所以，主题频道有这样几个好处，一个是有目标观众群，是那种受过良好的教育，并不需要有很高等的教育，但是有求知欲望，有社会影响力，和一定消费能力的观众，同时主题节目时效性不是那么强，不像新闻那样，可以重复播放，相对减少了制作成本，同时单独成章，在书籍和 VCD 的发行方面有很大的好处，比如探索频道和历史频道，每一年都在书籍和 VCD 中获得相当的利润，我们现在也开始这么做了。阳光开始的时候就制定了中央储放的政策，很多人说阳光卫视跟谁谁比，我说你错了，我们不只是一个电视频道而且是一个内容供应商，最近发新股购买了一家公司，它代理全世界主要的各种节目，包括 MTV、科技频道的节目，有 45 000 个小时。而阳光呢？可以跟你们这么说，一年播出的小时数，只有 1 300—1 400 小时就够了，在美国一个成熟的频道，700—800 个小时就够了，不断轮回播出。这么大的节目量，是为了将来宽频的市场做一个铺垫。在国内广电总局整合中，有大量的节目需求，专题节目是没有限额的。

同时我们发现，我们的节目不仅在卫视上播出，同时作为单个的节目出售，或者带广告发行给各地电视台的时候，我们和各地电视台是合作的关系，不是竞争的关系。节目发行得越广的时候，我们的 CPN，每千人的成本越低。我们测算了一下，广告收看的人，平均到你这个节目的广告中，千人成本是主要电视台的几十分之一，这样对广告商有很多的吸引力，这也是为什么我们这个月已经盈利，今年有好几个月份已经盈利，而且希望在年度结束的时候，能够整体的实现盈利。

听起来好像觉得杨澜有点像商人了，开始论斤论两了，其实这是必要的。如果你有文化理想没有商业和市场的渠道去支持，只是一个空想。并不是说，阳光文化的人没有文化理念，我们是有的，我们认为电视上很多节目都承担着这样的责任，可能在诸位过去都记得，赵忠祥老师主持解说的《动物世界》，一度成为中国最红的节目。为什么呢？那时候其他的节目没有什么可看的，看动物世界起码证明了一点，在动物世界里有组织的互相残杀只有人类。从当时来看，《动物世界》里，不仅人们找到了一个逃避现实、在现实之外寻求一种安宁和自由心态的机会，同时在当时中国的电视节目中，应该说是非常真实的，做到真实就已经很不容易了。同时，我们也觉得，对中国的文化需要有所反思，我们在学校的人，特别是北京学校的学生都知道中国五四的传统，但是实际上五四的时候，对于中国传统文化的反思，后来不断经过战乱和运动被停顿下来了。现在随着经济的不断发展，人们除了满足自己的温饱，买了房子，有了车以后，应该想一想，我们这个国家的文化到底往哪里发展。

我在去年的时候，看了黄仁语先生写的一本自传《黄河青山》，里面有一段话给我非常深的印象，他说外国人常常把中国的问题简单地归结为一个政治体制的问题，其实中国人什么体制没有尝试过，康有为失败了，戊戌维新失败了，接着说孙中山也失败了，袁世凯成功了吗？蒋介石成功了吗？毛泽东从他后期的一些作为来看，也是有失败之处的，我们君主立宪，封建制度的，军阀混战的，无政府主义的体制都实验过了，中国的很多问题在于文化中，对人的基本尊重，这些基本的公民意识还要大大加强，这一番话给我很深的印象。同时，我看过另外一本论文集《文化是会带来不同的》。举很多例子，中世纪的时候为什么资本主义能够在欧洲兴起？主要的是文化的理念不同。中世纪的时候人们信奉有钱的人进天堂，如骆驼过针眼。宗教兴起的时候，如果你是一个虔诚的教徒，上帝对你施以恩惠，施以恩惠的途径之一就是让你过上富足和正常的生活。通过正常的手段赚钱变成大家向往的事情，这才能有这个动力去发展经济。比如说在有一些文化中，是比较注意来世的幸福，而不是今生的幸福，今天应该用来祈祷，而不是生产，这样的文化经济也很难发展。什么样的文化适合一个新的中国，一个不断走向改革开放，走向国际化，同时坚持自己特色的中国应该有的文化，我没有答案，在座的人也没有答案，应该作为一个主动的思考者寻找答案。这些答案在我们的文化当中，现实存在于每一个人的生活当中，因为我们组合在一起就是中国文化。在此同时你也看到，一些沿海大城市发展良好的企业，不断加强的法律意识。政府机构越来越有效率；其实你也看到，这个国家还有很多部分是存在愚昧的，大家还记得吗？几年前有一个消息，边缘的一个山村，一个农民自称受到了玉皇大帝的附体，对村民宣布，我就是上天派遣来的统治这个地球的，于是这个村子里所有有女儿的家庭争相把女儿嫁给他，就说怎么也得留个妃子。

别以为这种愚昧的事情只发生在山村，这次9·11美国发生了恐怖袭击以后，看到报道了吗？网络上也有叫好开心的，其中不乏受过高等教育的，这也是变相的愚昧，如果你赞同了这样的一种行为的话，这种的悲剧加在中国人的身上你怎么看呢？失去了对人基本的恻隐之心活着干什么呢？这种愚昧也是存在于很多的城市的阶层中。西方对中国的了解也有很多偏见和无知，比如进口的一个片子叫《紫禁城》，有一段清朝宫廷的描写，出现了一个唐朝的壁画，清朝肯定不会那么开放。有一个画面是某某太监，太监当道，搜刮宫里的东西，画面出现的是长着胡子的老头，我们知道太监是不会长胡子的。当然一方面，像《卧虎藏龙》这样很优秀的电影，在国际上从艺术的范围为中国人争取了荣誉，让外国人对中国的文化有了了解，也是很好的事情。真实的中国是不是能够更多用纪录片的形象表现呢？是不是通过表现中国一个一个具体的人和社区表现呢？这也是为什么阳光文化也出资资助中国在美国的广播电视博物馆设立一个中国展区，这个博物馆成立几十年，从来没有任何中国自己生产的节目，很多都是通过外国人的眼睛看中国，这里肯定有很多偏见。

大家也比较关心最近我们和新浪通过换股的方式结成的一个非常深入的合作。在这个方面，我想举个例子，在不同的地方大家可能也看到过。就是公地的悲哀，17世纪的时候，英格兰实行了公地制度，比如说一个村庄每家每户都有自己私家的草地，有一块公地，这块公地是为大家所有人都开放的牧地，当然这个结果非常容易想象，这块公地是最先荒芜的，每家的羊都上这里吃草。有一位诺贝尔经济奖的获得者写过这样的文章，互联网会不会成为一块公地，因为他是免费的，会不会成为一个没有人真的肯下工夫开垦信息的一块公地。他提出了很多不同的经济发展的方式，比如说包括像现行的宽带广告的播出，还有比如说把内容的费用和网络的月费结合在一起，还有像BBS公益的信息商，还有直接收费的方式。不管种种，窄频的未来，存在于宽频的过程中，当这个社会有大量的信息，特别是海量信息，当人们觉得无所适从的时候，人们更需要经处理过的信息，有附加值的信息，在这个附加值上互联网才能收取费用，获得更大的发展。我们公司的战略叫“乌龟背兔子”，乌龟是一种传统的广告收入模式，而在未来，我们将准备充分地兼顾必要的网络的通道，来使得宽频这只兔子在气候合适的时候，下地自己跑，跑得快过乌龟。

以上就是这1年多来，阳光的开始以及不断地发展，中间有很多的挫折和愚蠢的决定所得出的一点看法的总结，希望能给大家带来一些有用的信息。

接下来，我想给大家看一些我们的节目，我们先来看“百年婚恋”。

这是我们一个15集的电视系列片，讲的是20世纪中国人婚姻发生的变化，从三妻四妾到各种形式，这是一段关于曹禺晚年爱情的故事。

接下来一个片子，我们把善良的、最底层的中国老百姓的生活记录下来，我们和中央电视台合作了一个片子《点击黄河》，从黄河的源头到入海口，选择了15个主题，有的是村庄，有的是行业，有的是人物，比较他们15年来发生的变化。这一集是讲一个船窝村，是渡船比较集中的村子，那里的人世代以渡船为生，可以看看老艄公是怎么划船的。

下面我们看看杨澜工作室在台湾对李敖的访问。

我今天的主题就叙述到这里，非常感谢大家。

杨澜回答清华大学学生的提问

问：杨澜小姐，你好，我们今天看到台上有很多花束，我觉得您是最艳丽的一朵花。

答：谢谢，结婚以后就没有听到这种话了。

问：刚才说吴老师的时候，说他是很多女同学的偶像。而且新浪和阳光都把您作为他们的超级品牌，在生活中，您有哪些地方值得大家喜欢？在台上的时候，您搞传媒、传播，上台讲的时候和生活是不一样的，要考虑到效果，上台以前，您为此做过什么准备呢？

答：我为什么招大家喜欢不知道，这要问大家。我做学生的时间最长，常常说我所有的背景就是学校，从学校到中央电视台，到美国大学，再回来继续做，我跟大学生总是很有共同语言，虽然我已经毕业有11年了，天那，太可怕了！但是我仍然觉得好像刚刚出大学不久，很多事来不及做，可能这一点跟大家比较投缘。第二个，事先我是准备了一个提纲，我本来想300多同学可能围坐在一起，闲聊，就把我混过去了，没想到这么多同学出现了，受宠若惊，大概的内容就是我刚才说的这些，其他的准备也没有。平时就这样。谢谢。

问：湖南卫视的节目很火，超级星期天的节目很火。我想让您谈谈想法。我是北外的，我是专程来看演讲的，是什么促使你从一个外语人才变成一个综合性人才，而且变成一个成功女性，而且据我们的老师说，跟你有接触，说你没有出国的时候就能讲一口非常流利的外语。学外语有什么好处？

答：学外语可以看的书更多一些，政治、文学、经济的都可以看。在座的同学，虽然有各自的专业，大学还是工作的基础，看得书越广越好，对大家有好处。

我在学习外语的时候，我父亲是一位英语教授，他从来不辅导我，说你应该像所有的学生一样到课堂上找老师，只有一件事抓住了我，就是口语，说英语的发音是最漂亮的，后来到美国以后，打电话回来，没说几句，我父亲就说，哎呀，你已经是美国音了。

问：首先我代表清华的同学感谢您这次在8月15日给我们全体同学演讲，十分感谢。您在北外毕业以后，又到美国留学，生活一段时间您回国了，您的事业一直就是在中国发展吗？

答：是。我出去学习的时候就很明确，我觉得电视还是跟社会、文化和人，跟他们有感情是很重要的，我出国的时候已经26岁了，不是16岁。对这些人，我觉得人家没有说话，我能够了解人家的三分身世，这种感觉在异乡是没有的，在国外作为一个专业人士可以有一份很好的工作、生活和事业。但成就感就不会有在自己的土地上发展那么大，是的，我是在中国发展的。

问：你好杨澜。我们都知道做纪录片是一件非常有诱惑力的事情，我们大家都对纪录片很感兴趣，但是大家知道纪录片是费力不讨好的东西，有很多投入，不一定出来很好的东西。我看你的《百年婚恋》，觉得不是非常令人满意，我想请你对你现在做的节目做一个评价，你认为现在做到了什么程度？对以后的节目的形态有什么想法？

答：你感觉哪个地方不满意？

问：画面质量不是太好，构图是一个问题，再一个画面与画面之间的剪切节奏感不是很好。

答：有一个原因，转成小带子放效果不太好，另外你看到的不是按顺序放的，是剪切过的。过去中国的纪录片是零敲碎打的，当然也有"话说长江"这样的好片子。电视台一些成功的纪录片制作人和作品，基本都是零星出现的，有在国际上获得大奖的，但是没有产业运作的方式。我们做阳光就是想打破，能够使好的纪录片成规模、成系列，年复一年，日复一日，不是靠一两个人单打独斗做的。我感觉我们的工作很有意义，有很多官方电视台的制片人做节目的时候，我们请他们的时候，我发现他们有固定的说话方式，一个片子，很好的，讲国宝，前面的故事很好很好，到最后就说由此可见，我们中华民族的文化是多么的灿烂、辉煌。每一次到后面都要拔高一点，这是多少年积累下来的专题片的毛病。所以在初期的工作当中，实际上有的时候是大家把这股劲拧回来，能够踏踏实实，平平实实地讲这些真实的故事，一开始的时候纪录片的质量参差不齐，但是两三年以后会有一些稳定的成长。

问：关于阳光文化，可以说给我们提供了崭新的文化理念——主题频道。阳光和新浪的合并又提出了一个新的形式，传统媒体与新媒体的结合。就我们现在所了解的情况，阳光文化在这项运作当中，已经投入了很多的资金，而新浪现在运营状况不是非常良好，您刚才讲话中提到的将在年底或者明年年初实现盈利，盈利从哪里来？而且现在的宽频建设可以说只是在国内几个城市在试点，没有完全普及开来，盈利是从哪里来？还有一个问题，据我所知，现在阳光卫视播放的一些纪录片的片源都是国外的，而国内的部分没有国外的部分多。我想知道，国内和国外的节目在阳光卫视中的份额是多少？在将来阳光卫视的发展过程中，这个比例将怎么样变化。阳光的理念也是为了弘扬中华民族的文化，最终的立足点应该是在中国文化的弘扬上，您对这个问题怎么考虑的？

答：你很有头脑，思考的问题很到点上。我跟新浪的合作刚刚完成，对网络我不是很熟悉，不敢妄加评论。我们两个公司合在一起，在内容的共享上，同样的广告商已经投阳光卫视的，或者投新浪的，可能有相对优惠的价格，可能会对成本和收益产生有益的一面。阳光从去年8月份开播，到现在只有一年半的时间，作为一个频道来说，收视平衡点是6—7年，我们这一两年采取了节目发行配套的方式，一个节目在卫视上播出，同时卖给电视台，收视观众比单纯的卫视频道多40%左右，在这样的情况下，广告商的投放是比较踊跃的，今年到目前为止的所有的广告订单的收入已经超过了整个集团全体的支出，所以我才有信心说这个话。未来宽频的发展，中国有蛙跳效应，起步会比较慢，但是一旦起步会发展非常快，跟美国不同的是，中国的人口居住是相当密集的，从今年开始房地产又重新热了起来，房地产开发没有宽频的介入，已经不能作为一个中档以上的住宅小区的标准了。所以在这种情况下，我们相信到明年年底全国的宽频数会达到2 000万户，这是不小的数字，但是刚才我说的是一个“乌龟背兔子”的运作方式，目前还是靠传统的运作模式生存，在未来取得发展。

国内节目是这样子，在亚洲地区做过很多的测试，你一个频道上，国外节目和当地节目的结合点是在什么地方？从专题频道来说，我们是讲历史、文化的，中国只是其中的一个部分，现在中国的节目可能是占到45%左右，这个数量会基本上平稳在50%左右，不会再继续增加很多，因为我们希望有一个中西方文化的平衡点，第一年全部自己制作的，不算翻译、改装、支持的，纪录片是200个小时左右，今年以后会增加到400个小时，已经是很快的增长速度了，纪录片不像新闻，不是每天都可以做出来的，要假以时日，非常感谢。

问：你是一个文化人，我的问题是关于风险投资方面的，我们知道吴征先生对很多项目进行考核和投资。有时候会利用大公司的名字来圈钱，案例非常多，您和您的先生一般采取哪些措施来避免这种损失和陷阱。第二，您用什么样的方式了解和您合作的公司？

答：吴征有一个很大的优势，因为他学金融，后来搞媒体的兼并，所以对财务和资本运作我感觉他是很有才华的。阳光的一个模式是通过购买上市公司，香港的上市公司梁记建筑公司，注入我们的概念，不断加强媒体的概念，发放新股来募集资金，第一次募集了2亿多港币，这是我们启动的资源。目前广告源源不断地进入，基本维持比较健康的运作状态，烧钱没有开始那么多了，一开始硬件投入比较多，现在进入了平稳的、可预测的发展状态了。所以目前来说，我们还没有集资的必要，未来的合作，当然首先是理念上相同，跟新浪我们是一拍即合，我们都是民间的内容提供者，他们是ICP，我们做影像方面的东西，未来的频率发展有很好的切合点，互相弥补，他们做新闻，我们做专题，这种弥补并不是在很多的合作者身上能够找到的，而且两个公司的管理都层有类似的背景，比如对国内市场的了解，以及海外的经验，会组成一个非常好的管理团队，对于两个公司的发展都会起到很好的作用，所以一个是看人，一个是看公司的构成和它的理念，这是最基本的东西。

问：您原来出过书，我想知道您这种提问的素质是什么时候培养的，是大学的时候还是工作以后？促使您成功的能力和素质，有哪些是在学校里培养的？谢谢。

答："我问顾我在"写过一个例子，我是86年上大学的，那时候有一个美国老师是教宗教历史的，他给我们上课的时候说，任何人有什么问题没有？我们整个年级没有一个人举手，那个老师掏出一个美元，说谁要问问题就给他一个美元，我们感觉很受侮辱。中国学生提问的习惯过去不是很多，今天我看到大家非常踊跃，非常开心，其实跟东方人的含蓄有关。有时候可能觉得这个问题太简单了，不要问了，让人感觉太丢脸了。到西方会发现，不管自己有多么笨的主意，都会说出来，这个很占便宜。我刚刚到美国的时候，一上课每个人都滔滔不绝，我就想我怎么就说不出来呢？后来仔细琢磨，说了也没有什么。所以就有信心了。在美国如果上课讨论不发言，老师会给你一个B，所以一定要开口，一定要说话。我在北外学校里读书有一个很好的积累，就是说，只有学外语的学生是练口语的，学工科的学生不练口语。这就逼迫我们要开口，老师考试的时候，给你一个题目，门口准备5分钟，硬逼你说，这对后来的发展很有帮助，所以现在以说为生。但是我想大家不管是学理工的，还是学什么的，脑子里有想法，要说出来，说的本事，也是未来各位在超级的实验室里，或者是在各种发展项目中都是非常需要的，我们发现，微软研究员张雅琴，很多公司的CEO，都是很会说的，否则人家不会投资。

体育是教育的一部分

黄健翔　2006 年 10 月 17 日

黄健翔，重庆永川人，生于内蒙古自治区，中国著名体育评论员。从事体育节目解说、主持工作，现为一级播音员。

在我们体育频道有一个栏目叫做体育人间，大家可能看过这个栏目。这个体育人间节目曾经有一个口号也是你们老校长说的，叫做“体育是培养优秀公民最实用、最有效、最有趣的手段”，这不是玩笑，这是事实。这是我们体育频道最有影响的宣传口号，但是我不是体育频道的负责人，不能决定这是我们体育频道的宣传口号。尤其在这个时代，大家可能注意到，说出来可能觉得挺恐怖的，但是这些总是事实。比如说在我们现在小学、中学的教育里面，音乐、体育、美术，因为在高考的指挥棒底下几乎不起作用，所以往往被忽略了。接受这个教育的权利都被剥夺了，很多的小学、中学没有体育课或者是没有操场，体育课就是走过场，敷衍了事。

在去年的夏天我注意到一个省级卫视的专题片，它讲的是在这个省省会城市几个重点中学，有这样一个现象，就是这些中学的学校田径运动会的记录是 20 年前的，主要的项目 100 米、200 米、800 米、1 500 米都是 20 年前的。而且每年的田径运动员的最好成绩是逐年下降的。

按说我们国家改革开放之后人民的生活水平提高了，大家的营养水平也提高了，现在年轻一代都长得很好，从小就能吃肉、喝奶、吃蛋，我们小时候如果天天有肉、蛋、奶吃的话我肯定比现在长得高得多。大家现在的营养好了，生活水平高了，可是为什么在中学里，在田径比赛的纪录上反映出来的却是倒退和下降呢？

这个专题片做得非常好，它做了大量、详细的跟踪采访。比如说体育课，体育老师越来越敷衍了事，他不能认真地上体育课，因为学生的承受能力很差，家长的承受能力也很差，如果上体育课碰坏了家长要找老师理论，甚至有的家长要打体育老师。

在我们中学的母校就发生过这样的事情，一到秋天开田径运动会的时候，所有的同学都非常兴奋，尤其是男生，尤其是在运动会上可以出点风头的男生兴奋得不得了，觉得自已的好日子来了。但现在的学生不这样了，我上次去我母校的江苏的

一所中学做讲座，当年带我的体育老师说现在一到开运动会的时候，很多学生的家长交给老师病假条，上体育课他们尽量做安全游戏，尽量减少碰伤的风险，不要打球或者是跑步，最好原地做做体操算了。因为上体育课的时候学生受了伤，体育老师被学生的家长打过。这发生在一个省级，而且是有非常好的体育传统的中学。然后我问了一下我们中学的体育老师，发现我在那个省级卫视的专题片里面看到的现象，在我的中学里面同样存在。我们中学一个师哥比我高两届，至今我们学校的田径运动会 800 米、1 500 米的纪录仍然是他在 1983 年创造的。然后我们中学的男子 100 米、200 米纪录仍然是我们的同班同学在 1985 年创造的。

就是同样的事情也发生在我的母校，这就让我想起了我在前不久接受一个采访的时候，一个英国卫报的记者到中国来采访我，我们国内新华社的记者专门陪同他做了这次采访。在采访当中，说起这个中国足球的出路，我说中国足球的出路主要是没有足够的人来踢足球，我们中学小学的孩子踢不到足球。这反映出我们的人均体育基础设施很不够，学校的体育教育在缺失。

结果新华社记者了解了很多详细的情况，他在旁边补充说，国家体育总局局长刘鹏去年年底的时候，在一次公开的报告会当中承认，我们国家人均体育设施，人均面积是多少？大家可以猜一下。有人愿意猜一下吗？不到一平方米。然后不到 35 岁的男性参加体育锻炼的男性从 35%下降到去年的 15%。而同样的数据，15 岁到 35 岁的男性经常参加体育锻炼的比例是 50%。

说起日本来大家的情绪可能会比较复杂，但是我不得不告诉大家这样一个事实，就是在日本小学、中学的体育课比我们上得要正规得多。基本的体育教育，如田径、游泳、踢球等等非常普及，而且学生的体育水平非常高。有一次吃饭的时候我跟我们频道的篮球解说的顾问徐济成，经常看篮球就知道大徐，我们聊天的时候说起来，大徐说在某年的夏天他接待了一个日本中学生。不是接待，是他在地铁里碰到一个日本学生的旅游团，一看是日本的中学生来中国旅游的，因为是夏天，所以每个人的衣服穿得都非常少。他看到日本的男学生不管个子的高矮，当然现在日本人的平均身高是超过我们的，他们都伸出手来抓着地铁里的吊环，大徐跟我说这明显是经常运动的手臂。而旁边的中国男孩子伸出手来都白白嫩嫩的，他说他当时感觉非常不好。其实有关方面的统计已经说明，在过去大概得有 10 多年的时间里面，同年龄组的中国和日本的少年儿童三项健康指标身高、胸围和肺活量我们一直输给日本。我不是一个种族主义者，但是我觉得我们原来是比他们高，比他们强壮的，论人种我们不会输给他们。但是正是因为我们小学、中学的教育、体育的缺失，严重的缺失造成了这种现象。

这种现象不知道在你们身上会不会体现。我不知道你们现在大学里面搞不搞军训？（学生：搞）

但是你们现在都不到军营了。是因为军营里面不敢让你们去了，我们上学的时候就是被军营里面的师官来练的，就是电影里面魔鬼一样的师官来练的。但是在 10 年以前，发现越来越多的学生还不能承受这样的训练，很多的学生晕倒、中暑、甚至发生生命危险。然后我们的部队再也不敢让新的大学生到新兵连里面去，入住到军营里面训练，就派这些师官到学校里面来练。

而且你们军训的训练程度，无论是体能消耗程度，还是精神消耗程度，还是师官的认真程度都比20年前我们在大学一年级训练的时候打了很多的折扣，是怕你们承受不起。我这个话有点得罪你们，但是事实就是这样。

今年暑假我的一个亲戚，从江苏打电话来跟我说，他们家的孩子，高中一年级军训，就是在高中开学前两个星期，而且是在校园里面搞军训，死了两个学生。这样的事情很多，就是因为我们学生现在的承受力很差。前两天比如说我们在天安门广场或者是在人民大会堂，搞一些大型的演出，请学生的合唱团去后场彩排，前两天我跟中宣部的一个官员吃饭跟我说起这个事情。有个学生站了一个小时就晕倒了被抬走，副导演赶紧改变策略，让孩子们都在地上坐着，不能再站着了，站一个小时会有人晕倒。

体质的问题是一个普遍的现象。刚才说的是体育在教育当中缺失的问题，没有体育学生也失去了释放自己的能量，释放自己精神的渠道，同时也失去了和别人沟通交流的渠道。现在的独生子女都很多，在体育运动当中大家还可以跟别人交流、沟通，学会团队精神，学会协作，学会与别人相处。特别是球类项目，其实田径游泳这样的枯燥项目，仍然在锻炼当中对人精神世界是很大的陶冶。所以有了马约翰先生的那些话。

现在在我们的人口改革、城市住房等等的问题上，比如说我们的中学和小学把很多的地皮盖了宿舍楼给老师解决住房问题，这也是一个现实问题，必须让老师住好了才能够把教学搞好。但是我们付出的代价就是再没有地方去给学生运动了。在我上学的时候我们中学的田径场的跑道是400米的，现在变成了300米，缩小了面积。

尽管如此，我中学体育场馆、体育设施应该仍然是非常好的了。但是在中国，有几个中学和小学有这样的条件呢？这不仅仅是关系到年轻的一代，在他们的少年和青年成长阶段身体的健康，而且关系到他们心理和精神世界的健康。

大家可能经常在节目中听到我及我的搭档鼓吹体育精神的问题，体育精神首先是公平竞争、骑士风度、团队精神、与人合作等等，其实每个人只要尽到自己的最大努力就是最好的收获。不一定非要跟世界冠军，或者是跟你们系跑得最快的人比，跟你们宿舍球踢得最好的人比。但是你只要自己踢上一脚，比昨天踢得好，你就会很快乐，而且体育是一种与人沟通交流的语言。就好比我今天站在这里跟大家面对面的交流，其实不就是因为体育嘛。

在我们目前的教育环境当中，我觉得体育的缺失，它可能是我们的这个教育的的一个体系问题，比如说我们的高考这根指挥棒，它直接决定了我们音乐、美术、体育的取舍。而且在这种情况下，造成了一种畸形的现状，就是我们学生想接触这方面的东西，还需要家长另外花钱和时间，单独在课外时间去培养他，或者是给他这样的乐趣。

上个周末的晚上，在转播之前我们台少儿频道的编导带了三个小朋友，最大的11岁，最小的8岁，是他们一个节目当中的获奖小观众，跟我见了面，聊了天，照几张相，算是对他们的奖励。然后我跟一个小朋友聊天，其中有两个女孩子，一个男孩子。

我问这个女孩子你踢球吗？她说踢，我说你为什么踢？她说好玩，其实体育本身来源于游戏。我说你想踢下去吗？她说想，这时候女孩说我可能再踢下去就没有人跟我一起踢了，现在是男生跟我一起踢。我说没有关系，10 岁的女生比 10 岁的男生有力气，再踢下去就不跟他们踢了。这时候这个男生说你们女生还只交半费呢，这时候踢足球家长还要交钱，这是一个不正常的现象。

在我们上学的时候，我们可以随便到操场上踢球，愿意玩什么项目都有人跟你一起，都有时间和场所。顶多花点钱，本来一个同学的一双球鞋要穿一个学期，你一个学期要穿三双，你爸爸妈妈觉得你还要花球鞋的钱。但是不会说，你在课外单独花钱和时间，就好比说我的女儿，如果她想学滑冰，学校里面没有这个课，当然滑冰比较特殊了，我就得自己带着她，去报名参加一个培训班，交钱，然后陪她去。

孩子的发展要顺其自然，让她自己发展，因为我们现在教育的问题比较多，孩子童年的欢乐很少，看着孩子很痛苦，所以我的想法是搞差异化竞争。你们都读书我偏不读书，我长得漂漂亮亮的，贤淑良德，三从四德，最抢手了，本来我女儿长得又漂亮，我女儿要上清华估计校花没有什么问题。差异化竞争，只要她健康、快乐、她心智健全、性格健全、心理健康，我觉得作为一个女孩，对不起我不是说你们，我是说我的女儿，我不指望她成就点什么，只要她快乐、健康就行了。但是看这个样子好像不太容易，天天小脖梗着说我要唱歌，我要跳舞，爸爸我要当明星，我说：别，孩子，遭罪啊。天天跟她谈心，教育孩子真不容易。踢足球是不太可能的，说实话我这个人在足球方面严重封建，虽然我很支持女足，我跟他们的关系也很好，解说比赛的时候也很投入，发自内心的爱护，但是我真的不喜欢女孩踢足球，咱们可以打打篮球、打打羽毛球、游泳啊，练瑜伽等等。因为咱们国家普遍的足球场都是沙地，绿草地太少。我 99 年解说足球的时候，在美国的北卡罗那大学，美国有 7 个国家女足队员都出自那个大学，因为那个学校有 27 块绿草地，如果都是绿草地我就鼓励。

因为你说万一胳膊、腿上划破点伤还可以，但是你说万一脸上伤着怎么办？不像男的还觉得挺酷的，女孩不行。上清华就看她自己了，如果清华愿意特招我也不反对，但是这个东西看她。反正我是不主张让她太辛苦地读书，好好做一个好姑娘，长大了能做一个好女人就行了。

离开央视？肯定会啊，就算我肯混着不离开，到退休那一天也得离开。而且一旦有一天我自己觉得我干工作的方式、方法有问题，我认为自己不适合了，我错了，于公于私我都不会赖在这个地方，因为我自己不能容忍我自己在一个不适合自己的地方。比如说跳舞，我肯定不会去的。因为你确实从事的是大众传播，很多人认为这个行业收入高，待遇好，家里托很多的关系写条子，你有这个关系你让他写条子批点多好啊。像我说的，有一天我做一个调查，周围的 50 个人做一个民意调查，我是不是不适合做这个工作？如果他们说是，我肯定不干，你不是糟蹋观众就是糟蹋自己，谁怎么样，谁适合不适合，谁干得好不好，老百姓的嘴你是堵不住

的，老百姓是有发言权的，你自己出去走大街上你还不明白吗？（大家鼓掌）

刚才说的是教育当中体育的缺失。清华有那么大的校园，有那么多的体育设施，而且清华在我们上学的时候，从天一亮，一直到天黑操场上永远有人，这点让我很羡慕，外交学院打球找不着人，大家都出去忙别的去了。那个时候觉得清华特别好，特别后悔没考清华。所以我觉得应该记住清华有马约翰先生的名言，记住“为祖国健康工作 50 年”这样的口号。

同学们可能在中学和小学的时候没有我们那个时代这么好的条件去打球和锻炼，到了大学虽然可能 18、19 岁了，但是这个时候能够锻炼一下身体让自己更强壮一些，或者是让自己多一些朋友多一个爱好，让自己的精神世界更充实和丰富，认识更多的人，跟别人多交流，什么时候投身体育都不算晚。让你的生活当中一定要有体育的元素，尤其是我们清华的同学，要不然对不起你们马约翰这句话，培养高尚公民，你们都应该成为高尚公民，优秀公民，我的主题演讲到此结束。

幸福·信仰·青春

白岩松　2010年9月25日

白岩松，央视著名主持人，任《焦点访谈》、《新闻周刊》、《感动中国2008》等节目主持人，2000年被授予“中国十大杰出青年”。

刚才主持人说，不幸的是这么多人不是为她而来的，我想告诉她的是更不幸的是这么多人为你而来，要比不为你而来还不幸。我感受到了这种不幸，因为你要面对期待的眼光，你要背负你必须背负，甚至可能背负不起的一些担子，还要在离去之后成为今天晚上各路豪杰们座谈会的一个主题，或褒或贬，用我说过的一句话来说，我用嘴活着也活在别人的嘴里。刚才见清华的史书记，左晗我想告诉你，史书记特别给我推荐了清华的几位主持人，他说我们清华现在什么人都有，就是还没有诞生知名的主持人，我想是，连总书记都有了，主持人还没有，看样子当主持人可能比当总书记还难。当然这只是在清华内部所开的一个玩笑而已。我跟史书记说，主持人这个行当已经没有任何的专业屏蔽了，我不是学播音的，不是学主持的，我们的主持人行当里有学外语的，有学各种专业的，但是真正学主持的还真不多，我说的是做得挺棒的这批人。他说现在清华已经诞生了几位非常不错的主持人，然后他在琢磨，你看培养和发现主持人已经成为马上要迎来百年校庆的清华大学的校领导会盘旋在脑海中的一个命题，我觉得挺替你们这几位感到骄傲的，我想他说的这几位可能就包括你在内。

言归正传，下午好像跟晚上的氛围就不太一样，下午能让大家安静只有困了之后睡着了，下午并不是一个适合安静地聆听和思考的时间，在我看来下午应该运动，应该是更活跃的生活，那么这个时代就跟中午和下午很像，目前我们所处的时代，躁动、炎热，充满欲望，每个人都脚步匆匆，不像月光下的时代显得平静，我们现在是一样的，太阳底下的时代被太阳灼烤着，因此人在这样一个时代里头也格外的难以宁静，有人说心静自然凉，哪个中国人都热，20世纪的三四十年代，这么大的一个中国摆不下一张安静的书桌，在我看来现在的中国这么大找不到几颗平静的心灵。各位上大学的时候跟我们不一样，我们上大学的时候就是上大学本身，到大四的时候才开始琢磨工作，现在各位打从上大一报道那天开始就琢磨工作，本人供职的单位栏目里面曾经接收过几位大一来实习的同学，后来不幸的是被我烘走

了，我实在不能容忍大一来实习，我特想知道你实习什么啊？放着学校里该上的课不上到这来实习来，可能是就业的压力和焦虑所产生的，你们的师哥师姐们，就是80后，现在可能有搭89的边，有人总说这一代青年人很惨，尤其体现在80后，因为今年是一个标志，80后今年是三十而立，就是顶头的80后三十而立，小的也20了，那么各种压力其实集中地压在了他们的肩膀上，这代人幸福吗？首先要界定什么是幸福，大家有的时候经常很混淆这个概念，比如说，你饿了你去食堂，买到饭吃的第一口就是太幸福了，你用错词了，确切的应该叫做太快乐了，太舒服了，太开心了，或者说太刺激，但是都很难用太幸福的概念来概括，中国人可能因为幸福比较欠缺，因此我们擅长把一些相近的某种感觉给当成幸福聊以自慰。幸福是什么？幸福必须是一个可以持续很长时间的一种感受，而快乐、刺激、舒服等等几秒钟都OK，因此我们刚才谈的这些词，快乐也好，舒心也好，刺激也好等等，不过是幸福的一个又一个碎片，你只有持续的拥有这种幸福的感觉，平静、感恩，早上起来愿意起床，晚上不愿意睡觉，见到别人就想笑，拥有相当不错的安全感，不焦虑，不抱怨，拿这个标准来衡量当下的中国人，谁够格呢？所以我说目前的中国除了幸福之外我们什么都有，难道不是吗？那好了，有一部电影，改一个名字了，我总在说《下一站幸福》，幸福这个概念不仅仅属于个体，还属于这个时代，从个体的角度来说，从我的年龄来说，过了40岁了，40岁就必须要琢磨幸福、信仰这样的问题，再不琢磨晚了！年轻的时候也要去琢磨，你因何而出发呢？当你到了清华，其实就即将画出一条你从生活开始起跑的那条线，那请问，你打算向哪跑？你给自己确立的目标是什么？是物化的？挣多少工资？多少年取得多少职称？在什么领域有多么的杰出？没问题，你可以确立这个目标，确立的目标又是什么呢？想过这个问题吗？如果你不开心，你获得了一切，你的目标实现了，你不幸福，你觉得你得到了还是失去了呢？很难衡量，因此在确立自己目标的时候，一定要有另外的目标仅仅跟随，比如说幸福，比如说信仰，比如说让自己这个“人”能写的多大，否则的话有一天你会很悲哀地发现，我所有要的目标全实现了，但是我却感到万分沮丧，万念俱灰，因为没实现的时候倒好，我以为实现了就可以幸福，但是当实现的时候发现不是这样，这个时候就像歌里面唱的是，“我赢了世界输了你”，依然是输，你赢了所有的东西但是你内心里头想要的东西没有，你也是输。所以，我们到了该确立这样一个目标的时候了，那从时代的角度呢？大家觉得很有意思，你没发现中国到现在改革32年的时间，中国的改革所确立的最初的20多年的目标全是物质的，比如说翻两番，比如说奔小康，比如说温饱，全部都是物化的概念。但是有趣的是进入到新世纪开始，中国人的目标悄悄开始变了，比如说“和谐社会”，“温饱”、“小康”、“翻两番”全都是能用数字来衡量的，但是和谐社会很难用和谐来衡量，今年温家宝在政府工作报告当时写了“尊严”两字，我当时直播的时候就说，中国人能把“尊严”两字写到自己目标当中的时候，其实是确定了比中国成为世界第一都困难的目标，就是说第一很容易实现，熬年头，熬着熬着按中国的发展速度可能就到了，尊严呢？实现尊严这个目标请问您拿什么数字来衡量呢？国家统计局有用吗？怎么衡量“自由”，怎么衡量“民主”，怎么样衡量我们内心的没有禁忌，不自我约束，我说的自我约束是指意识形态方面，而生活中有很多东西当然要自我约束，也就是说我们如何更洒脱更自由，笑容更多，更平等，人更可以大写，想想看，尊严这个目标是很难用任何东西衡量的，你要庆幸的是，时代终于把这样的目标写进了报告当中，也就是说国家或者这个时代开始思考每一个人以及时代本身幸福不幸福的问题，过去我们一直有一个错误的但也不能叫错误，我们一直有一种幻觉，以为当物质的目标实现的时候，幸福便为伴随而来，不幸的是，中国成为了世界的GDP第二，当今年，中国成为世界GDP第二的时候，没有人兴高采烈，欣喜若狂骄傲自大，我觉得首先是中国开始走向成熟的一种标志，另一方面恐怕是所有人都明白，数字不过是一个数字的游戏，并不在第二天直接转化为我们的笑容，我们的幸福，我们的尊严，强拆依然会有人自焚，像常州，开学典礼在楼顶上，因为他们没有操场，还有很多底线的东西。所以庆幸但是绝不欣喜若狂，因为我们终于明白我们要的是什么。

说到信仰这个问题，也分成个人和时代了。我曾经有一天在开车的时候，迎面来了一个很豪华的车，逆行而来啊，摁喇叭，晃大灯让我们避让，我们这一行车正常行驶的，很惊讶，没处可避没处可闪也就罢了，没想到这个车过来之后摇下车窗是一个很漂亮的女子，似乎也受过良好的教育，但估计不是清华的，摇下车窗挨个骂我们，而且看着也没喝醉，那一瞬间我不愤怒，悲从中来，因为你和这样的人生活在同一个时代里，而且你知道有些情况下你也可能是她，为什么一个人的内心竟如此的无底线，无敬畏，看着她那豪华的车和姣好的面容，似乎是受过不错教育的背景，她为什么会如此做人呢？我们内心缺什么？有人说信仰是不是宗教问题，是又不是。在全世界，绝大多数的信仰的确是以宗教体现的，但是全世界13亿人不信宗教里的人有11亿人在中国，没有信仰的人有11亿人在中国，为什么是11亿人呢？因为中国现在信佛教的、伊斯兰教的、天主基督的，剩下11亿人没有信仰，中国人文化基因里天生就没有信仰吗？还真不是，中国的信仰一直就不是宗教，中国的信仰就是儒学道，看我们眼光，言谈举止中形成的社会大潜规则，或者说成为名规则的约束，因此相当长的时间里中国人是有敬畏的，中国人是知道适可而止的，中庸也是一种信仰等等，但是从五四运动一直到"文化大革命"，中国人的信仰被扫荡得荡然无存，全面摧毁，人家总把这账记在"文化大革命"身上，但是不仅仅是"文化大革命"，从五四运动开始一直到"文化大革命"，中国人的信仰被摧毁掉了，不幸的是当中国人的信仰已经完全被摧毁掉的时候，是大家的年龄和青春在20世纪70年代末和80年代初的时候，青年的杂志上像《中国青年》等都在探讨信仰危机的问题。比如，当时大家完全想不到像《中国青年》这样的杂志那个时候一发行是几百万份，当时有一个潘晓写了一篇文章，叫《人生的路为什么越走越窄呢?》引爆了全社会的信仰危机的问题，中国的改革是从信仰的一片空地上开始启程的，但是问题就在于，中国的改革恰恰搅动了所有的欲望，让欲望喷薄而出，正好让没有信仰中国人的心灵发生碰撞，于是扭曲、降落、坠落，去年搜狐的小报谈了一本杂志，约了我一篇稿子，那一期的主题歌叫底线，社会守住地线，但是我在那篇文章里写的就是，谈何守护底线，在欲望的面前人们的底线不断被突破，比

如你可以去想象吗？奶粉里是可以放三聚氰胺的，宝马车轧完孩子还要来回轧 4 回，官员会当着众多人的面看着老百姓自焚，并且成功了，今天还是昨天的报纸也有登，一个老太太受伤流血了，没有任何人敢救，最后是公交车当的救护车把老太太送到医院了，我们的底线已经完全突破，这个时候信仰便显得格外弥足珍贵和渴望，为什么？因为有信仰必有敬畏，我最看重的是与信仰伴生的敬畏，“敬”便是知道什么是好的，打算怎样做，尊敬什么样的行为，“畏”便是知道什么是坏的，而拥有底线，而知道如果做了不好的事情也许会很糟糕，自己会不安，别人看待你的眼光会不一样，等等，因此与其说我渴望信仰，不如说我渴望敬畏。只要这一个人有敬有畏，我便觉得这样的人是可交的，是可信的，是这个社会理性的力量和前进的推动力量，一旦一个人无敬与无畏那就坏了，但是现在有很多人，有的人信人民币，用一种方式信，各种人有各种人的信法；有人信权力，有人信民声，有人信利益，然后各找各的路，有人就信到大师那儿去了，等等，所以总是有人利用一片空白寻找他的生存之本或者说他的利益所在。08 年我 40 岁，那一年我给了自己 12 个字叫“捍卫常识、建设理性寻找信仰”，这是看似简单的 12 个字，但是这里是有封存的，为什么叫做“捍卫常识”？那是因为常识就在那，所以要去捍卫。不是说没有常识就谈不上捍卫，我们要捍卫底线就是开玩笑，没有底线谈何捍卫和守住？常识是有的，1+1=2 就是常识，非常容易，谁不知道啊？但是你敢确定你受到各种诱惑和压力的时候你都能够保证你说 1+1=2 而不是 1+1=3 吗？我不确定，中国最荒唐的年岁里各位没赶上，在“文化大革命”的时候，有很多的今天看来的英雄，他们并没有做多么多么伟大的事情，不过是在一个荒唐的岁月里头陈述了一下常识而已，张志新也好，遇罗克也好等等不过是陈述一下常识，就像是皇帝新装里的孩子一样，但是要付出生命的代价，因为谎言满天飞，《人民日报》上都被登亩产万斤等等的大照片，其实是从其他地里挪过来的，你想到吗？那么这就是常识。

好了，很多年前大家不捍卫常识，被迫说违心的话是因为畏惧，因为那个时候有高压有强权，有一言堂，那么现在中国人，很多人违背常识，扭曲常识是因为利益，今年年初媒体上在探讨关于说真话的问题，我说当下里的真话对立面不一定是假话，假话也挺难的，当下真话的对立面是空话、套话、官话、阿谀奉承的话、言不由衷的话，包括媒体上也有，媒体上经常会说在阳光灿烂的午后，年轻人聚集在清华大学校园里，一起畅谈自己和祖国美好的未来，每个人的脸上洋溢着青春的笑容，这不是扯淡吗！但是这样扯淡的话到处可见，我不知道校园里是不是好一点，但是只要看我们很多领导的讲话，看我们媒体当中的一些报道，全是这样扯淡的话，一句正经的都没有，虽然 17 年前我就在说，说人话像个人，关注人，我们可以慢慢去改变，但是依然残留了很多厚重的影子，一个时代不会那么轻易地过去，总会留一个影子慢慢地延伸，所以有一天我很痛苦、很困惑地看到，我的年轻一代的弟弟妹妹们说起这样的话还这么溜呢，我原来以为长江后浪推前浪、我们都已经死在沙滩上了，后来我看原来爷爷的语态怎么又在孙子这儿了呢？我的一些同事们又操起了流畅的废话，改革、改良、革命都是艰难的，国家的建设不可能是一蹴而就的，需要一个一个去坚持，就像有很多年轻人，有的人认为干新闻不就一份工作吗？抱歉，如果你仅仅把新闻当成就是一个谋生的工作的话我要告诉你，这是一个很糟糕的想法。就像很多年前我们的大领导们，各级人事权重的人物都想把自己的孩子送进传媒，现在都不送了，现在都往中石油、中石化、中移动这里送，高官们已经不把孩子往传媒里送了，说明这个行当已经没什么诱惑力了，现在这个行当本来就是两个收入，第一个收入是工资，不仅不高可能还比很多现在的行业低，另一个收入是什么呢？是因理想而产生的推动时代进步所拥有的小小的卑微的成就感，相当多的人干新闻恐怕是这个收入，但是如果这个收入慢慢变成了空头支票的话，还有多少优秀的人会选择干新闻呢？因此就会有年轻人重新捡起了套话、空话。只要我们无法捍卫常识，我们都会是受害者，虽然你可能本身就不捍卫常识，但你也可能成为受害者。

建设理性的原因就是因为理性有一部分，还需要你进一步建设，可是我为什么要寻找理性？说明它还没有呢。中国人历来的信仰即使说到宗教什么的，都是临时抱佛脚，中国人都发明了许愿和还愿的说法，说明中国人对佛教特别功利，结婚好几年了没孩子，就找送子观音吧，说一旦怀孕的话会还你香火。还听说各位每年五六月份的时候把象山的卧佛寺搞的香火很旺，为什么呢？要找工作去卧佛寺，因为跟办公室的发音很近，从大家的笑声来看，清华是破除了封建迷信，封建迷信不好；迷信不好，无信更不好，因此我们现在不过是临时抱佛脚，接下来寻找信仰，中国人的信仰是什么？各位要知道在十七大的报告里头，专门谈到了这一点，当然没用信仰这个词，因为现在从共产党的角度来说，还不好写入信仰这样的概念，否则的话你共产主义是不是信仰呢？但是在十七大报告里用了这样两个词，第一个叫“精神家园”，中国人的精神家园其实在我看来就是对信仰的一种思考，第二个叫“社会价值观、核心价值观”。什么叫核心价值观？核心价值观就是约束你的行为和信奉你的行为，在依法治国的同时，法律是什么，法律是社会道德的最低标准，因此，依法治国只能保证最低的标准，法律可不是最高标准，任何法律都是社会道德的最低标准的维持，你比如说不能杀人，不能偷东西等等，都是一个最低的底线，你如果突破了这个底线你便会受到惩罚，这是法律，一个社会如果只拥有法律的最低底线是麻烦的。因此道德层面的追求就会成为社会重要的目标，那么国家在玩命的开始“八荣八耻”等就是为了提倡我们的精神家园和社会核心价值观慢慢地提升。也看到了混乱时代当中的乱象，用佛教的话来说我们现在处于末化时代，什么意思？就是妖魔鬼怪全跑出来了，宗教界人士就说我有责任去弘扬佛法等等，这是他们的事情，但是我们每一个人都会去寻找，这个过程非常漫长，社会的进步和尊严的追求就是一个社会底线找到并且逐渐提高夯实的过程，中国的进步一定是一个社会和人们内心底线寻找到了之后，夯实提高的一个过程。有一天，如果这些东西达到了一定的层面，我们可能才迷信。

好了，绕了一大圈子回到了刚开始说到的80后、90后，年轻人所面临的压力和困境，幸福吗？快乐吗？有信仰吗？难，我总结了新时代年轻人的新三座大山，第一座大山是以“蜗居”为标志的住房和物质压力，现在的社会很麻烦，把年轻人的成功直接跟物质的成功画上了等号，这是艰难的，压力也很大，像我们那个时候

上大学，不会给我们确立这样一个物化的目标，我们也没有，我们不用去想，我要有房子，我要有车子等等。找女朋友，女朋友给你提的要求不是这个，但是现在是，甚至年龄提前了，我发现普遍的二三十岁的人都有一种住房焦虑，其实在国外也没有多少个老百姓能在这个岁数买到房子，中国显得更加的焦虑，因此沉沉地压在当下年轻人身上，不仅仅是住房，很多问题，反正是集中体现在物质层面上。

第二个是以蚁族为代表的现实和理想的冲撞，还要不要有理想，还要不要浪漫，还要不要趁着年轻的时候流浪一下，为自己的目标去奔波和闯荡，蚁族又像是一个无形的绳索，套在这一代年轻人身上。还有就是以暗算为压力，职场上的争斗，让现在的年轻人压力更大，这是现在年轻人的三座大山，这三座大山让现在的年轻人不那么理想了，不那么浪漫了，必须现实和功利，有很多时候大家说现在的年轻人没什么理想，请问是年轻人的问题还是时代的问题，可是我话又想反过来说，我说要关爱当下的年轻人，但是不能用溺爱的方式，请问哪代青春容易呢？青春总是在回忆当中美好得一塌糊涂，回忆这个东西特别不靠谱，现在很多人回忆80年代，被美得一塌糊涂，我从那个年代过来的，我觉得不那么好吧？青春被中年人和老年人回忆的时候万分美好，但是青春其实我觉得是人生中最艰难的一段岁月，所有的第一次都会如此的焦虑不安，困惑，我们上大学的时候有一首诗，就反映了青春不容易，那首诗的第一句话就是“21岁我们走出青春的沼泽”，你看，就说明21岁刚走出青春的沼泽地，青春不容易。我在过我的青春的时候也觉得有很多的压力、痛苦、不安和焦虑等等，但是青春要美好，你又万分留恋，为什么？就在于青春天然的具有那种不畏惧、浪漫、理想主义色彩和勇于犯错，敢尝试。那好了，一旦时代把青春中的这些东西都要剥夺走了的话，那么青春不就不是沼泽地甚至变成沙漠了吗？年轻哪好？敢犯错，因为我有大把大把可以改正错误的时间。第二，年轻敢尝试，撞了南墙我再找条路，你到我40多岁的时候说还不断地想撞南墙，估计比较麻烦。第三个青春就是要有理想，以梦为马，当年孩子不就是这么说的吗？那好了，如果青春都以宝马为马了，而不再以梦为马了，那青春的魅力就大减，我们上学的时候喜欢写诗、读诗，喜欢三毛因为三毛替我们所有人流浪，喜欢武侠，喜欢摇滚乐，喜欢无聊，因为大学里即使清华也经常会有青春特有的某种无聊时刻，但是回忆当中的无聊可美好了，但是无聊的时候挺无聊的，而无聊也是青春的一种风景，无聊的时候就会海阔天空。你要知道人到中年的痛苦就是连无聊的时间都没有了，你所有的时间都被当成期货分解了。但是我想跟各位说，每一代青春都不容易，当初那些人在青春时去德国留学，二战爆发了，在德国待了10年，这一代青春容易吗？西南联大哪些人，从全国各地汇集到昆明，当然西南联大我认为是中国最棒的一所大学，虽然只有几年，虽然得罪清华，但是我觉得清华也应该认可，我正在看《西南联大八年》这本书，为什么它好，自由、开放、会聚、包容、混搭啊，但是那代青春你觉得容易吗？字里行间都能看出他们的家国痛苦和忧虑，你要知道，一旦家国不保和危在旦夕的时候，再美的青春也都荒芜了，好了，我们的父辈，和比我们再大一点的这代人青春容易吗？比如说伴随新中国出生的这批人，1949年左右出生的这批人，到长身体的时候，1959、1960、1961年三年自然灾害，吃不着东西，大家知道吗？中国哪个年份出生的人最多？按理说应该是平均的，除了个别，比如说金猪年这年多生几个，大致是平均的，但是中国有一个年份的出生率要比其他年份高出20%—25%，这在人类繁衍的历史当中是极其不正常的比例，我告诉各位是哪年，是1963年，意味着他们爸爸妈妈刚吃饱一顿饭之后的产物，1963年出生属兔的人是全中国按年份来算出生最多。等到要结婚的时候又面临抉择了，我结婚是跟我的小芳还是回城里找我的什么，还是考大学，等到好不容易稳定了，想生孩子了，独生子女了！等到独生子女好不容易长大了，打算寄托在孩子身上，然后自己下岗了，你说哪一代人容易？

当我罗列了当下年轻人所面临的挑战和现实的困境的时候，要关爱但不能溺爱，因为也要意识到每一代青春的不容易，比如拿蚁族的这批人来说，其实我是坚决支持蚁族的这些人，因为青春总是要试着找理想，哪怕没找到。我的很多同学都是到30岁之后才到北京来做漂流一族的，因为在我们大学毕业的时候还“户口”、“粮票”、“分配”等等这些东西，那个时候没粮票真不行，想要继续流浪北京是极其需要勇气的事情，而现在已经拥有了，而重要的是这一代青春的困惑，由于互联网的存在放大了！全社会听得到你们的焦虑不安和压力，这是哪一代青春都无法比拟的，所以青春的问题要用青春去解决，当下这个时代已经让人们不得不现实。其实也好，就像有人问我说白老师，现在的新闻界里头理想主义者太少了，是不是非常的让您痛苦，我说不，我说从来不担心理想主义者，我反而担心如果新闻界里都是理想主义者还是麻烦呢，中国最有激情和理想主义色彩最浓重的是“文化大革命”，你喜欢那个时候吗？如果都是理想主义者，他会像一把火一样烧自己和行当，任何社会需要理想主义者都是一小部分，但是也需要被约束，大比例的人是职业的人，他嘴上可能不会谈宏大的诗一样的语言，但是交给他任何事情他会非常规范符合标准甚至很棒地完成它，中国最需要是大批这样的人，新闻界里同样需要，我需要更多的是职业的新闻人，敬业就够了。然后还有少部分滥竽充数的，但是现在的问题是，中段并不大，很多滥竽充数的也扛着理想主义的大旗，浑水摸鱼容易啊，所以浑浊不堪，其实我觉得清华人，从它的校训校风各种感受来说，也是中国加大和强化中间这段所谓敬业和职业感非常规范理性的积极的推动力量，如果每个人都以梦为马，那这个国家可真惨，宝马一定不是以梦为马造出来的，是严谨的德国人造出来的。所以在这一点上我是非常喜欢清华所特有的这个东西，因此并不矛盾，但是依然需要有理想主义者，就像人的一生如果都是理想主义可能也麻烦，如果年轻不激进，不做一些怪异的事情，那是身体有病，如果岁数大了还偏激，那是脑子有病。所以青年有的时候跟中年人就会完成一种碰撞，青年人会觉得他们不明白，我们招呼他们都不跟着去，别忘了，他们年轻的时候也砸过，中年人有中年人需要做的事情，这个东西不能错位。但是在青春的时候，每个人要做这个年龄该做的事，不妨可以在夜色下弹弹琴，唱唱歌，写写诗，想一些不着边际的事情，甚至犯一些错误，我最近总是在强调这一点，人们有说错话和做错事的权力，为什么不断地说这个？因为我们发现周围的环境和约束总是在强调让人们无比正确。人们不能犯错，正确便也保不住，就如同往外泼水一样，把孩子一起泼掉了，如果人们没有

说错话的权力便没有捍卫常识和追求思想的权力，因为不宽容，不自由，不开放。要拥有错误，青春的时候恰恰是这样的时期，如果没喝多过几次，如果没打过架，当然学校是不提倡打架的，没有一次失败或者成功的恋爱，尤其是失败的恋爱，没有过为国家热泪盈眶的时候，没有过集体在一起呐喊一些什么的时候，那可不叫青春，所以我说，如果一个时代连他这个时代的年轻人都已经放弃了理想的话，那这个时代让人担心。

所以说白了，不管是幸福还是信仰，还是理想，还是青春，我们都得往回找，我们追求的目标应该是幸福，就像我们很多年轻人没有走出国门，但是当你走出国门的时候会有许多反差和惊讶，比如说我去欧洲和美国，越是发达的人眼睛里越开始拥有更多干净的东西，就像他们的环境重新干净起来了一样，不会是一味的向前，当到了一个发展的折返点的时候，经济也许会缓慢下来，但是人心追求的东西，会向这个折返点重新向回寻找，寻找其实就是最原本的那些东西，和家人在一起的快乐，内心的平静，阅读，用身体、肉眼和感官去感受四季的变化，而不是只在天气预报上知道现在是夏天，有多少人没有看到春天的气息是如何弥漫到这里，我们有多长的时间不知道周围的环境，或者说这棵树又发生了什么样的变化，这都是人需要的。中国一定会来到这个折返点，我甚至觉得现在我们已经到了这个折返点的前端，那对于我来说年龄是一个折返点，人到中年，中年就是一个折返点，从小到年轻的时候是120千米/秒的速度，百米的速度在往前跑，到了这个地方，有些东西需要继续向前，但是有些东西需要回来了，回去寻找，所以时代的折返点也终究要来了，看着那些发达国家的人们重新回到简单的生活，可能难以想象，就像我去美国，去了太多美国的公司，见了无数张办公桌，没有一张办公桌上摆放的不是家人的合影，你见过中国人在办公桌上摆家人的合影吗？因为中国人结了婚还在办公室里打算跟人家说单身呢，然后我们说发达国家，发达城市一定是24小时不夜城，人们的脚步急匆匆的，然后尔虞我诈、性关系很乱、离婚率很高等等，抱歉，这一切我觉得都是当下的中国，包括纽约的城市到了晚上8点多都会迅速地安静下来，只有周末酒吧才会灯火通明，我们找吃饭的地方都很难，更不用说美国一些小镇里安静的都吓人，每天每刻都能看到有人在跑步，生活的脚步没有我们想象的那样。当然在纽约，半夜找饭局也有人告诉你——唐人街，就像你半夜看到的什么洗脚啊，没有。作为传媒人，作为一个中年人就自然要想这两个折返点的问题，不管是人生的折返点还是国家的、时代的折返点，因此在年轻的时候，在青春的时候恐怕也要思考一些东西，回到我刚才讲的第一句话，头几句话里，你要什么？你到底要什么？一定要问自己问清楚了，我们现在有很多人在确立目标，甚至确立工作的时候都不是为了自己，而是为了父母、朋友，甚至是某种虚荣心和面子，觉得我要干这项工作的话别人可能会很尊敬我，其实你并不是很喜欢这些工作，幸福跟鞋一模一样，舒不舒服自己知道，我觉得未来的中国人不要骗自己，还是要更尊重自己，更懂聆听来自自己内心的声音，更要常问自己我要什么，我是不是真的要它，所以这50分钟算作是我的一言堂。

白岩松回答清华大学学生的提问

问：我想问的是，一代人有一代人的不同，一代人有一代人的困惑，我们都活在当下，但是究竟怎么样才能够痛并感受到快乐呢？谢谢！

答：每一代的年轻人都有着自己的幸和不幸，真的无法做同样的比较，但是青春都不容易，怎么样才能痛并快乐？我觉得在我目前的年龄更多的是问号，答案真的很难寻找，我会寻找我自己的答案，但是我觉得唯一可行的就是你真的要问你自己，我为什么要拿刚才的那句话做结尾，你真的要问你自己，你要什么，我觉得很多人看不到希望并不是看不到自己真正喜欢的某些事情的希望，而是在外在的很多压力面前的时候，内心产生了一种巨大的扭曲，而导致的那种结果，其实在日本，日本目前的自杀率是它的大问题，日本每年的自杀人数3万多人，有相当一部分是年轻人，说明这个问题在哪个国家都一样，他也是一种扭曲，为什么日本现在宅男和宅女会特别多？我觉得在年轻的时候就是要确立你要追求的目标，不能拿外在的东西当成目标，也许一列火车向前走，我说我们要扮演从后面推着它向正确方向的这群人，但是前面还有人拦着呢，还有人从侧面推，更可气的是有很多人坐在车顶上，不管你怎么推，我想说的是这也是他的权力，虽然我咬着后牙床在说，我跟你有相同的感受包括我看得到身边很多的人，现在其实是享受着中国的所有的优惠，同时又留着所有的后路，他不是中国公民，但是他的孩子在中国学校上课，然后交了一点钱就把国家给孩子补贴的钱全用了，很多这样的人，但是我必须理性地告诉我自己，尊重每一个人的选择是一个健康社会的标志。虽然我可能不喜欢这种行为，但是我必须尊重个体的选择，因为这个东西本身就是吸引力和反吸引力的问题，反过来看，很多老外觉得在那么安静和平静的国家，世界上还能有中国这么一个地方，用我的话来说叫做泥沙俱下的活力，缺一不可。我去瑞士的时候跟我们合作的那哥们儿是30多岁的年轻人，他说憋死了在欧洲，每天晚上8点就安静得一塌糊涂，中国驻联合国的大使馆在日内瓦还有一个联合国机构，在那联合国机构办事的中国人下午打了一场排球，被邻居给举报了，说他们噪音超分贝，欧洲是老年人很体面的国家，年轻人很郁闷，因为太正常了，太平静了，所以你看，太平静、太幸福也是问题，这个时候就想起西安交大院刊上的一句话，我们喜欢的是走向成熟的过程，也许我们喜欢的不是理想，而是走向理想的过程。所以我觉得年轻人想要自己不绝望就是给自己目标然后信仰，并且真的信仰，其实我非常想坦诚地告诉你，我曾经也跟年轻人沟通过这个问题，我也知道我的某些理想其实也可以随风一笑，但是我必须得信它，人有的时候得骗一下自己，然后信它便显得很充实，比如说我依然愿意相信新闻是能够推动社会进步的，虽然现实中有很多的反力和无力感，因为信他才能痛苦并快乐，否则就真没了，人有的时候，你说很多信天主和基督的人真的信有上帝吗？不一定，说信，然后后来就真的信有了，他可能就是这样吧，我想。

问：你好我是一个大一新生，我刚来这31天，我对我的大学也是充满期许，

我也会追求我的理想。

答：首先我要恭喜你满月了，这是人生的又一个满月，上一个满月你不知道，那是父母爷爷奶奶为你过的，我想这一个满月是你自己的，完全是你自己的，你从来没有过这个满月。

问：您刚才说的，年轻人应该追求他们的理想和浪漫，我想问一下您当年的浪漫是什么样子？

答：这话可千万不能误读，现实毕竟放在这，我是说别那么100%的现实，我年轻的时候做的事多了，半夜起来写诗，到工人体育场看一场比赛，结果没买着票，我们在外面蹭人家的收音机听完比赛，然后从工人体育场走回到广播学院，那是一个什么样的历程啊，不可思议，还有很多很多这样的行为，86年的时候拿着很少的钱去成都跟我的中学同学汇合，然后漂流长江，从重庆一直到了南京，最后实在没钱了，然后混回北京等等，这还不够，我们会去问某个老师的家在哪，推门就进，跟他大侃半天，让他去我们学校演讲。然后把崔健的歌放到校园广播里。当然我们还有很多，我们还有89年为这个国家热血沸腾、热泪盈眶直至默默无语的全过程。我觉得爱国也是有某种青春荷尔蒙的标志，20世纪50年代出生的人是用"文化大革命"完成了他们的爱国，80年代出生的人是反日游行，我不知道90年代出生的人你的成人礼会是什么？10年一次，绝了，这在我看来都是浪漫的事情，起码将来颤颤巍巍八九十岁的时候会说，我为国家哭过，为女孩也哭过。

问：白岩松老师您好，我是一名大二的学生，我想问您两个问题，第一就是在您刚才的演讲过程当中，您说人生在年轻的时候比如说20多岁左右，是以一个加速度，就是以一个120迈的速度向前前进，当人到了40岁，人到中年的时候有一些东西是还需要前进的，有一些东西就是开始要折返了，我想请您具体或者说是举例的说一下什么东西是需要继续往前，什么东西是需要继续折返的。第二个问题就是我在今天来听演讲之前刚看了您在耶鲁大学做的演讲，给我印象最深的就是我跟您有着相似的童年的经历，给我最震撼的、让我特别敬佩的就是您的母亲，我觉得她是一个特别伟大的女性，我不知道她现在是不是跟您一起生活，我的意思是说因为我的母亲，我现在没有这样的经济实力，也没有这样地理上的条件可以让我陪在她的身边，或者说让她跟着我一块儿生活，我是一名医学生，到我有能力担负起照顾她的责任，还需要7年的时间，然后这样的话我不知道应该如何处理这样的一种关系，而且我不知道怎么样才能使她没那么孤单。

答：我明白了，先回答后者吧，这位女同学所说的就是我父亲在我8岁的时候就去世了，我母亲一直没有再嫁把我们哥俩拉扯大，都是在北京上的大学，我哥毕业之后就回去了，我哥79年在北京上大学，83年毕业的他留在北京，留在大单位跟玩儿似地，那个时候大学生极其紧缺，但是我哥是老大啊，回家了，然后换来了我的自由。我又到北京来上大学，我妈妈是跟我过，但是我想跟你说的是你想象的母亲和真实的母亲不同，真实的母亲比你想象的母亲还要坚强。然后你期待的能给你母亲的回报不一定是你母亲最想要的东西，你好对于天下所有的母亲来说都已经是最大的欣慰了，你可能永远不知道当你母亲看到你接到了清华大学发给你的录取通知书的时候，她该是多么的辗转反侧难以入眠，幸福得一塌糊涂，相信你母亲因你考上清华幸福感一直持续到现在，最难的时候已经过去了，你不觉得吗？剩下都可以采用倒计时的方式，更何况你凭什么认为7年后你挣了工资了就会给你母亲带来幸福和所有要的一切呢？母女和母子、父子之间都不是用这些东西衡量的，有的时候你会发现，即使给他买了好吃的，一个月之后就放坏了，我妈经常说我们这代人是天下最浪费的人，你们才浪费呢，我一次又一次看到，去年拿来的东西今年还在呢，一看保质期都过了，新买的衣服都不穿，这不是更大的浪费吗？所以千万不要信物质会给你母亲带来幸福，你现在可以做得更好，你单纯得只是一个女儿，我要告诉你，等你大学毕业之后，你就不会单纯只是一个女儿了，你是别人的下级，很快是别人的妻子，然后你也将成为母亲，对母亲的言谢是没道理的，感恩会有，但是我觉得人类就是这样传承下来的，人当然要孝顺，清华的更要孝顺了。我想说的是人的责任又是一代一代传承下去的，终有一天你又成为母亲当初你母亲，所给予你所有的东西你又会加倍地返还给你的孩子，人类就是这样的，接力棒一样，没必要表面上谢谢，但是行孝要趁早，行孝有很多种方式，但是要趁早，千万不要给自己压力，我没有工作、没有办法给母亲买什么，有的时候你母亲需要的就是你密度再大一点的电话，包括父亲，其实中国的父亲很可怜，大家都在称赞母亲，然后很多感动中国的都是母亲，可是我发现其实他们家更伟大的是父亲，因为沉默不语，为一家人的生活去奔波，但是爱却体现在了母亲的身上，最后母亲是感动中国的和道德模范等等，然后父亲在那看着。没办法，谁让中国的父亲留给我们的永远只是一个背影。

回到你第一个问题，人到中年为什么还要往前走，为什么还要往回来，肚子往前走，腿往回来，踢球的时候意识往前走力气往回来，但是从人生的角度来说事业往前走，中年最可怕也是最受挑战的，前不着村后不着店，稍一松懈就躺在上一坡的光环上顺坡而下，人生就是这样，但是稍一有勇气，哪怕有胆量再选择新的起跑线或者出发点可能又会攀上一个高峰，中年的脚步会慢下来，你比如说越来越知道自己要什么，我过去喜欢群居，一大帮人的聚会，开心得很。现在能很开心地和自己相处，因为我现在经常是宅男的状态，但是我非常开心，非常开心地跟自己相处，然后回到生命中的很多本来的东西，我不会去再为很多其他的外在的东西去烦恼，那因为你有了，所以正是因为你有了才没那么重要，所以有了的人说的话也有道理，您明白我这句话的道理吗？不能说没有的人说才有道理，不对，有了的人说也有道理，因为我有了，比如说名、利等等，我有了，但是我却知道没那么重要，我从今年开始跟我夫人就一直在说，我们从今年开始作为一个新的转折，走向物质节俭主义，我现在大量的不是往里拿东西，而是往外清东西，我已经有好几个月没买过衣服了，即使这样我依然发现原来早就够用。年轻的时候、岁数小的时候觉得可乐好喝，糖水好喝，现在觉得水好喝，就是这样。

问：您好，我想问一个可以说是比较现实的问题，比如说你在某个春节，走在路上突然看到一个女孩正跪在地上，膝下有一张海报说着她是某大学的学生，正准备赶回家过年，但是她口袋里的钱已经没有了，或者正遇某次扒窃或者怎么样，她缺钱想寻求帮助，但是貌似您又在哪次中秋节或者是什么别的春节也见过她，好像也会在这，好像没有，你会怎么做？

答：第二次遇到她的时候就非常简单了，对吗？其实困惑的是第一次遇到她，那才要挣扎，信还是不信，帮还是不帮，即使第一次遇到她你也似曾相识，每个第一次原来与我们都是第2次，第8次，第10次了，所以大多数的人才不信，遇到这种情况，有的时候会让儿子去放一笔不多的钱，我不会，我在回家的一个路口，每天都能遇到相同的人在乞讨，我就明白了，哎哟，职业的！但是这个问题你提出来，我愿意把它解读成不是那么简单的一个问题，而是这个社会普遍存在的“不信”的问题，如果社会普遍是“信”，帮她的人会很多，但是现在社会上普遍的是“不信”，帮她的人会很少，这个时候一种困境就出现了，如果她真的是寻求帮助的人她就很不幸，但是她如果是职业的，大家对她的这种不帮助就对了，可是换个角度想即使是职业的也不容易，这是我妈经常说的话，别这么去想，总见着她，有机会能帮助她还是帮帮她，这还是比做其他的工作更要失去一些尊严等等很多东西，所以从这个角度来想，这也算是一种职业吧，也算是一种卑微的职业，也算是农民工，只要有机会我们要去帮助她，这样培养你心里更善良和愿意相信的东西，这个世界就会在你眼里改一些模样，不信的东西世界就会成为你不信的模样，信的多了就会成为信的模样，你把别人当成朋友，把你当成朋友的人也会成为你的朋友，如果你防着所有的人，也不会有朋友。

问：我是新闻与传播学院09级的学生，我在这边很激动，我有两个问题想问您，第一个就是从小是看您的书长大的，《痛并快乐着》到今年的这个《幸福了吗》，我感觉是感受到了您心路历程的变化，《痛并快乐着》是反映您年轻时候的意气风发，即使痛也是要找寻快乐，现在是人到中年的一种困惑，幸福了吗？这个问题就让人感觉困惑，我第一个问题就是您这10年经历的是怎样的心路历程？您最大的收获是什么？还有新书当中提到您以后这10下来会闲下来，您这个闲下来是真的闲下来了，或者说您这种状态是怎样的闲下来？第二个问题就比较偏向新闻一点，就是说我看您新书里面提到，说中国的新闻事业能否搞好要看是否有真正的优秀的新闻人才投身其中，您认为真正优秀的新闻人才的标准是什么，然后您从事新闻工作这么多年了，在原始的激情之后，您这么多年的原动力又是什么呢？谢谢！

答：先回答第二个吧，我说的这番话的意思是还有没有优秀的人才，愿意进入到新闻这个行当，到这里来安放理想，我是怀疑的，现在我们的新闻环境承受两种现实，一种是传统的，这不用说大家也清楚，但是在改善，十七大报告里面明确地写到老百姓要有知情权、参与权、表达权和监督权，这12个字不是轻易写进去的，老百姓有知情权就是写给媒体和政府，否则老百姓的知情权是因何而来呢？老百姓之所以有参与权和表达权就是说明中国的政治体系改革和民主进程，否则老百姓怎么参与，因此千万别小看党的报告里面的词，别看我不是官员，中国大部分的官员没有认真看过十七大报告，或者说相当多的官员也看不懂，这是我很奇怪的地方，我把十七大报告掰开了揉碎了，我们党委说如果都像你这么讲十七大，十七大还真挺好的。这里有很多的内容都在这里，所以我主要指的是这个是传统压力；还有新的压力现在很少有人关注；媒体生存的压力正在扭曲新闻，现在的新闻付出的成本越来越低，打个电话就算采访了，网上找找材料就算整合了，这样有公信力的新闻，有厚度的新闻就会越来越少，生存正在前所未有地扭曲着新闻，将来一定有一天传统的那种限制和压力会进一步明显减弱，但是生存的压力会进一步提出来，现在假新闻等很多东西是与此有关的，这很麻烦，所以你现在在学新闻，我有的时候经常去咱们院的小楼，学院当时还想跟我有更密切的朋友让我直接成为你们的老师，可能还不到时候，我觉得不背这些虚的东西，认真做事就好了，如果有一天咱们课堂上再见。——你的第一个问题是什么来着？这就是问两个问题的后果？其实我主要是考你还记不记得第一个问题。

10年的心路历程或者是收获，10年前我一根白头发都没有，现在还有很多黑头发呢，10年前百米依然能够跑进12秒，现在不行，现在还依然在踢球，10年前很少受伤，这10年间受了无数的伤，因为现在年岁增长肌肉不够了，就像我骨折手术之后，我的一位大学同学给我发短信一通安慰，隔一会儿又突然发短信，有什么安慰的，这岁数还能把腿折在球场上羡慕还来不及的，从心路历程的角度来说，我觉得痛并快乐着很直接，可以反映年轻时候的直接的感受，幸福了吗？不仅是我自己的问题，也是当下这个时代的问题，我觉得当下这个时代也正处在一个困惑和重新确立目标调整方向的时刻，你看转换经济发展方式，社会的发展方式也要转换，温家宝总理不断地提关于政治体制改革的事情，民主这些词汇已经不再敏感，包括新闻改革等等，所有的这一切都使我们现在正处在一个混沌、迷茫，但是又充满着希望，不管是我自己还是这个时代都是如此。

问：谢谢白岩松老师，我跟我妈妈都是您的忠实观众，我是大一的新生，我想问一个问题，现在进入大学之后，确实心里面会感到一种力不从心的感觉，因为身上确实肩负着很多人的期望，家里的父母、老师，包括社会上的，这些期望有的时候就要求自己，必须强迫自己变得稳妥一点，踏实一点，安稳一点，放弃那些爱你的人觉得不应该拥有的那种很浮躁、不切实际的想法和理想。听从他们认为应该拥有的人生和轨迹，这样的话才是真正理智的一种行为。但是有的时候我会觉得他们可能就认为比较充足的物质的保证，比较安稳一点的工作才是你真正幸福的基本保障，可是我觉得有的时候这种纯粹物质的也算是一种崇拜吧，似乎仔细想一下真正疯狂的是这个社会的不理智，就对理性这种东西感觉非常的迷茫，所以想问您怎样听从自己内心的那些想法才是真正理智的，您认为这个社会真正的像您刚才说的理性，真正最大的理性应该是什么？

答：凭直觉我觉得你与家里面为你想的道路之间的冲突还并不剧烈，相对来说你们还是和谐的，不像有的年轻人可能跟家里安排的路子有对抗和冲突，我做节目的时候从来不会去想可能会有1亿人或者是两亿人在听我接下来的这番话，如果我这样想不好，在不说话的时候我却要想，你可能每天要面对 1 亿或者是两亿的观众，所以人生上大学的时候同样如此，学业也好，生活也好，不能天天这么想，我这么做爸爸会喜欢吗？妈妈会喜欢吗？这么做你会喜欢吗？关于人生的目标，我觉得孩子和父母之间也是一场谈判，你知道什么叫谈判吗？龙永图作为中国的首席谈判专家，94 年日内瓦给我做过他的名词解释，他说小白，谈判是双方妥协的艺术，"双方妥协的艺术"，任何谈判如果演变成单方面的赢，那一定叫征服而不叫谈判，只要是谈判就是双方妥协的艺术，我觉得孩子一生的成长与父母之间尤其到了你大了之后也是双方妥协的艺术，你能不能掌握这种度，有些事情父母当然操心的是物质方面的东西，因为这是可以直接肉眼看到、感受得到的，但是精神层面的问题你问问你的父母，他们更关心你如果哪天不幸福或者遇到挫折，你试试，但是父母没法告诉你该怎样在精神上、心灵上去获取更多，因为每一代人是不一样的，这一点更要靠你自己的独立成长而不能反过来一种依赖，掌握最好的分寸，人的一生都是最好的谈判的过程，跟生活谈判，跟事业谈判，最好的结局一定是双方妥协的艺术，人一辈子无外乎谈判。最后一个提问。

问：我希望听一下你介绍 CCTV 内部晚会是怎样的背景？

答：从头到尾我不想说，对不起，全写书里，您自己在网上看吧；三言两语说不清楚。我觉得需要改变的是这样的几个认识，第一个认识是有人说，呦，白老师看见您在东方时空里的演出了，你们怎么也会说粗话，怎么也会搞笑啊？你知道我痛苦于什么吗？我痛苦于人们的这种思维方式？我现在最担心的中国的思维方式是非黑即白，非对即错，非好即错。你看我们小时候评价一个人，大部分的人是有好有坏的人，看什么因素，看自我约束，激活他那些好的东西，抑制他那些不好的东西，每个人，即使大学教授，即使校长恐怕也有不可告人的东西，我也同样有，每个人都有，这就是人。人性是如此的复杂，生活也是如此，生活也不是非好即坏的，大学的时候会想我将来的人生，我一定事业是放礼花的，爱情是送鲜花的，不可能，天天放礼花就是噪音，天天送鲜花那说明被送花的人一定不是真的爱你，这东西得花多少钱啊？偶尔送，偶尔放才显得美丽，所以生活大部分是平淡的，那么我们的思维方式尤其清华人的思维方式带有强烈的理性的因素，一定要明白，有很多事情不是非对即错，尤其评价人，评价生活更是如此，就跟生活中黑和白可能都少，大部分也是灰色的，我们不能因为一件事就把一个人盖棺定论了，那好了，回到你刚才说的中央台的那个晚会上，白岩松就不能不严肃，不能搞笑，就不能够说脏话了？都会，都很在行。内部的联欢会都是我们主持的，你会很奇怪，在电视上看到的是一个严肃的理性的白岩松，那是因为新闻这个东西需要你激活在你本体内原本具有的理性和严肃的情怀，生活中我另一面展现出来了，搞笑和幽默松弛下来的，我是 AB 型血，我的父亲是蒙古族，我的母亲是汉族，所以我是一个混搭的，其实我是想通过我来告诉各位谁都如此，我们千万不要对原本复杂的人性做简单的评价，生活也是如此，你比如说将来你的婚姻，你的恋爱，都是这样的，生活中会有很多的磕磕绊绊，不光有甜蜜的时候，也有吵架，最终磨合，这样的话你走向社会，当你了解了人性的真相，生活的真相，你走向社会的时候才会心平气和，否则的话你会觉得反差很大，不像我想象的那样。我清华毕业的学生怎么能到这来抄数字一抄就2年呢？还有你的师姐呢？师哥呢？研究生、博士毕业的还抄2年呢，有什么做不了的，我指的就是生活，中国航天系统里面我见到太多，一问全都是，极高精尖的博士、硕士，干吗呢？抄数字抄2年多，我开始做报纸，做了4年，每天画版，数字往下删，生活就是这么琐碎，聪明的人是会把中间的一部分过渡为幸福的人，我想清华人要做幸福的人，要做聪明的人，这样的话让你人生的幸福理念会更多，今天到此结束，谢谢各位。

捍卫常识

卢跃刚

卢跃刚，1958年生，四川人。《中国青年报》策划部副主任、记者；中国报告文学学会理事；中国作家协会会员。主要作品有1998年创作的《大国寡民》，进入当年十大畅销书榜单；另有《辛末水患》、《以人民的名义》、《乡村八记》等收入《观察中国》之《在高层》和《在底层》；近期新出版的讲述新东方传奇故事的《东方马车》引起各方面的关注。

首先讨论一下水利大灾与中国社会问题的关系，有一个切入的认识和研究。一部德国著名的研究东方社会的书的作者根据马克思的亚细亚生产方式和马克思在研究印度的时候文章里面提出的概念提出：东方社会围绕的秩序，而形成了一整套国家动员控制系统、独特的有东方色彩的国家结构或政治文化系统，以及其他方面的意识形态。起初我不太明白其中的意思，后来91年发生了水灾，我就发现书里面记述的古代从水利到水患的国家行为与今天有着惊人的相似——无论是从宏观，还是微观——这给了我很大的启发：通过一场灾难和国家系统应对灾难方式来看国家的控制状况和社会状况。从历史来看，河渠书专列是我们的正史里一定要记载的，而且我们的专志里辟专章来讲水利，这是一个很有特色的文化现象或说是政治现象。根据我长时间的跟踪、积累的资料，我写了一部书叫《辛末水患》，从另外一个角度来研究华东水灾。我采用的材料与当时通用的材料有着本质的不同。因为当你做了一个最基本的了解——从理论的到社会状况的了解后，那么在前期采访里所选取的材料和跟踪的方向与别人是有天壤之别的。当水灾出现时，它成为了一个公共信息，媒体也根据各自的需求对此进行采访报道，由于记者的背景知识不同，选取材料角度不同，那么最后的作品也不同，我根据大量的收集资料，还写了一篇准学术文章——《治水·治国》，治水其实就是治国。基于我对中国的地理情况、水资源分布、气候和我们应对水灾的意识、观念与方法，当时我在书里（《辛末水患》）做了一个预测：如果有些问题不得到关注的话，当发生重大水灾的时候会出现更严重的情况。如果说水灾是一种常态，中国社会是一种常态，东方社会是一种常态，那么对水灾的应对及所谓的减灾，效果会大为不同。

我判断1991年的水灾是人祸大于天灾，如果这个问题不解决，将会极大地使天灾的损失加大。而且据当时的判断，我也觉得以后还由于世人的局限，人类利益关系的冲突，加大灾难。到1998年水灾来时，在全国媒体都没有动的情况下，我

们《中青报》做了一个判断，提前一个多礼拜全线控制了长江流域。在这一个多礼拜里、《中青报》95%以上的新闻是独家，因为其他媒体都还没有去，他们认为那可能只是个小区域的、跟往常一样的、不会超过华东水灾的一次水灾。但他们忘了一个基本的道理，就是长江流域的含义与淮河流域的含义有着本质的区别——当然两边的气候也不同——因为长江基本上是龙脉，跟黄河并列的龙脉，长江流域的经济在很大程度上也是大于淮河流域的。所以长江只要一动起来，牵动全局的可能性就极大。整个流域的上游是重庆，下游是九江，一线两点，中间是有两大调蓄功能的自然湖泊洞庭湖和鄱阳湖，而我们控制了上游的最顶端、中游的最末端——最有可能出现险情的地段。这都基于对中国自然状况的了解。后来我们突然发现柳州出现了运兵情况，正规军北上进入长江流域。我们在总参、总政、总后的消息全部封闭的情况下，看到了车次，对运兵人数进行了大概的预测，进行了头条的报道。因为在国家动员里面，当用了正规军来减灾的时候，就意味着灾难的性质发生了本质的变化。实际上这都涉及了对新闻事实发生前的一个基本的判断，也与记者的背景知识储备有关。

我们的独家报道在当时享有很高的声誉。当时有一句话叫“长江冲破了九江大地，《中青报》冲破了新闻限制大堤。”因为当时规定，重大灾难、重大险情需慎重报道。但是作为从事新闻的职业者，要使我们国家完成一个良性的职业过程，首先要超越限制，作为媒体来讲也是一样。我们的独家报道一下子把整个关于九江报道的限制给冲破了。虽然我们后来受到了批评，写了无数的检讨。但是只1个月的时间，这篇报道就被评为九江报道的特别奖。不久，朱镕基总理到九江去，他说，重大的灾难险情一定要公开报道。在开始时，我们报道是有压力的，尽管它的社会效果是毫无疑问的。但是根据我们的判断，我们也不认为这个报道之后我们就会有灭顶之灾。虽然大家弦绷得比较紧。当时《江西日报》和《九江日报》是两天以后才报道灾情的，大水起了两天后成什么样子了？那个时候公众最想知道他们的生命和财产是不是处于安全状况，并且迅速做出对社会其他方面构成一体化影响的反应。结果他们的报道很被动。事实也证明了我们那个基本的判断是不错的，证明的时间很短，从朱镕基去九江说话，到1个月后在全国的评奖上这篇报道拿到特别奖，都足以证明。

这个过程我想说明的是：面对类似重大的新闻事实时，主导你的，眼睛不是往上看而是往下看，是往自己的内心看。你真实的想法是什么？在面对风险和你的职业状况时，要有效地完成职业行为进程中的那种权衡度量。因为记者的第一职能是记录历史。上次我和李大同在北大讲课时，他说：“记者呀，还要改变历史”。我不敢有那样的豪言壮语，我的最底线是记录历史，能够真实客观地记录将来能成为可靠研究资料的历史。当然他也说，这是一个改变历史的前提。“改变历史”是他的话，他的客观行为可以改变历史，但在记者的主体性行为里，我认为可以改变历史的东西是不客观的或者说它的影响是不客观的。李大同就跟我说，在一个健康的秩序正常的社会里，是可以改变历史的。其实这也不假，比如说报道立法，当立法确定以后就成为社会规范的一部分，就成为人的行为所遵循的某些准则。对记者而言，基本职业的底线，能完成记录历史本身已经是相当的困难了。因为我们知道当我们翻开近半个世纪的新闻史，我们所看到的历史相当部分是虚假的、不真实的，相当部分是大话、空话、套话、假话。在这样的历史情境里我们这代记者是有压力的。

在一个论坛上曾有个清华学生问了我一个问题，他说，香港也有报纸做假。他提这个问题是事实，有潜在的逻辑，狗仔队的那帮人到处乱钻，捕风捉影，这很常见。但那个不是主流媒体的标准。他的做假新闻并不意味着我们作出虚假报道的正当性。同时这个问题的提出，他的潜逻辑也值得质疑。他虽然举的是一个真实的事，可它并不能证明，这件事有它的合理性和正当性。起码是我刚才说的那个命题的合理性和正当性。还有一个社会学系的研究生，他也提了一个问题。他说，有一些新闻是涉及国计民生和社会敏感的部分，如果把它公开报道，可能会有影响，让人心浮动，也可能会影响社会的安定和团结。他的潜台词是什么呢？封闭新闻的合理性，对社会有更广义更广泛的意义。就是说一个新闻把它真实报道出来后，它会影响社会稳定。这个问题，在我看来是个假命题，它是另外一个角度的看法，起码不是从上而下的眼光来看的。他预测一个事件发生后，会影响到社会稳定而禁止媒体报道。我当时特别想说一句调侃的话，我想给他一个建议，我觉得他毕业后有个职业可以选择，这个职业就是戈培尔。（戈培尔是纳粹德国的宣传部长）因为假以任何人的名义，来对社会的状况形成自己特殊利益阶层控制的时候，这起码是值得警惕的。因为这里面涉及一个问题就是，记者和媒体的基本的价值是什么？记者和媒体的基本立场是什么？记者和媒体的权利来源是什么？这些问题说起来都挺大的，但实际上，我们每时每刻都实践着问题的答案。比如新闻，记者凭什么写，凭什么去采访别人，别人又为什么要接受你的采访？凭什么你拿个记者证，打个电话或者上门，人家就接待你？是因为你拥有特权吗？显然不是，那是什么？那是公共利益，宪法赋予的公共权利，对媒体的让步，这是我们媒体和记者的权利来源。大众需要通过渠道表达他们自己的意志和意见，除了我们目前涉及的政治体制——人民代表大会在一定程度上可以反映民意，而根据现在情况来看，还远远不够。那么就只有通过媒体实现这一目标。在公众，他们是没有渠道对国家的政治和经济生活表达自己的意志，保护自己的利益的。那就只有了解信息并对他所了解的信息作出回应。

我当时比较震惊，因为这是一个在现代社会里，或者说是在公民社会里，一个常识性的问题。我不知道现在在传播学院就这类问题是否有过讨论，但是在我看来，这个问题是非常重要的。因为在西方，媒体的从业人员是被称为知识分子的，虽然很多报系代表着我们所理解的大财阀、大财团和资本家等某些集团利益，但它在公共形象上，是不能代表党派的，它只能站在审视监督的立场上，它有它的市场化特征，同时也有自己的国体和意识形态，使它这个角色总体上对社会处于一个审视监督和批评的状况。所以很多意见是通过媒体来呈现的。我首先把它提出来是因为我认为这是一个非常重要的命题。如果这些前提不能弄清楚的话，即使能偶尔写出几篇好报道，但一定锤炼不出大编辑、大记者。我们中青报在80年代时，形成了一套文化系统。我认为有三点：第一点就是非常浓厚的业务风气；第二点是没有强的等级观念；第三点就是鼓励出名编辑、名记者。但一个名编辑或名记者，我认为那只是一个标准。还有一种记者的认定，我们新闻界一个很著名的总编辑在接受记者访问时曾讲到过：记者要想总理的事情。这是一句名言。后来我认认真真地对这个名言做过一番思考，说得积极一点是说，记者要站得高，看新闻要抓重大价值的新闻，抓总理关注级别的重大新闻，要以总理的眼光看待中国的现实，归纳起来就是“站得高、看得远、抓得大”。但是说得消极一点，上面一点似乎很难成立，原因是：第一，我们不知道总理想什么，或者说我们很难知道总理想什么。因为根据我们的社会经验，我们真正看到的总理想的问题，实际上是他在变成公共化以后过滤的。如果你把他在总理办公会的讲话跟他发表出来的公开演讲对应起来看的话，你就会发现，之间有着巨大的区别。他作出某个经济决策，他的内在逻辑不是我们想象的逻辑，他关注的很多问题是基于他特定的角色，甚至非常特定的心境，这么一种偶发性的东西。他可能并不这么考虑问题，他是受着职位的、现实的状况作出考虑的。他这个考虑要打折扣。比如说我可以举一个非常大的反例（如果这个可以成立的话），我做过一个调查，称为《中国重点工程调查》，当时有 84 个进入国家计委的涉及 1 亿—2 000 亿元的工程。我调查后发现有巨大的损失，由于有贪污受贿，就是光进账面的损失就有 1 800 亿元。1991 年，由于超预算和超概算，抛去看不见的损失约是 89 年的翻倍。也就是说在当时的重点公司投资里面，国家纳税人的钱，10%—20%是毫无意义的，是直接损失。而这些工程在建成以后是否能够发挥应有的效果，还需要打折扣，那么通过国家纳税形势积起来的财富运用是否得当呢？当我这么提出问题时，你会发现我所描述的正反两面提出问题的角度是不一样的，我是说你总理干得怎么样，我才不管你总理想的是什么问题，总理在那一刻可能想的都是些职务安排的问题。你根本考虑不着，也轮不上你。看得见的是纳税人的钱怎么用的？上到总理下到普通科员的国家公务人员有义务有责任把他所得到的俸禄和他所得到的官职，所应尽的责任向人们、向社会讲清楚。而这个功能渠道来自于媒体，也就是说我不可能、也没有能力像总理那样想问题，但是我们有能力在我刚才描述的情况下想问题。

实际上谈到这些东西的时候，包含了有些东西的判断，来自于我认为第一个基本前提：社会经验，或者说是常识性经验。这个常识啊，说起来特容易，吃喝拉撒睡、己所不欲勿施于人、喜怒哀乐、天要下雨、娘要嫁人等等。但是你们要是进入了真实的社会生活，要从事记者职业或者其他职业的话，就会发现建立常识何其难！

我没有什么正规学历，因为我们这批人包括新闻界的很多人都没有得到应该得到的正规大学教育。我 77 年考大学，当时我在地质队工作，在金沙江畔，横断山脉的海拔 3 000 多米。当时下着漫天的大雪，我和我的师兄两个人出来考大学，当时我们知道考大学的消息的时候距离考大学只有半个月了，我们每天要高强度在野外工作，每天有 8 小时的爬山，然后回到家吃完饭就 9 点了，我们当时住在原始森林里的一个放羊棚里，没有灯，只好围绕着炭火，然后再复习到 11 点，从那个山里走出来，要走 7 个小时，那时又大雪封山，所以我们走了 2—3 天，才走到县城里考试。一路上我们也是胸怀大志，气势如虹，可结果我们考得非常糟糕，后来我被师范学院录取了，但我没有去，还把录取通知书给撕了。当时不觉得，后来发现这是个壮举，因为那时候个人奋斗只有读书一条路才能从深山里走出来。我们的经历很复杂，我想讲我插队的那段经历。我说常识性经验是构成一个职业记者的直接逼近良知的东西，这是说起来特别容易，但特难坚持的一句话。当时是“文化大革命”后期，我们在城里接受着教育，然后突然有一天，让我们去农村接受贫下中农再教育。那时我们也是一腔热血，认为高中以后能到农村去锻炼，特别是离开家，是很刺激的一件事。因为那时在家受管制是很难受的，虽然日子过得还可以，但是自己心里很苦闷。去了以后，我们突然发现到了另外一个天地，跟我们的教育、宣传以及我们在城里掌握的信息不同，像是完全不同的另外一个世界。我在农村后遇到的第一件事，就是吃不饱。当时城里宣传的是莺歌燕舞，粮食过长江过黄河，让人有一种粮食吃不完的感觉。宣传中的农民大嫂个个白白胖胖，工人大哥个个魁梧有力。农民扎个白帕子，拿把镰刀，眼睛很大，浓眉毛，但是我们看到的却不是这样。因为我们去到农村的时候，就当时的大背景来看，中国的国民经济已全面崩溃。第一是吃不饱，第二是不仅吃不饱还有饿死人的现象，第三我们所描述的社会温馨的上下之间的关系并非如此。因为我们去的那个时候刚好赶上收水稻，把水稻打了以后，再把它摔下来，然后就把它背到仓库里面。这时候是二季稻，第一季稻的时候，我们听见敲锣打鼓的，汽车进山了，然后一个老乡指着上边那一长溜挂着彩旗的汽车（当时是县里的三秋工作队），突然跟我说：“老三（我在我们家排行老三，所以他们也叫我老三），你看他们那批人像不像国民党的催粮队。”这让我心里特别的震惊，那是个副队长，特严肃。当时他可能万万没想到那句话在我心里的那种震荡。因为他所说国民党那个符号的含义就是横征暴敛，这是我们在传统教育里一直这样说的，绝不可能在我们的教育体系下与它挂上号，不可能的。我突然发现，那个时候我们所描述的，无论是社会教育还是家庭教育告诉我们的，在“文革”期间政府与群众，或者说是底层社会，他们的关系已经发生了某些变化。这种变化是我们在媒体和教育里看不见的，但它是真实的放映。这时候我觉得，如果你突然到了一个地方，就会发现你原来的常识面临着挑战，那个社会常识要加引号，那么，这个时候你听信于什么？

那个时候还有一个经验，是让我今天忏悔不已的。当时我们要修一个科学饲养场，县里给我们3 000块钱（3 000块钱在当时是个巨款），让我来领导修建。由于他们给的钱太少，他们就鼓励我们“破四旧，立四新”。然后我们就在将近半年的时间里挖了不下100座祖坟。把他们的砖（那个是墩子）、石碑取下来，把尸体扬掉，再把石头取下，来砌猪圈的墙。这当然是以科学和革命的名义了，在那个时候这也是常识，是任何人都不敢违背的常识。我们挖了100多座坟，后来有个报应：我们的猪圈压死了个人。工程因此就停了，直到今天还能看见那个残垣断壁。当时根本没修成，由于施工质量不好，垮了，压死了一个女知青，是我们旁边的那个队的，还是我给她叫的急救车。一个如花似玉的女知青死了，让人感觉挺作孽的。他们说，该把我压死，因为她不是我们生产队的，结果她替了我的命。我几年以后回去，那个地方还是残垣断壁——我走时的那样子。我们那个地方是个雨城，“365日366日雨霏霏”。晚上，外面下着小雨，有狗吠和流水的声音。农村15瓦的灯黄黄的，照着眼睛。晚上吃夜宵时，我的嫂子告诉我，我们原来挖坟的地方到鬼节的时候有鬼哭，说得我毛骨悚然。后来我写了一篇东西，10万字，是我94年调查农村剩余劳动力时自己策划并采访的。我在鄱阳湖畔的一个农民家里住了8天，后来我用这8天的经历和我在农村的其他经历写了一篇东西叫《乡村八记》，来表达我的忏悔。人是有灵魂的，灵魂也是需要有庇护所的，刮风下雨他也得找地方躲，但是我们却把他们的庇护所给挖了。直到今天，我的内心仍很受折磨，因为挖祖坟在中国的传统伦理道德里是大逆不道，大不敬的。中国的传统秩序是以宗法家族、血缘家族来延续的，敬祖宗是放在第一位的。那时候我十几岁，很年轻，以革命和科学的名义干事理直气壮。我们那时遵循着当时的革命常识（如果是一种常识的话）做了伤天害理的事情。而后来的常识告诉我们，伤天害理的事不能理直气壮——虽然干的理直气壮。但这个是无法解释的，因为事实是孤魂野鬼没地方待，灵魂在哭号——这个我现在讲起来也还是忐忑不安的。这实际上是另外一种常识，当这种常识出现时再反省过去，就对过去的常识形成了挑战。

但是，我还惊异地发现，我们过去的很多事情在今天完全在延续。事实上，在现在的媒体、在我们的日常生活中，仍然是假话、空话、套话横行。我不太爱用“宣传”这个词，我认为“宣传”是干事和宣传部做的事儿，不是记者做的事儿。然而我们很多的新闻从业人员认为自己有宣传功能，认为他就是一个喇叭或喉舌。我承认我是喉舌，但是我是自己的喉舌，我不仅有生理的喉舌需求；还有心理的，还有思想的，而这个东西跟我们所说的那个喉舌的含义是不一样的：因为那种人写出来的东西就不是信史了，他完成不了真实地、客观地记录历史的这个功能，甚至本末倒置，这是在我们政治生活中的一种现象。我给你们举两个例子，一个是陕西的一个案件，另一个就是去年丹江口的案件，这两个是比较经典的。

陕西的那个案件，我写过一篇报道叫《特大的硫酸毁容案》，后来又写了本书叫《大国寡民》。实际上，《大国寡民》这本40万字的书仅就历史小说而言，只想做一件事——捍卫常识。这还引发了一场缠了我五六年的官司。当时有一个很“独特”的刑事案件，很惨烈！一个女人，被硫酸毁容毁身，烧伤面积达23%，头皮全部被揭掉，眼睛几乎瞎了，手臂残废，耳朵烧掉，面部全部毁掉，多人参与，集体作案，集体围观，惨绝人寰。这是1988年4月26日发生的案件，我是8年以后，1996年进去调查的。这个女人叫伍芳，她一直告状，我觉得重大刑事案一直告状，里面有一定有冤情；8年以后再重新调查，结果呢？开始时我不信，因为在农村发生刑事案件，特别是硫酸毁容案，通常是要从重处罚，而且从国内同样案件看，我不太相信要处理那么长时间。但后来根据我的调查我看到了现实情况，其复杂的程度远远超出了我的想象。她家很穷，姊妹多，因包办婚姻她嫁到了另外一个比较富的村庄叫烽火村——这是很有名的一个村庄。这个女的在他们那个地方长得很漂亮，个子168cm，很活跃，58年出生，我在黄河岸边找到她（她逃了出来），那时她已经隐居了。她不满包办婚姻，不堪丈夫的欺凌，逃跑，然后被抓回来了，多次逃跑都被抓回来了，公安局参与，村干部带着，到她跑的地点把她抓回来了，强迫同房；她不从，然后在抓回来的第三天，她的丈夫、小叔子和三个嫂子，把她衣服扒了，用硫酸从头到脚毁容，外面很多人围观。案发后人都被抓了，可第二天就放了，只留了一个——她丈夫，然后这个案件就放了3年没人管。最后在市人大的干预下才有人去管，把她丈夫枪毙了，把他小叔子判了13年，其他的人就不了了之了。但根据我们掌握的证据，还有很多参与人漏网。就这样，她一直告，告了8年。一个如此的恶性的故意伤害案件为什么搞得这么复杂，弄得最后没人管，谁都不敢问，连司法人员都不敢谈，形成了一种恐惧。跟这个村庄有关！跟这个村庄带头人有关！这个带头人叫王宝京，一个很著名的人物，这个党支部书记、副市长，很不得了，20世纪50年代的全国农业劳模。从1954年开始，他的产量一直是全国第一，从玉米到小麦。我不知道现在亩产玉米能达到多少斤？是干玉米籽儿，而且现在还有化肥催，实际上耕作方式已经变革了。他1952年1 200斤，1954年1 500斤，1955年1 700斤，到1958年他的小麦能生产240万斤亩产。我是有证据的，他亲自写的文章，报纸上登的。我还是一个有点能力的调查性记者，还知道证据的重要性。在“文革”期间他的棉花平均亩产240万斤。当时媒体有人提出过疑问，因为他这种粮食产量从1952年开始一直到70年代、80年代的产量全部违背常识。当时被我逐一考证过，根据我的常识我认为他不可能，但是这都是报纸报道的，中青报也是50年代最强有力声音，我为什么说要捍卫常识？我们起码要做一点——证伪这个工作，调查性报道除了要做正向的收集证据之外，还要有大量的证伪工作。别小看那些数字，恰恰是那些数字构筑成了一部历史，构筑成了这个村庄、这个人显赫的政治地位，并且仍旧发生着重大的影响，主导着这个地方的、这个村庄的或这个县的政治生活——我的官司败诉就是明证。他们说“败兵之将何敢言勇？”我敢！因为我想到，我的裁判不在法院——在历史——我对此坚信不疑。这个案件仅仅是我们违反常识的一个历史所暴露出来的人物形成的一种现象的反映，否则一个这么简单的重大案件怎么搞得这么复杂？没人敢管、敢说，开什么玩笑？但是它是事实。

我为什么说历史还在延续，历史的很多东西还在主导着我们今天的生活？去年年初一二月份，我在《冰点》刊发了一片长篇报道，叫《世纪末的弥天大谎》。讲的就是丹江口有个民加沟村，党支部书记99年死了以后，后来被评为全省的先进党员书记，同时他被作为了全省的一个重大的典型报告。但根据我们记者的调查，所有支持他当先进的数据全部造假。有一个数据，是说：“他在任的97、98、99三年里，鱼的产量60万斤。”——但是那三年是大旱，所有鱼塘干涸，鱼是从天上飞奔而至？那鱼都长翅膀了！他的猪的养殖，鱼的养殖，粮食产量全部造假。他说他的村子是个小康村，但经过我们的调查，他这个村庄是个典型的贫困村，这个村庄的贫困程度比20世纪70年代中期的村庄还穷，他居然敢说他那个村庄人均收入2 000多元？全部都住土房子，丹江口库区是很穷很穷的，但就是敢说他那个村子是小康村，昧着良心，就敢开牙？真是恬不知耻！《南方周末》揭露我们也揭露，它的全部的基础数据造假可是件不得了的事儿，为什么呢？这玩意儿是升官的数字，种得多官升得大，上面是鼓励的——“上有所好，下必甚焉”。而这个所好人之好，半个世纪绵绵不绝。当揭露出来以后，我去复核，我们的报道基本没有问题，他们的省委书记的反应是作调查。那个时候都怪了，人都没有常识没有理智了——大家知道坚守常识的前提应该是理智——他说“我们学习的是精神”。明白这个意思吗？那些数据和精神无关！“有一点小毛病”——什么小毛病？你这精神从哪儿来的？后来我们了解到这个人，这个党支部书记是村霸，你会发现这个世界完全是黑白颠倒的，而且是下面无人不知的事儿。我们下船时跪了一地的人，抢天喊地、喊冤。帮助我收集情况的一个普通农民，我走了以后，以扰乱社会治安被判刑两年。说到这些东西的时候你们就知道，常识多不易！所以我就说假的真不了，真的假不了。现实生活里面很多情景不是这样的，在思想方法上，某些官场规则上，实际运行中你就会强烈地感受到以往历史的回升或余风。所以我认为在中国当一个好记者，还是要有一点历史责任感的，要不我们现实发生的新闻事实你无法知道他们的来龙去脉。很简单的一个事情，以正常人的心理判断：有什么啊，能怎么样？其实不能怎么样，但为什么不能这样呢？你会发现它有一些很内在的东西，而且比较可怕的是，它正在主导我们，对我们生活发生影响，正在我们的媒体里发生作用，并构成我们媒体很残缺的一个部分，这残缺的部分比例很大。后来“丹江口”这件事儿弄得我们还得写检查。怪了！

我还想介绍一下国外的名记者的情况，他们是怎么干，怎么想。去年我访问德国，德国有个很出名的记者，也是一个作家，叫瓦尔拉夫。他今年60岁，是个职业记者，职业作家，他有一个很著名的作品在87年出版发行。这是个什么样的人物呢？他在80年代完全隔绝他以前的记者和作家的社会生活，化妆成土耳其劳工，成为土耳其劳工的一分子进去生活了3年，写作了《最底层》。为了把西欧人眼睛的颜色改变，他做了带颜色的镜片，把黄头发（他是个秃顶）化妆成南欧人的黑头发。实际上在德国、欧洲国家包括美国，民族、种族问题，特别在德国是社会的一个超级敏感的问题。日耳曼人在20世纪初到中叶发动了第二次世界大战，他的最支撑基础就是种族。日耳曼人这个“优等民族”消灭除了日耳曼人以外的其他劣等民族。实际上德国人是相当排外的，种族歧视成了德国的一个重大的社会问题。在德国生活的土耳其人特别多，一直到今天，他们的社会生活处于最低层的状况，在社会里面受到歧视——在选择工作、劳动保护、社会生活甚至宗教生活中受到歧视。瓦尔拉夫在了解这个情况以后就化装成土耳其劳工——据我了解，在职业采访里面，这种融入式采访，不是作为课题融入而成为主体融入，不是说我作为记者这段时间去进行采访而是他完全变成了普通工人里面的一个部分去采访，采访当时德国社会震动的、令欧洲社会震动的最底层。这本书在89年出版过两个版本，翻译成几万册，在当时德国40天卖了350万册，翻译成20多种语言。他的这本书第一次让蓝领走进书店。他用赚的钱建了一个书店，又成立了一个庞大的基金会一直到今天都还存在：为劳工盖房子，后来用部分基金到出版社出版这方面的刊物和书籍，然后就是救助劳工。这是一个当时在德国社会有影响的也是震动欧洲的很著名的记者和报告作家。他通过别人读到我写的报道的——《大国寡民》，于是邀请我去德国。他和《民心周刊》联合邀请我去，我应邀了。因为我八几年就读过他的报道。他那个方法，据我所知是独创的——在此之前没有这么做的，集中精力调查的有，在里面生活一段很长时间也有，这叫参与式采访。将来有机会的话，你们可以学一下采访的方式，一般来讲是参与式采访比如战争、比如某个群落、某个采访内容，然后作为客体进入他的生活、他的进程里。但瓦尔拉夫呢，是融入式的，进入变成他的一个角色，他走得比较极端。实际上他最关心的问题就是在德国防止新纳粹主义，防止种族歧视。而能够反映德国社会里面受到忽视的屈辱的生活者的就是土耳其劳工的生活。后来我了解到，他还藏过拉斯迪，拉斯迪当时被追杀的时候，瓦尔拉夫带他躲藏。拉斯迪是英国一个作家，是个独行侠，一直被伊斯兰原教主义追杀，好像前两年才解禁。我去的时候瓦尔拉夫是一个马拉松运动员。他每天跑马拉松，60 岁了，很棒的身体，高高的个儿，典型的日耳曼人的劲，一副冷面孔，不苟言笑，说话的时候注视着你，面部没有表情，那个时候感觉像党卫军军官。瓦尔拉夫请我去他家，他住在汉堡，很有意思。他领我出去吃饭，我们从他家走出来到一家葡萄牙餐厅吃饭。我们在红灯蓝林道等车时，他就拿那个拐棍，登登登点一点，说："卢，那是什么？"他脚底下有个铜牌——这个街道的名字。铜牌记载着这个街道曾经有 8 000 犹太人死于集中营。这个牌子在汉堡有好几百个，而他特别强调这些牌子是由民间组织设立的。他现在的主要工作就是利用他的社会名声到中学和社区演讲反纳粹。他的演讲跟摇滚乐队一块——年轻人不是喜欢听摇滚吗——当然就跟摇滚乐队一块，去讲纳粹主义对德国的危害和动员德国社会来抵抗纳粹主义。你们注意到他关心的问题，他选择的对象，他的方式是什么了吗？从底层到种族问题到历史反省，这就是他终生的事业。瓦尔拉夫今年 60 岁了，我想今年继续翻译他的作品，有机会把他请到国内来。他的作品读起来是很令人吃惊的。我到德国去以后他让我住他的房子——那房子很奇怪，二楼有一个大镜子，大镜子旁边有两间房子。他把大镜子打开，里面有个暗门，两层暗门，里面是个小阁楼，小阁楼上面还有小阁楼，而且阁楼里面有秘密电话，这个电话是不对外的，他让我体验一下他的生活，是很有风险的。这是他的职业行为，但受到了整个德国社会的尊敬。还有件事就是瓦尔拉夫化装成《图片报》报社的编辑——《图片报》是德国发行量最大的报纸——揭露《图片报》愚弄公众，报假新闻——这在当时也是爆炸性的。后来他出了本书，那也是他关心的问题。

我在汉堡时，那里的《明星周刊》的一个名记者卡迪尔和她丈夫请我吃饭。《明星周刊》是欧洲最大的社会性周刊，政治类的，以社会性为主。卡迪尔是 20 世纪 80 年代末 90 年代初整个 90 年代中期驻俄罗斯的首席记者，也是《明星周刊》的首牌记者。她的丈夫是《明镜周刊》的调查性记者，按照美国的说法叫扒粪记者，调查内幕新闻的。那个女的是极其精干的人，见了我面以后她向我提出的第一个问题就是"卢，中国的农村问题怎么办？"因为此前我知道她的背景，她也知道我的背景，于是见了面以后也没有什么寒暄，一坐在那儿以后她就用那种西方记者机关枪式提问方式的"啪啪啪"地就跟了上来，提了第一个问题。我一下就吃惊了，我问"你为什么提这个问题？"她说"中国的农村问题如果不解决，中国的问题就解决不了。"（那是在去年的 4 月份，我们今天闹农村问题，什么"三农问题的"，查了1年多呢）后来我说“你这个问题是衡量中国好记者的问题之一，或者说我认为最重要的，因为现在我们中国的问题基本是都市化，或者叫城市化，消费群体也基本是都市化的，对决定中国命运的、可能给中国带来重大问题的社会现象是麻木不仁的。”这个群体是个什么概念？最近李昌平写过一本书叫《我向总理说实话》，他提到这个群体在现在、特别是改革开放以后，就是农村从承包责任制起从70年代末80年代初一直到90年代中期，目前为止严格来讲，我们所说的社会进步、人民生活的改善以及经济增长跟这个群体无关。这个群体的人数占多少呢？现在占了64%，大概8亿多人。你们能不能想象在一个社会里面，七八亿人口的生活跟我们这个社会增长速度无关，不仅无关而且呈恶化趋势。这八九亿人中，劳动力是4亿人，而现在我们的耕地只能承受不到两亿人——也就说两亿多人，两个超级大国的人口处于失业——我们叫剩余劳动力，实际上就是失业。而这里我指的还是绝对失业，就是可以不要干农活了；还有半失业状态的：只有一部分时间是在劳动比如生产耕作，而更多时间是闲置，这是个很恐怖的数据。而且我们现在的粮食、农产品作物不仅不挣钱，而且是农民倒赔钱：就是他们一年耕种下来，交了皇粮交了税费，还要倒贴——你说他活得下去吗？我们不能够想象这件事情，但是这种情况是事实，而且不是我们今天看到的事实。1994年底我主持做过一个很大的策划就是所谓的春运危机。1989年春天之前，我写了“1989中国第一条震荡”——那是最早报道民工的。到了1994年我们就做了一个全国性的调查，调度了将近10个记者做了一个中国农村剩余劳动力调查。我的《乡村八记》就是那时我到鄱阳湖畔一个农民家里住了10天写作、编辑出的。我去的那个村庄叫湖下村——这都很有象征意味的——这个地方就是个传统农业区。我们的调查方法是“候鸟路线”——我设计的：就是因为农民工的流动是有一个固定线路的，流出地就是他生活的农村社区，流入地一般都是朋友亲戚等，比如说到南方打工。然后就着这个机会，村里的人再往那边搬运，到那个春节的时候他又“飞”回村庄来，过了春节又飞回去。或者有离的比较近的地方就是秋收的时候回来，秋种的时候回来，然后又回去——他基本上也沿着一个比较固定的路线。我们当时应用的是社区调查方法，后来用了一个社会学方法，规模很大。我们要求我们每个记者必须选择一个村庄，住一个星期以上，然后沿着农民流入状况到流入地，比如广东、北京或者东北的某地，进行一个追踪式的候鸟调查。当时已经是90年代中期了，我们现在所看到的而且恶化的（状况）在那时已经充分显现。那时候我们报道发的量极大，一个整版的篇幅发了15万字。那个报道在研究中国农村剩余劳动力上是比较有用的，有一些基本数据、方法、个案在社会学研究里面是广泛应用的，包括国外研究中国的农村剩余劳动力问题。我要强调的一点是，我们在报道的过程中，没用“打工仔”这个词，实际上这就反映了价值取向。当时我们很盛行的这种词，包括到现在还再用“盲流”等，我们在所用报道、评论里面是坚决不用那样的词的。后来的“流民”问题的含义还好办：它是状态，但这个“盲”是什么意思？盲目的，没有目标，没有方向感的，甚至没头苍蝇似的。从50年代开始，中国在早期的工业化工程中，它的原始积累的资金来自于“剪刀差”的方式，通过压低农产品价格取得原料，用很高的价格进入

市场。这里顺便讲一句前苏联也是这样的，韩三年被邀请访问苏联，到苏联以后她被邀请去了很多地方。她那《友谊奔访速记行》是很有意思的一个注释。苏联问为什么进步这么快，那样的一个资源情况和经济背景下，忽然这么快，他不理解钱从哪来的。他后来看到一个小报纸的报道才知道，就是在高加索的大麦产量，农产品的价格和那个地区的工业品价格悬殊，他发现了苏联强制性的工业化剥夺农民的盈利权。这是一个秘密。但现在可不一定，通过剥夺实现，而且这个剥夺代价特别严重。因为58年合作化以后，三面红旗里面包括人民公社、“大跃进”还有个什么忘了。我当年曾很详细地考证过它，全线失败，疫情复发。他当时大炼钢铁，同时把劳动力在秋收时候运到山上，去砸锅卖铁，结果地里的粮食没收，很多粮食烂掉了，烂到地里了，实际上59年出现了粮食紧张。59年春天一直延续到61年将近3年的时间，就是所谓的自然灾害。实际上那时候不是自然灾害，当时风调雨顺的，我有一个朋友做了一个将近100年人口自然增长与消亡的分析，那个时候的后果是什么呢？是至少非自然死亡2 700万人，至少。现在有4个以上的数据，数据表明最多有4 000万人，4 000万人是什么意思呢？就是我们8年抗战都没死那么多人，比我们历朝历代加起来的非自然死亡的人数还多。这时你会发现实际上我刚才说到的那个归纳是不会错的。当时，安徽、甘肃、山东、四川、河南这些重灾区，人都死光了，只要冒烟，一定是吃人肉，因为根本就没有可吃的东西了，就是人吃人啊。但是这段历史我不知道我们在座各位读历史可否会读到它。为什么说有的时候我们要坚持一个常识？要用历史感进行采访和写作，实际上这过程中是有很刻骨铭心的历史教训在的。他不是空穴来风，凭着我们主观想象的。

我们描述的这个东西，都是在中国社会真正发生的事实。而一直到20世纪80年代初我们国有资产的全部固定资产总和是合作化以后我们从农民那通过“剪刀差”拿来的这笔收入的总和。因为在此之前中国是闭关锁国的，没有经济来源。国有资产的全部固定资产总值是合作化以后通过“剪刀差”拿上来的农民贡献给现代化的贡献的总值。我们的国体是以工农联盟为基础的人民民主专政的国家，这是在宪法里说的这个国体性质。但实际上你会发现在工业化的大车往前走的时候，开始的时候是工人和农民两兄弟坐在一个车上，一块赶车往前走，发动机也发动着。上坡了，工人大哥就向农民说，“你下去推推车”，然后农民老大哥挺老实就下车推了。到了平地，工人老大哥开车“咣叽”就走了，就把他落下了，他被抛弃了，不仅是被抛弃了，它的基本过程到今天为止还是在一个被舍弃剥夺的状况。你们知不知道农村里现在费用如果交不出是一个什么样的结局？对了，扒房子，赶猪，抓人。有点惊讶是吧？那这个都是我们看到的了。所以说各位同学能坐在这挺侥幸的了。能够坐在这么安全的地方。你们也有麻烦是吧，但是这种麻烦比起农民那种麻烦要小得多，他是生存问题！我们的福利，即使现在的下岗职工、失业职工，他们的福利跟农民的也不能相比，农民的福利是有土地保障，但土地现在只能维持一个基本生存，如果交了费的话，它还要倒贴，从银行贷款交税费。相比而言，农民实际上有很多情况更惨。所以说这么一个群体，长期是被忽视、被歧视的，而且已经酿成的今天出现的问题。我不知道你们大家都听没听今年的朱镕基答记者问，今年他最担心的问题是什么问题呀？农民收入问题。我做过一个调查，去访问审计署署长李京华，1995—1999 年 5 个年度国家实行粮食改革，鼓励农民种粮食。一方面我讲了刚才那个情况：5 个粮食年度 5 000 亿叫“统一收购、顺价销售、封闭运行”，12 字粮食改革方针，都是挺专业的。这是中国的粮食供销制度，它就为了保障农民有比较好的粮食收购价格。但它实际上实现不了，5 000 亿下来以后，国家专款财政 2 300 多亿亏损。整个系统从农发行开始，一直到粮债，贪污腐化——雪上加霜啊。5 000 亿元人民币就是为了这个玩意儿。农民收入不仅没有提高，种粮食不仅没赚钱，现在反而情况更严峻。在一个大的社会背景下看待这个问题我们就知道在汉堡和卡迪尔对话的真实含义了。我知道他提出这个问题的分量有多大，我才会惊讶，因为这个问题在中国的很多大报里面，大多数记者是不关心的。很简单，是不关心不了解的，不愿意花力气去做的。但是这是决定中国命运的、可能给中国带来很大麻烦的重大的社会问题。实际上，你会发现一个问题，或者从职业的角度会发现一个问题。什么呢？就是第一，中国现在发生的很多问题都是世界性问题。随着进一步的全球化，在 WTO 背景下的进一步地上升为地球村的紧密合作的一个分子，很多问题都是世界性问题。中国的风吹草动，粮食歉收将会带动全世界的粮价。中国的石油一出现需求，一出现波动会带动全世界的石油价格。粮食价格、石油价格都是世界最具决定性的基本的生存条件，如此重大的问题哪有不关心的理由？也正是在这点的含义上，卡迪尔的问题有她的合理性在。第二，你会发现，随着世界融合的进程，认识社会的标准在普世化。别以为你这里发生的事情是跟别人无关的事情，不是。这就决定我们很多的新闻标准，将会往这个形势走。我们关心的问题，也就可能是世界关心的问题，世界关心的问题也可能是我们关心的问题。那么职业行为的标准，也将会污染这个群体，这是不可阻挡的。因为我们现在所说的现代化的建设，完成现代化，建设一个法治国家，建立一个公民社会，由孙中山所说的军政、训政到宪政目标，跟我刚才所说的几个是匹配的。将是潮流所至，不可阻挡的。因为你不能想象在一个家庭里生活可以各行其是，毫无顾忌；你不能想象在这个家庭里生活的每一个成员遵循不同的行为标准而自以为是，这是不可能的。这就是社会演进的一个必然的趋势，是我们在完成自己这种职业行为的时候一个趋势性的认识，也是影响到我们判断每一个具体的新闻事件，完成采访写作的最低标准：记录历史。我今天的演讲就到此结束，谢谢大家（掌声）。

卢跃刚回答清华大学学生的提问

问：卢老师，您那么深入社会底层，深入农村进行调查。让我们记录历史，我想问的是您深入社会调查这些，并且写《大国寡民》这样的书敢于把那些社会不平的事揭发出来，您的动力是什么？

答：动力啊？有的人写文章说我追求公正公平，我认为这个对于我来讲不真实，为什么呢？因为我很深切地感受到，伍芳她生活的空间跟我一样，她喝的水跟我一样，她呼吸的空气和我一样，她身上发生的事情很可能都会发生在我的身上或者是我们的身上。我们的基本生活状况都是同构的，这是我的动力。

问：卢老师您好，您刚才讲了很多中国的农村问题，我想知道，您怎么看中国的现状和未来，另外您怎么看待下岗职工问题？

答：这是两个很大的问题，我回答第二个问题。我曾在95年的时候负责过组织编辑，也写过一篇文章叫《在底层》，写沈阳下岗职工的。我们做了半年，用冬天和春天去调查沈阳下岗职工或者叫失业职工的情况，我发了20篇报道。后来重庆成都我也去了，了解那里下岗职工的情况。

当时下岗职工或者叫城市贫民问题、城市失业问题。我觉得整体情况比农民工还好一点。农民工问题，89年开始一直到20世纪90年代中期，劳动部都没有这方面的统计。有多少农民工、是什么情况、流动情况怎么样？这方面研究当时简直是粗得很。现在下岗职工的统计倒是有，但实际上是有问题的。我们现在统计的是3%不到，这个数据指的是注册登记的。3%还是5%啊？现在这个数据是国际安全线指标。实际上我们现在的下岗职工有很大一部分没算，就是说大部分没有登记。没有登记没有活干的、享受最低保障的——过年过节是妇联团干部、省委书记带点钱，平时就是最低生活费的——那种占大部分。所以我认为真正数据要超过它。

我把中国低层社会（分成）两大块：一块是农村。农村里面有一批人，大概现在应该有5 000万—6 000万的贫困人口是极端贫困——赤贫。还有，刚才我们已经说过了，就是城市贫民、城市失业人口。这就是基本的中国低层状况。我当时在《中国作家》发表我的《在底层》的时候，我主要写了沈阳、重庆底层人的生存处境、大的生存处境。

问：您好，我首先想知道您是不是共产党员？

答：抱歉我不是。

问：我觉得共产党员首先就应该有您这样的胸怀和眼光，可是您讲的方式又完全不是您提到的那种从上而下的方式，所以现在不存在这个问题了……

答：哦，我明白你有一个潜在的问题，就是说共产党员应该是自下而上的眼光才好，是这个意思吗？（提问学生点头）很遗憾，因为这是想象。

问：卢老师，作为一个记者应该是自下而上的眼光。不是有很多西方记者参与了政府军队的武装，我想到了被枪杀的美国记者珀尔。记者应该是比较清楚自己的身份、自己的立场的。但是我们国家，有一种特殊的情况：记者往往必须要作为政府的喉舌代表政府。所以这种时候会很矛盾，您是怎么解决这种矛盾的呢？

答：这其实我刚才已经讲到了，这个东西是这样子的。我说的状况是一个比较理想的状况。我们心里应该坚持或者认定的是个什么状况，或者说我本人在某些主要的职业行为应该认知的状况。它决定着我的职业行为，决定我去写什么，不写什么，那么这个对我来讲是重要的。但这个过程中，是会有妥协的，在现实的职业生活里有妥协。只不过它的唯一区别在哪呢？就是这个妥协是在一个什么原则下的妥协？什么前提下的妥协？它的底线是什么？这是一门学问了，有大量的案例可以说明有些东西是要妥协的。

问：我想问，都说媒体是反映社会生活的一面镜子。但是您刚才谈到一个同构问题，您认为您跟那个伍芳的生活空间乃至生活状态是有同构性的。但我观察现在的社会媒体，他们大部分是在自以为是，引导我们受众群体履行他们所谓的什么后现代生活方式乃至生活内容。他们报道的那些软新闻就是那些经济文化娱乐的东西，给人感觉中国社会已经分层了。媒体不能够全面而真实地反映社会状况，您怎么看待这种现象？媒体应该对现在这种状况作出哪些改变？

答：你的问题很有意思。我觉得需要把它厘清一个前提。现在生活已经多元化，我们不能说我们应该这样去关注它，去这么生活，或者是这类人应该这样生活，那类人就不该那样生活等等，我在表达的时候不含有排他性。你刚才说了后现代的，“新新人类”的，它其实只是一种生活方式。在我的价值里头，就媒体而言，我认为问题不在于他是不是有这个生活方式，而在于媒体回避了什么，我们社会生活的某些相当重要的方面是不是被忽视了。真正的问题就是回避和忽视。

但是其他人群的生活方式，只要在法律允许的范围内，不危害别人自由的前提下来生活，我认为它就是合理的。但如果媒体一天到晚只去关注那些东西而不对整个社会承担一部分它应该承担的责任的话，就是我刚才讲到的如果把8亿人给忘了那就挺荒唐的了。

问：卢老师，我曾经在报纸上看过很多专家学者的评论，对刚才您讲的农村问题总体上还是持支持的态度的，他们认为现在农村人口流动问题是历史的必然。解决农村劳动力过剩，是对其他一些问题必要的解决。我想问一下这个问题您是否深入过？”

答：这个问题如果从纯现代化理论来讲是个大问题。比如说都市化，或者叫城市化、城镇化，都有很大争论。有的说城市规模化吸纳农民，有的说城镇化是把小城镇规划投资，这里面有一个政策选择情况下莫衷一是的问题，流动是必然的。

农村人口的降低是社会现代化的一个指标。在一个农业人口比例过大的社会里面，是不太可能完成现代化进程的。而且，靠剥夺大多数人利益的现代化也是建立不了的。有一本很著名的书叫《第三只眼看中国》。书中就有一个谬论，说中国的现代化剥夺他人。如果说承包再晚几年，再多剥削农民几年，中国的现代化可能要加快一点。这不可能！如果把他、他家、他的父母、他的姊妹放到那种情况里去，我想他讲不出这种话的。他这种言词在我看来是典型的新纳粹。因为他置数千万已经死亡的冤魂而不顾，置数亿人水深火热的生活而不见，因为他是城里人。在我的《大国寡民》写完以后，当时《北京青年报》登了一篇文章。文迪写的，这个人很有意思。后来我了解到她好像是中央电视台的一个女编导。她说我有什么资格说城里人、乡村人。其实这里面严格来讲，根本就不是什么资格问题。为什么呢？我是说我们身边生活着这么一批人，他们被忽视了，被抛弃了。我们要关注他们，仅此而已。怎么能在现代化进程中不带人家玩，不带几亿人玩？

户籍制度，你们知道户籍制度到了什么程度吗？我87年去温州调查新址、新社大讨论的时候，农民百万富翁集资建桥，一个人建一个桥墩，条件是让他的儿子获得城市户口。前段时间报道的，在晋江、佛山，进城打工的农民要是干得不错就给予市民绿卡——这本身就是歧视行为，这是绝对不公平的啊！在这样的前提下来

看，你刚才问的那个问题就是现在无论选择什么道路，是要尊重人的生存权、尊重人的社会角色的，让他成为这个社会进步受益的一部分而不是受害的一部分。

问：老师我没听懂，刚才的问题是有联系的。您能着重就很多人住贫民窟（这个情况挺多的）合法化的问题谈谈吗？

答：谁说合法化？就是现在有些学者认为合法。现在社会分区居住，这种情况讨论里面，又是另外一个问题了。城市里头分区域，就像什么纽约、富兰克林、布卢克林的贫民区。我们也有分区，像温州村、河南村，在周边都有，很厉害的，还有形成了什么温州帮。是不是在社会的理性层次上，将来的社会区域居住都会像纽约那样子，分类居住。我觉得这不是咱们现在讨论的问题。社会自然就会去解答的——物以类聚，人以群分。

问：您说您不是共产党员，又在《中国青年报》工作，我想请您说实话，您受过"歧视"吗？

答：（笑）其实是这样的，我觉得一个人是不是活得有意义，一个人内心里面是不是良知犹存，标准不是以他是不是党员而划分的。这是第一点，我的一个标准。第二呢，就是，如果把入党看作是信仰的话，我敢肯定地说，有些人不是以信仰而追逐的，它是利益的度量，我觉得这就没意义了。至于是不是被歧视，我觉得没有被歧视，我不是还在这儿跟大家胡说八道吗？（笑）

问：卢老师我想问一个技术性的问题。做新闻有一个很大的忌讳就是不能凭想象是吧？但是我看您的那本《大国寡民》很多地方如果不凭想象的话，主人公的心理活动就不能表现出来，这样如果文章篇幅比较长的话就会有一种枯燥乏味的感觉。因为主人公的形象不是很丰满，但是我看您《大国寡民》里面的王保京，形象很丰满，是有血有肉的人。我想问一下您在写这个人的时候，是如何处理可读性与真实性的关系的呢？"

答：这个问题涉及心理活动，心理活动的度量是很忌讳的。一般来讲非虚构作品要特别注意心理活动的描述，除非有证据，就是他说了那段时间他是怎么想的、当时是什么情景、给他的心理产生了什么变化带来什么触动，讲的话会构成新闻事实。

今天上午我们开了半天的会，跟我们一些年轻记者讲怎么写调查性报道，调查性报道有一个可读性问题。写报道有一个功夫就是要会写故事会，讲故事，会采访故事。当故事出现的时候，现场感、背景出现的时候，当你的叙述里面动词很多的时候，很有情节、很有触摸感的时候，有可视性的时候，能见度高的时候，自然会有可读性。如果是很枯燥的归纳性描述就不行了。你刚才提的这个问题，就是调查性报道会讲故事，会采访故事的问题，这些是生动的可读性的前提。当然这个里面还会涉及大量的技术和非技术问题，今天就解决不了这个问题了。（笑）

问：卢老师您好，听您自己介绍好像是您没上过大学，我想知道您是怎样走上记者这条道路的，而且您是从哪些方面获得这些素质的？尤其是您作调查性报道，这些报道好像对记者要求的素质相对来讲会更高一些。

答：是比较费劲。在我看来，一个媒体是不是能够作出一流的报道，一个记者

是不是能够写出让人家印象深刻的报道，我想第一位的就是能不能做出高水平的调查性报道，要把炉火纯青的调查性报道作为职业记者追求的一个目标。

我是86年进入报社的，之前我经历了好几个时期。在农村，写一篇什么“劈山修路热火朝天”的报道，县广播站一播，那就成大名人了。当时特别高兴，写篇报道居然就可以进县广播电台，那可是大事。然后我到部队，到地质队也搞新闻报道，也一直写。我早期写小说，写报告文学，也写报道——三种文体都写。其实我最钟爱的是小说，而且我对我的小说的评价实际还超过报道。86年进入报社，一直到今天集中精力地作调查性报道。

当时不经意去讨论关广梅问题。我听说范敬宜要当你们的院长，范敬宜在87年关广梅现象大讨论的时候当总编辑。实际上那个报道是假的，经过我的调查，关广梅的那封信是《经济日报》的记者和本溪市政策研究室的处长联合制造的。那封轰动的信，就是他给《经济日报》编辑部的那封信，标题叫做“驻地承包是姓资还是姓社”的那么一篇报道，就是关广梅现象。88年成为了87年那一届的新闻奖特别奖。刚好我出本溪，他们进本溪，在本溪评的。后来我还没到报社，电话就追到报社来了。因为我那个报道要是发表的话会把它彻底颠覆，所以我的报道被枪毙了。我的这篇报道在20世纪90年代后发表了，后来我还写了一篇4万字的东西叫“关广梅现象回顾”，详细讲述了这次大讨论的来龙去脉。在这个过程中我就遇到了刚才那个同学提的问题，我是不是党员这类问题。因为参与制造这封信的这位《经济日报》的记者很著名，我知道他前期去调查的时候持完全否定的态度，第二次再去的时候则是完全肯定的态度，同时参与制造信件。我就问他为什么会两次态度截然相反，他说我是共产党员。很经典哪。（笑声）还有什么问题？

问：您刚才说，记者是以记录历史为第一位的，但您又说到记者要改变历史，我想知道是不是真有必要将改变历史作为自己的责任和义务呢？如果产生了一些改变历史的新闻报道，那改变历史的到底是新闻事件还是记者这个人呢？

答：我明白这个意思，刚才我讲的时候特别廓清了这个界限，因为我想我能做到的就是记录历史，我不期望改变历史，我也不认为我有这样的能耐。我们大同先生随后廓清他的这个概念的时候有必要讲一句话，记录历史是最低层、最低线的要求。改变历史，当然这个情况在新闻史上是有的，但作为职业记者本身而言，我本人没有祈求改变历史。虽然我参与过许多重大的历史进程，成为一些重大历史事件的现场目击者和记录者，一直到今天我也不认为我能改变它，事实上也没改变。从89年年底，中国当时也算风云变幻的一年，87年春季，胡耀邦下台的那年我进的报社，北大学潮就是89年年底了，那么一直到现在中国社会经历了多少事情，我想写出一本书来记录这十几年的历史，实际上我改变不了，刚才我也没说过，我说过我收回，但是我没说过。

《冰点》专版主编清华演讲

李大同

李大同，1979 年进入《中国青年报》工作。历任报社驻内蒙古自治区记者、机动记者、科学部副主任、学校教育部主任兼科学部主任。现为《中国青年报》高级编辑，编辑中心副主任兼《冰点》专版主编。

1985 年凭借《大学毕业生成才追踪记》突破了以往新闻界非黑即白的两极报道模式，首次将“灰色带”人群作为新闻的考察对象，以“进行式”报道取代传统的“结论式”报道，使新闻更加逼近生活的复杂度。这组报道后来被新闻界公认为是新时期深度报道的“开山之作”。20 世纪 80 年代其他的代表性报道还有《第五代》、《倾斜的金字塔》、《命运备忘录》、《护士职业采访札记》、《两代知识分子对话录》等。90 年代，由于创办了名牌栏目《冰点》再度名噪一时。

我看过了你们传给我的问题。我来以前有个要求是私人问题，不要宏大叙事。但是同学们提的问题大多数还是“宏大叙事”。比较专业的问题才是问题，一般性的问题我也犯傻。你有什么经验，有什么感受，我就不知道谈什么，谈 20 年的从业经验，那么多，怎么谈呀！因此我倒希望你们以后要是再请所谓的名家，所谓的名记者，来给你们讲他们的故事，你们应该先研究一下他。这样你们脑子里才会有问题，才会有真正的问题。

一个记者，他一生之中在干什么？就是在提问。一个记者基本工作形态就是提问。区别一个好记者，一个一般记者，一个坏记者的水平，就在于他提的问题的水平。有一非常有意思的现象，本来一个采访对象的层次很高，但记者提出了一个很平庸的问题，就有可能把采访对象的层次拉下来。因为你的问题太差了，他不知道该怎么样回答。因此，想进入这个行当，第一个应该提高的就是提问的技巧。一听提问，就知道记者的水准，是不是平庸者。刚才谈一下对大家问题的感受，然后，我就往下扫。因为把这些问题扫荡之后，我估计大家就会有真正的问题。

第一个问题是典型的学生问题。“你学生时代的理想和憧憬，以及有意无意为之做的准备？”坦率地说，我们当学生的时候还谈不上什么憧憬不憧憬，正赶上“文化大革命”的前期，我是一个老三届。67 年初中生，按今天的标准是刚刚脱盲吧。斗大的字认识一箩筐。“文化大革命”开始了，那两年“文化大革命”浩浩荡荡。开始上山下乡，一下去就是 10 年。我是去内蒙古草原，在草原上一待就是 10

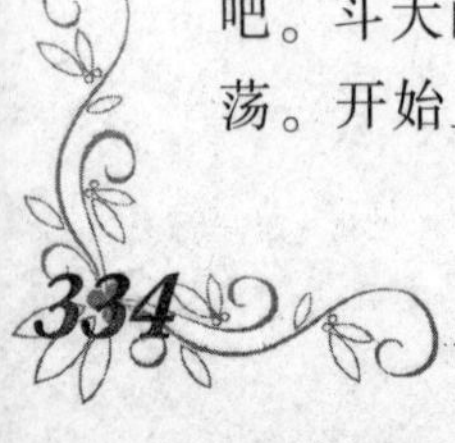

年。因此没有什么职业憧憬，第一是为自己活下去，第二是自学，不能被社会落下。知道再上学的机会是微乎其微了。因此我们上山下乡的时候拉去了4牛车的书。草原上是游牧，一年搬4次家，我们每次搬家共有10个牛车的东西，其中4个牛车是书。老乡们都特别惊讶，你们要这些本本干啥呀。可是没有这4牛车书，这10年草原生活就不知道该怎么过。闷也闷死了。所以没有什么憧憬，不像现在，大家都有很多憧憬，不仅有国内的憧憬还有对美国的憧憬、英国的憧憬，是吧！（哈哈大笑）

第二个问题是你是怎样走上新闻工作这条路的，你有过什么曲折，你又是怎样应对这些曲折的。你说这是不是宏大叙事？我走上新闻工作这条路是阴差阳错，大家知道中青报是1966年被停刊的，一直停了12年，到1978年10月，“四人帮”倒台了，“文化大革命”结束了，这才开始讨论恢复中青报，开始重建中青报。当时编辑部的编辑记者也是七零八落，找不着人了。除了找回原来的一些老同志以外，编辑记者，都重新招募，我就属于第一批被招募的。当时还在内蒙古，多少有一点北京的资源，因为我就是北京人嘛。有人听说了这个消息，说中青报在招人，其中要招驻内蒙古的记者，条件是蒙汉兼备。恰巧我在那儿混了10年，蒙古语非常地道。因此就通过我这些资源把个人情况传递过去，我就是这么阴差阳错的，连考察都没考察，就进了中青报。当时对第一批记者的考察非常严格，三人小组到各省去，唯独对我没有考察，你这人再棒，他可能不会蒙古语，这是一个不可抗拒的条件。不过那也得看看我的文字功夫怎么样。我家里赶紧把我的信都传过去了（当时的信和现在的不是一个概念，高度政治化，通常一封信要写10 000字）（惊讶声）。也没什么作品，在草原也写写小说，就把写小说的本本寄到报社去。报社就根据这些信和本本对我进行考察。信件证明这个人“思想解放”，本本证明这个人文字功夫还不错，于是我就成为复刊后第一位驻内蒙古记者。

可是我根本就没想到我这一辈子要干新闻。大家知道，新闻作为一个行当的概念，是20世纪80年代的事情。你们都不能想象，我们刚进报社时新闻的运作方式——这一周都登什么东西，上周末都列出来了，那个时候是一个典型的计划新闻时代。

人生曲折就不说了吧，人生曲折对咱们这个行当没什么意义。就个人而言，最孤独，最绝望的时候，也体验过。当我的同伴们都走了以后，我一个人在草原上过了3年。一个人，方圆几十里地就你一个人。你在那儿过3年，你才知道什么叫寂寞。听到一声狼叫你还感到亲切。（学生大笑）

也给大家讲一讲刚做新闻是个什么心态。报社把你弄去就给你发了一大堆本子稿纸，硕大的手电筒，雨衣，这就是我们当时所有的设备。我就傻了，什么叫新闻呀，不知道，怎么干呀，就现学吧。让家里有什么关于新闻的小册子给我寄来。第一条，新闻要有导语，什么叫导语呀，（窃窃笑），还得查词典，词典还没这词，现在有。这个导语怎么解释呀，“一条新闻中最重要的事实”，更傻了，我把最重要的事实都放在导语里，我下头还啰唆啥呀！（笑）我对新闻莫名其妙，不明白。什么《新闻基础导论》，哪个教授写的，什么宣传方针政策，有一段时间就非常痛苦，写不出来东西。可你看别的那些地方的家伙，天天头版头条，给你造成巨大压力（大笑）。内蒙古又是个消息非常闭塞的地方，也不会有什么先进经验，闹得我

总也写不出稿子，可这不行呀！所以我走另一条路，什么路呢？写内参，内参好呀！都写坏事。哪坏写哪，包括一些重要的思想争论。内蒙古有一些很有思想的青年，我很快就跟他们混得很熟。我当时有个外号叫“内参记者”。公开报道什么也写不出来。就这么稀里糊涂地干了两年，连自己都觉得愧对江东父老，这才开始研究新闻，当然不能根据教科书了。

从哪学？从西方学。慢慢有所感觉。当时有一支对新闻构成巨大挑战的力量——报告文学。有一篇非常著名的报告文学叫《哥德巴赫的猜想》，当时所有的报纸都在头版头条全文转载。你说这让新闻工作者何等汗颜？你作为一个集团拿不出来的东西，人家一个作家写出来，你还得从头到尾转载。

当时出了一大批报告文学作家，起了重大影响，包括对拨乱反正，远远超出了报纸所能反映社会的深度。这种情况给我们这一代记者刺激很厉害，我们研究了报告文学的名篇，究竟好在哪？然后我们开始确立了新的写作范式。这时，我就开始小试牛刀。选择一个对象，写他个长篇通讯，当时写了1万多字。当时中青报只有两个“大记者”有资格写1万字的通讯。只有这两个人才有资格写一个版的通讯。我是新招募的记者中第一个向名记者挑战的。我看看行不行。四易其稿后，当时我认为拿到任何一家报纸他都会用。研究报告文学的心得全用上了。兴致勃勃地交到了记者部。第二天，记者部主任通知我，被枪毙了！（大笑）理由是什么？过于“华丽”。多亏了当时的副主任，他很喜欢，提了个妥协：“能不能让总编辑老钟看看？”勉强同意了。过了三四天，我的好朋友敲门，一开门他就唬着个脸。我说怎么了，“又被枪毙了”。当时不敢相信，胡说！他一下就乐了：“自己看吧！”发稿签上写着“一、很好！作为今年第一个典型发表，头版头条！二、配图片！三、配社论！四、请大同再推敲一下文字。”你看看（哈哈）我得意洋洋回到内蒙古。哈哈，我也能写出一个版的报道，我也行呀，不光是内参记者呀！

没过几天，我就被抽回来，担任机动记者。到了报社以后，就接到一个让人痛苦的活儿！当时胡耀邦批了两个城市：佳木斯、襄樊。就这两个城市，精神文明、物质文明都不错，要大力宣传。这活儿就落到机动记者身上。这活儿急，告诉你必须某一天拿出稿子来。路上，带采访，带写作。只有13天，要写出一个市来，你说可怕不可怕？昼夜兼程，先冲到哈尔滨，疯狂运转。最后都来不及了，告诉市委组织8个部门负责人等着，不听什么全面汇报，就讲个故事，就这么干。到了最后那天晚上写作，我们写到凌晨四点半，写完后就冲到卫生间哇哇地吐，因为烟抽得太多了，而且眼也直了。这篇稿子在报纸上又是一版，又是1万字，更加确立了我在报社的地位。

正好那会儿重新启用我的舆论很强烈，说是启用李大同吧，给他得了。既然报社上上下下都吵着要让我重新工作，因此这两块版就给了我。总编让我搞点专题什么的，也就是说，去掉双休日，两天半我得拿出一个整版的专题来。根据20世纪80年代的经验，一个部门，比如科学部，教育部，经济部，一年就搞出这么三四个专题报道，很了不起了。现在你要我一年104个专题！其实当时我就知道没戏。领域、形式都没有，怎么弄？要不是我赋闲5年，我根本不会要。可是闲的时间久

了，有那么两块版，还挺好玩的。这就是“冰点”问世的情况。

什么是冰点？首先，形式上我想了想。能否办成组合新闻版？不行，所有的版都是组合新闻版，你这个组合新闻版有什么特色？人家为什么要看这块版呢？不会有的，因此组合新闻不行。领域又是什么呢？所有的领域都被瓜分干净了，结果你什么领域都没有了。这实际上就告诉我，你只有一条路，就是没有领域，所有的领域你都去趟一脚，叫做全领域。组合式新闻不能搞，我只有专题形式，就是一个版一篇。但是这个形式，不仅本报没有，其他各报也没有，但这是没有选择的。这就是“冰点”。千万不要弄成热点，叫“冰点”有很大为自己留后路的意思在里头。当时也很生气，每个报，每个媒介，都有叫“热点”“焦点”的栏目或报道。什么是焦点？受众那儿是不是焦点呢？没人问，自己命名为“热点”“焦点”。因此当时起这个名字就是反其道而行之——就是不闹焦点、热点，那还有什么点呢？只有冰点了。

当时一看李大同重新出山呀，记者们都很兴奋呀。看看这家伙能干出来什么，这是20世纪80年代的大编呀，90年代还行吗？很有悬念。

当时我身边集齐了十几个记者，都很不错。我说：你们报题目吧！那题目才叫宏大叙事呢。南水北调，国企解困，环境生态，三角债……篇篇都是国务院总理考虑的东西，这就是我们记者的思维定势。认为一个版就得这样的题目才压得住。

我就不喜欢这样的题目，说：重要不重要？挺重要的。跟我有什么关系？没什么关系。你想想，如果你自己都无所谓的题目读者会有兴趣看吗？不会有兴趣的。所以当时来一篇稿子我毙一篇稿子，全部枪毙！大家就急了，你说写什么？我说写粪桶啊！这是什么题材？冰点的开山之作，第一篇。

题材源于94年十月份的《北京晚报》，一张小照片，猛一看看不出什么，但一看字心里就咯噔一下。文字说明是：北京还剩7只粪桶，挑粪桶的全是老知青。这张照片拍的是一个背影，一个挺暗的胡同里一个。我开始正式接这个版的时候，这张照片就始终环绕在我脑子里。我就认为这是一个重要题材。当时我没有今天这么清楚，等到这篇报道真的打响了，我才开始梳理当时为什么会想到这个题目，那就是这个题材首先是一个命运的主题。

今天在座的各位，不太清楚粪桶在20世纪50年代那是象征什么，那是思想革命的最高境界。什么叫时传祥？为什么万里的儿了背粪桶？为什么背起粪桶还得晃一晃，让那粪水洒得满头满脖子？因为心红才不怕这个，才有国家主席的接见，那是执政党教化人民，给粪桶贴上这样的标签。完全为了政治教化。当时粪桶就是这样一个崇高的地位。但是今天，它重新回归了本来的地位——社会的最底层。

这粪桶和哪一代人交叉上了呢？和知青这一代人。当时他们回北京就一条选择，挑粪桶。因为北京还有一些胡同，车开不进去，必须有人去把它背出来。这些北大荒知青为了一个户口，回来干这个，农民都不干这个。这两个命运交叉到一起，我感到有人会读，构成了跌宕，构成了人们感悟的一种空间。

在我们全部记者都失败以后，我们最漂亮的小姐，娇滴滴的，去搞粪桶去了。既然有人自告奋勇了，我就开始交代要求：从他起床开始跟起，一直跟到一天的工作全部结束，每一个细节都要观察到，这是采访的第一步；第二步，所有这些挑粪工的家都要去，亲自看，在家里要和家人一起谈，做到这两条，这个稿才叫成功。

我们这位漂亮小姐为了去采访挑粪工，找不到可以穿的衣服，现去借了一件脏兮兮的破夹克，凌晨4点钟到了那家去。出车时还照顾她，冬天，她和我们一个摄影记者跟了一整天，直到挑粪工进入他们的澡堂子了，这采访才算结束。在这一过程中，我们的小姐两次呕吐，跟着人家背着粪桶走了5趟，每一趟看他什么表情。

什么叫采访？用眼睛看才叫采访，我们大部分记者就是耳朵采访。大家注意我们的新闻，大部分都是耳朵新闻，没有眼睛新闻，没有目击新闻。

这时候时间已经非常紧了，离出刊只有1个月的时间，赶紧写稿。但初稿就是素材的堆积。当时再建构已经来不及了。还有十几天的时间稿子还没有拿出来呢。这时候编辑的责任就是明确告诉记者怎么写，然后你还得做第二手准备，二稿不行，那就得自己上——这时候我已经把材料吃透，甚至我还请了这些工人吃饭。我要看他们，我要产生面对面的感觉。但就是吃饭都让我感动：请一大桌子，主要是采访，说了两个多钟头，说也差不多了吧，该走了吧。竟然，这挑粪工站起来："这菜，我们能拿走吗？家里的孩子一星期没见肉了。"就这件事情，让你眼泪都快出来了。我也是一个插队10年的知青，深知这帮人有多么委屈。第二稿拿出来时，结构上就没有什么问题了。然后开始打磨。就是为了这篇稿子，本来准备元月3号出刊，推迟了3天。当总编辑签字时，我也不知道这篇东西到底有没有人看，你突然闹出个粪桶来，谁看？

第二天一到报社，我就知道成功了。就传达室的老头儿，平时根本不会跟这些编辑搭什么腔的，今儿一见就喊："哥们儿，太棒了！"再往里走，司机也喊："今天这篇太棒了！"就这些普通人，平时和你说话都硬生生的人，今天可好，见面就"哥们儿"，激动万分呀。果然，刚到办公室，第一个电话就来了。女同胞打来的，还没说到一半就哭上了，说不出话了，好久没有见到这样的报道。这时我们才知道我们进入了一个奇缺的领域，那就是大家渴望的真诚、善良。这些信息，在当时根本没有。

就像魔术一样，当时《冰点》每周两期，这么办下来了。我的工作日历上都写满了题材。所以我们的记者只要一听说"过"，马上就去下一个了大量的题材都在那儿等着，没有喘息的机会。但是这种工作节奏也只能坚持1年，第二年减到1期，然后一直到今天。出了多少期了？399，将近400期。每1期1万多字，冰点就积累了400万字。今年是第8年了，我们预计只能办1年的，就这么到了8年。这8年我一天休假都没有，看来是要把我耗干为止。总的经历就是这样的了。

李大同回答清华大学学生的提问

问：在从事多年的新闻事业中，你觉得最有价值的经验是什么？

答：面对不同的题材时有不同的经验来应对吧。对付一条消息的经验丝毫不比对付一个特写的经验要小，而且要大得多，好消息才难写呢。因此在不同的新闻领域里它的价值没有高下之分的。我很难说哪些经验是最重要的。

问：《中国青年报》和中国新闻报业其他媒体相比有哪些不同，在未来激烈竞争的形势下，特别在全球化与网络化形式下，前景如何，他有什么应对的战略性思路？

答：简单讲一讲，《中国青年报》和其他报业媒体相比没有什么不同。都在同样激烈的竞争形势下。现在全国性报纸经营的一个基本困境，就是广告往都市报集中，都市报在一个城市的发行量远大于全国性报纸，所以广告商更愿意往都市报投放。所以全国性报纸共同的窘境，就是没有广告，经营额太少；但现在全国性报纸都没有什么办法，处理不了这个困境。唯一留给全国性报纸的广告天地，就是教育，旅游。因为这是针对全国的。所以我们报纸六月、七月、八月三个月的教育广告最为集中，远远超出其他几个月。《中国青年报》的战略前景就是找到大款集资。找个巨头来，经营你管了，编辑还我来。我们这项谈判正在进行。请了两家完全独立的评估机构，《中国青年报》的资产和无形资产，就值 10 个亿，而且是罕见的良性资产。

问：觉得现在的《冰点》和初期的《冰点》有什么不同？

答：当然不同，天天吃一样的东西烦不烦呀！我们 95 年有个轰动全国的报道，就是湖南十万大山里两个上不起学的孩子。当时“希望工程”已经出来了，一个大山里有两个上不起学的孩子，你说这算哪门子新闻呢？但是我们做了，结果是全国性的捐款热潮，17 万啦。包括中央顶级的领导干部，突然托秘书送来的 2 000 元。这是 95 年，《冰点》开张的时候写的，今天，这样的报道，你拿出来还有这样的效果？不会的。当全国报业蜂拥而上的时候，就没有效果了。

问：《冰点》一直坚持到今天靠的是什么东西？

答：是每一篇报道都有它所指向的那个社会背景。很多人在研究《冰点》报道说搞不清楚，这是不是表扬性报道啊，这是不是肯定性报道呀，这样去分类。但是为什么《冰点》的报道容易让人读下去呢？因为每一篇后面都有一个背景，看起来是正面的报道，它针对的，是负面的东西。比如我们常写教育方面的报道，为什么大家爱看？我们写的都是最好的教育，针对的是最差的教育。中国的教育就是最差的教育，从小学到大学无一例外是世界上最坏的教育。国内教育鼓励独特吗？鼓励独树一帜吗？鼓励你有真正的见解吗？没有！这就是我们的教育。不要以为应试教育就在中小学，大学有没有？一脉相承！因此我们关于这些的报道，完全是针对中国的教育写的，所以大家看了很震动，原来还有这样的教育。看一看美国老师和同学怎么说话，我们就发了一张图片，没有描写，美国老师跪在地上来和孩子说话，这就是差别。什么叫平等？这就叫平等。因此，一篇好的报道，一定要有它所衬出的背景是什么，没有背景的报道，肯定是篇糟糕的报道。另外，冰点还有一个重要的考虑，就是定位。我们发现，我们每天都在和社会交换信息，和他人交换信息。这些信息交换来干什么呢？是在给自己定位，而定位的结果就导致你对自己的一种评价。我们每个人日常所接触的人都是有限的，我们就需要从公共媒体上获得信息，来给自己定位。大家知道，20 世纪 80 年代中期，甚至 90 年代，有个著名的民谣：搞原子弹的不如搞山药蛋的。这是怎么出来的？就是当时报纸充斥着大款斗富，黄金宴什么的，什么个体户包总统套间。这样的报道后来导致了一个什么样的事件？北京原子能科学院的大批技术人员给北京某报来信，怒不可遏：我们这些国家重臣，如此功劳的，怎么都成了“赤贫”？然后这个报纸就这个问题搞了一个社会调查，最后这些技术人员就发现他们的收入在中国还是中上等的，于是他们的不满就消除了。《冰点》的定位就是不断地向社会提出警告。作为《冰点》的工作人员一定要有沉重的历史感与责任感，不要以为你是白领阶层了，不要以为中国没什么问题了，不要以为社会很公正了，我们不是街头的小报，不能以赢利为唯一目的。

问：您是怎样使冰点成为当代中国名牌栏目的，您有什么诀窍吗？

答：我觉得用一句话形容很恰当：“有心栽花花不开，无心插柳柳成荫。”如果一开始就以办名牌栏目，成为名记者为目的，我想多半会失败的。千万不要整天把“名记者、名编辑”一类的词放在嘴边，因为这些都是虚的，是外在的。如果清华的同学想在新闻业有所成就的话，我奉劝大家一句话——“写好每一篇报道”。哪怕一篇仅 200 字的报道，也要绞尽脑汁。《冰点》的宗旨就是做好每一篇报道，记者要做到自己能够做到的最佳采访和写作，然后编辑从头打磨到尾。有时候只为一个标题，就可以凝视电脑屏幕 2 个小时。记者的任务就是做好每一篇报道，也许有一天你会突然发现：你已经是名记者了。

问：你觉得怎样能够成为一名优秀的编辑。

答：首先要成为好的记者。没有做记者的功底，很难成为优秀的编辑。编辑还要有很好的文体感。现在的某些大学生知识之浅薄、文字之粗陋简直让人难以容忍。我建议大家多读一些古文，这样文章很容易产生节奏感。

问：你受过新闻教育吗？你的新闻素质是怎样培育的？

答：我没有受过任何新闻教育，甚至没有受过大学教育。刚刚扫盲而已。新闻是一门高度实践性的行业，做新闻越早越好。新闻是作出来的，不是学出来的。

问：你认为记者在记录历史的同时还应该改变历史吗？

答：本报 95 年有一场争论：新闻的最高使命是什么？我很反对最高使命是“记录历史”的意见。我认为新闻的最高使命不是记录历史，而是影响今天。我觉得报告文学倒是可以称为记录历史。大家都知道美西战争吧！美西战争就是在新闻媒体的极度煽情下打起来的。赫斯特对他的记者说：“你提供图片，我提供战争。”还有“水门事件”、“希望工程”都是新闻“影响今天”的很好的证明。新闻作为历史的记录是很难界定的，假新闻不是历史记录吗？“大跃进”、“文革”时期的报纸也是历史的记录呀！新闻的记录功能具有双重性。新闻的“不作为”也是历史的记录，人类登月时全世界有 4 个国家没有报道——这其中包括中国，这也是记录！一个耻辱的记录。

问：你怎么评价当前媒体集团化的趋势。你认为中国媒体怎样应对入世后的挑战。

答：目前集团化是行政干预的结果，不是市场行为。到现在没有任何一家媒体因为集团化而效益大幅提高的，相反倒是出现了集团内“扯皮”现象。真正厉害的是国外的那些集团，媒体的竞争实质上也是人才的竞争。默多克凭借他强大的实力把国内媒体的精英全部挖走，胜败就可想而知了。所以关键是人才的问题。

问：有人认为中国的媒体越来都市化，越来越成为某些利益集团的喉舌，从而背离了社会公德，你怎么看？

答：都市化肯定是趋势，因为整个中国都在城市化，这个很好，是进步的表现。大家有了自己独立关注的事物。成为某些利益集团的代表也未必不好。有媒体成为某些利益集团的喉舌，肯定也有媒体成为骂他们的喉舌。大家都知道新闻自由，新闻自由不是老百姓骂街的自由，而是媒介的自由。你的观点也许在某些媒体不能发表。但是你总能找到一家媒体让你的观点得以发表。新闻自由是媒体独立发表见解的自由，跟公众没有太大关系。但是主流媒体是不能完全这样的，例如西方主流媒体现在已经超越了只代表某一个利益集团的利益。你可以反对它言论版的意见，但绝不可以怀疑它新闻版的报道。如果不看言论，你根本看不出这家媒体有任何倾向，真正做到了公正、客观。

主流媒体要使社会的主体价值观得以传播，要担当“泄压”的角色。由于中国体制上长期的弊端，国内主流媒体在这方面做得不是很好，但我们一直在努力。中国的主流媒体还没有成为某些利益集团喉舌的趋势，我们有足够的财力抗拒他们。

问：媒体最核心的资力和本领是什么？

答：简单地说，想当名记者的人都是好事之徒。没事就跑图书馆的人，对不起，你别当记者。唯恐天下不乱，希望每天都有事发生的人就适合做记者；希望静的人，就不用做记者了。打破沙锅问到底是名记者的一大素质。美国人有个信条，你母亲说她爱你，你也得加以核实。任何获得的事实，获得的信息，都要经过证实，没有天然可靠的事实。你妈妈说“I love you”，真的假的？这才是名记者的素质，对任何事都保持好奇。卢跃刚最近有个大动作，出了一本关于新东方的书。所有的人，所有新东方的董事都到卢跃刚面前痛哭流涕，一些在他们内部也不会谈的事，他们也对卢跃刚说了，等书稿出来的时候，他们大吃了一惊，说：“这我可没让你写出来。”卢跃刚则说：“我从一开始就告诉你们，我首先是个记者。”介绍一本书——《光荣与梦想》，新闻记者写史的经典作品，读起来真是一种享受，非常漂亮。大家要好好研究一下这些西方重要的新闻作品，看人家人物是怎么写的，肖像又是怎么写的。《光荣与梦想》，那是一本名记者写的书，作者全部运用报纸资料写这本书，但是读起来非常舒服，漂亮，人家的文笔就是漂亮，多姿多彩。该书在描写杜鲁门当上总统，兴冲冲地走上白宫的台阶的时候，写道，“哈里跳上台阶，两只睾丸撞得叮当乱响”，描写的就是传神，好的文笔就是出人意料。《外国新闻作品选》有一篇文章用 800 字写了一个交往 20 年的人。看一下《时代周刊》的作品，这些都值得大家好好去研究一下。

问：你对清华大学的学生有什么期待和要求？

答：你们是清华新闻系的第一代产品，以后报社要不要清华的人就要看你们的表现了。我希望你们不要辱没了清华的名声。我希望你们 4 年里至少要读 200 本书，因为大学是你们最有时间静下心来读书的阶段，以后你们很少会有时间来看书了。我在被闲置的 5 年时间里看了好多书，每天看 8 小时，一动不动，现在也很少有时间来看书了。另外，你们要多读一些新闻史。我告诫大家，能够成为一个好的记者，第一条标准就是有强烈的职业归属感。这非常重要。如果你产生不了这种感觉，你最好不要干这行。知道彼得·僧是谁吗？知道第一次判言论自由胜利的时候波士顿港口汽笛齐鸣吗？你要不知道这些新闻史上的重要场景，你怎么会有归属感？读过潘恩的小册子吗？什么叫归属感，就是这样来的。

你要通过历史上每一次新闻的进步而产生对它的规则的认同感。你会知道新闻界历史上是经过这么多的苦难、迷茫与错误才达到今天的这样一种境界，你深深地认同今天的这些规则，你才值得去干新闻。你会说，我属于社会的某个共同体，我们遵循共同的职业准则。我建议大家看最近新华出版社出版的《美国新闻史》，大约800页。为什么让大家看美国的东西？因为美国的新闻事业是在最原生的情况下达到今天的这样一种境界。中国的经验不值一提，中国的经验就是如何和当权者玩空手道，打擦边球，这使中国新闻工作者的技术、精力、智力全用到上面去了。美国就不一样，在纯市场的情况下，在任何政府干预都没有的情况下，自行形成了行业规则这样一种漫长的过程，曾有非常丑陋的阶段，黄色小报阶段，编造新闻、胡说八道、肮脏咒骂，美国新闻史上所有这些都出现过，还有假造新闻、煽动战争。麦卡锡时代，那是麦卡锡造成的？那是新闻界把它弄成这样的，他放个屁也放大成头版头条，然后才有了麦卡锡主义。但是美国新闻界不断地在反省这些，联系到最近的李文和的报道，《纽约时报》是以社论形式检讨。发社论检讨失误，中国哪个报纸能做到这样？因此，美国新闻史要好好地看，为什么，那里头涉及一些经典的关系到全局的东西，许多案子往往都打到了美国最高法院，由大法官来判，现在都得到了世界各国的公认。关于公众人物的概念，从哪个案件来的，大法官的判词是什么，这些你们学新闻的要倒背如流，你们才有价值观，才有这个行当的价值体系。如果你们把新闻当作一个饭碗，你可以随便，但是仅仅把新闻当饭碗的时代快过去了。本报就有著名记者，被取消了任何技术职务，就是因为工作没有完成，就这样，你就屁也不是了。你不要以为你是高级记者，完成任务是基本功，没有完成就什么也没有。这就是报业竞争到了成熟阶段的标志，连《中国青年报》这样高度机关化的报纸也得这么干。你要是没有在头脑中形成了这个行业的价值体系，你4年大学就白读了。我建议大家，《美国新闻史》这本书一定要读。

同学们，在学校期间，要对这个行当的最高境界有所了解。大家知道，新闻界有些基本的准则，客观、全面、平衡、清晰和人情味等等，所有这些概念意味着什么，在你的脑子里一定要有位置。现在的大学新闻专业毕业生到了新闻机构不知道什么叫好新闻，我特别奇怪，这是新闻教育的失误。因此，我希望你们在校期间对新闻作品的这些最高境界，脑子里要有明晰的标准。什么叫做平衡？这条消息我怎么写它就平衡了；什么叫做客观报道，打个比方，某某某愤怒地说，客观吗？为什么？你怎么知道他愤怒？我们可以这样说，他挥动着拳头说，他扭曲着脸说，都可以。什么叫写全了？一定要写和当事人有关的另一方的意见才叫全了。这还用编辑告诉你？结果你大学毕业了不知道什么叫全了。

我建议大家多读传记，新闻行业从本质上说就是记录个人与时代的行业；而传记恰好就是这样一种作品，所有的传记写的都是人与时代。你们一定要看大手笔。那种传记读起来是一种享受。《马背上的水手》有人看过吗？《一个政治家的肖像》看过吗？不用一句引语，纯粹性地从头到尾把一个人的生平叙述下来，你能想象有这种作品吗？高手就能做到这样，一句引语也没有，却让你离不开这本书。前些年有本书，叫《费尔玛定理》，这是一个纯数学、纯理论问题，但我读这本书的时候就像看武侠一样入迷。我从不在上班时间看书，但这次实在是无法割舍，上班时间偷偷地看。看完后第一个问题就是这是谁写的，一看，作者原来是物理学博士，他能把一个纯数学的证明过程写成武侠小说，你就非常好奇，你就觉得在职业上碰到了高手。

《大画家传》看过没有？你脑子要非常熟悉什么叫细节的运用。《大画家传》第一个故事是：教皇派一个使者请一位大画家来教堂作画。使者到了这个画家的住处，只发现一个人蓬头垢面，躺在一堆牛粪中，疯疯癫癫的。使者问他是不是那个人，他说是，使者对他说，教皇请你去作画，他大笑一声，说，“我哪会作画”，接着就拿起树枝在使者拿来的纸上随便画了一下。使者回去后，对教皇说你找错人了，接着就把那张纸递给教皇看，教皇一看，马上派人去请这位画家，“他随手一画就像圆规一样，功力就在这儿。”写第一个画家就用了这么一个细节。但是给人的印象就非常深刻。因此细节的运用，就非常重要。比如《爱迪生传》，这样一个科学家，看到最后一页，你会不由自主地想到，是我会怎样结尾；你会想，前面的你看过，他说的故事你也知道，你会怎么来结束这个故事呢？你琢磨差不多了，翻开书一看，你又傻眼了，还是人家高明。你知道人家是怎么结尾的吗？某年某月某日，纽约一片辉煌，洛杉矶灯火通明，然后突然断电，全美国一片漆黑，人们跌入了地狱的深渊，一分钟后，又开始光明大放，美国人想出这样的方式来纪念爱迪生，没有爱迪生美国会怎样？这种传记作品好的开头和结尾就值得学习，我想如果你们在学校认同了这个行当的价值体系，并对这个行当的好作品的标准有非常清楚的认识，然后读了几百本书，你就可以不怕到任何一家新闻单位去。我估计你们现在还没有新闻写作训练，4 年期间，至少一周一篇。别的不说，就让你给每一个同学写 1 500 字的人物肖像，每一个写出来就和别人不一样。要找到写人物的感觉，肖像描写，意识、故事和其他人不一样的地方，这都是你在学校要学习的基本功。最怕的就是你写的人物都一样，认不出来，那你就完了。不写作你怎么能找到写作的感觉，美国的新闻教育就要求学生就某个人，某个事件写时评，一天一篇，必须当日交稿。要当记者就得这样，你要是不作这样的训练，以后你到了报社你就一钱不值。现在报社最头疼的就是，每届新进来的大学生报社都要重新培训，浪费了大量的资源。《纽约时报》怎么会要大学生呢？真正的大报不会要大学生。他们都有猎头，都有人事部盯着，日报、周报有谁冒出来了。这家伙得了普利策奖，《纽约时报》来人了，年薪 8 万，去不去？因此，聚集在大报工作的都是第一流的新闻工作者，保证了这些大报的品质。有些大学的大学生已经臭了，不会再要他们了。清华大学是一张白纸，可以画最美丽的图画。你们没有传统，最可怕的就是新闻教育的传统，腐朽、可怕。要学习实际操作的本领，不要写玄而又玄的论文，那一文不值。你毕业出来 1 000 字以内的任何文体都熟练掌握，任何报纸都会说你牛。特写、消息、新闻评论，只要是 1 000 字，倚马可待。4 年我还练不成？练成了。1 000字，

我还练不成？练成了。

你们现在的老师是李希光，应该说他教给你们正确的东西，基本上是全套西方的新闻业价值体系，他就认同这个体系，因此我就不明白他为什么要写《妖魔化》这本书。李希光他有个优势，就是他干过新闻，可以传授给你们很多的经验。最可怕的就是没干过新闻的来教你们怎么做新闻。

问：职业技能和综合素养有什么关系，如何把握这种关系？

答：这种关系简单地说就是木桶理论。职业技能和综合素养相比只是其中的一块木板，专业技能再高，其他板低，没用。综合素养一定要高，专业技能可以在一定时期内提高，综合素养一定要靠积累。说话结结巴巴的人怎么能做记者？一个人不会交流，一见人就脸红，你当什么记者啊！遇到人多根本不敢提问，你当什么记者？记者这个行当不是知识构成的，是能力构成的，其中最重要的能力就是与人交往沟通的能力。一个陌生人，要在非常短的时间内完成采访。有些人非常容易做到；有些人去了10次也不行，就是不能让人信任，缺乏这种与人交往沟通的能力。记者要有上天入地的能力，今天你在采访国家领导人，明天你就在采访农民，你要跟两个阶层的人都能对话，这才是真正的记者。因此，交往沟通能力非常重要。比如，问一个问题，被采访的回答不上来，有的记者就会说，你怎么连这么简单的问题都听不懂，你想这样交往能好吗？有的记者就会说，对不起，我换种说法，你看这样行不行。这就显示出了差距，差距啊。

问：如果有来生，你愿意选择什么样的工作？为什么？

答：这个问题基本上可以不回答，大家都没有来生，还要问为什么。——还是回答一下吧。我愿意在新闻自由的环境下从事新闻。还有一点时间，有没有愿意直接交流的。

问：李老师，你说要在新闻自由的环境下从事新闻，那您认为现在中国有新闻自由吗？

答：当然没有，这还用说。一有风吹草动就口头警告，黄牌警告，吊销报纸，撤销总编辑。一帮德高望重的老同志，叫做审读组，天天盯着每一条新闻，然后说这个错了那个错了，谁受得了。

问：您在谈话中指出要多读新闻史方面的书，你是如何看待新闻理论方面的学习的？

答：新闻史比新闻理论重要。你读了那么多的理论，还是不会写一条300字的新闻，那也是白搭。

作家名人清华畅谈

致北京的年轻人

大江健三郎　2000 年 9 月 27 日

日本小说家，大江健三郎出生于日本四国岛的爱媛县喜多郡大濑村，1959 年 3 月，大江健三郎完成学业，从东京大学法文专业毕业，著有《广岛日记》（1965年）、《作为同时代的人》（1973 年）和《小说方法》（1978 年）等作品和文论。

能够和中国的青年学生们直接谈话对于我来说，是最大的喜悦。在为这次谈话做准备的阶段，我听说大家对我从一个“学生作家”起步的生活历程颇为关心，我想，关于这个问题，在我发言之后，回答大家提问的时候，可以具体地、轻松愉快地展开。在这里，我首先想谈的是，在我这样一个作家的生活里最为根本的，以及我对我所意识到的培育自己成长的文学与社会的思考。

回顾成为作家之前孩提时代的生活，首先不能不谈到日本对中国所进行的侵略战争，以及由此发展而成的太平洋战争，在这一过程中，国家主义的意识形态成了日本社会的基础。

但是，在那个时代，在我生长的山村里，还有另外一种和国家主义意识形态对立的思想，以地方历史或口头传说、民俗神话等形式存在着。在我的孩提时代，把这些讲给我的，是我的祖母、母亲等民间的女性。我通过她们的故事，知道了自己的村子，以及自己的近世的祖先们面对从东京来的国家派出机构，用武力进行抵抗，曾经举行过两次暴动，特别是后一次暴动，还获得了胜利。那次暴动，是从 1867 年到明治维新前后之间举行的，并且，是在明治近代国家体制起步之后——在那开始的混乱时期——包括我们村子在内的地方农民势力战胜了国家势力。

关于这两次暴动的记忆，都从官方的记录里删除掉了，在学校的教育里，对此完全置若罔闻。但是，这些在山村妇女们的故事里，通过土地、风景以及和故事中的人物血脉相连的家族，生动地传承了下来。

一方面，在自己的家庭生活里，是女性们讲述的土地的历史、传说；另一方面，则是在学校里学习的社会统一的意识形态——以天皇为中心的历史和传说。我徘徊于两者之间，度过了自己的少年时代。现在，回顾这段经历，特别感到有意思的是，少年时代的我，既相信国家主义的意识形态，又从没有怀疑过山村的历史和传说。我终于发觉，那时，自己是非常自然地生活于二重性和多义性之中。我想，这是因为我们家里的女性们的讲述方式非常巧妙的缘故。

我母亲所讲述的，是早在日本成为近代国家之前，在我们这片土地上流传、与民俗的宗教感情密切相连的故事。并且，这些故事，在国家把奉天皇为神明的信仰作为日本的意识形态之后，仍然生动地存留在民众生活的层面上。

就这样，在具有二重性、多义性的民众意识和国家主义意识形态共存的环境中成长起来的我，在还是孩子的时候经验了日本的战败。并且，那是天皇用人（而非神）的声音宣布的具有打击性的经验。从那以后，在战后10年左右民主主义和和平思想最为高涨的时代，我从少年成长为青年。战后10年的后半阶段，在日本，兴起了认为作为宪法原则的民主主义和和平思想未必需要认真地推行这样一种社会风潮。但我认为，我是通过在战后民主主义时期接受的中等和高等教育，培养了自己的社会感觉。

在小说创作的同时，我所写作的时事性的随笔、评论，始终是把经历了从奉天皇为神明的国家主义的社会，向以独立的个人横向连接为基础的社会的大转变，最后自觉地选择了民主主义——这样一条轨迹作为一贯的主题。现在，在日本的传媒上，所谓公大于个人，并且，把这个公等同于国家的公，诸如此类的国家主义意识形态再次成为一种强势，在这样的时候，我必须坚定地坚持贯穿自己人生经验的思想。

另外一个话题，我想谈一谈有一个身患残疾的儿子对作为小说家的我的决定性影响。我的大儿子大江光，出生的时候就患有智力障碍，这是一个偶然的事件。但是，作为年轻的父母，我和妻子决心为这个婴儿的生命负起责任的时候，这个孩子就成了我们人生中的一个必然的要素。

特别是，当我想通过和这个孩子共同生存而重新塑造自己作为小说家的生存方式的时候，渐渐地，我认识到，自己的家庭里有这样一位智力有障碍的孩子，对我来说，是意义极为深刻的必然。

在这个孩子出生的时候，我通过自己有过的动摇和痛苦，以及自己把握现实的能力的丧失，不得不重新检讨了两件事情。其一，像刚才已经说过的那样，我经历了那样的少年和青年时代，进入大学学习法国文学，在我的精神形成过程中，法国文学作为坐标轴发挥了作用。其中，萨特是最为有力的指针。但是，身患残疾的儿子诞生的几个月里，我终于明白，迄今为止我坚信已经在自己内心里积累起来的精神训练，实际上毫无用处。我必须重塑自己的精神。

虽然那时还不是结构主义的时代，但是，由于现实生活中发生的事件，我的内心世界、精神生活被解构了，我必须重新建构，以自己的力量，重新检讨塑造了自己的法国文学和法国哲学所导致的东西。并且，我重新学习法国的人道主义传统，我大学时代的老师，一位拉伯雷研究专家，拉伯雷时代的法国人道主义的形成，是他毕生研究的主题。我也从中感受到了某种和偶然相缠绕的必然。

另一件我必须重新检讨的事情，就是作为一个青年作家，我一直写作的小说，在当时，对于因为残疾儿诞生而动摇和痛苦的我，究竟有效还是无效？我想重建如此动摇痛苦几乎绝望的自我。激励自己——需要从根本上恢复的作业。

于是，我想把这样的作业和新的小说写作重合起来，我写出了《个人的体验》。当我写出对自己来说意味着新生的小说的时候，我已经能够从积极的意义上认识和

残疾的孩子共同生存这一事实了。

同时我也认识到，如此获得恢复的我，面对自己国家的社会状况，也必须采用新的视点。因为我热衷于个人家庭发生的事件，已经看不见作为社会存在的自己的积极意义。

我调查广岛原子弹爆炸的受害者，开始就是出于这样的动机。由此我也很自然地投身于原子弹受害者们的社会运动。关于广岛，我写了一本书，并把在那里的学习所得和发现，反馈到了自己的小说中。

和身患残疾的孩子共同生活了6年以后，也似乎是偶然的，发现孩子对野鸟的叫声很感兴趣，我和妻子创造了和孩子沟通交流的语言。不久，孩子的关注点从野鸟的歌声转向人工的音乐，我们的家庭也迎来了新的局面。

而作为作家，我也把我和发生如此变化的残疾儿子的生活写进了小说。尽管如此，在《万延元年的足球》这部作品里，残疾儿的存在还是退到了小说的背后。这部小说，是把日本近代化开端时期最初向美国派遣外交使节的年份，和从那时起百年以后围绕反对日美安全保障条约改订而掀起的市民运动对照起来描写的，表现了这样一个大主题。这并不能以此说明残疾儿的存在退到了小说背后的原因。在写作这部小说的过程中，我的关心也常常在怎样推进和残疾儿共同生活上。

在这部小说里，我主要刻画了没有和残疾儿共同生活下去的勇气的年轻夫妇是怎样颓废的。从消极的侧面，观照自己的家庭问题，所以，对我来说，这部小说也仍然是从和儿子共同生活中生长出来的。

但是，把和自己家里的残疾儿子共同生活这样的事情作为所有小说的主题，对于一个作家来说，这是真正的文学创作行为么？我想，大家可能会产生这样的疑问，我自己也常常直接面对这样的问题。我以为，我正是通过克服这个疑问的具体行动，从而积极地向前推进了自己的文学创作。

当我还是法国文学系的学生的时候，我最初写作日语小说是出于以下动机：第一，我想创造出和已有的日本小说的一般文体不同的东西。关于这一点，迄今为止，我仍然在继续最初的想法。当然，从事小说家的工作已经40年，在实践过程中，我对文章、文体的认识也发生了变化。变化之一，是设定明确的意图，破坏作家已经创作出来的文体，这是有意识引导的变化；还有一种，则是可以称为自然成熟的变化。

但是，我并没有偏离在22岁的时候确立的创造日本小说迄今未有的文体这一根本的方针，也没有产生把这一方针改换得更为稳健的消极想法。

我的小说创作的动机之二，是想描述自己战争时代的童年和战后民主主义时期的青年时代。我的作品，无论是小说还是随笔，都反映了一个在日本的偏远地区、森林深处出生、长大的孩子所经验的边缘地区的社会状况和文化。在作家生涯的基础上，我想重新给自己的文学进行理论定位。日本的文学，无论是创作还是批评、研究，一个明显可见的缺点，是缺少提出方法论的意识。我从阅读拉伯雷出发，最后归结到米歇尔·巴赫金的方法论研究。以三岛由纪夫为代表的观点，把东京视为日本的中心，把天皇视为日本文化的中心，针对这种观点，巴赫金的荒诞写实主义的意象体系理论，是我把自己的文学定位到边缘、发现作为背景的文化里的民俗传说和神话的支柱。巴赫金的理论，是植根于法国文学、俄国文学基础上的欧洲文化的产物，但却帮助我重新发现了中国、韩国和冲绳等亚洲文学的特质。

作为一个小说家，我想要创造出和日本文学传统不同的文学，但自从自己的家庭出生了一个智力有障碍的孩子，和这个孩子共同生存，就成了我的小说世界的主线，对此，出现了批评的声音。因为在日本文学里，特别是近现代日本文学里，有所谓“私小说”这样一种特殊的文类。这是一种用第一人称“我”来描写作家个人的日常生活的小说。在作为一个作家开始创作的时候，我当然是和“私小说”这种文类对立的。我也曾经批判说，在日本文学中根深蒂固的“私小说”文类和这种文学传统，阻碍了日本文学的普遍化和世界化。那么，我以残疾儿童的家庭为舞台写作“私小说”，这不是一种根本上的转向么？这是贯穿许多对我所进行的批判的一个共同论点。

可是，其实我是想通过颠覆“私小说”的题材和“私小说”的叙述方法，探索带有普遍性的小说。从刚才我所谈到的巴赫金的理论向前追溯，我把俄国形式主义作为这些小说的方法论。我还认为，通过布莱克、叶芝，特别是但丢——通过对他们的实质性引用——我把由于和残疾儿童共生而给我和我的家庭带来的神秘性的或者说是灵的体验普遍化了。

同时，我把写作这些小说期间日本和世界的现实性课题，作为具体落实到一个以残疾儿童为中心的日本知识分子家庭生活的投影来理解和把握，持续不断地把这样的理解写成随笔。再重复一遍，我认为，残疾孩子的诞生和与其共生这样一个偶然事件，和对此的有意识的接受，在那以后，经过了 37 年，到现在，塑造了我作为一个小说家的现实。

最后，我想谈谈现在正在写作的小说。首先，这部作品使用了极其私人性的题材，这和刚才我所谈到的内容重合，可能会成为让大家感兴趣的一个条件吧。

二战结束后不久，我在我所出生的岛屿——四国岛上最大的一个城市的高中读书。在这个地方城市里，有 CIE、美国情报文化教育局设立的图书馆。在那里，我第一次接触到了《哈克贝里·费恩历险记》的原版书，在这以前，我曾读过译本，非常喜爱，并终生受到它的影响。

在读高中的时候的一个朋友，也给年轻的我以影响。我曾经和他一起接触过美国兵。这位朋友，后来成了电影导演，创作了获得世界性好评的《蒲公英》等作品。他就是伊丹十三。我和他的妹妹结了婚，刚才说过的残疾孩子，就出生在我们这个家庭里。我们的儿子大江光，现在还遗留着智力障碍病症，但已经用对他而言唯一可以自由表现自己的语言——音乐，创作了表达他内心世界的作品。伊丹十三根据我的小说，原样使用大江光的音乐，导演、摄制了电影《安静的生活》。在这以前，伊丹摄制过正面批判日本暴力团的电影，获得了很大的成功；同时，也受到暴力团的行刺报复。这不仅给他的肉体造成创伤，也给他的心理造成了创伤。在那以后，伊丹突然自杀。

我想重新认识、理解伊丹和既是妹夫又是朋友的我，和他的妹妹我的妻子，还有

我们的儿子大江光四者之间的长久的关系。在不断思索的过程中，我逐渐认识到，战争失败后不久，和占领军美国兵的关系，也是我们的经历中一个重要的事件。

可是，我一直没有找到把这个事件写成小说的线索，直到去年，在加利福尼亚大学伯克莱校区停留期间，好像是偶然的，我读到了森达克的日常谈话记录和以此为主题的卡通《在那地方的外边》，这些书使我获得了写作自己小说的方法。

我的妻子，看到少年时代非常美好善良的哥哥突然发生变化所受到的冲击，并成为永远的心灵创伤，还有，生了一个和正常人不同的孩子，为了把存在于遥远的地方的那个正常孩子抢救回来，发现了不正常的孩子和自己之间的共同语言——音乐，森达克的书，启示我深入理解这些事情的意义。

森达克的卡通，以欧洲的传说故事中的变形为主题，故事内容是：一个婴儿被可朴林盗走了，作为他的替身，留下一个奇怪的生物。为了救回被盗走的婴儿，姐姐不断努力，最后终于救出了妹妹。我把这个故事里的姐姐阿答，一位勇敢而美丽的少女，和我的妻子的孩提时代重叠，由此找到了自己小说的根本的叙述方式。在战后混乱时期生活过来的年轻人，无论是我还是伊丹，还有头部畸形的光，不都是被可朴林偷盗走的真正美丽的孩子的替身的变形吗？

同样，正是由于一位既是妹妹、又是妻子和母亲的女性的勇敢的劳动，创造了我们的家庭。而就在这个美满故事进行的中途，她的哥哥突然自杀了。

我一边写作自己的变形小说，一边思考这样的问题。可以认为，这不只是伊丹十三个人的问题，同时也是在战后的混乱时期度过青春，生活在经济繁荣和繁荣以后长久持续的不景气时期、现在面临老年的我们这一代日本人的现实性课题。

现在，回答大家的提问，进行自由对话吧。我在准备这次讲演的时候，中国方面曾提议让我谈谈中国、日本的年轻人如何开拓出共生的道路，在这次讲演的结尾，如果能让我就这样一个主题，谈谈看法，我感到非常荣幸。

为什么这样说呢？因为对于我这样步入老年的人来说，谈论这样的主题，只能谈谈“应该这样做”一类的希望了，而像大家这样的年轻人，则要提出具体的构想，并努力使之实现。所以，我想听听大家对此的决心，我自己也要发言，我想把在此基础上进行的对话，都传达给日本的年轻人。

如果能够起到这样的作用，那对于一个对日本和中国的人们共生的亚洲和世界的 21 世纪寄托着希望而写作至今的日本知识分子来说，该是多么幸福的事情啊！

谢谢！

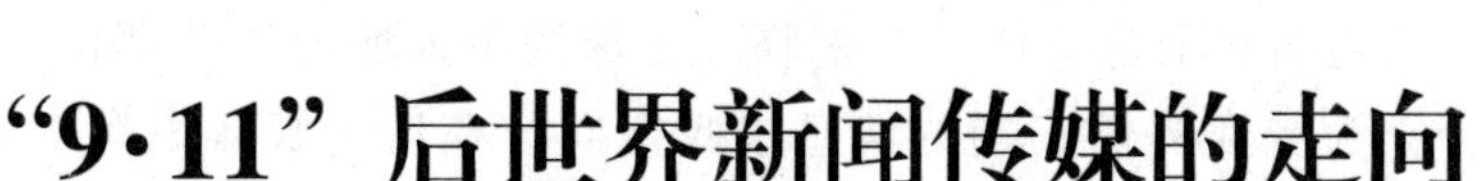

“9·11”后世界新闻传媒的走向

DanGillmor 2001 年 11 月 20 日

DanGillmor，是美国网络新闻学的创始人，首屈一指的科技专栏作家，著名科技新闻记者，是享有盛誉的美国硅谷《SanJose 信使报》记者，香港大学传媒中心客座教授。他首创了“网络日记”的报道形式，这一形式“揭开了记者职业的面纱”。一家媒体在评论他时说：“DanGillmor 是第一个写作网络日记，并发表在报纸网站上的主流媒体记者”。他自己说：“虽然我的网上读者远远少于我的报纸读者，但是，我能够从网上听到他们的声音”。

我十分荣幸今天能够来到这所中国第一流的大学做演讲。很抱歉，我无法用你们的语言和你们交流。我今天演讲的主题是“9·11”事件后，科学技术与世界新闻传媒界发生的变化。我讲话的重点将主要放在数字时代媒体的发展现状及未来走势上。其中有我个人的体会，也有他人的见解。我的讲座将分为两部分：第一，受众阅听新闻习惯的改变；第二，记者采集新闻方式的变化。在我正式演讲之前，我先要提醒在座的每一个人：我来自硅谷，一个科学技术一统天下的地方，科技的力量就像这幅曲线图。每天，科技以几何数幂的速度在成倍地发展着。它体现在三个方面：首先是计算机微型处理器的进步，人们将智力因素融入每一件我们日常所接触的东西。其次是储存技术的突飞猛进。IBM 研制的硬币大小的存储器可容纳一个 G 的信息。到了明年，它的储存量将翻番。这意味着我们所触及的任何东西不仅被赋予了人工智能，同时也被记忆下来。这一切又为迅速提升全球网络的链接速度提供了充分的可能性。这种巨大的影响同样会波及媒体，它改变着我们制作新闻的方式，以及受众接收新闻的习惯。

1 年前，我在香港大学教书的时候，正值美国总统大选进行得如火如荼的关键时刻。我当时工作的地方无法收看英文频道，所以我登陆了 CNN 的网站，并通过它的音频服务，下载了美国国家公共广播公司的新闻节目。我十分确信自己所获得的新闻信息与在美国当地收看电视转播的人们所获得的一样全面和可信。我感到，自己和像自己一样借助网络“消费”新闻的人们正在被这一强大的新技术所改变着。CNN 和国家公共广播公司没有想到我会把他们二者结合起来为我所用。

总统大选过去 10 个月后，就到了 2001 年的 9 月 11 日。我们来看一看美国的传统主流媒体是如何报道这起突发事件的。事情发生的时候，我正在南非旅行。没法看电视，我就访问了《纽约时报》的网站。大多数美国人和世界许多其他地方的

人收看了电视转播。电视以它自身的优势在第一时间向世人展示了新闻事件发生的全貌。第二天，众多报纸，包括我自己的报纸，发表了整版的专刊，提供了许多详尽的背景资料。人们继而转向报纸，希望从中获取更多详细的信息。

不同媒体的趋同和聚合时代正在来临。正像我本人所经历的那样，网络与传统媒体珠联璧合，为受众提供广阔的信息接收空间。在传统媒体里有“把关人”，而在网络媒体中，“把关人”的角色被淡化了。“9·11”事件后，人们上网阅读新闻，但是大量新闻并不是专业记者所采写的。现在向大家展示的“网络日记”是由硅谷的一位软件工程师制作的。这个网页的主要内容是与“9·11”事件的相关信息的链接。与此同时，我身边的另一个显著的变化发生在电子邮件组上。有一位宾州大学电子传播系的教授给全世界两万多人发邮件，其中包括了几乎所有在科技传播领域里有影响力的人物。“9·11”事件发生后的十多天中，这位教授为我发来的邮件里所提供的新闻背景和价值观是传统媒体所没有的。我把这些我认为有价值的东西编入我自己的文章中去。在我的邮件组中有来自曼哈顿的朋友，他为我发来飞机撞击世贸双塔那一瞬间拍摄下的照片。还有来自澳大利亚的网友，告诉我她的国家的人们在得知恐怖事件发生后的反应及感受。她说，她的同胞们十分同情美国人民，同时他们也非常担心美国政府会采取一些举动让形势变得更加严峻。我相信，这些来自别国的声音对美国非常重要。

不久以后，一个居住在旧金山的阿富汗人给一个记者发去一封邮件，这个记者随后把他的信发布在互联网上。这封邮件的力量不可小视，它给了许多美国人当头一棒，迫使他们从另一个角度重新审视这场“反恐怖主义战争”。信上是这么说的：“美国人不可能把阿富汗炸回石器时代，但他们有本事发动一场新千年世界大战，而这正是本·拉登想要的。”邮件被贴到网上两三天后，这个阿富汗人成了美国电视节目争相报道的红人。

一家专门从事网络新闻调查的机构近日就“9·11”事件的网上报道发布了一项统计结果：2/3 以上的人从网上获知有关事件的消息；1/3 的人在聊天室或其他在线论坛上发表意见；3/4 以上的人用电子邮件收发有关袭击事件的消息。一位美国作家一语中的，他说：“第一次，全世界的人们在谈论同一件事，为在灾难中遭受痛苦的无辜人们同悲伤，同落泪。”

现在我们来谈一谈制作新闻的人，其中就包括你们。终有一天，数字互联网会网罗所有人、所有事。数字技术赋予了我们记者无穷的力量，以一种全新的方式工作。然而对于那些想在网上淘金的人来说，日子并不像他们想象的那样好过。我所居住的硅谷堆满了 DotCom 公司的“尸体”。我个人认为，随着风险投资的加剧，网络经济的泡沫早晚会破灭。

在过去的半个世纪中，报道新闻就像在做讲座，新闻工作者告诉读者和观众今天的新闻是什么。但我认为，新闻报道应该更像一个研讨会，记者与读者自由地对话和交流彼此的见解，获得最终的事实。有一点我很肯定，我的读者比我知道的要多得多。我捕捉他们的才思，利用数字网络技术让更多人受益。这种工具不仅有助于制作新闻，也为传播新闻带来了便利。

当我在南非旅行的时候，我发现那里很少有人使用电脑，但是手机却相当普及。许多精明的新闻记者用手机作为发布新闻的主要途径，可能只是些内容提要，但都是真实的新闻。不仅专业新闻工作者在使用着诸如SMS（手机短信息服务）等数字传输技术，许多非专业人士也在使用着它们。几年前，在美国西雅图召开的世界贸易组织会议被抗议者搞得一团糟。大批抗议者的活动正是通过手机来组织的。由于流动性自由性太大，政府当局根本无法制止他们的行动。然而，这却给我们新闻记者提供了一些启示，我们为什么就不能学习这样的方式采集新闻呢？

另外一种网上传播新闻的方式是制作网页。新闻记者要尽可能地利用广泛的新闻源。我认为，在互联网世界，最有用的新闻源就是电子邮件。如果管理得好，邮件组也是非常有价值的。在我的自主网页上，我开辟了一块空间，专门为网友发表对我的新闻的意见和建议。通过它，我吸取了许多宝贵的东西，并不断完善着我自己的新闻实践工作。在公众面前被称作白痴不是件令人高兴的事，但它确实促进了我去提高我的业务水平。还有一些网站我在这里提醒大家不要忽视了，那就是政府网站，非政府网站和大公司的网站。因为有时候，政府和大公司会不经意地将一些非常重要的信息颁布在网上。我不知道在中国记者使用的最好的搜索引擎是什么，在美国，毫无疑问的是“Google”。做网络新闻，你们不一定只局限在用它来采集和发布新闻，我还希望你们中的一些人能够投身于建立网络新闻数据库。这几年来，我一直致力于这项工作。它不仅有价值，而且很有意义。我为大家推荐两个对新闻记者十分有用的网站：http：//www.nicar.com，www.ire.com/。

下面我讲一讲“网络日记”。“网络日记”指的是一种个人化新闻网站，它时常更新，有时每天都会被更新一次，就像我们写日记。一般是由那些对某个新闻话题有激情的人来制作的。对科技新闻情有独钟的人比较喜欢访问 http：//www.slashdot.com/网站。虽然只有几个人在制作和维护这个网络日记，但登陆它的人经常会遇到堵塞的情况，因为它的访问量比美国95%甚至99%的网站都高。《洛杉矶时报》曾刊登过一条有关美国信息保密的新闻。人们阅读完这条新闻后，纷纷在人们对网上新闻产生置疑最多的恐怕在它们的真实性上。但是你读报纸的时候会遇到同样的问题。我认为，人们更容易核实网上新闻的真实性。去年有一条被炒得沸沸扬扬的网上新闻，说有一个年轻女子患了白血病。随着对她报道的日益增多，这个名叫凯希的女子越来越受到人们的关注，最后报道说她去世了，很多人感到异常悲伤。然而“凯希”并不存在，这完全是一场骗局。一些网民对发布消息的那家网站进行了调查，就像真正地调查新闻记者一样，顺藤摸瓜，最终揭开了骗局，并在网上向全世界公布了真相。所以我说，网上披露真相有时更迅速。

我个人更相信传统新闻媒体，像《纽约时报》，在网上发表的新闻，而对那些不太熟悉的无名网站就不太信任。这并不是说《纽约时报》就毫无纰漏，只是我相信他们在尽力做到最好。他们的记者是世界上最优秀的记者。无论是参与传统新闻媒体，亦或是网络新闻媒体，我们记者都应该遵循新闻学中最基本的一些原则，比如我从前的一位新闻学教授告诉我们，“如果你妈妈说她爱你，你要核实一下。”

最后，我要讲一下如何通过网络媒体赚钱。许多人千方百计想从网上捞一桶金。《华尔街邮报》目前向它的60万注册订户收费。有一点我相信，《华尔街邮报》不会将它在印刷媒体上赚取的资金投资在网络版上。我订购《华尔街邮报》的电子版，只是为了阅读它在印刷版上刊登的内容。我想，网络新闻在很长一段时间内将只是传统新闻媒体的一个补充。

DanGillmor回答清华大学学生的提问

问：您刚才说了这么多网络的好处，而且据我观察，清华的网络条件也很好。但是网络也给我们带来了时间的浪费，上网成瘾，同学关系的淡漠等弊病。我不知道您是否注意到了这个现象，您是怎么看的？

答：你的意思是说在网上花太多时间会不会影响人际关系。如果你花很多时间做别的事一样会影响这种关系。人们总在寻求一种平衡，让自己的日常生活和与人交往同上网互不干扰。网络把世界各地志趣相投的人们联系在一起，而你的邻居或和你居住在同一社区的人却未必和你分享同样的乐趣。网络社区是网上一个重要的组成部分，只要时刻提醒自己不要把你的整整一生都消耗在网上就行了。

问：您认为微软和其他世界顶级大公司的区别在哪里？

答：不计其数。首先，我认为微软在很多方面是顶呱呱的。他们工作勤奋，才俊荟萃，勇于进取。但是他们许多商业策略的非法性也已是不争的事实。如果微软能稍微谦虚一点，不那么张狂和傲慢，我想它就不会惹那么多麻烦。美国的反垄断法是鼓励竞争的，我希望其他国家也能够借鉴一下。

问：您为什么热衷于科技新闻报道，您最关注的是哪一点？在您的职业生涯中，您遇到的最严峻的挑战是什么？您刚才提到许许多多普通人在今天的高科技时代加入了新闻记者的行列，这无疑为职业记者提出了挑战，那么我们应该采取何种措施来应对它？

答：我先回答你第三个问题。新闻界的挑战来自于新闻的非专业化。我不知道伴随着科技的飞速发展，未来的新闻界会以何种面貌出现，但是我对它的前景是相当乐观的。我的职业生涯中最大的障碍恐怕就是现在的我变得有些懒惰了。其次是我与我老板之间在某些问题上的意见分歧。第三个就是作为记者，我想要知道的情况而被访者却拒绝回答。对于第一个问题，我对变化多端的事物有一种好奇心，渴望了解它们。硅谷的科技日新月异，促使我去观察和学习。

问：在中国，一些科技新闻记者并不具备很好的素质，他们本身对科技不是很了解，而且一种实用主义变得普遍起来，许多高科技企业通过科技记者的报道宣传自己的产品，因此出现了一些科技报道有失偏颇。比如那个“蓝牙技术”，我认为，它本身不是一个很好的技术，但却被媒体大肆宣传和炒作。我不知道在美国有没有这种现象，您是怎么看的？

答：“蓝牙技术”受到媒体过分的赞誉，这种现象并非中国独有。在美国，许多科技记者对所报道的东西也不是十分了解，只是被访者告诉他们什么他们就写什么。一种新技术问世之后，记者们蜂拥而上，唯恐落后。不一定说记者因为拿了哪家公司的钱才这么做，而是他们有一种新闻敏感性而已。在美国，许多高科技公司的大老板在回答记者的提问时，总爱夹杂一些政治色彩在里面，所以他们未必句句是真言，以为自己的技术会对整个世界产生深远的影响。

问：我曾经是一个技术人员，您能否为我提一些建议，如何从一名技术工作者转变为一个合格的新闻工作者？

答：也许你可以给我一些建议。我很高兴见到从前从事科技工作的人加入到记者的行列中来。你深谙科学技术知识，这是你的优势所在，你的报道也会比较可信。你要做的是锻炼自己提问的能力，与你的被访者产生共同语言，让他视你为知己，更好地配合你的报道。

问：您刚才说您报道新闻时，有很多背景资料是从网上获取的，您又是如何甄别它们的真伪的呢？

答：这有赖于我所查看的网站是否可信。如果我的资料来自政府网站或其他专业网站的统计数据库，那我一般就会放心使用。如果是些不知名的小网站，我会核实一下。即便是在数字时代，新闻资料的核实也始终是一条不变的原则。

问：我听到越来越多的人说，新闻记者要报道受众想看的新闻，那么他们想看暴力的、色情的和其他煽情的东西，这些我们也要报道吗？

答：是的，现在的新闻报道确实有一种变得越来越煽情的趋势，这事实上与新闻报道满足受众"知情权"的社会职能是不相符的。在市场经济中，人们都在试图生产商品，目的是为了卖给他人以获得生存的资料。但我不希望这是促进新闻从业人员工作的重要因素。令我高兴的是，"9·11"后，我发现新闻媒体的质量有所提高。

问：硅谷每天都会涌现新点子、新技术，那么在这个地区做科技记者，您是如何抓住这些新事物，并将它们迅速报道出去的？

答：尽力而为吧！确实每天有太多的东西等待我们去捕捉，我们也不可能面面俱到。我和我的同事勤奋地工作，把能采集的新闻报道给尽可能多的受众。告诉你我的一个绝招。我自己有一个表，列举了15个科技界精英，他们自己又有众多的科技界朋友。这些人与世界科技同步。我经常给他们挂电话，问他们我有没有漏掉什么重要的新闻，而他们的回答也总是很干脆，"你可漏掉不少啊！"

问：科技记者能预测新技术的产生吗？

答：不，记者不善于预测未来。他们的任务是解释现状，并且很好地了解过去更有助与我们做好今天的报道。

问：美国有没有"有偿新闻"？如果没有利益驱使，为什么会有那么多记者在为大公司做宣传？

答：我个人不知道有谁在做"有偿新闻"。我们唯一在出售的东西是我们对公众的一种可信度，一种"公信力"。如果你们发现谁在做"有偿新闻"，告诉我，我会去调查，并将其揭露。请大家注意区分两种不同的新闻类型。一种是直截了当的新闻，另一种是所谓被包装的新闻。后者是为政府或某集团的利益做宣传的新闻。也许我对很多事情并不熟悉，但我自认为我所从事的职业是高尚的。

谢谢大家！

你是否要预知今生的苦难

毕淑敏　2002年3月7日

毕淑敏，国家一级作家，从事医学工作20年后，开始专业写作。作品很多都与医生这个职业有关，1989年加入中国作家协会，代表作品《红处方》。

我想先用半个小时的时间做一个主题演讲，后一个半小时我很想和同学们进行不拘一格的交谈。我这个讲演的题目是："你是否要预知今生的苦难"，这题目有点吓人。

"你是否需要预知今生的苦难，"是我在美国访问期间一次谈话的题目。当时是在餐桌上，讨论得特别激烈。大约有一半人说他们非常想知道他们今生将要遭遇什么样的苦难。还有一半人说他们不想知道。我属于不想知道的那一派。为什么？因为首先这在技术上是不可能达到的。我们没有办法来预知今生会有哪些苦难。比如说刘海洋（近日"硫酸泼黑熊"事件的主角——编者注）。那天我问几个同学，你们说刘海洋苦不苦，有人说苦，有人说不苦。刘海洋56天的时候父母分居。刘海洋今年21岁，20年前中国的产假只有56天。我猜想，刘海洋的母亲在怀孕的时候，他父母之间就开始了争论。这种状态下孕育的胎儿，能说是幸福的吗？他出生不久，父母就分居，3岁的时候正式离婚。在他的童年，他连窗户都不能靠近，相与为伴的只是一篮积木和拼图。五六岁开始上学，人家欺侮他，骂他，他都不知道那些骂人的话是什么意思。后来直到他报考清华大学，他填写的是生物专业，他妈给他改成计算机，他改了回去，他妈又给他改回来，当他再想改的时候，他妈说你要再改我就把志愿表撕掉。我也是做母亲的，我认为刘海洋母亲这一招挺凶的，够厉害的，给刘海洋造成的压力也是巨大的。这样的苦难他能否预知？技术上做不到。

但是人生一定是会有苦难的，我们无法预知。越是你有一个抱负，有一个理想，承担很多很多的责任，要去建立常人所未曾建立的功勋，我觉得，你就越要做好准备，遭遇到比常人更多的苦难，而且是很孤独的。但我觉得，如果我们从年轻时开始准备，建设那样一个"防护林带"，就可以决定我们如何对待苦难的态度。当我们遇到苦难的时候，像遇到癌症这样的生死威胁的时候，其实这苦难的核心是一个哲学的问题，就是我们人是有一个大限在等着我们，无论你多么年轻，无论科

技怎样发达，无论你怎样气壮山河，无论你有多少爱与被爱，那个大限就在那里等着我们。正是因为死亡的存在，才使我们的生命变得那样宝贵，才使我们要决定，用这有限的生命，一步步地走过去，当我们不再存在于这个世界上的时候，我们会留下什么。

有一天晚上，夜里两点钟，突然电话铃响了，吓得我一跳，一定有像死了人一样重要的事情，否则不应该在两点钟给人打电话。吓得我……（同学中有手机铃声骤然响起，演讲者和同学都大笑）我糊里糊涂把电话拿起来，一听是我儿子。他正在外地出差，他告诉我说，妈，我特感谢你。我心里说，就是感谢也不能半夜两点钟就急着打电话。我问，你感谢我什么呀？他说我感谢你有一天和我谈了人生。我想，他在几千里远的地方，他可能面对着满天星斗，想到了人生这个问题。其实人生，我觉得，还是你年轻的时候就要去想一想。尽管我们每天都很忙碌，有很多很多事情要做，但是只要你花时间想一想，它可以给你节约出很多时间。只要把你人生的目的想明确了，一些重大的问题，非常重大的问题，5 分钟内就可以决定。

毕淑敏回答清华大学学生的提问

问：对于人生有不同的态度，有的很开心很随意，不做思考；有的对宇宙，对生命的意义进行很深奥的探讨，比如尼采，但是不见得有很好的结果，有的精神分裂了。我想知道，你是否在一个特定的时间，特定的地点，对自己的生活进行过这样的思考，然后使自己的生活充实而有意义？

答：我先把这本书签了字送给这位同学。（同学笑）这个同学的问题是我怎么看人生，是吧？我觉得我们每个人都可以给自己规定有个人生的意义，不是书本上教给我们的，不是父母给我们的，而是你自己思考得出来的。对我个人来说，我会用我的生命去做我所热爱的事情，而这件事不但对我是快乐的，而且对人类是有所帮助的。我想就是这样。它说起来比较大，比较空洞，但落实起来……比如说有人让我写电视剧，但不是我喜欢的，就把它拒绝了。所以我认为，因为有了大的目标，一些小的事情，就会变得比较简单了。

问：我想知道你对苦难的态度。我还想知道，你为什么把你的新书的首发式放在清华。

答：我觉得苦难不会自动地转化为动力。并非苦难越多，动力越强。苦难究竟会转化为什么东西，取决于我们怎样看待它。在苦难面前，是把它化作动力，还是把它当做一种借口，甚至因此得出人性恶的结论，去报复这个社会——我在遭受苦难，为什么有人却是如此的幸福。怎样看这样的问题，可能需要一个积累，不是一个简单的等式。

这个同学的第二个问题是，我为什么选择清华。我有两个理由。第一个理由是，我欠着清华的讲演。去年、前年，清华的学生会就邀请过我，去年我在北师大读书，没时间。前年，实际上我已经答应，但是追近“三八节”的时候，我却来不了了。因为有另外一家邀请了我去演讲。虽然清华的邀请在前，但我还是答应了另外的那家邀请，我对清华做了一件背信弃义的事情。在那个特定的情形之下，我觉得那个地方比清华还重要。那个地方是北京市的女子监狱。监狱中的几百名女囚犯，在3月8日和我有一个谈话。我当时心里思想斗争也挺激烈的。我想，我一辈子见过的“坏女人”是否能有几百个。我将集中看这么多人，我想和她们谈谈我对生活的看法。她们能接受我这些看法吗？心里一点把握都没有。面对这份邀请，我觉得自己作为女性，有一份责任。我在家里想，如果我去讲演，我叫她们什么，“女士们”？好像不行。“同志们”肯定不行。最后我终于特意打电话问，称呼什么好，他们告诉我，你就称呼“姐妹们”。后来谈得还挺好。监狱里当时几百名女犯穿着淡蓝色衣服坐成一个个方块，四周边上坐的是警卫，从台上看下去，我觉得很像一块块的手绢。我跟她们说，我们来做一个游戏。一下子旁边劳改局的领导吓坏了，以为我和她们玩丢手绢的游戏呢。他事后对我说，你要知道，把几百个犯人集中到一起，我们担负着多大的责任哪。万一暴狱可怎么办呢。我说，这个游戏不必大家都活动起来，你们只需要坐在座位上，闭上你们的眼睛，听我讲。我说，我讲到哪儿，你们就随着我想到哪儿。我说你们先想，你们每个人最宝贵的5样东西是什么？我看见她们都闭着眼睛，我想她们肯定都在想。后来我问，如果你要在5样东西里舍弃一样，你舍弃什么？这样一次一次地舍弃下去，最后只留下一样，是什么？女犯人们鸦雀无声。后来我说，游戏做完了，你们最后留下的那样东西是什么，我不知道，愿意告诉别人你们就回去彼此告诉，不愿意的话你们就在心里永远保守这个秘密。但是我想，即便在这高墙之内，即便你们都触犯了刑律在这里服刑，你们最后留在心中的那一样东西，终归不应该是罪行，而应该是人世间美好的东西。

第二个理由呢，我特别想跟理工科学校的学生有一个交流。有一次我和日本笔会的朋友谈话，当时正是奥姆真理教事件沸沸扬扬的时候。他们告诉我，奥姆真理教里的那些高级的干部，全都是理工科的大学生。然后那个日本人得出结论：爱好文学的人比较地不容易犯罪。他说那些奥姆真理教的人全不爱文学，不看文学书。后来我写了篇文章，题目就是《爱好文学的人比较地不容易犯罪》，投给《北京青年报》。

问：毕作家，你是我比较喜欢的为数不多的几个作家之一。有两个原因，一个是你作品里边的人文关怀，再一个就是文字干净。在今天这样一个连《十月》都刊登着粗制滥造、不知所云的文字的时代尤其难得。我想提两个问题，第一个我想知道，当作家应该怎样锤炼自己的文字功底，希望毕作家就自己的亲身经历说一下。我想这个问题是大多数文学爱好者比较关心的。第二个就是说，当代文坛什么时候能够出现真正的好作品，换言之，中国的文学如何能够走出低谷，出一些能够真正传世的给人以震撼的作品。作家应该怎么办？就这两个问题。

答：谢谢那位同学对我的表扬，其实我做得还很不够。我想，对语言文字要热爱它。语言文字看起来很廉价，因为一个人可以没有房屋，没有土地，没有钱，可是他可以享用这份资源——我们的祖宗留给我们如此灿烂的文化。我觉得语言真的是太奇妙了，它已经成为我们人类所能掌握的传达心灵的最有力的武器了。社会不停地发展，科学不停地发展，各行各业都有一些专用的术语，但是一个作家，我们却要用汉语，来表达那些最微妙，最精彩，最美丽，最动人的情感，我觉得对于语言应该去热爱它，去研究它，去分辨它那些最精细的差别。同样的语言，为什么会在不同人的脑海里激起不同的浪花。我觉得这是非常奇妙的。有一个捏面人的师傅曾经写过一篇文章，谈到他对面的热爱。什么地方的麦子磨的面最好，受多少阳光照射，什么样的土壤里生出的麦子，它磨出的面是不一样的。面里加上什么样的调料，什么样的颜色，什么样的香料，它的柔韧度，它的表现力，它的色彩，耐久性，也有差别。虽然我对面的感受，除了馒头和饼的区别，没什么更多的感觉了，但是看了这篇文章我深深地被感动。如果同学们喜欢文学，要热爱我们的语言。我们中华民族传下来这么浩瀚的文学财富，其载体就是我们的语言。

第二个问题，关于中国文学何时能够创作出伟大的作品。我觉得这个问题就送给大家。昨天王蒙先生把他的10万块奖金捐出来设了个“春天文学奖”，用来奖给30岁以下的作家，我真的是充满了一种感动。同学们都是30岁以下，我想借用毛主席的一句话说：希望寄托在你们身上。

问：我是电子系的学生，学电子工程。我想说，在这样一个学校里，压力还是很大的。人家学德语、学法语的女生结伴去逛街的时候，我还要在这里做好多好多的题，看好多好多的书。我来这里听你的演讲，还总在想有许多作业没有完成。现在有一个说法：男人孤独便优秀，女人优秀便孤独。如果学理工科，学得很多了，是否会变成一个很可怕的人？现在清华有一种说法，清华有三种人，男人、女人、女博士。现在社会上对女人的期望值非常小，不要你多么优秀，学得多好。高中的时候还能够看各种小说和各种杂志。上了清华以后就没有时间了。我现在尽全力学习，也就是能获得过得去的分数。就我现在这种状态，也就只能看看读者文摘，别的根本就没有时间看，小说和散文也没有时间看。所以我就想知道，我们的未来是什么样子的。还有，学理工科的学生追求人文的东西到底对他帮助有多大？

答：感谢这位同学，我能够感到她对我的信任，对大家的信任。何况她还有那么多作业没做。我能够理解你的那些压力和恐惧。你后面提了很多问题出来，我觉得那些问号不是问我，而是在问你自己。这世界真的是有偏见，你刚才说到的那些感受，你现在感受着，你一生都将能感受到。我们不能够去决定那些东西，但你怎么样来对待，你可以做选择，然后你为你的选择付出代价，也享受你的选择给予你的自由。我们都希望这个世界更合理，希望自己能够被更多的人所理解和接受。你刚才谈到一个说法，“男人孤独便优秀，女人优秀便孤独”，我想说，其实男人女人都孤独，人注定是孤独的——别看有人花天酒地朋友多，别看烈火烹油那样的轰轰烈烈。因为每个人都很独特，必须独自面对世界所有的风霜雨雪，所以人注定是要孤独的。这种孤独会变为一种动力，也可以变为一种盾牌，一种借口。孤独是一种存在，一种中性的存在。我在美国，访问了一个临终关怀医院，就在访问期间，就在那一时刻，有一个人就死了。院长跟我说，无论一个人活着的时候有多么的热闹，他必定要一个人孤独地面对死亡，没有什么技术可以让人们成群结伙地一起分享死亡。所以，男人女人都是一样的，都要面对孤独作出选择，并且所有的选择都

有正面的和负面的东西。你可以对自己说，我也要去做一个文科生。没有一成不变的东西，但是做了就要负起责任来，就是勇敢地走下去。

问：我大约是在初中二年级时看过你的有篇文章，题目是《孩子，我为什么要打你》。刚才你在演讲中还提到刘海洋，提到你的儿子深夜给你打电话，感谢你跟他谈了人生。我想知道你对家庭教育有什么看法。

答：这个同学提了一个特别重要的问题。首先，我对《孩子，我为什么要打你》这篇文章的观点，现在要做重要修正，因为我想那属于家庭暴力。虽然我极少打我的孩子，但是我打过他。我现在十分惭愧，尽管已经向他道过歉了。当时这篇文章被转到《读者》上去，许多文摘也把它摘了去，所以流毒甚广。我现在重新审视，我觉得对一个孩子，一个弱势群体不能打，我现在已经尽量改正，在出所有选本的时候，都要求对这篇文章不要再选，而且对中国作家协会版权代理委员会处理版权事宜的人说，所有来商量选这篇文章的，都要阻止他们选这篇文章。今天有机会和大家讲一点心里话，我也非常高兴。如果你们的父母因为这篇文章打过你们，我向你们诚恳道歉。

问：在作为医生和文学创作之间，你在选择上是否有过犹豫？我母亲也是医生，也很喜欢文学，在选择上她就犹豫不决。我也想替我母亲了解一下这个问题。

答：你这个问题问到我心坎里了，选择真是太痛苦了，因为我尊重医生。刚开始我是不喜欢这个职业的，但是我后来发现医生是和生命发生最紧密关系的一种职业，病人把自己最宝贵的生命托付给你，那是建立血肉相连的这种联系。写作常常处于一种幻想的环境，如果写得顺手，写到夜里三点，明天早上不可能精神饱满地面对把生命的一部分交给你的人，我怕造成别人的痛苦，这是一种罪过。鲁迅没有开始进行临床，他向藤野只学了基础课。郭沫若幼时得病，有一只耳朵失聪，在临床上听不到病人的心音，所以他们在学生的时候就停止了医学实践。当我选择写作的时候，把听诊器和洗好的工作服放进柜子里的时候，禁不住潸然泪下，不知道什么时候还能够开始行医。

答：我看到过不少你写的作品，很悲壮，也很美。但这本书（指此次带来的新书《面具后面的脸》——编者注）是否使你对世界的思考方式有所改变？你在刚才多次提到你的家人和先生，在你的生命中，你的先生是多么重要的角色？对你的生活有什么影响？

答：先说这本书的题目。这是我在美国的一个艺术学校，他们让十几岁的女生做手工，让她们做一个面具。面具正面是平时给人的印象，反面是真实的你。孩子们都很投入。其中一个女孩子，我书中提到的，她的父母都已经去世，她寄居在亲戚家，心灵受到了很大的磨难。她做的面具正面很美丽，她认为是大家平常看到她的样子，反面却充满了金属、羽毛和石子，可以看到她内心很冷淡，很绝望。没有人能看得清她的内心，这就是一种分裂的局面。精神病，医学上叫精神分裂症。如果用两种标准对待自己和他人，能量会大量地流失，这种冲突，是很危险的。我们应该让学生自己去探索，找到自己的差距，由不和谐变为和谐。人实际上是需要面具的，这是由于社交的规矩的需要，但人的本质要真诚。每个人要在这两者之间寻求一种和谐。

我爱人对我来说，意味着手和脚，有时会觉得是我的一部分，相依为命。

问：我很压抑，感到沉重，因为刚才一直都在谈苦难甚至死亡。其实我们关心的不是预知，而是如何渡过苦难。比如我很少见到父母的笑脸，我就感到恐惧。

答：父母为何没有笑脸呢？你考上清华他们会很高兴呀。可以通过沟通试试看。亲人之间的沟通是很有效的。你可以试试多跟父母沟通。你跟他们讲，我多么希望看到你们的笑脸呀。看起来，只要做，也许并不那么难。我曾经和陆幼青探讨过死亡。中国把死亡定义为黑暗的、丑陋的、冰冷的、恐惧的、绝望的。我觉得应该重新推敲。国外现在有“死亡学”，它认为死亡是我们生命成长的最后阶段，对生命的必然终结，应该有更健康、更正面的接纳。做起来不容易，包括我自己。慢慢来吧。

超值金版—家庭珍藏经典畅销书系

《成长大于成功　选择重于努力大全集》
29.00元　16开

《有6Q的孩子有大出息大全集》
29.00元　16开

《如何说孩子才会听　怎么听孩子才肯说大全集》
29.00元　16开

《优秀青少年要养成的好习惯好性格好心态大全集》
29.00元　16开

《好父母胜过好老师大全集》
29.00元　16开

成功金版——高端珍藏经典畅销书系

《私营企业降低成本的 157 个绝招
防止亏损的 92 条措施》
55.00 元 16 开

《绩效考核与量化管理全方案》
55.00 元 16 开

《薪酬设计与员工激励全方案》
55.00 元 16 开

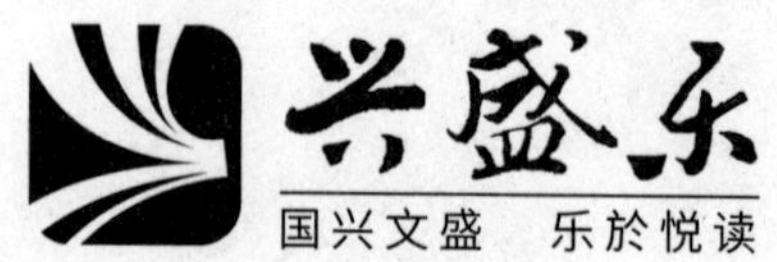
兴盛乐
国兴文盛　乐於悦读

淘书网
taoshu.com